BIBLIOTHEK DES 18. JAHRHUNDERTS

JULIE DE LESPINASSE

BRIEFE EINER LEIDENSCHAFT 1773 BIS 1776

------------------------ÜBERSETZT
UND HERAUSGEGEBEN
VON JOHANNES WILLMS

VERLAG C.H.BECK
MÜNCHEN

Mit einer Abbildung
nach einem Porträt von Julie de Lespinasse
(Paris, Bibliotèque Nationale)

ISBN 3 406 42336 1

Umschlag, Einband und Titelblatt gestaltet von
Juergen Seuss, Niddatal
Gesamtherstellung: Kösel, Kempten
Gedruckt auf säurefreiem, alterungsbeständigem Papier
(hergestellt aus chlorfrei gebleichtem Zellstoff)
Printed in Germany

Inhalt

Briefe

1. *An M. de Guibert*

Kommandierender Oberst der Légion Corse in Straßburg (Poste Restante)

Paris, Samstag gegen Abend, 13. Mai 1773

Sie reisen am Dienstag ab,[1] und da ich nicht weiß, welche Wirkung Ihr Aufbruch auf mich haben wird, ich mich überdies im Ungewissen darüber befinde, ob ich die Freiheit und den Willen habe, Ihnen zu schreiben, so möchte ich doch wenigstens noch einmal mit Ihnen plaudern und mich so Ihrer Neuigkeiten aus Straßburg versichern.

Sie werden es mich wissen lassen, ob Sie bei guter Gesundheit angekommen sind, ob die Reise allein nicht schon genügte, ihre Seele zu beruhigen. Überhaupt ist es auch gar nicht Ihre Seele, die krank ist, leidet sie doch nur an den Übeln, deren Ursache sie ist, und die Zerstreuung, der rasche Wechsel der Gegenstände, die Ihnen unter die Augen kommen, werden ein übriges tun, um Sie von jenen Gefühlsbewegungen abzulenken, die für Sie schmerzlich sein könnten, zumal Sie ein guter und anständiger Mensch sind. Ja, Sie sind ein liebenswürdiges und außergewöhnliches Wesen. Soeben las ich Ihren Brief von heute morgen wieder. In ihm findet sich die Sanftmut eines Geßner[2] mit der Tatkraft eines Jean-Jacques[3] vereint. Mein Gott, warum aber nur alles miteinander verknüpfen, das gefallen und anzurühren vermag, und warum vor allem mir ein Gut andienen, dessen ich weder wert noch würdig bin. Nein, nein, ich will Ihre Freundschaft nicht! Gewiß würde sie mich trösten, aber gleichzeitig noch mehr aufregen, aber ich muß mich vor allem ausruhen und Sie für einige Zeit vergessen. Ich möchte mir den guten Glauben an Sie wie an mich bewahren, aber ehrlich gesagt, in dem Zustand der Verwirrung, in dem ich mich befinde, fürchte ich, mich selbst zu täuschen. Vielleicht sind meine Gewissensbisse auch größer als meine Schuld. Vielleicht aber ist auch die Unruhe, die sich meiner bemächtigt hat, noch verletzender für den, den ich liebe.[4] Gerade erhalte ich einen Brief von ihm, der ganz erfüllt ist von seinem Vertrauen in die Gefühle, die ich für ihn hege! Er spricht von mir, von meinen Gedanken, meinen Empfindungen mit jenem Grad wirklichen Einfühlungsvermögens und Gewißheit, über den man nur gebietet, wenn man sich über etwas vernehmen läßt, das man lebhaft und stark empfindet. Mein Gott, welcher Zauber oder welches Verhängnis hat Sie mir zugeführt, um mich zu verwirren? Warum nur bin ich vergangenen September nicht gestorben?[5] Damals wäre ich ohne Bedauern, und ohne mir Vorwürfe machen zu müssen, aus der Welt geschieden. Ach, ich fühle es, noch heute könnte ich mein Leben für ihn hingeben. Es gibt für mich nichts, das ich nicht bereit wäre, für ihn zu opfern. Aber noch vor zwei Monaten brauchte ich ihm nichts zu opfern. Ich habe nicht mehr, aber glücklicher geliebt. Doch er wird mir verzeihen! Ich habe soviel gelitten! Mein Körper, meine Seele waren von dem anhaltenden Schmerz ganz ausgezehrt. Schließlich brachte mich der unregelmäßige und schleppende Gang der Post bisweilen schier zur Verzweiflung. Es war dann, als ich Sie kennenlernte, als ob Sie meiner Seele neues Leben, neue Freude einflößten. Ich weiß nicht, was ich inniger empfand, Ihnen mich verpflichtet zu wissen oder für Sie Sympathie zu hegen.

Aber sagen Sie mir: Ist das die Sprache der Freundschaft? Oder die des Vertrauens? Was ist es, das mich mit sich fortreißt? Machen Sie, daß ich mich selbst erkenne, helfen Sie mir, meinen Gleichmut wiederzuerlangen, meine aufgewühlte Seele zu sänftigen. Sind es meine Gewissensbisse? Ist Ihre Abreise die Ursache? Ist es meine Schuld? Sind Sie es? Was ist es nur, das mich verfolgt? Ich kann nicht mehr. In diesem Augenblick reicht mein Vertrauen in Sie bis zur Selbstaufgabe, aber vielleicht spreche ich in meinem Leben nie wieder mit Ihnen. Leben Sie wohl! Morgen werde ich Sie sehen, und vielleicht schäme ich mich dann dessen, was ich Ihnen heute mitteilte. Vergessen Sie nicht, daß Sie mir versprochen haben, meine Briefe sofort zu verbrennen.

Möge es dem Himmel gefallen, daß Sie mein Freund sind, oder aber ich wünsche mir, Ihnen niemals begegnet zu sein! Glauben Sie, Sie werden mir ein Freund sein? Denken Sie darüber nach, ein einziges Mal nur.

Ist das zuviel?

1 Comte de Guibert plante ursprünglich bis nach Rußland zu reisen, beschied sich aber unterwegs damit, lediglich Preußen und Österreich zu besuchen. Sein Tagebuch dieser Reise erschien unter dem Titel: Journal d'un Voyage en Allemagne fait en 1773, par... Guibert de l'ancienne Académie française, auteur de l'Essai général de Tactique. Ouvrage posthume, publié par sa veuve..., Paris an XI (1803), 2 Bde. 2 Salomon Geßner (1730–1788), dessen «Idyllen» dank der Übersetzung, die Turgot, ein Freund von Julie de Lespinasse, gemeinsam mit seinem aus Deutschland stammenden Sprachlehrer Huber angefertigt hatte, auch in Frankreich sehr bekannt wurden. (Idylles, Lyon 1762). 3 Jean-Jacques Rousseau (1712–1778). 4 Anspielung auf den Geliebten von Julie de Lespinasse, José y Gonzaga, Marqués de Mora (1744–1774), Sohn des spanischen Diplomaten Joaquin Atanasio, Conde de Fuentés. 5 Anspielung darauf, daß der Marques de Mora im September 1772 nach Madrid zurückreiste. Julie de Lespinasse sollte ihm nicht mehr begegnen.

2. *An denselben*

Sonntag, 23. Mai 1773

Wäre ich jung, schön und liebenswürdig, dann gewahrte ich gewiß das ganze Ausmaß an Galanterie, das Ihr Betragen mir gegenüber bestimmt. Da ich aber nichts von all dem bin, ja vielleicht davon in allem das Gegenteil, erkenne ich in Ihrem Benehmen eine Güte und Aufrichtigkeit, die Ihnen auf immer Ansprüche an mein Herz verschaffen. Sie haben es mit Dank, Verehrung, Anteilnahme und mit allen Gefühlen erfüllt, die Innigkeit und Vertrauen einer Verbindung hinzugesellen.

Ich vermag nicht so gut wie Montaigne über die Freundschaft zu sprechen,[1] aber glauben Sie mir, wir werden sie um so unmittelbarer erleben. Wenn das, was er uns mitteilt, wirklich sein Herz bewegte, glauben Sie, er hätte dann nach dem Verlust eines solchen Freundes[2] noch weiterleben mögen? Aber das tut jetzt nichts zur Sache: Von Ihnen soll jetzt vielmehr die Rede sein, von Ihrer anmutigen und feinsinnigen Aufforderung. Sie kommen mir zu Hilfe, Sie wollen es nicht leiden, daß ich mich selber ins Unrecht setze. Sie wollen nicht dulden, daß Ihr Andenken mir einen schmerzlichen Vorwurf in mein Herz senkt oder gar meine Eigenliebe kränkt. Mit einem Wort, Sie wünschen sich, daß ich in Frieden die Freundschaft genieße, die Sie mir anbieten und die Sie mir mit ebensoviel Zartgefühl wie Gefälligkeit beweisen. Gut, ich nehme sie an, ich mache sie mir zueigen, sie wird mich trösten und, sollte ich mich jemals Ihrer Gesellschaft erfreuen dürfen, soll mir diese Freundschaft ein Genuß sein, den ich am meisten begehre und am lebhaftesten empfinde.

Ich hoffe sehr, daß Sie mir das Unrecht nachsehen, das ich nicht begangen habe. Sie wissen wohl, daß es mir unmöglich wäre, Sie einer Gemütsregung zu verdächtigen, die Ihrer Güte und Aufrichtigkeit widerspräche. Dennoch habe ich Sie angeklagt. Das will aber weiter nichts besagen, als daß ich schwach und schuldig, ja, mehr noch, daß ich bis zu dem Grad verwirrt war, daß ich mir meine Geistesgegenwart und Unbefangenheit nicht mehr zu bewahren vermochte. Sie selbst sehen zu scharf und gewahren zu rasch, als daß ich fürchten müßte, Sie fühlten sich mißverstanden. Ich bin mir ganz gewiß, daß Ihre Seele nicht glaubt, sich ob der Regungen der meinigen beklagen zu müssen.

Ich weiß, daß Sie erst am Donnerstag gegen halb sechs Uhr aufbrachen. Zwei Minuten, nachdem Sie abgefahren waren, stand ich vor Ihrer Türe. Ich hatte mich am Vormittag erkundigt, zu welcher Stunde Sie am Mittwoch abgereist seien, und zu meinem großen Erstaunen erfuhr ich, daß Sie noch in Paris weilten und daß man sich auch noch gar nicht sicher sei, ob Sie denn am Donnerstag aufbrächen. Ich machte mich dann selber auf den Weg, um zu erfahren, ob Sie womöglich erkrankt seien und, was Ihnen sicherlich abscheulich erscheinen wird, es war mir fast so, als wünschte ich es mir. Gleichwohl und auch wegen einer Inkonsequenz, die ich Ihnen nicht erläutern mag, fühlte ich mich erleichtert, als ich hörte, daß Sie abgereist seien. Ja, Ihre Abwesenheit hat mir meine Ruhe zurückgegeben, aber dennoch ist mir noch trauriger zumute. Sie müssen mir das nachsehen und sich damit bescheiden. Ich weiß nicht, ob ich Ihnen nachtrauern werde, aber mit Ihnen fehlt mir ein Vergnügen, an dem insbesondere die regen und sensiblen Seelen hängen. Es ist aber keineswegs der Gedanke an die lange Dauer Ihrer Abwesenheit, die mich betrübt, denn ich vermag kein Ende abzusehen. Es ist vielmehr das Gegenwärtige, das auf meiner Seele lastet, das mir das Herz schwer und traurig macht und das mir kaum genug Kraft läßt, auf günstigere Umstände zu hoffen.

Doch sehen Sie nur, welch schreckliche Person ich bin! Da, drei Seiten, auf denen nur von mir die Rede ist, und dennoch bin ich davon überzeugt, daß ich mich nur mit Ihnen beschäftige. Wenigstens verlangt es mich danach zu wissen, wie es Ihnen geht, wie es um Sie steht. Wenn Sie dies lesen, mein Gott, wie fern werden Sie sein! Ihre Person ist zwar nicht mehr als dreihundert Meilen weit weg, aber bedenken Sie, welchen Weg Ihre Gedanken zurückgelegt haben werden! Wie viele neue Dinge! Wie viele Ideen! Wie viele neue Überlegungen! Mir will es scheinen, als spräche ich nur noch mit Ihrem Schatten. Alles, was mir an Ihnen vertraut war, ist verschwunden. Kaum noch werden Sie in Ihrer Erinnerung die Spuren jener Zuneigung finden, die Sie während der letzten Tage, die Sie in Paris weilten, beseelten und erregten, und das ist auch besser so. Sie wissen nur zu gut, daß wir uns darin einig waren, Weichherzigkeit sei ein Merkmal der Mittelmäßigkeit, während Ihr Charakter Sie zur Größe bestimmt, Ihre Talente Sie zum Ruhm verurteilen. Überantworten Sie sich also Ihrem Schicksal, und gestehen Sie es sich ein, daß Sie nicht für dieses süße und nach innen gerichtete Leben geschaffen sind, das der Zärtlichkeit und des Gefühls bedarf.

Für einen einzigen Gegenstand zu leben gewährt lediglich Wonne, aber keinen Ruhm! Und wenn man nur in einem Herzen herrschen möchte, dann begibt man sich seines Einflusses auf die Welt. Es gibt Lebensläufe, Namen, die für die Geschichte, die Nachwelt bestimmt sind. Der Ihre wird eines Tages Bewunderung erwerben. Wenn ich mich an diese Gedanken verliere, dann dämpft dies ein wenig die Anteilnahme, die ich für Sie hege. Adieu.

1 Anspielung auf Michel de Montaigne, Essais, I. Kap. XXVII. 2 Anspielung auf Étienne de la Boëtie (1530–1562), den engen Freund Montaignes, dessen Tod diesen zu seinen Reflexionen über die Freundschaft in seinen Essais inspirierte.

3. *An denselben*

Montag, den 24. Mai 1773

Was sagen Sie zu dieser Torheit? Kaum darf ich mich in der eitlen Zuversicht wiegen, daß Sie mir Gehör schenken, schon überschütte ich Sie mit meinen Zudringlichkeiten! Unlängst bemerkten Sie einmal, lange Briefe schriebe man seinen Freunden, Menschen, die einem zusagten, und an solche, mit denen man gerne plaudere. Sollten Sie damit die Wahrheit gesagt haben, dann sind Sie nun verpflichtet, meine Ergüsse wenn schon nicht mit innerer Bewegung, so doch mit Nachsicht zu lesen. Ich habe den langen Brief eben noch einmal überflogen. Mein Gott, wie belanglos ich ihn jetzt finde! Aber was wäre es nütze, begänne ich ihn noch einmal: Er würde deshalb nicht besser. Ich habe den lebhaften Eindruck, zu nichts anderem geschaffen zu sein, als auf vielfältige Weise zu langweilen; ich bin traurig und stumpf. Was läßt sich damit schon groß beginnen? Aber ich habe einige Fragen, die ich an Sie richten möchte, und seien Sie so liebenswürdig, mir diese zu beantworten.

Haben Sie Diderots Brief erhalten? Er plant, am 6. Juni abzureisen, so daß Sie ihm in Rußland begegnen werden.[1] Warum sind Sie nicht schon am Mittwoch aufgebrochen? Haben Sie sich oder einer anderen Person diese 24 Stunden zum Geschenk gemacht? Haben Sie das Buch von M. Thomas mitgenommen?[2] Ich wünschte es. Diese Lektüre ist nämlich ganz auf die Schwingung Ihrer Seele eingestimmt. Es ist vornehm, kraftvoll und edel geschrieben. Zweifellos hat es auch einige Mängel, aber an seinem aufgeblasenen und übertriebenen Stil hat er einige Korrekturen vorgenommen. Noch immer aber gibt es zuviele erläuternde Passagen und ermüdende Aufzählungen; vor allem aber fällt es ihm schwer, sich von Gegenständen wieder zu lösen, denen sein besonderes Augenmerk gilt.

Ich sah mich genötigt, diese Lektüre für einige Tage zu unterbrechen, weil der Postbote zweimal in der Woche über meine gesamte Lebensführung entscheidet. Sein gestriges Erscheinen machte mir jede Lektüre unmöglich, suchte ich doch nur nach dem Brief, der mir fehlte, und es wäre wohl aussichtslos gewesen, wenn ich ihn bei M. Thomas gesucht hätte.

Sie haben mir Nachrichten von sich aus Straßburg versprochen. Sind Sie jetzt nicht selber erstaunt darüber, sich mir gegenüber verpflichtet zu haben, oft zu schreiben? Bereuen Sie jetzt nicht den Leichtsinn, mit dem Sie einer Ihnen bezeugten lebhaften Anteilnahme nachgegeben haben? Es ist gewiß lästig, sich in einer Entfernung von 300 Meilen um andere bekümmern zu sollen. Es ist doch nur vergnüglich, wenn man dem folgt, wozu einen augenblickliches Verlangen und Gelüst drängen. Aber wie großzügig ich Ihnen gegenüber bin! Bin ich doch willens und bereit, Ihnen das mir gegebene Wort zu vergessen, sollten Sie sich seinetwegen eines Irrtums zeihen. Gestehen Sie es mir ruhig ein, und ich versichere Sie, daß ich deswegen nicht verletzt sein werde. Glauben Sie mir, es ist lediglich die Eitelkeit, die derlei schwierig macht, aber ich bin von ihr völlig frei. Ich bin nämlich nichts anderes als ein treuherziges, recht dummes, sehr natürliches Geschöpf, dem das Glück und das Vergnügen dessen, den es liebt, weitaus mehr am Herzen liegen als alles, was mich anbelangt oder mir bestimmt ist. Nachdem Sie dies über mich erfahren haben, machen Sie es sich nur recht bequem und schreiben Sie mir *wenig, viel,* oder *gar nicht,* aber glauben Sie bloß nicht, daß das eine ebenso wie das andere mich zufriedenstellte, denn noch verfüge ich über weitaus weniger Gleichgültigkeit als Eigenliebe, doch dafür weiß ich mich im Besitz einer Kraft oder einer Fähigkeit, die alles aufwiegt: Ich verstehe mich nämlich darauf zu leiden und zwar viel zu leiden, ohne mich zu beklagen.

Leben Sie wohl! Vermochten Sie es, mir bis hierhin zu folgen? War es nicht unerträglich langweilig?

1 Denis Diderot (1713–1784) reiste auf Einladung der Zarin Katharina II. nach Rußland, von wo er im Oktober 1774 zurückkehrte. 2 Antoine Léonard Thomas, Essai sur le Charactère, les Mœurs et l'Esprit des Femmes dans des différents Siècles, Paris 1772. Eine ausführliche Kritik dieses Buches aus der Feder von Julie de Lespinasse findet sich in: Charles Henry ed., Lettres inédites de Mademoiselle de Lespinasse à Condorcet, à d'Alembert, à Guibert, au Comte de Crillon, Paris 1887, S. 99–201.

4. An denselben

Samstag, 30. Mai 1773

Gestern erhielt ich Ihren Brief aus Straßburg. Es schien mir, als sei sehr viel Zeit verstrichen seit dem Mittwoch, dem 19., dem Tag, an dem ich das letzte Zeichen Ihrer Erinnerung empfangen hatte. Ihr gestriges Schreiben hat mich getröstet, hat meiner Seele wohlgetan. Es verlangte sie danach, durch die Beschäftigung mit einem süßen Gefühl zerstreut zu werden, dem sie sich ohne alle Verwirrung und ohne Reue hingeben kann. Ja, ich kann es mir eingestehen und es Ihnen auch sagen, daß ich Sie zärtlich liebe. Ihre Abwesenheit ist mir so schmerzlich, aber ich vermag nicht mehr, gegen das Gefühl anzukämpfen, das Sie in mir geweckt haben: Der Zustand meiner Seele steht mir klar vor Augen. Ach, das Übermaß meines Unglücks rechtfertigt alles weitere: Ich habe keine Schuld auf mich geladen, aber dennoch und bevor auch nur das geringste geschehen ist, werde ich das Opfer sein. Ich glaubte zu sterben, als ich am Freitag einen Brief mit der Extrapost erhielt,[1] zweifelte ich doch keinen Augenblick daran, daß er die schrecklichste Botschaft zum Inhalt hätte. Die Unruhe, die mich befiel, raubte mir fast die Kraft, den Brief zu erbrechen. Länger als eine Viertelstunde verharrte ich regungslos, ließ meine Seele mir alle Sinne erstarren. Schließlich las ich und sah meine Befürchtungen nur zu einem Teil bestätigt. Ich muß nicht um die Tage dessen bangen, den ich liebe, aber auch wenn er der allergrößten Gefahr entronnen ist, mein Gott, was wird mir dennoch an Leiden widerfahren. Wie sehr fühle ich mich von der Bürde des Lebens niedergedrückt! Die Dauer der Leiden übersteigt alle menschliche Kraft. Ich verspüre nur eine Zuversicht in mir, und sehr häufig habe ich nur ein einziges Verlangen. Urteilen Sie, ob ich Sie nicht lieben, ob ich mir Ihre Gegenwart nicht herbeisehnen muß. Sie haben die Macht besessen, ein ebenso heftiges wie tiefsitzendes Übel zu zerstreuen: Ich erwarte, ich ersehne Ihre Briefe. Ja, glauben Sie mir, nur die Unglücklichen sind wert und würdig, Freunde zu haben. Hätte Ihre Seele nie gelitten, dann wären Sie niemals bis zu der meinen vorgedrungen. Ich hätte Ihre Fähigkeiten bewundert und gepriesen, aber gleichzeitig hätte ich mich auch von Ihnen ferngehalten, weil ich einen ausgeprägten Widerwillen gegen alles habe, das allein meinen Verstand fesselt. Zum Denken jedoch muß man ruhig sein: In der Erregung hingegen kann man nur empfinden und leiden. Sie lassen mich wissen, daß sie sich Vorwürfe machen, Sie gar von Gewissensbissen geplagt werden, daß Sie nur Schmerz empfinden. Ich glaube Ihnen, und das betrübt mich. Aber dennoch verstehe ich nicht, daß der Brief, den ich erhielt, mir einen Eindruck verschaffte, der ganz im Gegensatz zu Ihrem Zustand steht. Es bedünkt mich, als sprächen aus Ihren Zeilen nur Ruhe, Gelassenheit und Stärke, und es scheint so, als machten Sie von etwas Mitteilung, das Sie empfunden haben, und nicht von dem, was Sie empfinden. Kurz, wenn ich irgendwelche Ansprüche geltend machen könnte, wenn ich feinfühlig wäre, wenn Freundschaft mir leicht fiele, dann sagte ich Ihnen, daß Straßburg weit entfernt ist, aber besonders weit von der rue Taranne.[2]

Montesquieu vertritt die Ansicht, das Klima übe einen großen Einfluß auf die Sitten aus.[3] Liegt denn Straßburg nördlicher als Paris? Urteilen Sie selbst, was dann erst von Petersburg zu fürchten wäre! Aber ich habe keine Angst, ich glaube an Sie, ich vertraue auf Ihre Freundschaft. Erklären Sie mir aber dennoch, warum ich dieses Vertrauen hege, aber hüten Sie sich gleichermaßen davor zu vermeinen, meine Eigenliebe spielte dabei irgendeine Rolle. Meine Empfindungen für Sie sind von diesem gräßlichen Amalgam *gereinigt*, das jegliche Zuneigung verdirbt und schwächt.

Es wäre sehr liebenswürdig von Ihnen gewesen, hätten Sie mir mitgeteilt, ob mein Brief der einzige war, den Sie in Straßburg erhielten.[4] Sehen Sie, wie großmütig ich bin, wünschte ich doch, daß sich dieser Brief in eben jenen verwandelte, den Sie voller Sehnsucht in Straßburg vorzufinden hofften. Machen wir doch reinen Tisch, weisen Sie mir einen Platz zu, aber da ich es nicht liebe zu wechseln, geben Sie mir gleich einen besseren. Auf keinen Fall möchte ich aber jenen einnehmen, auf dem Sie diese unglückliche Person leiden lassen, die Ihnen grollt. Ebensowenig aber möchte ich den Platz, den Sie gezwungen wurden jener anderen Person zuzugestehen, was Sie sehr verstimmt hat. Ich weiß nicht, welchen Platz Sie mir zubilligen werden, aber achten

Sie, wenn möglich, darauf, daß wir beide damit zufrieden sein werden. Machen Sie keine Ausflüchte, bewilligen Sie viel, und Sie werden sehen, daß ich damit kein Schindluder treibe. Wohlan! Sie werden bemerken, wieviel ich von der Liebe verstehe! Liebe ist mein Element; ich verstehe mich auf nichts anderes so sehr wie darauf zu lieben. Mit geringen Mitteln vermag man, wie Sie wohl wissen, viel zu bewirken, wenn man diese nur auf ein Ziel hin ausrichtet.[5] Nun gut, mich beherrscht nur ein Gedanke, und dieser erfüllt meine Seele und bestimmt mein Leben. Sie glauben, daß Ihre Zerstreuungen und Ihre Studien Sie nur Ihren Freunden fremd machen. Lernen Sie sich besser kennen, und lassen Sie es freimütig und gern geschehen, daß Ihr Charakter über Ihren Willen, über Ihre Gefühle und über alle Ihre Handlungen den Sieg davonträgt. Die Menschen, die vom Verlangen nach Liebe erfüllt sind, reisen niemals nach Petersburg;[6] manchmal reisen sie zwar weit fort, aber dann sind sie dazu genötigt,[7] und sie rechtfertigen dies auch keineswegs damit, sie wollten *in ihr Inneres Einkehr halten,* um dort das zu finden, was sie lieben. Auch wenn sie tausend Meilen entfernt sind, leugnen sie dennoch nicht die Trennung. Aber es gibt mehr als nur eine Art und Weise, gut und vortrefflich zu sein; die Ihre wird Sie ein recht gutes Stück Wegs zurücklegen lassen und dies in jeglicher Bedeutung des Wortes. Ich bedauerte eine zartfühlende Frau, der Sie ein und alles bedeuteten, verzehrte diese doch ihr Leben in Ängsten und Reuegefühlen. Andererseits aber beglückwünschte ich eine eitle und hochmütige Frau, könnte doch die ihr Leben damit hinbringen, zufrieden zu sein und sich ihres guten Geschmacks zu berühmen. Solche Frauen lieben das Ansehen, die öffentliche Meinung und den großen Auftritt. Das alles ist auch sehr schön, aber auch eisig kalt und unendlich weit entfernt von der Leidenschaft, die Worte findet wie die:

«Die Hölle tut sich auf mir und das Grab
Geliebter, gern steig ich für dich hinab![8]»

Aber ich bin von Sinnen, und noch schlimmer als das, ich bin neugierig: Ich habe nur einen Ton, eine Farbe, eine Wesensart, und wenn diese nicht angeregt werden, dann erstarre ich in tiefer Langeweile. Sie werden es mir sagen, welche der beiden

Wirkungen eintreten wird. Wovon Sie mir bitte aber auch Mitteilung machen wollen, ist, wie es Ihnen geht, während ich Ihnen dafür die einzige Neuigkeit verraten will, die mich interessiert:

Der Posten des Kommandeurs an der Ecole militaire ist noch nicht besetzt![9]

1 Anspielung auf ein Schreiben des Marques de Mora. 2 Guibert wohnte damals in dieser Straße, während Mlle. de Lespinasse in der rue Sainte-Dominique vis-à-vis dem Couvent de Belle-Chasse und nur wenige Schritte vom Couvent de Saint-Joseph entfernt ihre Wohnung hatte. 3 Montesquieu, Esprit des Lois, I, XIV. 4 Anspielung auf Jeanne Thiroux de Montsauge, die damalige Geliebte Guiberts, die stets die Eifersucht von Julie de Lespinasse provozierte. 5 Anspielung auf die berühmte taktische Maxime Guiberts für den Einsatz der Artillerie, die von Napoléon mit großem Erfolg angewandt wurde. Vgl. Guibert, Essai général de Tactique, Bd. I, Essai sur la Tactique de l'Artillerie, Kap. V, Nouvelle Edition revue & corrigée par l'auteur, Londres 1773, S. 149. 6 Anspielung auf die damals von Guibert noch geplante Reise nach Rußland. 7 Anspielung auf den Marques de Mora, der im September 1772 Paris auf Drängen seiner Eltern und Ärzte hin verlassen hatte. 8 Voltaire, Zulime, II. Akt, 5. Szene. 9 Unter den Bewerbern auf diese durch den Tod ihres bisherigen Inhabers, des Marquis de Croismare, vakante Stelle an der Ecole royale militaire fand sich auch der Comte Charles-Bénoit de Guibert, der Vater des Comte Hyppolite de Guibert.

5. *An denselben*

Den 6. Juni 1773

Mein Gott, wie selten macht einem etwas Freude, und wie langsam stellt es sich ein! Es ist mir, als sei seit dem 24. eine Ewigkeit vergangen, und ich vermag nicht zu sagen, wie lange ich noch auf einen Brief aus Dresden warten soll. Versprechen Sie mir aber wenigstens das eine: Haben Sie den festen Vorsatz, mir so oft zu schreiben, wie Sie dies können? Wären meinem Vergnügen, meinem Verlangen wirklich nur Umstände zuwider, für die Sie keine Ursache tragen, will sagen, die Entfernung und die Langsamkeit der Boten? Gegen Rußland hege ich einen heftigen Widerwillen. Seit Sie sich aber mit der Absicht tragen, dorthin zu reisen, hasse ich die Russen. Mein Gott, was versprechen

Sie sich dort zu erleben? All das, vor dem man sein Lebtag flüchten oder das man nie zur Kenntnis nehmen sollte. Ihnen wird dort alles das begegnen, was Sie aus tiefster Seele verabscheuen: Sklaverei und Tyrannei, Gemeinheit und Anmaßung. Ich weiß wohl, daß Sie in mancherlei Hinsicht antworten könnten: ganz wie bei uns. Aber unsere Laster sind durch unsere Mängel gemildert, während in diesem Land ein schrankenloses Unglück herrscht, das die Auswüchse der Verderbnis und der Entwürdigung in stets sich wandelnder Gestalt zeigt. Ohne jeden Zweifel ist dies alles der Betrachtung eines Philosophen wert: Die Naturforscher beobachten die Kröten und Spinnen mit demselben Interesse wie Tiger und Elefanten. Mir macht es jedoch das Herz schwer, wenn ich bemerke, daß Ihre Wißbegierde, Ihre Aktivitäten, kurz, alle Ihre natürlichen Eigenschaften wie Ihre erworbenen Tugenden mir gleichermaßen feindlich sind. Ihre Ruhmesliebe beispielsweise wird es noch vermögen, daß Ihre Freundschaft, oder zutreffender, meine Freundschaft, nichts anderes denn ein Unglück mehr in meinem Leben sein wird. Gleichwohl können Sie mir mit den Worten des Einsiedlers zu Zadig sagen: «Zuweilen spendete ich den Seelen Unglücklicher Trost.»[1] Ja, ich danke Ihnen, was den Reiz und die Süße der Freundschaft anbelangt, ich fühle, daß dieses Band bereits zu stark, daß sein Einfluß auf meine Seele bereits übermächtig geworden ist. Wenn meine Seele leidet, dann ist sie versucht, sich Ihnen zuzuwenden, um Trost zu finden, und wenn sie ruhig ist, wird sie noch viel heftiger, weil es sie nach dem Vergnügen verlangt, dorthin gezogen zu werden. Prüfen Sie, ob ich das alles für Sie bedeute, oder ob ich nicht tatsächlich viel mehr Grund habe, Sie zu lieben und Sie zu missen. Mehr noch: Meine Freundschaft ist Ihnen angenehm, mir aber sind Sie bereits unverzichtbar geworden, noch ehe ich wußte, was ich Ihnen bedeute. Aber was halten Sie von einer Seele, die sich wegschenkt, ohne zu wissen, ob dieses Geschenk auch genehm ist? Oder die auch nur darauf achtet, ob sie mit Freude oder nur aus schierer Höflichkeit angenommen wird? Mein Gott, welches Leid fügten Sie mir zu, wären Sie nicht so feinfühlig! Es genügte mir nämlich ganz und gar nicht, wären Sie nur ritterlich. Ich habe aufrichtige Freunde, ja, ich habe mehr als solche noch, aber dennoch bin ich ganz von dem erfüllt, was Sie mir bedeuten. Aber seien wir ehrlich: Steckt darin nicht eine gehörige Portion Torheit, ja vielleicht sogar Lächerlichkeit, wenn ich Sie als meinen Freund ansehe? Antworten Sie mir, aber nicht mit weltmännischer Gelassenheit, sondern sagen Sie die Wahrheit. Mag Ihre Seele auch bewegt sein, so ist sie dennoch nicht so angegriffen wie die meine, die unablässig zwischen Erregung und Erschlaffung schwankt. Über nichts vermag ich mit Bestimmtheit zu urteilen, würde ich mich doch stets irren, wäre ich doch sogar imstande, Gift als ein Beruhigungsmittel zu nehmen. Achten Sie darauf, wie ich mich betrage, erleuchten Sie mich, geben Sie mir Kraft. Ich werde Ihnen vertrauen, Sie sind mir meine Stütze, mein Verstand; der meine steht mir nicht mehr zu Gebote, ich bin unfähig, etwas vorherzusehen. Von Schrecken betäubt, vermag ich nichts mehr zu erkennen. Vergegenwärtigen Sie sich mein Unglück: Nur beim Gedanken an den Tod finde ich noch Ruhe. Es gibt Tage, da ist er meine einzige Hoffnung, aber bisweilen habe ich auch ganz gegenteilige Empfindungen, fühle ich mich derart ans Leben gefesselt, daß es mir die Kehle zuschnürt. Der Gedanke, dem zur Last zu fallen, den ich liebe, erstickt in mir den Wunsch, getröstet zu werden, beeinträchtigte dies doch seinen Seelenfrieden. Was soll ich Ihnen noch sagen? Das ganze Ausmaß meiner Widersprüchlichkeit raubt mir den Verstand, und die Last des Lebens zerschmettert meine Seele. Was soll ich tun, was wird aus mir werden? Wird es Charenton sein,[2] oder meine Pfarrei,[3] die mich vor mir selbst retten? Ich mache auch Sie zum Opfer, und es bedrückte mich, wenn Sie soviel Zuneigung zu mir empfänden, daß Sie mein Leid mit mir teilten. Andererseits stürbe ich gewiß vor Scham, würde ich Sie damit nur langweilen. Glauben Sie nur nicht, daß Sie mir das verbergen könnten. So raffiniert Sie dies auch anstellten, Sie würden mich dennoch nicht zu täuschen vermögen. Aber stellen Sie mich wenigstens damit zufrieden, daß Sie mich wissen lassen, wie es Ihnen geht. Haben Sie mehr oder weniger Vergnügen, als Sie sich dies versprachen? Hat sich Ihre Gesundheit im Vergleich zu der Zeit Ihres letzten Hierseins verbessert? Sind Sie mit Ihrem Diener zufrieden? Das alles hat zweifellos nichts mit Glück oder Unglück zu tun, aber dennoch trägt es zu Ruhe oder Ungemach bei, und eben deshalb ist es wert, beachtet zu werden. Sie sind recht bescheiden, denn Sie haben mir keine Mitteilung darüber gemacht, wie sehr Sie in Straßburg gefeiert wurden.[4] Zu Ihrem Lobpreis wurden Verse geschmiedet, die herzlich schlecht, aber voller guter Absichten waren. Geraten Sie darüber nicht in Zorn, sondern sagen Sie mir lieber: Haben Sie unterwegs aus dem «Connétable» vorgelesen?[5] Nein, ich meine nicht den Posthaltern, sondern Angehörigen der besseren Stände. Der «Connétable» bringt mich auf einen Einfall. Wenn Sie etwas Feingefühl besäßen, wenn Sie nur wie Montaigne wären und mich für La Boëtie ansehen wollten, wie würde ich Sie dann bedauern, daß Sie sich das Vergnügen versagten, mir ein Unterpfand Ihres Vertrauens, Ihrer Freundschaft und Ihrer Wertschätzung gegeben zu haben! Ich rühme mich nicht, allein ich versichere Sie, daß ich von Gewissensbissen gepeinigt worden wäre, hätte ich mir ein solches Betragen Ihnen gegenüber vorzuwerfen. Was beweist das? Sagen Sie es mir! – Leben Sie wohl, ich weiß um die ganze Unterschiedlichkeit unserer Gefühle, lehren Sie mich deren Ähnlichkeit.[6] Dieses Spiel wird niemals mehr mit solcher Anteilnahme gespielt werden.

1 Voltaire, Zadig ou la Destinée (1748), Kap. XX. 2 Anspielung auf die Maison des Insensées in Charenton-Le-Pont, das Irrenhaus, das seit 1645 bestand. 3 Anspielung auf den Gemeindefriedhof von Saint-Sulpice, auf dem Julie de Lespinasse ihre letzte Ruhestätte fand. Der Friedhof wurde 1784 aufgelassen. 4 Anspielung auf die Feiern, die für Guibert anläßlich der Übernahme seines Kommandos über die Légion de Corse veranstaltet wurden. Vgl. Guibert, Journal d'un Voyage, Bd. I, S. 103. 5 Le Connétable de Bourbon, Tragödie in fünf Akten von Guibert, die als einziges seiner Theaterstücke 1775 und 1776 eine Aufführung erlebte. 6 Anspielung auf einen Gassenhauer, der den Refrain hatte: «Das ist Verschiedenheit! Und das ist Ähnlichkeit!»

6. *An denselben, in Berlin*

Sonntag, 20. Juni 1773

Mein Gott, sind Sie tot, oder sollten Sie schon vergessen haben, daß die Erinnerung an Sie in den Herzen derer, die Sie verlassen haben, noch immer sehr lebendig und schmerzlich ist? Seit dem 24. Mai habe ich nichts mehr von Ihnen gehört. Es fällt mir schwer zu glauben, daß Sie daran nicht auch etwas Schuld tragen. Verhält es sich so, dann verdienten Sie weder das Bedauern, das mein Herz für Sie hegt, noch den Vorwurf, den es Ihnen macht. Ich weiß, daß selbst M. d'Aguesseau[1] keinerlei Nachrichten von Ihnen erhalten hat. Ich hege für Sie eine derart aufrichtige und innige Anteilnahme, daß ich außer mir vor Glück gewesen wäre, hätte ich erfahren, daß Sie ihm vor mir den Vorzug gegeben haben. Ohne Zweifel verdient er ihn in jeder Hinsicht, aber dennoch ist es nicht eine Sache der Gerechtigkeit, über das Gefühl zu richten. Oder könnten Sie sich vorstellen, daß, beherrschte mich diese Tugend, ich von Ihrem Schweigen beunruhigt wäre und noch Zeichen Ihrer Freundschaft verlangte? Gewiß nicht! Ja, ich könnte es mir noch nicht einmal erklären, warum ich mich in diesem Augenblick mit Ihnen beschäftigte. Ich habe gestern eine Nachricht erhalten,[2] die meine Seele vor Schmerz vergehen ließ. Die Nacht durchwachte ich unter Tränen, Kopf und Körper waren völlig erschöpft, aber, sobald ich eine Regung hatte, die nicht schmerzerfüllt war, habe ich an Sie gedacht, und mir schien, ich hätte Sie, wären Sie in Paris gewesen, sicherlich wissen lassen, was ich leide, und vielleicht hätten Sie sich dann auch nicht geweigert zu kommen. Sagen Sie mir, ob ich mich irre: Wenn meine Seele leidet, gehe ich dann fehl, wenn ich Trost bei der Ihren suche? Inmitten so vieler Aufregungen, so vieler Ansprüche, die so sehr im Widerspruch zu dem stehen, das zum Herzen spricht und traurig macht, verstehen Sie dann überhaupt noch eine Sprache, die den meisten Menschen fremd ist, die sich von Zerstreuungen verführen oder von der Eitelkeit berauschen lassen? Auch die kennen diese Sprache nicht besser, die, wie Sie, vom Wissensdurst oder der Ruhmesliebe beherrscht sind. Sie sind zutiefst davon durchdrungen, daß Einfühlsamkeit und Mediokrität auf demselben Ast wachsen, so daß ich schier vor Angst vergehen möchte, Ihre Seele verschlösse sich mit einem Mal dieser viel häufiger das Herz zerreißenden als tröstenden Regung. Seit vierzehn Tagen habe ich Ihnen nicht geschrieben, und gestern war ich noch gewillt, es nicht eher zu tun, als bis ich von Ihnen Nachricht erhalten hätte. Das Leiden indes hat mein Herz erweicht, und ich gebe ihm nach. Gegen fünf Uhr in der Frühe habe ich zwei Kügelchen Opium genommen, die mir Ruhe verschafften, die wohltuender ist als der Schlaf. Nun hat mein Schmerz nachgelassen, aber mein Körper ist ohne alle Energie. Mit geringerer Spannkraft gelingt es einem am Ende doch, das ungestüme Herz zu sänftigen. Ich kann wieder zu Ihnen sprechen, mich bei Ihnen beklagen. Gestern fehlten mir alle Worte. Ich hätte es nicht auszusprechen vermocht, daß ich um das Leben des Geliebten bangte; zu sterben wäre mir leichter gefallen, als Worte zu äußern, die mein Herz hätten zu Eis erstarren lassen. Sie haben geliebt, also verstehen Sie, was derartige Schreckensbilder besagen. Bis Mittwoch werde ich in einem schauderhaften Zwiespalt verharren, der es mir aber dennoch zur Pflicht macht, bis dahin zu überleben. Ach, es ist unmöglich zu sterben, solange man geliebt wird, und dennoch ist es ein Schrecken zu leben. Der Tod ist das dringlichste Verlangen meiner Seele, aber ich fühle mich bis zum Ersticktwerden ans Leben gefesselt. Beklagen Sie mein Los! Vergeben Sie mir, sollte ich Ihre Güte, die Sie mir bezeugten, mißbraucht haben. Finde ich bei Ihnen oder bei mir das Zutrauen, das mich weiterleben läßt?

Es geht das Gerücht, Sie hätten den König in Berlin nicht angetroffen.[3] Sollten Sie ihm in Stettin Ihre Aufwartung gemacht haben, wo er sich bis zum 20. aufhalten sollte? Ich bin in Unruhe, hätte ich doch von Ihnen Nachricht aus Berlin erhalten sollen. Wie sehr machten Sie sich schuldig, begingen Sie auch nur die kleinste Nachlässigkeit! Auch entsinnen Sie sich nur zu gut, daß Sie mir Ihr Ehrenwort gaben, es mich wissen zu lassen, wenn Sie erkrankt wären. Bedienen Sie sich also nur nicht jener Ausrede, Sie hätten mich deswegen nicht beunruhigen wollen, wie man sie gerne gegenüber gewöhnlichen Freunden benutzt. Ich möchte nicht geschont werden, ich will vielmehr durch meine und für meine Freunde leiden, denn ich liebe tausendmal mehr die Leiden, die sie mir zufügen, als alles Glück dieser Welt, das sich nicht ihnen verdankt. Guten Tag! Ich stehe noch immer unter dem Einfluß des Opiums, das mir einen Schleier auf die Augen legt und das mich vielleicht noch einfältiger macht, als ich es für gewöhnlich schon bin. Aber, was liegt daran, ist es doch nicht mein Witz als vielmehr meine Leiden, an denen Sie Anteil nahmen.

1 Charles-Albert-Xavier, Marquis d'Aguesseau, damals Oberstleutnant im Régiment de la Couronne, ein enger Freund Guiberts. 2 Vom Marques de Mora. 3 Gemeint ist Friedrich II. von Preußen. Vgl. Guibert, Journal d'un Voyage, Bd. I, S. 134.

7. *An denselben*

Montagabend, den 21. Juni 1773

Mein fünfter Brief nach Berlin, wie ich glaube.

Ich habe Ihnen gestern geschrieben, und ich schreibe Ihnen heute abend. Wartete ich noch drei Tage länger, das heißt bis Mittwoch, dann antwortete ich Ihnen vielleicht nie auf Ihren Brief vom 10., den der Chevalier d'Aguesseau mir heute überbrachte. Zunächst, denn es gibt vielleicht auch für mich noch ein Morgen, möchte ich Sie ersuchen, Ihre Briefe unmittelbar an mich zu richten. Jene Praxis bedeutet nämlich, einen Zufall mehr gegen mich ins Spiel zu bringen: Der Chevalier d'Aguesseau kann sich aufs Land begeben, eine Reise antreten etc. Genug, es genügt völlig, tausend Meilen voneinander getrennt zu sein; dem muß nicht noch weiteres hinzugefügt werden. Ach, Sie werden mich jetzt für eine närrische Person halten, aber ich will zu Ihnen dennoch mit aller Offenheit sprechen, deren man nur fähig sein kann, wenn man überzeugt ist, des anderen Tags sterben zu müssen. So lauschen Sie mir denn auch mit der Nachsicht und Anteilnahme, die man Sterbenden gegenüber zu beobachten pflegt. Ihr Brief hat mir gut getan; ich *wartete* unablässig auf ihn, aber ich hatte längst aufgehört, ihn *herbeizusehnen,* denn meine Seele war längst keiner Regung mehr fähig, die Freude ähnlich gewesen wäre. Nun, soll ich es Ihnen sagen? Sie haben für einige Augenblicke die Furcht und den Schrecken vertrieben, die mein ganzes Dasein ausfüllen. Oh Gott, ich bange um sein Leben,[1] das meinige ist an seins gefesselt, aber ich muß dennoch mit Ihnen sprechen. Begreifen Sie, was mir neuen Lebensmut einflößen, mich zu Ihnen hinziehen könnte? Mit anderen Worten: Ihre Freundschaft befriedigt mich nicht. Ich empfinde es als herzlos und leichtfertig, daß Sie mir nicht sagten, warum Sie aus Dresden nicht geschrieben haben, obwohl Sie mir dies versprochen hatten. Und zum weiteren lassen Sie es mich auch allzudeutlich spüren, daß der Unmut über die Enttäuschung in Berlin[2] bei Ihnen den Ausdruck von Zärtlichkeit und Freude ausgelöscht hat, den Sie ob der Beweise meiner Freundschaft hätten zeigen müssen. Schließlich, aber muß ich Ihnen dies auch noch sagen? Ich bin verletzt wegen Ihres Dankes, den Sie mir für die Anteilnahme wußten, die ich Ihnen entgegenbrachte. Halten Sie das für eine angemessene Antwort? Sie werden mich jetzt als sehr ungerecht, als sehr schwierig einschätzen. Aber nichts davon trifft zu: Ich bin nur sehr ehrlich, sehr krank und sehr unglücklich. Wenn ich Ihnen nicht offenbarte, was ich fühle, was ich denke, hätte ich Ihnen nichts zu sagen. Glauben Sie, daß in dem Zustand der Verwirrung, in dem ich mich befinde, man sich irgendeinem Zwang unterwerfen könnte? Sollte ich zum Beispiel so tun, als sei ich tief gerührt von der Art und Weise, in der Sie sich über das Hauptinteresse meines Lebens auszulassen geruhten: «Antworten Sie mir auf alles das, wie Sie können, wie Sie mögen?» Oh ja, so wie ich mag! Sie lassen mir in der Tat eine große Freiheit, aber Sie sehen auch, wozu ich sie gebrauche: Nicht um an Ihnen herumzukritteln, sondern um Ihnen zu beweisen, was Sie eigentlich besser wissen sollten als ich, daß sich nämlich in Ton und Ausdruck immer das widerspiegelt, was man fühlt; aber wenn ich nicht zufrieden bin, so ist das nicht Ihre Schuld, wie ich sehr wohl weiß. Auch erhebe ich auf nichts Anspruch, es sei denn auf jene Art von Trost, die man sich so selten gestattet, nämlich alle seine Gedanken auszusprechen. Stets hält einen die Furcht vor dem kommenden Tag zurück: Ich jedoch fühle mich frei, als gäbe es diesen für mich nicht mehr. Sollte ich aber aus schierem Zufall dennoch länger leben müssen, so ahne ich, daß ich es mir verzeihen würde, in aller Offenheit zu Ihnen gesprochen zu haben, auch auf die Gefahr hin, Ihnen damit zu mißfallen. Habe ich nicht recht? Unsere Freundschaft muß groß, stark und umfassend, unsere Verbindung zärtlich, fest und innig, oder sie sollte nichts von alledem sein. Derart wird es mich nie reuen, Ihnen Einblick in meine ganze Seele gestattet zu haben. Wenn es aber das nicht war, was Sie wollten, wenn wir uns darin mißverstanden hätten, nun gut, dann sollten wir ganz aufrichtig miteinander sein und uns nicht beschämt und verlegen gegenübertreten. Kehren wir dann dahin zurück, von wo wir ausgegangen sind, und lassen Sie uns glauben, wir hätten geträumt. Lassen Sie uns dann diese Episode dem Kapitel Lebenserfahrung zuschlagen und uns im übrigen gegeneinander betragen wie wohlerzogene Menschen, die wissen, daß es sich nicht mit guten Manieren verträgt, von den eigenen Träumen zu sprechen. Lassen Sie uns schweigen, denn das Schweigen ist allemal süß, insofern es die Eigenliebe zu trösten vermag! Sie wollen mir also nicht mitteilen, welchen Platz Sie mir in Ihrem Herzen zubilligen. Hindert Sie die Furcht, mir zuviel oder zuwenig zu gewähren? Mit Blick auf die Gerechtigkeit mag das angehen, aber es ist dennoch nicht edel. Sonst ist die Jugend für gewöhnlich großzügig, liebt sie es doch, geradezu verschwenderisch zu sein. Sie aber sind geizig, ganz so, als wären Sie alt oder reich. Aber im Ernst: Sie verlangen Unmögliches von mir, wollen Sie doch, daß ich Sie beklage, nur weil Sie Ihrem Willen folgen: Man soll mit Ihnen kämpfen, damit Sie sich selber die Treue halten können. Gütiger Gott, noch etwas mehr Zeit, und ich sage Ihnen, daß Ihr Charakter Sie wie ein Despot beherrscht, dessen Gewöhnung daran, stets zu siegen, ihn nur noch mehr festigen wird, wenn es dessen überhaupt noch bedarf! Sie haben einmal gesagt, es ist schon eine Weile her, daß Ihnen nichts daran gelegen sei, glücklich zu sein, vorausgesetzt allerdings, Sie gälten als ein Großer. Lassen Sie den Dingen ihren Lauf. Ich sage Ihnen nämlich, daß Sie in jedem Falle sehr konsequent sind, und das einzige, was an Ihnen sich als unsicher und schwankend zeigt, ist Ihr Gefühlsleben. Ihre Gedanken und Pläne hingegen sind von unerschütterlicher Bestimmtheit. Ich müßte mich schon sehr täuschen, wären Sie nicht dazu geschaffen, eine eitle Seele glücklich zu machen, ein empfängliches Herz aber zur Verzweiflung zu bringen. Geben Sie es nur zu, daß Ihnen das, was ich Ihnen hier sage, keineswegs mißfällt. Sie werden es mir auch gerne nachsehen, wenn ich Sie weniger liebe, vorausgesetzt allerdings, ich bewiese Ihnen, daß man Sie um so mehr bewundert.

Wahrhaftig: Sie stellen mir eine seltsame Frage: «Hat er (Mora) triftigere Gründe für seine Abwesenheit?» Ja, aber gewiß hat er diese. Er hat einen so stichhaltigen Grund, daß, wenn er damit erfolgreich sein sollte, es nicht hinreichen würde, daß ich mein Leben opferte, um die Schuld abzutragen. Alle Umstände, alle Begebenheiten, alle ideellen und wirklichen Gründe sprechen gegen mich, aber dennoch ist er mir so wichtig, daß ich mir keinerlei Zweifel an seiner Rückkehr gestatte. Dennoch zittere ich vor dem, was ich bereits am Mittwoch erfahren kann: Er hat Blut gehustet, zweimal wurde er zur Ader gelassen, in dem Augenblick aber, da der Bote abging, befand er sich wohl, aber ein neuerlicher Blutsturz kann sich jederzeit ereignen. Gibt es ein Mittel, das einen bei solchen Gedanken beruhigte? Er selbst macht sich da keine Illusionen, auch wenn er darauf bedacht ist, mich zu beruhigen, so erkenne ich dennoch seine Angst. Und nun sagen Sie mir, ob Sie nicht wissen, von wem ich spreche? Und sagen Sie mir auch, ob Sie es nicht gewußt haben, als ich Ihnen schrieb, um von Ihnen den «Connétable» zu erbitten? Ist es Takt oder Raffinement, die Sie den Anschein wahren lassen, als kennten Sie den Namen dessen nicht, den ich Ihnen verschwieg?

Aber ich habe bislang noch nichts über Ihre Reise gesagt. Das geschah aus dem Grunde, weil ich nichts dazu zu bemerken hatte, weil Sie sich noch nicht entschieden hatten. Wäre ich mir jedoch gewiß, weiterzuleben und daß Sie sich niemals nach Rußland wendeten, dann wünschte ich mir lebhaft, Sie würden in Berlin aufgehalten werden. Aber da ich davon überzeugt bin, daß Sie stets von dem Verlangen geplagt werden, schwierige Dinge auszuführen, so wünschte ich mir, da Sie nun einmal unterwegs sind, Sie machten gleich eine Weltreise, damit wenigstens das erledigt wäre. Und überhaupt: Kann man sich auch nur für einen Augenblick auf die Zukunft verlassen? Kaum werden Sie wieder hier eingetroffen sein, werden Sie auch schon nach Montauban[3] aufbrechen wollen, und dann werden andere

Ziele Sie locken, denn Sie ertragen nur dann den Stillstand, wenn Sie den Plan haben, tausend Meilen weit zu reisen.

Bei meiner Ehre, ich bin überzeugt, er war das Unglück meines Lebens, dieser eine Tag, den ich, ein Jahr ist es nun her, in Moulin-Joli verbrachte.[4] Das Verlangen, eine neue Verbindung einzugehen, lag mir damals sehr fern, waren doch mein Herz und mein Leben derart übervoll, daß mir nichts abwegiger gewesen wäre als das Verlangen nach neuen Herzensangelegenheiten. Sie jedoch wollten sich einmal mehr beweisen, welche Macht Sie über eine ehrbare und gefühlvolle Person ausüben können. Aber wie bemitleidenswert ist das alles. Sind wir denn wirklich frei? Kann alles, was ist, auch ganz anders sein? Sie waren damals keineswegs frei, als Sie mir sagten, Sie schrieben mir oft, und ich meinerseits besitze nicht die Freiheit, eben dieses mir nicht lebhaft zu ersehnen.

Nachdem ich Sie nun gründlich gescholten habe, muß ich Ihnen dennoch zugeben, daß es sehr liebenswürdig von Ihnen war, mir sogleich nach Ihrer Ankunft[5] zu schreiben, aber ich verdiene es auch, ja, ganz gewiß verdiene ich es.

1 Gemeint ist der Marques de Mora. 2 Anspielung darauf, daß Guibert Friedrich II. nicht antraf. 3 Geburtsort des Comte de Guibert (11. November 1743). Hier lebten auch seine Eltern. 4 Berühmter Landsitz des Malers, Dichters und Finanzmagnaten Claude-Henri Watelet (1718–1786) am linken Seine-Ufer bei Bezons gelegen. Der «englische Park», in dem dieser Besitz lag, trug entscheidend dazu bei, diese Art der Landschaftsgestaltung in Frankreich zur Mode zu machen. (Vgl. die Beschreibung dieses Parks in: Vigée Le Brun, Souvenirs, Charpentier ed., Paris o. J., Bd. I, S. 102). 5 Gemeint ist Guiberts Ankunft in Berlin.

8. An denselben

Donnerstag, 24. Juni 1773

Dreimal die Woche, das ist zuviel, bei weitem zuviel, nicht wahr? Ursache dafür ist aber nur, daß ich Sie so liebe, um zu glauben, Sie seien beunruhigt. Es schadet aber auch nichts, wenn Sie ein wenig ungeduldig sind, um zu erfahren, daß ich noch lebe. Gewiß doch, ich bin zum Leben verdammt, steht es mir doch nicht frei zu sterben, denn damit würde ich jemandem ein Leid zufügen, der um meinetwillen das Leben liebt. Ich habe am 10. von ihm Nachricht erhalten,[1] allerdings keine, die mich beruhigt hätte, aber dennoch hoffe ich, daß der Anfall keine schlimmen Folgen haben wird. Vielmehr gehe ich davon aus, daß er seine Rückkehr beschleunigen wird, auch wenn die Hitze für ihn gefährlich ist und er deshalb zuwartet. Großer Gott, daß man aber auch immer erleben muß, wie sich die Freude entfernt oder vertagt wird und man statt dessen immer vom Unglück verfolgt und zu Grunde gerichtet wird! Wenn Sie wüßten, wie nötig ich Ruhe habe. Seit einem Jahr fühle ich mich wie aufs Rad geflochten. Nur Sie, vielleicht, haben die Macht besessen, meinen Schmerz für einige wenige Augenblicke zu lindern. Und diese Wohltat eines einzigen Moments hat mich für die Dauer meines Lebens an Sie gefesselt.

Doch sagen Sie mir: Hat Ihnen mein letzter Brief nicht im höchsten Maße mißfallen? Sind Sie mir deswegen denn gar nicht böse? Das Gegenteil würde mich kränken. Aber ich bin darin wie Mme. de Châtelet:[2] Ich kenne keine Reue. Antworten Sie mir mit eben der Aufrichtigkeit, deren ich mich Ihnen gegenüber befleißige! Achten Sie mich derart, daß Sie mich nicht mit halben Wahrheiten abspeisen wollen, sondern sagen Sie mir geradezu alle Schlechtigkeiten, die Sie von mir denken! Ich wünsche mir dies aber nicht aus dem Grunde, den La Rochefoucauld[3] nannte, nämlich des Vergnügens halber, überhaupt etwas zu hören, sondern vielmehr, um in Erfahrung zu bringen, ob Sie mein Freund sind, ob Sie es werden können. Mit einem Wort: Ich messe unserer Freundschaft soviel Bedeutung zu, um ungeduldig danach zu fragen, welchen Anteil Überraschung und Irrtum daran hatten, als wir uns voneinander angezogen fühlten. Die Erfahrung sagt, daß es nichts fester und besser Begründetes gibt als Gefühle, über die man sich keine Rechenschaft zu geben vermag. Sollte dies zutreffen, müßte ich auf Ihre Freundschaft bauen dürfen. Aber Sie wollen nicht, daß ich mich damit befasse. Warum nicht? Ist es deshalb, weil ich dann weniger zufrieden wäre? Wissen Sie denn nicht, daß es die natürlichste Regung ist, eine Sache, die man frisch erworben hat, zu untersuchen, sie von allen Seiten genau in Augenschein zu nehmen? Diese Beschäftigung ist vielleicht der lebhafteste

Genuß, den uns Besitz gewährt. Aber Sie, Sie kennen ja gar nicht alle diese Facetten und alle diese Freuden des Gefühls. Das Erhabene, das Vornehme, das Große, das ist Ihre Sache. Die Heroen Corneilles fesseln Ihre Aufmerksamkeit, während die kleinen Hirten Geßners von Ihrem Auge kaum eines flüchtigen Blicks gewürdigt werden. Sie wollen bewundern, während ich nur ein Verlangen, einen Wunsch hege: zu lieben. Aber was soll das! Wir werden niemals dieselbe Sprache sprechen. Zwar gibt es eine Art von Instinkt, der alle Mängel ausgleicht, aber nichts vermag eine Entfernung von tausend Meilen zu überbrücken.

Ich war das letzte Mal so verwirrt, daß ich Ihnen nicht mitgeteilt habe, daß Diderot in Holland weilt.[4] Er fühlt sich dort sehr wohl, und er hat bereits so viele neue Freunde gefunden, die er nie zuvor gesehen hat, daß man sich vorstellen kann, er kehre nie wieder nach Paris zurück, vergesse darüber, daß er schon auf dem Wege nach Rußland war. Er ist ein ganz außergewöhnlicher Mensch, aber er hat noch nicht den ihm gebührenden Platz in der Gesellschaft gefunden. Er könnte gut und gerne das Oberhaupt einer Sekte sein, ein griechischer Philosoph, ein Lehrer der Jugend. Er gefällt mir sehr, aber kein Zug seines Wesens berührt meine Seele. Seine Empfänglichkeit ist übergroß, aber sie reicht nicht tiefer als eine augenblickliche Bewegtheit. Ja, Rousseau, der «Connétable» stehen mir, was das anbelangt, viel näher! Ich schätze nun einmal nichts Halbes, nichts Unbestimmtes, nichts Ungares. Deshalb verstehe ich auch das Gebaren der Männer von Welt nicht. Sie amüsieren sich und gähnen doch vor Langeweile, sie haben Freunde ohne Zahl, und sie lieben dennoch nichts und niemanden. Das alles scheint mir recht beklagenswert. Ja, mir ist die Qual, die mein Leben verzehrt, lieber als das platte Vergnügen, welches das Ihre erstarren läßt. Aber lebt man danach, dann ist man nicht liebenswert. Aber, sei es drum! Man gilt nicht als liebenswürdig, aber man wird geliebt, und das ist tausendmal mehr wert, als bloß zu gefallen.

Wie gerne würde ich wissen, ob Sie nach Rußland reisen! Ich hoffe, nein, und zwar deshalb, weil, wie Sie dies selbst sagen, ich es nicht wünsche. Es scheint mir, als träfen aus keinem anderen Teil der Welt die Briefe so langsam ein wie aus Rußland. Das bekümmert niemanden, denn wem käme es schon in den Sinn, einen Russen zu lieben? Aber Sie werden ja sehen, ob es die Mühe wert war, sechshundert Meilen zu fahren. Ihren Brief habe ich zwei-, dreimal gelesen, zunächst, weil ich ihn als schwer empfand, und dann, weil ich ihn schwer nahm. Ach, wenn Sie wüßten, wie viele Unterlassungssünden ich darin gefunden habe! Doch warum sollten Sie dergleichen nicht begehen? D'Alembert erwartet Ihren Brief mit großer Ungeduld.[5] Der Comte de Crillon[6] ist Ihnen zuvorgekommen. Ihr Freund d'Aguesseau kam mir an dem Tage wenigstens, da er mir Ihren Brief überbrachte, sehr sonderbar vor. Er wirkte auf mich wie ein geistig Verwirrter. Seine Bewegungen hatten etwas Krampfartiges. Er sagte mir, er sei krank, was ich glaube. Er hat die Absicht, nach Spa zu gehen.[7] Ich weiß nicht warum, aber ich bin froh, daß er nicht mit Ihnen gereist ist.

Leben Sie wohl! Ich habe Sie mit Fragen überschüttet, Sie werden doch nicht darauf antworten. Ich werde Sie aber nicht fragen, ob es Ihnen angenehm wäre, Neuigkeiten zu erfahren, weil es außer meiner Macht steht, mich damit zu befassen.

Aber ich weiß etwas, was noch nicht öffentlich bekannt ist: daß Comte d'Aranda[8] statt Fuentes[9] spanischer Gesandter und daß der zuletzt Genannte eine hohe Hofcharge in Madrid übernehmen wird. Dies wird Ihnen gleichgültig sein und, was Sie allenfalls daran erstaunt, ist, daß ich mich so sehr dafür interessiere. Muß man nicht verrückt sein, um an dem Anteil zu nehmen, was in Madrid geschieht? Noch einmal: Leben Sie wohl! Meine Art von Tollheit ist Ihres Mitleids wert. Lassen Sie oft und viel von sich hören. Teilen Sie sich, wenn Sie dies können, in das Vergnügen, das Sie mir damit bereiten. Wie viele Briefe erbrechen Sie wohl hastiger als die meinen? Drei, zehn?

1 Gemeint ist der Marques de Mora. 2 Gabrielle-Emilie le Tonnelier de Breteuil, Marquise du Châtelet-Lomont (1706–1749), die berühmte Freundin Voltaires. 3 Anspielung auf die Maxime de La Rochefoucaulds: «Lieber sagt man Schlechtes von sich als gar nichts.» Maximes, 138. 4 Diderot reiste über die Niederlande nach Rußland. 5 Jean Le Rond d'Alembert (1717–1783). Der berühmte Enzyklopädist gehörte zum engeren Freundeskreis von Julie de Lespinasse, mit der er in Josephs-Ehe lebte, wie zu dem des Comte de Guibert. 6 François-Félix-Dorothée, Comte de Crillon (1748–1820), damals Oberst des Régiment de Béarn, der zum Bekanntenkreis von Julie de Lespinasse gehörte. 7 Ein seit dem 16. Jahrhundert

beliebter Badeort der französischen Gesellschaft, der vor allem im späten 18. Jahrhundert in Mode kam. 8 Don Pedro Abarca y Bolea, Conde de Aranda (1718–1799), Reformminister Carlos III. Von 1773–1792 spanischer Botschafter in Paris. 9 Joaquin Atanasio, Conde de Fuentes, spanischer Diplomat, Vater des Marques de Mora.

9. *An denselben in Berlin*

Donnerstag, 1. Juli 1773

Wenn Sie wüßten, wie ungerecht ich bin! Wie sehr ich Sie anklagte! Wie oft ich mir sagte, daß ich von Ihrer Freundschaft nichts erwarten, nichts ersehnen dürfe! Die alleinige Ursache all dessen war, daß ich von Ihnen keine Nachricht erhielt. Sagen Sie mir also, warum erwartet, warum fordert man von jemandem etwas, auf den man nicht zählen kann? Tatsächlich aber glaube ich, daß Sie mir meine Inkonsequenz nachsehen werden. Ich jedoch darf nicht so nachsichtig sein; mir geht sie nämlich tiefer zu Herzen als Ihnen. Ich weiß nicht mehr, was ich Ihnen schulde, was ich Ihnen gewähre. Ich weiß nur, daß Ihre Abwesenheit mich bedrückt, und doch vermag ich nicht zu sagen, ob Ihre Gegenwart mir gut täte. Mein Gott, welch gräßlicher Zustand, in dem einem Freude, Trost, Freundschaft, einfach alles zu Gift wird! Was tun? Sagen Sie es mir! Wo kann ich Ruhe finden? Ich weiß nicht, wo ich die Kraft hernehmen soll, um derart starken und auch widersprüchlichen Eindrücken zu widerstehen.

Wie oft stirbt man doch, ehe man wirklich tot ist! Alles bedrückt und schädigt mich, aber man hat mir auch die Freiheit genommen, mich der Bürde, die auf mir lastet, zu entledigen. Das Schlimmste ist jedoch, daß man mir das Leben zu erhalten sucht, aber dabei zerstört man mich gleichermaßen, sei es nun, daß man mich in Verzweiflung oder in Trauer stürzt. O mein Gott, lieben, geliebt werden, das ist doch ein Vorzug! Ich erdulde alle Übel, und dennoch muß ich mir den Vorwurf machen, die Ruhestörerin, die Unglücksbringerin dessen zu sein, den ich liebe! Meine Seele ist von Schmerz erschöpft, mein Körper zerrüttet, und dennoch lebe ich weiter, muß ich leben. Warum wollen auch Sie das? Was bedeutet Ihnen mein Leben?

Was ist es Ihnen wert? Was bedeute ich Ihnen? Ihre Seele ist so beschäftigt, Ihr Leben ist so reich und bewegt! Wie sollen Sie Zeit finden, mein Leid zu beklagen, und genug Einfühlungsvermögen, um mir meine Freundschaft zu erwidern? Ja, Sie sind sehr liebenswürdig, Sie bekunden Anteilnahme, aber es scheint mir, daß ich dieses nie hätte in Ihnen erwecken dürfen. Meine Briefe sind Ihnen unverzichtbar. Trifft das zu? Ja, es muß so sein, weil Sie es sagen. Aber warum brauchen Sie dann so lange, um mir zu schreiben? Warum adressieren Sie Ihre Briefe nicht unmittelbar an mich? Der Umweg über Straßburg hat ihr Eintreffen um zwei oder drei Tage verzögert. Für jemanden, der acht Monate darauf verwendet, seine Neugierde zu befriedigen, ist das nichts, aber es ist viel zuviel für jemanden, der nur noch ein einziges Interesse im Leben hat.

Ich bin entzückt, und damit wollte ich eigentlich beginnen, daß Sie mit dem König von Preußen zufrieden waren. Was Sie mir von der zauberischen Aura schreiben, die ihn umgibt, ist so reizend, vornehm und zutreffend, daß ich es nicht für mich behalten konnte. Ich habe es allen vorgelesen, die es wert sind zu vernehmen. Mme. Geoffrin[1] bat mich gar um eine Abschrift. Ich habe Ihren Brief überdies auch noch weiter gesandt, und er wird sicherlich gut aufgenommen werden. Sie reisen also nicht nach Rußland? Das ist für mich eine tiefempfundene Freude. Ach, lassen Sie es mich Ihnen nochmals sagen, als wie beglückend ich Ihre Freundschaft empfinde. Sie antworten auf alles, Sie plaudern, und selbst in einer Entfernung von tausend Meilen sind Sie mir nah.

Warum liebt Sie eigentlich diese Frau[2] nicht bis zum Wahnsinn, also genau so, wie Sie geliebt werden möchten, wie Sie es verdienten? Könnte sie für ihr Herz und ihr Leben nicht eine andere Verwendung finden? Wahrlich, sie hat weder Geschmack noch Takt, dessen bin ich mir ganz gewiß. Andernfalls müßte sie Sie lieben, und sei dies auch nur aus Eitelkeit. Doch, was geht mich das alles an? Sie sind es zufrieden oder, wenn Sie es nicht sind, dann lieben Sie das Leid, das sie Ihnen zufügt... Warum sollte ich Sie also bedauern? Aber diese andere unglückliche *Person,* die interessiert mich weitaus stärker. Haben Sie ihr geschrieben?[3] Ist ihr Gram immer noch so tief?

Ich will Ihnen berichten, daß neulich bei der Comtesse de Boufflers sehr viel von Ihnen und dem «Connétable de Bourbon» die Rede war. Die kleine Boufflers[4] sagte mir auch, sie hielte Sie für sehr verliebt, weshalb sie mit besonderer Aufmerksamkeit Mme. de M[ontsauge] ins Auge gefaßt habe. Einer der anwesenden Herren behauptete jedoch, Sie seien nicht mehr ihr Geliebter, Sie hätten sie einmal geliebt, aber damit sei es jetzt vorbei. Auch sei er davon überzeugt, daß Sie nie längere Zeit mit ein- und derselben Frau glücklich oder unglücklich sein könnten, Ihr stets unruhiges Herz gestatte es Ihnen nicht, sich für länger an einen Gegenstand zu hängen. Daran schloß sich dann eine *geistreiche* Erörterung von Gefühlsdingen und Leidenschaften an. Die Comtesse de Boufflers bemerkte dann abschließend, daß sie nicht wisse, in wen Sie verliebt seien, mit Gewißheit jedoch nicht mehr in Mme. de M., gleichwohl aber folgere sie aus den Briefen, die sie von Ihnen vor Ihrer Abreise erhalten habe, daß Sie sehr stark engagiert seien und daß Ihnen Ihr Aufbruch das Herz zerrisse. Und daran knüpfte sie die ganz selbstverständliche Bemerkung: «Warum dann aber diese Reise nach Rußland? – Vielleicht um dort Genesung zu finden? Vielleicht aber auch, um die Gefühle der Geliebten zu entfachen?» – Endlich, nach einer ganzen Reihe belangloser Mutmaßungen, wurde ich gefragt, ob ich Sie möge, ob ich Sie genauer kennte, denn ich hatte mich bislang noch nicht geäußert. «Ja, ich mag ihn sehr, und wenn man ihn auch nur etwas kennt, dann hat man keine andere Wahl, dann muß man ihn auf diese Weise mögen. – Sie kennen also seine Verhältnisse, Sie wissen um den Gegenstand seiner Verliebtheit? – O nein! Davon weiß ich ganz und gar nichts. Ich weiß nur, daß er in Berlin weilt, daß es ihm gut geht, daß der König ihn ganz huldvoll empfangen hat, daß er dessen Truppen inspizieren und dann sich nach Schlesien wenden wird. Das ist alles, was ich weiß, das ist alles, was mich interessiert.» – Dann war von der Oper die Rede, von Mme. la Dauphine[5] und tausend anderen vermeintlich interessanten Dingen.

Ich berichte Ihnen davon nur, um Ihnen zu sagen, wie sehr es mir mißfällt, daß alle Welt über Ihre Affären, Ihre Abneigungen und Ihre Unbeständigkeit unterrichtet ist. Ich möchte aber, daß von nichts anderem gesprochen wird als von Ihren Verdiensten, Ihren Talenten und Ihren Vorzügen. Oder befinde ich mich damit im Unrecht?

Sie wünschen von mir mehrere Briefe in Wien vorzufinden, aber es ist gut möglich, daß dort kein einziger Sie erwartet, es könnte aber auch eine ganze Anzahl sein. Seit jenem Brief vom 6. Juni habe ich Ihnen drei weitere nach Berlin geschrieben. Zweifellos wird man Ihnen Ihre Post nachsenden. Wenn diese Briefe aber bis zu Ihrer Rückkehr dort lagern sollten, werden sie, wenn Sie sie endlich in Händen haben, veraltet sein. Ich beziehe mich damit auf Ihr Verlangen, diese Briefe zu bekommen, deren Ausbleiben Ihnen angeblich «den Kopf verdreht».

Bitte, behandeln Sie mich nicht so gut, schreiben Sie nicht zuerst an mich, denn, ohne daß Ihnen dies selber bemerkbar wird, schreiben Sie mir dann doch nur, um mir geschrieben zu haben. Wenden Sie sich erst dann mir zu, wenn Sie *ihr* nichts mehr mitzuteilen haben. Das ist ganz in Ordnung so: Die Freundschaft kommt erst in zweiter Linie. Bisweilen steht sie in großer Entfernung, manchmal ist sie aber auch sehr nah, vielleicht allzu nah. Die Unglücklichen lieben, lieben alles, was ihnen Trost spendet. Es ist so schön, das zu lieben, was einem gefällt! Ich weiß nicht, warum, aber irgend etwas gibt mir die Ahnung ein, daß ich unsere Freundschaft mit eben den Worten charakterisieren könnte, die der Comte d'Argenson[6] gebrauchte, als er zum ersten Mal die hübsche Mlle. de Berville[7] sah: «Ah, sie ist sehr schön, bleibt einem nur zu hoffen, daß sie reichlich Anlaß geben wird, sich zu grämen!» Was sagen Sie dazu? Aber Sie sind so stark, so maßvoll und vor allem viel zu sehr beschäftigt, so daß Sie dadurch vor einem großen Unglück ebenso geschützt sind wie vor kleinen Kümmernissen. Das zeigt zur Genüge, wie wichtig es ist, Geist und Talente zu besitzen, machen einen diese doch allen Widrigkeiten überlegen. Wenn man überdies auch noch anständig und so feinfühlig ist, wie Sie es sind, so ist man ohne alle Zweifel den anderen gegenüber soweit aufgeschlossen, um damit einer Allerweltsfreundschaft zu genügen, aber die Leidenschaften erkalten bald wieder, wenn der Kopf lebhaft und nachdrücklich gefordert ist. Ja, das sage ich Ihnen voraus, und ich bin darob auch ganz froh: Jene Unglücksfälle, welche die Seelen in Aufruhr versetzen, werden Sie nicht mehr erleben. Zwar sind Sie noch jung genug, um leichte Stöße zu erleiden, aber ich versichere Sie, Sie werden rasch Ihr Gleichgewicht wiederfinden. Ja, ich prophezeie Ihnen: Sie werden viel Glück haben und eine große Berühmtheit werden.

Eben habe ich Ihnen einen Schrecken eingejagt, eben zeigte ich Ihnen eine ziemlich kleine, ziemlich gewöhnliche Seele, aber ich vermag nichts dagegen zu tun. Jedesmal, wenn ich Sie mir künftig vorzustellen versuche, fühle ich, daß ich eiskalt werde, aber keineswegs deshalb, weil mich die Größe überwältigte, sondern weil die Größe wohl zur Bewunderung verführt, sie es aber nur selten verdient, geliebt zu werden. Geben Sie es zu, daß ich beinahe ebenso einfältig wie verrückt bin. Aber ich bin noch viel schlimmer als das. Ich bin nämlich von jener Art, die Voltaire die einzig wirklich üble nannte.[8] Ich wage es, diese Ihnen zu entdecken, obwohl ich von ihr vollständig durchdrungen bin, so daß ich es Ihnen recht eigentlich gar nicht zu sagen brauchte: Ich bin eine von der ganz langweiligen Sorte. Der ganze Unterschied unserer Gemütsregungen, hier ist er: Sie sind am Ende der Welt, Sie besitzen genug innere Ruhe, um an allem Ihren Genuß zu finden, ich dagegen weile in Paris, ich leide und kann mich an nichts erfreuen. Das ist alles, wie Marivaux[9] sagt.

Ich habe sehr detaillierte Nachrichten erhalten,[10] die meine Verzweiflung etwas dämpften, weiß ich doch jetzt, daß sein letzter Anfall keinerlei Anlaß zu Befürchtungen gab. Aber können Sie es sich vorstellen, daß einem nicht ein Moment der Ruhe verstattet ist, wenn man ohne Unterlaß um das Leben von jemandem bangt, für den das eigene zu opfern man jederzeit willens wäre? Wenn Sie nur wüßten, wie liebenswert er ist, wie wert und würdig, geliebt zu werden! Seine Seele ist sanft, zärtlich und stark. Ich bin überzeugt, daß er von allen Männern derjenige ist, der Ihnen am besten gefiele und der auch zu Ihnen paßte. Er ist voller Gemüt, Wärme und[11]. . . . .

. . . .

Vielleicht werden Sie mir meine Fehler verzeihen, sobald Sie erfahren, daß Sie und kein anderer das Privileg haben, deren Ursache zu sein. Für alle meine anderen Freunde bin ich das beste und gefügigste aller Wesen. Sie sind mir stets zu Gefallen und behandeln mich in jeder Hinsicht nur mit Zuvorkommenheit. Dafür bin ich ihnen mein Leben lang zu Dank und Anerkennung verpflichtet, während ich mich über Sie auf ewig zu beklagen haben werde. Sie kritisiere und tadele ich. Warum nur dieser Unterschied?

Glauben Sie denn, daß wir uns erst seit einem Jahr kennen? Ich vermag es nicht zu fassen! Die Begründung, mit der Sie mir den «Connétable» vorenthalten, leuchtet mir nicht ein. Sie wissen doch, daß ich einen zuverlässigen Kopisten zur Hand habe. Aber ich verzeihe Ihnen.

1 Marie-Thérèse Rodet Geoffrin (1699–1777), eine enge Freundin von Julie de Lespinasse, die einen bedeutenden Salon unterhielt. (Vgl. Marquis de Ségur, Le Royaume de la rue Saint-Honoré. Madame Geoffrin et sa fille, Paris o.J.) 2 Gemeint ist Mme. de Montsauge. 3 Gemeint ist Marie-Charlotte-Hippolyte de Boufflers-Rouverel (1725–1800), die, nachdem sie 1764 Witwe geworden war, eine enge Freundschaft mit dem Prince Conti unterhielt, in dessen Stadtpalais, dem Temple, sie einen Salon unterhielt, weshalb sie den Spitznamen «Idole du Temple» führte. 4 Amélie-Constance Puchot des Alleurs (geb. 1749), Schwiegertochter von Marie-Charlotte-Hippolyte de Boufflers. 5 Marie-Antoinette, die am 8. Juni 1773 ihren feierlichen Einzug in Paris gehalten hatte und die am 15. Juni zum ersten Mal die Oper besuchte. 6 Marc-Pierre de Voyer, Comte d'Argenson (1696–1764), von 1742 bis 1757 Kriegsminister. 7 Eléonore-Louise Le Gendre de Berville, eine Großnichte des Comte d'Argenson. 8 Voltaire, L'Enfant prodigue (Vorwort), Komödie in Versen, uraufgeführt 1736, Erstdruck 1738. 9 Pierre Carlet de Chamblain de Marivaux (1688–1763), Romancier und Dramatiker. 10 Über den Zustand des Marques de Mora. 11 Hier fehlen ca. 12 Zeilen des Manuskripts.

10. An denselben

Mittwochabend, den 14. Juli 1773

Mein Gott, wie liebenswürdig Sie sind und wie sehr Sie mich überraschen, aus solcher Ferne zu mir zurückzukehren! Beschäftigt und abgelenkt, wie Sie nun einmal sind, wie kann es da geschehen, daß Sie überhaupt noch an jemanden denken, der in Ihren Augen kein anderes Verdienst hat, als daß er Ihnen seine Fähigkeiten zeigte, zu lieben und zu leiden? Von welchem Nutzen nur werden Ihnen je derart traurige Eigenschaften sein?

Sie haben doch gar kein Verlangen danach, geliebt zu werden, und Sie wären gewiß unzufrieden, ließen Sie mich leiden. Welchen Wert könnten Sie also einer Freundschaft beilegen, in der ich im Besitze aller Vorteile wäre? Sie stellen mir Fragen, die ich nicht zu beantworten vermag. Es bedarf wahrhaftig tiefer Seelenruhe, um einen gleichgültigen Fragenden zu bescheiden. Das Unglück, die anhaltenden Leiden, haben mich in einen geradezu stumpfsinnigen Zustand versetzt, der mir die Fähigkeit nachzudenken genommen hat. Ich gebiete gerade noch über soviel Vernunft, als nötig ist, um mich selbst zu beurteilen, um alle meine Gemütsregungen zu verdammen und um über alle meine Gefühle bekümmert zu sein. Mein Herz ist von einem so heftigen und anhaltenden Fieber befallen, das mich häufig fast in den Wahnsinn treibt. Ach, träfe zu, daß einem aus dem Übermaß des Unglücks bisweilen das Gute erwächst, dann könnte ich wenigstens Hoffnung auf irgendeine Erleichterung schöpfen. Nein, ich kann den unterschiedlichen Angriffen, die mir das Herz zerreißen, nicht mehr länger standhalten, und ich mache mir die Schwäche zum Vorwurf, die mich dazu anstiftete, Ihnen meine Leiden zu offenbaren. Fast bin ich mir gewiß, daß Sie das alles gar nicht mehr interessiert. Ich habe keinerlei Anspruch auf Ihr Verständnis, aber wenn es mir dennoch gewiß wäre, dann wollte ich ihm mit meinem Schmerz gleichwohl keine Nahrung geben. Nein, Sie schulden mir nichts, und ich werde es Ihnen auch beweisen: Ich hasse, ich verachte das Verhängnis, das mich dazu verführte, Ihnen *dieses erste Briefchen* zu schicken, aber in eben diesem Augenblick überwältigt es mich mit der nämlichen Macht.

Ich wollte Ihnen gar nichts von mir mitteilen, sondern Ihnen lediglich dafür danken, daß Sie mir noch vor Ihrer Ankunft in Wien geschrieben haben. Ich wollte Ihnen nur eine Antwort zukommen lassen, aber nicht mit Ihnen plaudern. Von Ihren lobenden Worten nehme ich keines an, was Sie erstaunen wird, denn sie sind für mich kein Lob. Und was sollte es mir auch schon bedeuten, wenn Sie mich nicht für einfältig halten? Es ist seltsam, aber dennoch wahr: Sie sind der einzige Mann, bei dem ich nicht danach trachte, ihm zu gefallen. Erklären Sie mir diese Absonderlichkeit, erklären Sie mir aber auch, warum ich Sie mit unnachsichtiger Strenge beurteile, warum ich jederzeit das Empfinden habe, Sie ungerecht behandelt zu haben, warum ich nicht an Ihre Freundschaft glaube und mit Ihnen über alles, was Sie sagen, hadere und warum ich schließlich versucht bin, mich zu beschweren, wenn Sie mir Lob spenden? Gewiß, mein Verstand sagt mir, ich sollte Sie um Verzeihung bitten, denn meine Worte verletzen Sie unaufhörlich und mein Herz empört sich gegen das einzige Gefühl, mit dem ich bei Ihnen Gnade fände. Doch, nein, ich will keine Gnade, urteilen Sie über mich auf das Unnachsichtigste, vergegenwärtigen Sie sich jede meiner Ungerechtigkeiten, alle meine Flatterhaftigkeit und überantworten Sie sich dann ganz der Stimmung, in die Sie dadurch versetzt werden. Ich habe es Ihnen schon einmal gesagt: Es wird uns nicht gelingen, eine Freundschaft nach dem Vorbild Montaignes und La Boëties zu haben. Das waren ausgeglichene Menschen, die nichts anderes zu tun hatten, als sich jenen süßen und gemeinsamen Eindrücken hinzugeben, die sie voneinander empfingen. Wir hingegen, wir sind zwei Kranke, allerdings mit dem Unterschied, daß Sie ein Kranker sind, der vor Kraft und Vernunft strotzt, der Sie sich so zu verhalten wissen, daß Sie sich immer bester Gesundheit erfreuen, während ich an einer tödlichen Krankheit leide, der alle Linderungsmittel, die ich anwandte, zu Gift wurden und die zu nichts anderem Nutze waren, als meine Leiden noch zu verschlimmern. Diese Leiden sind von durchaus rätselhafter Beschaffenheit, insofern sie mich meines Verstandes beraubten und mein Urteilsvermögen trübten, denn ich möchte gar nicht mehr geheilt werden, sondern hege nur noch das Verlangen zu sterben.

Bei Gott, wie fürchterlich wäre es für mich zu reisen, in nur zwei Monaten hundert Bücher zu verschlingen, so bedeutend wie Sie oder zu soviel Erfolg und Ruhm bestimmt zu sein! Wenn Sie wüßten, wie klein meine Seele ist! Sie kennt nur ein einziges Ding, das ihr der näheren Beschäftigung würdig erscheint. Caesar, Voltaire oder der König von Preußen erscheinen ihr gewiß bisweilen der Bewunderung, aber niemals des Neides wert. Ich bereitete Ihnen sicherlich Entsetzen, wenn ich Ihnen sagte, welchem Schicksal ich gegenüber allem Leben den Vorzug gäbe... Ja, ich bin wie Félix:

«Ich hege Empfindungen, die man mir nicht glauben wird;
Ich habe heftige, ich habe mitleiderregende;
Ich habe selbst ganz niedrige ...»[1]

Allein, Sie würden diese Sprache nicht verstehen, und Sie würden erröten, käme Ihnen der Gedanke, daß meine Seele mit der Ihren in irgendeiner Beziehung stände. Es ist mir zuviel der Ehre, wenn Sie mich zu sich erheben. Aber hüten Sie sich gleichermaßen davor, mich jenen Frauen zuzugesellen, die Sie am meisten verehren, denn Sie würden damit diesen wie mir Kummer bereiten. Sie haben keine Ahnung davon, was ich *wert* bin. Denken Sie daran, daß ich zu leiden und zu sterben weiß, und überlegen Sie dann, ob ich allen Frauen, die sich darauf verstehen, zu gefallen und zu unterhalten, gleiche. Das eine widerstrebt mir, weiß Gott, so sehr, wie mir das andere gänzlich unmöglich ist! Dem wüßte ich nur schlechten Dank, der käme, um mich zu zerstreuen und abzulenken. Es gibt gewisse Dinge, von denen mich nichts und niemand abzulenken vermag. Die sogenannten Zerstreuungen und Vergnügungen betäuben und ermüden mich nur, und wenn irgend etwas die Macht besäße oder sie gehabt hätte, mich für einen Augenblick von meinem Unglück zu trennen, ich glaube, ich wäre weit davon entfernt, ihm dafür zu danken, ich müßte ihn vielmehr darob hassen. Was meinen Sie, der Sie mir immer von meinem *Glück* sprechen, von dem Sie mir in Aussicht stellten, daß, hinge es von Ihrer Freundschaft ab, Sie es mir bringen würden? Nein, mein Herr, Ihre Freundschaft wird nicht mein Glück sein, denn das ist ganz unmöglich. Vielleicht, daß sie mich tröstete, sie mich leiden ließe, aber ich weiß nicht, ob ich mich dessentwegen, was ich Ihnen schulden werde, beglückwünschen oder beklagen soll.

Warum gaben Sie sich den Anschein, sich zu rechtfertigen, weil Sie den «Connétable» vorgelesen haben? Es wäre sehr undankbar, wenn Sie sich einem Vergnügen verweigerten, das Sie bereiten oder erleben können. Der König von Preußen hat d'Alembert einen freundlichen Brief geschrieben, der voll des Lobes für sie ist und in dem er die Absicht bekundet, sich bald den «Connétable» vorlesen zu lassen.[2] Ich bin mir sicher, er wird davon entzückt sein, ist dieses Werk doch in vielerlei Hinsicht ganz auf den Ton seiner Seele eingestimmt.

Sie sind aber völlig von Sinnen, wollten Sie den Ton der Ihren dem der Postbedienten angleichen. Erwähnen Sie mir deshalb, um Gottes Willen, keine Zeitungsneuigkeiten mehr, die ich niemals zur Kenntnis nehme und die mir genauso zuwider sind wie Ihnen, wie alles, das sich der Bewunderung der Menge erfreut. Voller Mitleid und Schmerz gewahre ich, daß fast alle Menschen von Geburt an dazu bestimmt sind, Kleingeister und Sklaven zu werden, aber Sie sind mein Zeuge dafür, daß das, was mir mein Herz erfüllt, edler, erhabener und größer ist als das, was von der einfältigen Öffentlichkeit geachtet und bewundert wird. Leben Sie wohl, schreiben Sie mir oft und entschlagen Sie sich der Absicht, es mit einigen Worten nur sein Bewenden haben zu lassen. Halten Sie das mit Ihren anderen Bekanntschaften so! Es soll sogar Freunde geben, die sich damit bescheiden, aber ich bin nun einmal sehr schwer zufriedenzustellen! Lassen Sie mich wissen, ob Sie meine Briefe erhalten haben.

1 Corneille, Polyeucte, III. Akt, 5. Szene. 2 Vgl. Guibert, Journal d'un Voyage, Bd. II, S. 22.

11. *An denselben, in Wien*

Paris, den 25. Juli 1773

Nein, täuschen Sie sich bloß nicht: Die größten Entfernungen sind keineswegs diejenigen, welche die Natur nach Meilen mißt. Amerika ist von Paris nicht so weit entfernt wie der 27. Juni vom 15. Juli. Das nenne ich eine wirkliche Entfernung, eine ganz schreckliche Trennung: Das Verlöschen der Erinnerung. Derlei gemahnt an den Tod, ist aber noch schlimmer als dieser, denn man verspürt dieses Verlöschen für lange Zeit. Aber glauben Sie nur nicht, daß ich Ihnen Vorwürfe mache. Ach, mein Gott, Sie sind mir nichts schuldig, und ich muß Ihnen für jedes Zeichen danken, daß Sie sich meiner entsinnen. Bei Ihrer Rückkehr aus Ungarn müssen Sie von meinen Briefen überschüttet worden sein. Und hier kommt schon der dritte, den ich nach Wien adressiere; zwei oder drei hat man Ihnen sicherlich auch aus Berlin nachgesandt. Angesichts der weiten Ferne, in der Sie weilen, wäre es, ich bitte Sie, angezeigt, Sie gebrauchten diese gewöhnliche Formel: «Diesen und jenen Brief habe ich erhalten etc. etc.» Seit geraumer Weile weiß ich durch den Baron von Koch,[1] einem General in den Diensten der Kaiserin,[2] daß keine Manöver stattgefunden haben. Man ist hier davon überzeugt, daß sich der Kaiser[3] und der König von Preußen in einer Stadt in den neuerworbenen Gebieten getroffen haben, aber Sie werden Ihre Zeit auf nützliche Weise ausgefüllt haben und deshalb kaum die Manöver vermissen.

Sind Sie denn noch ganz bei Trost? Sie wollen, daß ich Sie auf mein Niveau heruntersetze? Wohl deshalb, weil es Ihnen leichter fällt, sich zusammenzufalten, statt mich zu Ihnen emporzurecken, und zum anderen, weil, welches Maß auch immer ich an Sie lege, Sie dennoch Ihre Größe behaupten werden, die derart ist, daß nur wenige sie zu erreichen vermögen. Erlauben Sie mir aber wenigstens, das, was Sie mir von Ihrem Wesen entdeckten, weder als einen Ausdruck des Vertrauens noch gar der Freundschaft zu werten. Ist Ihnen überhaupt bewußt, was Sie mir damit anvertraut haben, als Sie mir die Ungereimtheiten verrieten, die Sie plagen? Daß ich ein recht einfältiges Geschöpf bin, das nichts sieht, dem nichts auffällt, denn, wenn Sie weder ein Lügner noch ein Heuchler sind, dann hätte ich von alleine auf das stoßen müssen, was Sie mir jetzt zu offenbaren suchen. Soll ich Ihnen im Gegenzug dafür ein tiefes Geheimnis verraten? Dieses Geheimnis ist, daß weder Sie sich, noch ich Sie wirklich gut kennen. Sie kennen sich deshalb nicht, weil Sie sich selbst einfach zu nahe stehen und sich allzu genau in Augenschein nehmen, und ich, weil ich Sie immer mit Furcht und Befangenheit betrachtet habe. Sollte ich Sie jemals wiedersehen, dann werde ich Sie besser erkennen, denn es ist mir, als habe sich mein Blick geschärft.

Was Sie mir über die Ursache Ihrer ewigen Unrast gesagt haben, ist charmant, ist geistreich und anmutig, aber es ist von all dem zuviel, als daß es der Wahrheit entspräche: «Ich lebe meine Jugend in vollen Zügen, damit mir mein Alter dann nicht den Vorwurf macht, ich hätte sie nicht genutzt.»[4] Sie erkennen wohl, daß es sich hier um den Geizkragen handelt, der, als er seine Kinder Hungers sterben läßt, sich damit rechtfertigt, er spare ihnen alles für das Erbe auf. Seien wir ehrlicher mit uns, lassen Sie uns keine Vorwände erfinden, um unsere Vorlieben und Leidenschaften zu rechtfertigen. Sie reisen bis ans Ende der Welt, weil in Ihrer Seele die Neugierde stärker ist als das Verlangen, geliebt zu werden. Nun gut, was ist da Schlimmes dabei? Sie sind jung, Sie haben bereits von der Liebe gekostet. Sie haben gelitten und haben daraus den Schluß gezogen, daß Sie auch der Liebe fähig seien, aber das trifft leider ganz und gar nicht zu. Gewiß, Sie sind voller Glut, und Leidenschaften beseelen Sie. Sie sind zu allem fähig, das sich groß ausnimmt, zu allem, was bedeutend scheint. Aber Sie werden nie danach trachten, anderes zu tun, als ein äußerlich bewegtes Leben zu führen, das heißt, es dürstet Sie nach Taten, nach Aufsehen erregenden Aktionen. Liebesverlangen und Zärtlichkeit wandeln indes nicht auf solchen Pfaden: Sie fesseln, binden und erfüllen das ganze Leben und lassen nur Raum für sanfte und friedliche Tugenden, die alles, was auffällig ist, strikt meiden. Alles, was Sie von Ihrem Ziel entfernt, Sie ihm abspenstig macht, gilt Ihnen als Unglück oder Tyrannei. Sehen und vergleichen Sie! Nein, ich habe es Ihnen schon verschiedentlich gesagt, die Natur hat Sie nicht dazu bestimmt, glücklich zu sein. Sie hat Sie vielmehr zur Größe verdammt. Unterwerfen Sie sich also ohne Murren ihrem Urteil.

Übrigens glaube ich gerne, was Sie mir von den Vorzügen des eigenen Landes vor allen anderen schreiben. Ich weiß nicht, ob das Ergebnis Ihrer Reise nicht der Überdruß am Unterwegssein sein wird, aber ich bin mir nur zu gewiß, daß zu Ihren Erträgen nicht die Fähigkeit gehört, sich an irgendeinem Ort auf Dauer einzurichten. Sie werden mit sicherem Urteil festgestellt haben, was gut und was besser ist, aber Sie werden es so halten, wie dies die Italiener mit der Musik tun, indem sie dem Neuen stets den Vorzug vor dem Bewährten geben.

Ich bitte Sie um Nachricht, insofern ich Ihre Worte ins Gegenteil verkehre, aber gestehen Sie mir zu, daß ich ganz auf den Ton Ihrer Seele eingestimmt bin. Wollen Sie aber auch wissen, wie es um meine Seelenstimmung bestellt ist? Hier ist die Antwort: Sind Ihnen jemals Kranke unter die Augen gekommen, die an einem langwierigen und unheilbaren Übel litten? Sobald man sich nämlich bei denen, die sie pflegen, nach ihrem Befinden erkundigt, bekommt man stets zur Antwort: «Es geht den Umständen entsprechend», was besagen will: Er wird sterben, aber es ist ihm noch eine kleine Frist vergönnt. Damit haben Sie genauen Aufschluß über den Zustand meiner Seele. Nach heftigstem Sturm ist Ruhe eingetreten.

Sein gegenwärtiger Seelenzustand[5] ist derart, wie ich ihn mir nur wünschen könnte, ginge es nach meinem Willen und Herzen; sein körperliches Befinden jedoch ist im höchsten Maße beunruhigend! Ich bin jedoch überzeugt, daß er sich strikt an die Auflagen seiner Ärzte hält. Er liebt das Leben, weil er es liebt, zu lieben und geliebt zu werden, er hängt an nichts anderem als daran. Wenn Sie nur wüßten, wie liebenswert er ist! Ja, auch Sie lieben mich ein wenig, aber Sie würden nicht vor Eifersucht rasen, wenn ich es fertigbrächte, Ihnen nicht meine ganze Aufmerksamkeit zuzuwenden. Was müssen Sie doch für einer sein, daß Sie es für einen Augenblick vermocht haben, mich von dem liebenswürdigsten und vollkommensten aller Geschöpfe abzulenken? Ja, gewiß, kennten Sie ihn nur, oder vielmehr, wenn Sie ihn kennengelernt haben, dann werden Sie einsehen, daß mein Urteil weder auf Täuschung noch auf Wunschdenken beruht. Nun gut, habe ich Ihnen genug Einblick in meine Seele gewährt? Empfinden Sie meine Freundschaft als passiv, aktiv oder indiskret?

Der Chevalier d'Aguesseau wird Ihnen sicherlich mitgeteilt haben, daß ich die Geduld verloren hätte. Ich schickte zu ihm, um Nachrichten von Ihnen zu erbitten, die er aber in dem Augenblick auch nicht hatte. Aber sobald er am 8. einen Brief erhielt, ließ er mir bestellen, daß es Ihnen gut ginge, und ich war sofort versucht, Ihnen zu schreiben, um Ihnen für einen Freund zu danken, der mich aus meiner Unruhe befreite. Dann aber fand ich es doch besser, auf eine Antwort von Ihnen zu warten. Ja, ich will auf Sie warten, und dies für immer. Warum sollte ich mich auch mehr beeilen als Sie sich? Ich würde nur ermüden und dann Ihren Schritt hemmen. Ich möchte nicht, daß noch irgendeine Zuneigung meine Seele schmerzhaft berührt. Es ist genug. Ich weiß nicht, wie ich diese Inanspruchnahme, der ich mich aussetze, noch länger ertragen kann. Es trifft zwar zu, daß ich alle Kräfte auf einen Punkt konzentriert habe. Die ganze Natur ist für mich wie tot, mit Ausnahme des Wesens, das mich belebt und jeden Augenblick meines Lebens ausfüllt. Ich lebe für nichts anderes; die Dinge, die Vergnügungen, die Zerstreuung, die Eitelkeit, das Geschwätz, alles das ist für mich ohne Belang, und ich bereue die Zeit, die ich damit vertan habe, auch wenn sie nur sehr kurz war. Den Schmerz habe ich ja frühzeitig erfahren, und das hatte das Gute, daß ich vor manchen Dummheiten bewahrt blieb. Ich bin bei dem großen Lehrmeister der Menschheit in die Schule gegangen: dem Unglück. Da haben Sie die Sprache, die Ihnen einst so gefallen hat. Sie hat Sie dem Teil Ihrer Seele angenähert, von dem Sie der Trug und die Schmeichelworte der hiesigen Frauen unablässig ablenken. Sie waren mir dankbar, als ich Sie zu dem zurückbrachte, was Sie liebten, was Sie einst litten, denn es gibt eine Art von Schmerz, die so verführerisch ist, welche der Seele eine solche Wonne verschafft, daß man nur allzu bereit ist, diesem Leiden den Vorzug zu geben vor den sogenannten Vergnügungen. Zweimal die Woche verkoste ich dieses Glück oder dieses Gift, und diese Art von Nahrung ist mir weitaus notwendiger als die Luft, die ich atme.

Die Comtesse de Boufflers hat mir viel von Ihnen erzählt und auch davon, was sie Ihnen geschrieben hat. Sie ist in Sie vernarrt, weil Sie den «Connétable de Bourbon» geschrieben haben, und das ist ohne Zweifel ein Stück, mit dem man seinen Geschmack unter Beweis stellen kann. Ich hingegen würde Sie noch viel mehr lieben, wenn Sie nicht der «Connétable de Bourbon» wären. Wie klein und beschränkt ist doch meine Seele! Ich, die ich gleichermaßen Riesen wie Zwerge verachte. Doch, was kümmert Sie mein Geschmack?

Sie sind sehr liebenswürdig, daß Sie daran gedacht haben, etwas größer zu schreiben, aber dennoch wandelt mich die Lust an, eben darüber Klage zu führen, beraubten Sie mich doch derart einiger Zeilen. In Gottes Namen, lassen Sie alles beim alten, schreiben Sie so groß wie Fliegenbeine, umfahren Sie die Welt, – aber treten Sie diese Reise in Paris an. In einem Wort: Ändern Sie nichts an dem, wie Sie es für gewöhnlich halten. Ich weiß zwar nicht, ob es so das Beste ist, aber das Liebste ist es mir gewiß. Kommt Ihnen solches Lob nicht recht fad vor? Machen Sie sich nicht über mich lustig. Ich bin ziemlich einfältig, aber ich bin auch, wie ich Sie versichere, ein herzensgutes Ding. Finden Sie nicht auch?

1 Baron F. A. von Koch, österreichischer General, Freund von Melchior Grimm. 2 Kaiserin Maria-Theresia. 3 Joseph II. 4 Molière, L'Avare. 5 Gemeint ist der Marques de Mora.

12. An denselben

Sonntag, 1. August 1773

Sie sind allzu liebenswürdig, Sie überraschen mich aufs angenehmste, ist es doch hinreißend, einer Freude teilhaftig zu werden, auf die man nicht rechnete, und ich bin ganz entzückt, Ihnen für eine Regung danken zu dürfen, die meiner Seele gutgetan hat.

Gestern erhielt ich einen Brief von Ihnen, der vom 18. datiert ist. Mit Befriedigung bemerkte ich, daß die Absendetage rascher aufeinanderfolgen und nicht mehr zwei Wochen dazwischen liegen. Ich verdanke diese Änderung keineswegs den Äußerungen meines Unmuts, sondern allein Ihnen, Ihrer Freundschaft. Ich schätze viel mehr das, was man mir freiwillig und nicht erzwungen gewährt. Ich wollte Ihnen danken, Ihnen, schwach wie ich war, mitteilen, was ich so lebhaft fühlte. Ich war so überglücklich, bis ich heute einen weiteren Brief von Ihnen in Händen hielt, der ebenfalls vom 18. datiert war. Meine erste Regung darob, ich kann nicht sagen, warum, war Angst – die Gewöhnung an das Unglück läßt alles verkümmern, – aber ich hatte mich rasch wieder gefaßt. Ich fand Sie gut, feinfühlig und meinem Herzen nahe, ja, es schien mir, als müsse ich mich meiner Leiden rühmen, da mein Schmerz Ihre Anteilnahme erregte. Ach, mit wieviel Kummer sättigen Sie mir mein Leben! Jetzt könnte ich Ihre Freundschaft genießen, sie verschaffte mir Trost und Freude, aber Sie sind tausend Meilen entfernt, und ich kann mich der Furcht nicht erwehren, daß so viele neue Gegenstände, ein derart vielbeschäftigtes und abwechslungsreiches Leben, das Sie zu führen gezwungen sind, eine Freundschaft und ein wechselseitiges Interesse wenn schon nicht zerstören, so doch schwächen können, so diesen vielleicht jener Grad von

Wärme fehlt, die sie zu einem Herzensbedürfnis machen, oder die Zeit, die sie zur Gewohnheit werden läßt. Ich gebe ja gerne zu, daß ich dem gegenseitigen Interesse wenig Wert beimesse, ist es doch die Gefühlsregung derer, die keine Liebe in sich haben. Aber eben daran erkennen Sie die verhängnisvolle Beschaffenheit meiner Seele! Ich lasse mich von Angst und Kummer beherrschen, anstatt mich der Zeichen und Beweise Ihrer Freundschaft zu erfreuen. Diese Freundschaft ist sehr sanft, sehr nachsichtig. Sie verzeihen mir meine Ungerechtigkeit. Unzählige Male habe ich Sie angeklagt, aber gleichzeitig bereute ich es jedoch nie, mich Ihnen mit innigstem Vertrauen ausgeliefert zu haben. Es ist unmöglich, sich, sobald man mit Ihnen zusammen ist, eines Irrtums zu zeihen, und deshalb ist man gegen große Unglücksfälle gefeit. Wie Sie nämlich bemerkt haben werden, haben alle Tragödien ihren Ursprung in einem Irrtum, und beinahe alle Unglücke kennen die nämliche Ursache. Aber strafen Sie mich jetzt nicht für meine Ungerechtigkeit, indem Sie mir nicht mehr davon berichten, was für Sie von Belang ist. Lassen Sie mich teilhaben an Ihren Erlebnissen, und ich verspreche Ihnen auch zu sagen, was ich dabei empfand.

Ich liebe Sie viel zu sehr, um mir den mindesten Zwang aufzuerlegen. Viel lieber ist es mir auch, Sie um Verzeihung zu bitten, als keine Fehler zu begehen. Ihnen gegenüber besitze ich keinerlei Eigenliebe mehr, und das Verständnis für jene Verhaltensmaßregeln, die dafür sorgen, daß man stets mit sich zufrieden ist, und die einem gleichzeitig eine unempfindlich machende Kälte dem gegenüber verschaffen, den man liebt, gehen mir völlig ab. Ich hasse derlei Klügelei, ja, ich verabscheue sogar – ertragen Sie, es zu hören – diese Freundschaftspflichten, die an die Stelle herzlicher Anteilnahme die Zurückhaltung setzen, die statt Mitempfinden bloß Taktgefühl fordern. Aber was sage ich Ihnen da? Ich liebe die Ungezwungenheit, ich handele impulsiv und liebe es über alles, wenn man sich mir gegenüber genauso beträgt. Ach, mein Gott, wieviel haben Sie mir voraus! Ich kann keinerlei Tugenden vorweisen, ich habe auch keine Verpflichtungen gegenüber meinem Freund. Mit einem Wort: Ich nähere mich dem Naturzustand. Die Wilden sind auch nicht gefühlvoller und gutgläubiger, wenn sie lieben.

Die Gesellschaft, das Unglück, nichts hat vermocht, mein Herz zu verderben. Nie werde ich Ihnen gegenüber auf der Hut sein, nie werde ich Sie mit Argwohn betrachten. Sie sagen, daß Sie Freundschaft für mich empfänden. Sie sind ein aufrichtiger Mensch. Was also könnte ich fürchten? Ich werde Sie jede Regung und Bewegung meines Herzens wissen lassen, und ich werde nicht erröten, sollte ich Ihnen als schwach oder widersprüchlich erscheinen. Ich sagte Ihnen bereits, daß ich nicht darauf aus bin, Ihnen zu gefallen, Ihre Wertschätzung zu erschleichen; viel lieber ist es mir, Ihrer Nachsicht wert zu sein. Kurz: Ich möchte Sie von ganzem Herzen lieben, zu Ihnen grenzenloses Vertrauen haben, und Sie machen damit einfach das, was Sie wollen.

Nein, ich rechne Sie nicht zu den Gewitzten, und ich bin wie Sie davon überzeugt, daß diese Art von Schläue immer ein Beweis von Armut ist. Aber ich halte Sie schon für etwas begriffsstutzig und vor allem dann, wenn Sie nicht verstehen, was man Ihnen in aller Klarheit darlegt. Wie man es auch nennt, es ist dies vollkommen gleichgültig, entscheidend ist nur, daß es nicht das verderben kann, was ich Ihnen über die Person gesagt habe.[1] Aber was mich daran erstaunt, ist, daß ich ihn wenigstens zwanzigmal erwähnt habe, und das beweist mir etwas, was ich mir niemals hätte vorstellen können, daß ich seinen Namen nämlich wie den eines jeden anderen ausgesprochen habe. Was mich aber noch viel mehr erstaunte, wäre, wenn Sie ihn auch nicht von dem anderer unterscheiden könnten. Deshalb versichere ich Sie, daß er nicht dazu geschaffen ist, unerkannt in der Menge zu verharren. Sie werden es erleben.

Ich bin heute dem Chevalier d'Aguesseau begegnet. Ich war stolz, ihm Neuigkeiten von Ihnen berichten zu können. Anderen Leuten gegenüber, die auch Anspruch darauf haben könnten, von Ihnen Briefe zu bekommen, hätte ich gewiß ein sehr gegenteiliges Gefühl gehabt, müßte ich doch fürchten, im Unterschied zu ihnen viel glücklicher zu erscheinen, was Ihnen sicherlich Vorwürfe eingetragen hätte, zumal die Mehrzahl der Frauen keineswegs das Verlangen hat, geliebt, als vielmehr nur sichtbar den anderen vorgezogen zu werden. Der Chevalier d'Aguesseau sagte mir, er wolle Ihnen schreiben und Sie mit

Neuigkeiten versorgen. Was mich anbelangt, so interessiere ich mich nur für eine, und ich wünschte mir nichts sehnlicher, als sie Ihnen mitzuteilen. Ich werde mich sehr freuen, den Chevalier de Chastellux[2] wiederzusehen, vermöchte ich es aber, seine Reise um ebensoviel zu verlängern, wie ich mir wünschte, die Ihre zu verkürzen, dann würde ich ihm kaum bald begegnen. Achten Sie bitte einmal darauf, wie sehr ich die zeitliche Abfolge verkehre: Seit acht Jahren bin ich dem Chevalier in inniger Freundschaft zugetan.

Daß Ihnen die Reise auch weiterhin von großem Interesse ist, freut mich, ja, es ist dies sogar mein Wunsch, daß Sie viel Vergnügen dabei haben, aber was ich mir vor allem erhoffe, ist, daß Sie die Menschen, die Sie lieben, vermissen. Ich wollte, es gelänge weder der Türkei, noch Ungarn oder dem gesamten Erdkreis, Sie vergessen zu lassen, daß Sie diesen zu ihrem Glück fehlen. Überdies wünschte ich mir, daß Sie mit dem Entschluß heimkehrten, sie nicht mehr just in dem Augenblick zu verlassen, da diese gerade damit beginnen, den Zauber Ihrer Freundschaft und Ihrer Gesellschaft zu empfinden. Leben Sie wohl. Ich habe Ihnen bislang verschwiegen, daß ich sehr leidend bin, aber meiner Seele geht es entschieden besser. Deshalb gibt es keinen Grund zur Klage. Geben Sie mir Anlaß, Ihre Pünktlichkeit zu loben, denn dann wären Sie sehr liebenswürdig.

1 Gemeint ist der Marques de Mora. 2 Jean-François de Chastellux (1734–1788), Militär und Schöngeist. Ein schönes Portrait gibt: Marmontel, Mémoires d'un Père pour servir à l'Instruction de ses Enfants, Paris an XIII (1804), Bd. II, S. 113–114.

13. An denselben, in Breslau

Sonntag, 9. August 1773

Sehen Sie, welcher Wahnsinn, sich nach Ihnen auf die Suche zu begeben, Sie gar in Breslau zu erwarten! Sie werden dort übergenug mit dem König, seinen Truppen, Ihren Erfolgen, mit dem «Connétable» beschäftigt sein, und nichts wird Sie auf den Gedanken bringen, Ihre Blicke nach Paris zu wenden. Selbst wenn ich irrte: Paris ist recht groß, und Sie werden mich in der

Menge gar nicht gewärtigen. Glauben Sie mir dennoch, es gibt wenige, nur sehr wenige, ja, müßte ich nicht fürchten, Sie zu betrüben, sagte ich, es gibt niemanden außer mir, der Sie aufrichtiger vermißt. Alle Welt geht ihren Pflichten oder Zerstreuungen nach, und nur ich vermag es nicht, mein Leid und meine Sehnsucht zu vergessen. Ich weiß nicht, wie man es anfängt, sich an Entbehrungen zu gewöhnen, zumal die, welche die Seele betreffen, derart empfindlich sind, daß sie durch nichts ausgeglichen werden können.

Ich vermag es nicht zu fassen, daß es erst drei Monate her ist, daß Sie abreisten, und noch weniger kann ich es begreifen, daß ich noch bis Ende November werde warten müssen, um Sie wiederzusehen. Allein Ihre Gegenwart vermöchte mich zu trösten, und ich vermisse Sie als einziges Vergnügen meines Lebens. Wahrlich, so ist denn die Freundschaft, diese Wohltat der Natur, für mich nichts anderes als ein neues Unglück! Alles, das meine Seele anrührt, wird mir zu Gift. Sie waren mir eine so liebenswürdige Bekanntschaft, Ihr Wesen, Ihr Benehmen, Ihr Geist, alles hat mich entzückt, aber eine geringfügige Steigerung meines Interesses an Ihnen hat alles zerstört, hat mich Ihnen auf Gedeih und Verderb ausgeliefert. Warum sind Sie derart in mein Herz eingedrungen? Warum haben Sie mir das Ihre gezeigt? Warum nur vereinbaren zwei Personen einen Austausch zwischen ihren Herzen, die doch alles trennt? Sind Sie es, oder bin ich es, die Schuld trägt an dem Schmerz, den ich leide? Bisweilen erstarre ich vor Schrecken ob meiner Sehnsucht nach Ihrer Rückkehr, weil ich fürchte, meine Freundschaft wird Ihnen zur Last. Sie wird Sie aber ganz und gar nicht beanspruchen; Sie werden nämlich derart beschäftigt, abgelenkt und eingespannt sein, daß Sie mir in Paris vielleicht noch ferner sein werden als jetzt in Breslau. Bedenken Sie doch, wieviel Sie an Interesse gewonnen haben bei Leuten, die nur aus Eitelkeit oder Nichtstun lieben! Sie kommen von so weit her, man wird sich für alles begeistern, was Sie gesehen haben, man wird sehr entzückt sein, Sie wiederzusehen, Ihnen zu lauschen, so daß es ganz und gar unmöglich sein wird, Sie einem derartigen Ansturm zu entreißen. In Gottes Namen also, ich werde Sie kaum zu Gesicht bekommen, Sie aber um so öfter erwarten; das ist auch etwas. Im übrigen gilt, wenn man aufrichtig und empfindsam ist, daß man häufig dahin zurückkehrt, wo man erwartet wird. Wäre es nur schon so weit! Aber haben Sie wenigstens die Absicht, Ihre Reise eher zu verkürzen als zu verlängern? Was werden Sie denn noch an Schönerem, Interessanterem sehen als das, was Ihnen Schlesien bietet? Und dann, wenn Sie nicht sogleich aus Schweden schreiben, wenn Sie vielmehr zuwarten sollten, bis Sie Briefe erhalten haben, dann können Sie gut und gerne davon ausgehen, daß drei Monate vergangen sind, ohne daß ich etwas von Ihnen hörte, und dann wären Sie nicht mehr nur abwesend, sondern so gut wie tot. Wenn auch Sie zu den nämlichen Entbehrungen verurteilt wären, litten Sie gleichwohl weniger darunter. Überhaupt aber ist es Ihr Fehler, den Sie begingen, als Sie diese Reise antraten und mit der Ihre Freunde keineswegs einverstanden waren. Mit einem Wort: Sei es aus Billigkeit oder Großmut, ich möchte von Ihnen Nachrichten haben, gibt es doch weder einen stichhaltigen Grund noch eine Ausrede für Sie, mir jemals wieder für so lange Zeit nicht zu schreiben wie während Ihrer Aufenthalte in Prag und Wien.

Bedenken Sie, wieviel Rücksicht Sie auf meinen Zustand nehmen müssen. Ich bin unglücklich, ich bin krank, und das sollte Ihre Tugendhaftigkeit anstacheln. Was Sie mir gewähren, soll Ihnen mit unendlicher Dankbarkeit vergolten werden. Mein Gott, dieses armselige Motiv und dieses erbarmungswürdige Gefühl! Finden Sie nicht auch?

Dieser Tage las ich einen Auszug aus einer «Eloge de Colbert»,[1] die zum Wettbewerb in der Académie française eingereicht worden war. Dieser Auszug gefiel mir wegen seines festen, vornehmen, hohen und originellen Tons derart gut, daß ich mir sofort wünschte, Sie hätten diese Eloge geschrieben. Ich kann zwar nicht sagen, ob das Werk insgesamt anerkennenswert ist, aber Sie würden sicherlich das Wenige, das ich gelesen habe, nicht von sich weisen.

In den letzten Tagen hatte ich Fieber, und meinen letzten Brief, den ich Ihnen schrieb, beendete ich unter Schüttelfrost. Es gibt da einen gewissen Boten, der seit einem Jahr meine Seele fiebern macht, und diese hat meinen ganzen geschwächten Körper angegriffen. Ich fühle mich gänzlich zerstört, und ich bin immer so unglücklich gewesen, daß eine innere Stimme mir sagte, in dem Moment, in dem mein Unglück endete, würde ich sterben. Kommen Sie zurück, denn dann werde ich, bevor ich sterbe, wenigstens sicher sein, eine für meine Seele so überaus süße Tröstung erfahren zu haben. Ich mache mir den Vorwurf, Sie ungerecht behandelt zu haben. Mein Gott, sollten Sie deswegen gelitten haben, so werden Sie mir verzeihen. Es gibt Umstände, die allergrößte Nachsicht erheischen!

Ich habe das so dringlich erwartete Buch von Helvetius.[2] Sein schierer Umfang, zwei Bände von jeweils sechshundert Seiten, hat mich erschreckt. Ihre Freßgier freilich wird sie binnen zweier Tage verschlungen haben, allein ich vermag nur zu lesen, wenn mich der Gegenstand fesselt. Mein Seelenzustand beansprucht im übrigen meine ganze Aufmerksamkeit, deshalb lese ich immer nur, was ich fühle, und nicht, was ich sehe. Ach, mein Gott, wie sehr doch der Geist verkümmert, wenn man liebt! Es ist wohl wahr, daß die Seele keinen Schaden daran nimmt, aber was beginnt man schon mit einer Seele?

Ich habe ganz vergessen, Ihnen hinsichtlich der Affäre des Comte de Crillon[3] Auskunft zu geben. Sie hatte sich schon längst zugetragen, ehe sie bekannt wurde. Sie können sich den armen Menschen gar nicht vorstellen, der als der Urheber der ganzen Affäre gilt. Er ist nicht geradezu dumm, aber gewiß der Einfältigste von allen. Seine Frau taugt mehr, aber ihre Beschäftigung mit sich selber hat alle ihre Fähigkeiten aufgebraucht. Alles in allem handelt es sich dabei um Leute, deren größtes Verdienst es ist, eine ausgezeichnete Köchin zu haben. Und wie viele Menschen gibt es, über die man Gutes spricht und die auch kein anderes Verdienst vorzuweisen haben! Nein, das Menschengeschlecht ist keineswegs bösartig; es ist nur einfältig, und in Paris zumal ist es auch mehr eitel und frivol als einfältig. Aber was tut's zur Sache! Entscheidend ist doch allein, daß derjenige, den man liebt, gut, liebenswürdig und ausgezeichnet ist.

Wir sind hier im Zweifel über das Los der Türken.[4] Die einen sagen, sie seien von den Russen vernichtend geschlagen worden. Die anderen versichern, daß die Türken die Russen besiegt hätten. Wer von beiden unterlegen ist, ist im Grunde vollkommen gleichgültig. Beide sind Sklavenvölker; die einen leben in völliger Barbarei, die anderen sind halbzivilisiert, und ich weiß wirklich nicht, welches das Schlimmere ist.

Ach, wissen Sie, woran hier in Paris das einfältige Publikum seinen Spaß hat, von dem es gar nicht genug bekommen kann? Eine Tragödie von Dorat, die allen Geistes und Talents bar ist. Und eine Komödie von Dorat, ein wahres Meisterwerk des schlechten Geschmacks und der vulgären Sprache, ein völlig unverständliches Geschwätz.[5] Der Beifall, der diesen Machwerken gespendet wird, hat mich für einen ganzen Tag in Trübsinn gestürzt. Derlei muß wirkliche Talente entmutigen.

1 Autor dieser Eloge war Jacques Necker (1732–1804), Bankier und Staatsmann, der 1773 mit seiner «Eloge de J.-B. Colbert» den ersten Preis der Académie française gewann. 2 Gemeint ist damit vermutlich das nachgelassene Werk des Philosophen Claude-Adrien Helvétius (1715–1771) De l'Homme, de ses Facultés intellectuelles et de son Education, Paris 1772. 3 Nicht zu ermitteln. 4 Anspielung auf den ersten russisch-türkischen Krieg, der von 1768 bis 1774 geführt wurde. 5. Von Claude-Joseph Dorat (1734–1780) wurden am 30. Juli 1773 zwei Stücke uraufgeführt: Die Tragödie «Régulus» und das Lustspiel «La Feinte par Amour».

14. An denselben

Sonntag, 15. August 1773

Mein Gott, hören Sie mich an und glauben Sie mir endlich, daß ich Ihnen gegenüber nicht im Unrecht sein kann, und Sie wissen auch sehr gut, warum sich das so verhält. Ich bin wirklich nicht saumselig gewesen, denn seit dem 3. Juli ist dies bereits mein fünfter Brief. Ich habe Ihnen am 15., am 26. (Juli), am 1. August, am 6. oder 7. und heute geschrieben. Ich verstehe es nicht, daß Sie am 3. (August) noch nicht meinen Brief vom 15. (Juli) erhalten haben. Ich kann mich mit den Unregelmäßigkeiten der Postzustellung nicht abfinden. Sie machen mir das Leben zur Qual, aber andererseits erstaunen Sie mich, daß auch Sie dem eine solche Bedeutung beimessen. Sollte Ihr Herz denn wirklich für alles empfänglich sein? Ich lebe nur für eine einzige Sache, und dabei sterbe ich an Erschöpfung und Schmerz.

Daß Sie die Selbstvorwürfe dieses Vaters gelegentlich meiner Briefe zitieren, ist sehr liebenswürdig von Ihnen. Sollte man also wirklich mit dem Geist so tief in eine empfindsame Seele eindringen können? Wahrlich, Ihr Geist gefällt mir, aber er berührt mich nicht in meinem Innersten. Wie konnten Sie nur auf den Gedanken kommen, es sei meine Absicht, Sie zu beunruhigen? Ach, du mein lieber Gott, wo sollte ich ein derartig einfältiges Selbstvertrauen nur hernehmen? Um Sie zu bestrafen? Und wofür? Gesetzt, was keineswegs der Fall ist, ich wäre mit Ihrer Freundschaft unzufrieden, hätte ich dann ein Recht, mich darob zu beklagen, und wäre es dann nicht im höchsten Maße impertinent, wenn ich mir einbildete, das Ausbleiben meiner Briefe sei ein empfindlicher Verlust für Sie? Wenn ich Ihnen sage, daß ich nicht so albern eitel bin wie die meisten Frauen, dann müssen Sie mir das keineswegs glauben. Aber lernen Sie mich lieber besser kennen, und Sie werden sehen, daß ich mit Dank alles annehme, das man mir gefälligst anbietet, daß ich mich herzlich darüber freue und daß ich mit aller Zärtlichkeit und Ernsthaftigkeit meiner Seele darauf reagiere. Niemals aber fühle ich mich von jener Sorte von Zuneigung ergriffen, die man nicht im Herzen, sondern in der Eigenliebe findet, die den Geliebten stets mit Forderungen behelligt und die es bisweilen sogar wagt, ihn auf die Probe zu stellen. Was in der Welt üblich ist, hat nicht vermocht, die Einfachheit und Wahrheit meiner Empfindungen zu verderben. Beachten Sie aber, daß ich mich damit nicht selber lobe, sondern mich nur verteidige.

Ich bin Ihres schlimmen Beines wegen beunruhigt, zumal Sie es sicherlich nicht schonen werden, auch wenn Sie das behaupten, und das eben ängstigt mich noch mehr als das Übel selber. Mein Gott, ja, Sie haben recht, gibt es doch nichts Kälteres und Abgeschmackteres, als seine Freunde schonen zu wollen! Doch, doch! Das große Unglück Ihrer Abwesenheit ist, daß ich immer in Unkenntnis aller Einzelheiten bin, die Sie angehen. Wenn man nämlich viel sagt, dann läßt man immer noch mehr zu fragen übrig! Und mir scheint es, als verschwiege mir mein Freund stets das, was ich wissen möchte. Aber warum nur muten Sie sich diese Sie überfordernden Anstrengungen zu? Schlafmangel ist dem Kopf abträglich, und wie stark auch der Ihre sein mag, so bin ich mir dennoch gewiß, daß, wenn Sie die Nacht durchwacht haben, Sie einen geringeren Nutzen aus den Gegenständen und Themen ziehen, die Sie studieren wollen, ganz davon abgesehen, daß Sie damit Ihre Gesundheit schädigen. Wenn Sie das Ziel erreichen wollen, das Sie sich gesetzt haben, so müssen Sie nicht nur am Leben, sondern auch bei guter Gesundheit bleiben. Wessen Seele darauf brennt, alles dem Ehrgeiz zu opfern, der sollte, davon bin ich überzeugt, sich einen gesunden Magen zu erhalten trachten.[1] Ach, wenn Sie wüßten, wie sehr körperliche Leiden die Seele zernieren können, dann würden Sie nicht, wie Sie dies tun, solchen Raubbau mit Ihrem Schlaf und Ihren Kräften treiben. Ich rede mit Ihnen in einer recht einfachen Sprache, aber es ist dies die Sprache der Freundschaft. Achten Sie darauf, daß Leute, die sich angenehm machen wollen, über derlei nie ein Wort verlieren. Die wahre Anteilnahme ist ohne alle Ziererei, sie äußert sich schwerfällig und wiederholt sich, sie wird ihrer selbst nie überdrüssig, wenn sie jemandem zugewendet wird, der sie auch wirklich verdient.

Tatsächlich glaube ich, daß die Unruhe, in der Sie sich befanden, als Sie mir schrieben, Ihr Urteilsvermögen etwas getrübt hat. Sie drängen mich, Ihnen zu schreiben, aber Sie sagen mir nicht, wohin ich meine Briefe adressieren soll. Ich weiß, daß Sie sich seit dem 12. (August) nicht mehr in Wien aufhalten, aber dennoch schreibe ich Ihnen eben dorthin, auch wenn das keinen rechten Sinn macht. Andererseits wäre es aber auch nicht von Vorteil, schriebe ich Ihnen nach Breslau. Warum plagt Sie aber auch das Verlangen, von Ihren Freunden zu hören, wenn Sie die Welt bereisen? Das ist wahrlich ziemlich widersprüchlich! Um Ihnen die Wahrheit zu sagen: Es gibt Momente, in denen ich mich so abgespannt fühle, daß ich nahe daran bin, Sie einfach Ihrer Wege ziehen zu lassen. Ich bin so krank, so traurig, daß es mir scheint, es gereichte auch Ihnen zum Vorteil, wenn Sie es sich gestatteten, mich ganz und gar zu vergessen. Je gütiger, je einfühlsamer Sie sind, desto mehr bin ich versucht, Ihnen darauf zu antworten, daß es Sie noch oft reuen wird, sich so schnell auf eine Freundschaft eingelassen zu haben, von der ich alle Vorteile habe.

Auf einer Passage in Ihrem Brief konnten meine Augen nicht verweilen, aber um so fester hat sich mein Herz daran geklammert. Gütiger Gott, was für ein Wort haben Sie da zu mir gesagt! Mein Blut gefror. Nein, nein, dann wird mein Herz nicht mehr das Ihre suchen. Allein dieser Gedanke bringt mich um! Seien Sie mir ein Trost, beruhigen Sie, wenn Sie dies vermögen, den Aufruhr in meiner Brust, hüten Sie sich aber anzunehmen, daß ich auch nur einen Augenblick überleben könnte, vor dem die Angst allein schon mein Leben mit Grauen erfüllt, eine Angst, die bereits meine Gesundheit zerstört hat und die ohne Unterlaß meinen Verstand verwirrt. Leben Sie wohl, ich kann nicht weiter schreiben, das Herz krampft sich mir zusammen. Wenn ich auf andere Gedanken gekommen bin, werde ich den Faden wieder aufnehmen, denn ich muß mich Ihnen gegenüber rechtfertigen und Sie um Verzeihung bitten, auch wenn ich mir nichts zu Schulden habe kommen lassen.

Immer noch Samstags

Ich war versucht, Ihnen zu eröffnen, daß ich diese charmante Bemerkung über den König von Preußen weitergetragen habe und daß ich glaubte, das ohne Bedenken tun zu dürfen. Man hat sie so aufgenommen, wie sie es verdient, und sie so und so zitiert, bis sie auch Mme. du Deffand[2] zu Ohren kam, die sie sehr schlecht aufnahm, sie zurückwies, kommentierte und die ihr tausend Widersprüchlichkeiten nachweisen wollte. Schließlich fällte sie das Urteil, daß, selbst wenn Sie neben dem «Connétable de Bourbon» auch «Athalie»[3] geschrieben hätten, sie selbst dies nicht gehindert hätte, Inhalt wie Form Ihrer Bemerkung für abscheulich zu erachten. Wenige Tage später hat sie sich in demselben Ton gegenüber dem Botschafter[4] geäußert, der darüber sehr ungehalten war und ihr erwiderte, daß, wenn man Kritik üben wolle, es das mindeste Erfordernis sei, korrekt zu zitieren, und daß er, weil sie den Wortlaut dieser Bemerkung willkürlich verändert habe, ihre Kritik als ebenso hart wie ungerecht empfände.

Mme. de Luxembourg[5] und Mme. de Beauveau[6], in deren Beisein dies sich abspielte und die beide gegen Mme. du Deffand Stellung bezogen, baten den Botschafter um eine genaue Abschrift dieser Bemerkung, was er ihnen versprach. Er suchte mich auf, um mir diesen ganzen dummen Streit zu erzählen, und ich gestehe, das Vergnügen, Mme. du Deffand in die Enge zu treiben, ließ mich gegenüber der Bitte des Botschafters nachgiebig werden; ich gestattete ihm, diese drei Zeilen zu kopieren, und er ging im Triumph von dannen.

Nun war Mme. du Deffand der Lüge überführt, und sie wagte es fortan nicht mehr, an etwas herumzumäkeln, was alle Welt vortrefflich fand. Bis dahin war noch mit keinem Wort die Rede davon gewesen, wem gegenüber Sie diese Bemerkung gemacht haben. Das stachelte ihre Neugierde aber nur noch mehr an, so daß er ihr schließlich gestand, die Bemerkung sei mir gegenüber gemacht worden, und fügte dem noch hinzu: «Mit sicherem Gespür haben Sie an etwas herumgemäkelt, das voller Geist und Eleganz ist.» – Wahrlich, eine lange Geschichte. Ich hätte sie Ihnen längst schon verklatscht, aber sie erschien mir dann doch zu dürftig, um sie über vierhundert Meilen Entfernung zu übermitteln. Ich muß hinzufügen, daß mir der Botschafter die Kopie wieder überbrachte, die dann verbrannt wurde. Erkennen Sie, welche Nichtigkeit sich darin offenbart! Ja, das Unglück ist auch zu etwas nütze: Es befreit einen von all den kleinen Leidenschaften, von denen die Untätigen und die Verderbten geplagt werden. Könnten Sie nur lieben, dann wären Sie gut. Gleichviel, sagen Sie mir aber jetzt, ob ich mich eines Vertrauensbruchs schuldig gemacht habe, aber ich will es nur glauben, wenn Sie es sagen, aber kommen Sie mir bloß nicht damit, daß man jetzt davon überzeugt sei, *wir schrieben uns nur, um uns Geistreicheleien etc. etc. mitzuteilen.* Überhaupt, was geht es uns an, was die Einfältigen und Übelgesinnten glauben? Sie sind nur dann mächtig, wenn man sie fürchtet. Ich aber hasse sie, meide sie, fürchte sie aber schon längst nicht mehr.

Seit einigen Jahren habe ich diejenigen, die Urteile abgeben, genau studiert, so daß ich es kaum wage, Ihnen die Verachtung zu schildern, die ich gegen alles hege, was als öffentliche Meinung gilt. Ich will sie nicht herausfordern, aber das ist auch schon alles. Ich habe die traurige Erfahrung gemacht, daß es eine Art von Leidenschaft gibt, welche die Seele gegen alle jene Erbärmlichkeiten verschließt, von denen sich die Weltleute faszinieren lassen. Ein großer Kummer vermag alles abzutöten. Für mich gibt es nur ein Interesse, ein Vergnügen, ein Unglück und einen einzigen Richter auf der ganzen Erde. Alle Kleinlichkeit ist mit fremd. Bedenken Sie, daß ich am Leben nur in einem einzigen Punkt hänge. Gehe ich seiner verlustig, werde ich sterben. An dieser tiefen und anhaltenden Gemütsverfassung erkennen Sie mühelos, daß alles für mich ausgelöscht ist. Ich vermag nicht zu sagen, welches Unglück oder Glück es gefügt hat, daß ich erneut der Zuneigung fähig bin. Auch wenn ich mich genau prüfe, so vermag ich dennoch nichts zu entdecken, das mir die Ursache erklärte. Aber welche es auch immer sei, ihre Wirkungen geben meinem Leben neue Süßigkeit. Es scheint mir unbegreiflich, daß mein Unglück Ihre Teilnahme erregen konnte, für die mir Ihre Güte, die Feinfühligkeit Ihres Herzens den Beweis liefert. Jetzt mache ich mir die Gewissensbisse zum Vorwurf, die ich hatte, als ich mich meiner Neigung zu Ihnen hingab. Das Unglück macht einen sich selbst gegenüber grausam. Angesichts des Guten, das Sie mir zuteil werden ließen, empfinde ich mich als schuldig. Mache ich mir jetzt oder machte ich mir damals Illusionen? Auf Ehre, ich weiß es nicht. Aber Sie, dessen Seele von keinem Unglück gequält wird, Sie werden mich gerechter beurteilen, und sobald ich Sie wiedersehe, müssen Sie mir sagen, ob ich mich wegen des Gefühls, das Sie mir einflößen, beglückwünschen oder grämen muß.

Ich habe gestern Nachrichten erhalten, die mich in größte Unruhe versetzen: Seine Gesundheit will sich nicht festigen,[7] und ständig droht ihm ein Anfall, der ihm den Tod bringen kann, zumal schon zwei davon ihn binnen eines Jahres an den Rand des Grabes brachten. Wie Sie sehen, ist es mir kaum möglich zu leben! Adieu. Schreiben Sie bald.

1 Anspielung auf d'Alembert. 2 Marie Vichy-Chamrond, Marquise du Deffand (1697–1780). Sie beschäftigte Mlle. de Lespinasse seit 1754 als Vorleserin. 3 Tragödie in fünf Akten und mit Chören von Racine, die als seine bedeutendste Schöpfung gilt. 4 Domenico, Marques de Caraccioli (1715–1789). Von 1771 bis 1789 Botschafter des Königreichs beider Sizilien in Paris. War ein enger Freund von d'Alembert, Diderot und Condorcet. 5 Marguerite-Angélique de Neufville (1707–1787). War in zweiter Ehe seit 1750 mit Chrétien-Louis de Montmorency verbunden. Vor allem aber unter dem Namen ihres ersten Mannes, Joseph-Marie, Duc de Boufflers, der 1747 starb, erwarb sie sich den Ruf großer Galanterie. Vgl. J. J. Rousseau, Les Confessions, I, X und XI. 6 Marie-Charlotte de Rohan-Chabot, Princesse de Beauveau-Craon, zweite Frau von Charles-Juste de Beauveau, Prince de Beauveau-Craon (1720–1794). 7 Gemeint ist der Marques de Mora.

15. An denselben

Montag, 16. August 1773

Ich öffne meinen Brief nochmals, um Ihnen zu sagen, wie sehr mich Ihre Güte berührt, da Sie ebenso beunruhigt sind wie ich, wenn Sie von mir keine Nachricht haben. Ich begreife den Grund nicht, denn ich bitte nur gute Freunde darum, meine Briefe auf die Post zu geben. M. d'Alembert hat gestern Ihr Schreiben vom 6. (August) erhalten. Ich habe es übernommen, Ihnen zu antworten, und ich kann Ihnen gar nicht sagen, wie bekümmert und froh zugleich ich darob bin, Sie in Unruhe versetzt zu haben. Läge die Schuld bei mir, dann wäre ich untröstlich. Aber warum haben Sie Ihren Plan aufgegeben, gen Norden zu reisen? Ich vermag nicht zu glauben, daß es allein deshalb geschah, um Ihre Reisedauer zu verkürzen. Wem zuliebe verzichten Sie auf Schweden? Wer immer es Ihnen abverlangt hat, Sie dürfen zufrieden sein: Die Sehnsucht dieser Person wird Sie hinreichend entschädigen. Schließlich, sollte Ihre Rückkehr deshalb früher erfolgen, dann liebe ich diese Person oder die Sache, die dies veranlaßte, dafür. Aber im kommenden Jahr müssen Sie ja doch noch nach Rußland reisen, und gehen Sie nicht auch gleich nach Ihrer Ankunft nach Montauban ab? Und dann bereisen Sie die Landsitze, und dann gehen Sie dahin, wo Sie Ihr Vergnügen finden oder Ihr Glück suchen werden und dann und dann ... Aber das macht auch nichts, ist das alles doch weitaus besser als Schweden. Und ich weiß auch nicht, was mir sagt, daß ich mich nicht deswegen beunruhigen soll, was im nächsten Jahr sein wird, denn wie Sie immer sagen: Man hat noch so oft Gelegenheit zu sterben. Aber warum haben Sie es mich nicht wissen lassen, daß Sie Ihre Reise verkürzen? Dann hätte ich es einen Tag früher erfahren. Sie haben mir einen Vorwurf gemacht, und ich hätte Lust, Ihnen dies mit gleicher Münze zu vergelten: Sind Sie die Ursache einer Bemerkung des Chevalier de Chastellux? Er behauptete nämlich, daß ich Sie sehr liebe. Wie kann er das wissen? Nur Sie und der, den ich in alle meine Geheimnisse einweihe,[1] wußten davon. Haben Sie ihm davon geschrieben? Wäre das der Fall, so müßte ich Ihnen danken und mich gleichzeitig über Sie beklagen.

M. d'Alembert weilt augenblicklich bei Mme. Geoffrin, die sich, woran ich nicht zweifele, ein Vergnügen daraus macht, Ihretwegen an den König von Polen[2] zu schreiben. Begreifen Sie nun, daß man eitel werden kann, wenn man Sie lobt, Sie liebt? Aber glauben Sie bloß nicht, daß eben das das Gefühl gewesen sei, das mich zu Ihnen hinzog. Das wäre recht erbärmlich! Ich hoffe, Sie werden vor Ihrer Abreise von Wien bis zum Überdruß von meinen Briefen überschüttet. Vergessen Sie aber nicht, daß Sie mir den Empfang von fünf Briefen, diesen eingeschlossen, anzuzeigen haben. Auch wäre es zu liebenswürdig von Ihnen, wenn Sie mir auf alle meine Fragen antworteten, aber dafür mangelt es Ihnen sicherlich an Zeit wie an Vertrauen. Da es mir aber weder an Leichtigkeit noch an Nachsicht gebricht, werde ich Ihnen alles nachsehen, wenn Sie nur erst angekommen sind. Wann wird das sein? Bald kommen Sie zurück, schon um gemeinsam mit dem Chevalier de Chastellux die Freuden der Jagd in la Bréteneche[3] zu genießen. So heißt es zwar gewiß nicht, aber doch so ähnlich. Sie werden mich schon nicht mißverstehen, aber der Chevalier hat mir nie den Namen genannt. Ich glaube, in diesem ganzen riesig langen Brief habe ich es ganz vergessen, einen wichtigen Punkt zu erörtern: Meine Gesundheit. Sie ist abscheulich, ich huste mich schier zu Tode und mit einer derartigen Anstrengung, daß ich Blut auswerfe. Den größten Teil des Tages ist es mir ganz und gar unmöglich, auch nur ein Wort zu sprechen. Meine Stimme ist erloschen, aber von allen Mißlichkeiten ist das noch diejenige, die meiner Seelenstimmung am meisten entgegenkommt. Ich liebe die Stille, die Andacht, die Zurückgezogenheit. Ich schlafe nicht oder kaum, aber dennoch empfinde ich nie Langeweile. Wollen Sie mir also glauben, daß ich glücklich bin? Wenn ich dem noch hinzufügte, daß ich meine Lage mit niemanden auf der Welt tauschen möchte, dann glaubten Sie gar, ich lebte im Paradies. Damit aber befänden Sie sich im Irrtum. Um nämlich dorthin zu gelangen, muß ich erst tot sein, und eben das ist es, was ich mir wünschte. Aber so kommen Sie endlich und schreiben Sie mir viel, ganz viel.

1 Damit ist der Literat Jean-Baptiste-Antoine Suard (1733–1817) gemeint, der ein enger Freund von Julie de Lespinasse war. 2 Stanislas August Poniatowski (1732–1798), seit 1764 König von Polen. Er war mit Mme. Geoffrin eng befreundet. 3 Der Landsitz von Mme. de Montsauge.

16. An denselben, in Breslau

22. August 1773

Ich habe gestern Ihren Brief vom 10. (August) erhalten. Er hat mir gutgetan. Wenn Sie wüßten, was ich seit acht Tagen gelitten habe, welche Schmerzen mein Herz zu erdulden hatte! Unter welchen Stürmen, unter welchen Aufregungen vergeht mir mein Leben! Ich habe nicht einmal mehr die Freiheit, seiner zu entsagen, und das ist mir furchtbar. Und der, den ich liebe,[1] hat nicht die Macht, meinen Leiden ein Ende zu setzen. Er spürt sie, er leidet selbst, er ist noch unglücklicher als ich, weil sein Herz viel stärker ist, weil es mehr Tatkraft und Empfindsamkeit hat als das meine. Seit einem Jahr war jeder Augenblick seines Lebens von Leiden gezeichnet, er stirbt, und er will, daß ich lebe. O, mein Gott, mein Herz kann nicht mehr ertragen, was es verspürt und was es erleidet! Sehen Sie meine Schwäche, sehen Sie, wie sehr das Unglück einen indiskret und persönlich macht! Ich behellige Sie mit mir, ich erfülle Sie vielleicht mit Trauer. Sehen Sie es mir nach; dieser Anfall von Vertraulichkeit verdankt sich meiner Freundschaft, meiner so überaus zärtlichen Freundschaft, die ich für Sie hege. Sie haben mir bereits soviel Güte und Nachsicht bezeugt, daß es mir scheinen will, als dürfte ich diese nicht länger mißbrauchen. Aber wenn Sie litten, wen gäbe es dann, der dies besser spürte und bereitwilliger Ihr Leid mit Ihnen teilte als ich? Sie blicken mir in mein Herz, Sie sehen, daß es für Sie bestimmt ist. Ich spüre es, selbst im ärgsten Schmerz, wenn ich jeden Augenblick den Tod erflehe, selbst dann noch wird Ihnen mein Bedauern gewiß sein. Sie sind mein Trost, aber dennoch erliege ich der Wucht meiner Leiden. Nein, nicht meiner Leiden, sondern derer meines Freundes, für die ich keine Abhilfe, keine Linderung weiß. Da haben Sie die Marter einer empfindsamen und ergebenen Seele. Sie wissen um die Liebe, Sie werden mich verstehen und mein Los beklagen.

Aber sehen Sie, wie begierig man etwas ergreift, von dem man sich Linderung erhofft. Gestützt auf das, was Sie d'Alembert mitteilten, rechnete ich fest damit, Sie Ende September wiederzusehen, aber Sie werden erst Ende Oktober hier eintreffen. Aber, wird wenigstens das der Fall sein? Ach, ich weiß wirklich nicht, ob ich es mir erlauben kann, bis dahin noch zu hoffen. Vielleicht spreche ich mit Ihnen zum letzten Mal. Vermögen Sie sich den Schrecken auszumalen, in dem ich lebe? Ich erlaube mir weder ein Vorhaben noch eine Hoffnung. Ich habe viel zuviel unter der Ungerechtigkeit und der Bosheit der Menschen gelitten. Ich wurde in die Verzweiflung getrieben. Aber dennoch muß ich zugeben, daß sich kein Unglück mit einer tiefgefühlten und unglücklichen Leidenschaft vergleichen läßt. Diese Erfahrung hat bei mir zehn Jahre der Qual ausgelöscht. Es will mir scheinen, als lebte ich erst, seitdem ich liebe. Alles, was mich bis dahin angriff, alles, was mich unglücklich machte, ist verschwunden. Und dennoch leide ich in den Augen ruhiger und verständiger Menschen an Unglücksfällen, die ich gar nicht mehr verspüre. Leidenschaften, so sagen sie, seien ein künstliches, ein vermeidbares Unglück. Gewiß, weil sie nichts und niemanden lieben, weil sie nur ihrer Eitelkeit und ihrem Ehrgeiz leben, während ich nur existiere, um zu lieben. Zum in der Gesellschaft herrschenden Ton, zu ihren Vorlieben passe ich nicht mehr, ja mehr noch: Ich bin unfähig, auch nur einer ihrer Pflichten zu genügen, ich kann keine der Tugenden vorweisen, auf die sie zählt, aber glücklicherweise bin ich frei und unabhängig, und indem ich mich nur ganz der Bestimmung meines Herzens überlasse, leide ich nicht im geringsten Reue, weil ich an niemandem gefehlt habe. Aber, sehen Sie nur, wie wenig Umstände Sie sich meinetwegen machen müssen. Häufig werfe ich mir die Güte und die Wertschätzung vor, die man mir bezeugt. In der Gesellschaft maße ich mir viel an, dennoch bin ich in ihr allzu gut gelitten, weil man mich nicht wirklich kennt. Andererseits ist es aber auch nur zu wahr, daß ich so oft ein Opfer der Verleumdung und der Bosheit meiner Feinde gewesen bin,[2] daß das, was ich augenblicklich erfahre, gleichsam eine Entschädigung dafür ist.

Ich wurde unterbrochen durch das Eintreffen des Chevalier de Chastellux, der in meine Stube trat, ohne sich zuvor angemeldet zu haben, und den ich in Ferney[3] wähnte. Ich ließ ihn wissen, daß ich ob seiner Rückkehr entzückt sei, aber in meinem Herzen verspürte ich nichts davon. Für keinen Augenblick hat er mir mein Leid verscheucht; mein einziger Gedanke war vielmehr, daß er mich daran hinderte, Ihnen zu schreiben. Und dennoch ist er mir, wie man so sagt, ein Freund. Tatsächlich interessiere ich mich für ihn, aber zu meiner Freude vermag er nichts beizutragen. Aber, weiß Gott, vielleicht ist mein Herz auf immer diesem Gefühl verschlossen. Verhielte es sich so, wozu dann noch leben! Ich überlasse es Ihnen, die Probe darauf zu machen; kommen Sie, auch wenn ich Angst davor habe. Gott, wenn auch dann meine Seele ungerührt bliebe, dann fiele ich der Trostlosigkeit endgültig anheim. Und wie steht es mit Ihnen, würden Sie gerührt sein? Hätten Sie genug Geist, mich zu bedauern? Ohne allen Zweifel aber werden Sie in dem Augenblick, da Sie mir gegenübertreten, noch ganz von dem erfüllt sein, das Sie fühlten, als Sie die wiedersahen, die Sie lieben.[4] Geben Sie es nur zu, daß Sie mir an diesem Tag ferner sein werden, als Sie es jetzt in Breslau sind. Mein Gott, mit Recht. Aber, vorausgesetzt, Sie finden wieder zur Ruhe, werden Sie zu mir zurückkehren, und ich werde sehr glücklich sein. Ich bin nicht unzufrieden mit dem, was Sie mir gewähren, ich weiß noch nicht einmal, ob ich es Ihnen vergelte – was meinen Sie? Wer von uns beiden schuldet dem anderen etwas? Zieht man die Umstände in Betracht, dann scheint es mir, als hätte ich etwas gut. Das Unglück befähigt weitaus mehr zu Freundschaft und Zärtlichkeit als ein Leben, wie Sie es führen. Aber davon einmal abgesehen: Sind Sie nicht auch tausendmal liebenswerter und würdiger, geliebt zu werden? Und doch: Es gibt Tage und Stunden, da meine Seele derart beschäftigt ist, daß ich fürchte, Sie nicht genug zu lieben. Leiden Sie es, daß ich Ihnen einen Vorwurf mache: Ich vermisse Ihr freundschaftliches Vertrauen, Sie berichten mir nichts mehr von sich. Warum? Ich war einmal ungerecht zu Ihnen, ich weiß. Bestrafen Sie mich jetzt dafür? Wie kann es zugehen, daß, wenn Sie mich doch lieben, Sie mir nichts zu sagen haben? Sie leiden, Sie hoffen, Sie gehen Ihren Vergnügungen nach, aber warum erfahre ich davon nichts? Sie teilen mir so wenig über sich mit, so daß Ihre Briefe an beinahe alle Freunde, die Sie kennen, geschrieben sein könnten. Mit den meinen verhält es sich ganz und gar nicht so, denn diese können immer nur einen Adressaten haben. Habe ich Unrecht? Ist ein gleiches Vertrauen zuviel verlangt?

Das ist bereits der vierte Brief, dessen Empfang Sie mir zu bestätigen haben. Vergessen Sie es nicht. Ich bin überzeugt, daß es eine Torheit war, Ihnen nach Breslau geschrieben zu haben. Sie werden gar nicht an die Post gedacht haben, und mein Brief wird dort liegengeblieben sein. Verbrennen Sie wenigstens alle meine Briefe? Als Sie noch hier waren, habe ich einmal bemerkt, welche enormen Briefstöße Sie aus Ihren Taschen zogen. Die Unordnung, die unter Ihren Papieren herrscht, beeinträchtigt mein Vertrauen, und Sie sollten darauf achthaben, daß es nicht gänzlich schwindet. Leben Sie wohl, ich habe Schmerzen auf der Brust. Ist Ihr Bein geheilt? Schreiben Sie.

1 Gemeint ist der Marques de Mora. 2 Anspielung auf Mme. du Deffand. 3 Landsitz Voltaires unweit von Genf. 4 Anspielung auf Mme. de Montsauge.

17. *An denselben*

Montag, den 6. September 1773

Ihr Schweigen macht mich krank. Ich mache Ihnen deshalb durchaus keinen Vorwurf, aber ich leide, und es bereitet mir Mühe, mich davon zu überzeugen, daß, wenn Sie ein gleiches Interesse für mich hegten wie ich für Sie, ich vier Wochen ohne einen Brief von Ihnen bin. Aber so sagen Sie mir doch, was ist Ihnen eine Freundschaft wert, wenn eine Reise Sie von ihr schon Abstand nehmen läßt? Wie über alle Maßen glücklich müssen Sie sein! Ein König, ein Kaiser, Truppen, Feldlager sind ausreichende Gründe, um Sie die vergessen zu lassen, die Sie liebt und, was einer empfindsamen Seele vielleicht noch nähergeht, daß Sie nicht mehr der Person gedenken, die von Ihrer Freundschaft gestützt und getröstet wird. Nein, ich will Ihnen nicht Unrecht tun, und ich wünschte mir sogar, daß Ihre Vergeßlichkeit mir nicht als eine solche erschiene. Wäre ich doch nur so beschaffen, alles gutheißen oder alles klaglos erleiden zu können. Dies also ist mein fünfter Brief ohne Antwort, und ich frage Sie, wie viele Sie kennen, mit denen Sie es ebenso halten. Ich weiß auch nicht, warum ich mir einredete, daß ich von Ihnen aus Breslau hören würde, ganz gleich, ob Sie nun den Brief, den ich Ihnen dorthin sandte, erhalten haben oder ob er verlorengegangen ist. Aber meine Erwartung ist enttäuscht worden. Ach, wie ich Sie dafür hasse, daß Sie mich mit Hoffnung, Angst, Leid und Freude bekannt gemacht haben. Alle diese Erregungen sind mir ganz und gar nicht zuträglich. Warum können Sie mich nicht einfach in Ruhe lassen? Meine Seele verlangte es nicht nach Liebe, war Sie doch erfüllt von einem zärtlichen, tiefen Gefühl, das Widerhall und Antwort fand, auch wenn es schmerzlich war – aber gerade das war es, was mich Ihnen näher brachte. Sie hätten mir nur gefallen dürfen, aber Sie haben mich in meinem Innersten angerührt: Indem Sie mich trösteten, haben Sie mich an sich gekettet, aber das Merkwürdigste daran ist, daß diese Wohltat, die Sie mir damit erwiesen und die ich annahm, ohne jedoch meine ausdrückliche Zustimmung dazu zu geben, ohne mich gar nachgiebig oder willfährig zu betragen, wie dies bei Leuten der Fall zu sein pflegt, denen man eine Vergunst gewährt, mir ganz im Gegenteil den Anspruch verschafft hat, wie mir scheint, Ihre Freundschaft zu erwarten, wenn nicht gar einfordern zu können. Sie, der Sie die Dinge sowohl von hoch oben wie tief in ihrem Inneren betrachten, müssen mir erklären, ob es sich dabei um die Regung eines undankbaren oder vielleicht auch allzu empfindlichen Herzens handelt. Was immer Sie mir sagen werden, ich will es Ihnen glauben.

Wenn ich wollte oder vielmehr, wenn ich ob Ihres Schweigens nicht so unruhig und unzufrieden wäre, dann würde ich mit Ihnen streiten, worauf Sie sich ja wunderbar verstehen, was Ihnen auch Vergnügen bereitete, aber Ihre Rechtfertigung wäre ohne allen Zweifel ein neuerliches Vergehen. Aber Sie sind so weit fort, Sie sind so in Eile, so beschäftigt und, schlimmer noch, so *berauscht!* Dieses Wort verschafft mir Genugtuung, aber es befriedigt mich nicht. Kehren Sie also zurück. Ich beobachte das Verstreichen der Zeit mit einem Vergnügen, für das ich keine Worte habe. Man sagt, die Vergangenheit sei nichts. Mich hingegen hat sie ganz in ihrem Bann. Eben, weil ich soviel gelitten habe, graut mir davor, noch mehr zu leiden. Ich muß von Sinnen sein, mir von Ihrer Freundschaft irgendeine Freude und Wonne zu versprechen. Sie haben so viele neue Einfälle, Ihre Seele ist durch die unterschiedlichsten Gefühle in Aufruhr, so daß sich in ihr keine Spur mehr von dem Eindruck finden wird, den Sie von meinem Unglück und meinem Zutrauen empfangen haben.

Nun gut, kommen Sie erst einmal wieder, dann werde ich klar sehen und urteilen, denn Unglückliche kennen keine Illusionen. Außerdem besitzen Sie gerade ebensoviel Freimut wie ich Wahrheitsliebe, weshalb wir uns keinen Augenblick täuschen werden. Kommen Sie also, aber bringen Sie von Ihrer Reise nicht die traurigen Eindrücke mit, mit denen der Chevalier[1] aus Italien aufwartete. Er spricht nämlich von allem, was er sah, mit Unlust, aber alles, was ihm hier unter die Augen kommt, macht ihm ebensowenig Freude. Mit einem Wort: Ich möchte meinen Gemütszustand nicht mit dem seinen vertauschen, aber dennoch verbringe ich mein Leben unter Angst und Schmerzen. Aber das, was ich erwarte, was ich begehre, was ich erhalte und was man mir auch gewähren wird, hat einen ungeheuren Wert für meine Seele! Ich lebe, ich existiere mit einer derartigen Heftigkeit, daß es Augenblicke gibt, da ich selbst mein Unglück wahnsinnig liebe! Sagen Sie selbst, ob ich mich nicht wirklich daran klammern muß, es mir nicht wert und teuer sein sollte, ist es doch der Grund, weshalb ich Sie kenne, weshalb ich Sie liebe, weshalb ich vielleicht auch einen Freund mehr habe, denn Sie waren es doch, der mir sagte: Wäre ich leidenschaftslos, vernünftig, kalt, dann wäre nichts dergleichen geschehen. Ich würde mein Leben so dahinbringen in Gesellschaft aller Damen, die mit ihrem Fächer spielen, während Sie über die Verurteilung von M. de Morangiès[2] oder vom Einzug der Comtesse de Provence[3] in Paris plauderten. Ja, ich wiederhole es, ich gebe meinem Unglück vor allem dem den Vorzug, was die Leute von Welt Glück und Vergnügen nennen. Vielleicht gehe ich daran zugrunde, aber das ist mir dennoch lieber, als überhaupt nicht gelebt zu haben. Verstehen Sie mich? Sind Sie mit mir einer Meinung? Haben Sie etwa vergessen, daß Sie auch einmal so krank und dennoch glücklicher als ich waren? Leben Sie wohl! Ich weiß nicht, was in mich gefahren ist. Ich wollte Ihnen nur vier Zeilen schreiben, aber meine Freude daran hat mich fortgerissen. Wie viele Menschen gibt es, die Sie mit größerem Entzücken wiedersehen als mich? Ich will Ihnen eine Liste aufmachen: Madame de M(ontsauge), den Chevalier d'Aguesseau, die

Herren de Broglie, de Beauveau, de Rochambeau, de Pezay[4] etc. etc. Die Damen de Beauveau, de Boufflers, de Rochambeau, de Martinville etc. etc., dann den Chevalier de (Chastellux), den Comte de Crillon und schließlich und ganz zuletzt mich. Ich dagegen! Sehen Sie den Unterschied! Ihren zwölfen gegenüber nannte ich nur einen Namen, aber das Herz fragt nicht nach Billigkeit, es ist ein absoluter Despot. Ich verzeihe Ihnen, aber kommen Sie!

1 Gemeint ist der Chevalier de Chastellux. Vgl. Brief 12, Anm. 2. 2 Jean-François-Charles de Molette, Comte de Morangiès (1726–1794), der in den Jahren 1772–1773 in einen viel Aufsehen erregenden Prozeß wegen Veruntreuungen verwickelt war und für den Voltaire mit einer Reihe von Schriften Partei nahm. 3 Gemeint ist Marie-Antoinette, die als Dauphine den Titel einer Comtesse de Provence führte. 4 Victor-François, Duc de Broglie (1715–1804), Maréchal de France. – Charles-Juste de Beauveau, Prince de Beauveau-Craon, vgl. Brief 14, Anm. 6. – Jean-Baptiste-Donatien de Vimeur, Comte de Rochambeau (1725–1807), Militär. – Alexandre-Frédéric-Jacques Masson, Marquis de Pezay (1741–1777), Literat.

18. An denselben, in Wien

Donnerstag, den 23. September 1773

Nachdem ich länger als einen Monat auf Nachrichten gewartet habe, erfahre ich nun von Ihnen, daß Sie sehr krank gewesen sind,[1] und Sie glauben allen Ernstes, meine Freundschaft zu befestigen, wenn Sie mir mitteilen, es gebe keinerlei Anlaß zu Besorgnis, weil Sie seit gestern fieberfrei sind. Glauben Sie denn wirklich, daß ob einer solchen Versicherung sich meine Seele wieder beruhigt? Ach, ich sehe es nur allzu deutlich: Sie behandeln mich, wie es Leute von Welt tun, die sich Freunde nennen, aber nichts füreinander empfinden, sind sie doch mit nichts so sehr beschäftigt wie mit ihrer Eigenliebe oder ihrer dummen Eitelkeit. Aber, mein Gott, ich will die gar nicht tadeln. Mich kümmert vielmehr, was Sie leiden und daß ich um Sie bange. Wenn Sie wüßten, wieviel Schmerzen Sie mir seit einem Monat bereitet haben! Aber nicht davon möchte ich zu Ihnen sprechen, vielmehr von Ihrer Gesundheit und Ihrer Heimkehr. Bei unserer Freundschaft: Begehen Sie keine Torheit, schlafen Sie, gönnen Sie sich Ruhe und, nur um früher hier anzukommen, setzen Sie sich nicht der Gefahr aus, niemals anzukommen. Haben Sie mir wenigstens Nachrichten zukommen lassen, bevor Sie Breslau verließen? Bei Ihrer Ankunft in Wien werden Sie einen ganzen Stapel von Briefen von mir vorfinden. Vergessen Sie nicht, mir deren Erhalt zu bestätigen. Sie wissen warum. Dieser ist bereits der fünfte, den Sie mir zu bestätigen haben. Sie ließen in Breslau nicht meiner Briefe wegen auf dem Postamt nachfragen. Sehen Sie, wie gutmütig und großherzig ich bin, wünschte ich doch, mein Brief hätte sich in den verwandelt, den Sie erwarteten und nach dem es Ihre Seele verlangte. Ich weiß auch nicht warum, aber Sie sind der einzige auf der Welt, dem ich am wenigsten gefallen möchte, bei dem ich am wenigsten Anspruch darauf habe, was Sie «Rücksichten» nennen. Ich will nämlich nicht Ihre Dankbarkeit. Das ist ein Gefühl, das ich verabscheue.

Lieber würde ich mich ja irren, aber am Ton Ihres Briefes merke ich wohl, daß Sie sehr schwach, sehr blaß und richtig zerschlagen sind. Ich sterbe vor Angst, wenn ich mir vorstelle, daß Sie in diesem Zustand nicht daran dachten, mir zu schreiben. Sollte dies zutreffen, dann haben Sie sich sehr schuldig gemacht. Seien Sie mir dankbar dafür, daß ich Ihnen heute nicht so viele Vorwürfe mache, auch wenn ich sehr im Recht wäre, Sie damit zu überschütten. Auch wenn Sie mich für ebenso albern wie geschwätzig halten, so sage ich es Ihnen dennoch erneut: Ich wünsche, daß Sie alle meine Briefe verbrennen, und wenn Sie diesem Verlangen nicht pünktlich nachkommen, wird Sie dies reuen. Ich bin entzückt, daß Sie mit Ihrer Reise zufrieden sind. D'Alembert hat vom König seit dessen Rückkehr aus Schlesien noch keine Nachricht erhalten. Ich habe es sehr bedauert, daß er den «Connétable» nicht gehört hat, aber da Sie mit ihm gesprochen haben, hat er ihn sicherlich auf eine ebenso fesselnde Weise kennengelernt, wie wenn er ihn in Ihrem Stück auf der Bühne hätte agieren sehen. Adieu, ich muß schließen, denn wenn ich auf Sie zu sprechen käme, hätte ich Ihnen so vieles zu sagen, spräche ich aber von mir, dann wäre dies allzu niederschmetternd für einen Genesenden.

D'Alembert und der Comte de Crillon lieben Sie von ganzem Herzen und erwarten Sie voller Ungeduld. Der Chevalier Chastellux hingegen ist völlig gefangen genommen von den Komödien, die in la Chevrette[2] gegeben werden, aber seine Stimme klingt kalt und traurig. Leben Sie wohl! Glauben Sie, daß ich Sie in einem Monat wiedersehen werde? Bis dahin ist es eine noch zu lange Zeit, als daß ich mich jetzt schon darauf freuen könnte.

Es wird Ihnen sicherlich berichtet worden sein, daß die Herren Favier, Guliberg, Ségur und Dumouriez[3] verhaftet und in die Bastille geworfen wurden. Man weiß noch nichts Genaues über den Hintergrund dieses Vorgangs. Es wurde aber bereits eine Kommission einberufen, die über sie befinden soll und die aus nur drei Mitgliedern, Herrn de Sartine, de Marville und de Belveau[4] zusammengesetzt ist. Ich kann Ihnen über die ganze Affäre nicht mehr sagen, die Ihnen vermutlich so gleichgültig ist wie mir. Aber Sie haben ehrgeizige Freunde. Diese Art von Verbindung muß aber für eine Seele wie die Ihre ohne alles Vergnügen sein, denn sie ist noch sehr jung, und Sie sind auch von einem erschreckenden Tatendrang. Adieu. Sie werden diese Gedanken leicht überlesen, scheinen Sie Ihnen doch von einer recht kleinen und gewöhnlichen Seele zu stammen, aber Sie hätten damit Unrecht. Schreiben Sie mir nicht nur aus Wien. Ich möchte auch von Ihnen hören, wenn Sie unterwegs sind, insbesondere wenn Sie mit Rücksicht auf Ihre Gesundheit langsam reisen. Wählen Sie sich als Devise: Klugheit und Geduld. Ich bitte Sie darum, ich befehle es Ihnen, ja, es ist dies nicht mehr als recht und billig.

1 Die Manöver, an denen Guibert teilnahm, dauerten vom 16. August bis zum 5. September 1773. Im Anschluß daran wollte Guibert nach Polen aufbrechen, mußte aber fieberkrank in Berlin bleiben. Am 16. September reiste er dann nach Wien. 2 Landsitz von Mme. d'Epinay im Tal von Montmorency gelegen. In der fraglichen Zeit gehörte dieser Besitz Charles-Pierre Savalette de Magnanville, der seit 1770 Garde du Trésor royal war. Savalette de Magnanville setzte die von Mme. d'Epinay begründete Tradition fort, in La Chevrette neue, noch nicht aufgeführte Theaterstücke inszenieren und vor einem geladenen Publikum aufführen zu lassen. 3 Jean-Louis Favier (1720–1784), Publizist. – Guliberg – nicht zu ermitteln. – Charles-François Duperrier Dumouriez (1739–1823), Militär und Abenteurer. – Alle Genannten waren zumindest zeitweilig als Geheimagenten für den Minister Louis XV., den Duc d'Aiguillon, tätig, der sie alle aus mysteriösen Gründen verhaften und in die Bastille sperren ließ, aus der sie erst nach der Thronbesteigung Louis XVI. im Jahre 1774 wieder freikamen. 4 Antoine-Raymond-

Jean-Gualbert-Gabriel de Sartine (1729–1801). Von 1759–1774 Lieutenant de Police von Paris. – Claude-Henri Feydeau de Marville, ein Klassenkamerad von Voltaire im Lycée Louis-le-Grand, der später eine höhere Charge bei der Pariser Polizei bekleidete. – De Belveau – nicht zu ermitteln.

19. *An denselben*

Freitagabend (November) 1773

Da bin ich nun wieder, aber es gebricht mir an Mut. Wenn ich nicht habe, was ich liebe, bin ich am liebsten allein. Dann plaudere ich um so vertraulicher und ungezwungener mit meinen Freunden. Ich habe eben drei Stunden lang geschrieben und bin davon halb erblindet, aber keineswegs gelangweilt. Mme. de Boufflers hat mir gestattet, Sie um eine Abschrift ihres Briefes zu bitten. Bringen Sie mir diese doch bitte morgen. Und geben Sie mir doch auch diesen charmanten Roman wie auch die Fortsetzung Ihrer Reiseschilderung, die mir so überaus gut gefällt. Sehe ich Sie am Morgen oder am Abend? Am Morgen wäre mir lieber, weil das früher ist, abends, weil dann Ihr Besuch länger dauert. Aber mir ist alles recht, was Sie mir gewähren mögen. Guten Abend! In der letzten Nacht habe ich kein Auge zugetan.

Guibert hatte im Oktober 1773 Voltaire einen Besuch in Ferney abgestattet. Vgl. die Briefe Voltaires an Friedrich II. vom 28. Oktober 1773 (Besterman, No. 13479) und an Charles-Augustin-Ferriol, Comte d'Argental vom 6. November 1773 (Besterman, No. 13489) sowie an Mme. du Deffand vom 16. November 1773 (Besterman, No. 13501).

20. *An denselben*

Sonntag, halb vier Uhr

Mein Freund, Sie lassen sich nicht sehen, und Sie wollen mir einreden, daß dies nicht an Ihnen läge. Hätten Sie aber nur den tausendsten Teil der Sehnsucht, die mich plagt, Sie zu sehen, dann wären Sie hier, und ich wäre glücklich. Nein, das träfe nicht zu, ich würde leiden, aber ich würde dennoch nicht die Freude des Himmels dafür eintauschen wollen. Mein Freund, ich liebe Sie so, wie man einfach lieben muß, über alle Maßen, wahnsinnig, mit Leidenschaft und Verzweiflung. In den vergangenen Tagen haben Sie mir mein Herz gemartert, als ich Sie aber heute morgen sah, habe ich alles vergessen, und es wollte mir scheinen, als täte ich nicht genug für Sie, wenn ich Sie auch mit ganzer Seele liebe, wenn ich nicht stets bereit bin, für Sie zu leben und zu sterben. Sie sind für mich mehr wert als alles das. Ja, wenn ich Sie nur liebte, so wäre das nichts weiter, gibt es doch nichts Süßeres und Natürlicheres, als den bis zum Wahnsinn zu lieben, der so vollkommen der Liebe wert und würdig ist. Aber, mein Freund, ich verstehe mich auf mehr als nur auf die Liebe, weiß ich doch zu leiden. Für Ihr Glück verzichte ich gerne auf meine Freude. Aber da naht sich jemand, der mein Vergnügen stört, Ihnen zu beweisen, wie ich Sie liebe.

Wissen Sie, warum ich Ihnen schreibe? Weil es mir gut tut. Sie wären nie darauf gekommen, wenn ich es Ihnen nicht gesagt hätte. Aber, mein Gott, wo stecken Sie? Wenn Sie Ihre Freude haben, dann darf ich mich nicht darüber beklagen, daß Sie mir die meine genommen haben.

Mein Freund, sagen Sie mir, was Sie vorhaben und was Sie getan haben.

21. *An denselben*

Mittwoch

Guten Tag, mein Freund. Haben Sie geschlafen? Wie geht es Ihnen? Sehe ich Sie? Schlagen Sie mir nichts ab. Die Zeit ist zu kurz, und nur die ist mir wirklich wichtig, die ich mit Ihnen verbringe! Mein Freund, weder in meinem Kopf noch in meinen Adern ist Opium, dafür aber ein schlimmeres Gift, eines, für das man den Himmel segnen und das Leben lieben sollte, wenn nur der, den man liebt, von der nämlichen Gemütsregung beseelt wäre. Aber, mein Gott, der, den ich liebe, ist auf das Genaueste dafür geschaffen, Qual und Verzweiflung einer empfindsamen Seele zu sein.

Guten Tag, ich möchte Sie sehen. Sie hätten mit mir bei Mme. Geoffrin zu Abend speisen sollen.[1] Ich wagte es aber nicht, Ihnen dies gestern abend vorzuschlagen.

Ja, Sie sollten mich bis zum Wahnsinn lieben: Ich verlange nichts, ich verzeihe alles und ich bin niemals schlechter Laune. Mein Freund, ich bin vollkommen, denn meine Liebe zu Ihnen ist vollkommen.

1 Montags empfing Mme. Geoffrin Künstler zum Abendessen, am Mittwoch die Literaten. Wie Marmontel berichtet, war Julie de Lespinasse die einzige Frau, die an diesen Mittwochdinners als Gast zugelassen war. Marmontel, Mémoires, Bd.II, S.118.

22. *An denselben*

Sonntag vier Uhr

Sie sind nicht fort, wenigstens hoffe ich das. Ich stelle mir vor, Sie haben sich gesagt: «Es ist abscheuliches Wetter. Ich gehe erst morgen aufs Land. Man wird mich abholen. Heute nachmittag werde ich sie sehen und den Abend bei Mme. de Villenon[1] verbringen.» – Würden Sie solche Überlegungen angestellt haben, dann zählte Sie d'Alembert künftig zu den Denkern, und Sie müßten sich nicht damit bescheiden, lediglich «Connétables» zu verfassen. Racine hätte man nicht daran hindern können, die «Lettres sur les Visionaires» oder seine «Histoire de Port-Royal»[2] zu schreiben. Anbei die beiden Bände. Sollten Sie sie verlieren, das prophezeie ich Ihnen, dann ist es um die gute Meinung, die d'Alembert von Ihnen hat, geschehen. Hier ist auch der Plutarch. Er gehört mir, aber selbst wenn Ihnen dies gleichgültig ist, so hätte ich es dennoch gerne, wenn er nicht beschädigt würde oder verlorenginge.

In der Messe habe ich Mme. de M(ontsauge) gesehen. Ich hätte gerne mit ihr gesprochen, weil ich mir selber ein Urteil bilden wollte, ob sie etwas für Sie gewesen wäre. Ihr Aussehen, ihre Gestalt könnten den anspruchsvollsten und raffiniertesten Geschmack befriedigen, aber ihr Benehmen, ihr Wesen, ihre Art sind ganz und gar abstoßend! Habe ich Unrecht, mein Freund? Aber ihre Seele entspricht dem gar nicht. Ich glaube es jedenfalls, ja, ich wünschte es mir sogar. Ist dies nicht eine noble Regung? Was meinen Sie?

Nein, Sie werden niemals alles erfahren, was mir gestern der Botschafter[3] in einem Brief zu erzählen wußte. Aber hören Sie soviel: Dem Anschein nach zu urteilen, meinte er, hat M. de Guibert eben das gewährt bekommen, was M. de M... und er zu erhalten wünschten. Und dann fügte er dem noch hinzu: «Ich fürchte nicht, daß jene so überaus scharfen Augen diese Worte lesen werden. Allerdings gestatte ich, daß M. de Guibert diesen Brief liest so wie er in Ihrer Seele liest etc. etc.» Und dann erging er sich noch in hundert Schmeicheleien voller Finesse und Ausgelassenheit. Er ist gewiß sehr liebenswürdig, aber er verdient es so gar nicht, geliebt zu werden.

Sie gaben mir gestern abend den Rat, mein Freund, Sie auf gar keinen Fall zu lieben. Sagten Sie, Sie wollten mich oder sich vor diesem Übel bewahren? Ich besitze ein sehr zuverlässiges Heilmittel: Wie süß wäre mir der Gedanke, wenn ich mir einbilden könnte, etwas für Sie getan zu haben! Mein Freund, mein Herz gleicht einem Thermometer, das zunächst den Gefrierpunkt anzeigt, dann gemäßigte Temperaturen und in kürzester Zeit die Gluthitze des Äquators. Von einer unwiderstehlichen Macht angetrieben, kostet es dieses Herz viel Mühe, sich abzukühlen und zu beruhigen. Es verlangt nach Ihnen, es fürchtet Sie, es liebt Sie, es geht in die Irre, aber immer gehört es Ihnen und seinem Leid.

1 Mme. de Villenon – nicht zu ermitteln. 2 Die korrekten Titel lauten «Lettre à l'Auteur des Héresies imaginaires et des deux Visionnaires» sowie «Lettre aux deux Apologistes de l'Auteur des Héresies imaginaires». Beide Schriften erschienen zunächst 1666. Racine verteidigte in ihnen die Belange des Theaters. Die zwei Texte fanden dann Aufnahme in Racines «Abrégé de l'Histoire de Port Royal», der in zwei Bänden 1742 und 1767 erschien. Wahrscheinlich bezieht sich Julie de Lespinasse auf diese Ausgabe. 3 Vgl. Brief 14, Anm. 4.

23. *An denselben*

Freitag zwei Uhr

Mein Freund, als ich gestern um Mitternacht heimkam, fand ich Ihren Brief. Auf ein derartiges Glück war ich nicht gefaßt. Andererseits betrübt es mich aber, daß ich Sie seit einer Reihe von Tagen nicht gesehen habe. Mein Gott, wenn Sie wüßten, was das für Tage sind, ja, was das für ein Leben ist, ohne den Reiz und das Vergnügen, Ihnen zu begegnen! Mein Freund, Ihnen genügt die Zerstreuung, die Beschäftigung, die Bewegung, aber für mich sind Sie mein Glück, Sie ganz allein. Ich möchte nicht leben, dürfte ich Sie nicht sehen und lieben in allen Augenblicken meines Lebens.

Erzählen Sie mir, was sich zugetragen hat, und kommen Sie morgen zum Abendessen beim Comte de Crillon. Er hat mich nämlich gebeten, am Samstag statt am Sonntag zu kommen, und ich habe zugesagt. Aber kommen Sie auch, ich bitte Sie darum.

Heute müßte ich zu einem Abendessen beim spanischen Botschafter,[1] ich habe mich aber entschuldigen lassen. Wenn Sie dort gewesen wären, hätte ich sicherlich zugesagt. Guten Tag, ich erwarte Ihren Brief, den Sie mir versprochen haben. Ich bin sehr in Eile.

1 Vgl. Brief 8, Anm. 8.

24. *An denselben*

Sonntag gegen Abend, Januar 1774

Hier ist endlich das Buch, das ich Ihnen aber nur unter der Bedingung gebe, daß Sie es Mme. de M(ontsauge) überreichen, auch wenn deren Tochter nicht mehr so kindlich ist wie Emilie,[1] so wird es ihr dennoch nützlich sein. Es gibt sicherlich unter jenen schriftstellernden Damen viele, die es lesen müßten, die daraus aber dennoch keinen Gewinn zögen. Alles, was für sie gut wäre, wird immer für sie sein wie das von ihnen Geschriebene. Überlegen Sie, ob Sie zu der Wiederholung am Dienstag gehen wollen. Wir sind dann um dreiviertel elf Uhr an Ihrer Türe, aber wir werden keine fünf Minuten auf Sie warten. Kommen Sie bloß nicht aus schierer Liebenswürdigkeit, denn davon hätten wir gar nichts. Guten Abend.

1 Louise-Florence-Pétronille Tardieu de Clavelles, Dame de La Live d'Epinay, gen. Mme. d'Epinay, Conversations d'Emilie, Paris 1773.

25. *An denselben*

Donnerstag, 21. (Januar 1774)

Ich gebe dem Verlangen meines Herzens nach, mein Freund. Ich liebe Sie. Wenn ich diese Worte ausspreche, empfinde ich dabei ebensoviel Lust wie Schmerz, als wäre es das erste wie das letzte Mal in meinem Leben. Ach, warum haben Sie mich dazu verdammt? Warum ist es soweit mit mir gekommen? Eines Tages werden Sie es wissen, werden Sie mich verstehen...

Es ist mir gräßlich, nicht mehr die Freiheit zu haben, für Sie oder durch Sie zu leiden. Sie nur zu lieben, ist das genug? Leben Sie wohl, mein Freund.

26. *An denselben*

In allen Augenblicken meines Lebens[1]

Mein Freund, ich leide, ich liebe Sie und harre Ihrer.

1 Vermutlich ist dieses Billet in der Nacht des 10. Februar 1774 geschrieben worden, nachdem Julie de Lespinasse «im Vorzimmerchen ihrer Loge (...) ganz die seine» (i.e. Guiberts) geworden war, wie Arthur Schurig schamhaft bemerkte. (Arthur Schurig ed., Die Liebesbriefe der Julie de Lespinasse 1773–1776, Dresden 1920, S. XXI–XXII.) – Conrad Ferdinand Meyer verwendete die Worte «In allen Augenblicken meines Lebens» als Kehrreim seines Gedichts «Ohne Datum».

27. *An denselben*

Dienstag abends

Sie lassen es mich erfahren, mein Freund, daß man lieber ausgibt, als seine Schulden zu bezahlen. Ich habe mehrere Briefe zu beantworten, aber bevor ich mich daran mache, muß ich erst mit Ihnen plaudern. Mein Freund, haben Sie mir seit gestern Abend eine Minute oder gar deren zwei eingeräumt? Haben Sie sich etwa gesagt: Sie leidet, sie liebt mich, und ich muß mir zumindest einen Teil dieser Leiden zum Vorwurf machen? Dies muß aber nicht gesagt werden, damit Sie sich betrüben und Sie

Gewissensbisse haben, sondern allein deshalb, damit Sie gütig, nachsichtig und nicht wütend sind, sobald Sie einige Schmerzensschreie vernehmen sollten. Was mich betrifft, so habe ich Ihrer gedacht, und zwar sehr häufig und mit solchem Nachdruck, daß ich darüber begriffen habe, wie es die Gläubigen anstellen mögen, sich ganz in die Gegenwart Gottes zu versenken. Aber mein Freund, Sie sind noch weitaus vielgestaltiger als Gott: Kaum habe ich an Ihnen jegliche Vollkommenheit gewahrt, die auch ihm eigentümlich ist, gerät mir die Kehrseite der Medaille in den Blick, und ich erkenne in kaum bemerkbaren Abstufungen die ganze Fallhöhe von *Gott bis zu Luzifer,* denn Ihre Fehler sind so umfassend, so grenzenlos, daß sie lückenlos diesen ganzen ungeheuren Zwischenraum ausfüllen.

Gütiger Gott, hat es jemals soviel Stolz, Eitelkeit, soviel Hochmut, soviel Selbstgefälligkeit, Ungerechtigkeit und Dünkel gegeben, mit einem Wort, die Versammlung und das Angebot allen dessen, was die Hölle und alle ihre Spelunken seit Unzeiten anfüllt? Alles das war gestern in meinem Zimmer zugegen, und dessen Wände und Decken sind dennoch nicht eingestürzt! Das grenzt ans Wunderbare.

Inmitten aller Kleinkrämer und Schulmeister, der Dummköpfe und Pedanten, der fürchterlichen Menschen, in deren Gesellschaft ich meinen Tag hinbrachte, habe ich nur an Sie und Ihre Verrücktheiten gedacht, habe Sie vermißt, mich so leidenschaftlich nach Ihnen gesehnt, als wären Sie das liebenswürdigste und vernünftigste Wesen, das es je gegeben hat. Ich kann mir den Zauber, der mich an Sie fesselt, nicht erklären. Sie sind nicht mein Freund, Sie können es nie werden. Ich besitze keinerlei Vertrauen zu Ihnen, noch hegen Sie irgendwelches für mich. Sie haben mir das tiefste und ärgste Leid zugefügt, das ein aufrichtiges Herz nur kränken und zerreißen kann. Sie rauben mir, vielleicht für immer, in eben diesem Augenblick den einzigen Trost, den mir der Himmel für den Rest meiner Tage zugedacht hatte. Aber, was soll ich Ihnen sagen? Sie haben mir alles erfüllt: die Vergangenheit, die Gegenwart und die Zukunft, aber Sie bieten mir doch nur Schmerz, Reue und Gewissensbisse. Nun gut, mein Freund, ich überdenke und wäge dies alles, und dennoch fühle ich mich zu Ihnen hingezogen durch eine

Lockung, durch ein Gefühl, das ich verabscheue, dem die Macht der Verfluchung und des Verhängnisses innewohnt. Sie tun gut daran, mir dafür nicht Rechenschaft zu geben, habe ich doch keinerlei Anspruch darauf, von Ihnen irgend etwas zu fordern, denn mein glühendster Wunsch ist, daß Sie nichts für mich tun sollen.

Was sagen Sie über die Veranlagung eines unglücklichen Geschöpfs, das sich Ihnen zum ersten Mal offenbart und das ganz aufgewühlt und durcheinander ist von so unterschiedlichen und einander widerstreitenden Gefühlen? Sie werden es sicherlich bedauern, Ihr gutes Herz wird sich regen, Sie möchten das Los dieser Unglücklichen erleichtern, ihr zu Hilfe eilen. Nun gut, mein Freund, das bin ich, aber der Schuldige an diesem Unglück sind Sie. Für das Feuer und den Schmerz, die in meiner Seele wüten, sind Sie der Urheber. Noch aber glaube ich an Sie wie an Gott, aber Sie müssen das, was Sie angerichtet haben, bereuen.

Der Wahrheit die Ehre: Als ich die Feder nahm, wußte ich noch gar nicht, was ich Ihnen mitteilen sollte. Ich wollte Sie nur bitten, morgen, Mittwoch, zum Abendessen bei Mme. Geoffrin zu kommen. Ich wollte Sie zum weiteren darauf aufmerksam machen, daß Sie der einzige aller meiner Freunde sind, der mir eben das hartnäckig verweigert und mich darauf warten läßt, was ich so lebhaft begehre, den «Connétable». Er gehört mir; ich könnte das Buch Ihnen verweigern, aber ich bin es, die Ihnen in den Ohren liegt, daß Sie es mir zurückgeben. O mein Gott, weder Fürsorge noch Anteilnahme, weder Aufmerksamkeit noch Eifer mir zu gefallen, bestenfalls dann und wann ein Zeichen von Güte, das stark dem Mitleid ähnelt, – und trotz all diesem und ohne es liebe ich Sie bis zum Wahnsinn. Bedauern Sie mich, aber behalten Sie es für sich. Bringen Sie mir meinen Brief mit.

Ja.

28. *An denselben*

Eine halbe Stunde nach Mitternacht

Erst zu dieser Stunde bin ich allein, und ich möchte nicht säumen, Ihnen zu sagen, daß ich nicht mit Ihnen als Begleiter zu Mme. d'Anville[1] rechne. Sie sind mir stets angenehm, aber selten nützlich, und ich würde auch noch gerne hinzufügen, wenig vonnöten. Dadurch, daß Sie mein Vertrauen zu festigen trachten, beweisen Sie mir, bis zu welchem Grad mein Mißtrauen gerechtfertigt ist, denn es fehlen mir noch immer drei Briefe und im besonderen der eine, in dem ich Ihnen von Gonzalvo[2] schrieb. Sehen Sie doch nach, ob diese drei Briefe nicht in einem Gefach Ihrer Brieftasche stecken. Vielleicht kommen sie ja auch mit dem vierten Band, den ich heute erhalten sollte. Mir fällt auf, daß Sie Ihre Aufmerksamkeit mit Vergnügen Mme. de M(ontsauge) zuwenden, Sie ihr alles geben, ihr zukommen lassen, was Ihnen selber Freude macht, während es sich mit mir genau entgegengesetzt verhält: Vergeßlichkeit, Vernachlässigung, Absagen. Es sind schon drei Monate vergangen, daß Sie mir ein Buch versprochen haben, das Sie besitzen und das mir jetzt jemand anderes geliehen hat. Zweifellos habe ich nichts Besseres verdient, als daß Sie mich auf so unfreundliche Art und Weise behandeln. Das ist nur zu gerechtfertigt, und ich beklage mich ja auch nur wegen des Übermaßes. Wenn Ihre Arbeit Sie die Nachtruhe kostet, dann müssen Sie wohl jeden Anlaß haben, Ihre überflüssigen Besuche zu bedauern, mit denen Sie Ihre Tage vergeuden. Unter den Briefen, die Sie mir zurückgesandt haben, ist auch einer, der nicht von mir stammt, aber ich schwöre Ihnen, daß Sie ihn niemals wiederbekommen werden.

1 Marie-Louise-Nicole-Elizabeth de la Rochefoucauld, Duchesse d'Anville (1716–1792), Briefpartnerin Voltaires und eine sehr enge Freundin von Turgot. 2 Gemeint ist der Marques de Mora.

29. An denselben

Mittwochabend

Er wird nicht übersetzt! Ich habe das erwartet, ich habe es verlangt! Sie haben nur nicht daran gedacht. Schicken Sie mir zwei alte Briefe zurück, aber es sind dies weder welche von Cicero noch von Plinius, nach denen ich verlangte. Ich möchte Sie am liebsten nicht sehen, nie mehr sehen. Ist Wehmut nicht besser als Gewissensbisse?

In dem Augenblick, da Sie diese Zeilen lesen, haben Sie bereits ein Billet erhalten,[1] in dem zu lesen steht:

«Um Deinetwillen tut mein liebend Herz mir leid.
M(ontsauge) fehlt für immer Deiner Glückseligkeit.»

Mein Gott, glauben Sie es ihr, schenken Sie ihr Ruhe, und wenn dies möglich ist, seien Sie glücklich. Das ist der Wunsch, das Gebet, das Sehnen des unglücklichen Geschöpfs, dem jene furchtbare Inschrift an der Höllenpforte stets vor Augen steht:

«Die ihr hier eintretet, laßt alle Hoffnung fahren.»[2]

Nein, ich habe keine Hoffnung mehr, ich will keine mehr haben, ich hätte mich selbst auslöschen sollen an dem Tag, an dem ich allein zurückbleiben mußte. Sie haben mich verleitet, und nun wissen Sie nicht, mich zu trösten.

1 Von Mme. de Montsauge. 2 Dante, Inferno, 3, 9.

30. An denselben

Mittwoch, den 11. Mai 1774

Sie kennen mich immer noch nicht, ist es doch so gut wie unmöglich, meine Eigenliebe zu verletzen, denn mein Herz ist voller Nachsicht! Tatsächlich ähnelte die Gesellschaft von gestern abend sehr jenen öden Romanen, die Autor wie Leser gleichermaßen zum Gähnen bringen. Dazu läßt sich aber nur sagen, was der König von Preußen einmal bei würdigerer Gelegenheit bemerkte: «Ein anderes Mal machen wir die Sache besser.»[1]

Was Epoche macht, gefällt oder verbittert. Sie werden es deshalb nie vergessen, daß Sie am Todestag Louis XV.[2] den ganzen Abend in tiefem Schlaf verbracht haben. Glauben Sie mir, es gibt schmerzlichere Erinnerungen als diese. Guten Tag.

1 Nicht zu ermitteln. 2 Louis XV. starb am 10. Mai 1774.

31. An denselben

Elf Uhr abends, Donnerstag, den 12. Mai 1774

Ich wette, daß Sie heute nicht so schläfrig waren wie gestern um die nämliche Stunde, und das ist auch sehr einfach, wurden Sie doch unterhalten, angeregt, und Sie selbst wollten auch gefallen. Mein Freund, für traute Zweisamkeit sind Sie nun einmal nicht geschaffen, verlangt es Sie doch danach, sich zu tummeln. Die Bewegung, das Lärmen der Gesellschaft sind Ihnen unverzichtbar. Dieser Drang entspringt nicht Ihrer Eitelkeit, sondern Ihrer Rastlosigkeit. Das Vertrauen, die Zärtlichkeit wie die Fähigkeit, sich selbst und alle Eigenliebe zu vergessen, alle diese von einer empfindsamen und leidenschaftlichen Seele geschätzten und gefühlten Vorzüge, ersticken und lähmen Ihre Seele. Ja, ich wiederhole es, Sie haben keinerlei Verlangen danach, geliebt zu werden.

Mein Gott, welch seltsamer Mißgriff! Und ausgerechnet ich unterstehe mich, gewissen Mitmenschen einen Mangel an Urteilsvermögen vorzuwerfen! Ich wage zu behaupten, Sie könnten nicht beobachten, Sie kennten die Menschen nicht! Ach, wie konnte ich mich nur in dieser extremen Weise irreführen, täuschen lassen? Wie konnte es nur geschehen, daß mein Verstand nicht meinem Herzen Einhalt gebot? Und wie ist es nur zu erklären, daß, obwohl ich Sie ständig durchschaue, ich dennoch von Ihnen verzaubert bin? Sie wissen nicht einmal zur Hälfte um den Einfluß, den Sie auf mich ausüben. Sie machen sich keine Vorstellung davon, was Sie jedesmal, da ich Sie sehe, zu überwinden haben, ja, Sie sind völlig ahnungslos, was all die Opfer anbelangt, die ich Ihnen bringe, bis zu welchem Grade ich mich selbst verleugnen muß, um die Ihre zu sein. Wie Phädra könnte ich ausrufen:

«Allzu oft muß ich meine Träume mir versagen.»[1]

Ja, mein Freund, Ihretwegen verzichte ich auf all das, was mir am liebsten ist. Ich spreche zu Ihnen weder von meinen Leiden noch von meinen Erinnerungen und, was mir noch grausamer ist, ich gewähre Ihnen nur zu einem Bruchteil Aufschluß über die Sehnsucht, mit der Sie mein Herz erfüllen, und ich zügele die Leidenschaft, die Sie in meiner Seele entzündet haben. Ich sage mir stets: «Es kann meine Liebe nicht erwidern, er wird mich nicht verstehen, und ich werde an Herzeleid sterben.»

Begreifen Sie, mein Freund, welchen Qualen ich ausgesetzt bin? Ich empfinde Gewissensbisse dessentwegen, was ich Ihnen gewähre, und Schmerzen darüber, was ich Ihnen verweigern muß. Ich gebe mich Ihnen ganz hin, aber nicht meiner Leidenschaft. Indem ich mich Ihnen überantworte, liege ich im Kampf mit mir. Können Sie mich verstehen? Begreifen Sie wenigstens mit dem Verstand, was ich fühle und was Sie mich leiden lassen? Ja, Sie werden immer zu mir zurückkommen, denn Sie verfügen über jene Augenblicksgerührtheit, die einen dazu inspiriert, daß man die Unglücklichen bemitleidet und ihnen Anteilnahme bezeugt. Allerdings vermag ich nicht zu sagen, was mich zu dieser Herzensergießung veranlaßt. Ich weiß nur zu gut, daß ich in Ihrem Herzen keinen Trost finden werde, da es bar jeglicher Zärtlichkeit und jeglichen Gefühls ist. Sie haben nur ein Mittel, mich von meinen Leiden zu befreien, indem Sie mich bezaubern; aber gerade diese Arzenei ist für mich das schlimmste Unglück.

Gute Nacht, mein Freund, schreiben Sie mir. Mein Diener hat den Auftrag, zurückzukommen, um Ihre Antwort abzuholen. Sagen Sie mir, was Sie für morgen, Freitag, vorhaben, ob ich Sie sehe. Es wäre mir lieb, wenn es nicht der Vormittag ist, weil ich dann einen langen und langweiligen Besuch erwarte, aber sehen möchte ich Sie auf jeden Fall. Denken Sie daran, daß ich am Samstag und Sonntag dieses Vergnügens sowieso beraubt sein werde. Leben Sie nochmals wohl. Ich bin müde. Ich glaube, ich habe heute wenigstens vierzig Personen bei mir gehabt, aber es verlangte mich nur nach einer einzigen, die sicherlich keinmal meiner gedacht hat.

Mein Freund, wenn Sie wirklich glücklich damit wären, würde ich Ihre Lebensweise gutheißen, aber diese Unbestimmtheit, diese Leere, dieses ewige Hin und Her, diese Art und Weise, weder mit einer ernsthaften Arbeit beschäftigt noch von einem Gefühl wirklich ergriffen zu sein, diese andauernde Verschwendung, die einen arm macht, ohne daß sie einem Freude oder Genuß, Ansehen oder Ruhm eintrüge! Ach, mein Gott, Sie verdienen es nicht, daß Sie die Natur so verwöhnt. Sie war so verschwenderisch zu Ihnen, aber Sie sind Ihrerseits auch ein Verschwender! Und ich, ich gehe an Ihnen zugrunde, aber das heißt, Ihnen lästig werden und nicht, Sie zu bereichern. Ich langweile Sie, meine Briefe sind Ihnen zuwider, aber eben darin bewundere ich die Billigkeit und die Feinheit Ihres Taktgefühls. Aber wenn ich Ihr vorzügliches Betragen auch schätze, so grämt es mich doch, daß es Ihnen an Nachsicht und Güte gebricht.

Sie haben im Kreis von dreißig Personen gespeist. M. de Vaines[2] verbrachte den Abend mit mir. Können Sie mir glauben, daß ich Ihren Namen nicht ein einziges Mal nannte?

1 Racine, Phèdre, IV. Akt, 6. Szene. 2 Korrekt: Jean Davaines (1735[?]–1803), Verwaltungsbeamter und Schriftsteller, der mit Turgot eng befreundet war und ferner mit den «Aufklärern» regen Kontakt pflegte, die er jeweils dienstags zum Essen einlud.

32. *An denselben*

Montag, drei Uhr (23. Mai 1774)

Ich habe Ihnen nicht eigenhändig geantwortet. Wenn Sie mich liebten, hätte Sie das beunruhigen müssen, und ich wäre tief traurig gewesen, Ihnen einen Schmerz zugefügt zu haben, den ich hätte vermeiden können. Aber ich befand mich in einem Angstzustand, der dem Todeskampf ähnelte, und diesem war ein Weinkrampf vorausgegangen, der vier Stunden anhielt. Nein, nie, niemals hat meine Seele eine vergleichbare Verzweiflung gequält.[1] Ich durchlebte ein Grauen und einen Schrecken, die mir den Verstand raubten. Ich warte auf die Mittwochspost, aber es scheint mir, daß selbst der Tod kein verläßliches Heilmittel für den Verlust ist, den ich befürchte. Ich weiß dies nur zu gut, denn es fehlt mir nicht am Mut zu sterben, aber es ist schrecklich zu leben.

Es geht über meine Kräfte, mir vorzustellen, daß vielleicht der, den ich liebe, der mich liebt, meine Stimme nicht mehr vernehmen kann, mich nicht mehr trösten wird. Er wird dem Tod mit Schrecken entgegengesehen haben, weil für ihn meine Vorstellung damit verbunden war. Am 10. (Mai) schrieb er mir: «Etwas in mir möchte Sie alles vergessen machen, was Sie meinetwegen gelitten haben.» Und am nämlichen Tag hat ihn der verhängnisvolle Anfall ereilt.

Ach, mein Gott, Sie, der Sie die Leidenschaft kennengelernt haben, Sie, dessen Herz von Verzweiflung verwüstet worden ist, begreifen Sie mein ganzes Unglück? Beklagen Sie mich, solange ich noch zu leben habe, aber hüten Sie sich gleichwohl, jemals das unglücklichste Geschöpf zu bemitleiden, das acht Tage lang unter unbeschreiblichen Schmerzen gelitten hat, die sich keine Vorstellung auszumalen vermag. Leben Sie wohl, wenn ich weiterleben muß, wenn mir mein Urteil noch nicht gesprochen ist, dann werde ich noch etwas Süße, Liebreiz und Trost in Ihrer Freundschaft finden. Werden Sie mir diese bewahren?

1 Julie de Lespinasse hatte die Nachricht erhalten, daß sich der Zustand des Marques de Mora, der auf seiner Reise von Madrid nach Paris in Bordeaux angelangt war, stark verschlechtert hatte. De Mora starb in Bordeaux am 27. Mai 1774. Julie de Lespinasse erhielt diese niederschmetternde Kunde am 2. Juni.

33. An denselben

Montag, vier Uhr nachmittags

Ganz gewiß nicht, mein Freund, nehme ich in diesem Augenblick für mich das Recht auf Vergeltung in Anspruch, denn es bin ja nicht ich, mit der Sie befaßt sind. Mein Gott, wie sollten Sie auch an mich denken inmitten so zahlreicher und so verführerischer Zerstreuungen, wenn es mir schon nicht gelingt, Ihre Aufmerksamkeit ganz auf mich zu lenken, wenn wir beide ganz allein mit uns sind? Wissen Sie, warum ich Sie lieber am Abend als zu den übrigen Stunden des Tages bei mir sehe? Der Grund ist einfach, weil die vorgerückte Stunde Ihren gewöhnlichen Beschäftigungen Einhalt gebietet, haben Sie dann doch nicht mehr die Möglichkeit, Madame soundso aufzusuchen, bei Gluck[1] zu sein und all die anderen aberhundert Unnützigkeiten zu tun, denen Sie, wie es scheint, Ihr Interesse nur zuwenden, um mich alsbald wieder verlassen zu können. Aber glauben Sie nur ja nicht, daß ich Ihnen das zum Vorwurf machen will, sind dies doch nur Anmerkungen, die ich mir nicht versagen kann angesichts des Grads der Zuneigung, die ich für Sie hege. Mir liegt es ziemlich fern, irgend etwas zu fordern, so daß ich mir wohl hundert Mal am Tag sage, ich muß mich beherrschen, meine Gefühle soweit im Zaume halten, bis sie nicht mehr genug Kraft haben, mir die Seele zu zermartern, und ich dann nichts erwarte, sondern für alles nur noch dankbar bin. Mit anderen Worten: Wäre mein Herz zufällig in Leidenschaft entbrannt, dann müßte ich eher versuchen, dieses Feuer zu löschen, als es mit Ihnen zu teilen. Wissen Sie aber, mein Freund, was mir die Kraft dazu geben könnte? Das ist meine tiefinnere Überzeugung, daß es Ihnen einfach nicht gegeben ist, einer regen und leidenschaftlichen Seele das Glück zu bringen. Damit will ich Ihnen aber keineswegs sagen, obwohl dies sehr naheliegend wäre, ich sei nicht dafür geschaffen, ein tiefes Gefühl zu erwecken, ja, ich vermöchte nicht, jemanden zu reizen, ihn zu fesseln. Das alles ist nur zu wahr, aber es ist nicht das, was mich veranlaßt, Ihnen zu sagen, daß Sie nicht dazu imstande sind, eine starke und empfindsame Seele glücklich zu machen. Ich gebe dieser Seele die Gesichtszüge Mme. de Forcalquiers[2] im Alter von zwanzig Jahren, dazu die Hoheit von Mme. de Brionne,[3] die Anmut Aglajas[4] und den Witz von Mme. de M(ontsauge), den ich noch schmücke oder dem ich noch den von Mme. de Boufflers[5] aufpropfe. Aber sobald ich dieses vollkommene Wesen erschaffen hätte, und das sage ich Ihnen nochmals, wäre es Ihnen dennoch nicht gegeben, darin Ihr Glück zu finden. Warum wohl? Weil Sie sehr ehrgeizig sind und weil Ihnen die Liebe als nichts anderes gilt denn als eine Komplikation Ihrer Jugend, die mit Ihrer Seele aber gar nichts zu schaffen hat, auch wenn diese gelegentlich in Wallung gerät. Ihre Seele ist über all das weit erhaben, sie ist vornehm, großartig und tatendurstig, aber sie ist weder sehnsüchtig, noch zärtlich oder leidenschaftlich, und sollte ich

Ihnen beweisen müssen, was sich mir in schier unanfechtbarer Klarheit darbietet, dann sagte ich Ihnen nur: «Lesen Sie den ‹Connétable› und dann seien Sie ehrlich mit sich selbst und bekennen Sie: ‹Sie weiß Bescheid, sie hat mir das Geheimnis meines Herzens entdeckt.›»

Ach, glauben Sie mir, daß ich verzweifelt bin, so tief in Ihr Herz geblickt zu haben, verlangt es mich doch so sehr nach Liebe, habe ich doch soviel Freude daran zu lieben, was ich liebenswert finde! Es ist mir gänzlich unmöglich, mit Maß zu lieben, so daß es mir das größte Unglück wäre, in Ihnen etwas zu entdecken, das allein meine Leidenschaft zügeln und vielleicht sogar ersticken könnte. Ohne alle Umschweife will ich Ihnen nämlich gestehen, daß ich ohne Gegenliebe nicht zu lieben vermag. Sobald ich aber vom Gegenteil überzeugt bin, verfüge ich über die Kraft einer Märtyrerin, fürchte ich keinerlei Ungemach. Litte ich und litte ich sogar sehr heftig, könnte ich dennoch das Leben lieben und den anbeten und segnen, der mir dieses Leiden zufügt, aber die Voraussetzung dafür ist, daß ich geliebt werde, geliebt werde einer Anziehung wegen und nicht aus Dank, aus Höflichkeit oder Tugendhaftigkeit. Alles das ist abscheulich und nur dazu gut, eine empfindsame Seele zu schänden und zu töten.

Nein, wir wollen aus dem höchsten Gut, mit dem uns die Natur beschenkt hat, nicht ein Werk der Barmherzigkeit oder gar eine gemeine Handlung machen! Es gibt Augenblicke, mein Freund, in denen ich mich Ihnen gewachsen fühle, dann habe ich Kraft, dünke mich erhaben und hege eine überlegene Verachtung gegen alles, was schlecht und unehrenhaft ist. Mit einem Wort: Ich verachte das Leben aus tiefer Seele, und wie es sich mir auch darbieten mag, wird es mich dennoch keinen Moment schrecken, aber so gut wie stets inspiriert es mich zu Taten. Nach diesen Einsichten, die ich über Sie und mich gewonnen habe, sage ich Ihnen nochmals: Lassen Sie uns einander lieben oder uns für immer voneinander trennen, lassen wir die Wahrhaftigkeit und die Großmut im Umgang miteinander walten und auch genug Achtung gegeneinander hegen, um zwischen uns alles für möglich zu halten, außer, daß wir uns täuschen oder daß wir in diesem Zustand des Zweifels und der

Furcht leben, der einem notwendigerweise die Ungewißheit verschafft, ob man wirklich geliebt wird. In einem solchen Zustand, mein Freund, hat man weder Vertrauen zu sich noch zu dem, den man liebt. Man hat an nichts Freude. In diesem Augenblick beispielsweise wünsche ich mir mit Inbrunst, Sie mögen noch heute Abend von Auteuil[6] zurückkehren, und dann wieder ist mir zumute, als wäre es mir lieber, Sie blieben dort. Können Sie sich vorstellen, welche Leiden dieser Widerstreit zwischen dem Verlangen des Herzens und dem Willen, der nüchterner Überlegung entspringt, verursacht? Schlußfolgerung: Ich liebe Sie bis zum Wahnsinn, aber etwas sagt mir, man dürfe Sie so nicht lieben. Dieses Etwas lärmt in meiner Seele derart, daß ich schier bereit bin, alles andere zum Schweigen zu bringen, um mich ganz dieser schrecklichen Wahrheit anheimzugeben.

Mein Freund, ich sende Ihnen Ihre Arbeiten zurück, damit Sie sich selber der Kritiker sind. Legen Sie letzte Hand an, und seien Sie versichert, daß niemand auf der Welt dem, was Sie schaffen und dessen Sie fähig sind, es noch zu tun, soviel Wert beimißt wie ich. Ohne selbst eitel zu sein, scheint es mir dennoch, daß man seine Eitelkeit, seinen Stolz, seine Tugend, seine Freude und schließlich auch sein ganzes Leben daran geben könnte, Sie zu lieben. Aber derlei sagte ich jetzt gar nicht! Nein, aber das, was ich sagte, habe ich gedacht, habe ich gewußt, aber jetzt bin ich dazu gezwungen, Ihnen zu bekennen, was ich fühle, und mein Herz ist stark im Lieben, aber mein Geist ist so klein, so schwach, so beschränkt, daß ich mir jede Regung und jeglichen Ausdruck verbieten müßte, die nicht aus meinem Herzen kommen. Und es ist mein Herz, das spricht, wenn ich Ihnen sage: «Ich erwarte Sie, ich liebe Sie, ich möchte Ihnen alles sein und dann sterben.»

Leben Sie wohl, es nahen sich Gäste. Ich bin so erfüllt von Ihnen, ich versinke so ganz in meinen Schmerzen, daß mir die Gesellschaft nichts anderes mehr bedeutet als Belästigung und Zwang. Es gibt für mich nur noch zwei Arten zu leben, die mir wohltun: Sie zu sehen oder allein zu sein, ganz allein, ohne Lektüre, ohne Licht und Lärm. Es kommt mir nicht in den Sinn, über meine Schlaflosigkeit zu klagen, ist das doch die angenehmste Zeit von den vierundzwanzig Stunden. Bewundern Sie, ich bitte Sie darum, wieviel es mich kostet, Sie zu lassen, während Sie keinerlei Verlangen nach mir haben, mir keinen Gedanken gönnen. Mein Gott, sind Sie deshalb glücklicher? Ja.

1 Christoph Willibald Gluck (1714–1787), Komponist. Guibert hatte Gluck bereits im Vorjahr in Wien kennengelernt. Vgl. Guibert, Journal d'un Voyage, Bd. I, S. 306. 2 Françoise-Renée de Carbonel de Camisy, Comtesse de Forcalquier (geb. 1725), Ehrendame der Comtesse d'Artois und enge Freundin von Mme. du Deffand, die sie stets «la Bellissima» nannte. 3 Louise-Julie-Constance de Rohan-Guémenée, Comtesse de Brionne (1734–1807). Die Zeitgenossen rühmten ihre «majestätische Würde als den prägenden Ausdruck ihrer Schönheit». 4 Eine der drei Grazien. 5 Mme. de Boufflers wurde ebenso wie Mme. de Montsauge von Julie de Lespinasse mit stets wacher Eifersucht verfolgt. 6 Wahrscheinlich von der Comtesse de Boufflers, die in Auteuil die Villa Montmorency besaß.

34. An denselben

Sonntag

Wie liebenswürdig Sie sind, mir Aufschluß über das zu geben, was Sie machen, denken, was Sie umtreibt! Wie liebe ich die Glut, die Regsamkeit Ihrer Seele und Ihres Geistes! Mein Freund, Sie besitzen alle Talente, zum Ruhm zu gelangen, so daß Sie sich schuldig machten, wenn Sie sich einen Krieg herbeisehnten, diese Geißel der Menschheit. Vertrauen Sie Ihren Fähigkeiten, Ihrem Genie, schreiben Sie, denn indem Sie die Menschen aufklären und anregen, werden sie den für eine empfindsame und tugendhafte Seele schmeichelhaftesten Ruhm erringen. Wenn Sie Gutes stiften, dann werden Sie sich der wohlverdientesten Berühmtheit erfreuen, die in Tat und Wahrheit die einzig erstrebenswerte in einer Zeit ist, in der man nur die Wahl hat zwischen Niedrigkeit und Frivolität, zwischen einer Sklaven- oder Tyrannenexistenz. Mein Gott, wie sehr ich alles das hasse und verachte, und ich könnte mir nichts Schrecklicheres vorstellen, als noch einmal die letzten Jahre meines Lebens erneut durchmachen zu müssen! Ich habe das Laster aus nächster Nähe gewärtigt, ich bin so oft das Opfer der kleinlichen und gemeinen Leidenschaften der Menschen von Welt gewesen, daß mir davon ein unüberwindlicher Ekel und ein Grauen zurückgeblieben sind, die mich die völlige Einsamkeit ihrer schrecklichen Gesellschaft vorziehen läßt. Aber in welche Irre lasse ich mich führen! Meine Seele, die sowieso schon die Beute des grausamsten und qualvollsten Gefühls ist, hat keinerlei Notwendigkeit, sich mit dem Vergangenen zu befassen, um sich von der Last meines Geschicks erdrückt zu fühlen.

Ich vergehe vor Neugierde, den Entwurf Ihres Stückes zu sehen.[1] Sie sind es, der diesen Stoff formen wird, denn es will mich bedünken, als wäre nur für einige Szenen eine interessante Handlung gegeben. Um so mehr Verdienst werden Sie haben, wenn Sie die Aufmerksamkeit fünf Akte lang zu fesseln verstehen. Racine ist diese Zauberei mit seinem Stück «Bérénice»[2] gelungen. Ihr Thema ist bedeutender und edler, und es dürfte Ihnen auch ganz vorzüglich liegen. Sie müssen sich erst gar nicht in die dafür notwendige Hochgestimmtheit versetzen, da Sie sich, ohne alle Anstrengung, stets auf einer Höhe bewegen, die vulgären und gewöhnlichen Seelen sowieso als exaltiert erscheint.

Ja, mein Freund, meine Tage verrinnen gleichförmig, aber bald werde ich ganz allein sein, alle meine Freunde reisen nämlich ab, aber es ist das erste Mal in meinem Leben, daß ich dies nicht bedauere und, erschiene ich Ihnen nicht als allzu undankbar, dann machte ich Ihnen das Geständnis, daß ich M. d'Alembert sogar mit einem gewissen Vergnügen von mir scheiden sah. Seine Gegenwart lastet mir auf dem Gemüt, sie verursacht mir geradezu Unwohlsein, fühle ich mich doch seiner Freundschaft und seiner Vorzüge unwürdig. Urteilen Sie also über mein Befinden. Was mich trösten sollte, bedeutet mir nur eine Mehrung meines Unglücks, aber weil ich nun einmal nicht getröstet werden will, sind mir alle meine Kümmernisse, meine Erinnerungen lieber als alle Tröstungen und hilfreichen Gesten der Freundschaft. Was mir wirklich fehlt, mein Freund, ist, daß meine Seele ganz und gar ihrem Schmerz entrissen würde – das steht allein in Ihrer Macht – oder sie müßte aus diesem Leiden ihre einzige Nahrung gewinnen. Wenn Sie wüßten, wie sehr mich die Bücher leer und kalt anmuten! Wie unnütz es mir scheint, zu reden und zu antworten! Meine erste Regung darauf ist, mich zu fragen: Wozu sollte es gut sein? Aber noch habe ich keine Antwort auf diese Frage gefunden, was zur Folge hat, daß ich bisweilen zwei Stunden dasitze, ohne ein Wort zu sprechen, oder daß ich seit gut einem Monat keine Feder zur Hand nahm, es sei denn, um Ihnen zu schreiben. Mir ist wohl bewußt, daß ich mir durch dieses Betragen jegliche Freundschaft verwirke, aber das ist mir ganz recht so, meiner Seele ist der Krieg nicht fremd, und sie hat keine Angst mehr vor den kleinen Übeln.

Ach, wie sehr das Unglück einen auf sich selbst zurückwirft! Wie wenig hat man nötig, wenn man alles verloren hat! Wie viele Wohltaten verdanke ich Ihnen, mein Freund! Wie sehr muß ich Ihnen dafür danken! Sie haben neues Leben in meine Seele gebracht, Sie haben die Sehnsucht, auf morgen zu warten, in mir entfacht. Sie haben mir Neuigkeiten von sich in Aussicht gestellt, und an diese Hoffnung klammert sich mein Denken. Sie haben mir noch Besseres versprochen, ich muß Sie sehen, aber ich werde Ihnen mit «Andromaque» antworten:

> «Auf die geringsten Wohltaten machen die Unglücklichen Anspruch.»[3]

Adieu, ich mißbrauche Ihre Zeit, Ihre Güte, aber es ist so süß, so natürlich, sich mit dem zu vergessen, den man liebt. Ich bin so sehr verwundet, meine Seele ist derart krank, mein Körper so angegriffen, daß Sie, und geschähe es auch nur aus Barmherzigkeit, mir gewiß nahe wären und daß Sie wünschten, mir den Balsam der Anteilnahme und des Trosts in mein Herz zu träufeln. Bis morgen, mein Freund, denn Ihr Brief hat mich angerührt, und ich muß darauf antworten.

Donnerstag, nach dem Eintreffen der Post

Nun gut, ich habe keinen Brief bekommen, aber das überrascht mich weitaus weniger, als es mich betrübt. Es ist so einfach, wenn man das Leben genießt, die zu vergessen, die leidet, weshalb ich mich wohl hüte, Ihnen einen Vorwurf für das zu machen, was doch nur eine ganz natürliche Folge Ihres seelischen Zustands an dem Ort ist, an dem Sie augenblicklich weilen.[4]

Der Chevalier (de Chastellux) ist bei Ihnen und wird Ihnen Nachrichten von mir mitgeteilt haben. Als er bei mir war, fühlte ich mich so gar nicht wohl, hatte ich doch einen Weinkrampf gehabt ähnlich dem, den Sie erlebten, und auch während eines Teils der Nacht habe ich noch geweint. Ich konnte nicht schlafen, so sehr litt ich. Jetzt geht es mir besser, aber immer noch bin ich matt und schwach, nachdem ich mich gestern sehr aufgeregt habe, als ich im Zuge einer Unterhaltung Einzelheiten hörte, Schriftzüge unter die Augen bekam und Worte las, bei denen ich hätte sterben mögen.[5] Ach, mein Blut, mein Leben würden nur ein geringer Preis für ein derartiges Gefühl sein! Prüfen Sie selbst, wie ich das Ihrige zu beurteilen habe.

Der Abbé Morellet[6] erzählte mir dieser Tage mit der ganzen Unschuld seines Herzens, daß Sie in die junge Comtesse de Boufflers über beide Ohren verliebt seien, daß Sie sie mit Aufmerksamkeiten überschütteten, vor Eifer glühten, ihr zu gefallen etc. etc. Wenn es schon nicht ganz und gar wahr ist, so ist es dennoch sehr wahrscheinlich, so daß es mir scheinen will, ich müßte mich darüber beklagen, daß Sie mich nicht ins Vertrauen gezogen haben. Wenn Sie mich verlassen wollen, dann fordere ich von Ihnen nur eines: Sagen Sie mir die Wahrheit. Seien Sie überzeugt, es gibt keine, wirklich keine einzige Wahrheit, die ich nicht hören könnte. Ich mag Ihnen als schwach gelten, so schwach, daß Sie glauben mögen, mich schonen zu müssen, aber dem ist keineswegs so. Im Gegenteil, niemals habe ich mich stärker gefühlt, verfüge ich doch über die Kraft zu leiden, und ich fürchte nichts mehr auf der Welt, nicht einmal das, von dem Sie vermuten, daß es für mich das Allerschlimmste wäre. Doch leben Sie wohl.

1 Vermutlich handelt es sich dabei um die Tragödie «Anne de Boleyn», die Guibert verfaßte, die aber nie zur Aufführung kam. Vgl. Guibert, Oeuvres dramatiques, Paris 1822. 2 Tragödie von Racine. 3 Racine, Andromaque, I. Akt, 4. Szene. 4 Anspielung auf Schloß Courcelles, wo die spätere Frau Guiberts bei ihren Eltern lebte. 5 Vermutlich kam Julie de Lespinasse ein an Guibert gerichtetes Schreiben von Mme. de Montsauge unter die Augen. 6 Abbé André Morellet (1727–1819), Philosoph und enger Freund Turgots sowie von Julie de Lespinasse.

35. *An denselben*

Dienstag abends

Ich, mißtrauisch, und auch noch Ihnen gegenüber! Erinnern Sie sich doch nur, wie rückhaltlos ich mich Ihnen hingegeben habe. Nicht nur habe ich jegliches Mißtrauen und alle Klugheit in meinem Verhalten hintangestellt, vielmehr hätte ich selbst dann weder Reue noch Gewissensbisse empfunden, wenn ich dabei mein Glück und meine Ehre preisgegeben hätte. Mein Freund, ich weiß nicht, ob ich jemals mehr geliebt habe, aber der, der mich treulos werden ließ und mich mit Schuld belud, dessentwegen ich lebe, nachdem ich den Gegenstand und die Zuneigung meines Lebens verloren habe, eben dieser Mann übt ganz gewiß den größten Einfluß auf meine Seele aus, ist es doch eben der, der mir die Freiheit nahm, für einen anderen zu leben und zu sterben, sobald mir keine Hoffnung und keine Sehnsucht mehr geblieben waren. Zweifelsohne wurde ich von eben dem Liebreiz zurückgehalten, der mich zu Ihnen hingezogen hat, von diesem so überaus mächtigen Zauber, der Ihrer Erscheinung eigentümlich ist, der meine Seele berauscht, der sie derart stark betäubt, daß selbst die Erinnerung an meine Leiden ausgelöscht wird. Mein Freund, Sie vermögen mehr zu bewirken als selbst Gott. Mit nur drei Worten geben Sie mir eine neue Seele, erfüllen sie mit so lebhafter Zuneigung, mit einem so zärtlichen und tiefen Gefühl, daß ich darüber ganz die Fähigkeit verliere, mich der Vergangenheit zu entsinnen oder die Zukunft vorauszusehen. Ja, mein Freund, mein Leben geht ganz in Ihnen auf, ich bin, weil ich Sie liebe, und das ist so wahr, daß es mir unmöglich scheint, nicht zu sterben, sollte ich die Hoffnung verlieren, Sie wieder zu sehen. Das Glück, Ihre Gegenwart erlebt zu haben, die Sehnsucht, die Erwartung, daß Sie kommen, helfen mir, erleichtern meinen Schmerz. Was würde aus mir, wenn ich statt der Hoffnung nur das so überaus schmerzliche Bedauern kennte, Sie nicht mehr zu sehen! Mein Freund, solange ich Sie habe, kann ich nicht sterben, ohne Sie kann und will ich nicht leben. Ach, wenn Sie nur wüßten, was ich leide, von welch grausamer Zerrissenheit mein Herz ist, wenn ich mir selbst überlassen bin, wenn Ihre Gegenwart oder Ihr Andenken mich nicht mehr stützen.

Ach, dann wird die Erinnerung an den Marques de Mora so lebendig, so nachdrücklich, daß ich nur mit Schaudern an mein weiteres Leben und meine Liebe für Sie denke. Ich verabscheue dann die Untreue und die Leidenschaft, die mich mit Schuld beluden, die mich dazu anstifteten, Zweifel und Furcht in dieser so empfindsamen Seele zu säen, die ganz die meine war. Mein Freund, können Sie sich vorstellen, wie sehr ich Sie liebe? Sie vermögen es sogar, die Reue und die Vorwürfe, die mein Herz zerreißen, zu zerstreuen. Ach, sie genügten mir vollauf, um mich eines Lebens zu begeben, das ich verabscheue. Sie allein und mein Schmerz sind alles, was mir hienieden geblieben ist, ich habe keine andere Leidenschaft, keinen anderen Besitz, keine Freude und kein anderes Verlangen, als Sie zu lieben, mit Ihnen zu sein oder zu sterben. Das ist der letzte und einzige Wunsch meiner Seele. Ich weiß, daß dies kein Echo in Ihrer Seele hat, aber ich beklage mich nicht. Einer eigenartigen Verwirrung wegen, die ich zwar verspüre, die ich Ihnen aber nicht zu erklären vermag, bin ich weit davon entfernt, alles das in Ihnen wiederfinden zu wollen, was ich verloren habe; das wäre zuviel. Welches Geschöpf hat jemals so sehr wie ich den ganzen Preis des Lebens empfunden? Ist es nicht genug, das Dasein einmal geliebt und gesegnet zu haben? Wie viele Millionen von Menschen wandelten schon auf Erden, ohne daß sie ihr Dank wußten! Wie sehr bin ich geliebt worden! Eine Seele aus Feuer, voller Tatkraft, die alles gesehen, alles erfahren hat und die zu sich gekommen und von allem enttäuscht sich ganz dem Verlangen und dem Glück zu lieben überantwortet hat. Mein Freund, da sehen Sie, wie sehr ich geliebt wurde. Mehrere Jahre waren bereits verflossen, die mit Liebreiz und Leid angefüllt waren, wie sie nun einmal von einer ebenso heftigen wie tiefen Leidenschaft nicht zu trennen sind, als Sie auf die Szene traten, um mir Gift in das Herz zu gießen, meine Seele durch Zweifel und Reue zu verwüsten. Oh, mein Gott, welche Leiden habe ich durch Sie erfahren! Sie haben mich meiner Liebe abspenstig gemacht, aber gleichwohl mußte ich erkennen, daß Sie nicht mir gehörten. Begreifen Sie den ganzen Schrecken dieser Lage? Wie kann man nur inmitten so vieler Leiden sein Leben fristen? Wie soll ich noch die Zärtlichkeit aufbringen, um zu sagen:

Mein Freund, ich liebe Sie, und dies mit solcher Aufrichtigkeit und Zärtlichkeit, daß es Ihnen unmöglich wäre, mich kalten Herzens anzuhören. Leben Sie wohl.

Mittwoch, nach Eintreffen der Post

Sie sind unzufrieden? Aber sehen Sie, ob Sie einen Grund dazu haben. Welches Herz haben Sie je mit einem zärtlicheren und heftigeren Gefühl begabt? Mein Freund, wie auch immer Sie meine Seele betrachten und beurteilen mögen, so versichere ich Sie, daß Sie nichts darin finden, das Sie unzufrieden machen könnte. Daß Sie niemals so geliebt wurden, dessen können Sie sich ganz gewiß sein. Aber, mein Gott, lassen Sie es mich nicht aussprechen, warum ich Ihnen nicht dorthin schreiben kann, wo Sie sich gerade aufhalten,[1] wage ich es doch nicht einmal, mir selber den Grund einzugestehen. Das ist ein Gedanke, ein Gefühl, bei dem ich nicht verweilen möchte, ist es doch eine Marter, die mich schreckt, die mich verletzt und die ich nie zuvor kannte.

Sie fragen mich, wie mir zu Mute war, als ich Sie alle Tage sah? Nein, es ist mir dies nicht zur Gewohnheit geworden, das kann mir nie zu einer werden. Wie kalt, wie monoton diese Farben sind! Wie kann man sie mit der raschen und heftigen Gemütsregung vergleichen, die in einem der Name und die Erscheinung dessen auslösen, den man liebt? Nein, nein, ich war niemals so glücklich, um mich bei der Illusion zu ertappen, auf Ihr Kommen zu hoffen, nie habe ich auf das Öffnen oder Schließen meiner Tür Acht gehabt. So verhält es sich, wenn man kein Interesse, kein Verlangen hat, und dann ist es gleichgültig, was man sieht und hört! Ganz meinem Kummer hingegeben, verspüre ich nur einen Wunsch, und ich erflehe nicht mehr als Sie und den Tod. Sie erquicken mein Herz, Sie füllen es mit einem so zärtlichen Empfinden, so daß es mir süß ist zu leben all die Zeit, die ich Sie um mich weiß, aber es gibt nur den Tod, der mich von meinem Unglück erlösen könnte, wenn Sie nicht zugegen sind.

1 Guibert weilte für einige Tage in La Bretèche, dem Landsitz von Mme. de Montsauge.

36. An denselben

Sonntags, Mitternacht

Sie haben also vergessen, Sie haben diese ebenso wahnsinnige wie bösartige Furie ganz sich selbst überlassen, und hätten Sie sie der Hölle überantwortet, sie hätte sich nicht beklagt. Die Hitze und das Gewimmel an diesem Ort sind ihr Lebenselexier. Aber die Unglückliche hat ihren Tag im Fegefeuer zugebracht, wo sie einen tröstlichen Engel erwartete, der sich ihr aber nicht nahte. Zweifelsohne bekümmerte er sich um das Glück und die Freude einer himmlischen Kreatur; er war wahrscheinlich selber berauscht von den überirdischen Freuden, und in dieser Hochgestimmtheit vermochte nichts mich ihm in Erinnerung zu bringen. Aber, wenn er in der Tat so glücklich ist, dann wünsche ich ihm aus den Tiefen meiner Seele, daß ihn nichts zu mir zurückführen möge, denn ich bin ungerecht genug, sein Glück zu verabscheuen und mir zu ersehnen, daß Reue und Gewissensbisse ihn ohne Unterlaß plagen. Noch Schlimmeres wünsche ich ihm, soll er doch nie mehr lieben, und daß er Dritten nichts anderes mehr einflößt als Gleichgültigkeit. Das sind die Bitten, die Wünsche des Herzens, das am heftigsten liebte und das stärkste Verlangen hat, für immer zu verlöschen. Gute Nacht.

37. An denselben

Dienstag, (6. Juli) abends, elf Uhr

Mein Gott, wie rar Sie sich machen, wie kurz Ihr heutiger Besuch war und wie schmerzlich ist es mir, nicht zu wissen, wo Sie sich im Augenblick aufhalten! Ich hoffe, daß Sie in Ris[1] sind und schon morgen abend zurückkehren. Dem Vernehmen nach erwartet man den Comte de Broglie[2] morgen früh. Es ist schon bemerkenswert, daß ich mich mit seiner Rückkehr beschäftigte und ich sie mir noch eher herbeiwünsche als selbst seine Freunde. Mein Gott, wie ein Gefühl doch alles verändert und umstürzt! Das «Ich», von dem Fénelon[3] spricht, ist ein Hirngespinst, fühle ich doch bestimmt, daß ich keineswegs «Ich» bin, sondern ich bin «Sie», und um Sie zu sein, muß ich keinerlei Opfer bringen. Ihre Interessen, Ihre Neigungen, Ihr Glück, Ihre Freuden, die sind eben, mein Freund, das «Ich», das mir lieb und vertraut ist. Alles andere ist mir fremd, Sie allein auf der Welt können mich beschäftigen und fesseln, kann sich doch mein Denken und Fühlen mit nichts anderem abgeben als mit Ihnen und den zehrenden Schmerzen. Wenn ich mich mit Ihnen vergleiche, dann fürchte ich keineswegs, nicht geliebt zu werden. Oh nein! Ich denke lediglich daran, wie ich und von wem ich geliebt werde. Aber das war ein unerhörtes Glück, das ich nicht hätte beanspruchen dürfen und von dem Sie nur zu gut wissen, daß ich es nicht verdient habe.

Wie leidet meine Seele, wie schmerzlich sind diese Erinnerungen! Mein Freund, was soll nur aus mir werden, sollte ich Sie nicht mehr sehen, nicht mehr erwarten dürfen! Glauben Sie, daß ich das überleben könnte? Dieser Gedanke bringt mich um. In zehn Tagen... Aber, so sagen Sie mir doch, warum es mir nicht an Mut mangelt zu sterben und ich dennoch nicht die Kraft habe, mir einzugestehen, daß einmal ein Tag, eine Stunde kommen wird, da Sie mir ein Wort sagen, das mich erzittern läßt? Mein Freund, sprechen Sie dieses Wort nie aus, es brächte mir Unglück, dieses schreckliche Wort würde mein Todesurteil sein. Sollte ich es jemals vernehmen, sterbe ich.

Wie können Sie mich dafür loben, daß ich Sie liebe? Das Verdienst, die Tugend hätten jener Neigung und dieser Versuchung Widerstand leisten müssen, die mich bereits zu Ihnen hinzog, als ich noch keinerlei Veranlassung hatte, mir zu mißtrauen. Was steht zu fürchten, was gilt es vorherzusehen, solange man die Gewähr einer Liebe, eines Leidens und des unschätzbaren Gutes hat, von einem vollkommenen Wesen geliebt zu werden? Mein Freund, da haben Sie, was mein Herz schützte, es verteidigte, als Sie die Unruhe der Gewissensbisse und die Hitze der Leidenschaften in es senkten. Und nun loben Sie mich ob meiner Liebe zu Ihnen! Das ist ein Verbrechen, dessen Außerordentlichkeit mich auch nicht zu rechtfertigen vermag! Aber ich werde Ihnen einen Schrecken einjagen, denn ich bin wie Pyrrhus,[4] indem ich mich dem Frevel als Frevlerin ganz anheim gebe. Ja, Sie lieben oder sterben. Nur diese Tugend, nur dieses Gesetz der Natur kenne ich, und dieses Gefühl ist so wahrhaftig, so ursprünglich und so mächtig, daß Sie mir in der Tat nichts schuldig sind. Wie fern liegt es mir, Forderungen zu stellen, Ansprüche zu erheben! Mein Freund, seien Sie glücklich, haben Sie ein Vergnügen daran, geliebt zu werden, dann sind Sie mit sich im reinen.

Ich bin verrückt, kann ich Ihnen doch von nichts anderem schreiben als davon, was ich empfinde, aber ich wollte Ihnen doch erzählen, was ich erlebt habe. Zunächst den Chevalier (de Chastellux). Er war bei mir und erkundigte sich nach Ihnen und fragte mich, ob ich mit Ihnen zufrieden sei; wie gütig das doch von ihm ist! Er möchte nämlich, daß alle meine Freunde mich ebenso lieb hätten wie er. Vermöchten Sie denn das jemals? Er langte gestern hier an und kehrt heute abend zurück. Wir werden also am Donnerstag nach Auteuil gehen. Der gute Cardon[5] und M. Suard[6] werden dabei sein. Seien Sie pünktlich bei unserem Treffen um halb ein Uhr, kommen Sie, mein Freund, kommen Sie. Denken Sie daran, daß ich morgen mit Ihnen hätte zu Abend essen können, daß ich Sie auch heute abend gerne gesehen hätte. Seien Sie gut, seien Sie großzügig. Geben Sie mir alle Augenblicke, die Sie nicht Ihren Vergnügungen und Geschäften widmen. Ich will, ich muß dahinter zurückstehen. Sollte dies dennoch zuviel verlangt sein, dann leiden Sie wenigstens darunter, daß ich mir dies wünsche.

Heute früh haben Sie eine wunderbare Ahnung gehabt. Ich wollte Ihre Antwort, nicht mein Buch. Wollte Gott, daß ich statt aller Bücher, die je geschrieben wurden und die noch geschrieben werden, jeden Tag eines Briefes von Ihnen gewiß wäre! Derlei will ich lesen, und es sind nur Sie, den ich ohne Unterlaß sehen und dem ich zuhören möchte. Mein Freund, ich liebe Sie.

1 Kleiner Ort im heutigen Département Seine-et-Oise in der Nähe von Corbeil. Unweit dieses Ortes waren eine ganze Anzahl von Landhäusern und Schlössern. Auf wen hier im besonderen angespielt wird, ist nicht zu ermitteln. 2 Charles-François, Comte de Broglie (1719–1781), Militär und Diplomat. Er kehrte aus der Verbannung auf seinem Besitz in Ruffec zurück, wohin er auf Geheiß Louis XV. geschickt worden war. 3 François de Salignac de la Mothe-Fénelon (1651–1715), Schriftsteller, Moralist und Kirchenmann. 4 König von Epirus (318 v. Chr.–212 v. Chr.), der 279 bei Ausculum in Apulien jenen Schlachtensieg errang, der durch die von ihm selbst erlittenen Verluste gewissermaßen einer Niederlage gleichkam. – Im übrigen wird damit auf

Racines Andromaque, 4. Akt, 5. Szene angespielt, wo es aber heißt: «Car je suis comme Pyrrhus; vous vous abandonniez au crime en criminel.» 5 Nicht zu ermitteln. 6 Jean-Baptiste-Antoine Suard (1733–1817), Schriftsteller und einer der Redakteure der «Gazette littèraire de l'Europe».

38. An denselben

Montag abends

Vier Briefe mußten beantwortet werden, ich habe es versucht, aber es war mir unmöglich. Ich bin so von Ihnen erfüllt, daß ich nicht weiß, ob ich Sie liebe, aber ich spüre und empfinde nur zu sehr, daß Sie meine Seele verwirren und beunruhigen, und zwar auf eine ganz grausame und schmerzhafte Weise, zumal dann, wenn ich Sie nicht sehe oder wenn nicht wenigstens die Freude und die rege Erwartung, Ihnen zu begegnen, mich ablenken. Ich habe Ihnen gesagt, ich wollte von dem Zauber sprechen, den Ihre Gegenwart auf mich ausübt. Allein, mein Freund, wie schwächlich sind doch die Worte, wenn man mit ihnen einem starken Gefühl Ausdruck geben will! Der Geist findet Worte, während die Seele eine völlig neue Sprache erfinden müßte. Ja, gewiß, ich habe weitaus mehr Empfindungen als Worte, sie auszudrücken. Wie sollte ich Ihnen von all dem Guten und all dem Schlechten sprechen, das Sie mir antun? Ihrer Gegenwart eignet eine derartige Überlegenheit, eine solche Macht, daß sie mir ein ganz neues Lebensgefühl verleiht und mir noch nicht einmal die Erinnerung an jenes beläßt, das ich hatte, solange ich Sie noch nicht kannte. Ich bin von dem Eindruck, den ich empfange, so beseelt, so durchdrungen, daß ich außer durch Sie nicht mehr glücklich oder unglücklich sein kann. Ich liebe, ich freue mich, ich bange, ich leide, ohne daß auf alle diese unterschiedlichen Seelenzustände die Erinnerung an das Vergangene noch die Ahnung des Kommenden irgendeinen Einfluß hätten. Mein Freund, in jener Zeit, als man noch an Hexerei glaubte, hätte ich alles, was ich durch Sie erfahre, mir damit erklärt, daß Sie die Macht besäßen, mir ein Schicksal überzustülpen, das mich meiner selbst enthebt. Aber wenn das so wäre, wenn Sie wirklich diese Macht hätten, wie grausam fände ich es dann von Ihnen, daß Sie dieses Trugbild nicht erhielten, das mich wenigstens für einige Augenblicke spüren läßt, wie schön das Leben sein könnte. Ja, ich verdanke es Ihnen, daß ich den Genuß kennengelernt und von ihm gekostet habe, der die Seele derart zu berauschen vermag, daß ihr jedes Empfinden für Leid und Schmerz betäubt wird. Aber sollte ich Ihnen dafür wirklich dankbar sein? Dieser Zauber endet in dem Augenblick, in dem Sie mich verlassen und, sobald ich in meine eigene Seele heimkehre, fühle ich mich von Bedauern und Reue überwältigt. Der Verlust, den ich erleide, zerreißt mir das Herz. Ich wurde geliebt, und zwar geliebt in einem solchen Maß, daß die Phantasie sich dies nicht auszumalen vermag. Alles, was ich las, war nur schwach und kalt im Vergleich zu dem Gefühl, das der Marqués de Mora mir entgegenbrachte. Seine Liebe hatte sein ganzes Leben in Besitz. Urteilen Sie selbst, ob sie nicht auch das meinige ergriff. Dieses Bedauern müßte vollauf genügen, um eine empfindsame Seele in Unglück und Verzweiflung zu stürzen. Nun gut! Mehr noch leide ich indes an den Gewissensqualen, die auf meiner Seele lasten. Ich bin schuldig, ich empfinde mich unwürdig des Glücks, das ich erfuhr. Der Fehltritt eines Augenblicks zerstört mein ganzes Leben. Alle meine Ehrenhaftigkeit bis zu der Stunde, da ich Sie kennenlernte, scheint mir umsonst gewesen zu sein. Was nützt es mir nun noch, was ich einmal war? Ich weiß, ich fühle es, ich habe an dem tugendhaftesten und feinsinnigsten Manne gefrevelt, ich weiß, daß ich mich an der Tugend verging, mit einem Wort: Ich habe mich an mir selbst versündigt, und ich habe darüber meine Selbstachtung verloren. Urteilen Sie, ob ich noch Anspruch auf Ihre Achtung erheben kann, und wenn Sie mich nicht achten, darf ich dann derart mit Blindheit geschlagen sein, um zu glauben, daß Sie mich dennoch lieben könnten? Kann es nach dieser Selbsterkenntnis und den daraus zu ziehenden Schlüssen ein noch unglücklicheres Wesen geben als mich? Ach, mein Freund, diese Wankelmütigkeit der Seele, die Sie mir vorwerfen und die ich keineswegs leugne, ist mir nur eigentümlich, wenn Sie in meiner Nähe sind. Sie ist die Ursache dafür, daß mein ganzes Leben sich auf einen Punkt konzentriert: Ich lebe in Ihnen und durch Sie. Doch wissen Sie, wozu diese Beweglichkeit noch gut ist? Mich in einer Stunde alle Qualen erleiden zu lassen, die ein Herz zerreißen und vernichten können. Ja, das ist wahr, verspüre ich doch gelegentlich die Ängste, die Entmutigung des Todes und im selben Augenblick die Krämpfe der Verzweiflung. Diese Wankelmütigkeit ist ein Geheimnis der Natur, das einem erlaubt, an einem Tag mit mehr Kraft zu leben als ein gewöhnlicher Mensch sein ganzes Leben, und währte es hundert Jahre. Es ist wohl wahr, daß diese nämliche Flexibilität, die nichts anderes ist als ein Fluch mehr im Unglück, bisweilen die Quelle vieler Freude bei einer ausgeglichenen Seelenstimmung ist. Vielleicht verleiht sie sogar die Fähigkeit, liebenswürdig zu sein, insofern sie einem die Möglichkeit eröffnet, sich an der Eitelkeit zu erbauen und der Selbstliebe zu schmeicheln. Hunderte Male habe ich erfahren, daß ich vor allem durch den Eindruck Gefallen erregte, den die Vorzüge und der Geist jener auf mich machten, mit denen ich zusammen war. Überhaupt wurde ich stets nur deswegen geliebt, weil man des Glaubens war und dies bemerkte, daß man auf mich Eindruck machte. Wegen des Eindrucks, den man selbst empfängt, liebt man indes niemals.[1] Damit ist gleichermaßen die Armut meines Geistes wie die Beweglichkeit meiner Seele bewiesen, zumal sich in dieser Einsicht weder Eitelkeit noch Bescheidenheit verbirgt: Das ist die Wahrheit.

Mein Freund, ich will Sie in das Geheimnis meines Herzens einweihen, warum der Gedanke einer viermonatigen Trennung einen Ihrer Ansicht nach so geringen Eindruck auf mich machte. Das Folgende habe ich mir nämlich gelobt: Mich ganz und gar meinem Schmerz und dem unüberwindlichen Ekel, den ich gegen das Leben hege, zu überlassen. Ich bin überzeugt, daß, wenn meine Seele nicht mehr zwischen der Hoffnung und dem Vergnügen, Sie zu sehen, Sie gesehen zu haben, hin und her schwankt, sie mehr Kraft haben wird, als nötig ist, um mich eines Lebens zu entledigen, das mir nichts anderes mehr bedeutet als Sehnsucht und Reue. Das sind, ich schwöre es Ihnen, die Gedanken, die mich seit mehr als zwei Monaten beschäftigen, und dieses drängende und tiefe Verlangen, von meinen Übeln erlöst zu werden, hat mich gestärkt und schützt mich sogar vor dem Gram, den ich wegen Ihrer Abwesenheit zu erleiden habe. Aber schließen Sie daraus auf keinen Fall, daß ich Ihnen damit beweisen wollte, mit welcher Leidenschaft ich Sie liebe. Nein, mein Freund, das beweist lediglich, daß ich mich an mein Vergnügen klammere und daß dieses mir die Kraft zum

Leiden gibt. Schon einmal habe ich Sie wissen lassen, welche Worte in mein Herz eingegraben sind, die meinen Urteilsspruch enthalten: «Sie lieben, Sie sehen oder sterben.» Nachdem Sie dies nun wissen, mögen Sie alles Schlechte über meine Gefühle sagen, aber beweisen Sie mir, daß ich deshalb noch keineswegs verachtenswert geworden bin, nur weil ich Sie geliebt habe, daß Sie an meinem Herzen nicht zweifelten, nur weil ich es Ihnen gab, und daß Sie schließlich mich immer noch schätzen und achten, obgleich ich Ihnen meine Liebe und meine Ehrbarkeit zum Opfer dargebracht habe. All das ist die Folge und der Preis einer Untreue wie der Verachtung der Tugend. In meinem Innersten bin ich davon überzeugt, Sie hätten es bemerken müssen, daß ich niemals bestrebt war, die schlechte Meinung, die Sie von mir haben, zu zerstreuen. Ich empfinde Sie weder als hart noch als ungerecht. Sie allein, Sie als einziger auf der Welt, haben das Recht, mich zu verachten und an der Stärke und der Wahrheit der Leidenschaft zu zweifeln, die mich seit fünf Jahren beseelt.

1 Paraphrase auf eine Maxime Rochefoucaulds: «Wir lieben immer die, die wir bewundern, aber wir lieben nicht immer die, die uns bewundern.» Maxime 294.

39. An denselben

Dienstags

Ich habe gestern abend aufgehört, mit Ihnen zu plaudern, weil ich wähnte, Sie zu ermüden, redete ich so ausführlich von mir. Sie waren mir aber derart gegenwärtig, daß ich wahrlich darunter litt, von Ihnen nicht unterbrochen zu werden. Doch hören Sie mir zu, heute muß ich von Ihnen sprechen. Aber vor allen Dingen glauben Sie nur ja nicht, daß ich Ihnen Vorwürfe machen wollte, vermeine ich doch, nicht das Recht dazu zu haben, und ich wäre tief traurig, mißfiele ich Ihnen. Die Zuneigung zu Ihnen ist die Ursache, daß ich an tausenderlei Dingen leide, die Ihnen so gar nichts bedeuten. Man muß selber lieben, um vor dem Leid gewarnt zu sein, das man dem zufügt, der uns liebt. Die Hoffnung verleiht keineswegs das Feingefühl, dessen man sich einer kranken und unglücklichen Seele gegenüber befleißigen muß. Aber diese Vorreden sind langweilig, kommen wir zur Sache. Mein Freund, Sie wollen mir Ihre Reise verheimlichen. Wenn diese denn einen ehrlichen Anlaß hat, warum ängstigen Sie sich, es mich wissen zu lassen? Sollte diese Reise aber mein Herz beleidigen, warum unternehmen Sie sie dann? Auch wenn Sie nicht verpflichtet sind, mich zu lieben, so sind Sie dennoch es sich selber schuldig, aufrichtig zu sein und mich nicht zu betrügen. Nie haben Sie zu mir volles Vertrauen, und mir will es deshalb scheinen, daß, wenn Sie mir etwas sagen, es Ihnen nur wider Ihren eigenen Willen entschlüpft ist. Sie haben mich gestern verlassen, und ich habe nicht vermocht zu erfahren, wo Sie schlafen werden. Ich weiß auch nicht, wo Sie sich aufhalten, ich bin in völliger Ungewißheit ob Ihres Tuns und Lassens.[1] Mein Freund, beträgt man sich so in einer ganz normalen Freundschaft? Und glauben Sie wirklich, ich könnte ohne Schmerz daran denken, daß Sie ein gutes Dutzend Tage ganz nach Ihrem Belieben verbringen können, ohne von mir zu hören? Und können Sie sich überdies nicht vorstellen, wie tief betrübt ich darüber bin, daß Sie mich heute für vier Monate verlassen und es dennoch nicht über sich brachten, den letzten Abend, da Sie in Paris weilten, mit mir zu verbringen? Liebten Sie mich wirklich, dann hätten Sie das Leid vorhergesehen, das Sie mir damit zufügten, als Sie mir am Samstagabend sagten, daß Sie des anderen Tages zu Mme. d'Arcambal[2] gingen. Ich fand keine Worte, Ihnen darauf zu erwidern, aber ich litt.

Das ist nicht alles, aber ich will Ihnen nichts von dem verschweigen, was ich gegen Sie auf dem Herzen habe. Es wird Ihnen weh tun, aber mich wird es erleichtern ... Sie rechnen es sich als Verdienst an und machen viel Aufhebens von allem, was Sie für Mme. de M(ontsauge) tun. Aber, mein Freund, ist derlei Betragen billig? Sie haben folglich vergessen, was Sie mir wenigstens zwanzig Mal im vergangenen Jahr versichert haben, daß Sie sich nämlich wegen allem, was Sie für diese Frau täten, Vorwürfe machten, ja, habe ich Sie nicht in Stimmungen erlebt, in denen Sie bis zum Äußersten entschlossen waren, mit ihr zu brechen, sie nie wieder zu sehen? Ich entsinne mich, daß ich diesen Entschluß bekämpft habe, und damals war Ihnen nur zu deutlich, daß ich kein Verlangen danach hatte, von Ihnen glücklich gemacht zu werden, und ebenso wissen Sie, daß ich, obwohl sich meine Neigung verändert hat, dem die Treue hielt, was ich gesagt hatte. Habe ich je versucht, Sie von etwas abzubringen, was Sie für sie tun wollten? War ich bestrebt, Sie zu kälten, Sie ihr fernzuhalten? Gewiß war ich nicht untätig, aber ich habe nur getan, was ich tun mußte, aber ist es nicht auch ein Mangel an Feingefühl zu verlangen, daß ich Ihnen verpflichtet sei, ohne daß dies gleichermaßen auch für Sie gilt? Mein Freund, zwischen uns gibt es diesen Unterschied: Sie hat Sie geliebt, und ich, ich liebe Sie. Nach dieser Feststellung gibt es keine Möglichkeit mehr, von einem Opfer zu reden.

1 Guibert weilte zu dieser Zeit auf Schloß Courcelles-le-Roi in der Nähe von Gien an der Loire gelegen, das den Eltern seiner Braut gehörte. 2 Félicité du Crest de Chigy, Marquise d'Arcambal, eine Cousine der Mme. de Genlis, war die Ehefrau des Inhabers der Légion Corse, des Marquis d'Arcambal. Guibert war zu dieser Zeit der Colonel-Commandant der Légion Corse.

40. An denselben

Donnerstag, elf Uhr abends

Ich habe keine Nachrichten von Ihnen, erhoffte auch keine, aber erwartete dennoch welche. Mein Gott, wie können Sie nur behaupten, meine Seele leide keinen Schmerz mehr? Gestern wäre ich beinahe daran gestorben, ich hatte einen Anfall von Verzweiflung, der mir Krämpfe verursachte, die vier Stunden anhielten. Mein Freund, wenn es denn sein muß, Ihnen zu sagen, was ich glaube, was wahr ist, dann ist es das, daß ich Sie, sobald ich Sie sehe, bis zum Wahnsinn liebe, ja, bis zu dem Grade, daß ich mir gewiß bin, niemals zuvor mehr geliebt zu haben. Aber ich bedarf Ihrer Gegenwart, um Sie zu lieben. Alles, was mir noch vom Leben bleibt, gehört der Erinnerung, der Sehnsucht und den Tränen. Ja, so reisen Sie doch, sagen Sie mir, daß Sie eine andere lieben. Ich wünsche, ich will es. Mein Leiden ist so tief, so herzzerreißend, daß ich mir keine andere Linderung mehr davon erhoffe als den Tod. Die Linderung, die Sie mir verschaffen, hat die

Wirkung des Opiums: Sie betäubt meine Leiden, ohne sie zu heilen; im Gegenteil, ich fühle mich noch viel schwächer und empfindlicher. Sie haben durchaus recht, ich bin gar nicht mehr imstande zu lieben, ich verstehe mich nur noch darauf zu leiden. Ich hatte auf Sie gehofft, ich hatte mich ganz an Sie verloren, glaubte ich doch, daß die Freude, Sie zu lieben, meine Leiden lindere. Ach, vergebens war meine Flucht, ständig bringt es sich mir in Erinnerung, reißt mich mit sich fort und läßt mir nur eine einzige Zuflucht. Aber sprechen Sie mir nicht von der, die ich angeblich in der Gesellschaft finde. Für mich ist sie nur noch ein unerträglicher Zwang und, vermöchte ich M. d'Alembert zu veranlassen, nicht mehr bei mir zu leben, dann bliebe meine Türe verschlossen. Wie können Sie glauben, daß die Hervorbringungen des Geistes auf mich einen größeren Einfluß ausüben als der Liebreiz, als die Tröstungen der Freundschaft? Ich habe die würdigsten, die umsichtigsten, die aufrichtigsten Freunde. Ein jeder ist auf seine Weise und seine Eigenart bestrebt, bis zu meinem Herzen vorzudringen. Ich bin ganz erfüllt von so vielen Aufmerksamkeiten, aber dennoch bin ich unglücklich. Allein Sie, mein Freund, können mir, wenn schon nicht das Glück, so doch die Freude nahebringen. Was für ein schreckliches Gift ist doch die Freude! Sie fesselt mich ans Leben, indem sie mir den Tod vor Augen führt. Aber warum nur legen Sie überhaupt Wert darauf, von mir geliebt zu werden? Sie bedürfen meiner Liebe nicht, und Sie wissen auch nur zu gut, daß Sie mir diese gar nicht vergelten können. Treiben Sie also nur Ihr Spiel mit meiner Verzweiflung? Entweder Sie füllen mir meine Seele, oder Sie quälen mich nicht länger. Machen Sie, daß ich Sie für immer liebe oder daß ich Sie niemals geliebt habe. Kurz, vollbringen Sie das Unmögliche, verschaffen Sie mir Ruhe, oder ich sterbe. Aber, mein Freund,

«in einem tiefen Vergessen
bleibe dieses schreckliche Geheimnis verschlossen.»

Was treiben Sie jetzt in diesem Augenblick? Sie säen Unruhe in eine Seele, die mit der Zeit zur Ruhe gefunden hätte. Sie überantworten mich meinem Schmerz, und gleichzeitig lassen Sie Mme. de M(ontsauge) fürchten, Sie verloren zu haben. Könnte man Ihnen nicht sagen:

«Erfinden Sie Geheimnisse, um die Seelen zu quälen.»

Ach, wenn Sie wirklich empfindsam wären, wenn Sie sich die Zeit nähmen, auf die Tugend zu hören, dann wären Sie wahrlich zu bemitleiden, mein Freund, denn dann kennten Sie die Gewissensbisse. Aber wenn sich Ihr Herz nicht zu binden vermag, dann verschwenden Sie sich wenigstens an Ihr Talent. Beschäftigen Sie sich, schreiben Sie ohne Unterlaß; denn, wenn Sie dieses sich verzettelnde, bewegte Leben fortsetzen, dann fürchte ich, daß Sie eines Tages zu der Einsicht gelangen:

»Die Ruhmsucht hat meine Seele erschöpft.«

Samstagabend

Erst heute morgen habe ich einen Brief von Ihnen erhalten, aber ich weiß weder, von wo er abgeschickt worden ist, noch auf welchem Wege er zu mir gelangte, denn er wurde nicht durch die Post befördert. Halten Sie mich für toll oder, wenn Sie belieben, für ungerecht, kurz für alles, was Sie nur wollen, aber selbst das wird mich nicht daran hindern, Ihnen zu sagen, daß ich nicht glaube, jemals in meinem Leben ein schmerzlicheres, ja, schimpflicheres Erlebnis erfahren zu haben als jenes, das mir Ihr Brief bereitete. Und mit der nämlichen Aufrichtigkeit sage ich Ihnen, daß dieses neuerliche Leid, das Sie mir zufügen, nicht weiter von Belang ist, bin ich doch davon überzeugt, daß lediglich meine Eigenliebe verletzt wurde, wenn auch auf eine für mich gänzlich neue Weise. Ich fühle mich derart gedemütigt, so niedergedrückt von dem Umstand, daß ich jemandem das wahrhaft schreckliche Privileg einräumte, mir zu sagen, was ich da lese, und mir dies auch noch mit solcher Selbstverständlichkeit zu sagen, daß ich daraus den Schluß ziehen muß, er hatte nur die Absicht, mir sein Herz auszuschütten, indem er zu mir sprach, ohne dabei auch nur den geringsten Zweifel zu verspüren, daß er mich eben damit tödlich beleidigt. Ach, wie vorzüglich Sie es doch anstellten, den Marques de Mora zu rächen! Wie grausam vergelten Sie mir den Wahn, die Verirrung, die mich zu Ihnen hinzogen! Wie sehr ich diese jetzt verachte! Ich versage es mir, auf Einzelheiten einzugehen. Es mangelt Ihnen viel zu sehr an Herzensgüte und Zartgefühl, als daß sich meine Seele ganz in Klagen erschöpfen könnte. Mein Herz, meine Eigenliebe, alles, was mich am Leben erhält, alles, was mich fühlen, denken, atmen läßt, in einem Wort, alles in mir ist empört, verletzt und beleidigt – für immer. Sie haben mir genug Kraft gegeben, aber nicht um mein Unglück zu ertragen – dieses scheint mir größer und schwerer denn je zu sein –, sondern um mich zu versichern, daß ich künftig dagegen gefeit sein werde, von Ihnen gequält oder noch unglücklicher gemacht zu werden. Das Ausmaß meines Verbrechens und die Größe des Verlusts, den ich erlitten habe, halten sich die Waage. Ich spüre es – und mein Schmerz täuscht mich nicht –, wenn M. de Mora noch lebte und er Ihren Brief lesen könnte, dann hätte er mir gewiß verziehen, mich getröstet, Sie aber würde er hassen. Ach, mein Gott, lassen Sie mich allein mit meinen Schmerzen, sind diese mir doch tausendmal lieber als das, was Sie Ihre Zuneigung nennen. Die ist mir ganz und gar zuwider. Ich empfinde sie als reinen Hohn, und meine Seele weist sie mit um so mehr Abscheu zurück, als diese mir gegenüber für sich beansprucht, noch immer der Tugend würdig zu sein.

Wie konnten Sie es wagen, wie konnten Sie es über sich bringen, Worte auf Papier zu setzen, die, wenn sie anderen unter die Augen kämen, mich entehrten und für immer unmöglich machten! Wenn das der Ausdruck dessen ist, was Sie von mir denken und für mich fühlen, so seien Sie wenigstens versichert, daß ich nicht derart niedrig gesinnt bin, mich zu rechtfertigen oder Sie um Nachsicht zu bitten. Verharren Sie nur in dem Glauben, daß Sie mir Gerechtigkeit widerfahren ließen, denn mir ist es viel lieber, Ihnen diese Meinung zu belassen, als daß ich mich Ihnen gegenüber erklären müßte. So mag es denn geschehen: Betragen Sie sich mir gegenüber, wie Sie wollen, wie Sie können. Ich meinerseits werde künftig, falls es für mich überhaupt noch eine Zukunft gibt, mich Ihnen gegenüber so verhalten, wie ich dies schon immer hätte tun müssen, und wenn Sie mir keinen Anlaß zur Reue mehr geben, dann dürfte ich wohl darauf hoffen, Sie bald zu vergessen. Ich verspüre es lebhaft, daß die Wunden der Eigenliebe das Herz kälten. Mir war dieser Handel zwischen Grausamkeit und Freiheit bislang noch nicht geläufig. Es ist aber auch wahr, daß ich nicht schuldig war. Diese Überlegung bringt mich auf den Gedanken, auch Sie für weniger schuldig zu halten, aber Sie erscheinen mir deswegen dennoch nicht anständiger zu sein.

Ich weiß nicht, warum ich Sie alles das lesen lasse, was ich Ihnen schrieb, bevor ich Ihren Brief erhielt. Sie können daran meine ganze Schwäche erkennen, aber deshalb noch längst nicht mein ganzes Unglück ermessen. Ich erhoffe mir nichts von Ihnen, ich möchte auch nicht getröstet werden. Warum also sollte ich mich beklagen? Ja, warum eigentlich? Deshalb nur, weil ein Kranker, der sich seines nahen Todes gewiß ist, dennoch auf den Arzt wartet, deshalb, weil seine Augen noch immer die Angehörigen suchen, um noch eine Hoffnung zu schöpfen, deshalb, weil der letzte Laut der Seele ein Schrei ist. Da, bitte, haben Sie die Erklärung meiner Inkonsequenz, meiner Narrheit, meiner Schwäche. Wie ich dafür bestraft werde! Wenn mir je ein Gedanke kommen sollte, der die Liebe, die M. de Mora für mich hegte, verletzten könnte, dann werde ich Ihren Brief wieder lesen. Ich werde dadurch gedemütigt werden, und derart werde ich meinen Frevel sühnen. Geben Sie mir diese Blätter zurück, und besitzen Sie soviel Anstand, den von mir einmal zitierten Vers aus der «Phèdre» zu einem Ihrer Grundsätze zu machen.

41. *An denselben*

Donnerstag

Das wäre sehr sanftmütig, sehr liebenswürdig, wenn es bedeutete, daß ich Sie sehen werde, aber der Zweifel zerstört sogleich die zarte Empfindung, die ich am liebsten dem ablauschen möchte, was Sie mir gesagt haben. Mein Gott, Sie verwirren mein Leben, Sie lassen mich binnen eines Tages die gegensätzlichsten Stimmungen erleben! Einerseits reißt mich die leidenschaftlichste Bewegung mit sich, und dann läßt mich wieder der Gedanke erstarren, daß Sie meine Gefühle nicht erwidern. Diese Überlegung läßt mich vor mir selbst erschrecken, und, um wieder etwas Ruhe zu finden, verliere ich mich an die herzzerreißende Erinnerung dessen, was ich verloren habe. Bald danach füllt sich mein Herz mit einem süßen Empfinden, und ich fühle mich wieder imstande, in Augenblicken des Glücks zu schwelgen, die ich erlebte, als ich liebte. Alle diese Gedanken, die mich von Ihnen entfernen sollten, bringen mich aber nur um so schneller wieder in Ihre

Nähe. Ich fühle, daß ich Sie liebe und zwar derart heftig, daß ich mir nur vom Tod Ruhe erhoffen kann. Dieser ist mein einziger Rückhalt, die einzige Hilfe, die ich erwarte und deren Notwendigkeit ich beinahe in jedem Augenblick meines Lebens verspüre. Mein Freund, Sie haben Balsam auf die kleine Wunde getan, die ich mir gestern abend zufügte, denn Sie haben dies sofort bemerkt. Das bewies die Wahrheit dessen, was d'Alembert einmal bemerkte, als er sagte, es könne Umstände geben, unter denen ein Schmerz nicht weh tut.

Ja, Sie werden noch vor Mitternacht die Eloge[1] in Händen haben: Ich werde nach dem Erzbischof von Toulouse[2] schicken lassen. Einmal mehr: Guten Tag, mein Freund. Sie sind die Ursache meiner Traurigkeit, meines Schweigens, meines Unglücks. Mit einem Wort, es sind Sie, der meine Seele belebt, und es ist diese, die mich antreibt. Ich wage Ihnen nicht zu sagen, wie sehr ich Sie liebe.

1 Nicht zu ermitteln. 2 Etienne-Charles de Lomenie de Brienne (1727–1794), seit 1763 Erzbischof von Toulouse und seit 1770 Mitglied der Académie française. Lomenie de Brienne war einer der Habitués des Salons von Julie de Lespinasse.

42. *An denselben*

Mittwoch, zehn Uhr

Sie machen auch heute wieder keinerlei Anstalten, mich zu sehen, bin ich Ihnen doch so gleichgültig, daß ich nicht fürchten muß, Sie bei den Angelegenheiten zu stören, die Sie wirklich beschäftigen. Hören Sie mich also wenigstens an, und verknüpfen wir das eine mit dem anderen, wie dies Mme. de Maintenon einst von Mme. de Montespan[1] vorgeschlagen wurde. Als diese sich nämlich einmal gezwungen sah, eine recht lange Reise in der Gesellschaft von jener anzutreten, bemerkte sie zu ihr: «Madame, vergessen wir unseren Haß, unsere Streitigkeiten und lassen Sie uns einander gute Reisegenossen sein etc. etc.» Wohlan denn, so sage ich auch Ihnen: Vergessen wir unsere Unzufriedenheiten, die wir gegeneinander hegen, und seien Sie doch bitte so freundlich, mir das zu erfüllen, worum ich Sie bitte: Verfassen Sie mir eine kleine Denkschrift über den militärischen Gehorsam, die ich brauche. Ich erwarte von Ihnen keineswegs ein umfangreiches, vorzüglich ausgearbeitetes Werk, sondern lediglich Regeln, Grundsätze, kurz, einen Abriß dessen, was Sie über diesen wichtigen Gegenstand denken. Ja, das bin gewiß ich, die zu Ihnen spricht, und ich bin auch keineswegs von Sinnen, wenigstens nicht, was diese Bitte anbelangt. Meine Tollheit hat eine weniger trockene Ursache und ist deshalb um so unglückseliger.

Gute Nacht. Sie waren unlängst schier trübsinnig. Das hat mich verstimmt, ohne daß ich mir jedoch deswegen einen Vorwurf hätte machen können, denn, wie Sie wissen:

«Untreue gibt es nur da, wo es Liebe gibt.»[2]

Der Chevalier (de Chastellux) hat mir Ihre Bekümmertheit erklärt, und ich habe Sie dann auch mit ganzem Herzen bedauert.

Schlagen Sie mir meine Bitte nicht ab. Ich verspreche Ihnen, als Belohnung gewissermaßen, dieses schiefe Sinnbild von Tränen und Zähren dafür. Er, Chastellux, ist ein schlechter Mensch, aber er ist gleichzeitig auch von einer Empfindsamkeit, die denjenigen, den ich liebe, zu Tränen rührt, während er vor lauter Langeweile einen Menschen voller Geist und Geschmack zum Weinen bringt. Aber auch das sind nicht die Menschen, denen ich mein Herz offenbare. Gute Nacht. Wo sind Sie? Gewiß befinden Sie sich wohl. Sie sind lustig, ausgelassen, voller Eifer und ganz dem zugetan, was Sie unter Ihren Augen haben. Genau das ist es, was wir als liebenswürdig, so wie man es nur sein kann, bezeichnen. «Tancrède»,[3] ja! Das ist sehr schön! Es gibt Verse darin, die bis auf den Grund der Seele dringen. Aber nichts vermag einer bewegten, einer leidenden und stürmischen Seele etwas anzuhaben. Sie muß einzig und allein aus sich selbst heraus leben. Adieu.

1 Françoise d'Aubigné, Marquise de Maintenon (1635–1719), war zunächst die Gouvernante der acht Kinder, die Louis XIV. mit Mme. de Montespan zeugte, ehe sie an deren Statt seine Mätresse wurde. Françoise-Athenaïs de Rochechouart, Marquise de Montespan (1641–1707), war von 1667 bis 1679 die Mätresse Louis XIV. 2 Französisches Sprichwort. 3 Tragödie Voltaires, die zu dieser Zeit mit großem Erfolg wieder aufgenommen worden war.

43. An denselben

Donnerstag

Ich sende die antiken Philosophen dem Jüngsten aller Weisen. Ich wünschte mir, daß der acht darauf hat, dieses Buch nicht zu verlieren, es ist nämlich selten geworden. Geben Sie mir den Band zurück mit «L'Examen de Barri».[1] Ich benötige ihn. Schauen Sie sich nur um, ich bin nämlich sicher, daß Sie ihn haben ebenso wie Verschiedenes von Voltaire. Guten Tag, mein Freund. Ich habe ein Leiden auf der Brust, das daher rührt, daß ich Herzeleid habe. Wie beklagenswert ich bin! Ich schulde Ihnen das Leben, und dennoch bin ich unglücklich. Ich muß Sie für einen Augenblick sehen. Wem sonst könnten Sie ihn schenken, der wie ich um seinen Wert wüßte, der sich wie ich darüber freute?

1 Nicht zu ermitteln.

44. An denselben

Montag, elf Uhr abends

Eben habe ich mich mit Ihnen beschäftigt, mit dem, was Sie mit M. d'Alembert gemeinsam haben, und es kam mir dabei in den Sinn, Ihnen einen verrückten Vorschlag zu machen, und deswegen gebe ich nicht die Hoffnung auf, daß Sie sich auch dazu verstehen werden. Lassen Sie uns den morgigen Tag gemeinsam auf dem Lande verbringen. Sie werden Mme. Le Droit[1] damit eine große Freude machen, und das ist keineswegs nur so dahin gesagt. Wenn Sie für den Abend eine Verabredung haben, dann werden wir zeitig zurückkehren, damit Sie weder Ihr Vergnügen versäumen noch diejenigen, die Sie erwarten. Sehen Sie also zu, daß Sie sich von Ihren Geschäften, Ihren Sorgen, Ihren Zerstreuungen, Ihren Verabredungen, dem Opernbesuch, Visiten, dem Unbestimmten, dem Leeren, mit einem Wort, von der ganzen Vielzahl wichtiger Dinge, denen Sie Ihr Leben aufopfern, befreien können. Vor allem, und dieser Hinweis ist zweifelsohne unnötig und anmaßend, bringen Sie mir kein Opfer.

Im Gegenteil, ich bin es, die bereit ist, alle Opfer zu bringen. Wenn Sie mir meine Bitte abschlagen, dann antworte ich Ihnen, daß ich darüber weder überrascht noch betrübt bin. Es ist ganz natürlich, daß Sie am Vortag Ihrer Abreise keine Minute mehr frei haben. Aber vergeuden Sie wenigstens nicht alle die Augenblicke, die Sie mir zugedacht hatten. Nutzen Sie sie. Ich gebe Ihnen den morgigen Abend frei und gehe unmittelbar nach unserer Rückkehr zu Bett. Mittwoch habe ich versprochen, den Abend in Ménilmontant zu verbringen, und wenn ich nicht zu leidend bin, werde ich gehen. Für heute nach dem Essen habe ich mich entschuldigen lassen, weil ich zu sehr leide, denn sonst glaubten Sie noch, daß ich alle Hoffnung hätte fahren lassen, Sie zu sehen. Es war aber sehr anständig von Ihnen, daß Sie mir einige Augenblicke geschenkt haben, was ich mir nicht hätte träumen lassen und wofür ich Ihnen viele tausend Male danke, und zwar aus tiefstem Herzen, wie ich Sie versichere. Wenn Sie mir den morgigen Tag gewähren, so müssen Sie aber bereits vor der Mittagsstunde bei mir sein. Wenn Sie sich anders besinnen, bin ich es, die Ihnen den Tag schenkt, denn dann müssen Sie erst gar nicht erscheinen. Ich würde mich erst spät erheben, mich aber rasch ankleiden, und Sie würden nichts anderes denn Bedauern darüber empfinden lassen, daß ich nicht mit Ihnen plaudern konnte. Aber am Mittwoch wäre ich noch glücklicher, wenn Sie nicht abreisten. Antwort, darum bitte ich Sie.

1 Nicht zu ermitteln.

45. *An denselben*

Samstag, Ende Juli 1774

Ich bin untröstlich, aber nicht deshalb, weil Sie sich erkältet haben, sondern weil Sie sich nach Kräften so verhalten werden, daß aus dieser Erkältung eine ernsthafte Erkrankung wird. Sie sollten den ganzen Tag das Bett hüten, statt dessen aber fassen Sie den Vorsatz auszugehen! Ich flehe Sie an, mein Freund, trinken Sie reichlich, bleiben Sie im Bett, ohne zu lesen oder zu schreiben. Ich mache mir jedes Wort, das Sie mir schrieben, zum

Vorwurf, aber bis Sie allen «diesen Damen» geschrieben, geantwortet und wieder repliziert haben, werden Sie noch keinen Augenblick Ruhe gefunden haben.

Ich habe auf Sie seit neun Uhr gewartet. Es war Gerstenschleim, Eibischsaft und Mandelmilch vorbereitet, um Sie dazu zu zwingen, eine *Bavaroise* zu nehmen. So heißt das Gebräu, und nicht Suppe. Mein Gott, wie sehr wünschte ich mir, an Ihrem Bette zu sitzen! Ich würde Sie pflegen, und niemals hätte eine Krankenpflegerin soviel Umsicht und Hingabe bewiesen. Mein Freund, verlassen Sie das Bett nicht, machen Sie alle Welt glauben, Sie seien verreist, und vielleicht sind Sie bei dieser Schonung tatsächlich soweit wiederhergestellt, daß Sie morgen früh aufbrechen können. Gewiß werden Sie nicht noch in der Nacht abreisen, denn das wäre Tollheit. Wenn Sie in Orléans übernachten, werden Sie nicht allzu erschöpft sein. Sie haben mir nicht gesagt, ob Sie im Augenblick auch Fieber haben. Ich werde mich gegen ein Uhr nach Ihrem Zustand erkundigen. Ich bitte Sie, mein Freund, hüten Sie das Bett. Ich werde mehrere Male am Tag nach Neuigkeiten von Ihnen schicken, und deshalb werde ich bei mir speisen und das Haus nicht vor neun Uhr am Abend verlassen. Mein Freund, ich bitte Sie mit Nachdruck darum, daß Sie Ihr Bett auch am Abend hüten. Ich versichere Sie, daß, wenn Sie sich nicht in acht nehmen, Sie eine Lungenentzündung bekommen werden. Sicherlich aber haben Sie Ihrem Vater eine Nachricht gesandt. Sollte er Sie gut kennen, wird er sowieso nicht beunruhigt sein, weil er nämlich mit Ihrer Pünktlichkeit gar nicht rechnet. Sehen Sie, wie hart ich zu Ihnen bin und welchen Anlaß ich mir zunutze mache, um Sie mit Vorwürfen zu überschütten! Ja, wahrlich, Sie haben Unrecht, krank zu sein. Allein, wären Sie bereits gestern abgereist, wäre dann meine Unruhe nicht noch mehr gerechtfertigt? Mein Freund, trinken Sie, aber was? Diese Mixtur von Eibischsaft oder Gerstenschleim wird nicht allzu wirksam sein. Sollten Sie zu mir kommen, wird das alles für Sie bereit stehen, aber kommen Sie besser nicht, nein, kommen Sie nicht. Schonen Sie sich lieber für die, die Sie so zärtlich liebt.

46. An denselben

Donnerstag, halb neun Uhr

Mein Freund: Ich liebe Sie. In diesem Augenblick empfinde ich es auf schmerzhafte Weise. Ihre Erkältung, der Zustand Ihrer Brust gehen mir zu Herzen. Ich fürchte mich, und dieses schreckliche Gefühl war nur zu häufig gerechtfertigt, so daß ich nicht weiß, wie ich mich beruhigen soll. Wenn Sie heute abend bereits abreisen, dann werden Sie nicht schlafen, und das wird Sie noch mehr erhitzen. Mein Gott, warum kann ich nicht all das erleiden, von dem ich fürchte, daß Sie es erdulden! Sobald Sie die Pferde in Orléans wechseln, lassen Sie mir doch Nachricht zukommen, wie es Ihnen geht, teilen Sie mir mit, ob Ihre Brust schmerzt. Meine Zärtlichkeit, meine Zuneigung gewähren Ihnen nicht die Freiheit, Ihre Gesundheit zu vernachlässigen. Ich sterbe vor Kummer, wenn ich daran denke, daß ich Sie nicht sehen werde, daß ich keinerlei Möglichkeiten habe, mich zu beruhigen. Ich werde Sie nicht sehen, nichts von Ihnen erfahren. Ach, wie schön war es, Sie gestern zu lieben, aber wie grausam ist diese Liebe heute, morgen und alle Tage! Sehen Sie mir meine Schwäche nach, mein Freund, und prüfen Sie, ob mein Aberglauben sich nicht entschuldigen läßt. Es war an einem Freitag, den 7. August 1772, daß der Marques de Mora von Paris abreiste. Und es war ebenfalls ein Freitag, der 6. Mai dieses Jahres, daß er von Madrid aufbrach, und es war wiederum ein Freitag, der 27. Mai, daß ich ihn für immer verlor. Sehen Sie, daß allein dieses Wort «Freitag» mich zutiefst erschrecken muß, wenn es in Verbindung mit dem steht, den ich mehr liebe als das Leben, mehr als das Glück und mehr schließlich, als ich Worte habe, dies auszudrücken. Mein Freund, sollten Sie eines glücklichen Umstands wegen erst am Samstag abreisen, dann möchte ich Sie morgen sehen. Welch schrecklichen Vorsatz hatte ich doch gefaßt, Sie nicht sehen zu wollen! Das wäre ganz und gar unmöglich! Sie wissen das nur zu genau. Und Sie wissen auch nur zu gut, daß, wenn ich Sie hasse, dann nur deshalb, weil ich Sie mit jenem Unmaß von Leidenschaft liebe, das meine ganze Vernunft aufgezehrt hat. Leben Sie wohl, Adieu, mein Freund, niemals sind Sie inniger und zärtlicher geliebt worden.

Schonen Sie sich. Denken Sie daran, daß Sie mir das Leben retten, wenn Sie Ihre Brust schonen. Morgen ... Dieser Gedanke ist schrecklich. Ja, ich liebe Sie, tausendmal mehr, als ich zu sagen vermag.

47. *Comte de Guibert an Mademoiselle des Lespinasse*

Donnerstag, Juli 1774

Ich war oft zwei Tage fern von Ihnen, meine Freundin, aber aus diesen zwei Tagen dürfen nicht drei Monate werden. Das tut mir weh. Traurige Gedanken bedrücken mich, und der Ort, an dem ich mich aufhalte, vermag sie nicht zu zerstreuen. Beinahe alle diese Gedanken hängen mit Ihnen zusammen: Sie sind nicht glücklich, Ihre Gesundheit läßt zu wünschen übrig. Kaum sind Sie wieder dank einer Zuneigung, der Sie sich aber niemals ganz hingeben wollen, wieder mit dem Leben verbunden, erfährt diese durch Ihre Reue wieder eine Schädigung, und vielleicht wird sie durch die Abwesenheit gänzlich abgetötet. Mich schaudert bei dem Gedanken, Sie in dieser Situation zu verlassen, aber mein Vater erwartet mich. Seit zwei Wochen schon hätte ich mich auf den Weg machen müssen. Das Jahr vergeht. Mit den Aufenthalten, die ich unterwegs einlegen muß, und wegen der Absicht, im Oktober wieder hier zu sein, werde ich nur für zwei Monate bei ihm bleiben können. Aber wie lang wird mir diese Zeit angesichts meiner Unruhe vorkommen! Wie nötig werden mir Ihre Briefe sein! Gilt dasselbe auch für die meinen? Ich werde Ihnen so oft schreiben, als wenn sie es wären. Diese Beschäftigung wird mir aber auf nur sehr unzulängliche Weise die schreckliche Leere ausfüllen, die ich erfahre, weil ich Ihre Unterhaltung, Ihre Gesellschaft entbehren muß, an die ich mich auf das Angenehmste dadurch gewöhnt habe, daß ich Sie beinahe täglich sah. Ich spüre, daß diese Zuneigung wie meine Studien für mein Leben genug waren. Mein Ehrgeiz ist, sobald ich mit Ihnen zusammen bin, wie erloschen. Sie haben mich mit Gedanken der Ruhe, des Ruhms und des Glücks inspiriert, die ganz denen widersprechen, die ich einstens hegte. Leben Sie, meine Freundin, nichts wird mir ohne Sie widerfahren. Niemals war mein ganzes Dasein enger an eine andere Person gekettet. Ich habe die heftigsten, die verworrensten Gefühlsregungen. Aber niemals waren sie derart süß, und ich gründe auf sie sogar mein Glück.

Ich lasse Sie jetzt, ich werde Sie heute abend wiedersehen. Die Briefe gehen heute nicht mehr ab. Deshalb werde ich, wenn ich morgen zurückkomme, sie Ihnen selber überbringen, oder zumindestens werde ich Sie Ihnen dann zustellen, denn ich speise zu Abend in einem Landhaus, das am Wege liegt, und ich werde Sie folglich vor Samstagmorgen nicht sehen. Ich reise am Montag!

Mein Gott, Sie machen sich keine Vorstellung davon, wie sehr mich dieser Gedanke bedrängt und traurig macht.

Comte de Guibert

48. An Mademoiselle de Lespinasse

Freitagmorgen, Juli 1774

Ich konnte Ihnen gestern abend nicht mehr schreiben. Es war spät, als ich zu Bett ging. Madame de M(ontsauge)[1] wollte, daß ich ihr nochmals die «Eloge de Catinat» vorlese. Sie hat die Adresse auf diesem Brief gesehen, und das gab den Anstoß zu einer längeren Unterhaltung. Sie hat sich bitter über meine Nachlässigkeit, meine Leichtfertigkeit wie über alle die neuen Verbindungen beklagt, die ich unablässig und stets zu ihren Lasten anknüpfte. In diesem Zusammenhang kamen wir auch auf Sie zu sprechen. Sie hatte keinerlei Vorstellung davon, was mir den Umgang mit Ihnen so lebhaft macht. Man hat ihr erzählt, daß ich Sie jeden Tag aufsuche, daß ich alle meine Abende in Ihrer Gesellschaft verbringe. Es ist nicht Liebe, es ist nicht Eifersucht, die sie dazu anstiften, mir diese Vorwürfe zu machen, sondern vielmehr der Umstand, daß sie auf meine Freundschaft als den Ruhepol ihres Herzens, als das Glück für den Rest ihres Lebens gezählt hat und daß sie nun erkennen muß, daß dieses alles ihr nun entgleitet. Sie war sehr zärtlich, sehr verständig, sehr aufgeschlossen, aber weder von ihrer Seite noch von meiner fand davon irgend etwas Eingang darein, was mit unseren früheren Empfindungen füreinander zu tun gehabt hätte.

Danach berichtete sie mir von ihren Angelegenheiten, Absichten, von ihrer Verrücktheit, ihrem Lebensplan, ihren derzeitigen und vergangenen Zuneigungen. Sie war voller Verstand, Geist und Esprit. Ich wünschte, Sie hätten sie hören können. Ich muß Ihnen auch nicht sagen, daß ich ihr, was Sie anbelangte, in einer Weise geantwortet habe, als hätten Sie mir die Antworten diktiert. Ich sagte ihr, daß ich für Sie eine unendliche Freundschaft empfinde, daß es geradezu unmöglich sei, Ihnen zu begegnen, ohne nicht sogleich die größte Zuneigung für Sie zu hegen, und daß diese Anteilnahme ganz wesentlich durch die vorzügliche Zusammenstellung Ihres Freundeskreises wie auch durch die geistreiche Konversation, die für gewöhnlich in Ihrem Hause gepflegt werde, gesteigert werde. Kurz und gut, meine Freundin, Sie wären sehr mit mir zufrieden gewesen, hätten Sie mich gehört. Aber diese Unterhaltung hat dennoch nicht meine Traurigkeit verringert. Ich muß am Montag von Ihnen scheiden. Und das für drei Monate.

Ich weiß noch nicht, wie ich reisen werde. Der Chevalier d'Aguesseau soll zum Mittagessen nach Saint-Germain kommen und mich von dort nach hier mitnehmen. Sollte er nicht erscheinen, dann wäre mir das lästig, aber ich werde unter allen Umständen kommen.

Ich habe Verlangen, Sie zu sehen, mit Ihnen zu plaudern.

Comte de Guibert

1 Dieser Brief wurde sehr wahrscheinlich in La Bretèche, dem Landsitz von Mme. de Montsauge geschrieben.

49. An Mademoiselle de Lespinasse

Chartres, Sonntagabend, 15. August 1774

Es ist zehn Uhr, meine Freundin, ich bin angelangt und befinde mich wohl, sehr wohl sogar. Einzig meine Seele leidet, und dieses Leiden wird bis zu meiner Rückkehr andauern. Ihr Angedenken beschäftigt mich ganz und gar. Es wird mich morgen, übermorgen, alle Tage beherrschen. Ahnen Sie die ersten Zeilen, die ich gelesen habe?[1] Drei oder vier Ihrer Briefe, die Ihrem rohen Argwohn entgangen sind, habe ich in meinem Portefeuille bei mir. Ohne alle Gewissensbisse habe ich sie zurückbehalten.

«Wer immer argwöhnisch ist, lädt zum Verrat ein.»[2]

Ich werde morgen am frühen Abend in Rochambeau[3] eintreffen. Ich muß nur zehn Poststationen passieren. Sie werden diesen Brief erst übermorgen erhalten, denn es gibt keinen täglichen Postdienst zwischen Chartres und Paris, wie Sie dies behaupteten, ohne es wirklich zu wissen.

Grüßen Sie M. d'Alembert herzlich. Der außergewöhnliche Mann kam mich gerade in dem Augenblick besuchen, als ich im Begriffe war aufzubrechen. Er erlebte mich in einem Zornesausbruch, den ich nicht zu zügeln vermochte, denn man verlangte von mir, für vier Pferde meiner Kutsche zu bezahlen. Das ist einer der Vorzüge des Reichtums: Man muß sich nicht wegen tausenderlei Kleinigkeiten erregen.

Leben Sie wohl, meine Freundin. Ich werde Ihnen von Rochambeau aus schreiben, von Chanteloup,[4] von überall. Für mich ist das ein Trost, ein Vergnügen, eine Notwendigkeit. Unter den nämlichen Voraussetzungen vertraue ich auf Ihre Genauigkeit, aber deren werde ich mich erst in acht Tagen erfreuen.

Comte de Guibert

1 Anspielung auf Brief 26 mit der Datierung: «In allen Augenblicken meines Lebens.» 2 Vers aus der Tragödie «Zaire» von Voltaire. 3 Schloß in der Nähe von Vendôme, das damals dem Comte de Rochambeau (1725–1807) gehörte. 4 Schloß in der Nähe von Amboise an der Loire, auf dem der Duc de Choiseul nach seinem Sturz als Minister am 24. Dezember 1771 in Verbannung lebte. Guibert besuchte ihn hier des öfteren.

50. *An Mademoiselle de Lespinasse*

Rochambeau, Dienstag, 17. August 1774

Ich bin gestern hier angekommen, meine Freundin, und mir geht es gut, so gut sogar, daß Sie sich in keiner Weise beunruhigen müssen. Ich habe M. de Rochambeau nicht angetroffen. Eine geschäftliche Angelegenheit hat ihn in Paris aufgehalten, und er wird deshalb nicht vor morgen hier sein. Das ist der Grund, weshalb ich erst am Donnerstag in Chanteloup eintreffen werde, und das ärgert mich. Ein verlorener Tag, und ich habe so wenig

Zeit im Kreis meiner Familie! Warum nur nannte ich nicht diejenigen verloren, an denen meine Erkältung mich in Paris festhielt? Die Erklärung dafür ist, daß ein anderes Gefühl die Oberhand bekam über den Schmerz, den ich verspürte, als ich mich zu meiner Abreise rüstete: Ich wollte Sie sehen. Die Pflicht fällt angesichts des Vergnügens kaum ins Gewicht und, mit Ausnahme der großen Anlässe, ist man lieber mit denen zusammen, die man liebt, als mit seiner Familie.

Kurz und gut, ich werde Donnerstagabend in Chanteloup sein, aber ich habe eigentlich keinerlei Verlangen dort anzukommen, denn ich werde keinen Brief von Ihnen vorfinden, sondern erst in Bordeaux. Wie grausam Sie sind, mir nicht zu schreiben! Wie dankbar wäre ich Ihnen für diese Anstrengung! Nehmen Sie sie auf sich, meine Freundin, und sei es, daß Ihr Brief nur von M. de Mora handelte. Sie wissen, wie sehr ich Ihren Schmerz gerechtfertigt finde. Vergießen Sie weiterhin Tränen, wenn diese Sie erleichtern.

Ich könnte sie auch vergießen, da ich Ihnen von diesem traurigen Ort schreibe: Mir geht es ganz so wie Ihnen. Als ich mich vor fünf Jahren zum ersten Mal dieser unglückseligen Stadt nahte, glaubte ich, sterben zu müssen. Der Schmerz erstickte mich. Ein anderes Gefühl hat danach von meinem Herzen Besitz ergriffen, das ich ewiger Verzweiflung gewiß wähnte. Meine Freundin, ich berührte damals die Pforten des Todes, aber nur, weil ich nicht starb, weil ich am Leben blieb, bewahrte ich mir mit diesem die Fähigkeit zu lieben. Und wie sehr bin ich seither mitgerissen, abgelenkt worden! Wie gründlich habe ich mein Unglück vergessen!

Besinnt man sich jener Unbeständigkeit, dann muß man über die Schwäche der menschlichen Natur Tränen vergießen, über dieses allgemeine Schwanken, das ihr eigentümlich ist. Ja, es kommt möglicherweise einmal der Tag, an dem alles, was wir heute lieben, dem wir auf Erden unsere Zuneigung zuwenden, ausgelöscht wird. Aber wir werden dennoch leben, wir werden überleben.

Ach, daß mich doch bald der Tod ereilte! Lieber wäre es mir, man beweinte meinen Verlust, als daß ich mich noch einmal trösten müßte.

Was für ein Brief, meine Freundin! Ich werde Ihre Seele mit Trauer erfüllen, aber genau das ist nicht das Gefühl, das ich Ihnen mitteilen möchte.

Ich lasse Sie jetzt. Ich werde spazieren gehen. Ich will, sofern mir das möglich ist, angenehmeren Gedanken nachhängen. Die Topographie dieses Orts ist denkbar seltsam. Auf der einen Seite starrt einen die schauerlichste Einöde an, Felsen, die über dem Schloß hängen und aus denen ein Teil des Schlosses gebaut worden ist, ansonsten Wälder, eine wahre Oase des Friedens; auf der anderen Seite hat man einen bezaubernden Blick auf den Flußlauf der Loire, deren Ufer mit menschlichen Siedlungen gesäumt sind. Dorthin will ich mich wenden. Solcherart ist die Beweglichkeit unserer Wahrnehmung beschaffen, daß die außen liegenden Gegenstände, ja selbst die leblosen Dinge, einen Einfluß auf sie ausüben und sie auf unendliche Weise verändern. Ist das gut? Ist das schlecht? Ach, es ist das eine und das andere. Alles vergeht, und wir selbst auch. So ist das eben, das Leben.

Ich bin zurück. Ich lese diesen Brief nochmals. Ich zaudere, ihn an Sie abgehen zu lassen. Ich sende ihn aber dennoch. Warum sollte ich Ihnen eine Regung meines Herzens verbergen, ja selbst die Regungen, die man für gewöhnlich sich selber verheimlicht? Ich möchte Ihnen nichts davon mitteilen, was dieser Brief noch alles enthält. Die Erinnerung an Bordeaux kam mir in den Sinn und verursachte in diesem nichts als Unordnung und Verzweiflung. Auf meinem Spaziergang hat er sich wieder beruhigt. Andere Gegenstände erheischten seine Aufmerksamkeit. Ich habe sehr zärtlich Ihrer gedacht. Ich erkannte Ihre ewig währende Freundschaft, und ich habe bei diesem Gedanken gelächelt. Ja, Sie werden mir stets teuer sein. Und ich werde dies auch Ihnen sein. Tausend Übereinstimmungen verbinden uns. Leben Sie wohl. Lassen Sie mir Nachrichten zukommen. Entschädigen Sie mich für acht Tage der Entbehrung. Nochmals, Adieu.

Ich werde von Chanteloup schreiben, sollte ich an dem Tage dort ankommen, an dem die Post abgeht.

Comte de Guibert

51. An Monsieur de Guibert in Bordeaux

Donnerstagabend, 25. August 1774

Ja, mein Freund, das, was im Leben die größte Macht und Gewalt besitzt, ist sicherlich die Leidenschaft: Sie hat mir eine Entbehrung auferlegt, aber sie hilft mir auch, sie tausendmal beherzter zu tragen, als dies Vernunft und Tugend jemals vermöchten. Aber diese Leidenschaft ist absolut tyrannisch, denn sie gibt sich nur mit Sklaven zufrieden, die ihre Fesseln mal hassen, mal lieben, die aber nie die Kraft besitzen, sie zu zerreißen. Heute befiehlt sie mir ein Betragen, das genau dem widerspricht, das ich mir seit vierzehn Tagen zur Pflicht gesetzt hatte. Ich bin mir meiner Wankelmütigkeit wohl bewußt, ich bin verwirrt, aber ich gebe dem Drängen meines Herzens nach. Ich empfinde meine Schwäche als Wonne, und selbst wenn Sie diese mißbrauchen sollten, mein Freund, würde ich Sie dennoch lieben und Sie dies auch wissen lassen, zuweilen mit Freuden, häufiger jedoch mit Schmerzen, solange, bis ich mir gewiß wäre, daß Sie meine Gefühle nicht erwidern. Hören Sie, was ich alles erleiden mußte, seitdem Sie abgereist sind. Eine Stunde nach Ihrem Aufbruch erfuhr ich, was Sie mir verheimlicht hatten, daß nämlich Mme. de M(ontsauge) am Vortage abgereist ist. Folglich glaubte ich, Sie hätten Ihre Abreise nur ihretwegen verschoben. Am Vortag haben Sie mich nicht besucht, und ich wähnte, daß Sie von ihrem Abschied zu sehr aufgewühlt seien, als daß Sie mir unmittelbar danach hätten unter die Augen treten können. Aber, was sage ich da? Ich beurteile Sie mit einer Leidenschaft, deren wahres Wesen es ist, nie die Dinge so zu sehen, wie sie nun einmal sind. Ich sah also und ich glaubte all das, was mich nur noch mehr betrüben mußte. Ich wähnte mich betrogen, Sie waren schuld daran. Sie kamen just im rechten Augenblick, um meine zärtliche Hingabe zu mißbrauchen. Dieser Gedanke empörte meine Seele, verwirrte meine Eigenliebe. Ich fühlte mich todunglücklich, ich konnte Sie nicht mehr lieben, ich verabscheute die Momente des Trostes und der Wonne, die ich Ihnen verdankte. Sie haben mich einmal dem Tod entrissen, der letzten Zuflucht, der letzten Rettung, die mir gewiß war, damals, als ich um das Leben von M. de Mora bangte. Sie haben es vermocht, daß ich dieses grausame Unglück überlebte. Und dann haben Sie mein Herz mit Reue erfüllt. Sie waren es, der mich ein noch viel schlimmeres Elend erfahren ließ, das Elend, Sie zu hassen, ja, mein Freund, Sie zu hassen. Mehr als acht Tage lang beherrschte mich diese fürchterliche Empfindung. Dann erhielt ich Ihren Brief aus Chartres. Das Verlangen zu erfahren, wie es um Sie steht, machte mir meinen Entschluß zunichte, Ihre Briefe nicht mehr zu öffnen. Sie ließen mich wissen, es ginge Ihnen gut. Sie setzten mich auch davon in Kenntnis, daß Sie, gegen meinen ausdrücklichen Wunsch, einige meiner Briefe behalten hätten, und Sie zitierten einen Vers aus «Zaire», der sich für mich ausnahm, als spotteten Sie meines Unglücks. Überdies – und das war meine nachdrücklichste Empfindung – kamen mir die Klagen, mit denen Sie Ihren Brief füllten, reichlich verschwommen vor und mehr darauf abgestellt, Ihr Herz zu erleichtern, als das meine zu rühren. Mit einem Satz: Ich sog aus jedem Wort, das Sie mir zukommen ließen, Gift, und ich war entschlossener denn je, Sie nicht mehr zu lieben und Ihre Briefe nicht mehr zu öffnen.

An diesen Entschluß, der mir das Herz zerriß, der mich krank machte, habe ich mich gehalten. Seit Ihrer Abreise bin ich wie verwandelt und so ohne alle Kraft, als hätte ich eine schwere Krankheit überstanden. Tatsächlich ist dieser Fieberzustand der Seele, der bis zum Delirium reicht, eine schreckliche Krankheit. Kein Körper ist robust genug, ein derartiges Leiden zu ertragen. Mein Freund, haben Sie Mitleid mit mir, Sie, der Sie mir Leid zugefügt haben. Erst am Samstag habe ich Ihren Brief aus Rochambeau erhalten, aber als ich ihn in die Briefmappe legte, befiel mich heftiges Herzklopfen. Aber ich habe mir befohlen, standhaft zu bleiben, und das war ich auch. Was es mich gekostet hat, den Brief nicht zu öffnen! Wie oft habe ich die Anschrift gelesen! Wie lange habe ich ihn in meinen Händen gehalten! Sogar während der Nacht überkam mich das Verlangen, ihn zu berühren. In meiner grenzenlosen Schwäche sagte ich mir, daß ich so stark sei, mich selbst der größten Wohltat, der schönsten Freude zu versagen. Welcher Wahnsinn! Ich liebte Sie mit noch mehr Inbrunst denn je zuvor. Während sechs Tagen vermochte nichts meine Aufmerksamkeit von diesem verschlossenen Brief abzulenken. Hätte ich ihn in dem Augenblick geöffnet, da ich ihn erhielt, dann wäre der Eindruck bei weitem nicht so lebhaft, so tiefgehend gewesen. Endlich, endlich gestern, von Traurigkeit überwältigt, als kein Brief aus Chanteloup einlangte, von wo Sie mir zu schreiben versprachen, kam mir plötzlich der Gedanke, daß Sie vielleicht in Rochambeau krank darniederlägen und, ohne zu wissen, was ich tat, noch wogegen ich verstieß, habe ich Ihren Brief gelesen, wiedergelesen, ihn mit meinen Tränen genetzt, noch ehe mir der Gedanke kam, daß ich ihn ja gar nicht lesen dürfe. Ach, mein Freund, wieviel hätte ich damit verloren! Ich bewundere Ihr Zartgefühl. Was Sie über Bordeaux schrieben, hat eine Wunde wieder bluten lassen,[1] die noch nicht vernarbt ist, die es nie sein wird. Nein, mein Leben wird nicht lange genug währen, um den feinfühligsten und tugendhaftesten Menschen, den es jemals gab, zu bedauern und zu lieben. Was für ein schrecklicher Gedanke! Ich habe seine letzten Tage getrübt. Aus Sorge um mich hat er sein Leben riskiert, und seine letzte Regung war voller Zärtlichkeit und Leidenschaft. Ich weiß nicht, ob ich jemals wieder die Kraft finde, diese, seine letzten Worte erneut zu lesen. Wenn ich Sie nicht geliebt hätte, mein Freund, dann hätten diese Worte genügt, mich zu töten. Ich zittere noch immer, wenn ich sie mir vergegenwärtige. Sie aber haben mich schuldig gemacht! Es sind Sie, dessentwegen ich lebe; es sind Sie, der meine Seele verwirrt, und Sie sind es schließlich auch, den ich liebe, den ich hasse und der abwechselnd mein Herz, das Ihnen ganz hörig ist, quält und entzückt. Mein Gott, fürchten Sie nicht, mit mir traurig zu sein. Die Trauer ist nun einmal mein Empfinden, mein Leben. Sie allein, ja, nur Sie haben die Macht, dies zu ändern. Ihre Anwesenheit hinterläßt mir weder eine Erinnerung noch einen Schmerz. Ich habe bemerkt, daß Sie mich von meinem schlechten Zustand abzulenken vermögen. Ich liebe Sie, und alle meine Fähigkeiten sind, sobald ich Sie sehe, angeregt und entzückt.

Freitag Vormittag

Mein Freund, gestern wurde ich gestört. Es gibt hier so viele Neuigkeiten, so viele Aufregungen, eine derartige Freude, daß man gar nicht weiß, welchem Geschehnis man Beachtung schenken soll. Gerne würde auch ich mich freuen, aber das ist mir unmöglich. Es ist schon einige Monate her, daß ich mich von der Aussicht auf das Schöne und dann von dem Erlebnis des Übels, dem man ausgeliefert ist, mitreißen ließ. Gegenwärtig bin ich ganz auf Nachdenken und Besinnung eingestellt, und mit diesen Empfindungen betrachte und vernehme ich alles. Sie wissen, daß Turgot[2] Generalkontrolleur[3] und Mitglied des Staatsrats[4] geworden ist. M. d'Angiviller[5] hat die Zuständigkeit für die Bauten erhalten. M. de Miromesnil[6] wurde Garde des Sceaux.[7] Der Kanzler[8] wurde in die Normandie verbannt. M. de Sartine[9] hat das Marineministerium übernommen, aber man sagt, daß er es nur akzeptiert hat in der Erwartung, den Aufgabenbereich von M. de la Vrillière[10] zu übernehmen. M. Lenoir[11] wurde Lieutenant de Police.[12] M. de Fitz-James[13] geht nicht in die Bretagne, sondern M. le duc de Penthièvre[14] wird dort gemeinsam mit M. de Fourqueux[15] die Ständeversammlung[16] abhalten. Wahrlich, ich bin genauso amüsant wie M. Marin,[17] dem man die Redaktion der «Gazette»[18] genommen hat, um sie dem Abbé Aubert[19] zu geben, der schlechte Fabeln gedichtet hat. Das soll aber nicht weiter vertieft werden, dennoch muß ich ergänzen, daß der Baron de Breteuil[20] als Botschafter nach Wien und M. de la Vauguyon[21] als Botschafter nach Neapel geht. Letztere Ernennung ist weithin mißbilligt worden. Wenden wir uns jetzt den Neuigkeiten aus dem Gesellschaftsleben zu, so ist davon zu berichten, daß M. d'Alembert gestern einen großen Erfolg in der Akademie hatte. Ich war nicht zugegen, weil ich leidend war. Ich hatte gerade genügend Kraft, um mich im Sessel zu halten. Er hat die «Eloge de Despréaux»[22] sowie Anekdoten von Fénelon vorgetragen, die beide großes Entzücken hervorgerufen haben sollen. Ich jedoch hatte nichts anderes im Kopf als den ungelesenen Brief. Um zuzuhören muß man aber ganz ruhig sein. Auch höre ich sowieso sehr schlecht. Mein Freund, man veröffentlicht eine Biographie von Catinat. Ihr Verfasser ist ein M. Turpin,[23] der bereits eine Biographie des Großen Condé[24] vorgelegt hat. M. d'Alembert hat diese Biographie gelesen und über sie geurteilt, daß sie weder das Amüsante noch das Verdienstvolle Ihrer Lobrede schmälert. Sobald sie erschienen ist, werde ich sie Ihnen zusenden.

Seit Ihrer Abreise bin ich häufiger Mme. de Boufflers begegnet, und ich will Ihre Eitelkeit demütigen oder diese zum Äußersten steigern, indem ich Ihnen berichte, daß Sie von ihr keines Wortes gewürdigt worden sind. Wenn das mit rechten Dingen zugeht, dann verrät das eine ziemliche Kälte. Sollte sich dahinter aber eine Absicht verbergen, dann ist dieses Betragen doch sehr stark. Deshalb und *um Ihre Eigenliebe im Keim zu ersticken,* muß ich hinzufügen, daß sie ganz damit beschäftigt war, auf den Comte de Crillon[25] gehörigen Eindruck zu machen. Wir haben einen Abend bei ihr verbracht, wir waren zusammen auf dem Markt, sie hat mich besucht. Wir mußten gemeinsam den Katafalk ansehen, und dieses «zusammen» meint immer mit dem Comte de Crillon. Nur für mich aber sind die vorzüglichen Ananas bestimmt, die man mir ebenso schickte wie einen vierseitigen Brief, der von den augenblicklichen Ereignissen handelt, von dem Ruhm, den sich der Prince de Conti[26] erwarb, von seiner Schwiegertochter und von sehr schmeichelhaften Lobreden auf mich, die, wenn ich sie Ihnen eines Tages zu lesen gebe, Sie vor Eifersucht vergehen lassen. Aber genug, Sie werden nämlich so viele Koketterien begehen, derart gefallen und verführerisch sein, daß alle meine Erfolge für nichts gelten werden und ich wie zuvor als kleiner Gernegroß dastehe. Aber ich will darüber nicht das Wichtigste vergessen, und das ist, daß man unablässig mit M. Turgot über die Angelegenheit spricht, die Ihnen am Herzen liegt,[27] und sein letztes Wort, das er unter Lachen sagte, war: «Das ist wohl das zehnte Mal, daß man mir von M. de Guibert spricht; gewiß ist, daß ich ihn weder vergessen noch vernachlässigt habe.» Das ist alles, was ich darüber weiß. Gestern habe ich ihm in seiner Eigenschaft als Generalkontrolleur geschrieben und ich habe ihm erneut gesagt, er möge mich benachrichtigen, falls man sich an M. de Sartine in der Angelegenheit wenden müsse, die M. de Guibert so sehr interessiert. Ich erwarte seine Antwort. Mein Freund, handelte es sich darum, Sie aus der Bastille[28] freizubekommen, hätte ich weder mehr Nachdruck noch Interesse darauf verwandt.

Wie Sie sich vorstellen können, ist nach dieser Bartholomäusnacht der Minister[29] von dem Brief dieses Theologen[30] keine Rede mehr. Voltaire hat deswegen an alle Welt geschrieben.[31] Er hat ihn gepriesen, so wie er sich in den Versen von M. de Schomberg[32] lobt, und dann stirbt er beinahe wieder vor Angst. Derlei stiftet ihn an, Hunderte von Frechheiten zu sagen, die platter und lächerlicher sind, als man dies auszudrücken vermag. Mein Gott, welch ein Schaden, daß soviel Geist, soviel Talent und selbst Genie vergeudet werden für derartige Kleinigkeiten und Nebensachen! In Wahrheit ist doch M. d'Alembert der Bedeutendste aller Gelehrten; er gereicht diesen in jeder Hinsicht zur Zierde.

Mein Freund, warum haben Sie nicht von Chanteloup geschrieben? Haben Sie mir bereits nichts mehr mitzuteilen? Die Post geht jeden Tag ab, und schließlich, was macht es schon, wenn der Brief einen Tag liegen bleibt, dann ist man doch wenigstens nicht ein ganzes Jahrhundert lang des Vergnügens beraubt, mit dem zu plaudern, der einen liebt. Bemerken Sie wohl, daß ich nicht wage zu sagen: «den man liebt». Sollten Sie am Dienstag nach Eintreffen der Post in Bordeaux angekommen sein, müssen Sie eben bis Mittwoch warten. Und das bedeutet, mich ins Fegefeuer zu werfen, nachdem Sie mich schon vierzehn Tage lang in der Hölle schmachten ließen.

Wenn Sie diesen Brief noch in Bordeaux erhalten, woran ich nicht zweifle, dann lege ich mir auch keine Zurückhaltung auf und bitte Sie, den Consul zu besuchen.[33] Vielleicht weiß er weitere Einzelheiten zu berichten.[34] Ich wüßte auch zu gerne, ob er ausdrücklich beauftragt worden ist, eine Art von Geldkiste zurückzuschicken, in der sich meine Briefe befanden. Er wird Ihnen vielleicht sagen, daß er zugegen war, als man Papiere verbrannte. Mit einem Wort, er wird auf das Freundlichste mit Ihnen sprechen, über das liebenswürdigste Geschöpf, das ich einzig und allein hätte lieben müssen, das ich niemals hätte verletzen dürfen, wenn ich, durch einen Zufall, den ich verabscheue, jemals irgendeiner Art von Unglück entgehen könnte. Es gibt keines, das ich nicht erlitten hätte.

Eines Tages, mein Freund, werde ich Ihnen von Dingen erzählen, wie man sie weder in den Romanen von Prévost[35] noch von Richardson[36] liest. Meine Lebensgeschichte besteht aus so verhängnisvollen, schrecklichen Umständen, daß sie mir geradezu den Nachweis dafür liefert, daß das Wahre oft nicht das Wahrscheinliche ist. Die Romanheldinnen haben für gewöhnlich wenig von ihrer Erziehung zu berichten. Meine Erziehung hingegen verdiente es wegen ihrer Besonderheit geschildert zu werden. An einem Winterabend, wenn wir in trüber Stimmung und so recht zum Grübeln aufgelegt sind, dann werde ich Ihnen mit einem Bericht die Zeit vertreiben, der Sie mit Spannung erfüllte, läsen Sie ihn in einem Buch, in jedem Fall aber wird er Sie in großes Entsetzen über das Menschengeschlecht stürzen. Wie grausam doch die Menschen sein können! Verglichen mit ihnen sind die Tiger harmlose Wesen. Das Natürlichste wäre es gewesen, wenn ich mich ganz dem Haß verschrieben hätte. Ich habe meiner Bestimmung aber nur schlecht genügt: Ich habe zuviel geliebt und zuwenig gehaßt. Mein Gott, mein Freund, ich bin einhundert Jahre alt. Dieses Leben, das so gleichmäßig, so monoton erscheint, war allen Unglücksfällen und allen schmutzigen Leidenschaften ausgesetzt, von denen ehrlose Menschen beseelt sind. Aber wohin verliere ich mich!? Ganz zu Ihnen, den ich liebe, der mich trägt, der mein Leben beschützt, – warum also schaue ich auf alle diese Dinge, die mir dieses Leben verleidet haben?

Ich werde diesen Brief erst nach Ankunft des Postboten beschließen. Wie überglücklich wäre ich, wenn er mir einen Brief von Ihnen brächte! Aber Sie werden zu spät angekommen sein. Sie geben nichts auf die Zeit. Was Sie nicht sehen, existiert für Sie so gut wie nicht. Schließlich sind Sie genau dazu geschaffen, eine empfindsame Seele zu quälen, während meine Eigenart es ist, den Beweis zu liefern, daß der Wahn keineswegs den Wahnsinn ausschließt. Stellen Sie sich vor, ich spreche zu Ihnen, als sei schon Samstag. Ich erwarte den Postboten, der doch erst morgen kommt, und das ist nicht Ihr Fehler, mein Freund. Es ist aber auch nicht der meinige, wenn mein Kopf verwirrt ist, wenn das Verlangen nach Trost mich das Zeitgefühl verlieren läßt. Ach, wäre es nicht besser gewesen, ich hätte Sie gar nicht kennengelernt und nie geliebt. Seit drei Monaten fühle ich mich so, als wäre ich einhundert Jahre alt. Ich litte dann nicht mehr, hätte weder Verlangen nach Ihnen noch nach Ihren Briefen ... Aber, sind Sie nicht auch ganz niedergeschlagen von der Dauer des Lebens? Mein Freund, gewöhnen Sie sich an diese Zumutung.

Julie de Lespinasse

1 Anspielung auf den Tod des Marques de Mora. Vgl. Brief 22, Anm. 1.
2 Anne-Robert-Jacques Turgot (1727–1781) wurde am 24. August 1774

zum Generalkontrolleur ernannt, ein Amt, das er bis zum Mai 1776 innehatte. Sein Vorgänger im Amt seit 1769 war der Abbé Joseph-Marie Terray (1715–1778). 3 Im Ancien Régime oblagen dem Generalkontrolleur alle Aufgaben, die mit dem Steuer- und Finanzwesen des Königreichs zu tun hatten. 4 Der Staatsrat war das wichtigste und einflußreichste der fünf Gremien, die den König in Regierungsgeschäften berieten. 5 Charles-Claude Labillarderie, Comte d'Angiviller (gest. 1810), Generaldirektor der königlichen Bauten. 6 Armand-Thomas Hue de Miromesnil (1723–1796), einer der politischen Gegner Turgots. 7. Justizminister. 8 Chef des Haushalts der Königin. 9 Vgl. Brief 18, Anm. 4. 10. Nicht zu ermitteln. 11 Jean-Charles-Pierre Lenoir (1732–1807), einer der politischen Widersacher Turgots. 12 Oberster königlicher Verwaltungsbeamter von Paris, zu dessen Hauptaufgabe es gehörte, die Versorgung der Hauptstadt mit preiswerten Lebensmitteln zu gewährleisten. 13 Charles Duc de Fitz-James (1712–1787), wurde 1774 Gouverneur der Provinz Guyenne. 14 Louis-Jean Marie de Bourbon, Duc de Penthièvre (1725 bis 1793). Seine Tochter, Louise-Marie-Adelaïde de Bourbon, war die Mutter von Louis-Philippe. 15 Michel Bouvard de Fourqueux, Intendant des Finances. 16 Die Bretagne gehörte zu den Provinzen, die während des Ancien Régime sich das Recht bewahrt hatten, auf regelmäßig stattfindenden Versammlungen von Repräsentanten der drei Stände (Klerus, Adel und Dritter Stand) den Steuern und Abgaben zuzustimmen sowie sich an der Verwaltung zu beteiligen. 17 François-Louis-Claude Marin (1721–1809) war seit 1771 Redakteur der «Gazette de France». 18 1631 gegründet mit dem Titel «La Gazette», seit 1762 «Gazette de France» mit dem Untertitel «Organe officiel du Gouvernement royal», befaßte sich dieses wöchentlich erscheinende Blatt vorzüglich mit Ereignissen im Ausland sowie mit dem politischen und diplomatischen Geschehen. 19 Jean-Louis Aubert (1731–1814). 20 Louis-Charles-Auguste Le Tonnelier de Breteuil, Baron de Preuilly (1733–1807), war zuvor Botschafter in St. Petersburg. 21 Nicht zu ermitteln. 22 Nicolas Boileau-Despréaux (1636 bis 1711), Begründer der Literaturkritik und bedeutender Satiriker. 23 François-Henri Turpin (1709–1799), Historiker. 24 Vie de Louis II. de Bourbon, Prince de Condé, Paris 1767. 25 Vgl. Brief 8, Anm. 6. 26 Louis-François-Joseph de Bourbon, Prince de Conti (1734–1814), Militär. 27 Es geht um den Rückkauf des nach und nach veräußerten königlichen Domänenbesitzes. Guiberts Vater gehörte zu den Nutznießern dieser Praxis und fürchtete nun darum, sein Eigentum zu verlieren. 28 Das berüchtigte Staatsgefängnis in Paris. 29 Anspielung auf die Bartholomäusnacht, die sog. Pariser Bluthochzeit von 1572, während der allein in Paris rund 3000 Protestanten ermordet wurden. 30 Anspielung auf die Kontroverse zwischen Abbé Antoine Sabatier (1742–1818), genannt Sabatier de Castres, Schriftsteller, und Condorcet, der gegen das Buch Sabatiers «Trois Siècles de notre Littérature» (1773) mit seinen «Lettres d'un Théologien» (1774) polemisierte. 31 Vgl. Voltaire, Correspondance, Besterman No. 13579. 32 Gottlob Ludwig Graf von Schomberg, aus

Sachsen stammender Militär in französischen Diensten, der den Baron Melchior Grimm nach Paris holte. Vgl. André Cazes, Grimm et les Encyclopédistes, Paris 1933, S. 8–10. 33 Gemeint ist der spanische Consul. 34 Über die letzten Stunden des Marques de Mora. 35 Abbé Antoine-François Prévost d'Exiles (1697–1763), Romancier. Sein bekanntestes Werk: Manon Lescaut, 1753. 36 Samuel Richardson (1689–1761), englischer Romancier.

52. *An Mademoiselle de Lespinasse*

Bordeaux, Donnerstag vormittag, August 1774

Mich gibt es noch. Ich werde auf alle die belanglosen Dinge antworten, mit denen zwei Seiten Ihres Briefes gefüllt sind, für den ich Ihnen aber dennoch danke.

Alle diese Neuigkeiten wurden hier mit Bewegung aufgenommen. Ich bin sehr zufrieden mit M. Turgot im Conseil und im Amt des Generalkontrolleurs, denn ich bin keineswegs verletzt, daß er mir noch nicht geantwortet hat. Um so besser, wenn er irgend etwas für den unglücklichen Offizier[1] unternommen hat. Sie kennen die tieferen Beweggründe meines Interesses, das ich an der Angelegenheit habe, und ich danke Ihnen für die Anteilnahme, die Sie mir dabei bewiesen. Ich hatte Unrecht, alle diese Mitteilungen als belanglos zu bezeichnen, und die eine Ausnahme betrifft den Passus, der sich auf M. d'Alembert bezieht. Ich war mir des Erfolgs der «Eloge de Despréaux» sicher. Sie haben völlig recht: Er ist der erste unserer Philosophen, der Bedeutendste unserer Gelehrten, weil nur er allein sein Genie mit einer Beständigkeit seiner Grundsätze verbindet, mit einer praktischen Anwendung der Philosophie, mit einer Interesselosigkeit, einer Erhabenheit und mit einer Güte, wie sie mir sonst nicht bekannt sind.

Daß ich kein enthusiastischer Bewunderer von Voltaire sein kann, erklärt sich zweifelsohne daraus, daß ich keine dieser Tugenden bei ihm zu entdecken vermag. Die tiefe Verachtung, die ich gegenüber seinem Wesen hege, ist die Ursache meiner verborgenen Neigung, seinem Talent bisweilen die Anerkennung zu versagen. Aber was schreiben Sie mir da über diese «Lettres d'un Théologien»? Warum stirbt Voltaire vor Angst?

Fürchtet er, man würde ihn für deren Autor halten? Seine Eitelkeit dürfte ihn dieses Geschenk annehmen lassen.

Tatsächlich glaube ich, daß ich mit Mme. de Boufflers auf ziemlich schlechtem Fuße stehe. Ich habe ihr mit dieser Post geschrieben. Ich sprach vom Triumph, vom Ruhm des Prince de Conti. Ich habe ihr geschrieben, und damit ist es vielleicht genug bis zu meiner Rückkehr, denn ich verspüre weder eine Notwendigkeit noch ein Verlangen, die mich zu ihr hinzögen.

Sagen Sie dem Comte de Crillon tausend Artigkeiten. Meine Grüße übermitteln Sie M. de Vaines[2] und den Personen, die sich für gewöhnlich in Ihrem Salon einfinden und die sich meiner entsinnen wollen. Im besonderen gilt dies für den Comte d'Anlezi,[3] für M. de Saint-Chamans,[4] den Sie bald wieder sehen werden, und für den Chevalier de Chastellux. Sie bezaubern sicherlich gerade die Duchesse de Châtillon.[5] Sie liebt Sie sehr zärtlich, und das weckt mein Begehren, daß sie auch mich in Erinnerung behält. Ganz besonders herzlich aber grüßen Sie M. d'Alembert von mir. Ich umarme ihn von ganzem Herzen.

Ich bin wütend über diese «Vie de Catinat». Das zwingt mich vielleicht zu Änderungen. In jedem Fall nimmt dies meiner «Eloge» den Reiz der Neuheit. Über ihn ist nämlich sonst noch nichts geschrieben worden.

Ich bin insoweit mit den «Gracques»[6] beschäftigt, als mein armer Kopf dazu in der Lage ist. Ich beginne den zweiten Akt und bin mit dem ersten sehr zufrieden. Dieser Gegenstand bietet mir die reichsten Anregungen. Es gibt darunter welche, die Ihnen den Kopf verwirren werden. Sehen Sie, mit welchem Vertrauen ich zu Ihnen spreche! Es wäre auch die reine Torheit, wenn ich ausgerechnet Ihnen dies nicht mitteilte.

Ich werde mich hier noch für drei oder vier Tage aufhalten. Ursprünglich wollte ich heute abreisen. Allein, die Duchesse de Gramont[7] trifft am Montag hier zum Essen ein. Sie wohnt bei meinen Verwandten. Diese haben mich genötigt zu bleiben. Ich reise also erst am Dienstag vormittag. Spätestens am Mittwoch werde ich bei meinem Vater sein. Ich hoffe, dort Nachrichten von Ihnen vorzufinden.

Leben Sie wohl, meine Freundin. Der Abgang der Post zwingt mich zur Eile. Ich liebe Sie. Bei all meinem Wahnsinn, meiner

Unstetheit, spüre ich aufrichtig, daß mein Herz kein innigeres und lebendigeres Band hat.

Via Languedoc, das beschleunigt den Brief um einen Tag.

Comte de Guibert

1 Guibert spricht hier von sich selber. 2 Vgl. Brief 31, Anm. 2. 3 Vermutlich: Jean-Pierre de Damas, Comte d'Anlezy (1734-1800), Militär. 4 Nicht zu ermitteln. 5 Adrienne-Emilie-Félicité de la Baume Le Blanc de La Vallière, Duchesse de Châtillon (geb. 1740), eine enge Freundin von Julie de Lespinasse. Mme. de Châtillon war auch die große Leidenschaft von Horace Walpole. 6 Eines der drei Theaterstücke, die Guibert verfaßte, von denen aber nur der «Connétable de Bourbon» aufgeführt wurde. 7 Béatrix de Choiseul-Stainville, Duchesse de Gramont, Schwester des Duc de Choiseul, die Voltaire in einem Brief vom 5. Mai 1766 als «ma protectrice auprès de mon protecteur» bezeichnete. Voltaire, Correspondance, Besterman No. 9409.

53. *An M. de Guibert*

Samstagabend, 27. August 1774

Mein Freund, ich habe von Ihnen keinen Brief erhalten. Ich habe mir wohl einhundertmal gesagt: Er wird zu spät angekommen sein. Er wird nicht daran gedacht haben, wie wertvoll eine Stunde für mich ist, macht das doch einen Unterschied von vier Tagen. Ich muß mich jetzt bis Mittwoch gedulden. Nun gut, die Umsicht, die ich hatte, meine Seele nicht mit dieser Hoffnung zu vertrösten, hat mir nichts genützt. Der Postbote war da. Ich erhielt drei Briefe, die ich nicht lesen mag, weil einer von Ihnen nicht darunter ist. Mein Gott, Sie sind weder glücklich noch unglücklich genug, um ein Gleiches zu empfinden. Mein Freund, wenn ich am Mittwoch keine Nachricht von Ihnen habe, schreibe ich auch nicht mehr. Sie haben sich schon einmal schuldig gemacht, zweimal, und es wird noch tausendemal so sein, aber ich sage Ihnen jetzt mit allem Nachdruck, daß ich Ihnen dies nicht verzeihen, Sie aber dennoch nicht weniger lieben werde. Wie Sie wohl bemerkt haben, teile ich Ihnen Unmögliches mit, aber die Logik des Herzens ist widersinnig. Um des Himmels willen jedoch tun Sie nichts, was mich veranlassen könnte, daß ich jemals schlüssiger argumentierte.

Wie sehr Sie mir im Augenblick fehlen! Der Freudentaumel ist allgemein, mein Freund. Es gibt einen beträchtlichen Unterschied zwischen meiner Gestimmtheit und der Ausgelassenheit um mich her, die alle vor Glück jubeln läßt, das sie sich erhoffen,[1] während ich in der Atmosphäre jenes Unglücks lebe, dem wir ausgeliefert sind. Mein Gott, meine Seele vermag sich nicht zu freuen, ist sie doch mit Kümmernissen und schmerzlichen Erinnerungen bis zum Rand gefüllt; sie wird beherrscht von einem Empfinden, das ihr Unruhe und bisweilen heftige Wallungen verursacht und das ihr ganz selten nur Freude verspricht. In diesem Zustand kann man den öffentlichen Jubel nur mit Verstand und Überlegung nachvollziehen, aber diese Freuden des Verstandes sind nur von sehr mäßiger Beschaffenheit! Meine Freunde sind sehr ungehalten darüber, daß sie mich nicht mit diesem Freudentaumel anzustecken vermögen. Ich ärgere mich über mich selbst, sage ich Ihnen, aber ich habe keinerlei Kraft mehr, fröhlich zu sein. Dennoch bin ich sehr zufrieden darüber, daß M. Turgot bereits einen Schurken vor die Tür gesetzt hat. Das war der Hauptschuldige an dem Getreideschwindel, M. de Saint-Prix.[2] Er hat sich ein protziges Haus gebaut, mit dessen Ziegeln er es verdiente, gesteinigt zu werden. Mein Freund, ich möchte Ihnen das Kompliment übermitteln, das die Fischweiber am Tag des Heiligen Ludwig dem König machten:[3] «Sire, wir sind gekommen, um Eure Majestät zur gestrigen Jagd zu beglückwünschen; niemals hat Euer Großvater ein glänzenderes Ergebnis vorzuweisen gehabt.»[4] Aber lesen Sie, lesen Sie sofort die erste Szene des dritten Akts von «Esther»,[5] den Dialog zwischen Aman und seiner Frau. Etwa in der Mitte werden Sie auf eine Unterredung zwischen dem Kanzler und seinem Vertrauten Lebrun stoßen, die sich ausnimmt, als wäre sie gerade erst geschrieben worden. Der Comte de Crillon, der in Montigny weilt, hat mir einen patriotischen Hymnus zugesandt – drei Seiten des Überschwangs. Das ist zuviel. Wie glücklich alle sind! Die Hoffnung erhält ihnen ihre Jugend. Wohlan, wie alt man doch ist, wenn man sie verloren hat oder einem gerade noch soviel davon geblieben ist, daß man nicht restlos der Verzweiflung anheimfällt!

Lassen Sie mich wissen, ob Sie viele Verse geschrieben haben, ob Sie sich den Grundsatz «Eile mit Weile» zu eigen gemacht haben, ob Sie sich dem Beispiel Racines anbequemten, der seine Verse nur unter Mühen verfertigte. Mein Freund, ich mache Ihnen das Vergnügen zur Auflage, jeden Morgen einen Abschnitt seiner göttlichen Musik zu lesen und immer wieder zu lesen, danach gehen Sie spazieren, und erst dann machen Sie Ihre Verse, und zwar mittels des Talents, mit dem Sie von der Natur ausgestattet wurden, nämlich scharf zu denken und stark zu empfinden, dann, so versichere ich Sie, werden Sie sehr schöne Verse dichten. Aber, was fällt mir da ein! Wem will ich Ratschläge erteilen? Einem Mann, der meinen Geschmack nur gering achtet, der mich für recht einfältig hält, dem ich für nichts gelte und der, indem er mich so beurteilt, durchaus recht damit hat und der solchermaßen ebensoviel Richtigkeit wie Gerechtigkeit für sich in Anspruch nehmen kann.

Leben Sie wohl, mein Freund. Liebten Sie mich wirklich, so wäre ich nicht so bescheiden, glaubte ich doch dann nichts in der Welt beneiden zu müssen. Ich habe Ihnen gestern einen ungeheuer langen Brief nach Bordeaux geschrieben. Der Name dieser Stadt ist mir zuwider.[6] Er rührt an die schmerzhafteste und empfindlichste Saite meines Herzens. Adieu, adieu.

1 Diese Anspielung bezieht sich auf die zustimmenden Reaktionen im Bekanntenkreis von Julie de Lespinasse, mit der die Ernennung Turgots begrüßt wurde. 2 Nicht zu ermitteln. 3 Am Tag des Hl. Ludwig wurden die Pariser Fischweiber traditionellerweise vom König in Audienz empfangen. 4 Anspielung auf die Ernennung Turgots resp. die Entlassung des Abbé Terray. 5 Tragödie von Racine. 6 Anspielung auf den Tod des Marques de Mora.

54. *An Monsieur de Guibert*

Oberst der Légion Corse in Montauban-en-Quercy

Montag, 29. August 1774

Bekanntlich ist M. Turgot Generalkontrolleur. Was Sie aber nicht wissen, ist die Unterhaltung, die er dieserhalben mit dem König führte. Turgot hatte nämlich einige Skrupel, das Amt zu übernehmen, als es ihm von M. de Maurepas[1] im Auftrag des Königs angeboten wurde. Als er sich daraufhin zum Souverän begab, um diesem zu danken, sagte ihm der König: «Sie wollen also nicht Generalkontrolleur werden?» – Woraufhin M. Turgot versetzte: «Ich bekenne Ihrer Majestät, daß ich lieber Marineminister geworden wäre, denn das ist ein weitaus sicherer Posten, auf dem ich auch zuversichtlicher gewesen wäre, etwas Gutes zu bewirken. Aber im Augenblick stellte ich mich nicht dem König, sondern einem Ehrenmann zur Verfügung.» Der König nahm ihn darauf bei beiden Händen und sagte ihm: «Sie werden sich nicht getäuscht haben.» M. Turgot antwortete: «Sire, ich muß Ihrer Majestät gegenüber mit allem Nachdruck die Notwendigkeit zu sparen betonen, und Sie müssen hier das erste Beispiel dafür geben. M. l'Abbé Terray[2] hat Ihrer Majestät dies sicherlich auch schon gesagt.» «Ja», antwortete der König, «er hat es mir gesagt, aber er hat es mir nicht so gesagt, wie Sie es taten.» – Das ist alles genau so wiedergegeben, wie wenn Sie es selbst gehört hätten, denn M. Turgot hat all dem kein Wort hinzugefügt. Die Herzlichkeit des Königs hat M. Turgot im übrigen mit Hoffnung erfüllt, und ich glaube, Sie fassen das ebenso auf wie er. M. de Vaines hat den Posten von M. Leclerc[3] erhalten, aber er wird keinerlei Pracht entfalten: kein Glücksspiel, keine Kammerdiener, keine feierlichen Audienzen, in einem Wort: die größte Einfachheit, so wie sie M. Turgot versteht. Ja, ich wiederhole es Ihnen, Sie fehlen hier sehr, Sie hätten sicherlich die Freude geteilt. Man beginnt aber nun sich in Schweigen zu hüllen, um sich wieder zu sammeln und um an all das Gute zu denken, das man sich erhofft. So bleibt gegenwärtig nur der persönliche Ehrgeiz, mit dem man jederzeit zu rechnen hat.

Der Chevalier d'Aguesseau ist gekommen, um mich gleichermaßen zu unterhalten wie zu schockieren. Er hat erzählt, daß Sie ganze vierundzwanzig Stunden in Chanteloup waren, daß es Ihnen gut gehe und daß Sie am 22. in Bordeaux angekommen seien. Im Lichte dessen ist es ganz natürlich, daß Ihre Freunde bereits am 27. Nachricht von Ihnen erhielten. Ich möchte mich keineswegs deshalb beklagen, daß Sie diesen den Vorzug vor mir gegeben haben. Aber, mein Freund, es wäre mir doch sehr angenehm, wenn ich Anlaß hätte, Sie zu loben und Ihnen für eine Aufmerksamkeit zu danken, für die ich sehr empfänglich gewesen wäre und nach der es mein Herz verlangte. Leben Sie wohl, nun haben Sie drei Briefe binnen kurzer Zeit. Sollte ich bis Mittwoch keinen von Ihnen erhalten, glaube ich die Kraft zu besitzen, meinerseits zu schweigen. Alle meine Freunde fragten mit Nachdruck nach Ihnen, vor allem aber M. d'Alembert.

Ich glaube, ich habe Ihnen noch gar nicht von dem Erfolg erzählt, den der Chevalier de Chastellux auf einer viertägigen Reise nach Villers-Cotterets[4] eingeheimst hat. Er hat dort sechs Vorträge gehalten. Er hatte zwar nur vier Stücke, aber er hat dann die Lesung von zweien einfach wiederholt. Er war des Glaubens, daß «Les Prétentions»[5] nicht verstanden worden sind. Ich habe deshalb den Erzbischof von Toulouse, der unter den Zuhörern war, getadelt. Wenn Sie wüßten, wie sehr dieser sich zu rechtfertigen suchte, würden Sie vor Lachen sterben. Der Chevalier hat mir in aller Unbefangenheit von seinen Erfolgen berichtet. Ich habe mich daran ergötzt, aber ich war gleichermaßen entsetzt über sein schlechtes Aussehen. Ich glaube, seine Gesundheit ist sehr prekär. M. Watelet[6] hat ein böses Brustleiden, gegen das er Eselsmilch gebraucht.

In den letzten Tagen war auch ich sehr leidend, aber das ist ja gewissermaßen mein gewöhnliches Befinden. Die Hartnäckigkeit des Leidens bringt selbst den Trost zum Verschwinden, den man aus dem Selbstmitleid zieht. Einmal mehr: Leben Sie wohl.

Habe ich Ihnen bereits mitgeteilt, daß ich Millico[7] singen hörte? Er ist Italiener. Nie, niemals ist Gesang mit soviel Ausdruck und Seele vorgetragen worden. Wie viele Träume hat er geweckt! Wie sehr bewegte er die Herzen! Ich war völlig verwirrt. Niemals hat irgend etwas auf mich einen tieferen Eindruck gemacht, mich mehr gerührt, ja, mein Herz ergriffen. Am liebsten hätte ich ihm bis zu meinem Tod zugehört. Ach, ein solcher Tod wäre in jedem Fall dem Leben vorzuziehen!

1 Jean-Frédéric Phélypeaux, Comte de Maurepas (1707–1781), wurde 1774 zum Minister ernannt. 2 Vgl. Brief 51, Anm. 2. 3 Vgl. Bachaumont, Mémoires secrets, Bd. VII, S. 211 (Eintragung vom 6. September 1774). 4 Louis-Philippe de Bourbon, Duc d'Orléans (1725–1785), besaß hier ein Schloß, auf dem er gerne Gesellschaftskomödien aufführen ließ. 5 Nicht zu ermitteln. 6 Vgl. Brief 7, Anm. 4. 7 Berühmter italienischer Sänger, den Gluck 1769 in Parma kennenlernte und den er mit nach Paris brachte.

55. *An Mademoiselle de Lespinasse*
Rue Saint-Dominque, vis-à-vis Bellechasse,
Faubourg Saint-Germain

Bordeaux, Samstag, den 27. August 1774

Ich habe also nichts mehr von Ihrer Seite zu gewärtigen, selbst das nicht, was man der Freundschaft und dem Anstand schuldet.

Ich habe Ihnen von Chartres und Rochambeau aus geschrieben. Meine Briefe kamen vom Grunde meines Herzens, und dieses war ohne allen Zweifel ganz erfüllt vom Schmerz über unsere Trennung. Sie haben mir einen recht kühlen und trockenen Brief hierhergesandt, wie man ihn an einen Menschen schreibt, mit dem man jeglichen Austausch abbrechen will. Seither ist zweimal die Post gekommen, ohne daß ich von Ihnen ein Lebenszeichen erhalten hätte! Für heute hatte ich damit gerechnet, daß Sie Ihrer Ungerechtigkeit die Krone aufsetzten. Das haben Sie getan.

Ich habe einen langen Brief hier vor mir liegen, den ich Ihnen in den letzten Tagen geschrieben habe und dem Sie unschwer entnehmen könnten, ob Sie mir tatsächlich so gleichgültig sind, ja, ob ich der bin, für den Sie mich halten, nämlich der falscheste und ehrloseste aller Männer. Ich werde Ihnen diesen Brief nicht schicken. Er würde sowieso unbeantwortet bleiben und verärgerte Sie vielleicht auch nur. Ihre Empfindungen mir gegenüber sind derart, daß ich von Ihnen nur noch Beleidigungen und Ungerechtigkeiten erwarten darf.

Sollten Sie sich einmal nüchternen Sinnes mein gesamtes Betragen in Erinnerung rufen, dann werden Sie sehen, daß ich weder so falsch noch so ehrlos bin, wie Sie geneigt sind, dies zu vermuten. Ich war zu Ihnen hingezogen, und gleichzeitig habe ich Ihnen dennoch nicht verborgen, was mich wider meinen eigenen Willen an eine andere band,[1] mich an diese fesselte. Sie wurden Zeuge meiner Kämpfe, meiner Gewissensbisse, meiner Zerrissenheit. Diese unglückliche Lage hat mich zu Ausflüchten, zu Lügen gezwungen, wenn Sie das so nennen wollen, deren Ursache aber niemals eine andere war denn die Rücksichtnahme auf Sie und meine Zuneigung zu Ihnen. Ich wähnte, mir damit Ihre Nachsicht verdient zu haben, aber nicht Ihnen damit «Entsetzen» einzuflößen. So gesehen finden sich in Ihrem letzten Schreiben einige Wendungen, die mich empören mußten. Noch empfindlicher aber bin ich, was Ihr Schweigen anbelangt, diese Hingabe an die Gleichgültigkeit, den Haß, die Verachtung, die Sie, wie es scheint, zwischen Ihnen und mir aufrichten wollen. Ich rechne nicht mehr damit, von Ihnen Briefe in Montauban vorzufinden, ebensowenig wie hier. Ich werde am Mittwoch nach Ankunft der Post abreisen, um ganz sicher zu sein. Mir widerfährt nun, was ich eben so oft wie mit Trauer vorhergesehen habe: Sie werden mich schließlich hassen. Mein Trost wird sein, daß ich dieses Ende nicht verdient habe, vorausgesetzt jedoch, daß das Gefühl, das ich für Sie hege, mir überhaupt noch die Fähigkeit läßt, derlei zu verspüren.

1 Gemeint ist Mme. de Montsauge.

56. *An Mademoiselle de Lespinasse*

Bordeaux, Mittwoch, den 31. August 1774

Ein Brief von Ihnen, meine Freundin! Ich hatte gar nicht mehr damit gerechnet. Die Anschrift, die von der Hand M. d'Alemberts stammt, ließ mich glauben, daß er mir schriebe. Ich habe mich geirrt. Ich danke Ihnen von ganzem Herzen. Ich bitte Sie meinerseits um Verzeihung. Ich habe Sie verletzt. Ich habe Ihnen mit der letzten Post einen sehr lieblosen, vielleicht sogar einen höchst ungerechten Brief gesandt. Aber nein, das dürfte er nicht gewesen sein, war ich doch mehr traurig als verletzt, und das Gefühl bewahrt sich selbst in seinen Vorwürfen einen Feinsinn, der niemals verletzen kann.

Ich erwartete von Ihnen keine Briefe, aber dennoch rechnete ich darauf. Das war eine jener Mischungen aus widersprüchlichen Gemütsregungen und Hoffnungen, die Sie kennen. Man stellt hier die Briefe um acht Uhr morgens zu, und seit fünf Stunden wartete ich schon auf den Postboten. Endlich kam er, aber stellen Sie sich vor, was in mir vorging, als kein Schreiben von Ihnen dabei war.

Ich war verzweifelt, verwirrt. Ich hätte Sie hassen und dann beschimpfen mögen. Ich bildete mir ein, daß Sie mir nicht nach Bordeaux hätten schreiben wollen, daß mich möglicherweise

Nachrichten in Montauban erwarteten. Ich war wütend darüber, daß ich hier meinen Aufenthalt verlängern mußte. Kurz darauf fand ich diese Rücksichtnahme, zu der Sie sich entschlossen hatten, ziemlich ungewöhnlich, ziemlich widersprüchlich zu der Leidenschaft, die Sie für mich hegen. Mich dünkte dies sehr kaltsinnig, sehr leidenschaftslos. Kurz und gut, so stellte es sich mir dar. Ich machte Ihnen den Prozeß, ich verurteilte Sie lebenslang. Danach wollte ich Ihnen nochmals schreiben, ich war dazu entschlossen, aber ich weiß beim besten Willen nicht mehr, was ich Ihnen dann gesagt hätte.

Es war elf Uhr, als man mir einen Brief brachte, der liegen geblieben war, und das war der Ihre. Ach, meine Freundin, wie sehr, wie tief hat er mich berührt! Wie wütend war ich über all das Unrecht, das ich Ihnen angetan habe! Ja, ich habe es getan und ich habe nicht die Absicht, mich dafür zu rechtfertigen.

Ich hatte es Ihnen verheimlicht, daß Mme. de (Montsauge) am Samstagabend nach La Bretèche abgereist ist und daß ich ihr begegnet bin. Sie ist in Tat und Wahrheit um neun Uhr abends abgefahren. Bis zu ihrem Aufbruch war ich mit ihr zusammen, und Sie haben es gespürt, daß ich nach dem Besuch bei ihr nicht mehr zu Ihnen kommen mochte. Ich begab mich statt dessen nach Hause. Ich bin von ihr tief gerührt geschieden, aber diese Regung ging von ihr aus. Wie viele Tränen netzten ihre Augen. Es handele sich dabei nicht nur um Freundschaft, sagte sie, die sie so rühre, sondern es sei dies vielmehr innige, zarte Zuneigung, derart, daß ich der Todesstrafe verfiele, würde ich sie jemals vergessen, aber sie wisse sehr gut, daß dies fast der Fall sei. Sie machte mir meine zahlreichen Liebschaften zum Vorwurf, die mich ihr entrückten. Sie nannte auch die unsrige. Ich bin sehr aufgewühlt nach dieser Trennung nach Hause gekommen, unfähig, zu Ihnen zu eilen, unfähig, mich sonstwohin zu begeben, mußte ich mit mir allein sein. Einen Teil der Nacht brachte ich damit zu, mich selber zu prüfen, aber ohne mich wirklich begreifen zu können, spürte ich nur, daß ich keineswegs geheilt sei und daß Sie mir jedenfalls immer noch lieb seien.

Am anderen Morgen war ich bei Ihnen, entschlossen, Ihnen zu eröffnen, wie mein Abend verlaufen war. Ich sah Sie an, aber Sie haben mich mitgerissen. Ich hatte nicht mehr die Kraft, zu

Ihnen zu sprechen. Ich verspürte nur noch Bedauern darüber, Sie zurückzulassen, wie die Zuneigung, mit der Sie mich erfüllten. Ich bin abgereist, und ich wähnte, in Chartres mehr Kraft zu haben. Dies war aber nicht der Fall. Da haben Sie meine Fehler, da haben Sie meine Verstellung.

Ach, glauben Sie mir, wieviel es mich gekostet hat, dies alles zu tun! Dafür bin ich wirklich nicht geschaffen. Welch ein Labyrinth aber doch mein Herz ist! Welche unglückselige Wirrnis! Wie soll ich Sie da hindurchgeleiten? Wie Ihnen einen Faden geben? Er entgleitet selbst mir unablässig. Merken Sie wohl, meine Freundin, daß die Ausflüchte, bei denen Sie mich gelegentlich ertappten, niemals die eines Herzens sind, dem derlei eine Gewohnheit ist. Fast immer sind es eher Nachlässigkeiten denn Ausflüchte, oder sie wurden mit solchem Ungeschick und Ungestüm vorgebracht, daß sowohl meine Gesichtszüge wie meine Gedanken die Wahrheit im nämlichen Augenblick wiederherstellten. Ach, wenn Sie wüßten, wie sehr ich mich verachtete, sollte ich mich Ihnen gegenüber ins Unrecht gesetzt haben! Wie sehr dies auf mir lastete! Wie sehr ich mir wünschte, daß meine Seele derart frei, rein und in ihrem Tun und Lassen folgerichtig sei, um sich Ihnen jederzeit, in jedem einzelnen Augenblick ganz zu offenbaren!

Großer Gott! Gibt es zwischen Ihrer Lage und der meinigen nicht irgendwelche Übereinstimmungen, die Ihre Nachsicht finden könnten? Sie lieben mich, aber Ihr Herz ist noch ganz von M. de Mora erfüllt. Wagte ich es auch nur, Ihnen den Vorschlag zu machen, sich von der Erinnerung an ihn zu lösen, würde ich Ihnen das Leben nehmen.

Meine Freundin, wir sind, Sie wie ich, merkwürdige Beispiele dafür, wessen das menschliche Herz fähig ist. Ihr Brief hat mich betroffen, mich bis zu Tränen gerührt, aber wenige Augenblicke zuvor war ich versucht, Sie zu vergessen, ...[1]

1 Der Rest des Briefes fehlt.

57. *An Monsieur le Comte de Guibert*

Samstagmorgen, den 3. September 1774

Es ist gewiß nicht dieser «trockene» und «kühle» Brief, auf den Sie mir antworteten, den ich mir zum Vorwurf mache. Mein Schreiben war vielmehr der zutreffende Ausdruck jener Stimmung, die mich seinerzeit beherrschte und die, wie ich hoffte, nicht mehr von mir wiche. Was ich mir vorwerfe, was ich verabscheue, was mich in meinen Augen verachtenswert macht, ist diese unendliche Schwachheit, die mich einmal mehr zu Ihnen hinzog. Ich habe Ihnen meine Liebe gestanden, und ich hatte meine Freude daran. Aber welch ein tödliches Gift ist das! Wie unglücklich bin ich, ich, die zum Leiden verdammt ist und die nur mit tiefem Erschrecken jene Zeitspanne zu überblicken vermag, die seither, da ich Sie zum ersten Mal sah, verstrichen ist. Wahrlich, ohne Sie hätte ich niemals die grausigste aller Foltern erfahren: die Reue. Ohne Sie hätte ich mich vielleicht vor Vorwürfen bewahren können, die mich zerreißen, wäre ich nicht dazu verdammt, blutige Tränen um das Andenken eines Freundes zu vergießen, weil ich mir den Vorwurf machen muß, dessen letzte Lebenstage getrübt zu haben. Das Gift, das Sie meiner Seele einflößten, habe ich in seine Seele gegossen. Zum ersten Mal begegnete er dem Argwohn: Von der Unruhe schritt er fort zur Furcht. Seine Briefe wie sein Herz waren voller Unruhe und Schmerz. Und Sie waren es, der diesem edelsten der Menschen das grausamste aller Übel zugefügt hat, der es am ehesten verdient gehabt hätte, geliebt zu werden. Ach, wie sehr haben Sie mich in die Irre geführt und mich jenseits der Grenzen aller Tugend und selbst der menschlichen Zuneigung geworfen! Ja, ich entsinne mich, ich wagte es, dieses verabscheuungswürdige Vorhaben zu entwerfen, ich fand mich entschlossen, den Tod in die Brust meines Freundes zu tragen, ihn zu verlassen, aufzuhören, ihn zu lieben, wie er es sich wünschte, wie er es verdiente! Und wem, großer Gott, brachte ich dieses Opfer? Einem Menschen, der mir nie wirklich zugehörig war und der ebenso grausam wie unritterlich ist, um mir zu sagen, daß er mich zu seinem Opfer gemacht habe, ohne mich je zu lieben! Nachdem er solchen Verrat an der Wahrheit begangen, nachdem er mich

Tausende Male getäuscht hat, macht er sich noch das barbarische Vergnügen, mir eine Wahrheit ins Gesicht zu schleudern, die mich niederschmettert und in die Verzweiflung treibt. Gütiger Himmel, gibt es denn dafür keine Rache?! Soll man sich gar damit begnügen müssen, zu hassen und zu sterben?! Haben Sie mich nur deshalb mit aller Gewalt ins Leben zurückgeholt, damit ich um so heftiger den ganzen Schrecken erleide? Ich wäre wegen M. de Mora gestorben, aber Sie haben es vermocht, daß ich Ihretwegen am Leben blieb. Meine Verfehlung wäre gesühnt gewesen, hätte ich ihn nicht überlebt, aber Ihre Schandtat war noch nicht vollendet. Mein Unglück mußte sich erst noch zur Gänze erfüllen. Jetzt aber seien Sie es zufrieden, es fehlt nämlich nichts mehr. Ich habe einen Menschen unglücklich gemacht, der nur für mich lebte. Er hat sein Leben für mich gewagt, hat sich von seiner Familie, den Freunden, die ihn bewunderten, losgerissen. Er kam, um, wie er sagte, ein Herz zu erwärmen, das ob der Trennung zu erkalten drohte, um eine Seele wieder zu beleben, die durch das Unglück Schaden genommen hatte, und eben diese Absicht gab ihm die Kraft, sich auf den Weg zu machen, um in Bordeaux zu sterben. Es war ich, oder zutreffender noch, es waren Sie, der seinen Tod herbeigeführt hat. Ich vermag mir dies nicht länger zu verheimlichen: Ihre Gegenwart, das Verlangen, das ich spürte, Sie zu lieben, haben mich von dieser schrecklichen Wahrheit abgelenkt. Im Grunde meines Herzens aber wußte ich darum, war es doch häufig genug zerrissen. Aber ich sah Sie, ich liebte Sie, ich täuschte mich in Ihnen, und ich täuschte mich in mir selbst. Weder auf Ruhe noch auf Glück richtete sich mein Hoffen, sondern ich fand meine Freude nur darin, Sie wiederzusehen, und mit diesem Glücksgefühl besänftigte ich meine Reue, dämpfte ich den Schrei meines Gewissens. Dieser Zustand sollte aber schnell vergehen. Er verdankte sich nämlich nur einer Einbildung, die in dem Maße wich, wie ich mich auf Sie einließ. Um mich vor mir selbst zu rechtfertigen, hätte ich mir einreden müssen, daß, wenn ich schon von Ihrem gewinnenden Wesen angezogen worden wäre, Sie mich dennoch durch Ihre Aufrichtigkeit, Ihre tugendhafte Anständigkeit gefesselt hätten. Hätte ich Sie mir nach diesem Muster geformt, dann wäre ich zwar schwach und untreu gewesen, aber ich wäre auch mit geringerer Schuld beladen und hätte nur das Unglück zu tragen, das mit einem unersetzlichen Verlust verbunden ist. Die Vorwürfe, die ich mir dann hätte machen müssen, wären durch Ihre Zuneigung beruhigt worden.

Da haben Sie also den Zauber, der mich seit drei Monaten verteidigt und stützt. Sie wollten mich nicht verlassen. Sie waren nur genötigt, den Teil Ihrer Freiheit wiederzugewinnen, den Sie der Notwendigkeit geopfert hatten, mich zu täuschen. Alle meine Gefühle für Sie entschädigten Sie nicht für die Aufgabe, die Sie sich gesetzt hatten. Es fällt dabei nicht ins Gewicht, um welchen Preis Sie mir ein Licht aufstecken wollten, indem Sie mich in das schwärzeste Unglück stießen, mir keine andere Erleichterung als die Verzweiflung ließen, aber Sie dennoch die Stirn hatten, mir zu sagen, ich schuldete Ihnen Nachsicht. Sie rühmen die Zärtlichkeit Ihrer Gefühle, die Sie zu nichts anderem veranlaßte, als mich vom Morgen bis zum Abend zu betrügen! Mein Gott, wie grausam ist es für mich, eine Rechtfertigung anhören zu müssen, die für mich nur eine weitere Zumutung darstellt! Die Leidenschaft, die Sie angeblich haben und die Sie immer an eine Person bindet, die dieser so wenig genügt, diese so überaus heftige, unbezähmbare Leidenschaft hat es Ihnen dennoch gestattet, irgendeiner anderen zu versichern, Sie seien nicht mehr in diese Frau verliebt und daß Ihr Herz frei sei, ja, jeglichen Gefühls für diese ledig, so daß es Ihr gegenwärtig heftigstes Verlangen sei, sich zu verheiraten. Wie können Sie das alles miteinander vereinbaren? Läßt sich dieses nur mit Unstetheit erklären, oder grenzt es nicht vielmehr an Falschheit? Es kommt mir nicht in den Sinn, Sie mit Schonung zu behandeln. Wenigstens möchte ich die Befriedigung genießen, Ihnen alles zu sagen, was ich über Sie denke. Ihnen gegenüber habe ich nichts zu verlieren, ja, mehr noch, ich möchte mit nichts hinter dem Berg halten. Ich rechne also mit dem Schlimmsten. Ich sehe es, ich glaube es, und ich fühle mich stark genug, es zu ertragen. Verlieren Sie getrost diesen Brief, wie dies für gewöhnlich Ihre Art ist, oder bewahren Sie ihn auf, wenn Ihnen das lieber sein sollte, um ihn jener Person zum Lesen zu geben, die Ihnen so teuer ist und mit der Sie einen so zärtlichen Umgang pflegen. Mit einem Wort: Machen Sie doch damit, was Sie wollen. Ich habe von Ihnen nichts mehr zu fürchten. In Wahrheit sind Sie für mich nur solange eine Gefahr gewesen, wie ich Sie für empfindsam und aufrichtig hielt. Leben Sie wohl, wenn ich Ihnen eines Tages ein Bedauern wert sein sollte, wenn Sie meinetwegen Reue empfänden, dann werde ich mich gerächt fühlen.

58. An Mademoiselle de Lespinasse

Château de Fontneuve[1], nahe Montauban, Freitagmorgen, den 9. September 1774

Meine Freundin, Sie werden meinen gestrigen Brief als sehr nebulös, als sehr traurig empfunden haben. Das ist, in der Tat, mein Befinden seit meiner Abreise von Paris. Ich befasse mich nur mit traurigen Gedanken. Ich bin mit mir zerfallen, mit meinem Schicksal, der Zukunft, die meiner harrt. Tausend ärgerliche Kleinigkeiten beschäftigen mich. Das Vergnügen, wieder im Kreis meiner Familie zu sein, ist mir darüber vergiftet worden.

Zunächst habe ich in Bordeaux die kleine Nichte, die Tochter meiner unglücklichen Schwester, wiedergesehen. Das Los dieses Kindes hat mich tief berührt. Sie hält sich augenblicklich bei einer Tante auf, die sich um sie kümmert und die dies auch weiterhin nach besten Kräften tun wird. Aber diese Tante ist bereits bejahrt. Wenn ihr Mann, der noch älter ist, stirbt, dann wird sie ohne alles Vermögen dastehen. Und dann wird es um dieses Kind ganz schlecht bestellt sein! Es wird sich in ein Kloster flüchten müssen.

Das ist aber noch nicht alles: Dieses Mädchen hat noch einen Bruder, der bald zwölf Jahre alt sein wird. Ich würde mich gerne um seine Erziehung kümmern, die in der Provinz für gewöhnlich sehr schlecht ist. Anschließend würde ich ihn auf die militärische Laufbahn schicken. Es wäre schön, wenn meine Vermögensverhältnisse es mir gestatteten, hier zu helfen, allein sie erlauben mir dies nicht. Mein Herz ist deshalb ganz erschöpft von all den wohltätigen Gedanken, die es nicht auszuführen vermag. Danach bin ich hier angekommen: Ich sah meinen Vater, der sich von einer Entwicklung bedroht sieht, die seinen Ruin zur Folge haben könnte. Das Land, auf dem er sitzt und auf dem ich jetzt weile, ist ein Lehensgut, das einige zwölftausend Livres an Rente abwirft, die sein ganzes Vermögen ausmachen. Ein Teil dieses Lehens gehört zur königlichen Domäne,[2] die sein Großvater bereits seit 50 oder 60 Jahren gepachtet hat. Jetzt wurde ein von jenem Tölpel Abbé Terray verfaßter Erlaß veröffentlicht, demzufolge der König selbst wieder die Besitzrechte seiner Krongüter ausübt, indem er zuvor den ursprünglichen Pachtzins zurückerstattet, der aber eine nur sehr geringe Summe ausmacht. Sollte dieser Erlaß von M. Turgot bestätigt werden, sollte er mit aller Härte zur Ausführung gelangen, dann verliert mein Vater zunächst alle diesem Sitz anklebigen seigneurialen Rechte, und außerdem büßt er noch drei oder viertausend Livres an Einkünften aus den Feudalrechten ein, was insgesamt ungefähr 100 000 Francs ausmacht und die Zerrüttung seines Vermögens bedeutet.

Bedenken Sie des weiteren, daß ich eine Mutter und zwei Schwestern habe. Was also sonst den Wohlstand einer Familie ausmacht, sind einzig die Wohltaten des Königs, die von einem auf den anderen Moment durch den Tod meines Vaters oder durch eine Einstellung der Zahlungen fortfallen können. Außerdem habe ich einige Schulden, die zwar nicht beträchtlich sind, um bei der Wahrheit zu bleiben, die aber dennoch stets sehr drückend sind für jemanden, der nicht reich ist. Mein Aufenthalt in Paris läßt sie jedes Jahr unmerklich wachsen, aber andererseits sind es zarte Bande, die mich dazu anstiften, nirgendwo anders denn in Paris leben zu wollen. Ferner bin ich gezwungen, zu reisen, um mein Arbeitsvorhaben zu verwirklichen,[3] woran ich sonst nicht denken könnte. Schließlich kann ich seitens der Regierung mit nichts rechnen, denn mir ist ein Stolz eigentümlich, der mich lieber sterben läßt, als um eine Vergunst zu buhlen. Das läßt nur noch den Schluß zu, daß ich in dieser ausweglosen Situation keine andere Wahl habe, als mich in der Provinz zu begraben, fern all jenen Menschen, denen meine Zuneigung gilt, und fern auch den Gegenständen meines Studiums, denen ich mein Leben geweiht habe. Machen Sie sich alle diese Überlegungen zu eigen, meine Freundin, und Sie werden die

Einsicht haben, daß es keineswegs außergewöhnlich ist, wenn ich traurig und verwirrt bin. In der Ratlosigkeit, in der ich mich angesichts meiner Zukunft befinde, ist vielleicht eine Heirat die einzige Möglichkeit, meinen Schulden zu entrinnen und das Vermögen meiner Familie zu sichern, indem ich so die Möglichkeit erhalte, sie zu unterstützen. Meinem Vater hat man bereits sehr gut dotierte Partien in der Provinz vorgeschlagen. Ich habe sie alle zurückgewiesen. Lieber tötete ich mich, als auf dem Lande zu leben. Ich finde hier keine Sterbensseele, keinen Geist, der mir entspräche. Sie und alle diejenigen, die um Sie sind, haben mich für dieses Leben verdorben. Wahrlich, Sie sind nicht genug davon überzeugt, daß Ihre Freundschaft, Ihre Gesellschaft zu den wichtigsten Angelegenheiten meines Herzens geworden sind, daß ich nicht mehr ohne Sie leben kann. Ich vermag allenfalls für mich einen Grund zu finden, mich für drei, für sechs Monate von Ihnen zu entfernen. Aber zu Ihnen, zu Ihrer Umgebung, möchte ich immer zurückkehren.

Lediglich eine weitere Person hat Anteil an dem Gefühl, das mein Denken und Trachten mit Paris verknüpft. Aber müssen gerade Sie mir daraus einen Vorwurf machen, daß ich mich nicht voll und ganz von jener lösen konnte, die ich einmal geliebt habe? ... Ich habe Freude daran, es verlockt mich, sie zu sehen. Schlägt aber nicht auch Ihr Herz gleichzeitig für zwei geliebte Menschen? Sollte ich mit meiner Vermutung unrecht haben, daß Sie mich nicht lieben, weil Sie andere Herzensbindungen haben? Mache ich gar Anstalten, Ihrer Seele alles zu entreißen, was mit mir nichts zu schaffen hat? Was mich wirklich empörte, meine Freundin, das wäre eine Zuneigung, die Sie mir gegenüber verheimlichten. Eine Zuneigung, die zur Folge hätte, daß ich nicht mehr auf Sie zählen, Ihnen mich nicht mehr anvertrauen könnte. Derart aber ist ganz sicherlich nicht das Gefühl, das ich noch für Mme. de M(ontsauge) hege. Dieses Gefühl ist für Sie in keiner Weise abträglich; es verrät Sie nicht, es täuscht Sie nicht. Es ist ein Gefühl von gänzlich anderer Natur als jenes, das mich mit Ihnen verbindet. Es ist weder Liebe noch Freundschaft. Es ist Anziehung, Gewohnheit eben. Warum zwingen Sie mich unablässig dazu, mich zurückzuziehen? Warum peinigen Sie mich? Ich liebe Sie, sollte Ihnen das nicht genügen?

Diese Erklärung hat mich für einen Augenblick von den traurigen Einzelheiten abgelenkt, mit denen ich Ihnen aufwartete. Sie wollten von mir wissen, warum diese Gedanken mich in Paris nicht so beschäftigen wie hier: Dort war ich abgelenkt, umtriebig und begeistert. Ich schwelgte nur in Vergnügungen. Hier bin ich ganz und gar mir selbst überlassen, isoliert oder bedrängt von allen kleinlichen Problemen der Hauswirtschaft, weshalb es mir unmöglich ist, nicht von meinem Los oder dem meiner Familie beeinträchtigt zu sein. Kurz, ich muß mich für dieses Jahr betäuben. Im Winter werde ich nach Paris kommen. Ich werde meinen Vater bitten, mich zu begleiten. Wir werden gemeinsam gegen diesen Einzug der Krongüter vorgehen, der uns ruiniert. Vielleicht unternimmt M. de Muy[4] etwas für uns.

Welch unvorstellbarer Liebreiz! Die Hoffnung, der Mut kehren zu mir zurück, sobald ich daran denke, Sie wieder zu sehen. Zum mindesten bedeutet dies, nochmals einen Winter zu leben. Ach, meine Freundin, nach allen diesen Einzelheiten, nach diesen Geständnissen meiner allergeheimsten Nöte, zweifeln Sie immer noch daran, daß ich auf Sie zähle? Wem sonst offenbart man sich so rückhaltlos? Gewiß nicht derjenigen, die man mit nur leidenschaftlicher Liebe liebt: Es bedarf da noch weiterer Voraussetzungen, damit Vertrauen sich einstellt. Es braucht Tugenden, Einfühlungsvermögen, Güte, es braucht alles das, was ich bei Ihnen fand. Unablässig warte ich auf Nachrichten von Ihnen. Ich schließe diesen Brief erst, nachdem ich von Ihnen ein Schreiben erhalten habe.

Wie Sie habe auch ich nur geringe Anteilnahme an der öffentlichen Ausgelassenheit genommen. Ich habe Gefühle, die mir nähergehen und die alles zurückweisen, das damit nicht in Beziehung steht. Man muß glücklich sein, man muß einen ruhigen Sinn haben, will man sich in bestimmten Tugenden üben. Wie also sich am Wohlergehen der Allgemeinheit erfreuen, wenn man gleichzeitig selber von Wechselfällen heimgesucht wird? Dennoch, meine Grüße und bitte ganz besonders an M. de Vaines. Er ist für M. Turgot wie geschaffen. Ich möchte an M. d'Alembert und an den Comte de Crillon gar zu gerne schreiben, aber ich habe zu nichts Kraft. Es kostet mich schon genug Anstrengung, hier und da etwas zu arbeiten, an einigen

Bruchstücken zu feilen, mit denen ich überhaupt nicht zufrieden bin. Ich lese viel, gehe spazieren. Das ist mir eine Quelle der Stärkung.

Bis morgen, meine Freundin. Die Post trifft gegen acht Uhr ein, und ich werde sie am Anfang der Allee erwarten.

1 Besitz von Guiberts Eltern. 2 Vgl. dazu: Mémoires concernant l'Administration des Finances sous le Ministère de l'Abbé Terrai (sic), London 1776, S. 196. 3 Vermutlich eine Anspielung auf eines der Theaterstücke, an denen Guibert damals arbeitete. 4 Louis-Nicolas-Victor de Félix, Comte de Muy (1711–1775), seit 1774 Kriegsminister.

59. *An Mademoiselle de Lespinasse*

Fontneuve, Samstag, den 10. September 1774

Ihr Brief hat mich verblüfft und niedergeschlagen. Ich hatte auf ein Schreiben gehofft, das meiner Seele Trost und Freude bereitete. Sie kränken mich aber mit einer Härte ohne Beispiel. Sie sprechen zu mir von Haß, und Ihr Brief, wahrlich, atmet Haß. Ich sei niemals, so behaupten Sie, «empfindsam» oder «tugendhaft» gewesen. Ich sei falsch. Ich hätte Sie getäuscht.

Sollte ich Sie jemals wiedersehen, sofern nicht Ihre Ungerechtigkeit zur Folge haben wird, daß zwischen Ihnen und mir eine Trennung auf alle Ewigkeit eintritt, dann werden Sie gewiß erröten, wenn Sie Ihren Brief wiederlesen! Ich werde ihn nicht verbrennen. Ich «werde ihn auch nicht verlieren, wie dies meine Art ist». Ich werde ihn vielmehr gut verwahren, aber keineswegs, um ihn jener zu zeigen, «die mir so teuer ist» und mit der ich eine so zarte Beziehung unterhalte, sondern vielmehr, um diesen Brief Ihnen zu zeigen, Ihnen, die mir so teuer war und die es mir nicht mehr ist und die mit mir in einer Beziehung steht, die alles andere als «zärtlich» ist. Der Comte de Crillon hat Sie über das Gespräch, das ich mit ihm führte und dessen Gegenstand Mme. de M(ontsauge) war, in Kenntnis gesetzt. Er wollte von mir wissen, ob ich sie noch immer liebe, aber da ich nie auf vertrautem Fuße mit ihm stand, was sollte ich ihm da Auskunft über meine Gefühle geben? Welchen Augenblick haben Sie sich ausgesucht, um mich derart unwürdig zu behandeln! Eben jenen Moment, da mein Herz sich mehr denn je zuvor dem Ihrigen angenähert hat, den einen Zeitpunkt, da ich mehr denn je auf Ihre Freundschaft rechnete.

Leben Sie wohl. Sie haben vermocht, daß ich Bedauern kennenlerne, aber nicht Reue. Es ist dies sicherlich das letzte Mal, daß ich Ihnen schreibe. Wahrlich, um mich zu beleidigen, um mir mitzuteilen, daß Sie mich hassen, wäre es besser, mich gleich ganz fahren zu lassen. Ich werde mich mit Ihren Freunden in Verbindung setzen, um mich über den Zustand Ihrer Gesundheit zu informieren.

60. An Monsieur de Guibert

Donnerstag, den 15. September 1774

Vielleicht werden Sie niemals lesen, was ich Ihnen schreibe. Vielleicht erhalten Sie diesen Brief aber auch ohne Umstände. Das hängt alles von der Antwort ab, die ich für Samstag erwarte und die mich dazu bestimmen wird, diesen Brief zu verbrennen oder an Sie abzusenden. Hören Sie: Mir ist, als seien alle Leidenschaften meiner Seele zur Ruhe gekommen. Damit ist sie wieder zu sich selbst zurückgekehrt, ist sie wieder ganz sie selber. Ja, mein Freund, ich täusche mich in keiner Weise: Meine Erinnerungen, selbst meine Trauer, sind mir teurer, vertrauter und heiliger als die heftige Leidenschaft, die ich für Sie hegte, und auch als das Verlangen, von dem ich so gerne gesehen hätte, daß Sie es mit mir teilten. Ich bin in mich gegangen. Ich bin zu mir zurückgekehrt, ich habe über mich zu Gericht gesessen und auch über Sie. Aber ich habe nur über mich ein Urteil gefällt. Ich habe erkannt, daß ich das Unmögliche erstrebte: Von Ihnen geliebt zu werden. Durch ein unerhörtes Glück, ein Gück, das sich nie wieder einstellen soll, hat das zärtlichste, das vollkommenste und das liebenswürdigste Wesen (i. e. der Marques de Mora) mir seine Seele, sein Denken und sein ganzes Leben geschenkt, ja überlassen. Wie unwürdig ich seiner Wahl und dieses Geschenks auch gewesen sein mag, so habe ich es dennoch mit Staunen und Freude genossen. Sobald ich ihm davon sprach, welche ungeheure Entfernung die Natur zwischen uns gesetzt habe, beschwerte ich sein Herz, aber bald überzeugte er mich davon, daß zwischen uns deshalb keinerlei Unterschied sei, weil ich ihn liebte. Nein, niemals ist der Schönheit, dem Gefälligen, der Jugend, der Tugend und dem Verdienst so sehr geschmeichelt und Weihrauch gestreut worden wie in dem Ausmaß, in dem M. de Mora meiner Eigenliebe hätte schmeicheln können. Aber er durchdrang mit seinem Blick meine Seele, erkannte die Leidenschaft, die sie erfüllte und verbannte deshalb alle Freuden der Eigenliebe.

Ich verrate Ihnen dies alles, mein Freund, nicht aus einer allzu albernen Schwäche heraus, die überdies der Trauer meines gequälten Herzens unwürdig wäre, sondern vielmehr nur, um mich Ihnen gegenüber zu rechtfertigen: Ja, um mich zu rechtfertigen. Ich habe mich schuldig gemacht, ich habe mich Ihnen hingegeben. Ich habe Sie mit Leidenschaft geliebt, aber selbst all das kann in Ihren Augen nicht mein Verlangen rechtfertigen, daß Sie meine Gefühle teilten. Diese Anmaßung muß Ihnen verrückt erschienen sein. Ich, einen Mann Ihres Alters an mich fesseln zu wollen, der alle liebenswürdigen Eigenschaften in sich vereint, der alle Talente und den Geist besitzt, die ihn zum Liebling aller Frauen machen müssen, die mehr Anspruch darauf geltend machen können zu gefallen, zu verführen und zu fesseln! Mein Freund, ich bin völlig verwirrt, wenn ich mir ausmale, für wie blind vor Eigenliebe und für wie verstandesarm Sie mich haben halten müssen. Ja, voller Schmerz klage ich mich selbst an. Die Freude, die Sie mir bereiteten, die Gewissensbisse, die mich quälten, die Leidenschaft, die M. de Mora beseelte, alles dies zusammen hat mich zu einem Irrtum verleitet, den ich verabscheue. Denn, dies muß ich Ihnen gegenüber eingestehen, noch mehr als das habe ich mir gedacht, ja, ich war geradezu davon überzeugt, daß Sie mich lieben könnten, und diese so abwegige, so überaus eitle Überzeugung hat mich an den Abgrund geführt. Ohne allen Zweifel ist es jetzt sehr spät, zu spät, mich vor meiner Verirrung noch zu bewahren. Ich verabscheue Sie, aber, indem ich mich verachte, müßte ich Sie hassen. Tatsächlich haben Sie in mir diese schreckliche Gefühlsregung erweckt. Ich habe Ihnen sogar unter ihrem Eindruck stehend geschrieben.

Das war die letzte Aufwallung und die letzte Anstrengung der Leidenschaft, die in mir tobte.

Ich bin weit davon entfernt, mir die Ruhe, zu der ich zurückgefunden habe, als Verdienst anzurechnen: Auch sie ist nämlich nur eine Wohltat, die ich dem Mann verdanke, den ich bewunderte. Ich werde mich hüten, Ihnen alles auseinanderzusetzen, was in den letzten vierzehn Tagen in mir vorgegangen ist, genügt es doch vollauf, Ihnen zu sagen, daß ich mich selbst nicht wiedererkenne. Es sind nicht mehr die Gedanken an Sie, die mich beschäftigen, und wenn sich bei mir nicht die Reue zum Schmerz hinzugesellte, dann, dessen bin ich mir gewiß, wären Sie mir sehr fern. Nein, ich will niemals aufhören, Freundschaft für Sie zu hegen oder Anteil an Ihrem Glück zu nehmen. Aber das wird für mich ein gemäßigtes Gefühl sein, das mir, wenn Sie darauf antworteten, einige süße Augenblicke verstattete, ohne daß diese aber jemals meine Seele verwirrten oder quälten. Ach, mit welchem Schrecken war sie erfüllt! Es erscheint mir heute als ein Wunder, daß ich nicht der Verzweiflung erlag, in der ich mich befand. Mein Freund, ich machte Sie zittern, sagte ich Ihnen, was ich beabsichtigte und dank welcher schauerlichen Hilfe mein unglückseliges Schicksal es mir ermöglicht hat, daß ich noch immer lebe! Aber ich bereue nichts. Dieser Schlag, der meinen Körper zerschmetterte, hat meine Seele erhoben. Sie ist empfindsam geblieben, aber sie ist bar jeglicher Leidenschaft. Ich kenne weder Haß noch Rachegelüste noch ... Mein Gott, welches Wort wollte ich da aussprechen! Meine Gedanken sind nur noch dem Gedächtnis von M. de Mora verbunden. Nun, ich schulde Ihnen auch noch das, was mein Herz als das Tröstlichste und Süßeste empfindet: Schmerz und Tränen.

Alle die Einzelheiten, die Sie mir mitgeteilt haben, wurden mit Tränen genetzt. Ich danke Ihnen, ich muß Ihnen von einer Empfindung Mitteilung machen, die ich noch dem Vergnügen vorziehe, das sich nicht dem Andenken an M. de Mora verdankt.

Ich habe Ihre Briefe gelesen und immer wieder gelesen, den, den Sie mir aus Bordeaux schrieben, und den vom 8. aus Montauban. Es berührt mich aufrichtig, daß Sie ohne jeden begründeten Anlaß aufgeregt und beunruhigt waren. Aber diese nur unbestimmten Schmerzen sind lediglich von flüchtiger Natur, zumindest hoffe ich das, denn ich wünsche Ihnen von ganzem Herzen Ruhe und Glück. Ich habe es nicht vermocht, Ihnen beides zu stören, aber Ihr Anstand leidet vielleicht ob des Unrechts, das Sie mir zugefügt haben. Ich verzeihe Ihnen von ganzem Herzen. Behalten Sie mich in Erinnerung. Sprechen Sie mir nie davon und lassen Sie mir den Glauben, daß Sie mich eher als eine Unglückliche denn als eine Schuldige kennengelernt haben. Ach, Sie sind nicht dazu verpflichtet, mir zu glauben, und ich habe jeden Anspruch verloren, Sie zu überzeugen, aber fast bin ich versucht mit Jean-Jacques (Rousseau) zu sagen: «Meine Seele ward niemals für die Erniedrigung geschaffen.» Die stärkste, die reinste Leidenschaft hat sie viel zu lange Zeit belebt. Und der, dem diese galt, war zu tugendhaft, hatte ein zu gutes Herz, einen zu hohen Sinn, als daß er über meine Seele hätte herrschen wollen, wenn sie so abstoßend und verachtenswert gewesen wäre. Seine Neigung, seine Leidenschaft für mich, erhoben mich in seine Sphäre. Mein Gott, wie tief bin ich gefallen! Wie tief bin ich gestürzt! Aber er hat dies nicht wahrgenommen. Mein Unglück ist schrecklich. Er hätte es mit mir geteilt. Er ist für mich gestorben. Ich hätte ihn nur unter Schmerzen leben lassen. Ach, mein Freund, sollten Sie bei meinem Sterben zugegen sein, dann seien Sie nachsichtig gegenüber meinen Schmerzen, meiner Reue! Ich habe Schuld auf mich geladen, ich habe Sie beleidigt, aber war meine Verzweiflung nicht Vergeltung für meine Verfehlungen? Ich habe Sie verloren, aber dennoch lebe ich, ja, ich lebe. Bedeutet aber nicht eben das, genug gestraft zu sein?

Verzeihen Sie mir die Gemütsregung, die mich zu einem Menschen hinzieht, dem ich hätte nachfolgen sollen. Leben Sie wohl. Sollte ich am Samstag Post von Ihnen erhalten, werde ich noch einige Worte hinzufügen. Aber ich verzeihe Ihnen schon zuvor alles, was Sie mir an Verletzendem mitteilen könnten, und ich widerrufe mit aller Kraft, die mir noch zu Gebote steht, und aller Vernunft, die ich noch aufzubieten vermag, alles das, was ich Ihnen unter den Zuckungen der Verzweiflung geschrieben habe.

Heute lege ich mein Glaubensbekenntnis in Ihre Hände. Ich verspreche Ihnen, ich gelobe es Ihnen, weder je etwas zu fordern, noch Ansprüche an Sie zu stellen. Wenn Sie mir Ihre Freundschaft bewahren, so will ich mich ihrer in Frieden und Dankbarkeit erfreuen; wenn Sie mich dieser aber nicht mehr für würdig erachten, so will ich darüber trauern, Sie aber dennoch nicht für ungerecht halten. Leben Sie wohl, mein Freund. Es ist die Freundschaft, die dieses Wort ausspricht. Es ist meinem Herzen um so teurer, seitdem es mich nicht mehr in Verwirrung zu stürzen vermag.

Samstag, elf Uhr abends

Ihre Antwort ist eingetroffen. Sie ist nicht anders ausgefallen, als ich sie mir hätte wünschen mögen: kalt und gemäßigt. Mein Freund, wir werden uns verstehen, meine Seele ist der Ihren ganz gleichgestimmt. Dieser Brief hat Sie nicht wirklich verletzt. Sie haben ihn ganz wunderbar aufgefaßt. Sie haben mir gegenüber den Vorteil, den ein verständiger Mann stets gegenüber einem leidenschaftlichen Wesen hat: Sie waren kaltblütig, ich dagegen delirierte im Fieberwahn. Aber das war die letzte Krise einer schrecklichen Krankheit, an der zu sterben es freilich besser gewesen wäre, weil die Heftigkeit der Fieberanfälle die Kräfte des unglückseligen Kranken derart schwächt und verzehrt, daß er sich wenig Freude von seiner Genesung versprechen kann. Aber nun genug davon, ohne Zweifel, aber auch genug von dem, was Sie «meine Ungerechtigkeiten« und Ihre «Anständigkeit» nennen.

Mein Freund, wissen Sie, was anständig sein heißt? Das heißt zum Beispiel, nicht jene sechs oder sieben Seiten, die Sie mir geschrieben haben, bevor Sie meinen Brief vom 4. September erhielten, zu zerreißen. Welche Überlegenheit die Vernunft doch über die Leidenschaft besitzt! Sie breitet über alles den Mantel des Friedens, kurzum, sie ist so maßvoll, daß ich Ihnen heute ebenso danken muß für das, was Sie mir gesagt haben, wie für das, was Sie mich nicht haben wissen lassen.

Mein Freund, Ihr Brief vom Freitag ist liebenswürdig, zärtlich rücksichtsvoll und vernünftig: er hat ganz den Ton und den Liebreiz des Vertrautseins. Aber er ist traurig, und ich bin entsetzt darüber, daß dies der Zustand Ihrer Seele ist. Ich weiß nicht, womit ich Sie erheitern könnte. Ich habe noch nicht einmal die Kraft, mit Ihnen heute abend zu plaudern. Ich leide zu sehr. Wenn ich kann, nehme ich mir diesen Brief vor dem Abgang der Dienstagspost noch einmal vor. Leben Sie wohl. Rechnen Sie denn überhaupt noch mit Briefen von mir?

61. An Monsieur de Guibert

Montagabend, den 19. September 1774

Ich will Ihnen schreiben. Ich muß Ihnen antworten. Wenn ich die morgige Post versäume, müßte ich bis Samstag warten, und bis dahin wäre meine Seele gestorben. Ich lese gerade Ihren Brief ein weiteres Mal. Ich hatte gedacht, er würde mir wieder Leben einflößen, aber das war ganz und gar nicht der Fall. Ich fühle mich entsetzlich unfruchtbar, und wenn ich mich gehen ließe, dann antwortete ich Ihnen das Folgende: Alle Überlegungen, die Sie über Ihre gegenwärtige Situation angestellt haben, sind sehr vernünftig, aber wenn Sie sich mit der Zukunft befassen, dann sind Sie weitaus besser beraten, in ihr mehr Anlässe zur Hoffnung als zur Furcht zu sehen. Es will mir scheinen, als hätten es Menschen von Verdienst niemals leichter gehabt, und mit Tüchtigkeit, Wissen und Talent dürfen sie sich alles erhoffen. Es ist also gar nicht der Augenblick, den Mut zu verlieren, sondern es gilt vielmehr, mit Vertrauen voranzuschreiten, aber es ist auch nicht nach Gunstbeweisen zu fragen, sondern man muß sich nur bekannt machen und auf Anerkennung drängen.

Was die Domänenangelegenheit anbelangt, vermag ich nicht zu glauben, daß M. Turgot in irgendeiner Weise die Vorhaben des Abbé Terray verfolgen oder ausführen kann. Sollte er sich aber dennoch an diesen unmöglichen Vorschlägen orientieren wollen, dann wird Ihnen M. de Vaines sicherlich von großem Nutzen sein, wenngleich nicht er selbst, aber doch dank seines Ansehens, das er bei den Herren Boutin und Beaumont genießt, die der obersten Finanzverwaltung vorstehen und die ebenfalls Domänenbesitz in ihrem Verwaltungsbezirk haben. M. de Vaines wird das Unmögliche möglich machen, um Sie sich zu verpflichten. Er hat eine ausgesprochene Vorliebe für Sie. Jedesmal, wenn er mich sieht, erkundigt er sich nach Ihnen. Am Tag Ihrer

Abreise schrieb er mir unter anderem: «Ich bitte Sie, geben Sie mir Nachricht von sich und auch von M. de Guibert, der alle die in hohem Maße interessiert, die ein glühendes, ehrliches Herz lieben, das auf allen Wegen dem Ruhm entgegeneilt.» Ich wollte Ihnen diese Zeilen längst mitteilen, wurde aber durch einen Umstand daran gehindert, der mir zu schweigen gebot. Sie sollten M. de Vaines schreiben, nicht wegen seines Vermögens – davon kann keine Rede sein –, hat er doch seine finanziellen Interessen aus Freundschaft zu M. Turgot und seiner Liebe zum Allgemeinwohl wegen aufgeopfert. Kurz, er war von dem Verlangen durchdrungen, Gutes zu tun, und so ist er ganz der Tugend verfallen. Aber jetzt, da er ruhiger geworden ist, hat er eingesehen, welche furchtbare Bürde er sich aufgehalst hat.

Ich bekämpfe durchaus nicht Ihre Zukunftspläne: Ich selbst habe ja keine Zukunft. Daraus werden Sie unschwer ersehen, daß ich mich nicht besonders aufrege, wenn es darum geht, die Zukunft anderer vorherzusehen oder um sie zu fürchten. Im allgemeinen bin ich davon überzeugt, daß es nicht gut für Sie wäre, sich auf dem Lande zu verheiraten. Allerdings wäre dies eine Möglichkeit, Ihr unstetes Wesen zu zähmen. Es wäre dies gewiß aber auch ein Unglück, das Sie des höchsten aller Güter beraubte: der Hoffnung. Allein, mein Freund, ich vermag nicht zu verstehen, warum Sie nicht die Stärke haben, Ihre Armut zu ertragen. Paris ist doch der einzige Ort auf der Welt, an dem man mittellos sein kann, ohne deshalb allzu große Entbehrungen zu leiden. Nur die Langweiler und die Toren haben es nötig, reich zu sein. Sie wissen es selber, daß es ziemlich einfältig ist zu glauben, man müsse eine Reise um die Welt machen, um ein gutes Buch zu schreiben. Machen Sie sich nur sogleich an die Arbeit, und noch ehe das Buch fertig ist, werden Sie vielleicht vermögend genug sein, um zu reisen. Schließlich wünschte ich mir, Sie sähen Ihre Geldknappheit nicht als ein Unglück, sondern lediglich als einen Widerspruch an. Schaute ich vom Mond herab, mein Freund, gäbe ich Ihrem Talent allemal den Vorzug vor den Reichtümern von M. Beaujon.[1] Die Wissenschaften zu studieren bedeutete mir allemal mehr als das Amt eines Großstallmeisters von Frankreich. Mit einem Wort: Wenn ich dazu verurteilt wäre, weiterzuleben, und ich könnte mir nicht das Los eines biederen Landedelmannes in der Normandie aussuchen, dann wünschte ich mir den Geist und die Fähigkeit eines M. de Guibert zu besitzen. Aber, gemach, ich würde dies auch nur tun, wenn es mir gestattet wäre, davon regeren Gebrauch zu machen.

Was Sie mir von den Kindern Ihrer Schwester mitteilten, verrät viel von Ihrer Anteilnahme und Aufrichtigkeit, aber, mein Freund, Sie machen sich auch hier wieder allzuviel Sorgen der Zukunft wegen. Das sind doch jetzt noch Kinder. Sie sehen, was sie noch verlieren werden, und das peinigt Sie. Vielleicht haben sie ja das Glück, dem stumpfsinnigen Leben zu entrinnen. Und wenn aus ihnen ganz gewöhnliche Menschen werden, womit man in dieser Welt immer rechnen muß, warum sollte das Mädchen nicht auch in einem Kloster glücklich werden können, vor allem dann, wenn man ihm dieses Los nicht geradezu aufzwingt? Das künftige Schicksal ihres kleinen Bruders ist viel weniger bestürzend. Sie wissen es besser als ich, daß die Erziehung an einem Provinzgymnasium so gut oder so schlecht ist wie die an einem solchen Institut in Paris. Und dann, mein Freund, wenn er mit sechzehn Jahren in ein Regiment eintreten sollte, dann ist es wirklich recht belanglos, ob er nun in Bordeaux oder in Paris zur Schule gegangen ist. Wie falsch sind doch unsere Vorstellungen von dem, was im Leben wirklich zählt, vom Glück! Gütiger Himmel, ist es für das Glück eines einzelnen wirklich von Belang, ob sein Geist geschliffen ist oder ihm sonst ein Licht aufgesteckt wurde? Gewiß glaube ich, daß derlei normalerweise ganz nützlich sein kann. Aber warum soll Ihr Neffe, der vielleicht mit Verstand nicht reich gesegnet ist, gerade auf Ihre Weise glücklich werden? Ich spüre nur zu sehr, daß ich sehr nüchtern, sehr harsch auf alle jene einzelnen Fragen antworte, in die Sie mich aus Freundschaft und Vertrauen einweihten, aber was wollen Sie tun? Mir fällt dazu auch nichts ein, mein Herz ist eine Wüstenei, und mein Kopf ist leer wie eine erloschene Laterne. Alles, was ich sage und was ich höre, ist mir vollkommen gleichgültig, und ich könnte heute von mir eben das bemerken, was jener Mann sagte, der seines Lebens überdrüssig war und dem man den Vorwurf machte, warum er sich dann nicht umbringe: «Ich bringe mich nicht um, weil es mir gänzlich egal ist, ob ich lebe oder tot bin.»

Das trifft allerdings nicht ganz auf mich zu, denn ich leide, und der Tod bedeutete mir eine Erleichterung. Jedenfalls vermag ich mich zu nichts aufzuraffen.

1 Nicolas Beaujon (1708–1786), bedeutender Finanzmagnat.

62. *An Monsieur de Guibert*

Dienstag, den 20. September 1774, 6 Uhr morgens

Um die Flachheit und Dürre meines Briefes vom gestrigen Abend wiedergutzumachen, habe ich den Einfall, Ihnen zwei Blätter Voltaires und die «Eloge de La Fontaine»[1] zu senden, die ich mit gleichen Genuß gehört und gelesen habe. Haben Sie wohl acht darauf, daß ich das Lob nicht übertreibe. Es steht Ihnen aber völlig frei, abscheulich zu finden, was mir gefällt. In wenigen Tagen wird man eine Regelung bezüglich des innerfranzösischen Kornhandels veröffentlichen.[2] Diese Regelung wird überdies mit einer Begründung versehen sein. Das ist neu, und es will mir scheinen, daß dieses Verfahren für die meisten von Vorteil ist, denn die Spitzbuben und die geschäftlich Interessierten finden bereits jetzt reichlich Anlaß, es zu kritisieren.

Gestern war zu hören, daß man das Erzbistum Cambrai dem Kardinal de Bernis[3] gibt und daß der Duc de la Rochefoucauld[4] nach Rom gehen wird. Möglicherweise wird der Abbé Véri[5] noch zuvor ernannt, aber nur zum Kardinal und um dem Duc de la Rochefoucauld die Arbeit abzunehmen. Darum drehte sich gestern abend das Kamingespräch bei mir, und wenn ich Ihnen die Leute aufzählte, die daran beteiligt waren, dann würden Sie mir sicherlich zugestehen, daß, selbst wenn diese Neuigkeiten nicht eintreten sollten, sie wenigstens nicht gänzlich absurd gewesen wären. Der Chevalier de Chastellux, den ich oft sehe, aber stets nur kurz, hatte nicht die Zeit gehabt, sich nach Ihnen zu erkundigen. Er ist noch zerstreuter, beschäftigter und noch eifriger hinter allen Fürsten her denn je zuvor. Er hat mir von der Treibjagd beim Duc d'Orléans vorgeschwärmt. Heute ist er in La Bretèche. Dort wird er Neues von Ihnen hören. Aus schierer Rücksicht auf die Konventionen verfällt man unweigerlich in den Ton und redet über die Themen der Menschen, die um einen herum sind.

D'Alembert und der Comte de Crillon sprechen häufig von Ihnen. Sie wenden sich an mich, um Neuigkeiten über Sie zu erfahren, aber in Zukunft werde ich mich wohl an sie halten müssen, um etwas von Ihnen zu hören, denn Sie schreiben mir nicht mehr, nicht wahr? Mein Gott, wie verrückt die Leidenschaft ist! Und wie dumm! Seit zwei Wochen empfinde ich eine tiefe Abscheu gegenüber jeglicher Leidenschaft. Man muß jedoch auch gerecht sein und zugeben, daß ich mit meiner Bewunderung der Ruhe und Vernunft kaum imstande bin zu leben. Ich habe gerade noch Kraft genug, um zu bemerken, wie schlimm es um mich bestellt ist. Mein Körper, meine Seele, mein Kopf, mein ganzes Wesen sind zutiefst erschöpft, aber dieser Zustand ist mir nicht allzu lästig, auch wenn er mir gänzlich neu ist.

Gute Nacht, mein Freund, denn, wenn es auch schon tagt, so habe ich dennoch nicht geschlafen. Noch niemand hat bislang den Einfall gehabt, über den Schlaf und dessen Einfluß auf den Geist und die Leidenschaft zu handeln. Jene, die die Natur erforschen, sollten nicht diesen für das Leben der Unglücklichen bedeutsamen Umstand vernachlässigen. Wohlan, wenn man nur wüßte, wie sehr der Mangel an Schlaf die Leiden vergrößert, weshalb die erste Frage, die man an einen Kranken oder Unglücklichen richtet, immer die sein sollte: «Schlafen Sie?» Und die zweite: «Wie alt sind Sie?»

1 Verfasser dieser Eloge war der Moralist Nicolas-Sébastien Roch de Chamfort (1741–1794), der damit vor La Harpe den Preis gewann, den die Académie de Marseille ausgeschrieben hatte. 2. Anspielung auf die Reformen Turgots, der den Getreidehandel liberalisierte. 3 Abbé François-Joachim de Pierre de Bernis (1715–1794), gen. Babet la bouquetière, seit 1744 Kardinal, Botschafter in Rom. 4 Louis-Alexandre, Duc de la Rochefoucauld (1743–1792). Er ging nicht als Botschafter nach Rom, da diesen Posten der Kardinal Bernis bis 1791 behielt. De la Rochefoucauld gehörte zum engeren Freundeskreis von Julie de Lespinasse. 5 Abbé Joseph-Alphonse de Véri (1724–1802), Erzbischof von Bourges.

63. An denselben

Begonnen am Donnerstag den 22. September 1774

«Geben Sie mir alle Namen, die dem Fluch bestimmt sind; Ich fürchte Ihr Schweigen, aber nicht Ihre Beleidigungen.»[1]

Mein Freund, wäre ich leidenschaftlich, würde mich Ihr Schweigen umbringen. Hätte ich aber bloß Eigenliebe, dann verletzte es mich nur, und ich würde Sie mit allem, was mir zu Gebote stünde, hassen. Aber ach, ich lebe, und ich hasse Sie nicht mehr. Aber ich will es Ihnen nicht verheimlichen, daß ich mit Kummer bemerkt habe, wenngleich ohne deshalb erstaunt zu sein, daß es lediglich mein Aufbäumen war, das Sie mit sich fortriß. Sie haben mir nichts zu sagen, Sie wissen nicht, wovon Sie mir sprechen sollen und, sobald Sie überzeugt davon waren, daß meine Liebe erloschen ist, haben Sie auch keinerlei Bedauern empfunden, und es fand sich auch nichts in Ihnen, das Ihnen das Recht gab, das wiederzuverlangen, was Sie verloren haben. Nun gut, mein Freund, ich bin hinlänglich gelassen, um gerecht zu sein. Ich billige Ihr Betragen, auch wenn es mich betrübt. Ich schätze an Ihnen, daß Sie keine Lüge als Wahrheit ausgeben. In der Tat: Worüber sollten Sie auch Klage führen? Ich habe Sie von einer Last befreit. Es ist schrecklich, Gegenstand einer Zuneigung zu sein, die man selbst nicht empfindet. Das läßt einen leiden und macht unglücklich. Lieben und geliebt werden ist das Glück des Himmels. Wer dies erfahren und verloren hat, dem bleibt nur der Tod. Zwei Dinge gibt es auf Erden, die sich mit keinem Mittelmaß vertragen: Die Dichtkunst und ... Aber ich täusche mich nicht, denn die Liebe, die ich für Sie hegte, war nicht vollkommen. Zunächst mußte ich mir Vorwürfe machen, die ich mit Gewissensbissen zu bezahlen hatte. Und dann war es vielleicht auch die Gemütsverwirrung, die meine Seele wie meine Art zu leben und zu lieben von Grund auf veränderte, aber dennoch war ich ohne Unterlaß von Gefühlsregungen beherrscht, die ich verdamme. Eifersucht, Ruhelosigkeit und Mißtrauen waren mir nur zu geläufig. Unablässig klagte ich Sie an. Ich machte es mir zur Auflage, mich nicht mehr zu beklagen, aber dieser Zwang war mir widerwärtig. Kurz, diese, meinem Herzen durchaus fremde Art zu lieben wurde mir zur Qual.

Mein Freund, ich habe Sie allzu sehr geliebt und dennoch nicht genug. Deshalb haben wir beide von dem Wandel, der sich in mir ereignete, gewonnen. Verantwortlich dafür sind weder Sie noch ich. In einem klaren Augenblick und in weniger als einer halben Stunde habe ich die letzte Stufe meines Leidens erfahren, ich bin erloschen und wiedererstanden. Und was mir selber gänzlich unbegreiflich ist: als ich wieder zu mir kam, fand ich lediglich die Erinnerung an M. de Mora in mir. Der Schwindel, der mein Gehirn überfiel, hatte jede andere Spur getilgt. Und dann erzählt man uns von der Spiritualität der Seele, von ihrer Unsterblichkeit – welch ein armseliger Mechanismus! Sie, mein Freund, der Sie noch eine Viertelstunde zuvor all mein Denken beherrschten, sind mir binnen vierundzwanzig Stunden nicht ein einziges Mal in den Sinn gekommen. Und daran habe ich erkannt, daß meine Gefühle für Sie lediglich Erinnerung sind.

Für mehrere Tage fand ich nicht einmal die Kraft zu leiden, von lieben gar nicht zu reden, aber inzwischen habe ich wieder den Grad von Verständigkeit erreicht, der es mir gestattet, alles richtig und gerecht zu sehen, und der mich erahnen läßt, daß, wenn ich schon nicht mehr mit einer Freude werde rechnen dürfen, ich wenigstens auch kein Unglück mehr füchten muß. Ich habe die Ruhe wiedergefunden, aber ich täusche mich darin nicht, ist es doch die Ruhe des Todes. Binnen kurzem, wenn ich noch lebe, werde ich wie jener Mensch, der seit dreißig Jahren allein lebte und keine andere Lektüre als den Plutarch hatte, von mir sagen können, wenn man mich fragte, wie es mir ginge: «Ich fühle mich ebenso unglücklich, als wenn ich gestorben wäre.» Da haben Sie mein Befinden, mein Freund. Nichts, was ich sehe, was ich höre, noch gar das, was ich tue oder tun sollte, kann meine Seele auch nur für einen Augenblick anregen. Diese Art zu leben war mir bislang völlig unbekannt. Nur eines auf der Welt tut mir wohl, und das ist die Musik. Aber selbst diese Wohltat würde ein anderer Schmerz nennen. Ich möchte zehnmal am Tag jene Melodie hören, die mir das Herz zerreißt und die an allem, was ich verlor, mich dennoch erbauen läßt:

«Verloren habe ich meine Eurydike...»[2]

Immer wieder gehe ich in den «Orpheus» und stets allein. So auch am letzten Dienstag, als ich meinen Freunden sagte, ich wolle Besuche machen, und dann habe ich mich in der Loge eingeschlossen, die Sie kennen und in der *ein so schönes Sofa steht.* Als ich am Abend wieder nach Hause kam, fand ich eine Nachricht vom Comte de Crillon vor, der mir mitteilte, daß er am Morgen einen Brief von Ihnen erhalten habe. Ich erwartete ihn am folgenden Tag und traf ihn in froher Stimmung bei Mme. Geoffrin. Er hat mir dann Ihren Brief vorgelesen. Sie sprechen darin von mir, und Sie tun dies sogar dreimal. Das ist sehr anständig von Ihnen, aber es ist andererseits auch wesentlich kühler, als wenn Sie mich gar nicht erwähnt hätten. Dennoch bin ich es zufrieden, mein Freund. Gerade so möchte ich Sie haben. Mein Gott, wie schwierig ich doch sein kann! Ich, die nicht mehr zu lieben versteht, die nur noch lieben kann mit Vernunft und Maß, die ich beide zuvor nicht kannte.

Ich habe M. Turgot gesehen und sprach mit ihm über das, was Sie hinsichtlich der Domänen befürchten. Er hat mir versichert, daß er noch nicht darüber entschieden habe, daß dies im übrigen auch Sache von M. de Beaumont, der «Intendant des Finances» ist, sei und daß es bis zu einer Entscheidung den Ausschüssen, die der Abbé Terray gebildet habe, untersagt bliebe, in dieser Angelegenheit tätig zu werden. M. Turgot hat mir außerdem zugesagt, daß er mich, sobald er den Bericht von M. de Beaumont vorliegen habe, darüber unterrichten werde, was hinsichtlich der Domänen beabsichtigt oder beschlossen sei. Ganz allgemein aber ließ er mich jedoch wissen, er hege große Achtung vor dem Eigentum. Damit habe ich mich jedoch nicht zufriedengegeben, und ich trug Ihre Angelegenheit M. de Vaines vor, der mir in aller Klarheit sagte: «Er soll ganz ruhig sein. Das Projekt des Abbé Terray wird von M. Turgot niemals gutgeheißen werden.» Da haben Sie, mein Freund, die Antwort zweier Männer, die Sie beruhigen müßte, und unbeschadet der Tatsache, daß sie nicht übereinstimmen, scheint es mir dennoch, daß es auf dasselbe hinausläuft. Ich sende Ihnen den Beschluß, von dem ich bereits gesprochen habe. Ich glaube nur nicht, daß sich Ihr Verwalter sehr damit beeilen wird, ihn umzusetzen, und ich füge dem noch einen Brief von M. de Condorcet bei, den ich derart vortrefflich fand, daß ich ihn abschreiben ließ. Mein Freund, danken Sie mir nicht für die Fürsorge, die ich Ihnen gegenüber habe, wenn ich Ihnen etwas zusende, das mir Freude macht. Das tue ich nicht Ihretwegen, sondern allein deshalb, um von Ihnen zu hören, denn an Ihrem Geist habe ich nach wie vor einen großen Gefallen: Er ist ausgezeichnet und auch ganz natürlich. Adieu.

1 Racine, Andromaque, IV. Akt, 5. Szene. 2 Die bekannte Arie aus der Oper «Orphée» von Gluck, die am 2. August 1774 in Paris uraufgeführt wurde.

64. An denselben

Freitag, den 23. September 1774.

Mein Freund, ich mache Sie zum Opfer. Ich schreibe Ihnen soviel, daß ich Sie ermüde. Aber dies ist die einzige Beschäftigung, die mich noch empfinden läßt, daß ich am Leben bin, auch wenn ich die Überzeugung hege, daß, wäre ich ganz tot, dies der schönere Zustand wäre, weshalb es mir unter meinen Leiden dennoch angenehm ist, wenn ich mich Ihnen zuwenden kann. Wenn Sie mich auch nicht verstehen, so hören Sie doch wenigstens von mir und können mir antworten. Es ist allemal sehr traurig, keinen Brief von Ihnen zu bekommen. Schon zweimal war nichts von Ihnen in der Post: Montag und Mittwoch. Ich habe mir das aber selbst zuzuschreiben, denn auch ohne mich zu lieben hätten Sie mir doch weiterhin pünktlich geschrieben. Du guter Gott, so weit ist es mit mir schon gekommen! Ich habe Sie geliebt und dann mit aller Inbrunst gehaßt. Ohne allen Zweifel war das das letzte Aufbäumen meiner Seele, ehe sie für immer erloschen ist. Auf Ehre und Gewissen, ich habe seitdem nichts mehr von ihr vernommen und weiß auch nicht zu sagen, was aus ihr geworden ist. Ich glaubte, Sie hätten M. d'Alembert am Mittwoch geschrieben. Als ich nach Hause kam, war mein erstes Wort, ihn zu fragen, ob er nicht einen Brief erhalten habe. Er wußte es nicht, denn er hat die löbliche Angewohnheit, seine Briefe erst am Morgen des nächsten Tages zu öffnen. Bald hörte ich jedoch, daß er von Ihnen keine Nachricht erhalten habe, was zur Folge hatte, daß der Zustand meines Leidens sich derart verschlimmerte, daß ich ein Beruhigungsmittel nehmen mußte. Und dann, mit Vernunft und Nachdenken, habe ich es sogar vermocht, mich nicht zu sorgen, sondern mir sogar eine neuerliche Quälerei zu ersparen. Warum aber sagen Sie mir, Sie erhielten nur einmal in der Woche Post, während hier in Paris dreimal in der Woche Briefe anlangen? Aber wozu sollte mir das von Nutzen sein, wenn Sie mir doch nicht schreiben und ich am Samstag leer ausgehe wie schon am Mittwoch und am Montag? Aber es gibt nur die Gleichgültigkeit, die verstummen läßt. Wären Sie unzufrieden oder haßten Sie mich gar, wäre es Ihnen ein Vergnügen, dies mich wissen zu lassen. Kurz, mein Freund, Sie müssen mich verdammt haben, wenn Ihnen nicht daran gelegen ist, mich zu verwirren.

Ich werde M. de Vaines ein Paket für Sie mitgeben. Sie werden mich für verrückt halten, wenn Sie darin die «Gazette de France» finden. Aber in dieser steht ein Artikel, der Ihnen gefallen wird. Wie sollte man sich nicht erleichtert fühlen, wenn man sieht, wie vielen Unglücklichen dies widerfährt? Für mich ist nichts anderes mehr von Belang, das an mein Herz rührt. Das Unglück, ach! Dieses Wort übt einen beträchtlichen Einfluß auf mich aus. Ich glaube, ich sagte Ihnen bereits, daß ich dieser Tage gemeinsam mit Mme. de Châtillon bei den Invaliden[1] war. Ich bin völlig verstört von dannen gegangen. Ich habe keinen Schritt getan, ohne daß sich mir nicht die herzzerreißendsten Anblicke boten. Blinde, Verstümmelte, schrecklich durch Geschwüre entstellte Gesichter, gebrochene Kiefer... O, mein Gott, sagte ich mir, alles, was hier atmet, leidet, und es sind keineswegs eingebildete Leiden. Es sind nicht Menschen, die sich lieben, die sich quälen, es ist nicht das Ausbleiben von Briefen. Auch sind es keine Reuegefühle, weil man etwas verloren hat, das einem lieb und teuer war. Es sind vielmehr körperliche Leiden, die alle Menschen gleichermaßen niederwerfen. Mein Freund, alle diese Überlegungen zerrissen mir das Herz, und ich sagte mir: Ich bin aber immer noch weitaus unglücklicher als alle, die ich sah, denn ich könnte diese Armseligen mit meiner Aufmerksamkeit, mit meiner Zuneigung trösten, bemitleiden und ihnen ihr Los erleichtern, sie aber vermöchten nichts für mich. Sie sprechen nicht einmal die Sprache der Leiden, von denen ich befallen bin. Der einzige Mann auf der Welt, der mich zu trösten imstande wäre, ist derjenige, der meinen Schmerz noch verschlimmert. Er zerfetzt mir meine klaffende Wunde und, wenn ich darüber klage, versteht er mich nicht. Da haben Sie, mein Freund, womit ich mich beschäftigte, während Mme. de Châtillon herumging, sich umschaute und Fragen stellte. Sie gewahrte nirgendwo das Unglück, weil es ihrer Seele fremd ist. Sie war ganz ruhig und neugierig. Das ist eine ausgezeichnete Voraussetzung dafür, sich zu unterhalten und zu bilden, aber weder das eine noch das andere ist mir gemäß.

Sicherlich wissen Sie, daß M. de Muy[2] dieser Tage Mme. de Saint-Blancard, eine Stiftsdame aus Deutschland, heiratet, die Sie vielleicht während des letzten Krieges[3] kennengelernt haben. Man sagt, sie sei sehr liebenswürdig, von großer Schönheit und liebe M. de Muy. Diese Hochzeit verschafft mir eine gute Meinung über die Anständigkeit von M. de Muy. Das ist eine wirklich vorzügliche Verwendung für sein Vermögen. Der Comte de Broglie[4] ist in Ruffec.[5] Ist das sehr weit von Montauban entfernt gelegen? Ich wäre empört, wenn Sie dorthin führen. Er würde Ihnen wieder den Kopf verdrehen, gibt Ihnen aber keinerlei Gelegenheit, die Geldgeschäfte, die er Ihnen eingeblasen hat, zu einem guten Ende zu bringen. Mein Freund, Sie müssen von Ihren Grillen lassen und sich statt dessen M. de Muy zum Vorbild nehmen. Es wäre wünschenswert, er kennte Sie, und wenn er Verstand besitzt, wird er sicherlich Ihrer Bildung und Ihren Talenten von Nutzen sein. Vor allem aber pflegen Sie Umgang mit Ihrem Herrn Vater. Seine Gegenwart wird Ihnen von Vorteil sein, und überdies werden sich seine Vermögensverhältnisse auch verbessern lassen, zumal wenn er sich in der Gesellschaft zeigt. Das Verdienst, das sich verbirgt, wird niemand suchen.

Ihrem Widerwillen vor dem Leben in der Provinz pflichte ich von Herzen bei. Aber das Land ist nicht die Provinz. Viel lieber wohnte ich auf einem Dorf, in der Gemeinschaft mit Bauern, als in Montauban mit seiner guten Gesellschaft. Aber, mein Gott, auch mitten in Paris gibt es so viele Provinzstädte, so viele Tölpel und Wichtigtuer! Allüberall sind anständige Menschen derart selten, daß ich gar nicht weiß, ob es nicht ein großes Unglück ist, wenn man einen gefunden und ihn so selbstverständlich um sich hat wie sein täglich Brot. Vom stetigen Umgang mit geistreichen und verdienstvollen Menschen kann man eben das sagen, was M. de la Rochefoucauld über den Hof bemerkte: «Es macht nicht glücklich, aber man fühlt sich anderswo auch nicht mehr wohl.»[6] Das ist genau das, was ich verspüre, befinde ich mich einmal in anderer Gesellschaft.

Mein Freund, erraten Sie es, wenn sie können, aber ich muß Ihnen gestehen, daß es keineswegs ein Glück ist, gar ein Genuß, ja noch nicht einmal ein Trost, wenn man von jemandem geliebt wird, und mag dies auch noch so leidenschaftlich sein, der wenig, ja sehr wenig Geist besitzt. Ach, wie ich mich dafür hasse, daß ich nur jemanden zu lieben vermag, der hervorragend ist! Wie schwierig bin ich doch geworden! Aber sagen Sie selbst, ob das mein Fehler ist, wenn Sie daran denken, welche Erziehung ich von Mme. du Deffand[7] – denn ihres Geistes wegen muß sie genannt werden –, dem Präsidenten Hénault,[8] dem Abbé Bon,[9] dem Erzbischof von Toulouse, dem von Aix,[10] von M. Turgot, M. d'Alembert, dem Abbé de Boismont[11] und M. de Mora genossen habe. Da haben Sie alle die Menschen, die mich reden und denken gelehrt haben und die mich auch als Etwas haben gelten lassen. Was Wunder, daß es einem den Kopf verdreht, geliebt zu werden. Aber, mein Freund, glauben Sie, daß man lieben kann, wenn man keinen oder nur sehr wenig Geist besitzt? Ich erkenne wohl, daß Sie mich für toll oder einfältig halten. Aber das ist ohne Belang. Alles, was ich Ihnen sagte, hatte ich auf dem Herzen. Gute Nacht. Ich lasse noch etwas Platz, um Ihnen morgen zu sagen, daß ich wieder keinen Brief von Ihnen erhalten habe. Mein Freund, sehen Sie es mir nach: Das scheint mir unmöglich zu sein.

Samstag, nach der Post

Sie sind krank, Sie haben Fieber. Ach, mein Freund, es ist dies nicht mein Eigennutz, der diesen Gedanken in mir weckt, es ist vielmehr die Angst, die mir daraus erwächst. Ich glaube, ich bringe dem, den ich liebe, Unglück. Mein Gott, wenn ich wieder fürchten, wenn ich wieder alle Aufregungen und die Verzweiflung durchleben muß, die mich schon zwei Jahre meines Lebens gekostet haben, warum haben Sie mich dann daran gehindert zu sterben? Sie lieben mich nicht, aber Sie haben mich dennoch in Ketten geschlagen. Montag, wenn ich da keinen Brief von Ihnen erhalten sollte...!

1 Auf Geheiß Louis XIV. in den Jahren 1671–1676 errichteter Gebäudekomplex, der kranken oder verstümmelten Soldaten als ein Asyl diente. 2 Vgl. Brief 58, Anm. 4. – Der Comte de Muy heiratete zehn Jahre, nachdem er diesen Vorsatz gefaßt hatte, Fräulein von Blanckart, die er als Stiftsdame im Neuss kennengelernt hatte. 3 Gemeint ist der Siebenjährige Krieg 1756–1763. 4 Vgl. Brief 37, Anm. 2. 5 Vgl. Brief 37, Anm. 2. 6 Diese Maxime ist nicht von de la Rochefoucauld; Julie de Lespinasse dachte wahrscheinlich an jene von La Bruyère: «La cour ne rend pas content; elle empèche qu'on ne le soit ailleurs.» Caractères, Kap. VIII, § 8. 7 Vgl. Brief 14, Anm. 2. 8 Charles-Jean-François Hénault (1685 bis 1770), Präsident des Parlement de Paris, ein enger Freund von Mme. du Deffand und ein Verehrer von Julie de Lespinasse. 9 Autor der «Lettres d'un Homme du Monde», Paris 1753. 10 Jean-de-Dieu-Raymond de Boisgelin de Cucé (1732–1804), seit 1770 Erzbischof von Aix-en-Provence. 11 Abbé Nicolas Thyrel de Boismont (1715–1786), Hofprediger, einer der Weltpriester des 18. Jahrhunderts.

65. An denselben

Montag, den 26. September 1774

Mein Freund, den ganzen gestrigen Tag hatte ich Sehnsucht, Ihnen zu schreiben, aber es fehlte mir die Kraft dazu. Ich war derart leidend, daß ich weder reden noch sonst etwas tun konnte. Ich vermochte auch nicht einmal zu essen. Die Wörter Nahrung und Schmerz haben für mich *eine* Bedeutung. Aber ich möchte von Ihnen sprechen, Sie beschäftigen mich, Sie sind die Ursache meiner Unruhe. Wohlan, ich wollte es glauben! Das ist ein Irrtum mehr. Auch wenn ich weder Glück noch Freude zu empfinden vermag, scheint sich meine Seele dennoch nicht an den Schmerz gewöhnt zu haben, der in dem Maße zunimmt, wie Sie leiden. Ich sehe, Sie sind erkrankt, und ich muß es mir zum Vorwurf machen, Ihnen traurige Augenblicke bereitet zu haben.

Ohne mir schmeicheln zu wollen, daß Sie ein größeres Interesse mit meinen Gefühlen oder gar mit mir verbinden, habe ich es dennoch vermocht, Ihre Ruhe zu stören, und das betrübt mich. Mein Freund, Sie waren es, der mich lehrte, den traurig zu machen, zu quälen, den ich liebte. Ach, wie grausam bin ich dafür bestraft worden! Wenn der Himmel mir noch wohlwollte... Aber mein Blut gefriert, ich werde zuvor sterben. Dieser Gedanke ist Tausende von Malen schrecklicher, als es jemals der fürchterlichste Tod sein könnte. Sie wollen nicht wieder aufwachen, und das ausgerechnet Sie, und ausgerechnet mir gegenüber wollen Sie Ihren Lebensekel eingestehen? Wie anders waren doch die Worte, die man mir vom Sterbelager schrieb![1] «Ich wollte Sie wiedersehen, aber ich muß sterben. Was für ein schreckliches Schicksal! Aber Sie haben mich geliebt, und damit bereiten Sie mir jetzt noch ein süßes Empfinden. Ich sterbe für Sie, ...» Mein Freund, ich kann diese Worte nur unter Tränen schreiben. Das Gefühl, das sie diktierte, war das zärtlichste und leidenschaftlichste, das es je gab.

Das Unglück, die Abwesenheit, die Krankheit, die Versuchungen zweier leidenschaftlicher Frauen, denen er das einzige Objekt war, nichts konnte ihn erschüttern, diese Feuerseele kälten. Gestern wollte ich sterben, als ich einen Brief von M. de Fuentes[2] wiederlas. Er teilte mir mit, daß sein Bruder alle meine Briefe verbrannt habe, ohne auch nur eine Zeile zu lesen. Sein Schmerz habe es ihm geradezu unmöglich gemacht, irgend etwas zu sehen, das seinem Sohn teuer war. Er bewahre für mich die zärtlichste und tiefste Dankbarkeit ob der Freundschaftsbeweise, die ich M. de Mora zu allen Zeiten gegeben hätte. Das sei ihm ein Trost in seinem Unglück, und alles, was sein Sohn mir schulde, wolle er mir um den Preis seines Lebens vergelten. Im Namen seines Sohnes, den er beweint, bat er mich um eine Vergunst: M. d'Alembert, der sein Freund war, möge einen Nachruf schreiben, der das Andenken seines Sohnes ehre und der somit der Trost der wenigen Jahre sei, die er noch zu leben habe, und den er seiner Familie vorlesen wolle als ein ehrendes Angedenken für sie und der auch ihren Nachkommen eine Ermunterung zum tugendhaften Leben sei.[3] Ach, wie sehr hat mich das zu Tränen gerührt, und ich fürchte nicht, Sie zu langweilen, indem ich

Ihnen darüber einen Bericht gebe, der eines Romans würdig wäre. Mein Gott, ich bewundere M. de Fuentes. Er war es wert, einen solchen Sohn zu haben. Welcher Verlust, wahrlich, für ihn und für alle, die ihn geliebt haben! Und dennoch sind wir alle noch am Leben! Sein Vater, seine Schwester und ich, wir alle wären viel glücklicher gewesen, wenn wir in demselben Augenblick gestorben wären, da er uns entrissen wurde. Mein Freund, bedauern Sie mich, haben Sie Mitleid mit mir. Sie allein auf der Welt vermögen es, mir einige Augenblicke der Wonne und des Trosts in meine tödlich verletzte Seele zu senken. Ich spüre, daß Ihre Gegenwart die Last aufhebt, die mich niederdrückt. Seit ich Sie nicht mehr sehe, bin ich ohne Besinnung, kennt meine Seele nur noch Extreme, wovon Sie die besten Beweise haben mit der Heftigkeit meines Verhaltens Ihnen gegenüber. Mein Freund, geleiten Sie mich auf den rechten Weg zurück. Seien Sie mein Führer. Wenn Sie wollen, daß ich lebe, dann geben Sie mich nicht auf. Ich wage es nicht mehr, zu sagen: Ich liebe Sie. Ich weiß selber nichts mehr. Urteilen Sie. In der Verwirrung, in der ich lebe, kennen Sie mich besser als ich mich. Ich weiß nicht, ersehne ich mir Sie oder den Tod. Ich brauche Hilfe, ich muß von meinem Unglück erlöst werden, das mich umbringt.

Mein Freund, wenn ich heute keine Nachrichten von Ihnen erhalte, wenn ich nicht wenigstens erfahre, wie es Ihnen geht, dann weiß ich nicht, wie ich es bis Mittwoch aushalten soll. Dieses schreckliche Einerlei! Die Mittwoche, die Sonnabende ...[4] Ich lebe nur noch, um diese zwei Tage kommen zu sehen. Immer wieder aufgeregt und in der nämlichen Erwartung. Mein Gott, können Sie sich vorstellen, können Sie es sich ausmalen, was ich alles leide? Sollte man jemals glauben, daß ich Ruhe gefunden habe! Gut, mein Freund, es ist wahr, ich habe vierundzwanzig Stunden keinen Gedanken an Sie gewendet. Und dann habe ich wieder ganze Tage in einer völligen Apathie verbracht. Ich lebe, aber es ist mir, als stünde ich neben mir. Ich erinnerte mich, ein Herz besessen zu haben, das Sie liebte. Ich habe es von weitem gesehen, aber es schlug kein Leben mehr darin.

Wenn Sie krank sein sollten, oder wenn es Ihnen geht wie diesem Unglücklichen, der nichts mehr liebt, werden Sie mich nicht mehr verstehen. Wenn diese Sprache nicht mehr an Ihr

Herz rührt, dann ist es todeskalt. Dann wäre es an mir, Sie wegen der Erschöpfung und der Langeweile zu beklagen, die ich Ihnen bereitet habe. Guten Tag, ich werde diesen Brief abschicken, sobald der Postbote gekommen ist. In Gottes Namen, sorgen Sie dafür, daß ich mich nicht wieder an meinen Freund bei der Post um Hilfe wenden muß, damit ich meine Briefe zu einer früheren Stunde erhalte.

Mein Freund, brauchen Sie nicht zuviel Chinin, es ist schädlich für die Brust, und wenn es auch das Fieber sehr schnell heilt, so leidet man doch stets Verstopfung davon. Denken Sie schließlich immer daran, daß es Ihnen nicht freisteht, Ihre Gesundheit zu vernachlässigen: Meine Ruhe, mein Leben hängen davon ab. Mein Freund, sagen Sie mir, ob ich Sie liebe, Sie müssen sich darin auskennen. Ich kenne mich nicht mehr. In diesem Augenblick beispielsweise sehne ich mich leidenschaftlich nach Neuigkeiten von Ihnen. Aber ich spüre auch, und dies noch heftiger, das Verlangen zu sterben. Mein Körper leidet vom Scheitel bis zur Sohle. Meine Seele ist außer sich, und mein Körper erschöpft. Aus diesem Mangel an Übereinstimmung folgt Unheil, ja fast Wahnsinn. Doch genug davon. Adieu. Am liebsten liefe ich dem Briefträger entgegen.

Montag vier Uhr.

Der Briefträger ist angekommen. M. d'Alembert hat keine Post erhalten, aber dennoch trifft die Post von Montauban montags, mittwochs und samstags ein. Mein Freund, ich bin sehr unglücklich. Oder Sie sind sehr krank oder sehr grausam, mich in dieser Ungewißheit schmachten zu lassen? Sie wissen darum, ob meine Gesundheit, mein Zustand noch mehr Aufregung und Schmerz vertragen. Mein Gott, was soll ich tun, was soll aus mir werden von heute bis Mittwoch! Ich will zum Chevalier d'Aguesseau schicken lassen.

1 Anspielung auf den letzten Brief des Marques de Mora. 2 Vgl. Brief 1, Anm. 4. 3 Anspielung auf den Nachruf auf den Marques de Mora, um den der Conde de Fuentès d'Alembert bat, der aber allem Anschein nach nicht geschrieben wurde. Vgl. Ségur, Mademoiselle de Lespinasse, S. 442, Anm. 1. 4 Mittwochs empfing Mme. Geoffrin, Julie de Lespinasse stets samstags.

66. *An Monsieur de Guibert*

Kommandierender Oberst der Légion Corse, Montauban-en-Quercy

Montag, den 26. September 1774, um Mitternacht

Comte de Crillon hat mich soeben aufgesucht, nur um mich zu bitten, Ihnen mitzuteilen, daß er Mademoiselle Carbon heiratet. Alles ist vereinbart und beschlossen. Es ist dies die junge Frau, die gestern an M. Trudaine[1] geschrieben hat, sie habe sich den Comte de Crillon erwählt und sie hoffe, er werde ihrer Wahl zustimmen. Er hat das mit großer innerer Bewegung zur Kenntnis genommen, wie Sie sich wohl denken können. Heute ist eine Zusammenkunft der ganzen Verwandtschaft. In acht Tagen heiraten sie bereits, und es sind kaum acht Tage her, daß der Comte de Crillon überhaupt eine Ahnung davon hat. Dieses gute, große Vermögen verdankt er einzig und allein seinem Vater. Es ist wirklich riesig, dieses Vermögen, das wenigstens einhunderttausend Livres Jahreszins abwirft und das alles zu denkbar vorteilhaften Bedingungen, was M. de Crillon anbelangt.

Er verbrachte heute vier Stunden mit Mlle. Carbon, hat viel mit ihr gesprochen, und er ist sich gewiß, daß sie Geist besitzt. Da haben Sie genau das, was man gemeinhin Glück nennt, und auch wir müssen uns daran freuen, daß unser Freund glücklich ist. Was meinen Kopf betrifft, befinde ich mich sehr wohl, aber dennoch verspüre ich lebhaft meinen Schmerz, meine Unruhe. Meine Seele ist erregt, und alles, was nicht diesem verdringlichsten Belang zugute kommt, kann mir auch nicht einen Augenblick des Friedens bescheren. Haben Sie Fieber? Warum haben Sie es mich nicht wissen lassen, daß Sie außerstande waren, mir zu schreiben? Schließlich: Warum verschlimmern Sie eine bereits fürchterliche Situation noch durch weitere Aufregungen und eine Art von Schrecken, deren Rechtfertigungen mir nur zu gut geläufig sind? Ich bin sehr unglücklich... Wenn Sie sich ein Versäumnis vorzuwerfen haben, dann wären Sie dessen sehr schuldig! Aber nein, mein Freund, Sie sind es nicht. Sie sind krank, sehr krank. Ich bange um Sie und erwarte unter Zittern und Zagen den Mittwoch.

Der Comte de Crillon ist mit Geschäften und Besorgungen überaus belastet, weshalb er es sehr bedauert, Ihnen nicht selber schreiben zu können. Adieu, mein Freund. Ich habe Ihnen einen ganzen Roman geschrieben.

1 Vgl. Brief 53, Anm. 6.

67. An Mademoiselle de Lespinasse

Fontneuve, bei Montauban, Freitagabend,
den 30. September 1774

Meine Freundin, ich hatte eine Idee, die mir Freude machte: Unser Briefwechsel ähnelt so wenig dem, den Leute von Welt, die Gleichgültigen also, führen, die uns häufig vier große Seiten schreiben, von denen wir nicht eine Zeile bemerkenswert finden. Das große Geschehen findet bei uns nicht statt. Wir reden nur von uns, und dies in einer Sprache, die den meisten Menschen fremd und übersteigert vorkäme. Häufig sogar tauschen wir uns nicht einmal über den Zustand unserer Gesundheit aus. Tausend andere Dinge liegen uns mehr am Herzen als ausgerechnet dieser.

Nachdem ich das festgestellt habe, werde ich die zwei Seiten mit dem füllen, was für gewöhnlich in anderen Briefen zu lesen ist. Zunächst möchte ich Ihnen für Ihre Auskünfte danken, die Sie wegen der Domänenangelegenheit eingeholt haben. Die Antwort von M. de Vaines hat meinen Vater aus einer großen Unruhe befreit, zumal einen Familienvater noch ganz andere Sorgen quälen, als wir uns das vorzustellen vermögen. Wie viele Arten zu leiden gibt es doch in diesem unglücklichen Erdenrund! Ich würde gerne die Entscheidung treffen, in diesem Winter nach Paris zu kommen, und ich hoffe fest, daß es mir gelingen wird. Aber das wird nicht allein von mir abhängen, weil ich hier noch wenigstens bis Januar zu tun haben werde. Anfang November jedoch werde ich in Paris sein. Das ist so gut wie sicher.

Ich danke Ihnen auch für alle Neuigkeiten, die Sie mir mitgeteilt haben. Ich finde die Kritik des Bischofs von Senez[1] charmant wie auch das kleine Stück über die Enzyklopädie. Aber ist das wirklich von Voltaire? Seit der «Lettres du Théologien» weiß ich nicht mehr, ob man die Sache Voltaire oder M. de C(ondorcet) zuschreiben soll. Wo befindet sich übrigens letzterer zur Zeit? Ich entnahm seinem Schreiben an den Comte de Crillon, daß er nicht in Paris ist, und das für geraume Weile. Ist er nicht bei seiner Familie? Sicherlich ist er eifriger beim Arbeiten als ich. Das ist eine ihn und andere glücklich machende geistige Beschäftigung. Mein Leben hier ist vor allem bestimmt durch große Spaziergänge. Ich erhebe mich bei Tagesanbruch und kehre erst gegen neun Uhr zurück. Das ist die Zeit, die ich den «Gracques» widme. Um neun Uhr kommen wir zusammen und nehmen den Tee gemeinsam. Am Nachmittag oder Abend habe ich außerdem noch zwei Stunden für mich. Die nutze ich dann für Lektüren oder um Briefe zu schreiben. Ich gehe früh zu Bett. Ich habe keine Fieberanfälle mehr, aber meine Schwestern wollen nicht gesunden.

Was die «Gracques» anlangt, wären Sie sehr zufrieden mit mir. Ich verfertige bisweilen nicht mehr als vier Verse am Tag. Ich mache es mir sehr schwer. Es geht aber gut von der Hand. Mein Gott, dieses stolze Vorhaben! Das ist eine unerschöpfliche Ader. Noch etwas die Tragödie betreffend: Ich fühle mich von Mme. de Boufflers verlassen. Ich schrieb ihr von Bordeaux. Sie antwortete mit einem liebenswürdigen Brief. Mit dem bißchen werden wir alle Mühe haben, aus dieser Freundschaft irgend etwas zu machen. Ich habe wieder und wieder die «Eloge de la Fontaine» von La Harpe gelesen. Diese Lektüre hat mir das größte, das lebhafteste Vergnügen bereitet. Ich ziehe den zweiten dem ersten Teil vor, aber ich bitte Sie dieserhalben um Nachsicht, vermochte ich doch niemals seinen Stil als naiv zu empfinden. Mein Eindruck war, als ich auf Seite 20 den Satz las: «Was soll man von diesen Eigenschaften halten? Es gibt Hunderte von dieser Stärke», daß er allzu vertraulich wurde und daß er auf Seite 40, wenn er sagt, «die unerbittliche Gleichheit hinterläßt auf dem Ruhmesgewand, in das die Nachwelt die berühmten Manen kleidet, Flecken», er sich allzu geschwollen ausdrückte, zumal wenn es sich um eine Lobrede auf La Fontaine handelt. Das eine schien mir von Dorat, das andere von Thomas zu stammen. Auch fand ich auf Seite 13, was er da Gott in den Mund legt «à la Fontaine le conteur» ziemlich geschmacklos.

Diese Einwände sind aber nur zu Ihrer Kenntnis bestimmt, und ich lasse sie Ihnen nur zukommen, um zu erfahren, ob Sie mit Ihrem Urteil mir beipflichten. Im übrigen versichere ich Sie erneut, daß mir die Lobrede insgesamt sehr gefallen hat. Ich vermag mir nicht vorzustellen, daß der, der den Preis erhalten hat, besser gewesen sein könnte. Was mir aber auch Freude, wenngleich eine anderer, gewissermaßen handfesterer Art bereitete, ist das Korngesetz. Ich habe dieserhalben bereits an M. d'Alembert geschrieben. M. Turgot wird unsterblich werden, wenn er weiterhin seine Arbeit auf derart gute Grundsätze basiert. Im Hinblick auf das Gute, das er tut und das er verheißt, künftig in Angriff nehmen zu wollen, kann ich keinerlei Groll mehr gegen ihn hegen, nur weil er mir nicht auf jenen Brief geantwortet hat, den ich ihm schrieb, als er zum Marineminister ernannt wurde. Ich unterstelle ihm keineswegs, daß er die Absicht hatte, damit eine Ungehörigkeit zu begehen, und wenn er damit fortfährt, derartige Verordnungen zu erlassen, dann werde ich nicht hintanstehen, einer seiner glühendsten Bewunderer zu sein.

Meine Freundin, sagen Sie mir doch, wie Sie sich wieder mit «Orphée» versöhnt haben? Es schien mir doch so, als kennten Sie diese Oper und hätten sie gar nicht geschätzt. Hat Méliko[2] diesen grundstürzenden Sinneswandel bewirkt? Ich werde ihn wohl nicht mehr hören können, diesen göttlichen Menschen? Er wird abgereist sein, bis ich eintreffe. Vor drei Monaten begegnete ich ihm bei Gluck. Er plauderte, aber mir wäre es lieber gewesen, er hätte gesungen. Ich habe Ihnen sicherlich schon gesagt, daß die Arie «Che faro senza Euridice...» sublim war. Berichten Sie mir von allem, was Sie umtreibt. Ich werde es Ihnen in gleicher Weise vergelten. Adieu, meine Freundin. Von hier geht nur zweimal die Woche die Post nach Paris ab. Das eine Mal, die von Toulouse, direkt, die andere läuft über Bordeaux.

Wollen Sie das mir beibringen, der sie zählt und der davon lebt?

1 Nicht zu ermitteln. 2 Brief 54, Anm. 7.

68. An M. de Guibert

Freitagabend, den 30. September 1774

Mein Freund, Sie haben mich einst daran gehindert zu sterben, aber jetzt töten Sie mich, indem Sie mich einer Unruhe überantworten, die meine Seele erschüttert. Am Mittwoch erhielt ich keine Nachricht von Ihnen, der Chevalier d'Aguesseau ebensowenig, und der war überdies noch bei allen möglichen Leuten, die etwas von Ihnen gehört haben könnten. Mein Gott, wie wenig kannte ich mich selbst, wie schlecht habe ich mich Ihnen geschildert, als ich Ihnen versicherte, meine Seele sei gegen Glück und Freude gefeit und daß sie nur die ganz großen Unglücksfälle kenne und sie deshalb nichts mehr zu befürchten habe! Wohlan, seit Mittwoch atme ich kaum mehr. Ich wähnte Sie erkrankt. Ein geheimnisvolles Grauen hat mich gepackt. Welche schreckliche Stimmung beschwören Sie mir erneut herauf! Diese Mittwoche, diese Samstage, diese schauerlichen Tage bereiten mir seit zwei Jahren Hoffnung und Verzweiflung! Sind Sie denn wahrhaftig ein so schlechter Mensch, daß Sie vergessen haben, mit welcher Leidenschaft ich Sie liebe? Und wenn Sie sich dessen entsinnen, wie kann es dann geschehen, daß Sie mich ohne Nachricht von sich lassen? Wissen Sie denn nicht, daß dies mein Herz einem tödlichen Schmerz ausliefert, wenn ich mich um Sie ängstigen muß? Mein Freund, wenn Sie es vermocht hätten, mein Leiden zu lindern, so wären Sie ein arger Frevler, und es will mir scheinen, daß ein derartiges Vergehen mich eigentlich kurieren müßte. Aber, mein Gott, ist man wirklich frei? Kann ich ruhig werden, kann mein Herz sich abkühlen, ganz nach meinem Willen oder selbst nach dem Ihren? Ach, mir bleibt keine Wahl, als Sie zu lieben und zu leiden, nichts anderes verrät sich im Schlagen, im Empfinden meines Herzens. Ich vermag es weder anzuhalten noch zu beschleunigen, aber doch möchte ich lieber sterben. Ich habe Gedanken, die ein wirksames Gift sind, aber es wirkt noch nicht rasch genug. Wenn ich morgen erfahre, daß Sie sehr krank sind, oder wenn ich gar nichts höre, dann hätte ich in jedem Falle bereits zu lange gelebt. Nein, das ist unmöglich, Sie werden meiner gedacht und auch etwas für mich getan haben. Ich warte also, wenn auch mit Zittern, mit einer Ungeduld, die nur eine ebenso leidenschaftliche und unglückliche Seele, wie ich sie habe, jemals hat empfinden können. Ach, wie recht doch Diderot hat: Es sind nur die Unglücklichen, die zu lieben wissen. Aber, mein Freund, das wird Sie nicht erleichtern, wenn Sie leiden. Und wenn es Ihnen gut geht, dann veranschlagen Sie das nicht allzu hoch. Nun gut! Ich liebe Sie, und ich brauche Ihre Zuneigung nicht, damit mein Herz sich hingibt, sich Ihnen preisgibt.

Alles, was der Abbé Terray hinsichtlich der Domänen getan oder geplant hat zu tun, ist null und nichtig. Alles ist vereitelt, kassiert und annulliert. Mit einem Wort: Sie können mit dem nämlichen ruhigen Behagen auf dem Besitz Ihres Vaters verweilen wie vor zehn Jahren. M. Turgot hat mich all dessen gestern versichert, und er fragte auch nach Neuigkeiten von Ihnen, auch machte er sich den Vorwurf, noch nicht eine Minute Zeit gefunden zu haben, um den Menschen zu schreiben, denen von seinem Amtslokal aus zu antworten er sich nicht entschließen mochte. M. de Vaines hat mich gebeten, Sie an ihn zu erinnern. Er erstickt wahrlich unter seiner Arbeit. Es muß vieles in die Wege geleitet, so vieles geplant werden, daß ihm kein Augenblick zum Luftholen bleibt. Der Abbé Terray ist aufgefordert worden, dem königlichen Schatz die hunderttausend Ecus zurückzuerstatten, die er im Vorgriff auf die Auflösung der Pachtverträge eingehoben hat. Und M. Turgot hat erklärt, daß er auf die fünfzigtausend Francs verzichte, die ihm alljährlich davon zustehen.[1] Er schränkt sich allenthalben ein. Das schafft nach und nach den Mut zu Reformen in jenen Behörden, die ihm unterstehen. Er ist ein ganz ausgezeichneter Mensch, und wenn er sich in seinem Amt behaupten sollte, wird er noch der Abgott der Nation werden. Er ist ein Fanatiker des öffentlichen Wohls, und für dieses setzt er sich auch mit ganzer Kraft ein. Die Hochzeit des Comte...

Samstag, nach der Post

Ich wurde unterbrochen, aber in Wahrheit war es gar nicht der Comte de Crillon, von dem ich berichten wollte. Ich erhielt Ihren Brief, mein Freund. Es geht Ihnen gut. Gut genug jedenfalls, um zu leben. Wenigstens hoffe ich, daß Sie nicht ernsthaft erkrankt sind, und ich atme auf. Ach, ich weiß nicht, was ich Ihnen antworten soll. Die Stöße, die Sie meinem Herzen versetzt haben, sind zu heftig, als daß ich Worte finden könnte. Mein Freund, alles, was ich Ihnen zu sagen vermag, ist, daß Ihr Brief sowohl hinsichtlich seines süßen Tons wie des Vertrauens, das aus ihm spricht, liebenswürdig ist. Er ist aufrichtig und wahr wie Ihre Seele, und wenn Ihr Schreiben nicht in allen Punkten eine Antwort auf meinen Brief gibt, dann ist das nicht Ihr Versäumnis, und ich habe keinen Grund zur Klage. Nein, ganz gewiß nicht. Ich bin mit Ihnen zufrieden, aber ich antworte wie Phädra:

> «Ich hasse das Leben, und die Liebe ist mir ein
> Schrecken.»[2]

Ach, wenn Sie wüßten, wie sehr ich mich verabscheue und wieviel Anlaß ich dazu habe! Mein Herz ist aufrichtig, aber dennoch widerfährt es mir, daß ich mir den Vorwurf machen muß, ich maßte mir die Achtung und die Liebe an, die man mir zollt und schenkt. M. de Fuentes möchte «mir danken, und gelte es sein eigenes Leben», aber dieser Unglückliche weiß nicht darum, daß er mir vielleicht den Tod seines Sohnes anlasten muß! Ah, bei diesem Gedanken laufe ich Gefahr, zu sterben... Während aller dieser Tage war ich in einem Zustand, der meine Freunde in Aufregung versetzte. Sie haben mir damit ihren Respekt angesichts meiner Gefühle bezeugt, die ich ob des erlittenen Verlusts hatte, während die Aufregung, die Sie mir bereiteten, den Kummer zerstreute, der mich zerriß. Ja, selbst wenn ich vor Schmerz sterbe, so bin ich dennoch der Gefühle unwürdig, die ich auslöse! Begreifen Sie das tiefe Grauen meiner Situation? Glauben Sie, ein Mensch kann das lange ertragen? Wo soll er den Mut finden, um sich gegen einen solchen Schmerz zu wappnen? Wer möchte sich mit ihm darein teilen? Wer fühlte bei einer so gräßlichen Last noch Mitleid? Ach ja, ich sage es mir, ich spüre es, und ich täusche mich darin nicht: Wenn M. de Mora wieder ins Leben zurückkehrte, dann verstünde er mich, dann liebte er mich, und alle meine Reue, mein Unglück hätten ein Ende. Das soll Ihnen vor Augen führen, welchen Verlust ich erlitten habe! Aber warum bestärken Sie mich in meinem Geheimnis? Diese Sorge sollte Ihrem Feingefühl zuwider sein, mein Freund, aber es verletzt das meine. Wie, glauben Sie, daß ich zu einem solchen Verdacht komme? Selbst im Haß würde ich Sie noch lieben. Sie haben mir Leid zugefügt, aber Sie sind dennoch ein Ehrenmann geblieben.

Mein Freund, warum haben Sie die beiden letzten Male, da die Post abging, nicht geschrieben? Warum lassen Sie mich nicht auch wissen: «Ich antworte auf Ihren Brief vom...»? Man muß sich verständigen, und ein verwirrter Kopf hat es nötig, daß man ihn ordnet. Mein Freund, betrachten Sie mich als jemanden, der an einer tödlichen Krankheit leidet, und üben Sie also mir gegenüber die Nachsicht und Duldsamkeit, die man gegenüber Sterbenden beobachtet. Das wird keinerlei nachteilige Folgen für Ihr Glück haben. Ich verspreche Ihnen feierlich bei dem, das mir das Heiligste ist, bei der Erinnerung an M. de Mora, daß ich Sie nie in Verwirrung stürzen, niemals etwas von Ihnen beanspruchen werde. Und nach Ihrem Brief, der so war, daß ich Ihnen von Herzen dafür danke, können Sie mich gar nicht mehr enttäuschen. Ich werde niemals mehr einen Anlaß zur Klage haben, und wenn ich dennoch traurig sein sollte, dann werden Sie empfindsam genug sein, mich ohne alle Aufdringlichkeit zu verstehen. Leben Sie wohl. Ich antworte Ihnen nicht. In dem Durcheinander meiner Gedanken, bei dem Wirrwarr, in dem ich stecke, bin ich mir nur einer Sache gewiß: Ich lebe, aber ich habe den verloren, den ich liebte.

Mein Freund, wenn es Ihnen nicht geradezu widerstrebt, dann schreiben Sie mir mit jeder Post. Ich brauche Ihre Briefe. Ja, ich will, ich verlange das, und mein letzter Wunsch ist es, daß Sie meine Briefe nicht aufbewahren. Sie haben mir das versprochen, und ich glaube Ihnen. Verstehen Sie mich recht? Ich jedenfalls will Ihnen glauben. Adieu.

1 Vgl. Pierre-Samuel Du Pont de Nemours, Mémoires sur la Vie et les Oeuvres de M. Turgot, Philadelphie 1788, Teil 2, S. 34. 2 Racine, Phèdre, I. Akt, 3. Szene.

69. An Monsieur de Guibert

Samstag, den 2. Oktober 1774, vier Uhr morgens.

Ich habe meinen Brief noch einmal geöffnet. Ich konnte nicht einschlafen, und nun werden Sie das Opfer meiner Schlaflosigkeit. Meine Seele ist ganz von Ihnen erfüllt, mein Kopf war mit Ihrem Brief befaßt, und über diesen Grübeleien geriet mir mein Blut in Wallung. Ja, mein Freund, Sie haben es erraten: Es war Mme. de Châtillon, von der ich zu Ihnen sprach. Was Sie mir von ihr erzählten, wie sie über mich sprach, ist recht liebenswürdig. Aber sie bringt es dennoch fertig, daß ich mit mir unzufrieden bin. Sie bildet sich ein, mich zu lieben, sie ist tätig, gütig, achtbar, aber ihr Kopf ist hohl wie eine Laterne, und ihre Seele ist eine Wüste. Sie werden sich vorstellen können, daß ich weder die Zeit noch die Kraft habe, die eine zu erleuchten und die andere zu füllen. Oft stört sie mich, hindert mich daran nachzudenken oder ist mir meinen Gefühlen lästig. Ich bin nur dann ganz ich selbst, wenn ich mich ausschließlich dem widmen kann, was mir lieb ist.

Die Comtesse de Boufflers hat seit Ihrer Abreise nie von Ihnen gesprochen, und ich sehe sie häufig. Sie ist ganz erfüllt von ihrer Schwiegertochter. Drei- oder viermal wollte sie während des Abendessens das Gespräch auf sie bringen. Damit ist sie aber jedesmal gescheitert. Mme. d'Anville war ganz mit M. Turgot beschäftigt, und ich, ich war ausschließlich auf den Brief gespannt, den ich erwartete, und dann war es das Verlangen, ihn zu lesen. Mit einem Wort: Es gab keine Möglichkeit, sich mit der «hübschesten, klügsten und reizvollsten jungen Person» zu beschäftigen. Aber, da diese auch nicht zugegen war, hat sie deswegen auch nicht gelitten.

Haben Sie jemals den «Commentaire de Mathanasius»[1] gelesen? Nun gut, Ihre kleinlichen und hinterhältigen Kritteleien an La Fontaine gleichen dem wie ein Wassertropfen dem anderen. Und wer hat Ihnen gesagt, daß diese Eloge vollkommen sei? Weder «Athalie» noch «Mahomet»[2] sind es. Auch La Fontaine kann auf die Weise kritisiert werden, wie Sie es taten. Mein Freund, seien Sie mit sich wie mit dem, was Sie machen, immer anspruchsvoll, aber üben Sie Nachsicht gegenüber dem, was einfach gut ist, was Ihnen Freude macht und vor allem, verzeihen Sie mir, daß ich Vernunft zeige. Ich vergehe vor Neugierde, Ihre «Gracques» zu sehen. Was mich daran aber besonders entzückt, ist der Umstand, daß Sie den Stoff so ergiebig finden. Das beweist mir, daß Ihre Seele alles geschaffen hat, und das wird sehr gut sein.

Sie erwarten nicht Ihren Herrn Vater? Ist das richtig so? Ich weiß nichts. Ich bin viel zu nahe, um richtig zu urteilen. Welches Vergnügen man doch einbüßt, wenn man zu sehr liebt! Ich kann nicht mehr über Sie reden. Ich habe Sie ein anderes Mal gelobt, und vor einigen Tagen sagte man mir: «Aber, Sie lieben gar nicht mehr M. de Guibert. Der gute Condorcet und M. de Crillon haben ihn sehr weit weggeschickt.» Ziemlich weit – das ist es, was wirklich zutrifft, und ich habe nicht mehr die Kraft, meine Aufmerksamkeit anderen Dingen zu widmen als jenen, die mich umgeben. Mein Freund, gerade der aufrichtigsten Person mangelt es oft an Wahrhaftigkeit. Aber laut Fontenelle gilt: «Das bedeutet nicht zu lügen, das heißt lediglich, die Wahrheit verschweigen, die man schuldig ist.»[3]

Adieu, oder besser, guten Morgen. Die Ruhe, das Schweigen der Natur müßten eigentlich meine Seele beruhigen. Aber, mein Gott, das Gift, das an ihr frißt, ist allzu aggressiv! Die Kälte des Schierlings dringt noch nicht vor.[4] Mit Ungeduld erwarte ich den Anbruch des Tages. Ich werde Ihren Brief erneut lesen. Es bleibt mir nur darauf zu hoffen, daß Sie sich gerne an den Plan der Post halten, dem zu entnehmen ist, daß ich dreimal in der Woche von Ihnen Briefe erhalten könnte.

1 Nicht zu ermitteln. 2 Tragödien von Racine bzw. Voltaire. 3 Bernard Le Bovier de Fontenelle (1657–1757), Schriftsteller, Verfasser der «Entretiens sur la Pluralité des Mondes», Paris 1731. 4 Eine einheimische Pflanze, deren Saft ein Lähmungsgift enthält, das bei entsprechender Dosierung tödlich wirkt. Julie de Lespinasse spielt hier auf den Tod des Sokrates an, der einen Schierlingsbecher trank.

70. An Monsieur de Guibert

Montag, den 3. Oktober 1774

Mein Freund, wie weh ist es mir ums Herz! Ich habe keine Worte mehr, ich kann nur noch schreien. Ich habe Ihren Brief gelesen, habe ihn hundertmal wiedergelesen. Mein Freund, wieviel Gutes und wieviel Schlechtes findet sich da vereint! Vergnügliches vermengt mit bitterster Qual! Diese Lektüre hat die Erregung meines Herzens gesteigert, hat sie zum Sturm anschwellen lassen. Ich kann mich gar nicht mehr beruhigen. Sie haben nacheinander mein Herz betört und dann zerrissen. Nie erschienen Sie mir liebenswürdiger, nie der Liebe so sehr wert, aber niemals auch bin ich von einem solch tiefen Schmerz verzehrt worden, der heftiger und bitterer denn je war, als ich mich M. de Moras entsann. Ja, ich war dem Tode nah. Mein Herz war völlig bedrückt, der Irrsinn schien sich meiner in der letzten Nacht zu bemächtigen. Ein derart wüster Zustand muß mich entweder vernichten oder in den Wahnsinn treiben. Wohlan, ich fürchte weder das eine noch das andere. Wenn ich Sie weniger liebte, wenn mir mein Leiden weniger bedeutete, mit welcher Wonne, mit welcher Freude entledigte ich mich dieses Lebens, das mich bedrückt! Niemals, nein, niemals hat ein Geschöpf an so vielen Qualen, an solcher Verzweiflung gelitten.

Wir gewinnen aus dem einzig Guten, das es auf Erden gibt, Gift, mein Freund, aus dem einzig Guten, das die Menschen bislang noch nicht verderben oder entstellen konnten. Alles auf der Welt wird nach Geldeswert geschätzt und mit Geld bezahlt: Ansehen, Glück, Freundschaft, selbst die Tugend, alles das wird gekauft, bezahlt oder taxiert nach seinem Goldwert. Nur ein einziges Ding gibt es, das dieser Schätzung entzogen ist, das licht wie die Sonne bleibt und auch deren Glut besitzt, das die Herzen leben läßt, sie erleuchtet, stützt, stärkt und groß macht. Mein Freund, muß ich Ihnen dieses Geschenk der Natur nennen? Aber sobald es nicht das Glück des Herzens, das es erfüllt, ausmacht, muß man sterben. Ja, man müßte sterben. Mich verlangte es danach, ich wollte dieser Lockung nachgeben. Wie grausam Sie doch waren! Was wollen Sie mit den paar Tagen denn beginnen, die Sie mich gerettet haben? Sie mit Unfrieden und Tränen füllen! Dem schlimmsten aller Leiden noch die Marter der Reue hinzufügen! Mir Ekel vor meinem ganzen Leben einflößen und mich dennoch mit einer Leidenschaft daran fesseln, die mein Herz empört, die sich mir wenigstens zwanzig Mal am Tag als Verbrechen offenbart! Mein Gott, ich bin eine Frevlerin, aber der Himmel ist mein Zeuge, daß meinem Herzen nichts heiliger war als die Tugend. Aber waren nicht Sie es, der mich verdorben hat? Wie!? Sie glauben allen Ernstes, ich hätte mich ganz allein und ohne Ihr Zutun in den Abgrund gestürzt? Ich soll Sie also weder für meinen Frevel noch für mein Unglück verantwortlich machen! Ach, ich wollte es sühnen, schon sah ich das Ende meiner Leiden: Indem ich Sie haßte, war ich stärker als der Tod. Welches Verhängnis hat es vermocht, daß ich Ihnen wieder begegnete? Warum hat die Angst, die mich plagte, Sie seien erkrankt, dermaßen mein Herz erweicht? Warum schließlich quälen und trösten Sie mich in einem Atemzug? Warum dieses gräßliche Gemisch von Lust und Leid, von Balsam und Gift? Alles das stürmt mit allzuviel Ungestüm auf eine Seele ein, die schon durch die Leidenschaft und das Unglück erregt ist. All das wird den Ruin eines von Krankheit und Schlaflosigkeit ausgezehrten Körpers vollenden.

Ich habe es Ihnen bereits gesagt: Im Übermaß meiner Leiden weiß ich nicht mehr, ob ich Sie oder den Tod mir ersehne. Sie oder er, einer von beiden wird mir die Erlösung bringen oder mich für immer heilen. Nichts auf der Welt vermag sonst etwas für mich zu tun. Ach, bleibt mir überhaupt noch ein Wunsch, ein Begehren, ein Verlangen, ein Gedanke, irgend etwas, das nicht entweder Sie oder M. de Mora zum Gegenstand hat? Mein Freund, ich hielt meine Seele für erloschen. Ich sagte Ihnen dies bereits, und ich fand eine angenehme Süße in der Ruhe. Aber, mein Gott, wie flüchtig war dieser Zustand! Er verdankte sich einzig der Wirkung eines fortgesetzten Gebrauchs von Opium. Nun gut, ich werde es wieder nehmen, entweder komme ich so zu Verstand, oder ich verliere ihn gänzlich.

Aber sagen Sie mir, wie ist es nur möglich, daß ich noch nicht von Ihnen gesprochen habe? Daß ich Ihnen noch nicht gesagt habe, wie sehr ich einen erneuten Ausbruch Ihres Fiebers fürchte? Daß ich hoffe, mit der heutigen Post einen Brief von Ihnen zu erhalten? Wenn ich keine Nachricht bekomme, werde ich Ihnen das nicht zum Vorwurf machen, sondern still weiter leiden bis zum Mittwoch. Leben Sie wohl, mein Freund. Ihre Güte, Ihre Sanftmut, Ihre Aufrichtigkeit haben mein Herz mit Zärtlichkeit und Sehnsucht erfüllt.

Montagabend

Ein Wort habe ich von Ihnen empfangen, ein einziges Wort nur. Aber es sagte mir, daß Sie frei von Fieber sind, und das beruhigt mich. Aber Sie sind wegen Ihres Fräulein Schwester in Unruhe. Ich bin es auch. Alles, was Sie betrifft, geht auch mir sehr nah. Und auch ich habe Fieber. Der Schmerzausbruch der letzten Nacht hat mein Blut und meinen Puls durcheinander gebracht. Doch ängstigen Sie sich nicht, der Tod kommt selten so gelegen. Die Unglücklichen sterben nicht, und wenn sie lieben, dann sind sie allemal zu schwach und zu feige, um sich selber ein Ende zu setzen. Ich werde weiter leben, weiter leiden, weiter warten, nicht auf das Glück, noch gar auf frohen Genuß, auf was dann also? Mein Freund, ich spreche zu Ihnen, antworten Sie mir.

Sehen Sie, Sie sind von einer Unachtsamkeit, die gefährlich sein könnte. Sie haben mir geschrieben, aber vergessen, Ihren Brief zu siegeln. Damit Sie nicht an meinen Worten zweifeln, sende ich Ihnen das Kuvert. Ich habe den Brief an M. de Vaines geschickt. Der Comte de Crillon heiratet dieser Tage. Er hofft auf das Glück, auf das größte Glück. Möge er darin nicht enttäuscht werden! Er hat sich mit zärtlichster Anteilnahme bei mir nach Neuigkeiten von Ihnen erkundigt. Ich habe sie ihm durch den Chevalier d'Aguesseau übermitteln lassen, der sich in Versailles aufhält. Der Papst ist gestorben,[1] aber an einer Krankheit, die den schlimmsten Verdacht nahelegt.

Gute Nacht, mein Freund. Der Kopf ist mir schon schwer geworden, und ich leide mehr als sonst, aber ich habe Nachricht von Ihnen, und das ist das Wichtigste. Ich bin in einer ganz seltsamen Stimmung. Seit zwölf Stunden habe ich immer die nämliche Erscheinung vor Augen, ganz gleich ob ich sie geöffnet oder geschlossen habe. Es ist das Bildnis dessen, den ich zärtlich geliebt und angebetet habe, das mir jetzt Grauen und Angst einflößt. Selbst in diesem Moment ist es gegenwärtig. Was immer ich berühre, was ich schreibe, alles das ist mir nicht so anschaulich, nicht so gegenwärtig. Aber, warum leide ich Angst? Warum diese Verwirrung? Vielleicht weil .....

1 Clemens XIV., der im Juni 1773 den Jesuitenorden verboten hatte. Rasch aufkommende Gerüchte besagten, daß es die Jesuiten gewesen seien, die ihn dafür aus Rache vergiftet hätten.

71. *An denselben*

Mittwoch, den 6. Oktober 1774

Mein Freund, ich habe von Ihnen keine Nachrichten. Ich hatte sie erwartet. Ach, auch die Seele, die sich nur noch geringe Hoffnungen macht, wird enttäuscht, und der Kopf, der am wenigsten zu Illusionen geneigt ist, macht sich dennoch viel zu viele. Verzeihen Sie, mein Freund, aber mein Verlangen nach Ihnen verführt mich dazu, zuviel zu erwarten. Auch aus diesem Irrtum muß ich mich befreien.

Ich bin krank und befinde mich in einem Zustand unaussprechlichen Leidens. Jegliche Nahrung bereitet mir Übelkeit. Mein Arzt hat daraus den Schluß gezogen, daß mein Pylorus[1] nicht in Ordnung sei. Ich kenne dieses seltsame Wort nicht, aber man liegt auf der Folter, wenn diese Pforte sich schließt. Ich nehme Schierling dagegen. Könnte er mir so zubereitet werden wie dem Sokrates, ich würde ihn mit Vergnügen zu mir nehmen! Er würde mich von dieser schleichenden und so überaus grausamen Krankheit, die man Leben nennt, heilen. Sie verschlimmern meine Leiden, mein Freund. Sie machen mir den Tod unvermeidlich, aber dennoch fesseln Sie mich ans Leben. Welche Schwäche! Welche Widersprüchlichkeit! Ja, ich beurteile mich durchaus richtig. Aber ich schleppe mich so dahin, ich halte mich auf, und ich ahne, daß einmal ein Tag, ein Augenblick kommen wird, an dem ich sehr bitter bereuen werde, so lange zugewartet zu haben. Wenn ich zurückblicke, dann sehe ich, daß es für mich ein großes Glück gewesen wäre, wenn am Mittwoch, dem 1. Juni, mein Dasein sein Ende gefunden hätte. Mein Gott, welche Schmerzen, wieviel Leid wäre mir erspart geblieben! Ja, mich schaudert, wenn ich daran denke, daß ich alles, was ich seit jenem verhängnisvollen Tag erlitten habe, Ihnen verdanke. Wie schlecht waren Sie doch beraten! Mein Tod wäre für Sie keineswegs ein Unglück gewesen, und jetzt bereits, da ich zu Ihnen spreche, hätten Sie ihn längst vergessen. Aber statt dieses Vergessens, das es Ihnen ermöglicht hätte, sich Ihrer Ruhe und Ihres Lebens zu erfreuen, behellige ich Sie jetzt mit meinen Leiden, bedrücke ich mit der Last meines Lebens Ihre Seele. Ach, ich kenne diese empfindsame, tapfere und tugendhafte Seele sehr gut. Sie wäre gewiß großer Opfer fähig, um mir mein Unglück zu erleichtern. Aber es entspricht nicht Ihrem Charakter, sich um mich zu sorgen, mich zu trösten und zu beruhigen. Dies alles ist Ihnen ganz und gar unmöglich. Ihr Herz ist leidenschaftlich, aber es kennt nicht die Zärtlichkeit. Die Leidenschaft kommt nur sprunghaft daher. Sie ist voller Leben, voller Bewegung, aber die Zärtlichkeit dagegen ist sorglich: sie hilft, sie tröstet, und sie würde mir mit jeder Post schreiben, denn sie würde sich der Bedürfnisse einer leidenden Seele annehmen. Nein, ich mache Ihnen keine Vorwürfe; sie wären sowieso nutzlos und kränkend. Wie untröstlich wäre ich doch, machte ich Ihnen auch nur für einen Augenblick Kummer!

Mein Freund, ich möchte zu gerne wissen, ob Ihr Fieber nicht wieder ausgebrochen ist und ob sich das Ihres Fräulein Schwester inzwischen gelegt hat. Als ich Ihnen das letzte Mal geschrieben habe, war ich, glaube ich, in Umnachtung. Während der ganzen Nacht litt ich an heftigem Fieber. Als es von mir wich, verschwand auch jene Erscheinung, die mir den Blick auf jeden anderen Gegenstand verstellte. Aber ich begreife dennoch nicht, warum sie meine Seele in solchen Schrecken versetzte. Ach, wenn ich sein Leben nur für die Dauer einer Stunde um diesen Preis zurückkaufen könnte, dann würde ich jegliche Marter, die ich sonst zu erdulden nicht die Kraft hätte, auf mich nehmen und ich würde sagen:

> «Der Tod und die Unterwelt erscheinen mir
> Ramire, mit Freuden eile ich hinab zu dir.»[2]

Aber, mein Freund, das ist keineswegs das, was ich Ihnen sagen wollte, ich bin verwirrt, ich kann nicht weiter schreiben. Adieu.

Samstag, Mitternacht

Zunächst muß ich Ihnen sagen, daß Ihre Tinte so hell wie das Papier ist, und heute hat mich das wirklich ungeduldig gemacht. Ich habe mir Ihren Brief zu M. Turgot bringen lassen, bei dem ich mit zwanzig Personen speiste. Man überreichte mir Ihr Schreiben während des Essens. Neben mir saß der Erzbischof von Aix und zu meiner Linken der Abbé Morellet. Ich habe den Brief unter dem Tisch geöffnet, aber nur mit Mühe konnte ich ausmachen, daß da etwas schwarz auf weiß stand, und der Abbé machte die nämliche Feststellung. Mme. de Boufflers, die neben dem Erzbischof von Aix saß, fragte, womit ich mich beschäftige. «Denken Sie daran, wo wir uns befinden, und Sie werden wissen, was ich lese», versetzte ich. Darauf sie: «Ohne Zweifel ein Gesuch an M. Turgot?» – «Sehr richtig, Madame, ich will es aber erst lesen, ehe ich es ihm aushändige.»

Und tatsächlich, noch bevor ich in das Zimmer zurückkehrte, habe ich Ihren Brief gelesen, und ich will Ihnen darauf, wenn auch in Eile, antworten, denn ich bin todmüde nach der heutigen Gewalttour. Ich habe hundert Leute gesehen und, da mir Ihr Brief in der Seele wohl getan hat, habe ich geplaudert und darüber vergessen, daß ich tot bin, aber jetzt fühle ich mich wirklich wie erloschen. Tatsächlich aber habe ich große Erfolge gehabt, weil ich es vermochte, die Vortrefflichkeit und den Geist der Menschen, die um mich herum waren, ins rechte Licht zu setzen, und diesen ihrer Eitelkeit so angenehmen Zeitvertreib verdanke ich Ihnen, mein Freund. Meine Eitelkeit hingegen berauscht sich aber nicht einmal an Ihren Lobsprüchen. Ich halte es da lieber mit Couci:

«Lieben Sie mich, Fürst, aber loben Sie mich nicht.»[3]

Mein Freund, hüten Sie sich stets davor, jemals die Güte zu haben und es sich angelegen sein zu lassen, meinen Besitz herauszustreichen, meine Reichtümer anzupreisen. Niemals zuvor habe ich mich so armselig, so ruiniert, so elend befunden. Indem Sie mir vor Augen führen, was ich besitze, Sie mir meine

Möglichkeiten darlegen, beweisen Sie mir doch nur, daß alles verloren ist. Mir bleibt nur noch ein Ausweg, und dieser schwebt mir schon seit langem vor, so daß ich ihn bereits für ganz selbstverständlich ansehe. Dieser Ausweg ist, daß ich meinen vollständigen Bankerott erkläre. Auf jeden Fall betrage ich mich so, als wüßte ich, wie man es anstellt. Ich verschiebe, schichte um, lasse mich von Hoffnungen, von Illusionen täuschen. Ich weiß, daß es sich um solche handelt, aber dennoch erleichtert mich dies ein wenig. Aber Sie haben das alles durch die schreckliche Aufstellung vernichtet, die Sie angefertigt haben. Was für eine klägliche Bestandsaufnahme! Jedem anderen, der es auf sich genommen hätte, mich auf derart verzweifelte Weise zu trösten und mich an das Leben zu fesseln, hätte ich wie Agnès geantwortet:

«Horaz vermochte mit einem Wort mehr als Sie.»[4]

Aber, es ist Horaz, der zu mir spricht! Mein Freund, meine Seele blickt in einen Abgrund. Warum sind Sie nur so erfinderisch, wenn Sie mich quälen? Ich werde, wie Sie schrieben, «Garantien erhalten, werde unterstützt und verteidigt werden» etc. etc. Nun gut, derlei ist mir noch nie widerfahren! Wenn Ihre Wertschätzung diesen Preis hat, werde ich nicht mehr fordern. Ich war inkonsequent, schwach und unglücklich, ja, sehr unglücklich. Ich habe um Sie gebangt, ich war verwirrt. Ich habe Unrecht gehabt, ohne Zweifel, und das ist ein Übel mehr, das ich erkennen muß. Ich habe nicht eine Regung, ich sage Ihnen nicht ein Wort, das mich nicht sofort reute und dessen ich mich schäme. Mein Freund, ich müßte Sie hassen. Ach, seit langem schon mache ich nicht mehr das, was ich müßte, was ich wollte! Ich hasse mich, ich verdamme mich, aber ich liebe Sie.

1 Magenpförtnermuskel. 2 Voltaire, Zulime, II. Akt, 5. Szene. 3 Voltaire, Adélaïde du Guesclin, II. Akt, 7. Szene. 4 Molière, L'Ecole des Femmes, V. Akt, 5. Szene.

72. *An Mademoiselle de Lespinasse*

Fontneuve, nahe Montauban, Samstag, den 8. Oktober 1774

Ja, meine Freundin, gerne werde ich meine Briefe damit beginnen, daß ich Ihnen zunächst den Empfang und das Datum der Ihren anzeige. Sie haben ganz recht damit, von mir möglichste Genauigkeit zu verlangen. Die Ihre ist derart liebenswürdig, großzügig und hilfreich! Sie macht zweimal in der Woche die Entfernung, die mich von Ihnen trennt, erträglich. Alle Mittwoche und Freitage bedeuten mir in meinem Leben das, was Ihnen die Mittwoche und Samstage sind.

An den beiden letzten Posttagen erhielt ich Briefe von Ihnen. Die gestern einlangten sind von Freitagabend und von Samstag nach dem Posteingang datiert. Sie sind sehr beunruhigt, sehr aufgeregt. Mein Gott, was mache ich mir Vorwürfe, dazu den Anlaß gegeben zu haben! Warum nur sprechen Sie von den zwei Fieberanfällen? Wäre es besser gewesen, sie erlitten zu haben, ohne Ihnen davon zu berichten? Dieses Fieber war eine Folge meiner seelischen Verfassung. Ihr Schweigen versetzte mich ebenso in Unruhe wie der Gedanke, daß Sie mich hassen. Den Beweis, daß dieses Fieber von meinem inneren Zustand herrührte, erbrachte der Mittwoch, als ich Nachrichten von Ihnen erhielt und infolgedessen der Fieberanfall, mit dem ich für den nächsten Tag rechnete, ausblieb. Sie haben an dem gelitten, was von Ihnen selbst ins Werk gesetzt worden war, meine Freundin, aber dennoch bedauere ich Sie deswegen. Dieser Brief von Mittwoch, wie sehr er mich gerührt hat! Ich habe genau das empfunden, alles mit Ihnen geteilt, was Sie an Gefühlen bei der Lektüre des Briefes von M. de Fuentes bewegte. Sie haben völlig recht: In keinem Roman findet sich etwas vergleichbar Bewegendes und derart Nobles wie die Bitte dieses so achtbaren Vaters. Ich hoffe, M. d'Alembert wird ihr entsprechen.

Aber warum verschlimmern Sie Ihre Leiden, indem Sie sich einbilden, daß Sie zu seinem Ende beigetragen haben? Er hatte doch den Todeskeim schon seit zwei Jahren in sich und entging seinem Ende in Spanien bereits zweimal nur mit knapper Not. Als Sterbender war er von dort bereits aufgebrochen. Der Konsul in Bordeaux sagte mir, nach Meinung des Arztes wäre er auch an jedem anderen Ort gestorben. Ihr Unglück ist schon groß genug, als daß Sie sich noch Umstände ausdenken müßten, die es noch vergrößerten. Weinen Sie, meine Freundin, aber sagen Sie mir bitte nicht, Sie hätten alles verloren, was Sie liebten. Betrachten Sie das Leben nicht mit Haß und die Liebe mit Entsetzen. Das Leben bietet Ihnen noch immer Trost, Zuneigung und Gefühle. Ach, warum verfluchen Sie die Liebe? Ich segne sie Tausende Male. Dank ihrer leben Sie. Ihr verdanke ich Sie. Niemals habe ich eine köstlichere Wohltat erfahren. Es ist die Liebe, die sich zu meiner Freundschaft gesellte, sie hat dieser jene Bewegung, jenen Liebreiz und jene Leidenschaft eingeflößt, die Ursachen dafür sind, daß meine Verbindung mit Ihnen keiner jener anderen Freundschaften gleicht, die Sie um sich haben. Sehen Sie selbst: Hätten das Schweigen, die Gesundheit eines anderen Sie ebenso beunruhigt, wie Sie dies bei mir waren? Hätten die Gleichgültigkeit, der Haß einer anderen Person Ihnen Fieber verursacht? Hätte der Brief eines anderen Sie geheilt? Mit dieser liebenden Leidenschaft, die wir füreinander hegen, leben wir, lieben wir uns, und wir sind sicherlich auch viel lebendiger als Dreiviertel der Menschheit. Seien wir also unserer Herzen wegen nicht so unzufrieden, hoffen wir lieber darauf, daß uns noch weitere Augenblicke des Glücks zuteil werden.

Dazu gehört ohne Zweifel unser Wiedersehen. Ich zähle die Tage und wünschte, ich könnte sie beschleunigen. Dieses Verlangen beraubt mich ganz meines Pflichtgefühls wie der Wonnen der Natur. Ich verspüre nur Langeweile dort, wo ich nichts anderes empfinden dürfte als Annehmlichkeit und Ruhe. Man unterbricht mich. Ich werde am Abend zu Ihnen zurückkehren. Die Post geht erst morgen ab, und ich muß Ihnen noch von Tausenderlei erzählen...

Warum antworten Sie nicht auf meinen Brief, meine Freundin? Was mochte er enthalten haben, das Ihnen mißfiel? Letzteres wäre für mich das größte Unglück. Ich wollte Sie stützen, Sie beruhigen und Sie von jenen Empfindungen heilen, die Sie quälen und schmerzen. Aber sollten Sie mich jetzt weniger lieben, dann werde ich vor Kummer sterben. Ich habe Sie nicht sich selbst ausgeliefert. Ich bin überzeugt davon, daß meine Ansprüche an Ihr Vertrauen, an Ihre Freundschaft, an Ihre Hingabe viel heiliger geworden sind. Ich habe Ihnen mein Herz geoffenbart, und seit diesem Augenblick geschieht nichts, was ich Ihnen nicht anvertraute. Halten Sie es ganz so wie ich und verbannen Sie auf immer das Wort *Nachsicht*. Es verletzt, es beleidigt mich. Mein Herz wird immer dem Ihren nahe sein! Stützen Sie sich, vertrauen Sie und ruhen Sie sich aus auf diesem meinem Herzen.

Sie befehlen mir, Ihre Briefe zu verbrennen. Ich werde Ihnen gehorchen. Ich werde Ihnen den Vollzug mit der nächsten Post melden, und Sie können mir darin wirklich vertrauen. Aber haben Sie sich etwa vorgestellt, daß mir diese Anstrengung nichts bedeutet? Sie bedeutet mir wohl etwas. Ich bitte Sie um einige Tage Aufschub. Ich möchte sie wiederlesen. Wäre es denn möglich, daß Sie das Gefühl mißverstünden, das ich mit diesen Briefen verbinde? Sie haben nicht die nämliche Haltung gegenüber meinen Briefen, aber Sie lieben mich. Wie geht das zusammen? Aber wäre es nicht auch besser, ich schickte Ihnen Ihre Briefe, als daß ich Ihnen Ihre Vernichtung vermeldete? Sie können sie ja dann selbst verbrennen. Alle die, die ich Ihnen bereits zurückgegeben habe, werden ohne Zweifel dieses Schicksal bereits erlitten haben. Sollte dies aber noch nicht geschehen sein, dann möchte ich Sie um Gnade bitten. Wir sammeln sie alle. Sie verbleiben in Ihren Händen. Antworten Sie mir auf diesen Vorschlag. Teilen Sie mir mit, daß Sie mich beauftragen, Ihre Briefe bis zu meiner Rückkehr aufzubewahren, wenn nicht, werde ich Ihnen unter Seufzen gehorchen, aber ich werde gehorchen.

Ich will diesen Brief schließen mit einigen eher nebensächlichen Dingen im Vergleich zu denen, die er sonst enthält. Die Neuigkeiten von allgemeinem Belang, die mehr privaten Ereignisse, alles, was Ihnen eher fremd ist, werden in einer Sprache abgehandelt, deren wir uns niemals bedienen sollten. Von all dem interessiert mich noch am meisten die Hochzeit des Comte de Crillon. Er ist jetzt ganz schön reich. Ist er deshalb aber auch glücklicher? Er hat es wenigstens verdient. Ich habe ihm geschrieben. Was mich außerdem noch interessiert, vor allem, weil es meinen Vater beruhigen wird, ist die Zusicherung, die Ihnen M. Turgot gegeben hat, daß er die Domänen nicht anrühren wird. Ich bin entzückt über jene hunderttausend Ecus, die er den Abbé Terray zwingt, wieder herauszurücken, wie auch über die Selbstlosigkeit, mit der er auf das verzichtete, was ihm davon zugestanden hätte. Trifft es zu, daß er im Augenblick damit beschäftigt ist, die Frondienste abzuschaffen?

Leben Sie wohl, meine Freundin. Mit der nächsten Post werde ich wieder schreiben. Ich werde sie nicht abgehen lassen, ohne mir dieses Vergnügen nicht gemacht zu haben. Ich liebe Sie von ganzem Herzen. Und Sie lieben mich wie sehr? Sagen Sie es mir. Sagen Sie es mir immer wieder, ob mir nichts verloren gegangen ist. Nochmals Adieu.

73. An M. de Guibert

Samstagabend, den 9. Oktober 1774

Mein Freund, ich habe Ihren Brief zweimal gelesen, und der Eindruck, den ich insgesamt davon gewann, ist, daß Sie sehr liebenswürdig sind und daß es einem erheblich leichter fiele, Sie gar nicht als Sie nur ein bißchen zu lieben. Machen Sie sich darauf selber einen Reim, aber gebrauchen Sie dazu nicht Ihren Verstand, denn an den wende ich mich nicht. Mein Freund, eigentlich möchte ich gern auf einige Worte in Ihrem Brief ausführlicher eingehen.

Sie haben mir nämlich wehgetan.

«Ach, eine Seele, Leids gewöhnt, regt alles auf.»[1]

Oder könnte ich wenigstens mit Bayard sagen:

«Hat der Freund mich betrübt, trocknet er mir auch die Tränen.»[2]

Sie sprechen zu mir von meinem Mut, meinem Geld, meiner Tätigkeit, von den Angelegenheiten meines Herzens in einer Art und Weise, daß ich vor Scham und Reue schier vergehen will, weil ich Ihnen meine ganze Schwäche offenbart habe. Aber es sei so, mein Herz war schwach, und keine seiner Regungen soll Ihnen fürderhin verborgen bleiben. Wenn es von Haß erregt war, dann habe ich Sie das stets wissen lassen. Sollte ich mir also nur gestatten zu hassen? Mein Freund, ehe ich Ihre Aufzählung dessen, was mir die Welt so alles bieten könnte und was mich vor meinem Verderben rettete, nochmals durchlas, mußte ich schließlich doch lachen, weil mich dies an einen witzigen Ausspruch des Präsidenten Hénault erinnerte, der sehr hübsch ist. In einem gewissen Lebensalter glaubte der nämlich, fromm werden zu sollen, um derart sein Ansehen noch zu steigern. Er legte also eine Generalbeichte ab und gestand danach seinem Freund d'Argenson: «Erst gelegentlich eines Umzugs bemerkt man, welchen Reichtum man besitzt.»

Mein Freund, Sie haben mir einen genau gegenteiligen Eindruck verschafft. Mein Herz überschlug sich und ich hätte sagen mögen:

«Himmel! Ich bin allein im ganzen Weltenraum.»[3]

Mein Freund, ich zitiere Ihre Verse. Sie sind mir geläufiger als die von Racine, und es will mir scheinen, als gewänne mein Gefühl an Kraft, wenn ich mich Ihrer Worte bediene. Aber ich muß Ihnen noch von tausenderlei Nichtigkeiten erzählen. Außerdem muß ich meine Gedanken von einer ebenso traurigen wie wichtigen Sache ablenken.

Ich habe Ihren Brief zur Hand und ich komme zurück auf Ihre Kritik an M. de la Harpe, die derart gerechtfertigt erscheint, daß es nicht der Mühe wert ist, ihr zu widersprechen. Zunächst aber hören Sie meine Kritik. Man muß unbedingt sagen: M. de la Harpe und nicht kurz und einfach: la Harpe. Diese Ehre steht lediglich Racine, Voltaire, Montesquieu etc. etc. zu, und in solche Höhen darf man einen Literaten unserer Zeit nicht erheben. Und dann, mein Freund, möchte ich Ihnen auch sagen, daß Ihnen ein feines Taktgefühl eigen ist, wenn es Sie verletzt, sobald man von Gott auf etwas gewöhnliche Weise spricht. Es gibt da Augenblicke in seinem Leben und Sterben, die keineswegs eine besonders anspruchsvolle Ausdrucksweise erheischen. Aber, um bei der Wahrheit zu bleiben, es sind auch nicht diese Augenblicke, in denen er La Fontaine als *Erzähler* schuf. Voltaire war darin ebenso empfindlich wie Sie. Als er nämlich M. Soret[4] kritisierte, sagte er: «Jesus, in Verse eingemacht, ist abscheulich.» Aber das ist schon zuviel über M. de la Harpe, selbst wenn er ein Gott wäre: wir haben immer noch nicht seine preisgekrönte «Eloge».

Eben traf ich den Comte de Crillon. Er hat Ihnen geschrieben, so daß ich Ihnen nichts mitzuteilen habe, zumal Sie wissen, wie liebenswürdig er ist. Morgen werde ich mit ihm bei Mme. d'Anville speisen. Mein Freund, ich liebe dieses Haus, denn es gehört zu denen, wo ich Sie treffen könnte. Sie mögen so leben, wie Sie es lieben, und Ihre Abende in der Gesellschaft verbringen, aber mittags werden Sie sicherlich oft mit mir speisen? Das wird es Ihnen gestatten, in einer Gesellschaft zu verkehren, die Ihnen gemäß ist. Die Dummen und die Blasierten setzen sich nämlich nicht vor fünf oder sechs Uhr in Bewegung. Um diese Zeit sitze ich längst schon wieder an meinem Kamin und finde dort immer jemanden vor, dem ich mich wenigstens nicht entziehen will, auch wenn es nicht der Erwählte ist.

Habe ich Ihnen schon berichtet, daß man mich drängt, ja anfleht, meine Gesundheit bei Lord Shelburne[5] wiederherzustellen? Das ist ein geistreicher Mann, der Führer der Opposition, ein Freund Sternes.[6] Er bewundert seine Schriften. Allein das übt auf mich die größte Anziehung aus und, geben Sie es zu, wie könnte ich dann nicht von seiner Bitte entzückt sein, mich ihm anzuvertrauen. Geben Sie es nur zu, hätten Sie von diesem Glück gewußt, dann wäre es bestimmt von Ihnen in Ihrem pompösen Inventar verzeichnet worden.

Ja, der gute Condorcet weilt bei seiner Mutter. Er arbeitet zehn Stunden am Tag, führt zwanzig Briefwechsel, pflegt zehn intime Freundschaften, und jeder dieser Freunde könnte ohne alle Einbildung wähnen, der ihm liebste und beste zu sein. Ach niemals, nie hat man soviel Tatkraft, so viele Möglichkeiten und soviel Gelegenheit! Aber bitte, schon fällt mir darüber ein, daß Sie mir kein Wort über den Duc de Choiseul[7] gesagt haben. Liegt dies daran, daß Ihr Aufenthalt in Chanteloup noch nicht einmal eine Spur auf Ihrer Reiseroute hinterlassen hat? Nun gut, wo auch immer er sich in Paris blicken läßt, entzieht sich ihm die Öffentlichkeit ganz, und es scheint mir, das Beste, was ihm gegenwärtig widerfahren könnte, ist, daß er dem völligen Vergessen anheimfällt. Er gewänne nämlich so gar nichts von Vergleichen oder Annäherungen. Wir hätten ihm schon vor zehn Jahren einen M. Turgot verdanken können, aber er entschied sich stattdessen für die Laverdy,[8] die Maupeou,[9] die Terray etc. etc.

Ihr Brief an M. d'Alembert ist ausgezeichnet, und da wir beide sehr mitteilsam sind, haben wir das Wort «Gracchen» ausgelöscht und den Brief am Abend M. de Vaines gezeigt, der davon sehr angetan war und der sich sofort bereit erklärt hat, ihn demjenigen zur Kenntnis zu bringen, der die Rolle übernehmen könnte, ohne daß dies seiner Bescheidenheit abträglich wäre. Mein Gott, wie sollte er es wagen, sich Ihnen gegenüber ungehörig zu betragen? Er hat noch niemandem geantwortet, weil er sich das Vergnügen machen wollte, dies eigenhändig zu tun! Mein Freund, die tugendhaften Menschen können gar nicht arrogant sein, und sie verehren das Verdienst und die Talente.

Sie werden niemals erraten, was mich beschäftigt, was ich begehre: Ich möchte *einen meiner Freunde* verheiraten. Ich wünschte mir, daß ein Einfall, den ich hatte, erfolgreich wäre: Der Erzbischof von Toulouse könnte zum Gelingen dieses Plans einiges beitragen. Es handelt sich um ein junges Mädchen von 16 Jahren, das nur eine Mutter, aber keinen Vater mehr hat. Ein Bruder ist auch da. Es bekommt als Mitgift 13000 Livres jährliche Rente. Die Mutter hat das Mädchen bei sich wohnen und will es noch möglichst lange bei sich behalten, weil ihr Sohn noch ein Kind ist. Dieses Mädchen hat ein Vermögen von wenigstens 600000 Francs, wenn es nicht noch reicher ist. Würde Ihnen das nicht behagen, mein Freund? Lassen Sie es mich wissen, und wir handeln gemeinsam; auch müssen wir dabei keinerlei Abgeschmacktheit empfinden, denn der Erzbischof von Toulouse verfügt über sehr viel Anstand und Aufrichtigkeit. Wir werden uns über all das austauschen. Und sollte es uns nicht glücken, dann kenne ich da noch einen Mann, der sich sehr glücklich schätzte, wenn er Sie zu seinem Schwiegersohn hätte, aber dessen Tochter ist erst elf Jahre alt. Sie ist das einzige Kind und wird einmal sehr reich. Mein Freund, vor allen anderen Dingen möchte ich Ihr Glück, und das Mittel, Ihnen dies zu verschaffen, wird die Hauptsorge meines Lebens sein. Geben Sie zu, daß die Quietisten[10] oder gar der gefühlige Fénelon[11] Gott mit nicht noch mehr Selbstverleugnung lieben könnten! Vordem wäre mein Herz bei weitem nicht so großzügig gewesen, aber es eifert damit einem nach, das voller Abscheu selbst die Weltherrschaft von sich gewiesen hätte. Welche Erinnerung, mein Gott, wie süß und doch wie grausam sie ist. Wenn ich morgen, wie ich es mir erhoffe, Nachricht von Ihnen erhalte, mache ich diesen langen Brief noch länger. Seit zwei Tagen leide ich weniger. Ich esse jetzt täglich zwei Hühnerflügel, aber wenn mir diese Diät nicht besser bekommt als die frühere, dann nehme ich nur noch Milch als einziges Nahrungsmittel.

Noch immer Sonntag, viel später, den 9. Oktober 1774

Dieses Lebewohl war viel zu kurz, viel zu grob, und Sie werden überdies verstehen, daß ich Ihnen noch Tausenderlei mitzuteilen habe, denn, wenn ich mich nicht irre, schreibe ich Ihnen heute zum letzten Mal. Morgen weiß ich, woran ich mich zu halten habe. Ich werde Nachricht von Ihnen bekommen, mein Freund, aber ich bin mir dessen nicht deshalb gewiß, weil ich in meine Sehnsucht, sondern in Ihre Güte mein Vertrauen setze. Sie haben mir mitgeteilt, daß Sie zu Ihrem Regiment abgehen werden. Zweimal haben Sie mir den Namen des Ortes mitgeteilt, an dem es in Garnison liegt, aber dank Ihrer schönen Handschrift weiß ich nichts. Ich lese Livorno, aber ganz sicher ist das nicht der Ort, zu dem Sie reisen.[12]

Mein Freund, schreiben Sie mir von überallher. Sie müssen mich dafür entschädigen, daß ich Ihnen nicht schreiben kann. Ich bin mir nicht ganz sicher, ob Sie bereits heute abgereist sind. Wie könnten Sie sich aber auch Ihrer Mutter versagen, zumal da sie noch nicht wieder genesen ist, auch ist man immer noch sehr krank, solange man Fieber hat. Hoffentlich haben Sie nicht unrecht, und ich sehe Sie in vierzehn Tagen wieder. Vierzehn Tage sind eine ziemlich lange Zeit! Ich habe jemanden anderen von ganz nahe gesehen. Ach, ich zittere, welche schreckliche Erinnerung! Sie vergiftet sogar die Hoffnung. Ich erhielt gestern einen Brief seines Schwagers (i. e. de Mora). Ich habe ihn zu Lebzeiten meines Freundes nie geschätzt. Seither aber ist er mir sehr teuer geworden. Wie gerne würde ich ihn kennen, wie lieb wäre es mir, mit seiner Schwester zusammen zu leben! Er wollte nicht, daß ich sie sehe, er fürchtete nämlich, daß ich in ihr jene Leidenschaft noch verstärke, die sie verzehrt. Mein Freund, ist diese Furcht nicht die letzte Steigerung der Leidenschaft wie auch des Vertrauens in meine Liebe? Mein Gott, es sind aber doch Sie, der das Glück dieser so zarten und so leidenschaftlichen Seele getrübt und in sein Gegenteil verkehrt hat! Es sind Sie, der uns einem schrecklichen Unheil überantwortet hat, aber es sind auch Sie, den ich liebe! Ja, man haßt das Unglück, das man angerichtet hat, aber man ist dennoch mitgerissen. Ich werde noch vor Schmerz vergehen, aber dennoch ist es meine Bestimmung zu leben, zu schmachten, zu seufzen, Sie zu fürchten, Sie zu lieben, das Leben ohne Unterlaß zu verwünschen und es dennoch für Augenblicke zu schätzen.

Man hat mich gestört. Man machte mir den Vorschlag, zu Duplessis[13] mitzukommen. Das ist ein Portraitmaler und als ein solcher van Dyk vergleichbar. Ich weiß nicht, ob Sie sein Portrait des Abbé Arnaud[14] kennen. Aber, was Sie unbedingt einmal sehen müssen, ist sein Bildnis von Gluck.[15] Es ist so lebenswahr und vollkommen, daß es sogar die Natur übertrifft. Zehn Köpfe von ganz verschiedenen Charakteren waren zu sehen, aber Schöneres und Wahrhaftigeres habe ich darunter nicht gefunden. M. d'Argental[16] ist auch dort gewesen und hat uns einen Brief gezeigt, den er gerade von Voltaire bekommen hatte.[17] Ich fand ihn so schön, im Ton so mild, so ganz natürlich, ja, man fühlte sich unter seiner Lektüre ihm ganz nahe, daß ich, ohne daran zu denken, ob dies nicht vielleicht indiskret sei oder auch nicht, mir diesen Brief ausbat, um mir eine Abschrift anfertigen zu lassen. Dies geschieht soeben, und mein Freund wird den Brief ebenfalls lesen. Dieser Gedanke liegt sowieso allem zu Grunde, was ich fühle. Mein Freund, wie Sterne zu Lisette (Elisa) bemerkte, so sage auch ich Ihnen immer wieder: «Ihre Freude ist meines Herzens erster Wunsch.»[18]

Bei Gott, ja, es ist ein schwieriges Unterfangen, einen Brief zu beginnen, wenn einem der Verstand das Gefühl ersetzen soll. Dennoch muß ich an Mme. de Boufflers schreiben. Ihren Namen erwähnt sie übrigens nie. Ich bin deshalb nicht empört, aber warum ergreift man nicht jede Gelegenheit beim Schopfe, um von dem zu sprechen, der einem zusagt? Ab einem gewissen

Grad von Zuneigung ist man eben befangen. Just das ist es, was auch mich daran hindert, Sie ihr gegenüber zu erwähnen. Aber sie hat nie diese Befangenheit verspürt, dessen bin ich mir ganz gewiß. Es genügt ihr, Liebe zu entfachen, und sie ist auch sehr liebenswert.

Mein Freund, ich kenne mich viel zu gut, als daß mich nicht die Versuchung anwandelte zu glauben, daß Sie sich über mich lustig machen, sobald Sie auf meine Erfolge in der Gesellschaft zu sprechen kommen. Du lieber Gott, seit acht Jahren habe ich die Welt gemieden. Seit dem Augenblicke, da ich liebte, hatte ich Abscheu vor dem Erfolg. Muß man denn noch gefallen, wenn man geliebt wird? Gibt es denn noch eine Regung, ein Verlangen, das nicht die Person, die man liebt, zum Gegenstand hätte und für die man einzig und allein leben möchte? Mein Freund, soviel begehren Sie aber gar nicht, oder?

1 Guibert, Le Connétable de Bourbon, I. Akt, 2. Szene. 2 Guibert, Le Connétable de Bourbon, I. Akt, 2. Szene. 3 Guibert, Le Connétable de Bourbon, V. Akt, 6. Szene. 4 Jean Soret, einer der französischen Moralisten. 5 William Petty-Fitz-Maurice, Count of Shelburne, Marques of Lansdowne (1737–1805), englischer Politiker. 6 Laurence Sterne (1713 bis 1768), englischer Schriftsteller. 7 Etienne-François, Comte de Stainville, später Duc de Choiseul (1719–1783), seit 1758 Außenminister und von 1761 an Kriegsminister. 1770 fiel er in Ungnade und wurde auf seinen Besitz Chanteloup verbannt. Im Sommer 1774 wurde seine Verbannung aufgehoben, und der Duc de Choiseul antichambrierte, von Marie-Antoinette dabei unterstützt, um einen neuen Posten zu bekommen. 8 Clément-Charles-François de Laverdy oder L'Averdy (1723–1793), Contrôleur général des Finances von 1763–1768. 9 René-Nicolas-Charles Augustin de Maupeou (1714–1792), in Nachfolge seines Vaters seit 1768 Chancelier. 10 Eine vor allem in Frankreich und Spanien verbreitete mystisch-religiöse Bewegung, die eine passive Ruhe der Seele durch das Versenken des Geistes in schweigendes Gebet anstrebte. Fénelon wirkte zeitweilig als ihr prominentester Propagandist. 11. Vgl. Brief 37, Anm. 3. 12 Das Regiment war in Libourne, einer kleinen Stadt in der Nähe von Bordeaux stationiert. 13 Joseph-Sifrède Duplessis (1725–1802), Maler. 14 Abbé François Arnaud (1721–1784), Schriftsteller, leidenschaftlicher Anhänger des Komponisten Gluck, weshalb man ihn als den «Grand Pontife des Gluckistes» bezeichnete. 15 Dieses Portrait gehört heute zum Bestand des Kunsthistorischen Museums in Wien. 16 Charles-Augustin Fériol, Comte d'Argental (1700–1788), Botschafter des Herzogs von Parma am französischen Hof. Er war der Vertraute Voltaires und wurde der Testamentsvollstrecker seines schriftstellerischen Nachlasses. 17 Vermutlich ist damit der Brief

Voltaires vom 25. September 1774 gemeint. Voltaire, Correspondance, ed. Besterman, No. 13878. 18 Eliza Draper, die große Leidenschaft von Laurence Sterne, an die Yorick's Letters to Eliza, London 1776 adressiert sind.

74. *An denselben*

Montag, den 10. Oktober 1774, nach dem Eintreffen der Post

Kein Brief! Wahrlich, setzte ich nicht immer wieder Vertrauen in Ihre Freundschaft, rächte ich mich jetzt, indem ich Ihnen nicht mehr schriebe. Mein Gott, wie kann man nur so nachlässig sein, so leicht diejenige vergessen, die Sie liebt? Ist es denn wirklich vorstellbar, derart beschäftigt oder abgelenkt zu sein, daß man sich die Freude versagt, das Leid jemandes anderen zu lindern? Schließlich, wie sonst ließe sich ein tiefes Herzeleid heilen, von dem nichts abzulenken vermag? Bis Samstag werde ich die Zeit haben, diesen Gedanken nachzuhängen. Der Schmerz lastet auf meiner Seele und flößt mir abwechselnd Sehnsucht und Reue ein. Aber was schert Sie das? Sie warten gar nicht auf meine Briefe, mein Seelenfrieden ist Ihnen gleichgültig. Nun gut, was immer es sein mag, das Ihnen behagt, ich bin nicht Ihretwegen unzufrieden, sondern meinetwegen, einzig und allein meinetwegen. Ja, mein Freund, ich verzeihe Ihnen. Ich liebe Sie. Sie tun mir weh, aber Sie werden dies auch wieder gutmachen.

Hier ist noch ein kleiner Brief, den ich meinem Riesenbrief noch beifüge. Er ist vom guten Condorcet an seinen Freund.

75. *An Monsieur de Guibert*

Freitag, den 14. Oktober 1774

Mein Freund, ich komme aus dem «Orpheus». Diese Oper hat mir meine Seele weich und ruhig gemacht. Ich habe Tränen vergossen, aber sie waren ohne alle Bitternis. Mein Schmerz war sanft, in meine Trauer mischte sich die Erinnerung an Sie. Meine Gedanken verweilten bei Ihnen, ohne daß es mich reute. Ich weinte um den Verlorenen, aber ich liebe Sie. Mein Herz ist groß genug für beide. Welch reizvolle Kunst! Welch göttliches Geschenk! Die Musik ist von einem sensiblen Menschen erfunden worden, um Unglückliche zu trösten. Welch ein wohltuender Balsam sind doch diese herzerfrischenden Klänge! Mein Freund, bei unheilbaren Leiden kann man nach nichts anderem Ausschau halten als nach Linderung, und davon gibt es für mein Herz auf der ganzen Welt nur drei Arten: Sie, mein Freund, Sie sind das wirksamste Linderungsmittel von allen, Sie vermögen es, mich meinem Schmerz zu entreißen, indem Sie mein Herz mit einer gewissen Trunkenheit erfüllen, die mich jeglicher Fähigkeit beraubt, mich zu erinnern oder in die Zukunft zu blicken. Nach diesem besten aller Linderungsmittel kommt das Opium, das mir als Schutz und Hilfe gegen die Verzweiflung wertvoll ist. Es ist mir zwar nicht teuer, indem es auf meine Empfindungen einwirkt, aber es ist mir gleichwohl unverzichtbar. Schließlich ist mir das sehr angenehm, was meine Leiden verzaubert, die Musik. Sie gießt mir in mein Blut, in alles, was mich leben läßt, eine Süßigkeit und eine so köstliche Wonne, daß ich beinahe zu sagen versucht bin, ich genieße meine Trauer und mein Unglück. Wahrlich, in den glücklichsten Stunden meines Lebens war mir die Musik nie so wertvoll wie gerade jetzt.

Mein Freund, vor Ihrer Abreise bin ich keinmal im «Orpheus» gewesen. Ich hatte kein Verlangen danach. Ich sah Sie, Sie waren gerade bei mir, ich harrte Ihrer, das erfüllte mich ganz und gar. Aber in der Leere, in die ich jetzt gestürzt bin, unter den stetigen Anfällen von Verzweiflung, die meine Seele angreifen und verwirren, mußte ich mich aller Mittel bedienen. Aber wie schwach diese doch sind! Wie unwirksam vor allem gegen das Gift, das mein Leben aufzehrt! Aber ich muß Sie von mir ablenken und mit Ihnen lieber über Sie sprechen. Ich habe das Thema nicht gewechselt.

M. Turgot hat Ihnen geschrieben. Er hat sein Versäumnis wieder gutgemacht, denn er hat Sie gebeten, ihm zu helfen, und ich bin mir gewiß, daß Sie es eben so verstanden haben. M. de Vaines sagte mir gestern: «Sorgen Sie doch dafür, daß M. de Guibert zurückkommt. Er wird uns erleuchten. Er wird uns nützlich sein bei Dingen, von denen wir nichts verstehen, die wir aber dennoch notwendig brauchen.» Wohlan, urteilen Sie, urteilen Sie über meine Situation. Es steht hier das Vorrangige, das einzige, woran ich in meinem Leben interessiert bin, in Frage, und ich wage es nicht, mir das Empfinden zu versagen:

«Und meine zärtlichsten Wünsche sind voller Reue.»[1]

Ja, die Tugend spricht: Kommen Sie, langen Sie hier an, ich aber sterbe. Aber, mein Freund, eine viel stärkere, aus größerer Tiefe kommende und viel innigere Stimme ruft mir zu: Wenn du ihn siehst, dann wird dir das Leben wieder wert und dein Leiden dir erträglich sein. Und wäre dieser Gedanke doch nur wieder ein Irrtum, machte ich mir mit ihm nicht neuerlich eine Illusion, dann wäre dies wenigstens doch die letzte und ich wäre vor Ihnen schuldig geworden, ein Band zerrissen zu haben, das niemals hätte ausgespannt werden dürfen.

Das letzte Mal schrieb ich Ihnen in aller Eile ein Billet just in dem Augenblick, da ich bemerken mußte, daß kein Brief von Ihnen eingelangt war. Ich war darüber ebensosehr verwirrt wie bekümmert, und ich weiß nicht, ob ich Ihnen dies zu verstehen gab, denn ich war derart gehetzt, daß ich kaum schreiben konnte. Der Duc de la Rochefoucauld erwartete mich nämlich bei sich zum Essen. Dort traf ich auf den Comte de Crillon, und seine erste Bemerkung war: «Sie haben meinen Auftrag ausgeführt, ich habe einen Brief von M. de Guibert als Antwort auf den Ihrigen erhalten.» Das hat mir wohlgetan. Derart erhielt ich Kunde von Ihnen. Aber mein Brief war bereits auf der Post. So erfuhren Sie meinen ganzen Groll.

Der Comte de Crillon und alle Crillons dieser Welt waren heute Abend in der Oper in der königlichen Loge. Ich saß wie üblich in meiner gewöhnlichen Kammer. Ich habe mir die Frau des Comte ganz genau angesehen. Sie schien mir recht gewöhnlich auszusehen, indes nicht geradezu häßlich, aber man sieht auch so schlecht während der Aufführung! Er kam mich dann in meiner Loge besuchen. Er sprach über seine Angelegenheiten, aber nur weniges über seine Frau. Ein großes Vermögen ist auch eine große Last. Er hat Prozesse am Hals und geht Geschäften in Amerika nach. Er machte mir ganz den Eindruck, als läge es ihm sehr am Herzen, daß deren Abwicklung ihm gut, wenn nicht geradezu perfekt gelinge. Er verlor sich bis in Einzelheiten, aber so hat er auch immer zu tun und er beschäftigt sich mit etwas, bei dem mehr Gewinn denn Ruhm abfällt. Nein, das Glück findet sich wahrlich nicht bei den großen Reichtümern! Wo aber hat es dann seinen Ort? Bei irgendwelchen linkischen und einsamen Gelehrten; bei den gut beschäftigten Handwerkern, die ein gewinnträchtiges, aber nicht allzu anstrengendes Gewerbe ausüben; oder bei den biederen Pächtern auf dem Lande, die eine vielköpfige Familie haben, die dennoch in anständigen und auskömmlichen Verhältnissen leben. Ansonsten wimmelt es auf Erden nur von Toren, Narren und Verrückten, und unter letzteren finden sich auch alle Unglücklichen. Dazu rechne ich aber keineswegs diejenigen von Charenton,[2] denn diese Art von Verrücktheit, die einen wähnen läßt, der Himmlische Vater zu sein, ist möglicherweise besser als Weisheit und Glück.

Ich schicke Ihnen den Auszug eines Briefes, den der schwedische Botschafter geschrieben hat. Sie erkennen daran, mit welcher Eleganz die Fremden französisch sprechen. Glauben Sie mir, daß nicht ein Beistrich verändert wurde. Aber sehen Sie, welche Angst man wegen eines religiösen Ordens haben muß, der sich derartiger Mittel bedient. Mein Freund, verbrennen oder verlieren Sie nicht die Briefe, die Sie erhalten haben. Es finden sich einige darunter, die Sie mir zeigen müssen. Ich zähle darauf, daß Sie mir mitteilen, daß die meinigen in Sicherheit sind. Daher werde ich nicht mehr darauf zu sprechen kommen. Ich vertraue Ihnen. Wie könnten Sie mich täuschen?

Ich lese ein miserables Buch über das Theater,[3] in dem sich aber dennoch einige treffliche Bemerkungen finden. Ich werde es für Sie aufbewahren. Alle Welt hat sich nach Fontainebleau begeben.[4] Ich bin darüber sehr froh. Oft möchte ich wie jener Weise über meine Türe schreiben: «Wer eintritt, ehrt mich; wer nicht kommt, erfreut mich.»

M. de Marmontel machte mir den Vorschlag, mir am Mittwoch den Text einer neuen komischen Oper vorzulesen. Er kam, und wir waren insgesamt zwölf Zuhörer. Wir bildeten einen Kreis um ihn, um so dem «Vieux Garçon», so lautet nämlich der Titel des Stücks, besser lauschen zu können. Der Anfang der ersten Szene erschien mir jedoch konfus und schwerfällig. Wissen Sie aber, was ich dann getan habe, ohne daß dies jedoch meine Absicht gewesen wäre? Ich habe nicht ein Wort mehr vernommen. Das müssen Sie buchstäblich so verstehen, daß ich von keiner der handelnden Personen noch von dem Gegenstand des Stückes irgend etwas sagen könnte, selbst wenn ich gehenkt werden sollte. Ich zog mich hinterher aus der Affäre, indem ich die Wahrheit bekannte und bemerkte, die Zeit wäre mir gar nicht lang geworden. Aber ich war wirklich erstaunt, als ich die Gesellschaft rings um mich her auf einmal wieder sprechen hörte. Nun gut, seitdem es mir aber unmöglich geworden ist, irgend etwas meine Aufmerksamkeit zu schenken, liebe ich es über alles, vorgelesen zu bekommen, denn das läßt mir meine Freiheit. Bei Gesprächen dagegen, auch wenn man sich gar nicht an ihnen beteiligt, wenden sich dennoch allzuoft die anderen an einen. Das tun im besonderen die Leute, die einen durch ihre Ansprache auszeichnen wollen, gleichzeitig sind es aber diese, die einen am meisten ermatten! Es gibt zwei Männer, die die Güte haben, sich meinetwegen außerordentliche Umstände zu machen, indem sie mir, gleich um welchen unwichtigen Gegenstand es sich auch immer handelt, ganz laut direkt in meine Ohren schreien. Da brauche ich wirklich ein gerüttelt Maß an Takt, um zuzuhören und um zu antworten. Mein Freund, Sie haben gut sagen, daß ich die Unterhaltungen nicht schätze, außer wenn Sie oder der Chevalier de Chastellux meine Gesprächspartner sind. Übrigens ist Chastellux sehr zufrieden mit mir. Ich habe seinen Freunden eingeheizt, und alles ist jetzt vortrefflich vorbereitet, und was jetzt nur noch fehlt ist, daß einer der Vierzig stirbt,[5] damit er in die Akademie aufgenommen wird. Das ist nur recht und billig, aber es war dennoch nicht ganz einfach. Das Interesse, das Vergnügen, das Verlangen, alles, was er an diesen Triumph wendete, haben mich regelrecht belebt. Mein Gott, Fontenelle[6] hat recht, wenn er sagt: «Jedes Alter hat seine Kinderrassel.» Nur das Unglück ist alt, nur die Leidenschaft vernünftig. Mein Freund, das sind keine Widersprüche. Denken Sie darüber nach, und Sie werden sehen, daß man dem durchaus beipflichten kann.

Gute Nacht. Es ist höchste Zeit, Sie aufatmen zu lassen. Ich habe Ihnen in einem Zuge geschrieben. Die Tage, an denen die Oper gegeben wird, sind meine Ruhetage. An diesen Tagen bin ich nämlich dort ganz für mich allein, und sobald ich nach Hause zurückgekehrt bin, bleibt meine Türe verschlossen. M. d'Alembert hat sich den «Arlequin»[7] angesehen. Er gibt dem den Vorzug vor «Orpheus». Jeder hat recht, und ich bin weit davon entfernt, die unterschiedlichen Geschmäcker zu kritisieren. Alles ist gut. Aber leben Sie jetzt wohl. Bis morgen.

1 Nicht zu ermitteln. 2 Vgl. Brief 5, Anm. 2. 3 Louis-Sébastien Mercier, Du Théâtre, ou nouvel Essai dramatique, La Haye 1774. 4 Der Hof weilte vom 10. Oktober bis zum 9. November in Fontainebleau. 5 Der Académie française gehören seit ihrer Gründung 1635 jeweils nur 40 Mitglieder an. Der Chevalier de Chastellux wurde 1775 aufgenommen. 6 Vgl. Brief 69, Anm. 3. 7 Es gibt zahlreiche Komödien, die den Arlequin in ihrem Titel führen, so daß nicht festzustellen ist, welche hier gemeint wird.

76. An denselben

Samstag, den 15. Oktober 1774, um drei Uhr nach Eintreffen der Post

Ich habe heute zu Mittag bei mir gespeist, um Ihren Brief eine Stunde früher zu erhalten. Das gibt Ihnen eine Antwort auf Ihre letzte Frage: «Ob Sie nichts verloren haben.» Aber, mein Freund, Sie bereiten mir wirklich Kummer, indem Sie mir kein Sterbenswörtchen darüber mitteilen, was Sie mir schon in Ihrem letzten Brief verschwiegen haben. Sie hätten mir vor allem dies beantworten müssen. Aber, da Sie sehr wohl bemerkt haben, daß Sie mir damit Unrecht taten, wollen Sie mich jetzt davon ablenken, indem Sie mir versprechen, es künftig besser zu machen. Das wird sehr liebenswürdig von Ihnen sein, mein Freund, und ich danke Ihnen schon im voraus dafür. Ich wage es nicht, Ihre Rückkehr herbeizusehnen, aber ich zähle die Tage Ihrer Abwesenheit. Mein Gott, wie langsam diese doch vergehen, wie sehr sie auf meiner Seele lasten! Wie schwierig, ja, wie ganz und gar unmöglich ist es doch, sich auch nur einen Augenblick vom Verlangen der Seele abzulenken! Die Bücher, die Gesellschaft, die Freunde und alle weiteren illusorischen Zerstreuungen dienen einem letzten Endes zu nichts anderem, als einen den Wert und die Macht desjenigen, der einem fehlt, um so mehr spüren zu lassen. Ich antworte Ihnen nicht im einzelnen, aber was Sie mir über M. de Mora mitteilten, hat mich im tiefsten Herzen berührt. M. d'Alembert hat an M. de Fuentes aus eigenem Antrieb heraus geschrieben und, als er mir diesen Brief vorlas, hat er geweint, und auch ich mußte Tränen vergießen. Mein Gott, diese Erinnerung zerreißt mir das Herz!

Mein Freund, ich will mich nun Ihnen zuwenden und mich dafür rechtfertigen, daß ich Ihre Briefe verbrannt habe. Ich rechnete nämlich damit, dieses Opferfeuer keine vierundzwanzig Stunden zu überleben, und als ich es tat, war mein Blut, mein Herz vor lauter Verzweiflung in Eiseskälte erstarrt. Erst mehr als sechs Tage später habe ich den Verlust, den ich mir damit zufügte, voll und ganz eingesehen. Ach, zwanzig, hundertemal habe ich es seither bereut, daß ich Ihre Briefe verbrannt habe. Nichts kann diesen Verlust wiedergutmachen, über den ich untröstlich bin. Nun gut. Ja, ich stimme Ihnen zu, bringen Sie mir meine Briefe, wir werden sie dann gemeinsam verbrennen.

Ja, M. Turgot arbeitet an der Abschaffung der Frondienste.[1] Guten Tag, mein Freund. Sind Sie es nicht leid, dieses Gekritzel zu lesen?

1 Das erste der Gesetze, mit denen der Wegezoll abgeschafft wurde, kam am 29. August 1775 heraus. Ein weiteres folgte im März 1776.

77. *An denselben*

Samstagabend, den 16. Oktober 1774

Mein Freund, ich bin gestern auf Ihren liebenwürdigen Brief nicht recht eingegangen, und so, wie *ich gern möchte,* kann ich Ihnen auf das, was Sie mir über M. de Fuentes sagten, nicht antworten. Guter Gott, wo die Ausdrücke hernehmen, um eine Empfindung, die meiner Seele gänzlich unvertraut ist, zu benennen? Sie haben mich mit zärtlichster, mit lebhaftester Dankbarkeit erfüllt. Ja, es will mir geradezu scheinen, als hätte ich niemals in meinem Leben einer Person soviel geschuldet. Tatsächlich sind Ihre Gesittung, Ihr Gefühl edel und hochgemut wie die Tugend selbst. Warum also finde ich nicht mein Glück darin, dies zu bewundern? Ich weiß nichts über die Art meines Gefühls zu sagen, aber doch soviel, daß Sie sein Gegenstand sind, und es gibt Augenblicke, in denen ich mir zurufen möchte:

> «Aeneas ist in meinem Herzen,
> die Reue hat hier keinen Platz mehr!»[1]

Aber ach, ich wage es nicht, diese Worte auszusprechen. Ich spüre es, das Gewissen läßt sich nicht betrügen. Welcher Sturm tobt in mir! Wie unglücklich ich doch bin! Mein Freund, glauben Sie, daß es möglich sei, daß Friede in meine Seele einziehen könnte, wenn ich Sie liebe, oder hielten Sie es gar für möglich, daß ich zu leben vermöchte, ohne Sie zu lieben? Von Ihnen erwarte ich, daß Sie mir mein Urteil sprechen. Ich kenne mich selber nicht mehr. Mit einem einzigen Wort vermögen Sie es, die Gestimmtheit meiner Seele zu verändern. Ich kann nicht sagen, ob dies daher rührt, daß ich durch den Schmerz geschwächt bin, oder ob die Ursache die ist, daß sich mein Gefühl gefestigt hat unter der Anstrengung, ihn zu bekämpfen und zu besiegen. Wenn sich das so verhalten sollte, werden Sie mir beipflichten, daß ich eine hohe Meinung von mir haben muß. Mein Gott, die Leidenschaft ist mir etwas ganz und gar Natürliches, und wie fremd ist mit die Tugend! Mein Freund, niemals offenbart man sich mit solcher Gelassenheit, aber wie vermöchte ich auch gerade Ihnen gegenüber meine geheimsten Gedanken zu verbergen, kreisen doch diese immer nur um Sie. Und wie könnte ich leben, wenn ich mir den Vorwurf machen müßte, ich hätte mir Ihre Schätzung und Ihr Wohlwollen erschlichen? Nein, mein Freund, sehen Sie mich ganz so, wie ich bin, aber stimmen Sie mir bei, nicht indes darin, was ich verdiene, sondern darin, was mir fehlt, um mich daran zu hindern, vor Schmerz zu vergehen, oder um mir Mut zum Leben zu machen. Ich weiß immer noch nicht, was ich Ihnen vorzüglich schuldig bin, den Tod oder das Leben. Der eine wie das andere hängen ausschließlich von Ihnen ab, und wie immer Sie sich entscheiden mögen, ich will es Ihnen danken.

Mein Freund, haben Sie die ganze Kraft, die in diesen Worten steckt, verspürt: «Aber mein größtes Unglück wird es sein, Sie zu kälten. Sie wollten mir meine Qual verringern ...» Himmel, welcher Mittel Sie sich bedienen! Aber ich komme nicht auf das Vergangene zurück. Ich hoffe nur, Sie werden mich nicht mehr täuschen, sollte ich aber nicht diejenige sein, die Sie am meisten lieben, so möchte ich dennoch wenigstens wissen, welchen Platz in Ihrem Herzen Sie mir verstatten, und ich verpflichte mich dazu, nie mehr zu fordern, als Sie bereit sind, mir zu gewähren.

Heute abend war ich nochmals im «Orpheus», aber ich war in Begleitung von Mme. de Châtillon. Ich müßte wirklich eine schlechte Meinung von mir haben, wenn ich sie nicht von Herzen mögen würde. Sie fordert so wenig, aber gibt so viel! Ich wünschte mir, Sie könnten es sehen, Sie würden dann verstehen, was sie mir sagte: Die Leidenschaft redet nicht in anderen Zungen, aber sie erhitzt mich, und ich fühle mich so häufig sehr kalt. Während ich in der Oper war, ist mir der Besuch der Comtesse de Crillon entgangen, was mir leid getan hat. Aus Anteilnahme für ihren Mann hätte ich sie zu gerne empfangen. Er hingegen kommt alle Tage, als wenn er nicht verheiratet wäre.

Montag morgen

Wie können Sie überhaupt nur erwägen, ob Sie mir nicht lieber Ihr Fieber hätten verheimlichen sollen? Mein Freund, Sie müssen auf mich keine falschen Rücksichten nehmen. Ich liebe Sie viel zu sehr, als daß ich nicht vor allem anderen dem den Vorzug gäbe, mit Ihnen und durch Sie zu leiden. Alle Menschen, die sich schonen, lieben sich kaum. Es ist ein beträchtlicher Unterschied zwischen den Gefühlen, die man hegt, und denen, die einem entgegengebracht werden. Jene sind vollkommen, aber ich verabscheue sie. Sollten Sie eines Tages so vollkommen geworden sein wie Mme. de B... oder wie der eiskalte Grandisson,[2] dann werde ich Sie bewundern, mein Freund, aber gleichzeitig wäre ich auch gründlich von Ihnen geheilt... Ich wurde unterbrochen durch Mme. de Châtillon. Sie bat mich, einige Worte hinzufügen zu dürfen. Ich reiche ihr Papier und Tinte, aber meinen Brief... Nein, das ist unmöglich! Verzeihen Sie mir, mein Freund.

Montag nach der Post

Sie sind aufgeregt und immer noch bedrückt. Mein Gott, wie sehr ich an allem leide, was Sie leidend macht, und wie sehr bin ich außer mir, schuld daran zu sein, Ihre Unruhe noch vermehrt zu haben! Ja, ich bin schuld, ich bin schwach, ich verdamme mich, ich hasse mich deswegen, aber alles das macht es nicht wieder gut, was ich Ihnen zugefügt habe. Schon der nächste Brief aber muß Ihnen doch gezeigt haben, daß dieses Fieber nur die Folge jenes überspannten Zustands war, in dem sich meine Seele befand. Mein Körper ist nicht mehr stark genug, um derlei Erschütterungen auszuhalten. Bedauern Sie mich nicht mehr, mein Freund, sagen Sie sich einfach: Sie ist toll, und dieser Gedanke wird Sie beruhigen, und wenn Sie nicht mehr leidend sind, werde ich glücklich sein. Aber ich hoffe dennoch, daß Sie mich sorgfältig über alle Veränderungen Ihrer Kranken unterrichten. Die Angst um jemanden, den man liebt, ist gräßlich. Diese Art von Folterqual geht mir über meinen Verstand und meine Kraft. Mein Gott, ja, Sie sollen bei Ihren Eltern bleiben. Ihre Abreise wäre für diese ein großes Unglück, aber Sie müssen es ihnen auch ersparen, daß sie sich die ganze Zeit ausschließlich mit ihrer Gesundheit befassen. In diesem Zustand ist einem alles, was die Empfindlichkeit reizt, schmerzhaft. Aber ich muß Ihnen das alles nicht sagen, Sie wissen es besser als ich, und Sie bemerken es auch mit mehr Zartgefühl. Mein Freund, beinahe bin ich unzufrieden mit Ihnen, weil Sie sich nicht zu der Zärtlichkeit verstehen wollen, mich an Ihrem Zustand Anteil nehmen zu lassen, vor allem jetzt, da es Ihnen ja nicht gutgeht. Dann ist es, daß ich mir wünschte, Sie würden sich in einem genau gegenteiligen Sinne das Wort sagen, das Montaigne einmal gebrauchte: «Es will mir scheinen, als hätte ich ihm seinen Anteil gestohlen.»[3] Ja, mein Freund, es sollte Ihnen nicht mehr freistehen, allein zu leiden. Wohlan, ich bin recht stark, sobald es gilt, über Leiden zu sprechen, das macht so stark, wenn man zu mir in meiner Sprache redet, so daß es mir fast scheinen will, es sei nicht notwendig, auf meine Zuneigung zu zählen, um Erleichterung darin zu finden, sich bei mir zu beklagen.

Leben Sie wohl, mein Freund. Ich wollte Ihnen tausenderlei Nichtigkeiten verklatschen, aber Ihre Traurigkeit hat mir den Mut dazu genommen. Selbst wenn ich mir sage, seine Stimmung wird sich gewandelt haben, so bleibt dennoch bei mir die vorherrschend, bei der er mich angetroffen hat, und die wird sich erst ändern, wann es ihm beliebt. Welche Aussichten! Welche Kraft! Welche Macht! Das alles wirkt sich auf tausend Meilen aus.

Ich sagte es Ihnen bereits einmal: Es gibt nur eines, das die Menschen noch nicht verdorben haben. Mein Freund, sollte auch das auf Erden verloren gehen, so seien Sie versichert, solange ich leben werde, wissen Sie, wo Sie es finden, wo es herrscht, und das mit mehr Macht, als sie recht eigentlich einer Französin zu Gebote steht.

1 Le Franc de Pompïegan, Didon, I. Akt, 4. Szene. Die Uraufführung dieser Tragödie war am 21. Juni 1734. 2 Sir Charles Grandisson (1753), Titel und Hauptfigur eines Romans von Samuel Richardson (1689–1761), die des Verfassers Ideal eines Gentleman verkörperte. Dieser Roman wurde 1755 von Abbé Prevost ins Französische übersetzt. 3 Montaigne, Essais, I, Kap. 27.

78. An Mademoiselle de Lespinasse

Fontneuve bei Montauban, Mittwochnachmittag, den 19. Oktober 1774

Meine Freundin, es geht mir besser, es geht mir gut. Ich bin wieder ganz ruhig. Wie sehr bin ich nur über mich selbst erzürnt, daß ich Sie über meine Aufregung unterrichtet hatte! Das bereitete Ihnen Unruhe für drei Tage. Sie sehen, ich zweifele nicht daran, daß Sie meine Qualen teilen.

Ach, könnte ich nur daran zweifeln! Sie sind das großzügigste, das liebenswürdigste, das vollkommenste Geschöpf, das es gibt.

Um noch einmal von unseren Qualen zu sprechen: Sie waren groß. Für eine Familie, die leidet, die bangt und wacht, dehnen sich die Stunden. Das Haus voller Ärzte, die Sterbesakramente, die ganzen Zurüstungen des Todes, das alles hatte ich beständig vor Augen. Und Ihnen soll ich das alles schildern? Ja, ich werde es Ihnen sagen, zumal ich Sie alles wissen lasse. Es war nicht allein nur die Sterbende, die ich sah, die meine Gedanken beherrschte. Sie wurde mir auch immer wieder durch die Verzweiflung meines Vaters, durch die meiner Schwestern ins Gedächtnis gerufen. Alle ihre Schmerzen stürzten auf mich ein. Glauben Sie aber nur nicht, daß es in einem solchen Fall der Stärkste wäre, der tröstet, sondern es ist immer der Empfindlichste. Dieser leidet nämlich auch noch für die anderen. Seine Seele scheint sich zu vervielfachen, um alles spüren zu können.

Es war Sonntag, als ich Ihnen schrieb. Meiner Mutter ging es da schon recht schlecht. Auch am Montag war ihr Befinden unverändert. Während der Nacht schließlich, während dieser Nacht, von der man wähnte, sie würde stürmisch, vielleicht sogar verderblich werden, trat eine Wende zum Besseren ein, der Kopf wurde frei, das Fieber ging zurück, gestern war es gänzlich geschwunden. Darin lag der ganze Unterschied zwischen Tod und Leben. Ihre Genesung wird einige Zeit brauchen, aber was heißt schon Zeit angesichts dieses stets so schrecklichen *immer!* Sie erkennen wohl, meine Freundin, daß ich dieses *Schreckliche* nur denen berichte, die überleben. Aber bin ich nicht grausam? Wäre Ihr schrecklichster Todfeind dies in gleicher Weise? Alle Einzelheiten, die ich berichte, werden Ihnen das Herz zerreißen. Ah, aber zuvor haben diese meine Seele zermartert. Ich teile sie mit Ihnen, meine Freundin, oder zutreffender noch, ich bringe Sie dazu, sie mit mir zu teilen.

Lassen Sie uns deshalb jetzt von tröstlicheren und angenehmeren Dingen sprechen. Da sind zum einen Ihre Briefe. Zwei sind hier während dieser schrecklichen Krise eingelangt, einer kam heute. Ich werde darauf jetzt nur mit einem Wort, mit einem Schrei antworten: *Ich liebe Sie.* Ihre Freundschaft erwirbt sich tagtäglich neue Ansprüche auf mich. Nein, meine Freundin, ich täusche mich, sie erwirbt sich nichts. Sie war mir beinahe die ganze Zeit schon das, was sie mir heute ist. Ich vergleiche sie mit dem Meer, das immer neue Wassersfluten in sich aufnimmt, das aber dennoch nicht größer wird.

Der Comte de Crillon hat mir geschrieben. Er scheint glücklich zu sein, glücklicher noch, als man es sein dürfte, wenn man nur zu Reichtum gelangt ist. Gewiß ist er verliebt. M. de Vaines hat mir auch einen sehr aufrichtigen Brief voller Wahrheit geschrieben. Ich glaube, diese letzte Tugend ist ihm ganz besonders eigentümlich.

Ich bin also ein Mathanasias?[1] Nennen Sie mich, wie man Scaliger[2] nannte: einen *Hyperkritiker.* Aber welchen Namen sollen wir dem Chevalier de Chastellux verleihen, der, wie man mir berichtete, die Eloge von *Monsieur* La Harpe abscheulich fand? Genauso bezeichnete er auch «Iphigenie» und «Orpheus». Er ist sehr extrem in seinen Urteilen. Aber eher noch schätze ich diesen Fehler an ihm als seinen unlängst wiedererwachten Gefallen, den er am Hofleben, an all den Fürstlichkeiten findet, für deren Treiben vom Morgen bis zum Abend.

Leben Sie wohl. Ich möchte nicht den Abgang der Post verpassen. Ich werde Ihre Briefe immer wieder lesen. Es gibt tausend Dinge, für die ich Ihnen eine Antwort schulde. Was ich aber nicht aufschieben möchte, ist, Ihnen zu sagen, daß sich meine Abreise von hier lediglich um drei oder vier Tage verschieben wird. Ich werde mich auch nur drei oder vier Tage bei der Legion aufhalten und in Bordeaux so kurz als eben möglich verweilen. In Chanteloup und Ruffec jeweils nur so lange, als wäre dort Feuer auf dem Dach. Tatsächlich brenne ich aber nur darauf, in Paris anzulangen, Sie zu sehen, Sie wiederzusehen und dessen nie überdrüssig zu werden.

Aber Ihre Hühnerflügel, ach, ich bitte Sie, essen Sie diese! Ich liebe es so gar nicht, mir vorzustellen, Sie lebten nur von Milch. Sie müssen sich nicht noch weiter schwächen. Und dann dieser Pylor, den man, wie ich meine, offen halten muß.

Leben Sie nochmals wohl, meine Freundin.

1 Nicht zu ermitteln. 2 Julius Caesar Scaliger (1484–1558), italienischer Philologe und Mediziner.

79. An Monsieur de Guibert

Freitagabend, den 21. Oktober 1774

Wie langsam doch die Zeit vergeht, mein Freund! Seit Montag fühle ich mich gänzlich niedergeschlagen, aber ich habe nichts unversucht gelassen, meine Ungeduld zu überspielen. Ich war stetig in Bewegung, ich war überall, habe alles gesehen, aber immer hatte ich nur einen Gedanken. Für eine kranke Seele hat die Welt nur eine Farbe, und alle Gegenstände sind unter Schleiern verborgen. Sagen Sie mir, wie kann man es anstellen, sich zu zerstreuen? Wie kann man sich trösten? Allein Sie sind imstande, mich zu lehren, das Leben zu ertragen, Sie allein vermögen es noch, mich mit jenem mit Schmerz gemischten Liebreiz zu versehen, der einen heute glücklich macht, aber morgen schon mit Haß erfüllt.

Morgen werde ich einen Brief von Ihnen erhalten, mein Freund. Es ist einzig diese Hoffnung, die mir die Kraft gibt, Ihnen heute abend zu schreiben. Sie werden mir darin mitteilen, ob es der Person, die Ihnen lieb ist, besser geht. Vielleicht sprechen Sie auch von Ihrer Rückkehr, kurz, Sie werden mit mir reden. Und wenn Sie wüßten, wie arm und verloren ich mich fühle, solange ich nichts von Ihnen höre! Wie kurz doch Ihr letzter, armseliger Brief war! Wie traurig und wie kalt! Es schien mir, als wollten Sie nicht so recht heraus mit der Sprache und mir mitteilen, was Sie beunruhigt, Sie alarmiert! Was ist los mit Ihnen? Warum verbergen Sie mir Ihr Herz? Wollen Sie das meinige ein weiteres Mal zerreißen? Haben Sie mir nicht versprochen, Sie würden mir alles sagen, wollten Sie mir nicht rückhaltlos vertrauen? Sollte ich nicht Ihre Freundin sein? Wollten Sie nicht Ihre Seele in die meine ausschütten? Sollte ich nicht in Ihnen leben? Sollten nicht selbst Dinge, die mein Herz verletzen könnten, mir nicht vorenthalten bleiben? Verkennen Sie mich nicht, mein Freund, denken Sie daran, was ich für Sie bin, und wenn Sie sich das vergegenwärtigen, können Sie mich doch unmöglich absichtlich täuschen oder mir etwas verheimlichen wollen.

Samstagmorgen

Ich habe Sie gestern verlassen, um Sie zu schonen. Ich war so traurig! Ich war im «Orpheus». Diese Musik macht mich toll. Sie reißt mich mit, ich mag sie nicht einen Tag missen. Meine Seele giert nach dieser Art von Schmerz. Mein Gott, wie wenig harmoniere ich mit all dem, was mich umgibt! Aber eben deshalb verspüre ich jetzt wie noch nie zuvor die Freundschaft, die mir entgegengebracht wird. Meine Freunde sind ausgezeichnete Menschen. Sie sorgen und kümmern sich unablässig um mich, aber ich muß erst noch begreifen, was sie an mir finden, was sie an mich bindet. Ich sage mir, dann sage ich es wieder nicht, es muß mein Unglück, meine Verwirrung sein, die sie anregt und erwärmt. Ja, ich weiß, die edlen und feinfühligen Seelen lieben die Unglücklichen. Denen eignet eine gewisse Anziehungskraft, welche die Seele in Bann schlägt und beeinflußt. Auch liebt man es, sich als empfindsam zu erweisen, und das Unglück der anderen hat gerade jenes zuträgliche Maß, das zur Anteilnahme auffordert, ohne daß man deshalb aber nun selber litte. Nun gut, ich kann meinen Freunden diese Nahrung so lange versprechen, wie mir noch Zeit zum Leben bleibt.

Mein Freund, ich möchte Ihnen zum letzten Mal vorschlagen, doch in demselben Haus zu wohnen wie der Chevalier d'Aguesseau. Das erspart Ihnen die Mühe, einander zu suchen. Das wäre doch für Sie angenehm, und ich wäre überdies versichert, daß Sie mein Stadtviertel nicht verließen. Ja, es sind stets die eigenen Interessen, die alles rechtfertigen, alles bewegen, und die Dummköpfe, die Geistlosen, die Helvétius[1] angriffen, haben ohne allen Zweifel weder je geliebt noch nachgedacht. Guter Gott, wie viele Menschen leben und sterben, ohne das eine verspürt oder das andere gekannt zu haben! Das ist um so besser für sie, aber um so schlimmer für uns. Ja, sei es drum. Ich kann Ihnen nämlich gar nicht sagen, welchen Abscheu, welchen vielfachen Ekel ich nicht nur gegen die Dummköpfe hege, sondern auch gegen Menschen, die mir so gut entsprechen, daß ich schon alles vorher weiß, was sie sagen wollen, wenn sie den Mund aufmachen! Ach, ich bin sehr krank! Ich kann die Menschen nicht ertragen, die mir gleichen. Alles, was nicht mehr ist als ich, scheint mir zu klein zu sein. Nur wenn ich zu jemandem aufblicken kann, bin ich weder erschöpft noch gelangweilt! Zweierlei gibt es nur noch, mein Freund, das mich an der Gesellschaft reizt: Ich muß lieben oder ich muß erleuchtet werden. Geist allein zu besitzen ist nicht ausreichend, es muß dann schon sehr viel Geist sein. Die Folge davon ist, daß ich nur fünf oder sechs Menschen lauschen und nicht mehr als sechs oder sieben Bücher lesen mag. Es gibt jedoch mehr Menschen als die, denen ich meine Wertschätzung nicht versage, aber das geschieht aus Gründen der Zuneigung und des Vertrauens und ändert insofern nichts an meiner allgemeinen Grundhaltung: Was geringer ist als ich, langweilt und vergrätzt mich. Was mir gleicht, langweilt und ermüdet mich. Es gibt nur das, was mir überlegen ist, das mich stützt und mich von mir fortreißt, und ich möchte deshalb immer mit jenem Alten von mir bekennen: «Freunde, rettet mich vor mir selbst.»[2] Alles das beweist, daß die Eitelkeit in mir gänzlich erloschen, aber an ihre Stelle ein umfassender und tödlicher Widerwille getreten ist.

Die Comtesse de Boufflers ist noch nicht soweit, auch wenn sie sehr liebenswert ist. Ich bin ihr in dieser Woche häufig begegnet. Sie war am Mittwoch bei Mme. Geoffrin speisen. Sie war charmant. Jedes Wort, das sie sagte, war ein Paradox. Man griff sie an, aber sie verteidigte sich so geistreich, daß ihre Irrtümer fast so wertvoll waren wie die Wahrheit. Zum Beispiel fand sie, daß es ein großes Unglück sei, Botschafter zu sein, ganz gleich in welchem Land und bei welcher Nation. Ihr erschiene dies wie ein fürchterliches Exil etc. Dann meinte sie, selbst zu der Zeit, als sie ganz vernarrt in England gewesen sei, hätte sie nur unter der Bedingung dort leben mögen, daß sie wenigstens fünfundzwanzig enge Freunde und sechzig bis achtzig weitere Personen, die ihr unter allen Umständen unentbehrlich seien, hätte mitnehmen können. Das sagte sie mit dem größten Ernst und vor allem mit soviel Gefühl, daß wir alle der Überzeugung waren, dies sei ihr Herzenswunsch! Sie hätten nur einmal die verdutzte Miene sehen sollen, die Lord Shelburne während dieser Ausführungen machte. Er ist ein einfacher, natürlicher Mensch, er hat eine gute Seele, Kraft und Geschmack und fühlt sich zu denen hingezogen, die ihm zum mindesten in ihrer Natürlichkeit ähnlich sind. Er hat M. de Malesherbes[3] besucht und ist von ihm entzückt. Er sagte mir: «Zum ersten Mal in meinem Leben habe ich gesehen, was ich nicht glaubte, daß es existiere: einen Menschen, dessen Seele völlig frei von Furcht und Hoffnung und der eben deshalb voller Feuer und Leben ist. Nichts auf der Welt vermag seinen Frieden zu stören, nichts ist ihm unentbehrlich, und er nimmt regsten Anteil an allem, das gut ist. Mit einem Wort», so fügte er hinzu, «ich bin viel gereist, aber nichts hat je einen tieferen Eindruck auf mich gemacht. Wenn ich in der Zeit, die mir noch bleibt, noch irgend etwas Gutes zuwege bringe, dann bin ich mir sicher, daß mich die Erinnerung an M. de Malesherbes dazu ermuntern wird.»

Mein Freund, da haben Sie ein schönes Lob, und der, der es ausgesprochen hat, ist gewiß ein höchst interessanter Mann. Ich halte ihn für glücklich, als Engländer geboren und der Führer einer Partei zu sein. Ich habe ihn oft gesehen und ihm gelauscht. Er hat Geist, Wärme und Enthusiasmus. Er erinnert mich an die beiden Menschen auf der Welt, die ich geliebt habe und für die ich leben oder sterben möchte. In einer Woche reist er wieder ab, und das ist mir auch ganz recht so. Er ist nämlich die Ursache dafür, daß ich wegen der Gesellschaften, die ich für ihn gab, tagein tagaus mit 15 Personen zu Tische saß, und das erschöpft mich noch mehr, als daß es mich fesselte. Ich brauche Ruhe, mein Körper ist zerstört. Guten Tag, mein Freund. Ich erwarte die Post. Damit wissen Sie, was mir not tut.

1 Vgl. Brief 13, Anm. 3. 2 Nicht zu ermitteln. 3 Guillaume-Chrétien de Lamoignon de Malesherbes (1721–1794). Wie die anderen Mitglieder des Parlement de Paris wurde auch Malesherbes aus der Verbannung zurückgerufen und am 12. November 1774 zum Präsidenten der Cour des Aides ernannt.

80. An denselben

Samstag nach der Post, den 22. Oktober 1774

Mein Gott, wie sehr bin ich erregt und angegriffen von dem, was Sie mir mitteilen! Ich glaube immer an alles, was ich befürchte, woran Sie erkennen mögen, wie sehr ich mit Ihnen leide. Von nun an kann ich die Trennung von Ihnen ganz und gar nicht mehr ertragen! Ihr Leid, mein Freund, ist mein Leid, und es ist mir schrecklich, daß ich Sie nicht zu trösten vermag. Wäre ich bei Ihnen, würde ich alle Ihre Sorgen, alles was Sie zittern läßt, auf mich nehmen, damit Ihnen nur noch bliebe, was mir zu schultern unmöglich wäre. Aber das bloße Teilen wäre nicht genug: Ich litte für Sie, an Ihrer Statt und mit eben der Zärtlichkeit und Leidenschaft, daß es keinen Schmerz mehr gäbe, der nicht gemildert, und keine Aufregung, die nicht gedämpft werden könnte.

Mein Gott, wie unglücklich bin ich! Im einzigen Augenblick meines Lebens, da Ihnen meine Liebe eine Wohltat sein könnte, bin ich dazu verdammt, Ihnen zu nichts nutze zu sein. Das werden Ihnen alle anderen auch sagen, die Sie lieben, und dies auch noch besser tun, als ich es vermag. Ich bin Ihnen viel zu nahe, um das in Worte kleiden zu können, was ich fühle. Gibt es denn überhaupt Worte, mit denen eine leidende, eine von Schrecken gepeinigte Seele, der das Unglück jegliche Hoffnung versagt, ihre Regungen auszudrücken vermöchte? In dem Zustand, in dem ich mich befinde, mein Freund, kann man sich nicht anders erklären und sich ausdrücken als mit diesen Worten: *Ich liebe Sie.* Wenn sie nur so tief in Ihre eigene Seele einzudringen vermöchten, wie ich sie fühle! Ja, wie groß auch immer Ihr Unglück sei, sie müßten dennoch dabei das Gefühl von Glück empfinden. Mit tödlichem Schmerz muß aber gerade ich jetzt erkennen, wie sehr es Ihnen an Liebe zu mir mangelt. Aber daraus werden wir Trost gewinnen, mein Freund: Das Heilmittel ist immer der Krankheit zunächst. Wenn man unglücklich ist, dann ist es ganz fürchterlich, nur eine schwache Liebe in sich zu tragen, denn es ist in uns, daß wir die wahre Kraft finden, und nichts gibt einem davon so viel wie die Leidenschaft. Die Gefühle eines anderen mögen uns angenehm sein, uns anrühren. Aber nur die Liebe, die wir in uns selbst verspüren, hält uns aufrecht. Aber diese Kraftquelle geht den meisten Menschen ab, alle lieben sie nämlich nur, weil sie wiedergeliebt werden. Mein Gott, was für eine armselige Art, die klein und schwach macht! Aber das ist weder vom Wollen noch vom Denken abhängig. Deshalb wäre es ebensowohl völlig abwegig zu versuchen, diese Liebe zu entzünden, wie andererseits sich abzumühen, um sie zu ersticken. Bleiben wir also so, wie wir sind, so lange, bis die Natur, oder ich weiß nicht was sonst, uns auf andere Weise ausstattet.

Aber Sie sind zu gut, tausendmal zu gut, als daß man Sie mit meinen Leiden behelligen dürfte. Leiden ist ganz zu meiner Daseinsform geworden. Indessen geht es mir besser, seitdem ich nur noch Hühnchen als Nahrung zu mir nehme. Ich leide weniger. Der Pylor macht den Hühnern beim Durchgang weniger Schwierigkeiten, und das ist auch gut so. Das sind im übrigen die besten Geschöpfe auf der Welt, sind sie doch immer bereit, sich für jedermann vierteilen zu lassen, und ich ermahne Sie, diesen unbedingt den Vorzug vor der Bestie eines Ochsen zu geben, der nur schwer verdaulich ist. Leben Sie wohl, mein Freund, ich erzähle von mir, aber ich fühle nur Sie. Von heute an bis Montag werde ich in einem heftigen Zustand sein. Sie werden mir schreiben, dessen bin ich mir gewiß.

81. An Mademoiselle de Lespinasse

Fontneuve bei Montauban, Samstagabend,
den 22. Oktober 1774

Meine Freundin, ich muß Ihre Briefe vom 9. und 14. beantworten. Aber selbst wenn ich Ihnen nicht antworten müßte, würde ich Ihnen schreiben. Es ist nämlich keineswegs das, was Sie mir mitteilen, weshalb ich mit Ihnen plaudern möchte. Diese Abgeschmacktheit, die der Unterhaltung der Weltleute gleicht, wird zwischen Ihnen und mir niemals Platz greifen. Meine Briefe sind Ihnen ein Bedürfnis, seien Sie also versichert, daß dieses stets befriedigt werden wird, zumal mir dies ein Vergnügen ist, und ist nicht eben das Vergnügen der erste Anreiz, das erste Band aller zärtlichen Zuneigung?

Es ist keineswgs aus Moral, Anstand oder gar Dankbarkeit, daß ich Sie liebe. Mein Gefühl kommt ganz aus mir, und ich bin mir gewiß, daß es auch ohne das Ihrige Bestand hätte. Sie erfüllen mich mit Freude, wenn Sie mir sagen, daß meine Liebe das wirksamste Beruhigungsmittel für Ihre Schmerzen sei. Daran soll es Ihnen nie mangeln, es wird Ihnen immer zur Verfügung stehen, und es hat außerdem auch nicht jene fürchterlichen Folgen wie dieses verhängnisvolle Opium, das Ihre Leiden zunächst lindert, um sie dann aber um so heftiger wieder zu reizen und von dem ich mir wünschte, daß Sie mir zuliebe auf seinen weiteren Gebrauch verzichteten. Das Opium, meine Freundin, ist nur gedacht für Leute, die sich vor sich selbst fürchten, für solche, die kein anderes Herz haben als das eigene, um sich darauf zu verlassen. Ist das auch bei Ihnen so? Haben Sie keine Freunde, deren Glück aufs allerengste mit Ihrem Leben verknüpft ist? Haben Sie nicht mich, den ersten unter allen? Fühlen Sie sich nicht mir immer nah? Ja, Sie müssen mich spüren, gerade jetzt, da 150 Meilen uns trennen, denn ich denke an Sie, ich beschäftige mich mit Ihnen.

Was die Musik anbelangt, kann ich Ihnen von mir nur soviel sagen: Ich vermag es mir nicht mehr vorzustellen, wie ich so lange leben konnte, ohne sie zu lieben, ja, mehr noch, daß ich sie nicht liebte, als ich unglücklich war. Der Grund ist, daß ich lange Zeit nichts anderes kannte als unsere Art der französischen Solosingstimme und nicht eine der Melodien, die meiner Seele gemäß waren. «Iphigenie» und «Orpheus» haben in mir ein gänzlich neues Verständnis geweckt. Ich werde mich an ihnen in diesem Winter aufs allerköstlichste erbauen. Gemeinsam mit Ihnen in dieser Loge, in der ich so schlecht «Le Devin de Village»[1] und «Vertumne et Pomone»[2] verstand, werde ich ihren Klängen lauschen.

Auch wenn ein Sinnesorgan mehr, meine Freundin, die Möglichkeit eines Verlusts in sich birgt und einem bisweilen eine weitere Pforte zum Schmerz eröffnet, liebe ich dennoch vor allem das, das mich mit mehr Leben erfüllt. Oft sage ich mir:

«Von allen meinen Gefühlen
Möchte ich die Kraft vermehren,
Ich würde mein Leben verlängern,
Indem ich mir ein neues Sinnesorgan schüfe.»[3]

Aber wie kommt der Chevalier de Chastellux mit Ihrer Vorliebe für «Orpheus» zurecht, er, den diese Oper noch hundertmal schlechter zu sein dünkt als «Iphigenie»? Aber vielleicht reden Sie mit ihm gar nicht darüber, und daran tun Sie gut. Entweder ich habe mich getäuscht, oder der Chevalier fügt nie dem, was er hört, sagt oder schreibt, die Empfindung der Seele hinzu, dieses wichtigsten aller Sinnesorgane, das man barbarischerweise nicht zu den fünf anderen rechnet und für das ich aber, dessen bin ich mir gewiß, alle fünf auf einmal hingäbe, weil dieses allein mich voll und ganz für deren Verlust entschädigte. Gleichwohl hat er ein gutes Herz, der Chevalier. Aber weil Herz und Seele immer noch der Sprache als zwei unterschiedliche Dinge gelten, ist es nur zu gewöhnlich zu lieben, aber sehr selten, eine Leidenschaft zu haben.

Schließlich, da es hinlänglich bewiesen ist, daß die *Seele* von allen Eigenschaften die ist, die ein Mitglied der Akademie am wenigsten braucht, der Chevalier andererseits aber über Geist, Kenntnisse, ja selbst Bildung verfügt und auch ein Werk vorweisen kann, das ihm zur Ehre gereicht, finde ich es vollkommen richtig, wenn man ihm den ersten Sitz, der frei wird, überläßt. Außerdem wird ihm diese *Kinderrassel* große Freude machen. Er glaubt, sie schon in Händen zu haben, denn er hat dieses Geheimnis in La Bretèche bereits jedermann anvertraut.[4] Man wird mir übrigens dieses Rässelchen unter denselben Voraussetzungen überlassen, aber das behalten Sie bitte für sich.[5]

Also, der Comte de Crillon ist verheiratet, aber darauf will ich nicht weiter eingehen. Eine Frau, ein großes Vermögen, wie viele Fesseln, die ihm die Freiheit nehmen! Er hatte fünfzehntausend Livres an Renteneinkünften, und er war frei. Wenn ich auch nur soviel hätte!

Ich wünsche es ihm, glücklich zu sein. Aber ich finde, daß er in der Oper Ihnen zuviel von seinem Geld und zuwenig von seiner Frau erzählt hat. Er hat mir einen sehr freundschaftlichen Brief geschrieben, den allerdings sein Sekretär ausgefertigt hat, denn er war schon so mit dringlichen Angelegenheiten befaßt, daß er seine Hand nicht mehr gebrauchen konnte.

Ich muß mich jetzt auch verheiraten! Es muß sein, gütiger Gott! Der Comte de Crillon hatte fünfzehntausend Livres Rente, und ich habe nur die Hälfte. Sein Leben war geregelt, ich hingegen habe Schulden. Alles bindet ihn an Paris, aber mich, in meiner gegenwärtigen Situation, hält alles von dort fern. Mein Vater wird frühestens im Januar nach Paris kommen. Er hat sich ein Heiratsprojekt für mich ausgedacht, das mich dort ansässig machen würde. Ich werde Ihnen alles berichten. Ich werde Ihnen meine ganze Situation schildern, Sie werden mir raten. Sie werden mir zur Hand gehen. Wenn ich dazu gezwungen werden sollte, mich für eine Heirat zu entscheiden, dann wünschte ich mir, es geschähe dies durch Sie. Mein Los wird Sie nicht von mir entfernen. Alles in allem ist mir Ruhe derzeit sehr fremd. Auch das Glück ist mir fern, und ich vermag nichts zu erkennen, was mich ihm annäherte.

M. Turgot hat mir einen sehr herzlichen Brief geschrieben. Er zählt mich, wie er schrieb, zu dem Personenkreis, dem er «mit seinem Herzen und seiner Hand» antworten wollte. Er bat mich um Aufschlüsse über die Ausgaben unserer Armee verglichen mit denen anderer Mächte, und hier ist, was ich ihm antworte. Ich liebe es, mich Ihrem Urteil zu unterwerfen. Sie verstehen es, mich zu kritisieren, ohne mich damit zu verletzen. Ihre Freundschaft versüsst einem die bitterste Pille.

Leben Sie wohl, meine Freundin. Meine Mutter kommt wieder langsam zu Gesundheit. Sie hat immer noch ein leichtes Fieber. Sie hütet das Bett. Aber diese nur leichte Besserung wird mich dennoch nicht daran hindern, Ende des Monats, spätestens aber am 30. abzureisen. Sie können mir also nicht mehr hierher schreiben. Schreiben Sie mir nach Bordeaux. Ich werde mich dort einige Tage aufhalten. Ich werde auch an einer Übung in Libourne teilnehmen, wo die Legion stationiert ist. Schließlich werde ich sobald als möglich in Paris eintreffen. Werden Sie mir dann mehr bedeuten als meine Familie? Ich nehme Ihre Briefe wieder zur Hand und lese sie noch einmal. Meine Freundin, wie gütig Sie sind! Wie liebenswürdig! Was für eine Seele Sie haben! Ihre Erfolge in der Gesellschaft, der Kult, den Ihre Freunde um Sie veranstalten, Ihr Milord Shelburne, – nein, ich rechne dies alles nicht zu Ihren Reichtümern, denn, um es Ihnen ein weiteres Mal zu versichern, ich liebe Sie nicht deshalb, weil es Mode ist, Sie zu lieben. Ich liebe Sie, weil Sie mich mit sich reißen. Leben Sie wohl, bitte grüßen Sie von mir M. d'Alembert, den Comte de Crillon, den Chevalier, M. de Vaines und alle die, die zu Ihnen von mir sprechen.

Seit einer Woche möchte ich an Mme. de Boufflers schreiben. Ich vermag es aber nie, mit ihr zu beginnen, und mit Ihnen kann ich nie zu einem Ende kommen.

1 Oper in einem Akt von Jean-Jacques Rousseau, die am 18. Oktober 1752 in Fontainebleau uraufgeführt wurde. 2 Vermutlich ein zeitgenössisches Singspiel, das auf Ovids Metamorphosen, I, XIV basierte. 3 Nicht zu ermitteln. 4 Vgl. Ségur, Julie de Lespinasse, S. 217. 5 Guibert wurde jedoch erst am 13. Februar 1786 in die Académie française aufgenommen. Vgl. Germaine de Staël, Correspondance générale, ed. Béatrice W. Jasinski, Paris 1962, Bd. I, S. 62f.

82. An Monsieur de Guibert

Kommandierender Oberst der Légion Corse, Montauban-en-Quercy

Samstagabend, den 23. Oktober 1774

Um mich zu beruhigen, mein Freund, um mich von einem Gedanken zu befreien, der mich quält, muß ich mit Ihnen reden. Ich erwarte das Eintreffen der morgigen Post mit einer Ungeduld, die nur Sie sich vielleicht ausmalen können. Ja, Sie hören mich, auch wenn Sie mir nicht antworten können. Das ist immerhin etwas. Allerdings wäre es ohne Zweifel gewiß zärtlicher, tröstlicher, wenn wir uns wirklich unterhalten könnten, aber der Monolog ist insofern auch erträglich, wenn man sich sagen kann: Ich rede zwar allein, aber ich werde dennoch gehört und verstanden.

Ich befinde mich in einem grauenhaften körperlichen Zustand, mein Freund. Ich schreibe dies dem Schierling zu. Er bewahrt doch etwas, glaube ich, von seinem giftigen Charakter. Ich fühle mich so schwach, so ängstlich, daß ich mich heute sicherlich zwanzigmal einer Ohnmacht nahe wähnte, und in eben diesem Augenblick ist es mir unsagbar übel. Ich fühle, wie Fontenelle kurz vor seinem Tod sagte, «eine große Anstrengung, zu sein». Aber, was meine Seele anregt, gibt mir die Kraft, zu Ihnen zu sprechen, denn, um die Wahrheit zu sagen, ich habe mich den ganzen Tag weder bewegt noch ein Wort gesprochen. Ich weiß nicht, ob ich Ihnen schon von den Crillons erzählt habe. In der letzten Woche sah ich sie sehr häufig. Der Comte ist vor Glück trunken. Er sagte mir, selbst wenn seine Frau wirtschaftlich ruiniert wäre, hätte er immer noch ein glänzendes Geschäft gemacht. Sie gefällt ihm und sagt ihm in jeder Hinsicht zu. Welches Glück! Und wie sehr bin ich darüber entzückt. Ich habe Ihnen bereits gesagt, daß ihre Erscheinung eher gewöhnlich ist, aber ich halte sie für sehr klug. Sie hat ein verbindliches Wesen und ein starkes Verlangen zu gefallen. Dennoch, so wie sie ist, fände ich sie als Frau nicht gut genug für den Mann, den ich am meisten liebe. Mehr denn je bin ich mir dessen gewiß, mein Freund, daß jeder Mann mit Fähigkeiten, mit Genie und dem Verlangen nach Ruhm nicht heiraten sollte. Die Ehe vernichtet wahrhaft alles, was groß und herrlich zu sein verspricht. Wer aufrichtig und empfänglich genug ist, um einen guten Ehemann abzugeben, hat das Zeug auch nur dazu, zumal er es zweifelsohne auch mehr als ausreichend empfindet, wenn er in der Ehe sein Glück erlebt. Aber es gibt auch andere, deren natürliche Bestimmung es ist, große, aber eben deshalb nicht glückliche Männer zu werden.

Diderot hat einmal gesagt, wenn die Natur einen genialen Menschen erschafft, dann schwingt sie über seinem Haupt eine Fackel und flüstert ihm zu: «Werde ein großer Mann und sei unglücklich.» Ich bin überzeugt, daß sie bei Ihrer Geburt dies auch gesagt hat. Gute Nacht, ich kann nicht mehr. Bis morgen.

Montag, nach der Post

Kein Brief. Bei einem anderen ließe mich dies erzittern. Aber ich beruhige mich etwas mit dem Wissen darum, daß Regelmäßigkeit und Pünktlichkeit nicht Ihre Sache sind. Ich hoffe also, daß Sie nicht mehr unglücklich sind. Ich weiß nur, Sie verspürten keinerlei Verlangen, mich zu beruhigen. Das ist ganz natürlich, aber gleichermaßen auch betrüblich. Mein Freund, ich mache Ihnen daraus keinen Vorwurf. Ich bedauere Sie nur, weil Ihre Seele, in welcher Stimmung sie auch sein mag, nicht zu mir findet.

Leben Sie wohl. Ich bin niedergeschlagen und in einem außergewöhnlichen Zustand der Schwäche. Es kostet mich Anstrengung, die Feder zu halten. Ich erwarte keinen Brief mehr von Ihnen, aber ich werde mich dennoch danach sehnen, solange ich atme.

83. An denselben

Dienstagabend, den 25. Oktober 1774

Ich war ungerecht. Jedem anderen gegenüber wäre das ein Unrecht, aber mir mache ich den Vorwurf, an Ihnen gefrevelt zu haben. Verzeihen Sie mir, mein Freund. Ich muß Ihnen danken, und ich habe Sie angeklagt! Dieser Gedanke tut mir so weh, als wäre ich die Schuldige, aber es war doch die Post, die ich so wenig verdächtigte, daß ich, als ich heute meine Briefe erhielt, mir noch nicht einmal die Kuverts anschaute, so gleichgültig war es mir, welchen ich zuerst oder zuletzt öffnen sollte. Bei dem zweiten Brief, den ich erbrach, mein Freund, stieß ich einen Schrei aus: Das war Ihre Schrift. Ich bekam Herzklopfen. So wie man schmerzlich leidet, wenn man erfolglos wartet, so groß und lebhaft ist andererseits die Freude, wenn man derart überrascht wird.

Ich liebe Sie wahnsinnig, mein Freund. Alles lehrt mich, beweist mir das, und häufig ist es viel spürbarer, als ich dies wünsche. Ich gebe Ihnen mehr, als Sie fordern. Sie haben keinerlei Verlangen danach, derart geliebt zu werden, während ich den Wunsch hege, mich auszuruhen, das heißt, zu sterben. Aber ich werde allzu persönlich, ich zwinge mich Ihnen auf, während ich doch Ihnen nur von der Freude berichten sollte, die mich erfüllte, als ich die Worte las: «Es geht mir besser, es geht mir gut, ich bin ruhig.» Ich habe aufgeatmet, mein Freund. Es will mir scheinen, als habe mir das Leben und Kraft eingeflößt. Seit drei Tagen war ich wie abgestorben. Man sagt, das hinge mit den Nerven zusammen, aber ich bin längst besser unterrichtet als mein Arzt und weiß daher, daß dies nur mit Ihnen zusammenhängt. Ich bin wie Lucas: «Ich erkläre mir alles aus meinem Beruf als Gärtner.»[1] Mein Gott, wie kann ich nur dem genügen, was ich empfinde, was ich leide? Und eben deshalb kennt meine Seele nur zwei Empfindungen: Die eine verzehrt mich vor Schmerz, aber sobald ich mich der anderen hingebe, die mich beruhigen sollte, werde ich von Reue gepeinigt und auch von einem Bedauern, das mich noch mehr zerreißt als die Qualen meines Gewissens. Wieder rede ich nur von mir! Wie ich mich dafür hasse, daß ich immer wieder darauf zu sprechen komme! Entferne ich mich aber wirklich von mir, wenn ich Sie versichere, daß ich Ihr Feingefühl und Ihre Aufrichtigkeit anbete? Verbergen Sie mir nichts, Sie gewinnen alles, wenn Sie mir alle Gefühle offenbaren, die Sie umtreiben.

In einer ganz verwandten Situation wie der, in der Sie sich befinden, mein Freund, die aber weitaus schlimmere Folgen zeitigte, teilte mir M. de Mora beinahe in denselben Worten mit, was er beim Todeskampf seiner Mutter erlebte. Der Schmerz, der ihn am meisten aufwühlte, betraf indes seinen Vater, und das war so wahr, daß mich der Zustand von M. de Fuentes weit trauriger stimmte als der Tod dieser Frau, der langsam und unter Schmerzen eintrat. Mein Gott, ich habe es Ihnen bereits gesagt, denken Sie niemals daran, mich zu schonen, mir etwas ersparen zu wollen, glauben Sie mir, daß meine Liebe mich sowieso weiter trägt, als Sie dies je von sich aus vermöchten. Es ist gut zu wissen, mein Freund, daß die Genesung so bald einzutreten scheint. Aber, was immer Sie sagen mögen, Sie werden sicherlich viel länger fern bleiben, als Sie sich dies ausmalen, weil Sie nämlich ganz gewiß nichts Unredliches tun, aber *sicherlich irgendeinen Leichtsinn* begehen werden. Das wäre zum Beispiel, wenn Sie vergäßen, mir zu sagen, Ihnen nicht mehr zu schreiben oder Ihnen nach unterwegs Briefe zu schicken. Aber, wenn dann die Briefe nicht eintreffen, werden Sie mich dessen beschuldigen, oder Sie haben dann vielleicht auch genug Güte, um beunruhigt zu sein, aber ein wenig Vorausschau hätte das alles vermeiden können.

Nichts ist unterhaltender als dieses Leben, dieses so volle, so ungeteilte Leben der Fürsten. Es ist noch eingeschränkter und noch tiefgründiger als bei Tacitus,[2] dieses kümmerliche Dahinleben. Der Chevalier de Chastellux weilt augenblicklich in Chanteloup. Er genügt allem und ist mächtig stolz darauf, sich bis ins Unendliche vervielfachen zu können. Er ist so reich und großzügig, daß er darauf verzichtet zu ernten. Es genügt ihm zu säen. Er empfängt nichts, sondern er gibt nur überall und an jedermann. Neulich sagte er mir, daß sein Vergnügen darin bestehe, Eindruck zu machen. Derlei ist noch um einiges naiver als der Stil von M. *de* la Harpe. Ich kann machen, was ich will, Sie nehmen ihm doch immer irgend etwas. Dieses «de» hätte Ihnen doch nicht den Mund verbrannt.[3]

M. de Chamfort ist eingetroffen. Er hat mich besucht, und wir werden in diesen Tagen seine «Eloge de la Fontaine» zu hören bekommen. Er kommt aus dem Bade,[4] vor Gesundheit strotzend und mit noch mehr Ruhm und Reichtum gesegnet, dazu vier Freundinnen, von denen ihn jede einzelne so sehr liebt wie vier: Es handelt sich dabei um Mesdames de Gramont,[5] de Rancé,[6] d'Aublimont[7] und die Comtesse de Choiseul.[8] Diese Zusammenstellung ist beinahe so verwirrend bunt wie das Gewand des Harlekin, aber das ist gerade das Pikante, Angenehme und Reizvolle daran. Auch muß ich Ihnen sagen, daß M. de Chamfort ein junger und mit sich glücklicher Mensch ist, der sehr gut daran tut, bescheiden aufzutreten. M. Grimm[9] ist ebenfalls zurück. Ich habe ihn mit Fragen überschüttet. Er schildert die Zarin[10] nicht als eine Herrscherin, sondern vielmehr als eine liebenswürdige Frau, reich an Geist, Witz und allem, was einen verführen und charmieren kann. Nach seinem Bericht hat man von ihr mehr den Eindruck einer bezaubernden griechischen Hetäre als einer würdevollen und glänzenden Kaiserin eines großen Reichs.

Aber wir werden von ihr noch das in anderer Manier gemalte Portrait eines noch größeren Malers erhalten: Diderot, der mir ausrichten ließ, daß er mich morgen besuchen werde. Ich freue mich sehr darauf, aber in meiner derzeitigen Stimmung ist er derjenige Mann auf der Welt, den ich von allen am wenigsten öfter sehen möchte. Er erzwingt sich nämlich die Aufmerksamkeit, und gerade das kann und will ich keinem Menschen mehr auf Dauer zugestehen. Wenn ich sage: keinem Menschen, dann verstehen Sie wohl, was ich damit sagen will, daß ich nicht mehr von dem abgelenkt werden möchte, der all mein Denken und Trachten beherrscht. Wie plump ist doch diese Rechtfertigung! Aber das erklärt sich daraus, daß Sie so einfältig sind: Man muß Ihnen alles haarklein auseinandersetzen, wenn man will, daß Sie einen verstehen. Nur Mut, mein Freund, denn ich glaube, Sie haben diesmal wenigstens fünfhundert Blatt Papier erhalten, ohne auch nur eine Seite aufzuschlagen. Sie werden sich die Lektüre dieses Briefes sicherlich aufheben, bis Sie im Wagen sitzen. Ich werde also unterwegs bei Ihnen sein, und am Ziel bin ich auch noch da. Wie? Sie sind allen Ernstes der Meinung, daß Sie sich freuen werden, wenn Sie mich sehen? Wie liebenswürdig Sie das doch gesagt haben! Wie süß wäre es, von Ihnen tatsächlich geliebt zu werden! Allein, mein Herz vermag nicht mehr diese Stufe des Glücks zu erklimmen. Das wäre zuviel. Ein paar Augenblicke, ein paar Strahlen der Freude, das ist genug für die Unglücklichen. Danach schöpfen sie wieder frischen Atem und gewinnen neuen Mut für ihre Leiden.

1 Komödienfigur. 2 Publius Cornelius Tacitus (55–120), römischer Historiker. 3 Anspielung darauf, daß Guibert in seinem Brief vom 19. Oktober 1774 (No. 128) lediglich «Monsieur la Harpe» geschrieben

hatte. 4 Gemeint ist der Badeort Barrège. Vgl. Sébastien-Roch-Nicolas Chamfort, Oeuvres complètes, rec. et publ. par P.-R. Auguis, Paris 1825, Bd. V, S. 263. 5 Beatrix de Choiseul, Duchesse de Grammont (1730 bis 1794). 6 Adelaide-Julie-Sophie Hurault de Vibraye, Comtesse de Roncée, Hofdame der Comtesse d'Artois. 7 Marie de Chaumont-Quitry, Comtesse d'Aublimont, war gemeinsam mit Mme. d'Esparbes eine der beiden Favoritinnen von Mme. de Pompadour, die die eine «mon torchon» und die andere «ma salope» zu nennen pflegte. 8 Marie-Françoise Lallemand de Betz, Comtesse de Choiseul-Beaupré (geb. 1732) Mutter von Marie-Gabriel-Florentin-Auguste, Comte de Choiseul-Gouffier, Verfasser der «Voyage pittoresque de la Grèce», Paris 1782–1820, 3 Bde. 9 Diderot und Grimm waren Ende Oktober 1774 von ihrer Rußlandreise zurückgekehrt. 10 Katharina II.

84. An denselben

Mittwoch, den 26. Oktober 1774

Ich habe Ihren Brief erneut gelesen. Ein Wort, das mich besonders entzückt, war mir zunächst entgangen. Es lautet: «Ich komme auf unsere Qualen zurück.» Sollte ich das mißverstanden haben, mein Freund, dann korrigieren Sie das dennoch nicht. Aber ich bin gegenwärtig sehr besorgt um Sie, haben Sie doch so viele Aufregungen und so wenig Schlaf. Werden Sie nur nicht krank. Ich sterbe vor Angst. Ach, sagen Sie mir doch, an welchen Gedanken ich mich klammern könnte, um in Frieden zu leben? An den Tag Ihrer Rückkehr! Nein, mein Freund, davor ist mir bang, und ich wage es noch nicht einmal, Sie herbeizusehnen; aber wenn sich Ihre Rückkehr verzögern sollte, dann würde ich gewiß sterben. Begreifen Sie diese ausufernde Widersprüchlichkeit? Diese Maßlosigkeit verdankt sich aber keineswegs falschen Überlegungen, sie wird vielmehr von einer durch die widersprüchlichsten Wallungen aufgewühlten Seele verursacht, Wallungen, die Sie vielleicht verstehen, die Sie aber nicht nachempfinden können.

Ich werde unterbrochen, und wie stets ist es Mme. de Châtillon. Die Überzeugung wächst in mir, daß die erste aller Eigenschaften, die es braucht, um geliebt zu werden, die ist, selber liebenswürdig zu sein. Nein, Sie machen sich keine Vorstellung davon, was sie (Mme. de Châtillon) sich alles ausdenkt, um sich mein Herz zu erobern. Wenn Sie mich doch auch so sehr liebten wie sie, mein Freund! Nein, ich wünschte es mir nicht. Möge mich der Himmel davor bewahren, eines solchen Glücks einmal teilhaftig zu werden!

Freitag, den 28. Oktober 1774

Was sagen Sie zu dieser *Anrufung*? Scheint sie Ihnen nicht von jemandem ausgesprochen zu sein, der den Verstand verloren hat? Sie verdankt sich aber einem aufrichtigen Gefühl, mein Freund. Ich habe M. de Mora beleidigt, und deshalb empfinde ich eine gewisse Süße daran, wenn ich mir vorstelle, daß allein er mich mit dem Glück vertraut gemacht hat. Allein ihm habe ich es zu danken, daß ich gelegentlich den wahren Wert verspürte, den das Leben haben kann. Schließlich halte ich mich bisweilen für weniger schuldig, denn ich fühle mich bestraft. Sie aber können daraus ersehen, wenn ich geliebt werden würde, dann wäre alles das ausgelöscht, getilgt. Man muß sich also wenigstens an die Tugend klammern, zu der man durch Reue fand, und an den, der mich liebte, durch den Schmerz, ihn verloren zu haben. Dieser Schmerz ist sehr lebhaft und sehr verletzend. Erst vor wenigen Tagen hat er mir wieder einen Anfall von Verzweiflung zugefügt.

Man hat mich gezwungen, Lekain[1] in der Rolle des «Tankred»[2] zu sehen. Seitdem er so berühmt geworden ist, habe ich ihn nicht mehr gesehen, und es war mir dies auch herzlich gleichgültig. Ich bin aber schließlich doch hingegangen: Die beiden ersten Akte langweilten mich zutiefst; der dritte war dann viel anregender, und bis zum Ende wurde das Stück immer besser. Im fünften Akt gibt es Szenen und Worte, die sich in meiner Phantasie in Bordeaux[3] abzuspielen schienen, und, das sage ich jetzt nicht lediglich so dahin, ich glaubte, ich müsse sterben. Ich wurde ohnmächtig, und während der ganzen Nacht mußte man an meinem Bett wachen, weil ich immer wieder Ohnmachtsanfälle hatte. Ich konnte Ihnen während der vergangenen Tage nicht davon berichten, da mir die Eindrücke, die ich dabei empfangen hatte, noch zu lebhaft vor Augen standen. Ich habe mir gelobt, dergleichen schreckliche Aufregungen künftig zu meiden. Nur den «Orpheus» vermag ich zu ertragen, aber mit

Bedauern höre ich, daß Sie ihn nicht mehr sehen können. Es wird nämlich vom 8. November an eine neue Oper gegeben. Die Musik ist von Floquet.[4] Dem einfältigen Publikum wird sie vielleicht gefallen. Es spendet seinen Beifall heute den Guten und morgen den Mittelmäßigen und übermorgen den Verabscheuungswürdigen.

Endlich hat M. Dorat[5] Erfolg gehabt. Man verdankt indessen sein Ansehen der Öffentlichkeit, freilich der Öffentlichkeit einer späteren Zeit, denn die gegenwärtige hat niemals weder den Geschmack noch die Bildung, um mit Bestimmtheit entscheiden zu können, wer auch der Nachwelt noch etwas gelten wird.

Mein Freund, ich werde diesen Brief als eingeschriebene Sendung abgehen lassen, und damit das Päckchen mehr hermacht, füge ich Ihnen die Zeitungen vom Tage bei. Das mache ich aber nicht deshalb, weil ich sie für gut erachte, sondern nur deshalb, weil sie Neuigkeiten enthalten und Sie sonst ja auch alles lesen. Schicken Sie mir das Blatt von Linguet.[6] Alle Welt befindet sich augenblicklich in Fontainebleau,[7] nur der Baron von Kock[8] und der Baron von Gleichen[9] sind uns geblieben, aber ich finde, daß sie mich des Abends zu lange aufhalten. Ich weiß nicht, ob ich mich täusche, aber ich glaube, die Einsamkeit wird mir guttun. Die Gesellschaft reizt mich beinahe gar nicht mehr, häufig ist sie mir nur noch lästig. Was bin ich doch für eine übellaunige Kranke! Ich kann tun, was ich will, ich fühle mich stets elend. Leben Sie wohl, mein Freund.

Ich habe den Comte de Crillon gesehen. Diderot würde sagen, er sei von «Liebreiz verzaubert», und ich, weil ich ihn sehr gern mag, bin davon charmiert, dennoch werde ich ihm heute sagen, daß er bei mir schlechte Luft einatmet und, daß er, trunken vor Glück, wie er nun einmal ist, mir wie einer vorkomme, der mitleidige Werke tue, indem er mich besucht, und daß ich für ihn ungefähr die Bedeutung jener Standbilder hätte, die einige Philosophen bei sich aufgestellt haben, damit sie daran erinnert werden, gut und gerecht zu sein. Sie werden mich besuchen kommen, sage ich ihm, und wenn Sie gehen, werden Sie sich sagen: Das Unglück haftet am Boden. Ihr Herz wird bewegt sein, und meines wird sich an Ihrem Glück erbaut haben. Er erwartet seinen Freund, den Fürsten von Salm.[10] Ich weiß nicht, ob das ein geistvoller Mensch ist, aber ich weiß Besseres von ihm: daß er feinfühlig und aufrichtig ist. Die Briefe an seinen Freund lassen mich nicht daran zweifeln. Aber die des guten Condorcet sind wirklich liebenswürdig! Wenn ich meiner ersten Regung Folge leistete, würde ich Ihnen alles zukommen lassen, was mich daran entzückt hat, aber dann halte ich an mich, weil ich mir sage: Er wird wiederkommen, und dann lasse ich sie ihn lesen. Er wird sich über mich lustig machen, mich gar für exaltiert halten. Gut, ja, ich werde nicht recht behalten, aber er wird endlich hier sein. Unter dieser Voraussetzung will ich mich gerne darein fügen, mein Freund, daß ich für den Rest meines Lebens ohne gesunden Menschenverstand auskommen werde. Aber ich wette, daß Sie wesentlich schwieriger sein werden als ich, ja, daß Sie mich am Ende verlassen. Ich werde mich inmitten der Menge wiederfinden, und die Dummheit versöhnt mit allem.

Ich glaube, daß Sie unterdessen «Die Gracchen» völlig vergessen haben. Sie werden auf dieses Vorhaben mit mehr Eifer und neuem Interesse zurückkommen. Bewundern Sie meine Überleitung, mein Freund, die Dummheit führt mich zum Genie, und dieser Weg ist ganz und gar natürlich: Das ist M. Turgot nach dem Abbé Terray. Es gibt Fälle, bei denen die einzelnen Abstufungen und Zwischenglieder einfach verschwinden müssen.

Ich weiß nicht, was ich mit der Zeit von heute bis Samstag beginnen soll. Ich möchte sie ein bißchen auf Ihnen lasten lassen, indem ich Sie dazu zwinge, mir zuzuhören. Ich erhoffe, ich verspreche mir, einen langen Brief von Ihnen am Samstag zu erhalten. Wenn ich mich darin täusche! Wenn er nicht mehr als vier Seiten hätte! Ich versichere Sie, ich werde mich dann beschweren.

Sie sehen, das Glück lacht mich an, mein Freund. Ich werde beinahe unverschämt, weil ich ja bereits heute einen Brief von Ihnen erhielt. Gewiß ist, hätte jemand Einblick in mein Geheimnis, dann könnte er am Zustand meiner Gesundheit, an meinem ganzen Wesen unschwer erkennen, ob ich einen Brief von Ihnen erhalten habe. Ja, mein Blutkreislauf ist dadurch merkbar verändert, und außerdem ist es mir unmöglich, an irgend etwas Anteil zu nehmen. Woran ich mich aber überhaupt nicht gewöhnen kann, ist die Verdoppelung der Aufmerksamkeit, die das meinen Freunden eingibt. Mein Gott, bedauerten sie mich noch länger, blickten sie auf den Grund meiner Seele? Ist diese Inanspruchnahme nicht geradezu frevlerisch? Verschaffen Sie mir keine falsche innere Ruhe, mein Freund. Sagen Sie mir lieber, daß ich schuldig bin, beklagen, trösten Sie mich. Sie haben mich wahrlich sehr in die Irre geleitet.

Ich möchte Ihnen gerne einen Brief zusenden, den ich heute gelesen habe, bevor ich den Ihren zur Hand nahm. Hätte ich das vorhersehen können, wäre dies nicht die Reihenfolge meiner Lektüre gewesen. Sie werden diesem Brief entnehmen, daß ich an Ihrer Abwesenheit gelitten habe. Ja, denn ich gab M. d'Alembert allen Anlaß, sich zu sorgen. Der Mann, der mir schrieb, hat von dem, was mich beschäftigt, keinerlei Ahnung. Er hält mich für ein Opfer der Tugend und des Vorurteils. Aber seit drei Jahren kennt er mich nur als unglückliches Geschöpf, so daß er häufig versucht ist zu glauben, ich sei toll. Tatsächlich verfertigt er zu seinem Zeitvertreib Epigramme, die gegen mich gerichtet sind. Aber in Wahrheit ist deren Hauptkennzeichen immer ein gefühlvolles oder mitleidiges Wort. Lesen Sie und erkennen Sie, daß es sich dabei mit Sicherheit um einen Mann von Geist handelt.

1 Henri Louis Lekain (1728–1783), Schauspieler. 2 Tragödie von Voltaire. 3 Anspielung auf den Tod des Marques de Mora. 4 Es handelt sich dabei um das heroische Ballet in drei Aufzügen: Azolan, ou le Serment indiscret, das am 23. November 1774 seine Premiere hatte. 5 Vgl. Brief 13, Anm. 5. – Julie de Lespinasse war eine Gegnerin Dorats, der sie in seiner Schrift «Les Lyonneurs ou le Tartuffe moderne», einer Schrift, die zwar erst 1777 erschien, aber bereits zuvor als Handschrift kursierte, karikiert hatte. 6 Le Journal politique et littéraire, der von Simon-Nicolas-Henri Linguet (1736–1794) im Jahre 1774 gegründet worden war. 7 Vgl. Brief 75, Anm. 4. 8 Vgl. Brief 11, Anm. 1. 9 Karl-Heinrich Baron von Gleichen (1735–1807) war von 1763 bis 1770 dänischer Gesandter am französischen Hof. Danach lebte er bis zum Ausbruch der Französischen Revolution als Privatier in Paris. Der Baron von Gleichen war ein vorzüglicher Kenner der französischen Gesellschaft. Seine sehr lesenswerten «Denkwürdigkeiten» erschienen 1847 in Leipzig. 10 Friedrich Johann Otto Fürst von Salm-

Kirburg (1746–1794), einer jener deutschen Fürstensprosse, die sich in Paris dem Wohlleben hingaben. Der Fürst von Salm-Kirburg wurde am 23. Juli 1794 guillotiniert und in einem der Massengräber des Friedhofs von Picpus verscharrt. Vgl. J. Willms, Paris Hauptstadt Europas 1789–1914, München 1988, S. 110–111.

85. *An denselben*

Samstag, den 30. Oktober 1774

Ich wurde zu spät davon unterrichtet, daß heute mit der Post ein umfangreiches Paket angekommen ist. Als ich Ihren Brief erhielt, hatte ich meinen bereits an M. Turgot abgesandt, um ihn gegenzeichnen zu lassen. Ich rechnete darauf, Ihnen nach Eintreffen der Post auf gewöhnlichem Wege zu schreiben, aber das ist auch gleichgültig, hoffe ich doch, daß mein Päckchen nicht verlorengegangen ist. Es wird Ihnen noch zugestellt werden, und dies mit um so mehr Sorgfalt, als man den Namen von M. Turgot darauf lesen wird.

Ich glaube wirklich, daß es einem leichtfällt, Sie zu kritisieren, ohne Sie zu verletzen. Aber Sie zu loben, so wie ich möchte, wie Sie es verdienten, ohne daß man gleichzeitig Gefahr liefe, entweder zu übertreiben oder allzu abgeschmackt und einfältig zu erscheinen, fällt nicht so leicht. Nun gut, ich schweife ab, und deshalb sage ich Ihnen ganz plump, daß Ihr Brief an M. Turgot außerordentlich gut gelungen ist. Das ist genau der richtige Ton, das richtige Maß. Mit einem Wort: Es sind ganz Sie selbst, und ich weiß nichts Besseres, nichts Größeres auf der Welt. Ich gestehe Ihnen, mein Freund, daß ich auf nichts mehr meine Blicke richten kann als auf das, zu dem ich aufschauen muß. Zu Ihnen nämlich, denn Sie sind so groß, daß ich auf längere Dauer dem nur durch große Anstrengung genügen kann. Um mich auszuruhen, werde ich es wie die Heilige Maria Magdalena halten: Die hatte sich ihren Platz zu Füßen von Jesus Christus, als er unter den Menschen weilte, gesucht. Ich aber muß weder schwieriger noch gar rücksichtsvoller sein, mein Freund, als eine so große Heilige, und auch Sie können sich nicht größerer Bescheidenheit rühmen als der Gott-Mensch, mit dem ich Sie vergleiche. Sollte Ihnen aber dieser Vergleich als verrückt erscheinen, dann bedenken Sie, daß ich Sie bis zum Wahnsinn liebe.

Indes, mein Freund, was treiben Sie so, womit beschäftigen Sie sich? Wissen Sie denn auch, daß Sie mir Lob spenden, als wäre es Ihre Absicht, mir zu gefallen? Ach, guter Gott, haben Sie denn ganz vergessen, daß Sie auf diese Weise Ihr Glück machen? Und das ist von jener Sorte, die keine Grenzen kennt: Das ist das Vermögen der Beaujon,[1] der Clive[2] und der de la Borde[3] etc. Wie sehr wünschte ich es mir, daß Sie ein Vermögen hätten, aber nicht eines wie diese Unglücklichen, die ich aufzählte. Sie sterben vor lauter Langeweile auf ihren Reichtümern. Nein, Ihnen wünschte ich ein behagliches Auskommen. Ich möchte, daß sich Ihre Begabungen nicht gewissermaßen Arme und Beine ausreißen müssen, Ihr Genie sich nicht den Hals verdrehen muß. Kurz, ich wünschte mir Sie nicht dazu verdammt, sich mit der Menge gemein zu machen. Ja, auf Ehre, nur Ihretwegen, lediglich Ihres Ruhmes willen, machten mir Ihre Heiratsprojekte Angst, und was dies anbelangt, kann ich Ihnen nur mit aller Aufrichtigkeit sagen:

«Der Tag ist nicht lichter denn meines Herzens Grund.[4]»

Das will soviel sagen, mein Freund, wenn sich Ihnen eine glänzende Partie anböte, wenn Sie irgendeine Aussicht hätten, wenn ich, wenn meine Freunde irgendwie helfen könnten, dann rechnen Sie auf unseren Eifer, auf unsere Tatkraft und auf die Leidenschaft, die wir daran wenden würden, um Erfolg zu haben. Ja, ich würde noch einmal glücklich und vergnügt sein, wenn ich Sie im Glück wüßte, und sei es eben das nämliche Glück wie das des Comte de Crillon. Ach, das wird ein guter Gatte sein! Er hat gut daran getan, vor seiner Heirat um die Welt zu reisen. Seine Frau ist für ihn, davon bin ich überzeugt, nämlich das Ende der Welt. Sein Vorstellungsvermögen reicht nicht über diesen Horizont hinaus. Mein Gott, wie glücklich er ist! Aber, mein Freund, er wird «Die Gracchen» nicht schreiben, und er wird ebensowenig derart schöne Verse machen, wie ich sie in Ihrem Brief las!! Dieses Verlangen danach, ein *gutes Leben* zu leben, ist, wie ich überzeugt bin, ein Drang, der die Verdammten plagt. Das ruft mir ein leidenschaftliches Wort in Erinnerung, das mir Freude machte: «Wenn ich jemals zur Ruhe finden könnte», so sagte mir jemand, «dann nur, wenn ich mich unterwegs glauben dürfte.»

Diese Sprache ist nur den Menschen eigen, die über den sechsten Sinn, *die Seele,* verfügen. Ja, mein Freund, ich bin glücklich oder unglücklich genug, um denselben Wortschatz wie Sie zu besitzen. Ich verstehe, oder noch besser, ich spüre Ihre Unterscheidungen, Ihre Definitionen, und dreiviertel der Zeit begreife ich den Chevalier de Chastellux nicht. Er ist so zufrieden mit dem, was er macht, er weiß jetzt schon ganz genau, was er tun wird, er liebt die Vernunft über alle Maßen, mit einem Wort, er ist mit allem derart im reinen, daß ich wohl schon hundert Mal gedacht habe, daß ich mich täusche, wenn ich mit ihm spreche oder ihm schreibe und ich bin drauf und dran, ihn nur noch anzureden oder zu nennen: der Chevalier Grandisson. Aber das hieße weder das Schicksal von Clémentine,[5] noch das von Miss Gléon[6] zu beneiden.

Sie haben sicherlich gehört, daß der Comte de Broglie[7] an die Stelle M. de Conflans[8] als Kommandeur in Metz getreten ist. *Ein Mann von Geist, in der Tat haben,* mein Freund. Aber ich würde mir wünschen, daß er Ihnen nützlich wäre, ja, Ihnen, der Sie nicht über seinen Geist verfügen. Da ich von Geist spreche, will ich Ihnen eine witzige Wendung mitteilen, welche die Zarin Diderot gegenüber gebrauchte. Sie diskutierten oft miteinander. Eines Tages, als der Streit sich recht erhitzte, unterbrach sich die Zarin und bemerkte: «Wir sind alle beide viel zu erregt, als daß einer noch Recht bekommen könnte. Sie haben zuviel Phantasie, ich zuviel Temperament, weshalb wir beide nicht mehr wissen, was wir sagen.» – «Mit dem Unterschied», versetzte Diderot, «daß Sie ohne alle Nachteile alles sagen dürfen, wie es Ihnen gefällt, mit hingegen ist dieses nicht möglich.» – «Pfui doch», erwiderte darauf die Zarin, «es gibt doch keinen Unterschied zwischen den Menschen.»

Sehen Sie, mein Freund, lesen Sie genau, und seien Sie nicht ebenso töricht wie M. d'Alembert, der darin gerade deshalb nichts anderes bemerken mochte als den Unterschied der Geschlechter, weil das doch nicht anders denn liebenswürdig ist, zumal eine Herrscherin zu einem Philosophen als Oberhaupt einer Sekte spricht.

Ein anderes Mal sagte sie ihm: «Zuweilen kommen Sie mir vor, als seien Sie hundert Jahre alt, aber häufig scheint es mir auch, Sie seien ein Kind von zwölf Jahren.» Das ist hübsch gesagt, mein Freund, es ist gar köstlich, und es kennzeichnet Diderot genau. Wenn Sie Kinder mögen würden, so sagte ich Ihnen, daß ich glaube beobachtet zu haben, daß alles, was im Leben gefällt, immer eine gewisse Ähnlichkeit mit Kindern hat. Kinder sind graziös, sind weich und ganz natürlich! Kurz, Harlekin ist ein Gemisch aus Katze und Kind, aber gibt es etwas, das graziöser wäre? Wissen Sie, was mich wegen dieses Pakets ärgert, das Ihnen zugeht? Weil Sie erst zu spät die Entschuldigung dafür erhalten, die ich von Ihnen forderte, weil ich Sie unbegründeterweise beschuldigt hatte. Die Post war schuld, und ich war, ohne daß ich dies wollte, mitschuldig. Aber haben Sie oder die Post jetzt unrecht? Sie haben geschrieben: «Ich antworte auf Ihre Briefe vom 9. und 14.» Warum aber springen Sie mit beiden Füßen auf den 11., der ein Dienstag war? Seit dieser fraglichen Zeit, in der ich außer mir war und an den fürchterlichsten Wahnvorstellungen litt, habe ich mit jeder Post geschrieben.

Sie verpassen einen großen Tag, mein Freund, den der Wiedereröffnung des Parlements.[9] Die Neugierigen versprechen sich davon ein großes Vergnügen. Die Klügeren, zu denen ich mich rechne, erwarten sich jedoch in dieser Hinsicht gar nichts. Es sind die Folgen, die Konsequenzen dieses Ereignisses, die Belang haben werden. Es muß sich erst noch herausstellen, ob es Richter oder Tyrannen sind, die man wieder auf die Lilien setzt.[10]

Warum ich mit dem Chevalier de Chastellux nicht über «Orpheus» spreche? Aus dem Grunde, mein Freund, weil es Barbarei wäre, in den Quinze-Vingts[11] von Farben zu reden. Leben Sie wohl.

1 Vgl. Brief 51, Anm. 1. 2 Robert Clive, Baron Clive of Plassy (1725–1774), General und Staatsmann, der Begründer der englischen Herrschaft in Indien. 3 Jean-Joseph de Laborde, Marquis de Méreville (1724–1794), einer der reichsten Männer Frankreichs im 18. Jahrhundert, der für seinen Kunstgeschmack wie seinen Luxus bekannt war. 4 Racine, Phèdre, IV. Akt, 2. Szene. 5 Figur in einem der bekanntesten Romane Richardsons. Vgl. Brief 77, Anm. 2. 6 vermutlich: Geneviève Savalette, Marquise de Gléon (1732–1795), eine intime Freundin des Chevalier de Chastellux. Vgl. Brief 12, Anm. 2. 7 Vgl. Brief 37, Anm. 2. 8 Louis

de Conflans, Marquis d'Armentières (1711–1774), Maréchal de France. 9 Am Samstag, den 12. November 1774, in Gegenwart des Königs. 10 Die Lilien waren das Emblem des französischen Königshauses. 11 Pariser Blindenanstalt.

86. An denselben

Montag, elf Uhr abends, den 1. November 1774

Es scheint mir, als gehörten Ihnen, mein Freund, alle Regungen und Empfindungen meiner Seele. Ich muß Ihnen über alle meine Gedanken Rechenschaft geben. Ich bin überzeugt, sie sind so lange nicht mein Eigentum, wie ich sie Ihnen nicht mitgeteilt habe. Hören Sie mich also an, und befinden Sie über mein Urteil oder vielmehr über meinen Instinkt, denn ich verlasse mich bei Fragen des Geistes, des Geschmacks und der Kunst nur auf diesen. Ja, mein Freund, die Akademie von Marseille hat M. de Chamfort völlig zu Recht preisgekrönt. Mein Gott, aus großer Ferne noch wirkt auf mich die Eloge,[1] die mir sehr gefiel und dies auch weiterhin tun wird! Wie gedankenreich und geistvoll und zwar aller Arten des Geistes sie ist und auch voller Feinheit, Kraft, Begeisterung und Philosophie! Wie lebendig ihr Stil, der ganz Seele und Feuer ist, und wie reich an glücklichen Wendungen! Wie originell auch in Sprache und Aufbau! Mit einem Wort, ich bin wirklich davon entzückt und dies bis zu dem Grade, daß ich Ihnen am liebsten zehn Stellen daraus zitieren würde, von denen eine reizvoller als die andere ist, müßte ich nicht fürchten, Ihnen die Freude daran zu verleiden.

Im besonderen empfehle ich Ihnen, mein Freund, die Seite 44. Sagen Sie mir, habe ich mich geirrt? Enthält sie nicht die erlesensten Empfindungen? Ist das nicht eine Nobilitierung der Barmherzigkeit und des Dankes? Sind auf ihr nicht alle Gefühle wiedergegeben, die eine empfindsame, eine erhabene und leidenschaftliche Seele am liebsten selbst erfahren und anderen mitteilen möchte? Diese Eloge befriedigt mich derart, mein Freund, daß ich mir wünschte, Sie hätten sie geschrieben. Allerdings bin ich mir auch gewiß, daß sie dann noch besser ausgefallen wäre. Sie würden sich in noch größere Höhen aufschwingen, und Sie hätten auch nicht seine Fehler. Doch sagen Sie mir nur rasch: Ist meine Schwärmerei übertrieben? Zum mindesten ist sie mir nicht eingeredet worden. Ich habe weder jemanden gesehen, noch gar deswegen gesprochen. Ich erhielt die Eloge gegen 9 Uhr. Schier verging ich vor Ungeduld, allein zu sein. Ich habe sie dann gelesen und teile Ihnen hier meinen ersten Eindruck mit, selbst auf die Gefahr hin, daß Sie mich nicht mehr für ganz bei Trost halten.

Es soll Sie aber, mein Freund, nichts davon abschrecken, mir alles, was Sie gedichtet haben, vorzulesen. Ich will die Magd Molières sein. Ich werde nicht diskutieren, sondern ich werde alles erfühlen. Wieviel Geist und Geschmack haben Sie doch bewiesen, indem Sie Ihren Stoff konzentriert haben! In den vortrefflichsten Tragödien gibt es Längen und Langeweile. Diese beiden Fehler werden Sie jetzt vermieden haben. Ihr ganzes Stück wird voller Feuer und Spannung sein, sein Stoff und seine Handlung werden einen stets in Atem halten. Der Geist des Autors wird niemals zum Vorschein kommen, aber die Seele und das Genie von M. de Guibert werden alles durchherrschen und beleben. Warum aber nur dieser «feierliche Schwur», mein Freund, mich nicht mehr alles sogleich lesen zu lassen, da ich doch alles kennen und nachempfinden möchte? Sind denn die «Gracchen» nicht Sie selbst? Ist nicht das, was Sie begeistert, eben jenes, was ich mein ganzes Leben lang hören und überdenken möchte?

Mein Gott, wie falsch haben Sie mich zunächst verstanden, und wie trefflich sprechen Sie nunmehr über Milord Shelburne! Ja, eben deshalb achte und liebe ich ihn, weil er der Führer der Opposition ist. Sie sollten tief unglücklich darüber sein, daß Sie in einem Staat wie dem unsrigen geboren sind. Sollte ich, schwach und unglücklich, wie ich nun einmal bin, nochmals geboren werden, dann würde ich lieber der geringste Abgeordnete des Unterhauses als der König von Preußen sein! Einzig der Ruhm Voltaires vermag mich darüber hinwegzutrösten, nicht als Engländerin auf die Welt gekommen zu sein. Noch ein Wort über Milord Shelburne, und nie wieder werde ich von ihm sprechen, denn:

«Das Geheimnis zu langweilen, liegt darin, alles zu sagen.»[2]

Wissen Sie, wie er Kopf und Seele sich von den Regierungsgeschäften erholen läßt? Mit wohltätigen Handlungen, die eines

Herrschers würdig wären. Er ist der Gründer öffentlicher Bildungsanstalten, die allen offenstehen, die auf seinen Ländereien leben. Er kümmert sich bis ins Detail um ihre Erziehung und ihr Wohlergehen. Da sehen Sie, mein Freund, wie ein Mann von gerade 34 Lebensjahren, dessen Seele ebenso empfänglich, wie sie groß und stark ist, sich erholt. Da haben Sie den Engländer, der es wert und würdig gewesen wäre, der Freund des Wunders der spanischen Nation zu sein.[3] Das ist der Mann, von dem ich mir wünschte, Sie hätten ihn kennengelernt. Aber Sie hätten ihn sicherlich bedauert, denn ganz gewiß ist er nicht dazu geschaffen, in diesem Land zu leben. Am 13. reist er wieder ab. Er wollte der Eröffnung des Parlaments beiwohnen. Bis dahin hatte er Zeit, sich in Paris zu vergnügen. Während seines ganzen Lebens hat er eine derartige Zerstreuung noch nicht erlebt. Er findet sie angenehm und reizend. «Ich habe Freude daran», vertraute er mir an, «weil derlei nicht lange andauern kann, denn stets erfüllt einen ein solches Leben mit der fürchterlichsten Langeweile.» Wie weit entfernt er doch mit einer solchen Ansicht von einem Franzosen, einem galanten Hofmann zumal, ist! Der Präsident de Montesquieu hat recht: Die Regierungsform prägt den Menschen. Ein Mann, ausgestattet mit Energie, Leidenschaft und Genie, ist in unserem Land wie ein Löwe in eine Menagerie eingesperrt, und das Wissen um seine Kraft wird ihm zur Folter. Er ist ein Patagonier: einer der gezwungen ist, sich auf Knien fortzubewegen.

Es gibt nur einen Weg, mein Freund, der zum Ruhm führt, aber der ist schön. Es ist die Bahn, die von Molière, Racine, Voltaire, d'Alembert, Condorcet etc. etc. eingeschlagen wurde. Ja, mein Freund, Sie müssen sich eben darauf beschränken, weil die Natur es Ihnen so bestimmt hat. Gute Nacht. Ich weiß nicht, ob dieser Brief abgehen wird, aber ich habe mit Ihnen geplaudert, und das hat mich glücklich gemacht.

Dienstag in der Frühe

Ich erfahre soeben, daß die Post nach Bordeaux heute vormittag abgeht, weshalb ich also meinen Brief absende. Sollten Sie, wie Sie dies in Aussicht gestellt haben, nicht am 13. ankommen, dann wäre dies ganz und gar nicht gut. Sagen Sie mir, von wo auch immer Sie mir geschrieben haben wollen, ob Sie mir zwischen dem 21. Oktober und dem 1. November keinen Brief geschickt haben. Ich erhielt Post am Montag und am Samstag der vergangenen Woche, aber keine Zeile von Ihnen. Ich kann Ihnen gar nicht sagen, wie niedergedrückt ich deshalb bin. Meine Seele ist wie abgestorben, und mein Körper leidet derart, daß Sie Erbarmen mit ihm hätten. Leben Sie wohl, mein Freund. Vertrauen Sie auf M. Turgot, dann wären Sie am 13. hier.

1 Gemeint ist Chamforts «Eloge de La Fontaine». Vgl. Brief 62, Anm. 1. 2 Voltaire, Sixième Discours en Vers sur l'Homme. 3 Anspielung auf den Marques de Mora.

87. An Monsieur de Guibert

Hotel de Bourgogne, Rue de Taranne

Samstag, 10 Uhr abends, den 13. November 1774

Sie tun mir weh, mein Freund, und es gibt keinen größeren Fluch für Sie wie für mich, als das Gefühl, das mich belebt. Sie hatten durchaus recht damit, als Sie mir einmal sagten, daß Sie kein Verlangen danach hätten, so geliebt zu werden, wie ich zu lieben verstehe. Nein, diese Art zu lieben ist Ihnen ganz und gar nicht gemäß. Sie sind so vollendet liebenswürdig, daß sie unbedingt der Liebling der charmanten Damenwelt sind oder es werden, die sich mit allem aufputzen, was sie im Kopfe haben, und die so liebenswürdig sind, daß sie sich vor allem nur selbst lieben. Sie werden deren ganze Freude sein und die Eitelkeit beinahe aller dieser Frauen vorzüglich befriedigen. Welches Unglück hat es nur gefügt, daß Sie mich dem Leben erhalten haben und daß Sie mich gleichzeitig in Unruhe und Schmerz umkommen lassen? Ich beschwere mich nicht, mein Freund, aber ich bin betrübt darüber, daß Ihnen meine Seelenruhe nichts wert ist. Dieser Gedanke kältet und zerreißt mein Herz.

Wie soll man auch nur mit einem Manne einen Augenblick Ruhe finden, dessen Kopf genauso schlecht ist wie die Postkutsche, der die Gefahr nicht achtet, der Vorsicht nicht kennt, der unfähig ist, gewissenhaft zu sein, und dem es niemals in den Sinn kommt, etwas tatsächlich auszuführen, das er sich vorgenommen hat? Mit einem Wort, ein Mann, der vom Zufall lebt, der alles anstößt und den nichts auf- oder festhalten kann? Mein Gott, in deinem Zorn, in deiner übersteigerten Rachsucht hast du mich dazu verdammt, den zu lieben, zu bewundern, der die Marter und die Verzweiflung meiner Seele ist! Ja, mein Freund, das, was Sie Ihre Fehler nennen, kann vielleicht mein Verderben sein, das möchte ich mit allem Nachdruck betonen, aber nichts wird mich deshalb erkalten lassen. Wenn meine Willenskraft, meine Vernunft, meine Überlegung irgend etwas vermocht hätten, würde ich Sie dann lieben? Ach, in welcher Zeit wurde ich in diesen Abgrund gestürzt, in dieses Unglück gestoßen! Noch immer schaudert es mich. Die einzige Möglichkeit, ein sanfteres Empfinden in meiner Seele zu wecken, wäre die Gewißheit, Sie morgen zu sehen. Wenigstens aber die Möglichkeit zu haben, auf dieses Glück zu zählen! Vielleicht ist Ihr Wagen zu Bruch gegangen; vielleicht ist Ihnen etwas zugestoßen; vielleicht verweilen Sie sich in Chanteloup; kurz, ich rechne mit allem, und nichts vermag mich zu trösten.

Es genügt Ihnen nicht, mein Freund, mich zu beunruhigen, Sie klagen mich obendrein auch noch an. Soll ich Ihnen nach Chanteloup schreiben? In Ihrem letzten Brief aus Bordeaux teilten Sie mir mit, daß Sie sich möglicherweise nicht nach Chanteloup begäben! Guter Gott, was soll dieses Durcheinander? Sie ändern ständig Ihre Absichten, aber liebe ich Sie deshalb weniger? Gute Nacht. Jedes Mal, da heute meine Haustüre ging, bekam ich Herzklopfen. Manchmal überfiel mich jähe Angst, weil ich wähnte, Ihren Namen gehört zu haben, und dann war ich wieder tief betrübt, daß ich mich getäuscht hatte. Alle diese Widersprüche, alle diese gegenläufigen Bewegungen sind wahr und wirklich und finden ihre Erklärung in den Worten: Ich liebe Sie!

88. An denselben

Samstag, den 19. November 1774

Ihr Brief von Donnerstag früh war hart und ungerecht. Der, der eine Stunde davor geschrieben wurde, war wegen seiner maßlosen Offenheit und der Kälte niederdrückend, mit denen Sie mir mitteilten, Sie hätten mich nie geliebt und Sie könnten künftig nicht mehr für jemanden leben etc. etc. Aber wußten Sie denn nicht, daß ein solches Bekenntnis meine Reue in Scham verwandelte? Ich kann nicht mehr ohne zu schaudern an mich denken, und ich habe meine Gedanken von Ihnen abgewendet, zumal ich weder über Sie richten noch Sie hassen will.

Gestern sind Sie so spät erst zu mir gekommen, und Sie hatten es dann auch sehr eilig, wieder zu gehen, daß Sie mir damit nichts anderes bewiesen, als daß Sie bloß dem Drängen meines Briefes entsprachen, was mir ganz und gar selbstverständlich erscheint. Ich erwähne dies nur, um Ihnen zu sagen, daß ich sehr wohl weiß, es wird Ihnen nur recht sein, wenn wir uns heute vormittag nicht sehen. Ich erwarte den Erzbischof von Aix; er will mit mir sprechen. Meine Türe wird also verschlossen sein. Am Nachmittag habe ich Besuche zu machen, und ich werde erst gegen acht Uhr wieder hier sein. Morgen speise ich mit dem Comte de Crillon, und danach werde ich wiederum Besuche bis etwa gegen acht Uhr machen. Ich unterrichte Sie über meinen Tagesablauf keineswegs deshalb, weil ich des Glaubens wäre, er würde Ihre Pläne irgend beeinflussen, sondern lediglich deshalb, um Ihnen die Mühen des Überlegens zu ersparen, ob Sie mich aufsuchen sollen oder ob Sie dies lieber unterlassen. Die Person, die über Sie und Ihre Zeit gebietet, wird Sie schon nicht Ihrem Widerwillen gegen die Welt und die Gesellschaft überlassen! Sie werden Zerstreuung, Frieden, Vergnügen, Glück mit und bei ihr finden, und Sie werden nicht mehr den tödlichen Ekel erfahren, der mit dem Unglück einhergeht, jemanden zu betrügen, den man über alles liebt. Das mußte nicht sein! Sie werden sich ihr gegenüber sehr schuldig fühlen! Überlassen Sie sich dieses Mal rückhaltlos der unbesieglichen Neigung, die Sie beseelt, und vermeiden Sie es, sie dadurch noch mehr zu verletzen, daß Sie versuchen, irgend einen Ausgleich zwischen dem Gefühl herzustellen, das Sie ihr schulden, und dem, das andere Ihnen einflößen.

Aber, mein Gott, ich weiß nicht, warum ich zu Ihnen über das spreche, was Sie beschäftigt. Ohne Zweifel geschieht es aus der Gewohnheit heraus, Ihnen gefallen zu wollen.

Wir haben gestern abend eine «Eloge de la Raison»[1] gelesen, die als hervorragend empfunden wurde. Ich wünschte, Sie hätten es gehört. Die Lesung endete erst nach zehn Uhr.

1 Éloge historique de la Raison, prononcé dans une Académie de Provence, par M. de Chambon (i.e. Voltaire), Paris 1774.

89. An Monsieur de Guibert
Hotel de Malte, rue Traversière

Samstag früh, November 1774

Da Sie nie wissen, mein Freund, was Sie machen wollen, werde ich es Ihnen beibringen: Sie gehen vor elf Uhr aus dem Haus, machen Besuche im Faubourg Saint-Honoré[1] und begeben sich danach zu Mme. de Boufflers zum Essen; um fünf Uhr sind Sie beim Comte de Crillon in der rue de Brague.[2] Er wird Sie erwarten, aber vormittags wird er nicht zu Hause sein, wie er mir gestern sagte. Auf dem Rückweg vom Marais[3] lassen Sie sich bei Mme. de Vaines einschreiben. Und danach, gegen sieben Uhr, begeben Sie sich in die Comédie-Française,[4] um «Henri IV»[5] zu sehen, das zweite Stück, das an diesem Abend gegeben wird. Erbitten Sie die Loge des Duc d'Aumont,[6] die über dem Orchester und neben der Loge der Königin gelegen ist. Sagen Sie Ihrem Diener, daß er Sie um Viertel nach acht an der großen Türe der Cour des Princes erwartet, bei der wir alle herauskommen werden, ohne uns auch nur eine Minute zu verweilen. Danach gehen Sie zum Abendessen bei Mme. de M.(ontsauge).

Da haben Sie ein wunderbares Tagesprogramm, an dem Sie nichts ändern müssen.

Und weiter, morgen, am Sonntag, werden Sie während des ganzen Vormittags arbeiten, ohne auszugehen; zum Mittagessen finden Sie sich bei Mme. de M.(ontsauge) ein; um fünf Uhr kommen Sie wieder nach Hause, um zu arbeiten, und um acht Uhr besuchen Sie mich. *Passen Sie auf* und hören Sie mir gut zu:

Montag: Mittagessen bei M. de Vaines und Abendessen bei Mme. M.(ontsauge).

Dienstag: Mittagessen beim Generalkontrolleur (Turgot) und Abendessen bei Mme. de M.(ontsauge).

Mittwoch: Mittagessen bei Mme. de Geoffrin und Abendessen bei Mme. de M.(ontsauge).

Donnerstag: Mittagessen beim Comte de Crillon und Abendessen bei Mme. de M.(ontsauge).

Freitag: Mittagessen bei Mme. de Châtillon und Abendessen bei Mme. de M.(ontsauge).

Samstag: Mittagessen bei Mme. de M.(ontsauge), und nach Tisch gehen Sie nach Versailles und kommen am Sonntag gegen Abend zurück, den Sie dann bei mir verbringen.

Sie wären der liebenswürdigste Mann der Welt, mein Freund, wenn Sie alles so machten, wie ich es Ihnen aufgeschrieben habe. Ich wette mit Ihnen, daß Sie den besten Teil davon für Ihr Vergnügen haben. Daran habe ich, wie es nur vernünftig ist, in erster Linie auch gedacht.

Sie haben mir gestanden, mein Freund, Sie hätten mir Leid zufügen wollen. Das ist unmöglich. Sie sind gut, Sie sind rücksichtsvoll und Sie wissen auch... Was? Wissen Sie, daß ich mein Leben für Sie hingeben würde, ja, mehr noch, daß ich mich dem Schmerz unterwerfen würde, nur um Ihnen eine sorgenfreie Viertelstunde zu verschaffen? Und Sie wollten, daß ich leide! Das kann nicht wahr sein.

Ich habe Sie irregeführt: Monsieur und Madame de la Borde weilen in Paris. Sie werden sie heute vormittag besuchen, nicht wahr?

1 Nicht zu ermitteln. 2 Wahrscheinlich die Grande-rue de Braque, die heutige rue des Archives. 3 Comte de Crillon wohnte im Marais. 4 Die Comédie-Française befand sich damals noch in der rue Fossés-Saint-Germain, der heutigen rue de l'Ancienne-Comédie. 5 La Partie de Chasse de Henri IV, Kömödie von Collé, die bereits 1766 ihre Uraufführung erlebte, aber am 16. November 1774 wieder gegeben wurde. 6 Louis-Marie-Auguste de la Rochebavon, Duc d'Aumont (1709–1782), Premier Gentilhomme de la Chambre du Roi.

90. An denselben

Samstag, elf Uhr abends am selben Tag, 1774

Mein Gott, wie gut Sie daran getan haben, nicht in die Comédie zu gehen! Ich habe keine Worte für die Langeweile, die ich ausgestanden habe. Ich empfand dabei ein körperliches Unbehagen, das mir fast Schmerzen verursachte. Hernach ging es über meine Kräfte, den Abend mit Mme. de Châtillon zu verbringen, wie ich es versprochen hatte.

Meinem Empfinden nach gibt es ein Ausmaß des Leidens, das einem die Kraft raubt, Langeweile zu ertragen. Es ist mir ein greulicher Angang, mich ganz still zu verhalten, wenn ich mir Plattheiten anhören muß, die oft empörend, beinahe stets aber ebenso dumm wie gewöhnlich sind. Welch ein abscheuliches Stück! Wie durch und durch bourgeois sein Verfasser ist und wie gewöhnlich und begrenzt seine Einfälle sind! Wie niedrig, wie pöbelhaft das Publikum ist! Und die gute Gesellschaft, wie dumm und geschmacklos! Wie sehr ich die unglücklichen Autoren beklage, die es sich zum Ziel setzten, sich durch das Theater einen Ruf zu erwerben! Wenn Sie wüßten, wie dieses dumme Vieh von Publikum rasend applaudierte! Molière hätte sich keinen größeren Erfolg wünschen können. Vornehm waren allein die Namen und die Kostüme. Der Verfasser läßt seine Höflinge und Heinrich IV. reden wie Bürger von der rue Saint-Denis.[1] Und genauso sprechen seine Bauern. Mit einem Wort: Dieses Stück ist für mich ein Meisterwerk des schlechten Geschmacks und der Plattheit, und die Leute von Welt, die es loben, kommen mir vor wie Bediente, die über ihre Herrschaft Gutes sagen. Sollten Sie meinem Urteil über diese Komödie widersprechen, mein Freund, dann wäre ich sehr empört, aber ich würde dennoch kein Wort zurücknehmen, denn es kann hier gar keine Rede davon sein, ob es gut oder schlecht ist. Mir war es auf den Tod zuwider. Und wir waren zu viert in der Loge, und alle befiel die nämliche Langeweile.

Doch genug davon jetzt, werden Sie doch schon auf den Gedanken gekommen sein, die Langeweile hätte mich angesteckt. Vielleicht besitze ich aber auch nicht die Grausamkeit, Ihnen den Brief zu schicken. Aber, indem ich Ihnen Rechenschaft über meinen Tag gebe, tröste ich mich. Ich habe damit begonnen, mich am Essen zu vergiften, indem ich vom Hammel kostete, der mit Knoblauch gespickt war. Das hat mein Blut derart in Wallung gebracht, daß es nur an mir läge, das Fieber herbeizurufen.

A propos Fieber: Haben Sie Neuigkeiten von Ihrer Frau Mutter? Geht es ihr besser? Und ist die Rückkehr Ihres Herrn Vaters gewiß? Nur darin kann ich Trost darüber finden, daß Sie den Faubourg[2] verlassen haben. Und Sie, mein Freund, wie haben Sie Ihren Tag verbracht? Sicherlich nicht so, wie Sie es gesagt hatten, nicht wahr? Und morgen werden Sie nicht arbeiten, und so immer fort. Erst strotzen Sie vor Tatendurst, schmieden hundert Projekte, und dann unter dem ersten, besten Vorwand entziehen Sie sich ihnen. Reue, Verlangen und Begeisterung, aber niemals Ruhe. Man muß Sie lieben, mein Freund, ehe man Sie richtig kennt, so wie ich es gehalten habe, denn, wenn man Sie erst einmal beurteilen kann und dann dennoch sein Glück mit Ihnen verknüpfen will, bedeutet das, sich der Hölle überantworten.

Ich will Ihnen mein ganzes Programm für den morgigen Sonntag mitteilen, damit Sie sich die Ihnen bequemsten Augenblicke heraussuchen können: Erst die Messe und dann ein Krankenbesuch bis zum Mittagessen. Ich speise bei Mme. de Châtillon. Um fünf Uhr werde ich zum Palais de la Rochefoucauld gehen und erst halb sieben Uhr wieder zurück sein, um danach das Haus nicht mehr zu verlassen. Leben Sie wohl, mein Freund, ich liebe Sie, aber ich fühle mich viel zu traurig gestimmt und allzu einfältig, um Ihnen das wirklich sagen zu können.

Mein Freund, darf ich Sie denn, ohne Sie damit inkommodieren zu wollen, darum bitten, mir einmal den Brief des Abbé de B... mitzubringen? Ich wagte es nämlich bislang nicht, diese Seiten, die ich meiner Korrespondenz entnahm, zurückzuverlangen. Ich tue unrecht, dieses zu gewärtigen, aber indem ich Sie damit behellige, errege ich Ihre *Empörung*. Diese ist nur zu gerechtfertigt, daher wage ich auch nicht, mich zu beklagen. Ach, ich bin sehr schwierig, sehr anspruchsvoll, sehr *zänkisch!* Mir sind alle Fehler eines unglücklichen Geschöpfs eigentümlich, das mit Hingabe liebt und das nur einen Gedanken und nur eine Regung kennt.

Nochmals Adieu.

1 Gemeint ist ein Kleine-Leute-Viertel. 2 Der Faubourg Saint-Honoré.

91. An denselben

Elf Uhr abends

Ich habe Ihr Billet gelesen; es ist sehr freundlich, sehr artig. Was Sie mir in unserem Gespräch gesagt haben, war sehr hart, ja grausam. Hinterher bin ich in Gram versunken. Nie, nein niemals ist meine Seele so niedergeschlagen und mein Körper leidender gewesen. Sie hatten den Vorsatz gefaßt, mich nie wieder zu sehen? Nun, warum sind Sie davon wieder abgewichen? Sie hätten mir damit nur die Kraft gegeben, meinen Vorsatz auszuführen und der stärksten Sehnsucht meiner Seele nachzugeben. Und wir beide wären erlöst und befreit gewesen, ich von einer Bürde, die mich niederdrückt, Sie von dem Anblick des Elends, das Sie so häufig belästigt und beständig einengt. Nein, ich bin Ihnen durchaus nicht dankbar. Ihr erster Entschluß wäre mir lieber gewesen als das Resultat Ihrer Überlegung. Indem Sie mich verletzten, gaben Sie mir die Kraft; dadurch aber, daß Sie mich trösten, Sie mir zu Hilfe eilen, das habe ich Ihnen schon tausend Mal gesagt, hindern Sie mich, aber Sie halten mich nicht fest.

Vielleicht sind Sie es, der mir auf eine viel nachdrücklichere und weitaus schmerzlichere Weise die ganze Größe des Verlusts einsichtig macht, den ich erlitten habe. Nichts nämlich hätte mich dazu anstiften können, einen Vergleich, eine Annäherung zu wagen, und diese unwillkürliche Regung stürzt mich häufig in die Verzweiflung. Und in dieser Lage weiß ich nicht, was mir schrecklicher ist: meine Trauer oder meine Reue. Aber, was geht Sie das alles an? Die Oper, die Zerstreuung, der ganze Wirbel des gesellschaftlichen Lebens reißen Sie mit sich fort, und das ist auch ganz natürlich so. Ich beklage mich nicht, es betrübt mich nur.

Ich möchte aber dennoch, daß Sie morgen vor dem Abendessen vorbeikommen. Sie können dann mit d'Alembert und dem guten Condorcet plaudern und vielleicht auch mit M. de Vaines. Sie waren ja zugegen, als er mir sagte, er käme möglicherweise. Heute abend sah ich M. Turgot. Es ist ein halbes Jahr her, daß ich ihn für mich allein hatte. Ich war todesmatt. Deshalb glaube ich, er hat die Zeit bereut, die er mir opferte.

Gute Nacht. Ich leide unter glühender Hitze, das Fieber verzehrt mich. Ach, wie langsam stirbt es sich doch. Heute morgen haben Sie mich gehetzt, warum zügeln Sie mich dann an diesem Abend?

92. *An denselben*

Dienstagmittag, 1774

Sie haben mir nichts gesagt, Sie haben mir nichts geschrieben, und ich kann Ihnen dies beweisen. Die Hoffnung, Sie zu sehen, veranlaßt mich, alle meine Pläne zu ändern und umzustoßen. Urteilen Sie selber also, ob ich mich anderweits verabredet hätte, wenn ich mir gewiß gewesen wäre, Sie zu sehen. Aber da Sie von den Vorhaben von Mme. de M(ontsauge) abhängig sind, können Sie nie vorher wissen, nie mit Gewißheit sagen, was Sie tun werden. Dieses Unglück, mein Freund, wiegt nicht allzu schwer. Es hat nur Mißverständnisse zur Folge, aber Sie bleiben ein freier Mensch, und das ist die Hauptsache.

Ich bin lediglich empört darüber, daß Sie sich nicht auch dahin begeben haben, wo Mme. de M(ontsauge) ihr Abendessen einnahm. M. de Saint-Lambert[1] ist zur Place Vendôme gegangen. Aber Sie wissen nie, was Sie wollen, wohin Sie gehen. Doch, was tut es! Wenn Sie sich nur gut unterhalten haben und am Ende des Tages zufrieden und glücklich waren, dann haben Sie es gut gemacht, dann sind Sie ganz im Recht, und Ihre Art zu leben ist sicherlich vortrefflich. Ändern Sie also nichts daran. Was mich betrifft, so bin ich traurig und niedergeschlagen. Ich möchte meine Art zu empfinden, nicht ändern, aber ich wünschte auch, ich wäre tot. Es hätte dies am nämlichen Tag und in dem Augenblick geschehen sollen, an dem ich nicht mehr geliebt wurde. Mein Gott, welcher Verlust! Meine Seele kann sich an dieses schreckliche Wort *niemals* gewöhnen. Noch immer gerät sie darob in Zuckungen. Gestern, während des Vorlesens, überfiel mich die Angst, ich müßte weggehen. Ich erinnerte mich nämlich daran, daß es um ihn ging, als beim letzten Mal aus diesem Buch vorgelesen wurde. Mir brach es das Herz, ich habe kein Wort mehr verstanden, und seither lebe ich nur noch dieser grausamen und süßen Erinnerung wegen.

Warum nur haben Sie mich dem Tod entrissen, mein Freund? Der Gedanke an ihn ist das einzige, das meine Seele beruhigt, und er ist auch ihr immerwährender Wunsch und ihr stetes Verlangen. Guten Tag, ich weiß nicht, wie ich mich befinden werde, aber zu meinem großen Bedauern werde ich gezwungen sein, mir Zügel anzulegen. Am wohlsten fühle ich mich während der Nacht. Dann bin ich ganz meinen Neigungen hingegeben.

Sagen Sie mir, sobald Sie es wissen, was Sie in den nächsten Tagen planen zu tun. Aber, bitte, bringen Sie meinetwegen keine Opfer, ich bin ihrer nicht wert, und unglücklich werde ich so oder so sein. Ich habe jemanden lange warten lassen; ich war nämlich nicht allein.

1 Jean-François, Marquis de Saint-Lambert (1716–1806), Dichter, Geliebter der Mme. du Châtelet. Vgl. Brief 8, Anm. 2.

93. *An denselben*

Sonntag, fünf Uhr, 1774

Heute morgen waren Sie sehr ausgelassen, mein Freund, aber Ihre Munterkeit war sehr liebreich, denn sie war ganz nach meinem Herzen. Ich weiß nicht, wie ich Ihnen widerstehen konnte, und ich weiß auch nicht, wie ich es vergaß, Ihnen dafür den wahren Grund zu nennen, der mich im Hause festhielt. Was mich aber nicht minder erstaunt, ist, daß er mir erst wieder einfiel, als ich M. de Vaines gegen einhalb vier in meine Stube treten sah. Er hatte mir sein Kommen gestern angekündigt und mir dieserhalben auch noch eine Nachricht geschickt, aber ich wußte es Ihnen nicht zu sagen. Einmal habe ich Ihrem Willen nicht genügt, mein Freund, aber Sie betrüben mich hundert Mal. Wenn ich Sie heute abend beispielsweise nicht bei mir sähe, wären Sie hart und ungerecht, aber ich würde mich dennoch nicht beklagen.

M. Turgot geht es besser. Ich habe dreimal eine Mitteilung von ihm erhalten, seitdem ich Sie das letzte Mal sah, und die letzte traf hier erst vor Mitternacht ein. Das hat mich befriedigt, ohne mich jedoch zu beruhigen. Mein Gott, hassen Sie mich. Ich liebe Sie und bin todtraurig. Nein, besuchen Sie mich nicht. Gehen Sie lieber in die Comédie, nehmen Sie ein Abendessen, besuchen Sie einen Ball. Alles das ist vergnüglich und unterhaltsam, ich hingegen langweile Sie und mache Sie trübsinnig. Bei mir kommen Sie sich selber viel zu nahe. Mit dem Wirbel meiner Leidenschaft stürze ich mich auf Sie, und diese ist so eintönig, so einfältig für einen Mann von Welt, den die Reize einer anderen liebenswerten Frau in ihren Bann geschlagen haben, die ihm nur Genuß und Zerstreuung bietet! Kurz und gut, mein Freund, das alles beweist nur, daß Sie ebenso richtig wie gerecht handeln, wenn Sie mich nur ganz schwach lieben. Ich habe es auch nicht anders verdient.

Ich habe diesen Lançon[1] kennengelernt, den Maler. Er sieht selber bildschön aus. Ihm eignet aber etwas Törichtes, Albernes, Geckenhaftes, das zur Folge hat, daß ich seinem Werk mit gleichgültiger Kälte gegenüberstehe. Dieser Mann wird niemals Ihre Seele erkennen. Er würde lediglich Ihre Gesichtszüge abmalen, und er entdeckte damit das Geheimnis, Ihre Erscheinung derart wiederzugeben, daß ich Sie ohne Teilnahme betrachten könnte. Aber, wie sollte das je möglich sein? Lebt nicht in meinem Herzen etwas, das selbst Steine beseelte und eine Leinwand lebendig machte? Nichts wird mir an Ihrem Bilde abgehen, mein Freund. Sie haben mir Ihr Portrait versprochen, ich werde es also bekommen, ich brauche es.

Ich bin nicht ausgegangen. Ich will niemanden sehen, der mir von dem Ball erzählt. Ich möchte mit M. Turgot sprechen, aber nicht mit jener Teilnahme, die mich für ihn einnimmt, sondern mit dem Interesse, das man für die Tugend hegt, aber auch mit Rücksicht auf jene Befürchtung, die mich wegen seines Nachfolgers plagt.[2] Für mich ist er schon seit zwei Tagen nicht mehr Generalkontrolleur, sondern nur noch M. Turgot, mit dem mich seit siebzehn Jahren Freundschaftsbande verknüpfen, und in dieser Hinsicht freilich bewegt und verwirrt er meine Seele.

Wenn Sie bereits im Temple[3] waren, mein Freund, wenn Sie auch Ihre Besuche im Marais abgestattet haben und wenn Sie daran dächten, schon heute alles zu erledigen, um am kommenden Sonntag frei zu sein, was wären Sie dann für ein liebenswerter, vernünftiger Mensch! Aber nein, Sie sind in allem, was Sie tun, ein Phantast. Weder das Gefühl noch gar die Vernunft gibt bei Ihnen den Ausschlag. In Ihrem ganzen Betragen findet sich kein bißchen gesunder Menschenverstand. Aber so, wie Sie sind, liebe ich Sie bis zum Rasendwerden, und das wissen Sie nur zu gut. Das ist nun schon das dritte Mal, daß ich Ihnen schreibe.

1 Nicht zu ermitteln. 2 Turgot wurde erst im Mai 1776 entlassen. 3 Wohnsitz des Prince de Conti. Vgl. Brief 9, Anm. 3.

94. An denselben

Dienstag, zehn Uhr, 1774

Sind Sie, wo ich bin, mein Freund, im Bad? Hatten Sie Kummer? Ich weiß nicht, wem ich es verdanke, Ihnen oder dem Umstand, daß es M. Turgot besser geht, daß ich heute vier Stunden an einem Stück geschlafen habe. Das widerfährt mir so gut wie nie, aber schon wieder bin ich nahe daran zu ersticken. Anbei ein Brief vom Comte de Schomberg[1] und ein Billet von Mme. d'Anville. Sie werden auch eines von ihr erhalten.

Gegen ein Uhr verlasse ich das Haus, will aber um vier wieder hier sein, oder besser noch, ich werde bei den Invaliden spazierengehen. Was mir aber das allerliebste wäre, ich könnte Sie hier bei mir erwarten. Ich bitte Sie, mein Freund, kommen Sie rechtzeitig. Vor Tisch gehen Sie zum Comte de Broglie und plaudern mit ihm. Um vier können Sie von da weggehen. Ich bekomme Sie nie richtig zu Gesicht, nie kann ich mich ausführlich mit Ihnen austauschen. So wie bisher kann man nicht miteinander reden, und ich habe wenigstens zehnerlei wieder vergessen, das ich mit Ihnen erörtern wollte.

Geben Sie mir bestimmt positive Nachricht: «Um die und die Zeit werde ich bei Ihnen sein.» Im Lichte dessen wird sich entscheiden, wohin ich zum Mittagessen gehe. Bei Mme. de Saint-Chamans[2] könnte ich bereits vor vier Uhr gehen. Zu ihr ginge ich am liebsten. Guten Tag. Geschähe es nicht nur der Abwechslung halber,[3] so würde ich Ihnen nicht sagen, daß ich Sie liebe, noch gar, daß Sie mich gestern in einen Gefühlsrausch versetzt haben, den ich nicht noch einmal erleben möchte. Sagen Sie mir aber nicht dazu, mein Freund, daß Sie mich lieben.

1 Vgl. Brief 51, Anm. 32. 2 Nicht zu ermitteln. 3 Ab hier im Original nur Anfangsbuchstaben und Auslassungspunkte.

95. *An denselben*

Halb elf Uhr, 1774

Drei Damen waren bei mir. Ich hustete zum Ersticken. Ich konnte Ihnen deshalb nicht für Ihre Zeilen danken. Sie haben sehr recht daran getan, mein Freund, daß Sie zu Hause geblieben sind. Ihre Gesundheit, Ihr Wohlbefinden liegen mir noch mehr am Herzen als mein Vergnügen. Ich bin mir sicher, daß Sie mir vorwerfen, launisch und ungerecht zu sein. Doch dann sind Sie ungerecht. Aber ich verzeihe es Ihnen. Ich hege für Sie eine Zuneigung, die der Ursprung wie das Ergebnis aller dieser Tugenden ist: der Nachsicht, der Güte, der Großmut, des Vertrauens, der Selbstvergessenheit, der Verleugnung jeglichen Eigennutzes. Ja, mein Freund, all das habe ich vorzuweisen, sobald ich davon überzeugt bin, daß Sie mich lieben. Aber kommt mir nur ein Zweifel daran, verändert sich meine Seele und macht mich wahnsinnig. Das Grausame daran aber ist, daß dies beinahe mein tägliches Empfinden ausmacht.

Die Grundregel, mein Freund, wenn man mit Punkten schreiben will, lautet: deutlich die Buchstaben zu setzen und die Punkte genau zu zählen. Daraus folgt, Sie können gar nicht in Punkten schreiben. Aber eines will ich Ihnen doch noch sagen, daß ich gewillt bin, die Zukunft Zukunft sein zu lassen. Ich empfinde nur das Verlangen, heute geliebt zu werden. Streichen wir also aus unserem Wortschatz die Worte «niemals» und «immer». So weit reicht mein Herz nicht. Ich bin hundert Jahre alt, und ich habe das Heilmittel der Zukunft fest verschlossen. Wie Sie sehen, habe ich Ihre Punkte dennoch richtig entschlüsselt.

Aber lesen Sie die beiden Seiten bei Seneca. Sie haben mich entzückt. Damit Sie sie lesen, habe ich sie abschreiben lassen. M. de Mora hatte die nämliche Empfindung, und sie hat ihn drei Jahre gegen den Tod gewappnet. Aber der Tod ist noch stärker als die Liebe. Guten Tag, ich fühle mich traurig, das Leben bereitet mir Weh, aber eben deshalb liebe ich Sie innig und leidenschaftlich. Heute morgen habe ich Sie raten lassen, wovor ich mich ängstige. Das war, daß ich Sie nicht bei mir sähe. Ich verbringe mein Leben damit, daß ich meine Befürchtungen und meine Ahnungen gerechtfertigt sehe. Aber morgen abend werden Sie doch zu mir kommen?

96. An denselben

Sonntags, elf Uhr, Januar 1775

Erst in diesem Augenblick bin ich allein, und seit zwei Stunden schon wollte ich mich damit beschäftigen, mit dieser Kritik am Vicomte de la ... fertig zu werden. Aber dann wurde ich seit zwölf Tagen von dem abgehalten, was mich am meisten im Leben berührt. Wie dumm, mein Freund, sind doch die Vergnügungen, wie reizlos die Gesellschaft für ein tiefes Gemüt! Wie selten ist ein Gespräch es wert, daß man dafür sein Haus verläßt! Das Geistreiche ist mir geradezu zuwider und, wie Sie einmal sagten, was einen nur klüger macht, das langweilt einen.

Ach, ich bin sehr unglücklich. Was ich liebe, was mich tröstet, quält meine Seele mit Unrast und Reue. Ich habe wohl das Verlangen zu leiden, denn ich ertappe mich unaufhörlich dabei, mir Dinge zu wünschen, die mir Leid verursachen. Aber, mein Freund, das alles verstehen Sie nur, wenn Sie darüber nachdenken. Deshalb sollte ich am besten davon gar nicht zu Ihnen sprechen. Ich wollte Ihnen auch nur schreiben, um Sie zu bitten, mir den Montaigne zu schicken oder wieder zu bringen, den Sie vor einigen Tagen in Ihre Tasche gesteckt haben.

Ich werde Sie vor zwei Uhr abholen, bestellen Sie aber keinen Wagen. Es ist nur vornehm, recht und ehrenhaft, mein Freund, mit einem bescheidenen Vermögen auszukommen. Ich kenne so viele reiche Leute, die zu Fuß zu ihren Vergnügungen gehen, und andererseits auch so viele Alte und Kranke, die nur die Droschke benutzen! Ich bin eine rechte Schwätzerin! Das ist der Beweis, mein Freund, meiner zärtlichen Zuneigung, denn, wenn Sie wüßten, daß das für mich alles ohne jeden Belang ist und wie gering ich ein Vergnügen schätze, das man nur für Geld haben kann! Mein Gott, meine derzeitige Lage beweist ohnehin, daß ich Reichtümer gering achte. Reich zu sein hat ohne Zweifel seine Vorteile. Aber wie viele Dinge sind dem nicht vorzuziehen! Guten Abend, mein Freund. Was machen Sie gerade? Ich wette, daß Sie besser daran sind als ich. Ich hingegen sorge mich um den, den ich liebe.

Halten Sie sich also vor zwei Uhr bereit.

97. *An denselben in Paris*

Freitag, Januar 1775

Nicht, daß ich Sie für neugierig hielte, aber ich muß Ihnen dennoch sagen, daß ich um ein Uhr das Haus verlasse, bei M. Turgot zu Mittag speise, in den «Orpheus» gehe; nach der Oper besuche ich Mme. Geoffrin, wo ich bis Mitternacht bleiben werde, um dann meinen Abend in der Rue des Capucines[1] zu beschließen. Wollen Sie nun, daß ich Sie abhole, damit wir zusammen bei M. Turgot speisen? Oder soll ich Sie mit in die Oper nehmen? Oder wollen Sie lieber in der Loge von M. d'Angiviller[2] im ersten Rang über dem Amphitheater sitzen? Wenn Sie nach der Oper einen Besuch bei Mme. Geoffrin machen wollen, nehmen wir Sie dorthin mit. Sollten Sie Ihren Abend dort verbringen wollen, würden Sie sie gewiß entzücken. Überlegen Sie es sich, was Sie von all dem tun und lassen wollen. Ich möchte Sie immer um mich haben, ich freue mich stets, Sie zu sehen, aber wegen einer Widersprüchlichkeit, die sich aus meiner Narrheit erklärt, bin ich stets verstimmt, sobald ich Sie gesehen habe.

Sind Sie gestern noch rechtzeitig gekommen, um Mme. de M(ontsauge) den Arm zu reichen? Hätte sie Ihre Ungeduld bemerkt, wäre Sie sicherlich sehr befriedigt gewesen. Das ist Ihr Talent, die zu befriedigen, die Sie lieben, vor allem aber die, die Sie liebt. Guten Tag.

Wenigstens möchte ich wissen, ob Sie nach Versailles gegangen sind. Ich möchte meinen «Connétable» wiederhaben.

1 Hier wohnte Marguerite de Meulan d'Alois, Frau des Receveur général des Finances de la Généralité de Paris, Charles-Jacques-Louis de Meulan d'Alois. Mme. de Meulan war eng mit Suard und Devaines befreundet.
2 Charles-Claude Cabillarderie, Comte d'Angiviller (gest. 1810), Directeur général des Bâtiments du Roi de France.

98. An M. de Guibert

Hotel de Malte, rue Traversière

Samstagmittag, Januar 1775

Gestern abend war ich so erloschen, so durchgefroren, weil Sie so spät gekommen sind und weil ich Sie in den letzten Tagen so wenig gesehen habe, daß ich ganz vergaß, Ihnen eine Abschrift der Briefe von Mme. de Geoffrin zu geben, um die Sie gebeten hatten. Überdies habe ich Ihnen auch nicht gesagt, daß Sie ein Billet für den Freund haben werden, den Sie mir nicht nennen wollen. Wenn Sie liebenswürdig wären, vor allem aber vernünftig, dann könnten Sie den morgigen Tag folgendermaßen einteilen. Sie essen im Temple zu Mittag, wo Sie Mme. de Boufflers begegneten. Und gegen sechs Uhr könnten Sie sich entweder in meiner Loge in der Oper oder hier einfinden. Das lasse ich Ihnen noch sagen. Ich bin sehr versucht, nicht zum Comte de Crillon zum Mittagessen zu gehen. M. Roucher[1] soll auch zugegen sein, zumindestens berühmt sich der Comte de Crillon dessen. Ich bewundere aus ganzer Seele Rouchers Talent, aber die Art, wie er sich dessen bedient, langweilt mich: Die Diamanten, das Gold, der Regenbogen, alle seine Requisiten wollen mir einfach nicht zu Herzen gehen. Ein einziges Wort dessen, den ich liebe, *selbst sein Traumbild,* bringt mehr Leben in all mein Denken und Fühlen als alle diese phantastischen Reichtümer. Ich möchte Sie heute sehen, mein Freund. Kommen Sie noch vor dem Abendessen. Morgen werde ich es Sie wissen lassen, ob ich Sie in der Oper oder bei mir erwarte.

Also, jetzt ist es aber wirklich genug. Ich werde Ihnen keine Manuskripte mehr leihen, da Sie diese stets weitergeben. Gibt es denn nichts, auf das man sich bei Ihnen verlassen kann? Freilich bleibt Ihnen unbeschadet aller Fehler die Zuversicht, wie Sie mir gestern versicherten, daß Sie dennoch heißbegehrt sind und geliebt werden, und das tausend Mal mehr, als Sie es erwidern wollen, erwidern können. Guten Tag. Ich tue unrecht daran, Ihnen zu schreiben, denn das sagt mir beinahe, daß ich Sie nicht sehen werde. Es ist völlig gleichgültig, wer den Staatsschatz füllt, es genügt, daß er nicht leer ist. Mein Gott! Welcher Schaden ist es doch, so liebenswürdig, aber doch so wenig der Liebe wert zu sein wie Sie! Nochmals, leben Sie wohl, mein Freund. Ich bin keineswegs geschmacklos, aber vielleicht sage ich allzu deutlich die Wahrheit.

Ich gehe heute nicht vor neun Uhr abends aus. Ich wette, Sie sind schon unterwegs. Es gibt nur drei Dinge, deren Wert Sie mißachten und die Sie deshalb verschwenden: Ihre Zeit, Ihr Talent und Ihr Geld. Mit allem übrigen sind Sie sehr geizig.

1 Jean-Antoine Roucher (1745–1794), Dichter.

99. An denselben

Dienstag, vier Uhr morgens, Januar 1775

Wünschen Sie, mein Freund, Neuigkeiten von mir zu hören? Ich leide, ich kann nicht schlafen, und ich habe Fieber. Ich glühe, und die Unruhe meiner Seele ist in meinem Kopf. In diesem Zustand ist mir das Leben eine Last! Wie qualvoll ist es mir! Ich vermag nicht zu sagen, mein Freund, welches Verhängnis mich immer wieder in Verzweiflung darüber stürzt, M. de Mora verloren zu haben. Viel lieber würde ich mich mit Ihnen beschäftigen, allein ich werde von dem Verlangen, von dem Drang mitgerissen, ihm zu folgen, oder zutreffender noch, von dem Zwang geplagt, mich von meinem Schmerz zu befreien, der mich zerreißt. Mein Gott, warum nur haben Sie mir befohlen, am Leben zu bleiben?

Warum nur sorgen Sie dafür, daß ich immer noch einige Augenblicke des Glücks erfahre, um Sie zu lieben? Warum stützen Sie mich? Warum halten Sie mich auf der Kippe zwischen Leben und Tod? Ach, lassen Sie mich doch sterben, oder sorgen Sie wenigstens dafür, daß meine Seele so von Ihnen erfüllt ist, daß ich nicht mehr jene schreckliche Leere verspüre, die M. de Mora in ihr hinterlassen hat. Aber, mein Freund, ich werfe mir vor, Sie alles gewärtigen zu lassen, was ich leide. Vermögen Sie denn Mitleid mit mir zu haben? Ja, Sie bedauern mich, weil Sie gut und einfühlsam sind, weil Sie nur zu gut wissen, daß ich Sie liebe und daß mich nichts anderes am Leben hält als diese Leidenschaft.

Wenn ich Sie heute nicht sehe, mein Freund, werde ich sehr unglücklich sein. Die körperlichen Leiden belasten mich nur deshalb, weil sie meine Seele schwächen. Sie lassen das Verlangen wachsen, den zu sehen, den ich liebe, aber dennoch wäre ich untröstlich, Ihnen auch nur eine Minute abzunötigen oder Sie der bloßen Hoffnung auf ein Vergnügen zu berauben. Tun Sie sich also keinen Zwang an, mein Freund, noch weniger aber bringen Sie ein Opfer. Ich werde Sie sehen, wann es Ihnen möglich ist, aber ich sehne mich immer nach Ihnen.

Sehen Sie es mir nach, daß ich bei dem Gedanken zittere, dieser Brief könnte in die Hände der Person gelangen, die ihn zuallererst den Ihrigen entreißen will. Dieses Billet von gestern morgen! Bedauern Sie mich, mein Freund, daß ich dem mißtraue, den ich bis zum Wahnsinn liebe und der der einzige Mensch ist, dem ich mich ohne Umschweife überantworte. Leben Sie wohl. Der Comte de Crillon hat Ihnen heute von meiner Wohnung aus geschrieben, daß er Sie heute vormittag abholen wird. Seien Sie also bereit.

100. *An denselben*

Mittwoch, eine Stunde nach Mitternacht

Dreierlei Sorten von Menschen haben Anspruch auf das Mitleid und die Nachsicht der Vernünftigen, der Sensiblen und der Wohlwollenden: die Irren, die Kranken und die Unglücklichen. Gestützt auf diese drei Titel bitte ich Sie, mir morgen früh durch den Überbringer dieses Briefs und dieses Portefeuilles alle Briefe zurückzusenden, die Sie von mir während Ihrer Reise oder davor erhalten haben. Ich verlasse mich auf Ihr Gewissen und auf Ihre Ehre, daß Sie mir keine Zeile vorenthalten. Legen Sie die Briefe in dieses Portefeuille und versiegeln Sie den Schlüssel in derselben Weise, wie Sie ihn vorgefunden haben.

Sie sind so anständig, daß ich Sie wegen der Ungelegenheit, die ich Ihnen damit bereite, nicht um Verzeihung zu bitten brauche. Wenn ich Sie versichere, daß diese Vorsicht, dieser Beweis von Güte zu meiner Beruhigung unabdingbar ist, dann werden Sie gewiß nicht nach Ausflüchten suchen, um sich dieser Bitte zu verschließen. Müßte ich solches fürchten, so scheute ich mich nicht, dieses Verlangen derart zu formulieren, wie ich es Ihnen gegenüber zum ersten wie zum letzten Mal in meinem Leben täte: «Ich verlange, daß Sie mir alle meine Briefe auf der Stelle aushändigen.» Sehen Sie mir diese Worte nach, die, indem Sie meine Wünsche befriedigen, meinen Gefühlen widerstreben. Gute Nacht. Kommen Sie nicht morgen vormittag. Ich sehe mit Bedauern, daß ich keinen Augenblick Zeit für Sie haben werde. Ich bin nur für zwei Stunden zu Hause, von sieben bis neun Uhr. Tun Sie sich aber keinen Zwang an, um mich dann zu sehen, zumal am Freitag mir Ihr Besuch viel lieber wäre.

Entweder ich täusche mich ganz und gar oder aber die «Gracchen» sind ein sehr schönes Stück. Das Nachdenken steigert noch meine Bewunderung.

101. An Mlle. de Lespinasse

Donnerstag vormittag, Januar 1775

Ich hätte allen Grund, Ihre Verfahrensweise als ohne Achtung, Vertrauen, Freundschaft und bar allen Gefühls zu qualifizieren, die Sie mir immer entgegengebracht haben und von dem ich allerdings keine Spur mehr in Ihrem Brief finde, ein Umstand, der mich in dieser Ansicht nur bestärkt. Aber ich werde auf keinen Fall Ihrem Ansinnen entsprechen. Die Beleidigung wäre für Sie wie für mich zu groß. Ich müßte aufhören, Sie zu lieben. Ich wäre gezwungen zu glauben, Sie glichen allen anderen Frauen und daß nur meine Liebe Sie so lange Zeit über diese herausgehoben hat. Ja, man müßte geradezu davon überzeugt sein, daß Sie die Furcht plagte, Sie kompromittierten sich mir gegenüber, weil Sie jetzt nur noch das eine Verlangen haben, die Unterpfänder Ihrer Leidenschaft zurückzuerlangen.

Hatten Sie Anlaß, mir gegenüber dieses unwürdige und gewöhnliche Betragen an den Tag zu legen? Ja, unwürdig und gewöhnlich, das sind die Bezeichnungen, die es verdient, sollte es Ihnen jemals in den Sinn gekommen sein, daß ich Ihre Briefe mißbräuchlich verwenden könnte. Ja, aber welche andere Furcht könnten Sie hegen? Ich habe Sie versichert, daß Ihre Briefe allesamt in einer Kassette verwahrt sind. Sie haben auch gesehen, daß die Briefe, die ich bei mir trage, in dem Portefeuille stecken, das Sie mir zu diesem Behufe gegeben haben. Aber lassen wir daran alles zum Bruch kommen? Dieser Gedanke empört mich und läßt mich erstarren.

Hier haben Sie Ihre Briefe. Hier bitte, aber mit Ausnahme des einen, den Sie mir schrieben, um sie einzufordern.

Es wird für Sie jetzt sicherlich ohne Bedeutung sein zu erfahren, wann Sie mich wiedersehen werden. Sie haben alles von mir, was Sie begehrten. Unser Wiedersehen wird weder heute, morgen, noch sonst je stattfinden, wenn die schauderhafte Empfindung, die Ihre Verfahrensweise gegen meinen Willen in meinem Herzen erregte, nicht vergeht. Ich fürchte allen Ernstes, daß Sie mir mein Herz bis ans Ende meiner Tage tief gekränkt haben. Aber Sie werden Ihre Ruhe finden. Außer in meiner Erinnerung wird es keine Spuren der Vergangenheit mehr geben. Das war Ihre ganze Absicht.

102. An M. de Guibert

Hotel de Malte, rue Traversière

Donnerstagmittag, Januar 1775

Ein «unwürdiges» und «gewöhnliches» Betragen wäre es, überließe ich Sie Ihrem Zorn und der Meinung, es sei meine Absicht gewesen, Sie zu beleidigen. Lernen Sie mich besser kennen, mein Freund, und seien Sie überzeugt, daß ich keineswegs fürchte, wie Sie sich ausdrücken, kompromittiert oder gar verraten zu werden. Denken Sie vielmehr daran, daß jemand, der nicht den Tod fürchtet und der, weit davon entfernt, sich vor ihm zu ängstigen, seit einem halben Jahr keinen Tag und keine Nacht verbracht hat, da ihn nicht das Verlangen anwandelte und er den Mut besaß, diesem zuvorzukommen, denken Sie daran, mein Freund, daß in dieser Stimmung meine Seele nur eine Furcht kennen kann, und diese hängt aufs allerengste mit meiner Zärtlichkeit zusammen, die ich für Sie hege. Meine Furcht ist, Ihnen zu mißfallen, Sie zu betrüben. Aber, bei meiner Ehre, um mich ist mir in keiner Hinsicht bange, denn es gibt Augenblicke, in denen ich mir im Gegenteil wünschte, Sie überantworteten mich der Verzweiflung. Nach all dem sehen Sie selbst, ob ich diese kleinlichen Befürchtungen hegen kann, die durch nichts anderes hervorgerufen werden als von einer platten Wahrheit, die einen die Schätzung ersehnen läßt, die man nicht verdient. Nein, mein Freund, ich wiederhole es Ihnen, ich habe vor nichts auf der Welt Furcht als vor meinem Gewissen, und da ich es weder beschwichtigen noch meine Reue ersticken kann, möchte ich lieber sterben. Aber mein einziger Schmerz, stürbe ich, wäre, Sie gekränkt zu haben. Urteilen Sie nach diesem aufrichtigen Eingeständnis des Gefühls, das mich beherrscht, und prüfen Sie sich, ob Ihr Herz weiterhin ob einer Regung «gekränkt» ist, die ohne Zweifel sträflich sein würde, wäre sie nicht die Auswirkung zweier Krankheiten, die mein Leben verzehren und die mir mein Herz zerreißen. Ich habe es Ihnen schon oft gesagt, mein Freund, Sie müssen unter allen Umständen viel, aber wirklich sehr viel Nachsicht gegen mich üben, das nämlich ist der einzige Preis dafür, daß Sie einer Reue entrinnen, die ansonsten Ihr Leben trübte. Verzeihen Sie mir also, nicht was ich gewollt, nicht was ich gefühlt habe, denn das bedarf gewiß keiner Verzeihung, außer, daß es möglicherweise zu leidenschaftlich gefordert wurde. Verzeihen Sie mir aber den Anfall von Wahnsinn, den ich nicht zu zügeln vermochte.

Ihr Brief ist hart, er ist ungerecht, aber er hat mir nicht die Hoffnung genommen, bis zu Ihrem Herzen vorzudringen. Sagen Sie mir also, daß es mir auf ewig verschlossen sei, und ich werde Ihnen dafür dankbar sein. Mit diesen Worten zerrissen

Sie das einzige Band, das mich an ein Leben voller Kummer und Reue bindet, an ein Dasein, das mir keinen anderen Reiz, keine andere Freude mehr verspricht, als Sie zu lieben, ohne daß ich aber andererseits die Hoffnung hegte, Sie vermöchten mein Gefühl zu teilen. Seien Sie aber wenigstens versichert, daß ich weder Ihr Glück noch Ihre Zerstreuungen stören möchte. Ich werde keinen Augenblick Ihres Lebens für mich beanspruchen, von dem Sie glauben, Sie könnten ihn besser verwenden, und Sie sollen frei sein und mich nur selten sehen, ohne daß Sie dann aber Vorwürfe fürchten müßten. Sagen Sie mir noch einmal, mein Freund, daß Sie mich «niemals» wiedersehen werden. Das eben ist das Wort, glaube ich, das zu vernehmen meine Seele sich verzehrt. Wahrlich, ich habe nur vor dem Leben Angst. Die ganze Welt ist mir vergällt. Ich fühle mich so stark und gleichzeitig so schwach, daß ich Sie aus tiefster Seele anflehe, vollenden Sie meinen Untergang, oder erretten Sie mich. Leben Sie wohl, mein Freund.

Ich sage Ihnen nicht, kommen Sie zu mir, sondern ich teile Ihnen nur mit, daß ich nichts von dem tun werde, was ich mir vorgenommen hatte. Ich komme um fünf Uhr nach Hause, und wenn ich wüßte, wo Sie zu Mittag essen werden, würde ich Sie mit der Kutsche abholen. Ich schicke zu Ihnen, aber Sie werden nicht zugegen sein. Wenn Sie sich dazu herablassen sollten, mir zu antworten, werde ich Anweisung geben, daß man mir Ihre Antwort zu Mme. de Meulan, rue des Capucines bringt, bei der ich zu Mittag speisen werde.

103. An M. de Guibert

Donnerstag um Mitternacht, 10. Februar 1775

Es schlägt Mitternacht, mein Freund. Eine Erinnerung überfiel mich, die mir das Herz zu Eis erstarren ließ. Am 10. Februar des letzten Jahres geschah es, daß ich mich an einem Gift berauschte, dessen Wirkung bis heute anhält.[1] Noch jetzt wirkt es auf meinen Blutkreislauf ein, drängt es diesen doch mit noch größerer Gewalt zu meinem Herzen, erfüllt es dieses mit qualvoller Reue. Ach, welchen grausigen Geschicks bedurfte es, damit mir das

Erlebnis der lebhaftesten und süßesten Freude sich mir mit dem gräßlichsten Unglück verband! Welch schreckliche Mischung! Ich kann mir diesen Augenblick des Entsetzens und der Freude nicht in Erinnerung rufen, ohne das Folgende zu erzählen: «Ich sah einen jungen Mann auf mich zukommen, dessen Augen voller Liebe und Sehnsucht waren. Sein Gesicht drückte Zärtlichkeit und Sanftmut aus. Seine Seele schien von Leidenschaft bewegt. Bei diesem Anblick fühlte ich mich von Angst und Freude ergriffen. Ich wagte es, meine Augen zu heben, meinen Blick an ihn zu heften. Ich ging ihm entgegen. Da erstarrten meine Sinne und meine Seele. Ihm voraus ging und, um es so zu sagen, ihn umgab der Schmerz in Trauergewänder gehüllt. Der streckte seine Arme aus, wollte mich zurückstoßen, aufhalten, aber ich fühlte mich durch einen dunklen Drang zu dem Jüngling hingezogen. Verwirrt rief ich aus: ‹Wer bist Du? Du, der Du mir meine Seele mit soviel Zauber und Schrecken erfüllst? Welche Kunde bringst Du mir?› – ‹Unglückliche›, sprach er mit dumpfer Stimme und schmerzlicher Gebärde, ‹ich werde Dein Los sein, ich bringe Dein Schicksal. Der, der Dir Leben einflößte, wird vom Tode angerührt werden ...»

Ach ja, mein Freund, Ihre Tränen verhießen mir diese unseligen Worte. Ich habe sie nicht verstanden, aber dennoch sind sie in mein Herz eingegraben. Noch bebt es davon, und es liebt Sie!

Um Gottes willen, ich möchte Sie morgen bei mir sehen. Ich versinke in Trauer und Verwirrung. Mein Gott, vor einem Jahr um die nämliche Stunde wurde M. de Mora vom Tode ereilt. Und ich, dreihundert Meilen von ihm entfernt, war in demselben Augenblick noch viel grausamer und schuldiger als die unwissenden Barbaren, die ihn töteten! Ich vergehe vor Leid. Meine Augen und mein Herz sind voller Tränen. Leben Sie wohl, mein Freund, ich hätte Sie nie lieben dürfen.

1 Vgl. Brief 26, Anm. 1.

104. An M. de Guibert

Hotel de Malte, rue Traversière

Elf Uhr, 1775

Seit zwei Stunden warte ich. Da ist endlich die Broschüre. Erinnern Sie sich noch, daß Ihnen die «Eloge de la Raison» gefallen hat? Verkehren Sie diese Meinung nun nicht in ihr Gegenteil, denn das tun Sie für gewöhnlich. Sie geben sich schlechter, mein Freund, als Sie es wirklich sind. Sie wiederholen das, was Sie sagen hörten, denn Sie finden niemals in sich ein Argument, mit dem Sie gegenüber Leuten, die in höchster Geltung stehen, auftreten können. Es sind keine Philosophen, sie sind nicht vollkommen, sondern Leute, die einer Parteirichtung angehören! Nun gut, soll es sein, aber die Tölpel, die über sie urteilen, die Schlechten, die sie verdammen, wer sind die denn? Alles in allem, mein Freund, indem Sie Mäßigung predigen, reißt Sie Ihr Eifer mit, und es gibt so gut wie keine Unterhaltung, bei der Sie sich solches Eiferertum nicht zum Vorwurf machen müssen, ohne daß Sie andererseits irgendeine Sinnesänderung bewirkten. Aber da ich in dieser Hinsicht nicht viel glücklicher bin als Sie, beendige ich meine Predigt damit und möchte Ihnen lieber sagen, daß ich entzückt wäre, Sie bei mir zu sehen. Kommen Sie zeitig. Denken Sie daran, daß wir uns seit einer Woche nicht gesehen haben.

Bemerken Sie, wie begeistert ich über Ihr Billet bin? Mein Gott, warum nur verwenden Sie soviel Aufmerksamkeit und Inbrunst darauf, mich mit Vorwürfen zu überschütten, mir vorzuhalten, ich sei inkonsequent und widersprüchlich, und dann, warum sind Sie so eisig, sobald Sie sich meiner Seele nahen? Warum? Weil Sie ehrlich sind. Weil Sie, hätten Sie mich nicht geliebt, mich gehaßt hätten, weil das einzige Unglück das ist, daß wir uns begegnet sind. Aber da es unmöglich ist, die Vergangenheit ungeschehen zu machen, bitte ich Sie, mich dadurch zu trösten, daß Sie zeitig kommen. Ich schreibe Ihnen, während ich mit d'Alembert plaudere. Das ist recht unbequem.

105. An denselben

Dienstagmittag, 1775

Aber gewiß doch bin ich davon überzeugt, daß Sie nie die Manieren und das Wesen eines anderen Menschen annehmen werden. Sie sind wie ein Gott, unendlich vollkommen und, wie ich glaube, ebenso zufrieden wie ein solcher. Alles, dem wahre Größe zueigen ist, kann nur verlieren, wenn es sich ändert. Alexander hätte vielleicht nicht auf seinen steifen Hals verzichten wollen. Bewahren Sie sich also alles, mein Freund: Ihre vorteilhaften Beziehungen, Ihre ungezwungene Art und vor allem Ihre Vergeßlichkeit allen dessen, das der am Herzen liegt, von der Sie behaupten, daß Sie sie liebten.

Beispielsweise besitzen Sie ein sehr feines Zartgefühl, das ich nur bei Ihnen angetroffen habe. Sie lassen sich bei mir nicht blicken, weil es Ihnen zuwider wäre, mich nicht alleine anzutreffen! Tatsächlich, das ist von berückender Zärtlichkeit und dies um so mehr, als es Ihnen freisteht, am Morgen oder am Nachmittag um vier zu kommen. Das sind nämlich die Stunden, da man so gut wie sicher sein kann, mich allein anzutreffen. Aber, mein Freund, noch rücksichtsvoller ist es, gar nicht zu kommen, und damit bin ich auch einverstanden, denn ich wünsche es nicht, daß mir von Ihnen Opfer gebracht werden, die Sie mir gar nicht darbringen wollen. Der ganze Überschwang Ihrer Leidenschaft bescheidet sich mit den drei Worten: «Ich habe gelitten.» Guten Tag. Nein, glauben Sie nur nicht, daß die Lage Ihrer Wohnung hierbei irgendeine Rolle spielte. «Das Herz bringt alles zuwege», sagte La Fontaine.

Leben Sie wohl. Bis Donnerstag. Ich lebe mit meinen übrigen Freunden: Was Sie anbelangt, so sehe ich Sie nur dann und wann. Das ist auch ganz in Ordnung.

106. *An M. de Guibert*

Sofort zu lesen

Montag, halb ein Uhr, den 20. Februar 1775

Eben holt man mich ab. Ich werde Sie also nicht sehen, nicht erfahren, ob Sie wollten, daß ich Sie abhole. Haben Sie schon gehört, daß «Tom Jones»[1] zusammen mit «La Fausse Magie» gegeben wird? Das wird Ihnen Spaß machen, und Ihre Freude ist die meine. Schenken Sie also Ihren Abend Mme. de M(ontsauge) und die Komödie mir. Aber entscheiden Sie sich sofort, denn auf Ihren Platz gibt es viele *Anwärter.* Sie waren so gütig, mich in der vergangenen Woche zweier Abende zu berauben, mit denen ich fest gerechnet hatte. Diese Erfahrung hat mein Herz zur Großzügigkeit erhoben, und ohne allen Groll schenke ich Ihnen deshalb für heute abend Ihre Freiheit.

Noch spüre ich die Erschütterung des gestrigen Tages und Abends. Ich brauche Einsamkeit, innere Sammlung, aber mit Ihnen geriete ich nur in Unruhe. Verbringen Sie also Ihren Abend mit der, die Sie lieben, die Ihnen zusagt und die auch Sie liebt, und lassen Sie mich versinken, mich an einem Schmerz berauschen, der mir besser bekommt als alle Vergnügungen der Leute, mit denen Sie gestern gespeist haben.

Ja, selbst das Laster ist mehr wert als diese Seelen aus Pappe und diese Hohlköpfe. Die Sünde empört, erschüttert, aber diese Leute da verführen Sie nur mit ihrem Gehabe und Getue, und sie löschen für immer den Geist, die Seele und die Begabung aus. Mein Gott, lassen Sie es nur nicht zu, daß M. Roucher Ekel darüber empfindet, von diesen Totgeborenen, diesen bei lebendigem Leibe Begrabenen kritisiert zu werden. Sie begreifen ihn nicht und werden seine Seele nur durch die Arroganz kränken, mit der sie sich über seine Armut auslassen. Sie hatten sehr recht, ihnen vorzuhalten, daß man mit dieser Begabung viel reicher, bedeutender und glücklicher ist als diese ganze Gesellschaft.

Ich werde Ihnen eine großzügige Geste von M. de Beauvau verklatschen, die Ihnen eine Vorstellung von seiner Seelengröße oder von dem, was sie widerspiegelt, geben wird. M. Turgot hat sich mit M. Roucher verständigt. Er schätzt ihn. Er ist aufrichtig und hat ihm nichts gesagt, das verpflichtend wäre.

M. de Vaines hat mir auch geantwortet, und ich bürge Ihnen gegenüber für ihn. Ihrem Großneffen wird geholfen werden, das ist gewiß. Geben Sie mir eine dieser drei Karten: Ich befehle, daß man sie mir nach Saint-Joseph[2] bringt, wo ich zu Mittag esse, und dann sagen Sie noch, ich sei nicht einfallsreich! Ich bin Ihr Thema auf dreierlei Weise angegangen. Aber bezeichnen Sie mir nur eine einzige.

1 Komische Oper von François-André Damican gen. Philidor (1726–1795), die 1764 uraufgeführt wurde. 2 Das Pariser Kloster, in dem auch Mme. du Deffand lebte.

107. An Mlle. de Lespinasse

Montag, den 20. Februar 1775

M. Roucher hat Sie, meine Freundin, nicht mehr begeistert, nicht mehr hingerissen als mich. Ich empfinde genau wie Sie. Ich wünschte mir leidenschaftlich, M. de la Borde zu sein, weniger als M. de la Borde. Denn wäre ich lediglich der Comte de Crillon, dann fände dieser Mann am nächsten Tage Aufnahme in meinem Haus. Aber Sie können es sich gar nicht vorstellen, bis zu welchem Grade einige Mitglieder der Gesellschaft dumpf und stumpf sind. Ich wollte meine Begeisterung mit jedem teilen, dem ich begegnete. Nein, ich wollte dies eigentlich nicht, es war gar nicht meine Absicht, sondern vielmehr ein Drang.

Ich wollte die Phantasie von M. de Beauvau, Mme. de Boufflers, von allen, die ich sah, entzünden. M. de Beauvau ist immer wieder mit der Frage in mich gedrungen, ob M. Roucher denn Geschmack habe. Ah, Unglücklicher!, ließ ich mich ganz leise vernehmen. Ist es denn zulässig, nach dem Geschmack sich zu erkundigen, wenn ich von einem genialen Menschen spreche, von einer Ausnahmeerscheinung, von einem Manne, der die ganze Glut der Sonne und der Leidenschaft in seinem Herzen trägt? Und dann nahte sich mir Mme. de Luxembourg[1]: «Ah, machen Sie uns diesen Menschen begreiflich. Mme. de Boufflers, lassen Sie ihn doch kommen.» Und schließlich zu mir gewandt: «Was für ein Mensch ist er?

Wie heißt er doch? – «Monsieur Roucher.» – «Monsieur Roucher; den kennt man ja gar nicht. Wie alt ist er? Von welcher Gestalt ist seine Erscheinung? Nimmt er Geld?» – «Ah, Madame, ich weiß nichts. Ich bin ihm noch nicht begegnet, ich habe auch nur von ihm gehört. Es will mir nur scheinen, daß man mit diesem Talent viel reicher und bedeutender ist als alles, was hier versammelt ist.»

Ja, gewiß, dieser Mann hat geliebt. Die Zima, die er in seinen Versen besingt, ist eben jene, die ihn inspiriert. Man sagte ihm: «Sie waren gewiß einmal verliebt?» – «Ich bin es noch immer», versetzte er darauf. Aber wissen Sie, welche Folge diese Lektüre für mich hatte? Sie hat mich derart erregt und dank der Freude und der Bewunderung, die sie mir einflößte, derart erschöpft, daß ich am Abend nicht mehr konnte. Ich zog mich gegen Mitternacht mit dem Chevalier de Chastellux zurück, und ich bin danach sogleich zu Bett gegangen. Und Sie, meine Freundin, Ihnen ist Ihr Vergnügen zu Gift geworden. Sie haben es sofort diesem Schatten dargebracht, der Ihnen folgt. Sie haben ihn daran teilhaben lassen. Sie haben ihm geschrieben. Oh, meine Freundin, Ihre Seele steht noch immer weit über der von M. Roucher. Aber ich, wie klein bin ich angesichts von Ihnen beiden!

M. de Vaines hat mir geantwortet. Er bat mich im Auftrag von M. Turgot um etwas, dem ich mich verweigere, und ich bin sehr erstaunt, daß mich M. Turgot darum bittet. Sein Ansinnen war, daß ich bei ihm am Samstag nach dem Essen für den Erzherzog[2] den «Connétable» lesen solle. Ihr M. Turgot könnte gut und gerne ein Mann von Geist sein, der kaum welchen besitzt, oder zum mindesten einer, der sich nicht auf die Regeln gesellschaftlichen Anstandes versteht.

Ich werde versuchen, Sie an diesem Vormittag für einen Augenblick zu sehen, bevor ich mich zu M. d'Argental begebe. Ich werde Sie wissen lassen, ob ich in die Comédie Italienne[3] gehe. Sollte ich sie nicht besuchen, dann werde ich den Abend bei Ihnen verbringen. Das nämlich ist mir das größte Vergnügen, dem ich vor allem anderen den Vorzug gebe. Ihm werde ich alle meine sonstigen Verpflichtungen unterordnen. Leben Sie wohl. Ich habe einen Kopisten bei mir. Ich kleide mich an.

Ich mache drei oder vier Sachen zur gleichen Zeit. Aber ich liebe Sie und liebe Sie aus ganzem Herzen. Das ist der Grund wie die Gewohnheit meines Denkens.

Adieu.

1 Vgl. Brief 14, Anm. 5. 2 Nicht zu ermitteln. 3 In der rue Mauconseil im Hôtel de Bourgogne.

108. An M. de Guibert

Samstag, einhalb elf Uhr, 1775

Ja, ich habe während des ganzen Tages auf Sie gehofft und Ihrer geharrt. Es war dies das Verlangen meines Herzens. Aber eine tief-innere Stimme sagte mir, daß ich Sie nicht sehen werde. Vernähme ich alle Tage diese Stimme, dann würde entweder meine Seele verlöschen, oder mein Leben wäre bald zu Ende. Ich kenne Sie so gut, ich fühle mich so schuldig, daß Sie niemals von mir Klagen oder Vorwürfe hören sollen. Ich glaube, Sie tun gut daran, sich nach Versailles zu begeben. Man muß wenigstens einmal von der Angelegenheit sprechen, um es dann nie wieder zu tun.[1]

Mme. Geoffrin hat mir einen Stich für Sie gegeben. Ich lege Ihnen das Blatt bei, damit Sie sich so rasch als möglich daran erbauen können. Die darauf dargestellte Frau ist schön, aber in Wahrheit auch kalt wie eine Muse aus Marmor. Schicken Sie doch Ihre Kopie an Mme. Geoffrin, die schon ganz ungeduldig darauf wartet. Die ganz Jungen wie die ganz Alten wollen immer rasch genießen. Ich habe heute sehr gelitten. Das ist die Gewohnheit meines Lebens. Man soll sich aber nicht über die Leiden beklagen, die stets andauern, hat man doch genug damit zu tun, sie zu ertragen. Gute Nacht. Auf Ihrem Heimweg sollten Sie vielleicht bei M. Turgot vorbeischauen.

1 Vermutlich ging es um eine Rente, die Guibert Julie de Lespinasse verschaffen wollte.

109. An denselben

Sieben Uhr, Montag, 1775

Gestern, in diesen Stunden, mein Freund, harrte ich Ihres Kommens und litt, und heute ist meine Seele niedergeschlagen und traurig, zumal sie nicht von der Hoffnung gestärkt wird, Sie zu sehen. Das, was ich fühle, rufen mir diese Verse von M. de la Harpe ins Gedächtnis:

> «Ach, dürft' ich seiner noch harren
> Und fragen: kommt er nicht doch?»[1]

Wie leid Sie mir tun, mein Freund, daß Sie diese Stimmung, die mich beherrscht, nicht nachfühlen können! Sie würden dann noch einmal das Glück kennen, aber es wäre dieses Glück, das einem eine Ahnung vom Himmel gibt, das aber auch die Kraft verschafft, es sich durch die Qualen der Hölle zu erkaufen.

Ja, ich weiß es, meine Seele ist nur für große Gefühle geschaffen. Nur ein wenig zu lieben, ist mir ganz unmöglich. Aber auch, wenn Sie nicht auf mich eingehen, wenn mein Herz nicht das Ihre mit sich reißen kann, wenn Sie getrennt leben wollen, wenn es Ihnen genügen sollte, erregt zu sein, aber niemals glücklich, dann spüre ich noch genug Kraft in mir, um sofort ganz auf Sie zu verzichten und Sie gänzlich der zu überlassen, die Ihnen bislang zu Genüge war.

Sie wissen es doch, mein Freund, alle Male, da man die Kraft, ja selbst das Verlangen in sich verspürt zu sterben, kann man auf alles Anspruch erheben, alles fordern. Man nimmt sich dann nicht die Zeit, mit Weile und gemächlich das zu erwerben, von dem einen das Verlangen plagt, es sofort zu besitzen. Es ist nicht mein Glück, das ich als Preis drangebe, um von Ihnen geliebt zu werden, sondern mein Leben. Unter dieser Voraussetzung wäre es schändlich, mich zu täuschen, aber großzügig wäre es andererseits, mir keinerlei Hoffnungen zu machen. Aber als ich mir meine Schreibsachen zurechtlegte, wollte ich Ihnen kein Wort davon verlauten lassen. Sehen Sie, wie frei man ist, wenn einem die Seele in Aufruhr steht! Ich wollte Sie lediglich davon unterrichten, sie sollten morgen nicht vor der Mittagsstunde kommen, denn mir fiel ein, daß ich einen Friseur bei mir habe, und es ist mir ein gräßlicher Gedanke, Sie mit dieser Ungelegenheit konfrontiert zu sehen. Ich bin ihn spätestens um halb ein Uhr los.

Ärgern Sie sich, wenn Sie wollen, aber ich wüßte Ihnen nicht zu sagen, wie glücklich ich mich fühlte, nachdem Sie heute früh gegangen waren. Zehn Minuten später – ich weiß nicht, was mit mir geschehen wäre. M. de Magallon[2] machte mir einen Besuch, und kurz nachdem er mich verlassen hatte, ging es mir mit einem Mal sehr schlecht. Ich hatte heftige Krämpfe. Mein Körper vermag nicht mehr die Erregungen meiner Seele zu verkraften. Weder erschreckt mich das, noch beunruhigt es mich, fürchte ich doch weder den Schmerz noch das Ende aller Schmerzen. Aber, mein Freund, erklären Sie mir, was es ist, das einem diese Stärke verleiht, wenn das Unglück am größten ist: Sind es gerade die verzweifelten Situationen, die die Seele groß und stark machen? Sollte das der Fall sein, dann gilt es, sein Schicksal zu tragen, ohne zu klagen.

In meinem Zimmer ist eine Unterhaltung im Gange, an der mich zu beteiligen ich nicht versucht bin, die mich aber dennoch stört. Leben Sie wohl, mein Freund. Sie haben kein Verlangen verspürt, mich heute abend wiederzusehen, während ich den ganzen Tag über nicht von Ihnen lassen mochte, aber wie auch immer Sie sich zerstreut oder vergnügt haben mögen, ich habe Sie darum nicht beneidet. Ich befand mich nämlich in besserer Gesellschaft. Ich beschäftigte mich mit dem «Catinat».[3] Einen Teil davon habe ich wiedergelesen, und ich bin noch mehr entzückt davon, noch befriedigter darüber, als ich es auszudrücken vermöchte. Gewiß ist, daß sein Verfasser eine glänzende Zukunft haben wird. Keineswegs genügt es zu sagen, daß er Talent, Seele, Geist und Genie besitzt. Er hat vielmehr, was beinahe allen, die auch gut sind, sonst abgeht, diese Beredsamkeit und Wärme, die eher zum Herzen denn zum Verstande spricht. Gerade deshalb darf ich ihn ohne alle Anmaßung loben, ihn mit ebensoviel Wahrhaftigkeit anerkennen, wie wenn ich Geist und Geschmack besäße. Ich kann weder über etwas diskutieren, noch irgend etwas kritisch würdigen. Aber das, was schön ist, hebt meine Seele, und dann befinde ich mich im Recht, was auch immer Sie dagegen einwenden mögen.

Adieu, nochmals Adieu.

1 La Harpe, Les Regrets, Stances, 1771. 2 Legationssekretär an der spanischen Botschaft, der ihr möglicherweise weitere Nachrichten über den Marques de Mora brachte. 3 Gemeint ist die «Eloge de Catinat», an der Guibert damals arbeitete.

110. An denselben

Mittwochabend, 1775

Hier haben Sie den Karton für Ihren Muff, mein Freund. Die Person, die Ihnen diesen schenkt, schmeichelt sich nicht, daß er Ihnen ebenso teuer sei, wie der der Sophie es für Tom Jones war. Leben Sie zurückgezogen? Werden Sie das morgen mir zumuten? Wenn ich nur wüßte, worauf ich mein Denken und Fühlen richten sollte: auf Sehnen oder freudige Erwartung? Was auch immer, das eine wie das andere werden von Ihnen erfüllt sein, gleich ob Sie mir Freude nehmen oder Freude geben, ich werde Sie zärtlich lieben.

Sie haben mir noch gar nicht gesagt, ob Sie schon im «Gustave»[1] waren? Soweit ich mich entsinnen kann, ist es ziemlich schlecht und auch ganz und gar barbarisch geschrieben. Gute Nacht. Ahnen Sie, was ich Ihretwegen drangebe? Ich könnte Ihnen zuliebe der Gegenwart, der Zukunft, der ganzen Welt entsagen. Lediglich an meinen Erinnerungen hänge ich mehr als an meinem Leben, mehr noch auch als am Tod, denn sie helfen mir, ihn zu erwarten.

Suchen Sie meine beiden Briefe, die Sie aus Vorsicht *auf Ihrem Schreibtisch verschlossen haben.* Ich bitte Sie wirklich ganz herzlich darum: Hören Sie auf, mir diese Version der Geschichte zu geben. Ich gebe Ihnen die meine. Das nenne ich eine Ermutigung.

1 Gustave Wasa. Tragödie von Alexis Piron (1689–1773).

111. An denselben

Donnerstag mittag

Wie dumm ist das! Wie unwürdig! Ach, mein Gott, fassen Sie sich. Der Beweis, daß das alles nicht teuer ist, ist, daß ich ihn Ihnen gebe. Alles, was Sie darüber sagen, mein Freund, ist gemein, sehr gemein. «Er ist zu groß. Sie werden ihn verlieren, Sie wollen ihn bezahlen!...» Schluß damit jetzt! Schweigen Sie! Sterben Sie vor Scham, aber damit Sie nicht erfrieren, wenn Sie speisen gehen, schicke ich Ihnen den Muff wieder zurück. Hüten Sie sich, ihn zurückzuweisen, verwickeln Sie nicht meinen Bedienten in unseren Scherz oder in unseren Streit.

Wenn Sie mir nur sagen, mein Freund: «Ich hoffe Sie zu sehen», gebe ich mir Mühe, auf Hoffnung zu verzichten, und sage mir: Ich werde ihn nicht sehen. Sie haben über mehr Angelegenheiten zu wachen als ein Schutzengel, denn Ihnen ist das Glück zweier Menschen anvertraut. Zunächst gilt es, Mme. de M(ontsauge) zufriedenzustellen. Und danach komme ich, aber sehr weit danach erst, wie es nur vernünftig ist, und ich müßte wie jene Frau aus Kanaa von mir sagen: «Ich werde mich mit den Brosamen begnügen, die vom Tisch meines Herrn fallen.» Diese Moral, dieser Ton des Evangeliums, mein Freund, ist jedoch von einer Dürftigkeit, mit der sich nur ein recht einfältiger Christ wird bescheiden können. Für mich aber, die ich nicht auf den Himmel rechne, gilt, daß ich mich in diesem Leben nicht von den Brosamen ernähren möchte, die von irgend jemandes Tisch herabfallen.

Guten Tag. Wenn ich Sie sehe, werde ich entzückt sein. Wenn Sie aber nicht kommen, werde ich mir sagen: Es geht ihm besser, als wenn er mit mir zusammen wäre, und dieser ach so süße Gedanke wird mich ohne allen Zweifel beruhigen.

112. An denselben

Samstag, zehn Uhr abends, 1775

Wie gut Sie sind, mein Freund, wie liebenswürdig von Ihnen, daß Sie mich für das entschädigen wollten, was mir heute früh entgangen ist! Wenn Sie nur wüßten, wie sehr ich Sie erwartet hatte, mit welcher Umsicht ich alles ferngehalten, alles abgewiesen habe, was mein Glück hätte stören können! Wie mir jeder Wagen, der vorbeifuhr, erst Hoffnung und dann Herzeleid verschaffte! Mein Gott, wie sehr ich Sie liebe. Wie sehr ich mich schuldig fühle, weil ich Sie gekränkt habe! Nein, mein Freund, verzeihen Sie mir nicht, bestrafen Sie mich, steigern Sie, wenn das überhaupt noch möglich ist, meinen Schmerz und meine Reue. Es muß so sein, daß das ganz außerordentliche Unglück einen aller Maßstäbe beraubt. Ja, es macht mich närrisch, es verwirrt mich, es macht mich krank: Alles das mußte zusammenkommen, damit ich Sie beleidigen konnte. Seit drei Tagen verspüre ich nichts anderes als dieses Unglück, und ich wäre gewiß daran gestorben, wenn Sie mir nicht zu Hilfe geeilt wären. Ach, mein Freund, Sie haben Worte gebraucht, die mich immer noch erschauern lassen, die mir das Herz zerreißen: *Ich erkälte Sie,* Sie müssen sich *Zwang antun, mich zu empfangen.*

O Himmel, warum war ich noch nicht ausgelöscht, bevor ich derartige Worte vernahm, die mir den Mut verleihen, selbst in den grausamsten Tod zu gehen! Sagen Sie mir nur nicht mehr, daß ich dazu verdammt bin, Sie eines Tages zu hassen. Gegen diesen Urteilsspruch lege ich Verwahrung ein, mein Freund, und erkläre bei meiner Liebe für Sie und bei allem, was mir heilig ist, feierlich, daß es mir unmöglich wäre, auch nur für eine Stunde diese schreckliche Gefühlsregung zu überleben. Ich Sie hassen! Sehen Sie doch die Leidenschaft, die Zärtlichkeit meines Herzens! Wenn ich Sie eines Tages nicht mehr lieben sollte, mein Gott, wie süß wäre mir dann das Sterben! Der Himmel ist mein Zeuge, daß ich mich nur an Sie klammere und daß alles das, was andere mir an Fürsorge, Güte, Freundschaft und Teilnahme zuwenden, mir noch nicht einmal die Kraft verliehe, mich bis morgen am Leben zu erhalten.

M. de Mora steht mir immer zur Seite, mein Freund, und Sie sehe ich stets. Wenn meine Seele diese Unterstützung, diese Hilfe aus den Augen verlöre, hätte ich keine Stunde mehr zu leben. Lesen Sie also auf dem Grund meiner Seele, erkennen Sie mehr und besser, als ich es Ihnen mitzuteilen vermag. Kann man jemals das ausdrücken, was man empfindet, was einen belebt, einen atmen läßt, was einen das Notwendigste zu sein dünkt, noch viel notwendiger als die Luft zum Atmen –, denn ich habe nicht das Verlangen zu leben, ich habe nur den Drang, Sie zu lieben.

Mein Gott, wie fern sind Sie mir, mein Freund? Sie sagten mir gestern: «Sie haben damit begonnen, mich zu verletzen, und Sie haben damit geendet, mich zu Eis erstarren zu lassen.» Und ich habe Ihnen darauf geantwortet: «Sie haben mich gekränkt, Sie haben mich gedemütigt, Sie haben mich zurückgestoßen», und ich fügte dem noch hinzu: «Sie mögen mich verachten, Sie mögen mich hassen, aber dennoch fände ich in mir genügend Veranlassung, Sie leidenschaftlich zu lieben.» Ja, ich wiederhole es Ihnen, mein Freund, ich denke wohl zwanzig Mal am Tag an den Tod, aber der Gedanke, Sie weniger zu lieben, den wage ich nie zu fassen.

Lernen Sie mich also ganz kennen. Entdecken Sie in meiner Seele das Gift, das mich verzehrt und das ich Ihnen nicht zu zeigen wage. Dieses Gift sind nicht meine Reuegefühle, von denen ich Ihnen gelegentlich spreche. Es ist auch nicht mein Schmerz, über den ich mich so oft Ihnen gegenüber beklage. Dieses Gift ist vielmehr ein Übel, mein Freund, das meine Vernunft und meine Gesundheit beeinträchtigt. Es ist ein Übel, das mich ungerecht sein läßt, mißtrauisch macht und Dinge sagen läßt, vor denen ich sonst zurückschaudere. Wie sehr muß ich außer mir gewesen sein, um Ihnen sagen zu können, daß ich eine schlechte Meinung von Ihnen habe? Ist das überhaupt von der Natur vorgesehen? Ist es denn wohl möglich, daß derlei in meinem Herzen wäre? Kann man jemanden anbeten, ihn kultisch verehren, der einem nicht wie ein Gott erscheint?

Mein Kopf und meine Seele müssen sich in seltener, ganz ungewöhnlich starker Aufregung befunden haben, mein Freund, damit ich mich derart schuldig machte, wie ich es tat. Mein Gott, ich wurde so geliebt, wie ich Sie liebe, und das von dem vollkommensten Geschöpf. Und dennoch haben Sie die Kraft gehabt, mir zu sagen, daß ich Sie nicht geliebt habe? Daß mein Fühlen für Sie nichts als Haß gewesen sei? Ja, wahrhaftig, ich hegte Haß, aber der war nur gegen mich gerichtet wegen jenes unwiderstehlichen Drangs, der mich zu Ihnen zieht. Machen Sie Ihre Augen richtig auf, mein Freund, und Sie werden erkennen, auch wenn Sie ohne Zweifel schon viel geliebt wurden, daß Sie dennoch niemand mit mehr Ungestüm, Zärtlichkeit und Leidenschaft geliebt hat. Ich bitte Sie, mein Freund, bewahren Sie diesen Brief auf, und was auch sein Los sein mag, ich will mich darüber nicht beunruhigen, geschweige mich beklagen. Mein Schicksal ist mir von Ihnen damals am 10. Februar des vorigen Jahres verkündet worden: «Sie lieben oder sterben.»

113. An denselben

Samstag Mitternacht (Februar 1775)

Nun gut, habe ich es Ihnen nicht gesagt, mein Freund? Ich werde Sie nicht sehen, und ich habe Sie auch nicht gesehen. Mein Gott, wie traurig ist es doch, so genau die Dinge vorherzusehen und sein Bedauern jemandem mitzuteilen, der diese Empfindung ganz und gar nicht teilt! Ich vermag nicht zu sagen, wie ich es derart lebhaft fühlen konnte, daß Sie mir fehlten. Nur bei «Iphigenie»[1] sind mehr Leute, als heute nach dem Essen sich in meiner Stube eingefunden hatten. Die großen wie die kleinen Logen – alles war dicht besetzt. Ich bin von Müdigkeit ganz erschöpft. Zunächst verweilte ich mich eine Stunde bei M. Turgot, und dann hielt ich mich noch eine weitere Stunde bei Mme. de Châtillon auf. Das bedeutete viel Treppensteigen, und ich war halbtot, als ich wieder bei mir anlangte. Ich hatte versprochen, den Abend in Saint-Joseph[2] zu verbringen. Ich hatte aber nicht mehr die Kraft dazu. Ich werde mich morgen dorthin begeben, wenn mir der Weg vom Marais bis dahin nicht den Mut nimmt. Vor Tisch will ich mir die Automaten in der rue de Cléry anschauen,[3] die wunderbar sein sollen, wie man sagt. Begäbe ich mich in Gesellschaft, so wäre ich nicht so neugierig:

Zwei oder drei Abendessen bieten einem dergleichen zum Überdruß. Aber diese Automaten in der rue de Cléry sind viel mehr wert, insofern sie nur agieren, aber nicht sprechen!

Kommen Sie doch dort vorbei auf Ihrem Weg zum Marais, und ich werde Ihnen dann sagen können, ob ich die Loge des Duc d'Aumont bekommen habe. Morgen oder am Dienstag muß ich sie haben. Morgen wäre es mir lieber, weil wir M. Roucher für Dienstag erwarten. Schließlich, mein Freund, muß ich Sie, auf welche Weise auch immer, morgen zu Gesicht bekommen, und zwar ausgiebig, sei es nun in der Oper oder bei mir zu Hause: In jedem Fall werden Sie bei mir soupieren.

Übrigens traut Ihnen Mme. de Châtillon eine Nachlässigkeit einfach nicht zu. Sie hat mich heute gefragt, ob Ihre Zurückgezogenheit noch immer andauere. Sie werden es mir sicherlich glauben, daß ich ihr darauf beschied, sie sei uneingeschränkt gewesen, und das machte die Schuld nur noch größer, denn was die Frauen einzig und allein wollen, ist, daß sie bevorzugt werden. Beinahe keine hat das Verlangen, geliebt zu werden, und das ist ein großes Glück, denn in Paris gedeiht die Liebe am allerwenigsten. Die Frauen behaupten hier zwar ganz offen, sie liebten, aber dabei sind sie kalt und von tausenderlei Dingen abgelenkt. Das nennen sie wahrlich, Liebe und Leidenschaft gut zu kennen. Arme Leute! Man muß sie loben wie die Liliputaner. Sie sind sehr hübsch, sehr galant und ausgesucht freundlich. All das gehört auch zur Ausstattung der Gänseküken, die die Strauße rupfen. Leben Sie wohl, mein Freund! Das Vertrauen, das Sie mir gestern abend bezeugten, indem Sie mir den Brief Ihrer Mutter zeigten, war gewiß sehr liebenswürdig.

1 Iphigenie auf Aulis, Oper von Rollet und Gluck. 2 Im Kloster Saint-Joseph wohnte auch die Duchesse de Châtillon. 3 Jacques Droz, aus Neufchâtel gebürtig, hatte hier einige automatische Figuren aufgestellt, die das Pariser Stadtgespräch waren. Vgl. Mémoires de Bachaumont, Bd. VII, S. 273.

114. An denselben

Dienstag, sechs Uhr in der Frühe, 1775

Entsinnen Sie sich noch Ihrer letzten Worte? Erinnern Sie sich noch, wohin Sie mich gebracht haben und wo Sie glaubten, mich gelassen zu haben? Nun gut, ich muß Ihnen sagen, daß ich sehr rasch wieder zu mir selbst gefunden habe, daß ich mich wieder erhob und mich keinen Strich tiefer sah als eine Stunde zuvor, als ich noch aufrecht stand und im Vollbesitz meiner Würde war. Und was Sie vielleicht erstaunen wird, ist der Umstand, daß von allen Regungen, die mich zu Ihnen hinzogen, es gerade die letztgenannte ist, die mir keinerlei Reuegefühle bereitet. Und wissen Sie auch warum? In der Leidenschaft gibt es ein Übermaß, das eine Seele gegen alle Anfechtungen wappnet, wenn sie nur vor allem zurückschreckt, das gemein und ehrlos ist. In dieser Hingabe, in dieser äußersten Leugnung meiner Selbst und jeglichen persönlichen Interesses habe ich Ihnen bewiesen, daß es in der Natur nur ein einziges Unglück gibt, das mir unerträglich zu sein scheint: Sie zu beleidigen und zu verlieren. Diese Furcht hält mich am Leben. Und wie sollte ich es bedauern, mit Kraft ein Gefühl bewiesen und mich dazu bekannt zu haben, das mich seit einem Jahr leben und sterben läßt? Nein, mein Freund, trotz Ihrer Worte fühle ich mich nicht verletzt, denn ich halte Sie für ritterlich und mich selber für unschuldig. Glauben Sie also ja nicht, daß ich mir ein gutes Gewissen zurechtschustere, daß ich mich womöglich gar zu rechtfertigen suchte. Nein, mein Freund, das Gefühl, das mich beseelt, verachtet den Stolz und die Unaufrichtigkeit, aber wenn Sie mich derer anklagen, so will ich für immer verurteilt sein. Ihre Meinung, Ihre Achtung ist auch die meine, aber ich schätze sie noch mehr als diese.

Ich bin mir Ihrer Aufrichtigkeit so gewiß, ich kenne Ihre Güte so genau, daß ich überzeugt bin, ehe Sie gestern einschliefen, haben Sie sich gelobt, mich heute zu sehen. Ich danke Ihnen für diese Regung, aber ich möchte Sie dennoch bitten, mich heute nicht aufzusuchen. Beweisen Sie damit Ihr Zartgefühl und Ihr Mitleid. Ich habe das Verlangen, meine Seele zur Ruhe kommen zu lassen. Sie haben mich in Aufregungen versetzt, die meiner

Seele zuvor nie geläufig gewesen sind und die ich selbst in Gedanken nie für möglich gehalten hätte.

Mein Gott, wie furchtbar ist das wirklich große Unglück! Es ist ohne Grenzen und Maß. Ich brauche Ruhe, lassen Sie mich Frieden finden. Ich werde zwei Gramm Opium nehmen. Sobald mein Blut zur Ruhe kommt, verwirren sich meine Gedanken, sackt meine Seele in sich zusammen, aber vielleicht vergesse ich darüber, daß, obwohl Sie mir gestern nachgaben, Sie mein Herz nicht angerührt haben, Sie mir nicht ein Wort sagten, das mich hätte trösten oder stärken können. Ach, hätten Sie sich nicht verweigert! Leben Sie wohl, mein Freund, kommen Sie nicht, und ich bitte Sie, nehmen Sie es mir nicht übel, wenn meine Türe verschlossen ist. Sie wird im übrigen für jedermann verschlossen sein. Ich bin so schwach, und die Wirkung des Opiums absorbiert alle meine Fähigkeiten. Aber es hebt auch meine Leiden auf, es macht mich jenen Teil meiner Existenz vergessen, der mich empfinden und leiden läßt.

Adieu. Ich trenne mich von Ihnen für vierundzwanzig Stunden. Wenn durch ein Unglück, das ich nicht vorhersehen möchte, der gestrige Abend ... Nein, ich wage es nicht, den Satz zu vollenden. Ich weiß ein Mittel, mein Freund, das alles wieder gut macht. Ich werde mich selber strafen. Ich verstehe mich darauf zu leiden, und ich werde mich dazu verdammen, Ihnen niemals zu bekennen, was ich in diesem Augenblick mit Zärtlichkeit und Leidenschaft ausspreche: Ich liebe Sie. Denken Sie bei Ihren Besuchen auch an M. de la Borde. Bevor Sie ihm dieses englische Buch wiedergeben, möchte ich Sie bitten, mir jenen Abschnitt zu übersetzen, den Sie mir vorgelesen haben.

115. *An denselben*

Mittwoch, elf Uhr

Urteilen Sie über mein Unglück: Ich verspürte einen tödlichen Widerwillen, Ihren Brief zu öffnen. Hätte ich nicht fürchten müssen, Sie zu verletzen, so hätte ich Ihnen den Brief wieder zurückgesandt. Irgend etwas sagte mir, daß dieser Brief meine Leiden neu entfache, und davor wollte ich mich bewahren. Das fortgesetzte Leiden meines Körpers hat meine Seele geschwächt. Außerdem hatte ich Fieber, kein Auge zugetan und konnte nicht mehr. Aus Gnade, aus Mitleid: Quälen Sie nicht mehr ein Leben, das am Verflackern ist und das in allen seinen Augenblicken nur dem Schmerz und der Reue ausgeliefert ist.

Ich klage Sie nicht an, ich fordere nichts von Ihnen, Sie schulden mir nichts. Tatsächlich hatte ich ich nie eine Regung, nie ein Empfinden, die ich nicht von vorneherein gebilligt hätte, und sobald mich das Unglück ereilte, Ihnen nachzugeben, verabscheute ich stets die Stärke oder die Schwäche, die mich mit sich rissen. Sie sehen, daß Sie mir nicht den mindesten Dank schulden und daß ich nicht das Recht habe, Ihnen irgendeinen Vorwurf zu machen.

Seien Sie also frei, kehren Sie zu der zurück, die Sie liebt und die Ihnen vielleicht mehr gefällt, als Sie dies selber für möglich halten. Überlassen Sie mich meinem Schmerz, überantworten Sie mich ohne jede Ablenkung dem einzigen Gegenstand, den ich bewundere und dessen Erinnerung mir das Teuerste ist, was es auf Erden gibt. Mein Gott, ich hätte ihn nicht beweinen dürfen, vielmehr hätte ich ihm nachfolgen müssen! Es sind Sie, der mich am Leben hielt und der die Ursache für die Qual einer Kreatur ist, die vom Schmerz verzehrt wird und die das, was ihr noch an Kraft geblieben ist, dazu braucht, um den Tod zu erflehen.

Ach, Sie tun zuviel und gleichzeitig zuwenig für mich! Ich habe Ihnen schon seit gut acht Tagen gesagt, daß Sie mich schwierig und anspruchsvoll machen. Wenn man alles gibt, möchte man wenigstens etwas empfangen. Aber ich sage es noch einmal: Ich verzeihe Ihnen und hasse Sie in keiner Weise. Es geschieht nicht aus Großmut, daß ich Ihnen verzeihe, und es verdankt sich auch keiner Gutmütigkeit, daß ich Sie nicht hasse: Der Grund ist, daß meine Seele ermattet ist, daß sie vor Erschöpfung stirbt. Lassen Sie mich, mein Freund, sagen Sie mir nicht mehr, daß Sie mich lieben. Dieser Balsam wird zum Gift, indem Sie mir abwechselnd damit meine Wunde pflegen und sie wieder aufreißen. Wie sehr tun Sie mir damit weh, wie sehr lastet das Leben auf mir, wie sehr liebe ich Sie dennoch und wie verzweifelt werde ich sein, wenn ich Trauer in Ihr Herz senke! Ihr

Herz ist allzu hin- und hergerissen, mein Freund, allzu zerstreut, als daß das wahre Vergnügen in es eindringen könnte. Sie wünschen also, daß ich Sie heute abend sehe? Nun gut, kommen Sie. Der gute Condorcet hat bei mir ausgeharrt, als ich fast gestorben bin. Ich habe Ihren Laufburschen hier festgehalten, weil mich Tenon[1] beim Abfassen dieses Briefes unterbrach. Er hat festgestellt, daß ich noch immer fiebere.

Guten Tag. Es ist Mittag, und Sie werden das Haus bereits verlassen haben. Und dann werden Sie mir zürnen, wenn ich die Folgen Ihrer Nachlässigkeit und Schlimmeres fürchte.

Aber denken Sie doch an die Ile de Ré.

1 Jacques-René Tenon (1724–1816), bekannter Arzt der Zeit und Reformator des Krankenhauswesens gegen Ende des 18. Jahrhunderts.

116. An den Comte de Guibert

Donnerstag, elf Uhr

Bitte, haben Sie soviel Ritterlichkeit, mich nicht länger zu verfolgen. Ich habe nur noch einen Wunsch, ein Verlangen, Sie nicht mehr allein bei mir zu sehen. Ich kann zu Ihrem Glück nichts beitragen, ich weiß für Sie auch keinen Trost, lassen Sie mich also und hören Sie endlich damit auf, so zu tun, als ginge es Sie nichts an, wenn Sie die Qual meines Lebens sind. Ich mache Ihnen durchaus keine Vorwürfe. Sie leiden, ich bedauere Sie, aber ich werde zu Ihnen nicht mehr von meinen Leiden sprechen. Aber im Namen alles dessen, was noch einigen Einfluß auf Ihre Seele haben dürfte, im Namen der Ehre, der Tugend, lassen Sie ab von mir, rechnen Sie nicht mehr auf mich. Wenn ich wieder Ruhe finde, werde ich weiterleben. Aber, wenn Sie so fortfahren, werden Sie sehr bald sich den Vorwurf zu machen haben, daß Sie mir die Kraft der Verzweiflung verliehen. Ersparen Sie mir den Kummer und das peinliche Aufheben, Sie von meiner Türe in den Stunden weisen zu müssen, in denen ich allein bin. Ich bitte Sie, und das ist das letzte Mal, mich nur zwischen fünf und neun Uhr zu besuchen. Wenn Mme. de M(ontsauge) in meine Seele blicken könnte, dann, so seien Sie versichert, würde sie mich nicht hassen. Vielmehr hätte ich in ihre Seele Regungen des Bedauerns gesenkt. Sie beide haben mich die Qualen der zur Hölle Verdammten erfahren lassen – die Reue, den Haß, die Eifersucht, die Gewissensbisse, die Verachtung meiner selbst und bisweilen auch Ihre Verachtung. Schließlich, was soll ich Ihnen sonst noch sagen? Alles Unglück einer Leidenschaft, aber niemals das, was das Glück einer ehrenhaften und empfänglichen Seele ausmacht. Da haben Sie, was ich Ihnen verdanke, aber ich verzeihe Ihnen. Hinge ich am Leben, so wäre ich gewiß nicht so edelmütig, dann würde ich Ihnen sicherlich den unversöhnlichsten Haß schwören. Aber bald werde ich ebensowenig an Ihnen wie am Leben hängen, und deshalb will ich alles, was mir an Leben noch bleibt, dazu nutzen, das einzige Wesen zu lieben und anzubeten, das meiner Seele einen Inhalt gegeben hat und dem ich mehr Glück und Freude zu verdanken habe als beinahe alle anderen, die mir auf Erden begegneten, dies hätten empfinden oder sich vorstellen können. Aber Sie sind es gewesen, der mich sich an diesem Mann hat versündigen lassen! Dieser Gedanke empört meine Seele, ich wende mich davon ab. Ich möchte Ruhe haben, sonst sterbe ich.

Noch einmal sage ich es Ihnen, und das ist der letzte Aufschrei meiner Seele: Haben Sie Mitleid, lassen Sie ab von mir. Wenn nicht, werden Sie von Reuequalen heimgesucht werden.

117. *An Mlle. de Lespinasse*
Rue Saint-Dominique, Paris

Februar 1775

Man muß Ihnen schon zuvorkommen, meine Freundin, denn Sie haben sich entschieden, auf mich zu warten. Wie ist heute die Gestimmtheit Ihrer Seele? Zieht sie nun das zurück, was sie mir gestern gewährte? Leidet sie Reue? Quält sie sich? Ich schwöre Ihnen, daß dieses das letzte Mal ist, daß sie Gewissensbisse leidet. Diese Gewissensbisse, mein Gott, muß Ihnen denn immer die Liebe als ein Verbrechen gelten? Können Sie sich denn immer nur halb hingeben und andererseits Ihr Leben damit fristen, daß Sie sich von Vorwürfen verzehren lassen? Nein, ich will nichts mehr von dem, das Sie nicht teilen mögen. Entweder unterwerfen Sie sich nur Anstrengungen, an denen Sie prompt zu leiden haben, oder Sie empfinden so gar nichts, und ich bin von dem ersten Gedanken gekränkt und von dem zweiten beleidigt.

Ich werde also nicht die leidenschaftliche Regung kennenlernen, die mir gestern abend versagt war. Ich habe vergeblich versucht, sie zu erahnen. Warum fürchten Sie sich davor, sie mir einzugestehen? Wissen Sie denn nicht, daß die Liebe wie das Feuer ist, daß sie alles reinigt? Es gibt nur da Unredlichkeit, wo sie nicht ist. Ich werde Sie heute nachmittag sehen. Dann werde ich im Marais speisen, weshalb ich mich beeilen muß, mich umzuziehen. Schließlich, seien Sie meines Verlangens ganz sicher. Es wird mich immer zu Ihnen hinziehen.

Der Comte de Crillon ließ mich wissen, daß er sich entschlossen habe, eines der Häuser des Comte de Broglie zu nehmen. Ich habe deshalb an den Verwalter des letzteren geschrieben, damit er sich so gefällig beträgt, wie ihm dies nur irgend möglich ist.

Leben Sie wohl. Ein Wort noch: Ich habe Auftrag gegeben, daß der Bote warten soll, bis Sie erwacht sind. Dann wird man mir Ihre Antwort zu meinem Portraitmaler bringen. Sie wird mir Freude machen, mich erheitern. Ich bin nämlich so gut wie tot. Nochmals, guten Tag, meine Freundin.

118. An den Comte de Guibert

Dienstag, elf Uhr, 28. Februar 1775

Wenn man die Güte ehrt und vor allem, wenn man liebt, darf man weder schwierig noch ungerecht sein. Deshalb, mein Freund, klage ich Sie nicht an, führe ich keine Beschwerde. Nein, Sie haben keineswegs unrecht, und das Alleinsein, dem Sie mich heute überantworteten, entsprang nicht Ihrer Absicht. Sie werden sich deshalb einen Vorwurf machen. Vielleicht besaßen Sie sogar genug Güte, um sich zu sagen: Sie leidet, und ich bin schuld an ihrem Leid. Wenn Ihr Herz diese Worte empfand, mein Freund, dann wären Sie zu sehr gestraft und ich wäre zu sehr gerächt. Werde ich aber nicht morgen glücklicher sein? Werden wir nicht gemeinsam speisen? Oder werde ich Sie gar nicht zu Gesicht bekommen?

Ich beabsichtige, M. Turgot am Donnerstag aufzusuchen. Ich habe M. de Vaines den Vorschlag gemacht, mich nach Versailles mitzunehmen und Sie auch, wenn Ihnen das recht ist. Kommt dieses Arrangement nicht zustande, dann hat der pfälzische Gesandte[1] mir angeboten, mit ihm zu fahren und, wenn Sie können oder wollen, werde ich mit dem «Démocrite» sagen:

> «Wir fahren zu Hofe, man hat dich mit auf die Reise
> genommen.»[2]

Der gute Condorcet und der ausgezeichnete d'Alembert werden morgen dorthin gehen. Letzterer wird ihm die «Eloges» vorlesen, M. Roucher trug ihm bereits sein Gedicht vor. Das sind zwei gute Tage, an denen wenig gesprochen wird, man aber dennoch sein Vergnügen hat. Wenn Sie mich nicht geradezu von Stolz geschwellt sehen wie den Frosch, mein Freund, dann würde ich Ihnen sagen, daß M. Turgot mich gebeten hat, ihm meine köstlichen Reimereien mitzubringen, und daß ich ihm habe bestellen lassen, ihm werde dieses schöne Glück gewißlich nicht abgehen.

Mein Gott, hätte ich Sie heute gesehen, dann hätte ich einen lieblichen Tag, so sanft wie ein Idyll von Geßner, verbracht. Beinahe zu jeder Stunde langte eine Nachricht von M. Turgot ein. Der Graf Schönberg allein hat mir dreimal geschrieben und immer, um mir Mut zu machen, indem er mir vor allem die Wahrheit sagte. Ich habe nur mit einer Person zu Mittag gegessen, die glücklich war und allein schon deshalb interessant. Und danach, gegen drei Uhr, habe ich einen Spaziergang in den Tuilerien unternommen. Es war ganz herrlich! Ein himmlisches Wetter! Die Luft, die ich atmete, diente nur meiner Beruhigung. Ich war verliebt, voller Trauer und Begehren, aber alle diese Gefühle trugen den Stempel der Süßigkeit und der Melancholie.

O, mein Freund, derart zu empfinden hat einen größeren Reiz als die Hitze und die Erregung der Leidenschaft. Ja, ich glaube, davon habe ich jetzt genug. Ich will nicht mehr heftig lieben, ich möchte lieber zärtlich lieben, aber dennoch nicht schwächlich, und Sie werden mir das schon glauben, denn es sind ja Sie, den ich liebe. Um halb fünf Uhr bin ich wieder zu Hause gewesen, und bis sechs Uhr war ich allein. Und wissen Sie, wie ich meine Erwartung gedämpft habe? Ich habe alle

Briefe seit dem 1. Januar wiedergelesen. Ich wollte sie ordnen. Schließlich, als Sie nicht kamen, war ich gleichwohl auf das lebhafteste und zärtlichste mit Ihnen beschäftigt. Dann trafen hier sechs oder sieben Personen ein, die mir ihre Fastnacht opferten. Sie waren der Vergnügungen überdrüssig und wollten sich statt dessen an einem Gespräch, an der Freiheit, der Ruhe erfreuen, und diesen Genuß haben wir auch alle gehabt, zumal ich immer noch von der Hoffnung beflügelt wurde, Sie zu sehen. Schließlich dachte ich, Sie würden nach dem «Barbier»[3] erscheinen. Aber ach, als es neun Uhr schlug, dachte ich an den Tod, und mein Schweigen veranlaßte alle Anwesenden, mich gegen halb zehn Uhr zu verlassen. Aber ich bin toll, nein geradezu blödsinnig, daß ich Sie mit der Schilderung eines Tages ermüde, an dem Sie keine einzige Minute Anteil nehmen wollten. Leben Sie wohl, mein Freund, lassen Sie mich doch wissen, was Sie am Donnerstag wollen und können.

Ich halte Sie allzusehr für einen Mann von Welt, als daß Sie heute nacht auf den Fastnachtsball verzichteten. Ich hingegen liebe es viel mehr, die süße und reine Luft der Tuilerien zu der Stunde zu atmen, wenn es dort recht einsam ist. Und das deshalb, weil mir meine Seele noch mehr gibt als Ihnen Ihr Geist und Ihr Talent. Aber, leben Sie wohl.

Morgen habe ich eine Messe und dann ist Mme. de Châtillon bei mir.

1 Freiherr von Sickingen, der von 1768–1787 bevollmächtigter pfälzischer Gesandter in Paris war. 2 Democrite amoureux, Komödie in fünf Akten von Reynard, die 1700 veröffentlicht wurde. – Das Zitat stammt aus dem I. Akt, 7. Szene. 3 Gemeint ist der «Barbier de Seville» von Beaumarchais, der 1775 in Paris uraufgeführt wurde.

119. An Mlle. de Lespinasse

Ich bin dabei, meine Freundin, Ihnen zu schreiben. Sie haben mich nicht vorgewarnt, Sie haben mich einfach angetroffen. Gestern habe ich nur mit Mühe meinen Tag bewältigt, indem ich mich meiner Kutsche bediente. Ich machte Besuche, aber keineswegs alle, die ich mir vorgenommen hatte. Ich werde das heute erledigen. Sie werden sagen, daß ich nicht arbeite. Entschuldigen Sie mich. Ich habe bereits gestern abend gearbeitet, denn ich kam gegen neun Uhr hier an. Der Chevalier d'Aguesseau erwartete mich. Wir plauderten bis gegen elf Uhr, dann ist er gegangen, und ich habe noch eine gute Stunde gearbeitet. Heute morgen habe ich mich vor sieben Uhr erhoben und mich sogleich wieder an die Arbeit gemacht.

Ich hoffe, am Dienstag M. Turgot eine erste Denkschrift zu überreichen. Aber das wird nichts nützen. Die unglücklichste Leidenschaft, die man in diesem Land nur haben kann, ist die für das Gute. Man muß dem noch hinzufügen: die Leidenschaft für das Gute in allen seinen Spielarten, denn die wenigsten Werke können mich befriedigen. Wie Sie finde ich diese Komödie einfältig und langweilig. Sie ist ein Weidegrund für Kühe und Elefanten.

Ach, meine Freundin, welchen Unterschied macht doch ein Brief, den Brutus an Cicero schrieb und den wir gestern, Mme. de Boufflers und ich, gemeinsam lasen! Das ist wahre Qualität, wahre Größe! Das ist wie von Corneille, das ist, wie ich selber gerne sein würde.

Ich habe keine Nachrichten von meiner Familie. Ich bin beunruhigt. Ich werde meinen Tag derart einrichten, daß ich Sie gegen Abend sehen, ja, den ganzen Abend bei Ihnen verbringen werde. Eine einzige Sache könnte dem nur im Wege stehen: Diese ist, daß Mme. d'Arcambal[1] nur immer daheim zu Abend, aber nie zu Mittag ißt und sie mir bereits Vorwürfe gemacht hat, daß ich sie immer noch nicht besucht, wenigstens aber mit ihr zu Abend gespeist hätte. Kurz und gut, ich werde Sie ganz gewiß besuchen, und schon morgen, meine Freundin, den ganzen Tag über. Ich werde keine Kutsche nehmen. Sie werden mich geleiten, Sie werden mich zurückbringen. Sie werden den Brief des Abbé de B... erhalten. Sie bekommen alles, was mir von Ihnen geblieben ist. Sie fordern, indem Sie sagen, Sie stellten keine Forderungen.

Ich liebe Sie. Ich glaube, ich bin nicht mehr erzürnt.

1 Vgl. Brief 39, Anm. 2.

120. An den Comte de Guibert

Elf Uhr abends, Dienstag, 1775

Das Übel kommt von viel weiter her, mein Freund. Erinnern Sie sich noch der Worte: «Es ist nicht Mme. de M(ontsauge), die Sie zu fürchten haben, sondern...» und des Tons, in dem sie gesprochen wurden? Und an das Schweigen, das darauf folgte, und das Zögern und den Widerstand! Mein Gott, brauchte es denn wirklich soviel, um Zweifel und Schmerz in ein erregtes Herz zu senken? Und rechnen Sie dann noch Ihr Verlangen, von mir fortzukommen, hinzu. Wem zuliebe hatten Sie es nur so eilig? Wie konnte ich da ruhig bleiben? Ich liebte Sie, ich litt und machte mir Vorwürfe. Ich war an Ihrer Türe an diesem Morgen, meine Seele war von Trauer erfüllt. Ich habe Sie gesehen, und die Freude darüber mischte sich mit der Schwermut, die mich überflutete.

Und dann mußte ich erleben, daß Sie geradezu darauf versessen waren, mich zu verwirren. Daraufhin habe ich Ihnen alles geglaubt, was Sie mir unterstellten. Da hörte ich, daß nach Ihnen gerufen wurde. Alles, was Sie mir sagten, erschien mir nun hassenswert, aber es waren Sie, der mich dazu veranlaßte, es so zu sehen. Ich glaubte, Sie zu belästigen, Sie aufzuhalten, Sie zu bedrängen, und mein Herz lag auf der Folter. Ach, mein Freund, ich bitte Sie um Verzeihung, daß ich Sie in einem falschen Verdacht gehabt habe. Das ist eben das Mißtrauen, das sich dem Unglück zugesellt. Ach, wie oft hätte ich mich beklagen können! Wie oft habe ich meine Tränen verheimlicht! Ich weiß nur zu gut, daß man ein Herz, das von einer anderen angezogen wird, nicht halten kann, es nicht wieder an sich zu reißen vermag. Ich sage mir dies ohne Unterlaß, und zuweilen will mir scheinen, ich sei geheilt. Dann kommen Sie, und alles ist zerstört. Die Überlegung, meine Vorsätze, mein Leid, alles verliert seine Macht mit dem ersten Wort, das Sie aussprechen. So bleibt mir keine andere Zuflucht mehr als der Tod, und nie hat ihn ein unglücklicher Mensch schmerzlicher herbeigesehnt als ich.

Mein Gott, Sie bringen es noch fertig, daß ich für M. de Marmontel schwärme, nicht etwa deshalb, weil er mich gelobt hat, sondern weil er Ihnen gesagt hat, daß ich Sie liebe. Das eben ist mein Unglück, daß Sie es gar nicht nötig haben, so geliebt zu werden, wie ich nun einmal liebe. Ich behalte die Hälfte meines Herzens für mich. Seine Glut, seine Bewegung würde Sie nur belästigen und Sie mit einem Mal ganz auslöschen. Das Feuer, das nicht wärmt, ist einem nur unangenehm. Wenn Sie nur wüßten, wenn Sie nur erführen, welche Freude einst eine starke und leidenschaftliche Seele daran hatte, von mir geliebt zu werden! Er verglich mich mit früheren Geliebten und versicherte mir dann ohne Unterlaß: «Sie alle sind nicht würdig, Ihre Schülerinnen zu sein. Ihr Herz hat sich erhitzt unter der Sonne Limas, und meine Landsleute scheinen mir im Vergleich dazu auf dem Eise Lapplands geboren zu sein.» Aus Madrid schrieb er mir das, mein Freund, das sollte keine Schmeichelei sein, er empfand genauso. Und ich denke, ich lobe mich nicht, wenn ich Ihnen gestehe, daß ich Ihnen, wenn ich Sie auch bis zum Wahnsinn liebe, nur das gebe, was ich nicht bewahren oder zurückhalten kann.

Eben unterbricht mich das Eintreffen eines Briefes von M. de Vaines. Er beunruhigt mich. Er teilt mir mit, daß sich M. d'Alembert vor acht Uhr bei ihm einfinden und seine Lobrede auf den Abbé de Saint-Pierre[1] mitbringen soll. Er fügt hinzu: «Das ist wichtig.» Ich sterbe vor Furcht, daß man die Ruhe meines Freundes stören könnte. Ich wäre untröstlich darüber, würde ich doch lieber meinen Leiden all das noch hinzufügen, was er erleiden muß.

Der Haß und die Unterwürfigen sind stets wach. In großer Ungeduld erwarte ich den morgigen Tag, und ich ahne, daß ich in der Nacht kein Auge schließen werde. Je mehr ich mein eigenes Glück drangebe, desto wichtiger wird mir das meiner Freunde. Ich vermag meine Zuneigung zu dem guten Condorcet und zu M. d'Alembert gar nicht anders zu schildern als mit den Worten, daß sie beide mit mir eins sind. Sie sind mir beide so lebensnotwendig wie die Luft zum Atmen. Sie beunruhigen meine Seele nicht, vielmehr füllen sie diese. Ach, ich wünschte, es wäre schon morgen früh.

Aber, mein Gott, wenn dieses Verlangen, dieses Bedürfnis eine andere Voraussetzung hätte, wenn es nicht lautere Freundschaft wäre, die ... Ha, dann wäre ich ein verworfenes Geschöpf, und ich haßte die Leidenschaft. Nein, nein, ich kann sie gar nicht hassen. Gerade heute abend hat sie mich wieder auf die Höhe meiner Leiden gebracht. Ich habe erneut dem Gedicht «Le Mois de Septembre»[2] gelauscht. Wie schön das ist! Wie groß! Wie erhaben! Aber, mein Freund, Sie fehlen mir zu meinem Vergnügen. Ihre Gegenwart macht mir jede Freude lebhafter, stärker, tiefer. Zu allen Zeiten, in jeder Stimmung verlangt es meine Seele nach Ihnen.

Ich bin erst um halb acht Uhr zurückgekommen. Meine Freunde erwarteten mich bereits. M. Roucher war unter ihnen, er ist nicht in Versailles gewesen. Ich wünschte, es wäre schon morgen früh, aber nur, um Sie flüchtig zu sehen. Jedoch werde ich morgen allein sein, denn Mme. de Châtillon hütet ihr Zimmer. Sie wollte, daß ich den Abend bei ihr verbringe. Ach, du meine Güte, meine Abende gehören M. de Mora oder Ihnen. Es ist mir die liebste Zeit des Tages. Wenn ich nicht eine Verwechslung hätte fürchten müssen, hätte ich diesen Brief den Lakaien von M. de Vaines mitgegeben. Guten Abend.

> Die Götter liebten mich sehr, wenn Sie mich geliebt haben.
> Ich vermag nichts Liebenswertes zu sehen, nachdem ich ihn geliebt habe.[3]

Welchen Vers hätten Sie lieber gemacht?

1 Die Preisschrift auf den Abbé de Saint-Pierre wurde am 16. Februar 1775 vorgetragen. – Charles-Irénée Castel, gen. Abbé de Saint-Pierre (1638–1743), Schriftsteller, Autor des «Projet de Paix perpétuelle», 1713, 3 Bde.
2 Der IX. Gesang des «Poème des Mois» von Roucher, in dem vor allem die Brunft der Hirsche besungen wird. 3 Nicht zu ermitteln.

121. An denselben

Dienstag, elf Uhr abends

Sie haben kein Verlangen, mein Freund, mich zu sehen. Vielleicht ist es Ihnen sogar unangenehm, an mich zu denken. Sie haben eine Erinnerung von sich gewiesen, die Ihr Vergnügen zu schmälern drohte. Ach, wie ich Sie bedauere, daß Sie nicht ganz in dem aufgehen können, was Ihnen gefällt, oder in der, die Sie liebt. Diese Halbheit zerstört den Zauber und den Genuß der Liebe und muß eine aufrichtige Seele verletzen. Aber ich klage Sie nicht an, ich beschwere mich nicht, nur meine Schwäche betrübt mich. Nein, meine Eigenliebe vermag mir keine Kraft zu spenden, die ich gegen Sie gebrauchen könnte. Ich liebe Sie. Jedes persönliche Interesse verstummt bei diesen Worten. Aber es sind Sie, es ist Ihr Glück, das mir Mut und Großzügigkeit einflößt.

Ja, ich kann Sie der überlassen, mein Freund, die Sie lieben. Aber für dieses Opfer darf ich von Ihnen erwarten, daß Sie keinen Versuch mehr unternehmen, in meiner Seele ein Gefühl zu nähren, das mir Verzweiflung schafft, vor allem aber, daß Sie sich nicht mehr um Zeichen der Zärtlichkeit bemühen, die mich verletzen, mein Herz verwunden, indem Sie in ihm nur Trauer und Reue hinterlassen. Ich weiß, mein Freund, es steht Ihnen nicht frei, mich zu lieben, aber ist es dann auch unmöglich, aufrichtig zu sein, ist das von Ihnen zuviel verlangt? Verschaffen Sie Ihrer Seele Ruhe, verbringen Sie Ihr Leben nicht damit, sich vorzuwerfen, was Sie tun. Hören Sie auf, diejenige zu beunruhigen, die Sie lieben, und verletzen Sie nicht mehr die, die Sie liebt und die Ihnen Ihren Geschmack, Ihre Gelüste und Ihren Willen läßt, in einem Wort, die Ihnen Ihr Selbst zum Opfer bringt. Es ist nicht Mme. de M(ontsauge), der ich Sie überantworte, sondern ich gebe Sie sich selbst zurück, Ihrem eigenen Wesen, denn ich bin mir sicher, daß sie Sie leiden läßt und daß Sie erst dann glücklich sein werden, wenn Sie mit ihr nicht mehr im Streit liegen.

Mein Gott, wie könnte ich nur glauben, daß es Sie nicht viel kosten würde, mich hinters Licht zu führen? Wenn Sie nicht stark genug sind, mich glücklich zu machen, so sind Sie gewiß aufrichtig genug, um über das Leid, das Sie mir zufügen, betrübt zu sein. Glauben Sie einem Herzen, mein Freund, das Ihnen ganz und gar gehört, das nur für Sie schlägt. Setzen Sie den Kampf nicht fort, überlassen Sie sich Ihrer Neigung. Dann bleibt mir wenigstens der tröstliche Gedanke, daß ich etwas für Ihr Glück vermocht habe, allein in der so überaus angespannten Situation, in die Sie mich gebracht haben, muß ich mir den Vorwurf machen, Ihr Glück zu trüben.

Befreien Sie mich und sich von diesem Übel, das Sie mir und sich bereiten. Seien Sie aufrichtig, mein Freund, ich beschwöre Sie. Was soll ich tun, um der Wahrheit würdig zu sein? Sagen Sie es mir. Nichts wird mir unmöglich sein. Hören Sie auf die Stimme Ihres Herzens, und Sie werden es unterlassen, mir meines zu zerreißen. Ja, ich kann darauf verzichten, geliebt zu werden, aber an Ihnen zu zweifeln, Ihnen zu mißtrauen ist mir schrecklich. Haben Sie soviel Achtung vor mir, daß Sie mich nicht betrügen. Ich schwöre Ihnen bei dem, das mir am teuersten ist, bei Ihnen, daß es mich nie reuen wird, auf der Wahrheit bestanden zu haben. Ich werde Sie lieben ob der Verwirrung, ob der Schande, die Sie mir damit erspart haben. Nie sollen Sie künftig einen Vorwurf hören. Indem ich auf Sie verzichte, behalte ich mir nichts vor, noch nicht einmal das Recht, mich zu beklagen, noch jenes, Ihre Anteilnahme einzufordern.

Überlegen Sie sich das gut, mein Freund, Sie wären sehr ungeschickt und sehr unehrlich, wenn Sie diese Gelegenheit verstreichen ließen, sich ganz Ihrem Verlangen und der Neigung Ihres Herzens hinzugeben. Bedenken Sie, daß es Ihnen von nun an nicht mehr gestattet ist, mich im Irrtum verharren zu lassen. Ich raube Ihnen jeglichen Vorwand, mich zu betrügen, und wenn Sie mich mißbrauchten, dann würden Sie sich in arge Schuld stürzen. Lassen Sie mich nicht jenes entsetzliche Gefühl kennenlernen, das ich nicht zu benennen wage, wenn ich an Sie denke.

Ich weiß, mein Freund, daß Sie die Oper entzückt hat. Mme. d'Héricourt,[1] der Comte de Creutz[2] und der Comte de Crillon haben mich besucht und mir den neuesten Klatsch erzählt. Ich habe ihnen aber gar nicht zugehört, denn es waren nur Sie, dem ich hätte lauschen wollen. Außerdem hat mich der Abbé de Boismont[3] heute in einige Verlegenheit gestürzt, indem er nämlich über Sie sprach. Er behauptete, man habe ihm erzählt, ich sei regelrecht in Sie vernarrt. So hat er sich ausgedrückt und dem noch hinzugefügt: «Nein, ich bin nicht boshaft, auch ist es keine Falle oder Rache.» Ich war davon völlig verwirrt, als man mir glücklicherweise im selben Augenblick meldete, daß der Erzbischof von Toulouse mich zu sprechen wünsche. Was denken Sie darüber? Ich weiß nicht, ob ich mich dadurch nun zu beruhigen versuche, aber ich glaube, es war nur ein Trick des Abbé de Boismont, zu dem ich den Anlaß gegeben habe, wie ich Ihnen berichten werde.

Ich eile Ihren Wünschen weit voraus, mein Freund. Ich werde Ihnen Ihren Platz am Donnerstag anweisen, Sie werden den Saal betreten, Sie werden sich gegenüber Mme. de M(ontsauge) als sehr hilfsbereit erweisen, um sie ihrerseits zu plazieren, Sie werden sodann stets um sie sein, und ich werde das beifällig beobachten. Ich habe M. Turgot gesehen, der mir sagte, daß er sich Vorwürfe mache, Ihnen noch nicht geantwortet zu haben. Er war von Ihrem Brief sehr geschmeichelt. Er hat auch ein liebenswürdiges Schreiben von Voltaire erhalten, der ihm mitteilte: «Sie werden mit wahren Komplimenten überschüttet werden etc. etc.»[4]... Ich erkundigte mich bei Mme. de Luxembourg, an welchem Tag Mme. de Boufflers zurückkomme. Es ist der Montag.

Ich wage nicht, mir damit zu schmeicheln, daß Sie morgen mit mir speisen werden, aber ich kann mich dennoch nicht daran hindern, mir eben dies zu wünschen, auch wenn dieser Wunsch möglicherweise im Widerspruch zu Ihrem Vergnügen steht.

Wenn Sie beim Comte de Broglie gewesen waren, mein Freund, dann war es sehr garstig von Ihnen, mir nicht einen Augenblick Ihre Aufmerksamkeit geschenkt zu haben, waren Sie doch die Ursache dafür, daß ich dem Erzbischof von Aix nur sehr zerstreut zuhörte. Ich erwartete Sie, wie konnte ich mich dann auf ihn konzentrieren? Gute Nacht.

Ich spüre, daß der Abbé de Boismont recht hat, aber gleichzeitig hat er auch unrecht, mir das zu sagen. Ich habe heute zwanzig Personen bei mir gehabt, aber sie alle konnten mich nicht von dem Verlangen ablenken, Sie zu sehen. Was haben Sie gemacht? Wo haben Sie zu Abend gespeist? Haben Sie sich daran erinnert, daß ich Sie liebe? Kann ich wenigstens mit Orest sagen:

> «Das Herz ist für Pyrrhus, aber die Sehnsucht gilt dem
> Orest?»[5]

Leben Sie wohl. Ich möchte nichts als die Wahrheit. Denken Sie nochmals darüber nach, daß Sie sie mir ohne alle

Umschweife schulden, ohne jede Beschönigung, sondern nur ganz so, wie sie in Ihrem Herzen ist.

1 Vermutlich die Frau des Chevalier Bénigne-Jerôme du Trausset d'Héricourt. 2 Gustav-Philipp Graf von Creutz (1726–1785), von 1766–1783 schwedischer Botschafter am französischen Hof, der in seiner Wohnung in der rue Grenelle-Saint-Germain einen rege besuchten literarischen Salon unterhielt. Vgl. Marmontel, Mémoires, Bd. II, S. 125. 3 Vgl. Brief 64, Anm. 11. 4 Nicht zu ermitteln. 5 Racine, Andromaque, II. Akt, 2. Szene.

122. An denselben

Dienstag, elf Uhr, 1775

Das hatte ich nicht erwartet.[1] Noch immer bewahre ich im Grunde meines Herzens den schmerzlichen Eindruck dieser Worte: «Wir können uns nicht lieben», worauf ich mit aller Kraft, die mir noch zu Gebote steht, antwortete: «Ich kann nicht mehr leben.» Für alles, was ich leide, was ich empfinde, mein Freund, habe ich keine Worte mehr. Es scheint mir unmöglich, dem allen nicht zu unterliegen. Ich spüre, wie ausgelaugt mein Körper ist, und es scheint mir, als hätte ich gerade noch genug Kraft, mich dem Tod zu überlassen.

Jetzt, gegen Abend fühle ich mich besser. Ich war drei Stunden im Bade und habe es beinahe ausgelöscht verlassen, allerdings mit einem hartnäckigen Schmerz in der Brust, der seither nicht gewichen ist. Ich war in Gesellschaft von Mme. d'Anlezy[2] und dem Baron de Kock.[3] Sie haben sich zurückgezogen, damit ich antworten konnte, aber Sie wissen nicht, wem. Gute Nacht. Ihre Sorgen, Ihre Unruhe wollen mich überreden – was immer Sie auch gesagt haben –: «Wir können uns lieben.» Bis morgen, ich warte jetzt schon auf Sie.

1 Guibert hatte Julie de Lespinasse seine Absicht mitgeteilt, zu heiraten. 2 Vermutlich die Frau des Comte d'Anlezy. Vgl. Brief 52, Anm. 3. 3 Vgl. Brief 11, Anm. 1.

123. An denselben

Dienstag, elf Uhr abends, März 1775

Ich habe mich geweigert, den Abend in der Gesellschaft von zwei Menschen zu verbringen, die sich lieben, um mit dem plaudern zu können, den ich liebe, um mich ihm mit mehr Ruhe und Vergnügen widmen zu können, als ich es mit dem ganzen Trubel der Gesellschaft um mich her vermocht hätte. Meine ganze Aufmerksamkeit hätte der zwar nicht auf sich ziehen können, aber es wäre dennoch ein Unglück gewesen, von dem abgelenkt zu sein, der uns gefällt und interessiert. Die Einsamkeit, mein Freund, übt auf eine übervolle Seele einen großen Reiz aus, mein Gott, wie stark lebt man doch, wenn man für alles tot ist bis auf das eine, das einem die Welt bedeutet und das sich deshalb aller unserer Fähigkeiten bemächtigt, so daß es einem ganz und gar unmöglich wird, in anderen Zeiten zu leben als in eben diesem Augenblick, in dem man sich gerade befindet!

Wie können Sie verlangen, daß ich Ihnen sage, ob ich Sie in drei Monaten noch liebe? Wie könnte ich es anstellen, daß mich mein Denken von meinem Fühlen ablenkt? Sie wünschen es sich wohl, wenn wir uns sehen, wenn Ihre Gegenwart Ihren Reiz auf meine Sinne und mein Herz ausübt, daß ich Ihnen dann Rechenschaft darüber gebe, welche Wirkung Ihre Heirat auf mich hat? Ich vermag nichts dazu zu sagen, mein Freund, reinweg nichts. Wenn sie mich heilte, so will ich es Ihnen gerne verraten, und Sie werden gerecht genug sein, mich deswegen nicht zu schelten. Wenn im Gegenteil aber mir dieses Erlebnis die Verzweiflung in die Seele senkt, dann werde ich mich nicht beschweren, und meine Leiden werden nur von kurzer Dauer sein, seien Sie dann aber auch so feinfühlig und so aufrichtig, einen Entschluß gutzuheißen, der Sie nicht mehr kostet als einen flüchtigen Kummer und von dem Sie im übrigen durch Ihre neuen Lebensumstände rasch abgelenkt werden. Auch darf ich Sie versichern, daß dieser Gedanke für mich sehr tröstlich ist. Dabei fühle ich mich freier.

Fragen Sie mich also nicht noch einmal, was ich tun werde, sobald Sie sich mit einer anderen verbunden haben. Besäße ich nur Eitelkeit und Eigenliebe, dann wüßte ich viel besser

Bescheid darüber, wie mir zumute sein wird. Wenn man sein Kalkül auf die Eigenliebe gründet, macht man keine Fehler, erkennt sie doch die Dinge klar im voraus. Die Leidenschaft hingegen kennt keine Zukunft. Wenn ich Ihnen also sage: Ich liebe Sie, so sage ich Ihnen damit alles, was ich weiß und was ich fühle. Ich messe keinerlei Wert jener Beständigkeit bei, die von der Vernunft, aber noch viel häufiger von den kleinlichen Interessen der Gesellschaft und der Eitelkeit nahegelegt wird, die ich beide aus tiefster Seele verachte. Ebensowenig schätze ich diesen einfältigen Mut, der leiden läßt, wo es möglich ist, eben gerade das zu verhindern, und der seinen ganzen Verstand und seine ganze Kraft daran verschwendet, ein lebendiges Gefühl in eine frostige Gewohnheit zu verwandeln. Dieses ganze Getue, das man mit sich selber treibt, dieses lächerliche Betragen gegenüber dem, den man liebt, scheint mir nichts anderes zu sein als eine Übung in Falschheit und Täuschung, den Mitteln der Eitelkeit und den Bedürfnissen der Schwäche.

Von all dem werden Sie, mein Freund, bei mir nichts finden. Das ist aber keineswegs das Ergebnis meiner Überlegung, sondern vielmehr die Gewohnheit meines Lebens, meines Charakters, meiner Art und Weise zu leben und zu fühlen, in einem Wort, es ist mein ganzes Wesen, mit dem Verstellung und Zwang unvereinbar sind. Ich spüre es nur zu sehr, daß, wenn Sie es sich zum Vorsatz machten, mir ein Wesen zu erschaffen, dann wäre dies gewiß nicht das Ergebnis all dessen, aus dem es sich jetzt zusammensetzt. Sie würden einen Charakter entwerfen, der wesentlich ähnlicher jener Person wäre, für die Sie sich entschieden haben. Es ist nämlich nicht Starrheit und Kraft, die man bei den Opfern antreffen möchte, sondern nur Schwäche und Unterwürfigkeit. Ich fühle mich zu allem fähig, mein Freund, aber beugen kann ich mich nicht. Ich hätte die Kraft zur Märtyrerin, ja ich hätte das Zeug zu – soll ich es sagen?, ja, das Zeug zum Verbrechen, um meine Leidenschaft oder die meines Geliebten zu befriedigen. Aber in mir finde ich nichts, das mich veranlaßte, jemals meine Leidenschaft aufopfern zu können. Das Leben ist nichts im Vergleich dazu, und Sie werden sehen, daß dies nicht die Redereien eines überhitzten Kopfes sind! Ja, vielleicht sind es jedoch die Gedanken einer verschwärmten Seele, aber wem wären dann die entschlossenen Taten zuzurechnen? Wäre das dann die Vernunft, die so hellsichtig ist, so klein, so beschränkt in ihrer Sicht?

Ich bin nicht vernünftig, mein Freund, und vielleicht habe ich gerade wegen meiner Leidenschaftlichkeit mein Leben lang soviel Vernunft an das gewandt, was dem Urteil und Meinen der Gleichgültigen unterworfen ist. Wieviele Lobreden habe ich doch wegen meiner Mäßigung schon eingeheimst, wegen meiner Vornehmheit, meiner Selbstlosigkeit und meiner angeblichen Opferwilligkeit zu Ehren meiner Mutter und des Hauses d'Albon![1] So urteilt die Welt, sieht sie die Dinge. Guter Gott, Narren, die ihr seid, ich verdiene eure Lobsprüche nicht! Meine Seele ward nicht geschaffen für die kleinlichen Interessen, die euch beherrschen. Ganz und gar dem Glück hingegeben, zu lieben und geliebt zu werden, brauche ich weder Kraft noch Aufrichtigkeit, um die Armut zu ertragen oder um die Vorteile der Eitelkeit zu verachten. Ich habe viel genossen, ich kenne den Wert des Lebens nur zu gut, und sollte ich es noch einmal von vorne beginnen, so würde ich es unter denselben Voraussetzungen tun. Lieben und leiden: Himmel und Hölle – da haben Sie das, dem ich mich wieder weihen würde, das will ich fühlen, das ist das Klima, in dem ich leben möchte und nicht in jener gemäßigten Zone, in der alle Sklaven und alle Automaten leben, die uns umgeben.

Als ich die Feder zur Hand nahm, mein Freund, geschah dies in der Absicht, ein Portrait von Ihnen zu entwerfen; einer verabscheuungswürdigen Person jedoch ist es zu danken, daß ich den Gegenstand gewechselt und statt dessen ein Selbstbildnis verfertigt habe, indem ich mich wie eine Wahnsinnige gehen ließ und jeder Regung folgte, die ich spürte. Aber es ist nur Ihretwegen, daß ich so bin, das heißt durch das innigste und zärtlichste Gefühl, weshalb ich gut daran getan habe, dem mich hinzugeben. Ich weiß noch nicht, ob ich Ihnen diese ausufernde Schwätzerei zusende oder sie Ihnen aushändige. Ja, ich werde sie Ihnen überreichen. Schickte ich sie Ihnen, müßte ich fürchten, daß Sie sie gar nicht recht würdigten, zumal Sie bei M. de Beauvau speisen. Das aber wäre ganz übel!

124. An Monsieur de Guibert
Hotel de Malte, rue Traversière

Mitternacht, Sonntag, 1775

Welche Wonnen und Freuden vermag doch eine von Leidenschaft entflammte Seele zu erfahren! Ich weiß, mein Freund, mein Leben verdankt sich meiner Narrheit. Sobald ich zur Ruhe, zur Vernunft fände, könnte ich keine vierundzwanzig Stunden leben. Wissen Sie, welches mein erstes Verlangen ist, sobald meine Seele von Freude oder Schmerz aufgewühlt war? M. de Mora zu schreiben. Ich mache ihn mir wieder lebendig, rufe ihn zurück ins Leben. Mein Herz ruht sich aus bei dem seinigen, meine Seele ergießt sich in seine Seele. Die Hitzeglut, die Geschwindheit meines Bluts meistert den Tod. Ich sehe ihn vor mir, er lebt, er atmet für mich, er versteht mich, mein Kopf ist außer sich und bis zu dem Grade verwirrt, daß sich Einbildung und Wahrheit miteinander vermischen. Ja, Sie waren mir nie spürbarer, nie gegenwärtiger, als es mir während der vergangenen Stunde M. de Mora war.

O göttliches Wesen! Er hat mir verziehen, er liebt mich. Was ich soeben erlebte, mein Freund, ist noch immer die Folge der seelischen Erschütterung, die ich heute nach dem Mittagessen hatte. Mein Gott, man muß es lieben, es anbeten, das Talent, das Ihnen eine gänzlich neue Existenz zu geben scheint. Ach nein, ich bin nicht groß, nicht stark genug, um dieses Himmelsgeschenk zu loben! Aber ich besitze noch genug Empfänglichkeit und Leidenschaft, um mich seiner voller Entzücken zu erfreuen und einen Nachhall jener Liebe daraus zu schöpfen, die mir einst der Inhalt meines Lebens war und die noch immer dessen Stütze ist.

Welches Glück, zu lieben! Die Liebe ist die einzige Voraussetzung für alles, was in der Natur schön, gut und groß ist. M. Roucher hat geliebt, mein Freund. Es war die Leidenschaft, die ihn so groß machte. Aber mein Herz vergeht vor Trauer, wenn ich daran denke, daß dieser seltene Mensch, dieses Wunder der Natur, das Elend kennt, daß er darunter und für die leidet, die er liebt. Ach, das Übermaß an Armut tötet die Liebe, und es braucht ein Wunder, um die Tatkraft und den Schwung, die seinen Versen eigentümlich sind, zu erhalten. Seine Seele ist aus Feuer, und nirgendwo ist zu spüren, daß das Unglück ihn niederwirft. Ich weiß nicht, ob es Schwäche ist, aber ich breche in Tränen aus, sobald ich meine Ohnmacht gewahre, die mich daran hindert, diesem Menschen zu helfen. Wenn sich doch mein Blut in Gold verwandeln könnte, dann hätten seine Frau und er heute abend das Glück erlebt. Ich muß das Herz des Comte de Crillon erweichen! Was macht er denn mit seinem Reichtum! Ach, lebte M. de Mora noch, mit welcher Freude, welchem Eifer hätte er den Wünschen meines Herzens entsprochen! Ja, man muß mit blutigen Tränen einen derartigen Freund beweinen. Indem man ihn bewundert, ehrt man die Tugend.

Aber, leben Sie wohl, mein Freund. Sie sind noch nicht auf den Ton meiner Seele eingestimmt. Sie urteilen über mich, und ich fühle das. Sie haben sich den Zerstreuungen hingegeben, und diese haben Sie schlaff gemacht, während ich von der Leidenschaft belebt wurde. Meine Kräfte sind erschöpft, und ich weiß beim besten Willen nicht, woher ich die nehme, die mich Ihnen soviel aufs Papier haben werfen lassen. Leben Sie wohl.

Wenn Sie sich nicht wieder anders besonnen haben, werde ich Sie morgen gegen fünf Uhr bei M. d'Argental abholen. Vor allem aber, mein Freund, keine Gefälligkeit, kein Opfer. Das verdiene ich nicht, und Sie wissen das nur zu gut.

125. An Mlle. de Lespinasse

Neun Uhr abends, Mai 1775

Ich bin allein, meine Freundin, und ich kann Ihnen antworten. Den ganzen Tag über mangelte es mir dazu an Kraft. Ich vermochte noch nicht einmal ein Wort zu Ihnen zu sagen, als Sie mich aufsuchten. Dieser lange und für Sie so mißliche Besuch ist vorübergegangen, ohne daß ich mit Ihnen gesprochen habe. Was sind Sie doch für ein seltsames, ein rätselhaftes Wesen! Eine unerhörte Mischung des Besten und des Ungerechtesten! Sie kommen zu mir, obwohl Sie wissen, welchen Personen Sie hier begegnen. Ich sagte Ihnen, sie kämen gegen sieben Uhr, aber Sie blieben einfach. Taten Sie das, um mich auf die Folter zu spannen, um heimlich zu beobachten, wie ich mich winde, um sich dann hinterher an Galle satt zu trinken und mich mit Vorwürfen zu überschütten?

Sie blieben, und die Sprache des Himmels strömte von Ihren Lippen. Ihre Worte liebkosten die junge Person.[1] Sie ist von Ihnen entzückt, von Ihrer Art, und ich selbst fühle mich wohl tausendmal versucht, vor Ihnen auf die Knie zu sinken und Sie für Ihre Anstrengungen um Verzeihung zu bitten. Das ist Ihre Güte.

Aber danach, was konnte es Grausameres geben als den Brief, den Sie mir schrieben? Er vergiftete alle Ihre Wohltaten, er drückt mich nieder. Was wollen Sie? Was fordern Sie? Sie entwerfen von mir und meinem Betragen ein Bild des Schreckens. Sie stellen mich einem Lovelace[2] und allen anderen Romanschurken an die Seite. Das ist ein ganz barbarisches Unterfangen, und ich kann nicht begreifen, wie Sie die Kraft hatten, es auszuführen.

Ich betrachte mich, ich steige hinab in die Tiefen meines Herzens, und mein Herz beruhigt mich. Nein, ich habe mir Ihnen gegenüber bei weitem nicht soviel zu Schulden kommen lassen, wie Sie dies mir unterstellen. Sie verdächtigen mich grundlos, Sie quälen zu wollen, Sie ins Unglück zu stürzen, Sie zu einer Leidenschaft zu verführen, die einzig meine Eitelkeit befriedigte. Sie sagen, ich hätte Ihnen den Dolch in die Wunden gestoßen und ihn darin um und um gedreht. Entspricht dieses empörende Bild der Wahrheit, ihr großen Götter?! Folglich weide ich mich also auch am Anblick Ihrer Tränen, Ihrer Leiden, Ihrer Todessehnsüchte wie auch an dem unseligen Gefühl, das Sie an das Leben fesselt. Ich erbaue mich also daran, und Sie unterstellen mir damit das Gemüt eines Henkers. Ich, ich müßte deshalb empört und entrüstet sein. Aber ich liebe und verzeihe. Ich liebe Sie jetzt, ich habe Sie geliebt, ich war zu Ihnen hingezogen. Ich habe versucht, Sie zu trösten, ich hätte mein Blut für Sie hingegeben und würde dies wieder tun. Das sind meine Verbrechen. Lesen Sie meine Briefe wieder, urteilen Sie über mich, vergegenwärtigen Sie sich jeweils wieder die Umstände, in denen sich Ihr Herz und meines befanden, und sehen Sie dann selbst, ob ich ein bösartiger Mensch bin. Aber, der Hölle sei Dank, aus allem machen Sie Gift und Galle. Sie haben geschworen, damit meine Seele zu nähren, Sie wollen auf ihr das Unglück lasten, das Ihnen von mir nicht zugefügt worden ist, Sie wollen mich keinen Augenblick Atem holen lassen. Der Haß könnte nicht grausamer sein als alles, was Sie da tun.

Beruhigen Sie sich, meine Freundin, werden Sie wieder ganz ruhig, ich bitte Sie. Meine Seele, mein Körper bedürfen der Ruhe. Der heutige Tag hat mich furchtbar erschöpft. Ihr Brief, den ich erst gegen zwei Uhr nachts erbrach, hat mich krank gemacht. Ich habe Kopfschmerzen. Ich leide unter den größten Unpäßlichkeiten. Ich habe Schlaf nötig, um mir meine Übel zu lindern, vor allem aber, um mir meine Gedanken zu betäuben, die stets nur um Sie kreisen. Ah, schlafen Sie, schlafen Sie auch, meine Freundin. Möge der Himmel uns beiden einen sanften Schlummer und ein glückliches Erwachen schenken.

Um fünf Uhr morgens

Das Übermaß an Erschöpfung hat mich einschlummern lassen, ich hatte für einige Stunden tiefen Schlaf. Ich habe kein Fieber, mein Kopf ist frei. Ich mache es von Ihnen abhängig, von Ihrer Entscheidung, wie ich den Rest des Tages gestalten werde.

Ich Ihr Henker! Ach, ich bin doch Ihr Geliebter, Ihr bester Freund. Ich verabscheue das Leid, das ich Ihnen habe antun können. Ich bin unschuldig. Ich möchte, daß Sie leben, und ich will Sie trösten.

1 Gemeint ist die Braut Guiberts, Alexandrine-Louise Boutinon des Hayes de Courcelles (1758–1826). 2 Protagonist des Romans «Clarissa Harlowe» (1747) von Samuel Richardson. Die erste französische Ausgabe erschien 1751.

126. An den Comte de Guibert

Montag, zehn Uhr, Mai 1775

Ich sage es mit «Mahomet»:

> «Der ... allein tröstet mich, der mich entschädigt.»[1]

Oder, um Sie selbst zu zitieren, sage ich Ihnen:

> «Hat mein Freund mich betrübt, so stillt er auch meine Tränen.»[2]

Sie müssen mich nicht loben. Wenn Sie mit Mme. de M(ontsauge) zufrieden wären, würden Sie sie weit weniger rühmen, aber Sie wären sich dennoch nichts schuldig geblieben. Gute Nacht. Sie haben also Fieber. Das betrübt mich. Man sagte gerade, Sie seien heute morgen bei einem Miniaturenmaler gesehen worden, und daß er Sie erstaunlich gut getroffen habe.

Diese junge Person verdient gewiß das Opfer Ihrer Zeit, das Sie aufbringen mußten, um ein Miniaturportrait von sich anfertigen zu lassen. Aber Ihr Leben wird ihr sowieso gehören, weshalb es sehr großzügig ist, den Eintritt dessen noch zu beschleunigen. Ich fand sie übrigens liebreizend und sehr wohl des Interesses würdig, das sie Ihnen einflößt. Das Betragen, die Gestalt und auch die Haltung ihrer Mutter sind gleichermaßen liebenswürdig und anziehend. Ja, Sie werden glücklich sein, und Sie werden auch erleben, daß Mme. de M(ontsauge) Ihnen eines Tages sagen wird:

> «Niemals muß man erröten ob der Brüskierungen, die man zu erleben hatte, wenn man sich allein durch Wohltaten rächt.»[3]

1 Voltaire, Mahomet, II. Akt, 4. Szene. 2 Guibert, Le Connétable de Bourbon, I. Akt, 2. Szene. 3 Nicht zu ermitteln.

127. An Monsieur de Guibert
Hotel de Malte, rue Traversière

Montag, elf Uhr abends, den 13. Mai 1775

Nun gut, mein Freund, ich habe Ihnen verziehen, aber da es nicht aus Großmut geschehen ist, bin ich bestraft worden. Durch Sie. Ist das gerecht? Erzählen Sie mir von sich. Haben Sie Molke versucht? Haben Sie gebadet? Werden Sie am Mittwoch Medizin nehmen? Werden Sie schließlich ein einziges Mal das tun, was Sie angekündigt haben? Wissen Sie, daß Ihnen etwas eigen ist, das einen auf unfehlbare Weise von Ihnen heilt? Diese Wahrheit wird mir auf eine Weise offenbart, die mich zuweilen erschreckt. Ja, der Tod bedeutet mir nichts. Allein Sie haben mir ihn zu etwas Schrecklichem gemacht. Aber ich wende meine

Gedanken von einer Erinnerung ab, die mein Blut gefrieren läßt und die mich von Ihnen entfernt.

Mein Gott, wieder habe ich Sie nicht gesehen! Ich erwartete Sie, und das war ein sehr zärtliches Gefühl, als der Fürst Pignatelli[1] eintraf. Seine Gegenwart tötete mich. Der Klang seiner Stimme ließen mich von Kopf bis Fuß erschauern. Rührung und Grauen wechselten miteinander ab. Kurzum, er regte mich derart auf, daß ich darüber ganz vergaß, daß Sie kommen könnten. Er hat mich erst gegen zehn Uhr verlassen, und seitdem befand ich mich in einem Zustand der Niedergeschlagenheit, aus dem nur Sie mich erretten können. Haben Sie, mein Freund, auf diesen liebenswürdigen Brief, den Sie mir gestern früh geschrieben haben, schon eine Antwort erhalten? Was immer Sie sagen mögen, Sie wollen lieber gefallen, als geliebt werden. Ich weiß das ganz bestimmt. Wie liebenswürdig waren Sie früher! Wie angenehm schien es doch, geliebt zu werden! Ach, welche Irrtümer! Und die Reue, die ihnen auf dem Fuße folgte, wird mir noch bei meinem letzten Atemzug gegenwärtig sein.

Ich habe heute ein hinreißendes Geschenk erhalten, und die Erklärung, mit der man es mir überbrachte, war so witzig und originell, daß ich Ihnen davon berichten muß. «Ich sende Ihnen diese Aufsätze von R..., die Ihnen so sehr gefallen haben. Behalten Sie sie folglich so lange, bis sie Ihnen ganz und gar nicht mehr zusagen: Daraus werde ich dann ersehen können, wie lange es braucht, damit Ihnen mißfällt, was Ihnen zuvor noch gefiel.» Wenn Ihnen diese Worte abgeschmackt erscheinen, dann weiß ich auch nicht mehr, was man unter Witz und Originalität versteht. Ich selbst fühle mich jedoch zu dumm, um darauf zu antworten. Dennoch muß ich mich bedanken. Antworten Sie doch an meiner Statt. Das Wort, das Sie mich sagen lassen, wird mich auf ewige Zeiten zur zweiten Mme. de Sevigné[2] machen. Das wäre dann das erste Mal, daß es mir Spaß bereitete, die öffentliche Meinung für mich einzunehmen und mich mit Pfauenfedern zu schmücken.

Scherz beiseite, mein Freund, strengen Sie Ihren Geist für mich an. Sie haben schon verstanden, daß es ein Mann war, der mir dieses Geschenk machte, dem ich aber noch nie geschrieben habe. Deshalb kann er auch keinerlei Vergleiche anstellen. Gute Nacht, Sie speisen morgen mit Leuten, die Sie kaum kennen. Sie werden sehr liebenswürdig sein. Können Sie sich ausmalen, warum? Ich speise bei Mme. de Châtillon. Ich werde sicherlich tot sein, aber das ist mein Fehler, denn man verriet mir heute: «Ich werde mit ihr nach dem Theater essen. Ich habe nie soviel Verlangen danach, wie wenn ich mit ihr zuvor bereits gespeist habe.» Das soll soviel heißen, daß genug immer noch nicht genug ist. Sie waren noch nicht glücklich genug, um diese Regung zu kennen. Sie ähneln vielmehr dem «Unglücklichen, der nichts liebt». Ich möchte mein Wörterbuch wiederhaben, mein Freund, und ebenso den Brief von Mme. d'Anville wie den von Mme. de Boufflers und auch meine Briefe. Und schließlich wünsche ich, Sie zu sehen. Wenn Sie dieser gefährlichen Gesellschaft aus dem Wege gehen wollen, kommen Sie doch um ein oder um fünf Uhr. Nach dem heutigen Mittagessen hatte ich zwanzig Personen bei mir. Und, wenn ich diese ganz streng beurteile, dann sind diese wenigstens soviel wert wie jene, denen Sie während des ganzen Tages begegneten.

Mit einer Ausnahme, mein Freund, seien wir vernünftig und gemäßigt, wenn das möglich ist.

1 José Pignatelli y Gonzaga, Marques de Mora, ein jüngerer Bruder des Marques de Mora. 2 Marie de Rabutin-Chantal, Marquise de Sévigné (1626–1696), Schriftstellerin.

128. An denselben

Montag, elf Uhr, Mai 1775

Was haben Sie mir nur angetan, mein Freund? Ich fühle mich tieftraurig, so unglücklich, derart mit der Last des Lebens geschlagen, daß nur Sie die Schuld an dieser Verdoppelung meines Elends und Schmerzes haben können! Die Furcht, die Sie mir einflößen, das Mißtrauen, das Sie in mir erregen, sind zwei Folterqualen, die meine Seele unablässig martern. Und diese Art von Quälerei genügte für sich genommen schon vollauf, um auf Ihre Zuneigung, oder wenigstens auf das, was ihr ähnlich sieht, verzichten zu können. Ich weiß nicht, was für ein schreckliches Vergnügen Sie daran haben, mein Herz zu verwirren. Niemals ist es Ihnen darum zu tun, mich zu beruhigen, und selbst wenn Sie mir einmal die Wahrheit sagen, haftet Ihren Worten der Klang der Lüge an.

Ach, mein Gott, wie weh tut mir mein Herz! Wie leidenschaftlich sehne ich mich danach, dem Zustand – ganz gleich auf welche Weise – zu entrinnen, in dem ich mich befinde. Ich erwarte, ich sehne Ihre Hochzeit herbei! Ich gleiche einer Kranken, der eine Operation bevorsteht. Sie denkt nur an ihre Genesung und vergißt darüber ganz das gewaltsame Mittel, das ihr jene erst verschafft. Befreien Sie mich aus dem Unglück, mein Freund, Sie zu lieben. Oft will es mir scheinen, daß Sie beinahe nichts mehr tun müssen, um mir diesen Wunsch zu erfüllen, und fast verspüre ich dann so etwas wie Scham darüber, daß ich mit dieser Liebe den Inhalt meines Lebens verknüpft habe. Aber noch häufiger fühle ich mich derart gefesselt, von allen Seiten so eingeengt, daß ich zu keiner freien Bewegung mehr fähig bin. Dann erscheint mir der Tod als das einzige Mittel und die letzte Rettung, die ich Ihnen gegenüber habe.

Ich wollte Sie im übrigen nur darum bitten, heute nicht zu mir zu kommen, auch wenn ich überzeugt bin, daß Sie das sowieso nicht vorhatten. Ich verbringe den Abend bei M. Bertin.[1] Ich gehe in den «Orpheus», und zwischen Oper und Abendessen mache ich einen Besuch bei Mme. de Châtillon, die immer noch krank darniederliegt. Morgen wollen Sie auch nicht bei mir speisen. Zwei Mittagessen mit mir in der Woche, das sei zuviel, haben Sie gesagt. Am Mittwoch werden Sie mir dies wiederholen. Also gut, machen Sie doch, was Sie wollen. Ich werde so gut, als mir dies möglich ist, mich darein schicken. Adieu.

Montag, nachdem ich Ihren Brief erhalten habe

Mit welchem Gift flößen Sie mir neues Leben ein?! Aber ist es denn eine Wohltat, wenn man für einen Augenblick Freude und Glück erfährt, aber gar nicht mehr die Zeit hat, beides zu genießen? Wie grausam sind Sie doch! Sie haben mich ans Leben gefesselt, und Sie wissen doch selbst nur zu gut, daß ich bald danach nicht mehr für Sie leben sollte.

Aber, mein Freund, ich sollte Ihnen keine Vorwürfe machen. Sie überhäufen mich mit Lobreden, aber ich verdiene keine einzige. Nein, man soll mich nicht loben, man sollte mich vielmehr dafür beklagen, daß mich ein Gefühl beseelt, das selbst den Steinen einen Ausdruck verliehe. Wie sollte ich von dem, den ich liebe, mit Kälte sprechen können? Wie nicht sein Glück und seinen Ruhm allem vorziehen, was nur selbstisch ist? Sie bereiten mir Weh, mein Freund, indem Sie mich loben. Oder glauben Sie gar, Sie trösteten meine Seele, wenn Sie meiner Eitelkeit schmeicheln? Mein Gott, wenn Sie doch nur wüßten, daß es im ganzen Universum nichts gibt, das mich dafür entschädigte oder es mir ausgliche, was ich mir ersehne, was ich fürchte!

Ja, Sie wissen darum, denn Sie blicken mir auf den Grund des Herzens, und Sie sehen, wovon es erfüllt ist, was es belebt und was es in Verzweiflung stürzt. Guten Tag, mein Freund. Ihr Brief ist sehr liebenswürdig, er wird mir helfen, über diesen langen Tag hinwegzukommen.

1 Henri-Léonard-Jean-Baptiste Bertin (1719–1792), Generalkontrolleur.

129. An denselben

Mittwoch, Mitternacht, Mai 1775

Da ist er nun also unterschrieben, der Ehevertrag! Möge Gott es gefallen, daß er ebenso gewiß über Ihr Glück entscheidet, wie er es bereits über mein Leben tat! Ich kann keinen Gedanken mehr unter Kontrolle halten, mein Freund. Sie richten mich zu Grunde. Ich muß vor Ihnen fliehen, um die Kraft wiederzufinden, die Sie mir genommen haben.

Adieu, mögen Sie immer so viele Beschäftigungen haben und so glücklich sein, daß Sie darüber ganz die Erinnerung an mein Unglück und an meine Zärtlichkeit vergessen. O, tun Sie nichts mehr für mich! Ihre Ritterlichkeit, Ihre guten Absichten werden nur meinen Schmerz verschlimmern. Lassen Sie mich Sie lieben und sterben.

130. An denselben

Donnerstag, 1775

Mein Gott, wie sehr klingt Ihre Mitteilung von oben herab gesprochen! Ist das der Ton, den Sie Ihr Glück anschlagen ließ? Sollte das der Fall sein, dann will ich mich nicht beschweren, sondern möchte Sie nur wissen lassen, daß ich nicht gleichzeitig Schutz und Mitleid ertragen kann. Für eine derartige Niedrigkeit ist meine Seele nicht geschaffen. Ihr Mitleid würde meine Leiden zum Schlimmsten steigern, ersparen Sie mir, dies in Worte zu kleiden. Überzeugen Sie sich vielmehr, daß Sie mir nichts schulden und daß ich nicht mehr für Sie existiere. Das ist keine Anstrengung, die ich Ihnen abverlange, wie Sie sehen. Es ist lediglich das Verlangen, daß Sie sich mir gegenüber jene Haltung bewahren, die Sie schon immer beobachteten. Vermeiden Sie aber um jeden Preis alle Rückfälle ins Mitleidenwollen, die diejenige, der sie gelten, tödlich kränken und demütigen.

Wie geht es Ihnen? Gehen Sie nach Versailles? Ihre «Eloge» befindet sich in den Händen eines Arztes.

131. An denselben

Sonntag, den 14. Mai 1775

Sie tun mir weh, Sie betrüben mich, Sie quälen mich, aber mir sagen Sie dann, ich hätte mir eine allzu große Strenge im Umgang mit Ihnen angewöhnt. Ach, mein Gott, ich lasse Ihnen nichts durchgehen? Wie können Sie es wagen, mein Freund, diese Worte auszusprechen? Aber ich verzeihe Ihnen, und selbst wenn Sie nicht allzu gut zu mir sind, so sind Sie doch noch lange nicht so schlecht, wie ich es mir gegenüber bin. Ich bin beunruhigt, aufgeregt und von einer Unentschlossenheit, die an den Irrsinn streift. Ich weiß nicht, ob das mein Kopf oder mein Leben länger aushalten wird, aber es ist mir unmöglich, einen derart heftigen Zustand zu ertragen. Wenn ich Ihnen alles sagte, machte ich Ihnen Angst und Sie haßten mich dann. Wie ich leide! Wie unglücklich ich bin! Wie sehr ich bereue! Wie bange mir vor der Zukunft ist! Aber, das geht nur mich etwas an!

Leben Sie wohl, mein Freund. Mein Kopf, mein Herz sind durcheinander. Ich kann keine Ruhe mehr finden, und in der Aufregung, in der ich lebe, weiß ich nicht mehr, ob ich Sie liebe.

Hier ist die Eintrittskarte für die Akademie. Sie sollten zu Mme. d'Anville zum Mittagessen gehen. Man speist dort um ein Uhr, und danach gehen alle zur Akademie. Der gute Condorcet wird auch dort sein. Er hat den gestrigen Abend bei mir verbracht, und so wird es auch heute sein. Aber für morgen hoffe ich, daß er nicht ebensoviel Güte besitzt, aber Sie werden sie gewiß haben, jedenfalls genug, um morgen früh vorbeizukommen, um mir zu sagen, ob ich auf Sie für den Abend rechnen kann.

132. *An denselben*

Sonntag, Mitternacht, 14. Mai 1775

Lassen Sie mir berichten oder, wenn Sie die Kraft haben, sagen Sie es mir selbst, wie Sie die letzte Nacht verbracht haben. Ich hoffe, Sie waren fieberfrei. Ich habe in meinen Büchern nachgeschlagen, daß die römische Kamille Sie nicht vergiften wird. Sie wirkt beruhigend, und man gebraucht sie bei Koliken. Sagen Sie mir sofort, ob sie Ihnen geholfen hat.

Die Ehe wird Wunder an Ihnen wirken. Die Aufmerksamkeit Ihrer Frau sowie all derer, die um Sie sein werden, wird Sie dazu zwingen, mehr auf Ihre Gesundheit zu achten. Sie genießen ja bereits jetzt die Freuden des ehelichen Lebens. Sie haben recht daran getan, diese nicht wegen eines Besuchs der Oper missen zu wollen. Es war die Vorhölle.

Diese Musik hatte nur ganz fahle Farben. Mein Freund Grétry[1] sollte beim sanften, angenehmen, lieblichen, sentimentalen Genre bleiben. Das genügt vollauf, denn, wenn man mit seiner Kleinwüchsigkeit ganz gut zurechtkommt, dann ist es gefährlich und gewiß auch lächerlich, wenn man auf Stelzen steigt. Man fällt auf die Nase, und die Umstehenden lachen einen aus. Und wie Sie sicherlich bemerken, steht dies in keinerlei Widerspruch, sondern bestätigt mich vielmehr in meiner Begeisterung für «Zemire et Azor»[2] für «L'Amie de la Maison»[3], für «La fausse Magie»[4] etc. etc.

Ich weiß nicht, ob Sie diese Anleitungen besitzen. Sie sind nicht käuflich zu erwerben, deshalb schicke ich sie Ihnen. – Ich erhielt heute zwei Briefe, die mich ganz durcheinander gebracht, aber die dennoch meine Seele erfüllt haben. Stellen Sie sich vor, von wann sie datiert sind! «Madrid, den 3. Mai 1774, beim Besteigen des Wagens, der mich zu Ihnen führt.» Und der zweite: «Von Bordeaux, 23. Mai 1774, eben halbtot angekommen.» Und ich empfange beide Briefe fast auf den Tag genau ein Jahr, nachdem sie abgeschickt worden sind! Das scheint mir fast ein Wunder zu sein. Oder es könnte dies als eine neuerliche Mahnung gelten. Das verwirrt und beschäftigt mich sehr. Ich antworte mit «Ja», und gleichzeitig danke ich dem Himmel, der mir das Leben gelassen hat, um noch das in Empfang zu nehmen, das für mich das Liebste und Heiligste auf Erden ist.

Sie hüten Ihr Zimmer, weshalb es Ihnen weniger ungelegen sein wird, meine Briefe zu suchen und zusammenzustellen. Ich bitte Sie, verweigern Sie mir nicht diesen Augenblick der Sorgfalt. Seien Sie versichert, daß ich Ihre Güte nicht mißbrauchen werde. Morgen verlasse ich gegen Mittag das Haus, will gegen vier Uhr wieder zurück sein, um dann nicht mehr auszugehen. Ich gestatte es mir nicht, Ihr Kommen zu ersehnen. Was meiner Freude das Liebste wäre, das ist Ihr Wohlbefinden, Ihr Glück, Ihr Wille, und selbst Ihre Laune, so bescheiden mache ich mich!

1 André-Ernest-Modeste Grétry (1741–1813), Komponist. Gemeint ist die Oper «Céphale et Procris» von Grétry und Marmontel, die 1775 uraufgeführt wurde. 2 Oper von Grétry, Uraufführung 1771. 3 Oper von Grétry, Uraufführung 1772. 4 Oper von Grétry, Uraufführung 1775.

133. *An denselben*

1775

Ich danke Ihnen, daß Sie mir geschrieben haben. Ich habe darauf gewartet. Drei verschiedene Mittel habe ich ausprobiert, um Nachrichten von Ihnen zu erhalten, aber keines war von Erfolg gekrönt. Ich hatte geplant, Sie heute abend zu besuchen, ich wartete jedoch darauf, wie Sie sich entscheiden, aber Sie haben es mich nicht wissen lassen. Wenn Sie mich heute abend hätten sehen wollen, dann wäre ich zu Ihnen gekommen, aber ich bin wie jener Mann im Evangelium: Ich warte, und man muß mir sagen, daß ich kommen soll, erst dann komme ich. Sagen Sie mir also, ob Sie es wünschen, daß ich Sie morgen um ein Uhr oder um fünf Uhr besuche. Das wäre dann entweder auf dem Hinweg zu M. de Vaines oder auf dem Rückweg. Ich hoffe nur, daß die Zeilen, die Sie mir geschrieben haben, Sie nicht über alle Maßen erschöpften. Aber lassen Sie sich auf keinen Fall allzu rasch eine Arznei verabreichen, die nur Ihre Innereien entzünden wird. Gute Nacht, wenn Sie heute abend nicht ausgehen sollten, wie ich hoffe, so hätten Sie mir dies eigentlich schon mitteilen können. Aber ganz offensichtlich hatten Sie keine Veranlassung, mich dies wissen zu lassen, und so ist es denn auch gut.

M. d'Alembert hat einen großen Erfolg in der Akademie gehabt. Er hat Bossuet gelesen.[1]

M. de Duras[2] hat einen Vortrag gehalten, dem heftig applaudiert wurde und der genau, edel, einfach und aufrichtig war. Bei mir weilt augenblicklich eine Abordnung der Akademie. Ich werde morgen gegen acht Uhr zu Ihnen schicken, und M. d'Alembert wird um zehn oder elf kommen. Was mich anlangt, so werde ich nur kommen, wenn Sie mir sagen, ich soll kommen. Adieu. Schlafen Sie heute Nacht, ruhen Sie sich aus, beruhigen Sie sich und vergessen Sie, wenn es nötig sein sollte, alles, was leidet.

1 Gemeint ist d'Alemberts «Eloge auf Bossuet». 2 Emmanuel-Félicité de Durfort, Duc de Duras (1715–1789) wurde am 15. Mai 1775 gemeinsam mit dem Chevalier de Chastellux in die Académie française aufgenommen.

134. An denselben

Montag, elf Uhr abends, den 15. Mai 1775

Ach, mein Gott nein, ich war nicht in der Académie. Ich wollte Sie während der Sitzung sehen, aber Sie verweigerten sich mir. Ich habe dann vor Freude trunkene Menschen gesehen, aber ich war erfüllt von Trauer. Ich war beunruhigt. Sie litten, aber Sie hatten dennoch kein Verlangen, mich zu sehen. Das war es, was ich empfand, und ich hörte nichts von allem dem, das um mich herum gesprochen wurde.

M. d'Alembert wird Ihnen von seinem Erfolg berichten. Er wird Ihnen von der lebhaften Freude erzählen, die ihm der enthusiastische Beifall des Erzbischofs von Toulouse bereitet hat. M. de Toulouse hat Tränen der Freude und der Dankbarkeit vergossen. Ich liebe derartige Gefühlsaufwallungen. Gewiß war dies einer der glücklichsten Momente seines Lebens. Ich freue mich sehr darüber, allerdings nur in Gedanken, denn mein Herz leidet und ist deshalb der Freude nicht mehr zugänglich. Sie haben es mit dem letzten Siegel des Schmerzes verschlossen, mein Freund, aber dennoch möchte ich nicht von mir sprechen.

Berichten Sie mir lieber, wie Sie die Nacht verbracht haben. Ich wünschte es Ihnen von Herzen, daß Sie gut ruhten. Hatten Sie wenigstens kein Fieber? Und möchten Sie lieber, daß ich Sie um ein Uhr oder um fünf Uhr sehe? Sagen Sie es mir. Aber vor allem: Tun Sie sich keinerlei Zwang an.

Ist Mme. de M(ontsauge) bereits aufs Land gefahren?

135. An denselben

Eine Stunde nach Mitternacht, Mai 1775

Nein, mein Freund, ich werde nicht zu Bett gehen, ohne Ihnen zuvor die Wertschätzung, die Achtung und die Begeisterung übermittelt zu haben, die mich erfüllten und die mir den Kopf verdrehten. Ach, wie schön, wie tugendreich und edel das ist! Wie sehr ich von Bewunderung für Marc-Aurel und von Wertschätzung für seinen tugendreichen Panegyriker[1] erfüllt bin! Lesen Sie, aber lassen Sie es sich ja nicht einfallen und verstimmen mich mit irgendwelchen kritischen Bemerkungen über den Stil und Geschmack.

Es ist unbedingt nötig, daß der König dieses Stück liest. Ich war dieserhalben bereits tätig, und ich hoffe, daß mein Wunsch in Erfüllung geht. Aber in Wahrheit geschieht dies nicht, um M. Thomas einen Gefallen zu tun. Der ausgezeichnete Mann braucht nur solche Freuden, die ihm seine Tugend verschafft. Selbstverständlich habe ich ihm bereits einige Worte zu seiner

Eloge gesagt. Mein Tod könnte mir für morgen bestimmt sein, mein Freund, aber dennoch würde ich noch immer das Verlangen verspüren, die Talente und die Tugenden zu ehren, zu lieben. Halten Sie mich für verrückt, wenn Sie wollen. Wenigstens ist dies dieselbe Art von Tollheit, die auch den beflügelte, den ich acht Jahre lang bewunderte. Ach, mit tiefem Schmerz erlebe ich an mir, was Montaigne sagte: Wenn ich etwas allein genieße, so kommt es mir vor, «als stehle ich ihm seinen Teil».[2]

Gute Nacht, bis morgen um halb ein Uhr spätestens. Geben Sie mir die Lobschrift wieder, ich möchte mich nicht von ihr trennen. Mein Gott, ich war heute mit meinen Gedanken ganz bei Ihnen, nichts konnte mich davon ablenken. Ach, wie werde ich erst unglücklich sein, wenn meine Seele sich zur Gänze von dieser Seite abgewendet haben wird! Ich werde viel Mut nötig haben, um mich von dem loszureißen, den ich dann für immer verlieren werde. Adieu, mögen diese entsetzlichen Gedanken niemals bis zum Grunde Ihres Herzens vordringen.

1 Anspielung auf «L'Eloge de Marc-Aurel» von Thomas, die im Mai 1775 erschien. 2 Nicht zu ermitteln.

136. An denselben

Dienstag, elf Uhr abends, den 21. Mai 1775

In Gottes Namen, lassen Sie mich, geben Sie Ihrer Verstimmung nach, reisen Sie ab![1] Ich brauche Ruhe. Sie stören mir meinen Frieden. Ich ärgere mich über Sie. Ich hasse mich selber. Ich habe Gewissensbisse. Ach, warum kenne ich Sie nur? Ich hätte ansonsten nur ein Unglück erlitten, oder vielmehr, ich müßte auch dieses nicht mehr leiden. Ich wäre von einem Leben erlöst, das ich verabscheue und an das ich nur durch ein Gefühl gekettet bin, das meine Seele martert.

Was ich heute gemacht habe? Was ich gedacht habe? Was ich gefühlt habe? Ach, ich habe Sie nicht gesehen, weshalb ich nur Wehmut, Schmerz und Verzweiflung sowie die Hoffnungslosigkeit erfahren habe, Sie einerseits zu fürchten und Sie andererseits zu ersehnen. Adieu, kommen Sie nicht mehr. Meine Seele ist in Aufruhr, und Sie vermögen sie niemals zu beruhigen. Sie verstehen sich weder auf die zärtliche Anteilnahme, die tröstet und stärkt, noch auf diese Güte und diese Wahrhaftigkeit, die einem Vertrauen einflößen und einer zutiefst verletzten und betrübten Seele den Frieden bringen. Wie sehr Sie mir weh tun! Wie sehr es mich danach verlangt, Sie niemals wiederzusehen! Wenn Sie ein Ehrenmann sind, dann reisen Sie morgen nach dem Mittagessen. Wenn Sie mich am Vormittag aufsuchen, so genügt mir das voll und ganz.

1 Guibert reiste nach Courcelles, wo am 1. Juni 1775 seine Hochzeit stattfand.

137. An denselben

Samstag, den 1. Juli 1775, vor dem Abgang der Post

Die Unruhe und die Aufregung, die meine Gedanken und meine Seele beherrschten, haben mich für lange Zeit des Gebrauchs meiner Fähigkeiten beraubt. Ich habe an mir erfahren, was Rousseau feststellte: daß es Situationen gibt, in denen man weder Tränen noch Worte hat. Eine ganze Woche verbrachte ich unter Krämpfen der Verzweiflung. Ich glaubte zu sterben, ich wollte sterben, und das schien mir auch alles einfacher zu sein, als darauf zu verzichten, Sie zu lieben. Alle Klagen und Vorwürfe habe ich mir verboten. Es wollte mir scheinen, als zeuge es von niedriger Gesinnung, wenn ich zu dem von einem Unglück spräche, der es mir absichtlich zugefügt hat. Ihr Mitleid hätte mich verletzt und Ihre Stumpfheit meine Seele empört. Mit einem Wort: Ich fühlte, um eine gewisse Haltung zu wahren, mußte ich schweigen und Sie abwarten. Vielleicht täuschte ich mich, aber ich glaubte, daß Sie mir unter diesen Umständen einige Fürsorge schuldig seien. Ohne Ihnen allzuviel Zärtlichkeit oder gar eine allzugroße Zuneigung zu mir zu unterstellen, glaubte ich dennoch, auf das zählen zu dürfen, was Ihre Ritterlichkeit und mein Unglück Ihnen vorschrieben.

Ich wartete also. Und nach mehr als zehn Tagen Ihrer Abwesenheit erhielt ich aus Courcelles ein kurzes Schreiben, das ein Meisterstück an Kälte und Härte darstellte. Ich war darüber empört, mir graute vor Ihnen. Bald aber auch vor mir selbst, sobald ich darüber nachzudenken begann, daß ich Ihretwegen – verzeihen Sie mir das – ja, Ihretwegen bittere und unedle Gedanken gehegt, daß ich mich an dem versündigt habe, der wie kein anderer der Liebe würdig war. Ich schauderte vor mir, das Leben erschien mir nicht mehr erträglich, ich war von Haß und Reue zerrissen, und in meiner Verzweiflung bestimmte ich mir den Tag und die Stunde, an denen ich mich der Last entledigen wollte, die mich niederdrückte. Ich blickte dem Tod fest ins Auge, er sollte all meinem Leid ein Ende machen. Dieser schreckliche Augenblick war bestimmt, alle meine Leidenschaften zum Schweigen zu bringen, denn mit diesem Entschluß fühlte ich mich kalt und ruhig. Ich gelobte mir, keinen Ihrer Briefe mehr zu öffnen. Ich wollte mich nicht mehr mit dem beschäftigen, was ich einmal geliebt hatte. Meine letzten Tage sollten der Verehrung dessen geweiht sein, den ich verloren habe. Und tatsächlich wurde ich nicht mehr davon verfolgt, an Sie zu denken.

Wenn mich jedoch für Augenblicke der Schlaf überwältigte, schreckte ich stets beim Klang der schrecklichen Worte hoch: «Leben Sie, leben Sie, ich bin nicht würdig des Leidens, das ich Ihnen zufüge.» Nein, nein, rief ich aus, Sie waren es nicht wert, geliebt zu werden. Aber ich sollte mich sinnlos verlieben, um ebenso schuldig zu werden. Ich sehe Sie heute so, wie Sie wirklich sind, ich erkenne, daß Sie wegen zwölftausend Livres jährlicher Renten einer niedrigen Handlung fähig sind. Ich sehe, daß Sie nicht fürchteten, mich der Verzweiflung zu überantworten, um mich gewissermaßen als Lückenbüßerin in einer Zeit zu mißbrauchen, in der Sie ein Verhältnis beenden mußten, das Sie mit Rücksicht auf Ihre Heiratsabsichten nicht fortsetzen konnten. Und um Ihrem Umgang mit Mademoiselle de Montsauge[1] den Anschein von Ehrbarkeit zu verleihen, hat es Ihnen so gut wie nichts ausgemacht, mich zu erniedrigen und mir den einzigen Besitz zu nehmen, der mir geblieben war: meine Selbstachtung.

Sie haben die Grausamkeit besessen, mich an das Leben zu ketten und an Sie zu fesseln. Ohne Zweifel geschah das, um mir den Tod erst recht als notwendig vor Augen zu stellen. Ah, wie grausam und bösartig Sie mir jetzt erscheinen! Wie wenig hätte es mich gekostet, mich von Ihnen zu entfernen und dem Leben zu entsagen! Aber warum sterben, fragte ich mich gelegentlich, wenn ich über mich nachdachte und ich das Empfinden hatte, geliebt zu werden und mich unter Menschen zu befinden, die mir Trost spenden und mir mein Glück sein wollten. Wozu also in einem Manne, den ich hasse, den Glauben erwecken, daß ich nicht leben könne, ohne ihn zu lieben? Selbst wenn ich stürbe, würde ich mich damit noch nicht einmal an ihm rächen, denn ihm sind Reue wie Edelmut gleichermaßen fremd. Ich spürte, wie meine Seele in dem Maße erstarkte, in dem ich mich von Ihnen entfernte. In dieser Stimmung war ich, als Ihr an M. de Vaines adressiertes Paket hier eintraf. Dieser Umstand verschaffte mir eine sanftere Regung, mußte ich es doch öffnen, weil es Ihre «Eloge de Catinat» enthielt. Ich vermag nicht zu sagen, ob es Schwäche oder Ehrgefühl war, aber ich überredete mich, auch wenn ich Ihnen nichts mehr schuldig bin, ich dürfe Ihnen nicht die Unterstützung in einer Sache entziehen, in der Sie auf mich rechneten.[2] Ich gelangte zu der Überzeugung, daß meine Abneigung es mir nicht gestatten dürfe, es an jener Hilfe mangeln zu lassen, die mir durch das Vertrauen, mit dem Sie mich ausgezeichnet hatten, zur Pflicht geworden war.

Es geschah also durchaus aus Moral, daß ich Ihr Paket öffnete. Darin sah ich Ihren nicht gesiegelten Begleitbrief. Ich habe ihn gelesen. Er war sehr aufrichtig, aber auch kühl. Wenn er gefühlvoll gewesen wäre, dann hätte ich vielleicht einen Anlaß gehabt, meinen Entschluß in Frage zu stellen. Statt dessen tat er eine bessere Wirkung, indem er mich in diesem Entschluß bestärkte. Ich setzte mich weiterhin für Ihre «Eloge» ein und empfand sogar ein gewisses Vergnügen an der Art des Interesses, das ich damit verband. Das hatte nichts mit Ihnen zu tun, es war auch keineswegs ein zärtliches Gefühl, dem ich damit Genüge tat, sondern es war vielmehr mein Stolz, den ich damit befriedigte. Habe ich also noch genug Kraft, fragte ich mich, um mir den zu verpflichten, dem zu dienen, den ich hasse und der mir Schmerzen bereitet? Und, ich bin mir sicher, daß er mir durch die Art und Weise meines Vorgehens nicht verpflichtet sein wird.

Diese Überlegung stärkte mir meinen Mut. Ja, ich fühlte mich Ihnen gegenüber so stark, daß ich Ihren Brief nochmals las und, weit davon entfernt, daß sich meine Seele darüber erweichte, machte sie diese noch viel stärker, als ich erkannte, wie wenig Anteilnahme und Bedauern Sie für mich bekundeten. Ich machte diese Feststellung ganz leidenschaftslos, denn sie überraschte mich keineswegs, bewies sie mir doch nur, daß ich den einzig vernünftigen und ehrenhaften Entschluß gefaßt hatte. Ich setzte also meine Bemühungen weiter fort, Ihre Angelegenheit zum Erfolg zu bringen, und verwandte darauf eine solche Energie, daß M. de Condorcet des Glaubens war, ich sei von dem lebhaftesten Interesse durchdrungen.

Ich empfing Ihre Mitteilung aus Bordeaux, und ich dachte mir, daß ich nicht einen neuerlichen Eindruck auf mich davon zu befürchten brauchte, sondern daß Sie mir im Gegenteil neue Anlässe bieten würden, mich von Ihnen fernzuhalten. Ich öffnete also Ihren Brief mit einer gewissen Gier. Er war kurz, aber bei aller Gefühlsarmut bewies er mir dennoch ein Bedauern, das fast an Aufrichtigkeit grenzte. Ich war davon nicht berührt, vielmehr wurde ich dadurch noch ruhiger. Um so besser, sagte ich mir, wenn er aufrichtig ist. Wenn er mir weniger schuldig erschiene, müßte ich mich auch weniger verletzt fühlen. Mein Herz hat kein Verlangen, ihn zu hassen, zumal ihm das eine wahre Marter war. Die Gleichgültigkeit, die er beweist, verschafft mir Ruhe, und dieser Zustand wird es mir vielleicht ermöglichen, mich der Tröstungen, die mir angedient werden, zu erfreuen. Ich muß mich den Pflichten der Freundschaft widmen, ich muß den Leuten antworten, die ich sonst hätte zurückweisen müssen. Ich muß ihnen zu Gefallen sein, und diese Beschäftigung wird mich von den Gedanken ablenken, die meine Seele seit langer Zeit betrübt und bedrückt haben.

Nach diesen Überlegungen habe ich mir eine Lebensweise vorgeschrieben, der ich bis heute weitgehend treu geblieben bin und die mir gut getan hat. Ich führe ein sehr abwechslungsreiches Leben. Ich nehme an allem teil, das sich mir bietet. Stets bin ich in Gesellschaft von Menschen, die mich lieben, die an mir hängen, aber nicht deshalb, weil ich liebenswürdig wäre, sondern allein deshalb, weil ich unglücklich bin. Sie erweisen mir die Ehre zu glauben, ich sei durch den erlittenen Verlust noch immer voller Kummer. Es scheint so, als freuten sie sich über die Anstrengung, die ich mir mache, ihn zu überwinden. Sie danken mir meinen Mut, sie loben mich seinetwegen, sie freuen sich mit mir. Sie entführen mich gewissermaßen meinem Schmerz, indem sie mich nicht einen Augenblick mir selbst überlassen.

Ja, ich weiß es, das größte Gut, das einzige Gut ist, geliebt zu werden. Das ist der einzige Balsam eines wunden Herzens. Aber nichts, ich spüre es, nichts auf der Welt, vermag ein Gefühl ganz auszulöschen, das während so langer Zeit mein Leben beherrscht hat. Das Verlangen, mich der Qual und der Reue zu entledigen, die Sie mir bereiten, zwingt mich dazu, nach Heilmitteln Ausschau zu halten, die ich bislang verwarf. Kurz, ich hoffe es, ich fühle es: Ein seiner selbst bewußter, ein zu allem entschlossener Wille hat mehr Macht, als ich bislang glauben mochte. Zwanzig Mal hatte ich schon das Verlangen, mich von Ihnen zu lösen, aber niemals war ich dabei ehrlich zu mir selbst gewesen. Gewiß wollte ich nicht mehr länger leiden, aber niemals habe ich nach den Mitteln gegriffen, mich zu heilen. Jetzt haben Sie mir ein wirklich wirkungsvolles Mittel geboten: Ihre Heirat, die mir Ihre ganze Seele offenlegte, hat die meine zurückgestoßen und für immer verschlossen. Es gab einmal eine Zeit, da es mir lieber gewesen wäre, Sie wären unglücklich als verächtlich: Diese Zeit ist nicht mehr.

Oh nein, glauben Sie jetzt nur nicht, ich folgte Ihren Ratschlägen und nähme mir die Romane von Mme. Riccoboni[3] zum Vorbild. Frauen, die durch Leichtfertigkeit und lockeren Lebenswandel vom rechten Weg abgekommen sind, können sich tatsächlich an den Maximen und Prinzipien von Romanen orientieren. Sie machen sich selbst etwas vor, sie halten sich nämlich für zärtlich und großzügig, während sie doch nur kalt, niedrig und verachtenswert sind. Sie haben niemals geliebt, sie können nicht hassen. Mit einem Wort: Sie kennen nur die Tändelei, ihre Seelen vermögen sich nicht zu Liebe und Leidenschaft aufzuschwingen, wohin auch Mme. Riccoboni im übrigen nie gelangte, noch nicht einmal in ihrer Phantasie.

Mein Gott, wie verletzt war ich, als Sie mein Unglück mit einer solchen romanhaften Situation verglichen! Wie kalt erscheinen Sie mir und wie wenig ritterlich! Wie überlegen fühlte ich mich

Ihnen, da ich mich einer Leidenschaft fähig sah, die Sie noch nicht einmal verstanden! Aber ich muß diesen langen Brief beenden, der Sie befähigen wird, meine gegenwärtige Situation zutreffender zu beurteilen. Ich habe Ihnen über alles, was ich erlitten habe, Rechenschaft gegeben. Dabei habe ich nur die Wahrheit zu Worte kommen lassen, wie ich es immer mit Ihnen halte, und im Lichte dieser mir heiligen Wahrheit muß ich Ihnen auch sagen, daß ich weder Verlangen nach Ihrer Freundschaft habe, noch daß ich Freundschaft für Sie hege. Freundschaft kann nur dann ihre Süße und ihren Liebreiz entfalten, wenn sie sich auf Achtung und Vertrauen gründet, aber Sie wissen es selbst besser, ob mir dies durch Ihr Verhalten und Betragen mitgeteilt worden ist. Adieu, leiden Sie nur unter der Regung des Stolzes und der Rache, die mich Vergnügen in der Versicherung finden lassen, daß ich Ihnen verzeihe, aber seien Sie auch gleichermaßen versichert, daß es nicht mehr in Ihrer Macht steht, mich zu ängstigen, unter welchem Vorwand dies auch immer geschähe. Ich füge noch drei Briefe bei, die ich Sie nochmals zu lesen bitte. Das soll weder eine Anmaßung sein, noch will ich gar Bedauern oder Anteilnahme in Ihnen erwecken. Vielmehr möchte ich, daß Sie ein für allemal angesichts des Leidens erschauern, das Sie verursacht haben. Möge Sie diese Erinnerung zu einem besseren Menschen machen!

Ich verlange, und Ihr Gewissen wird Ihnen sagen, daß ich dazu das Recht habe, daß Sie mir diese vier Briefe in dem Umschlag von M. de Vaines mit der nächsten Post zurücksenden, versehen mit einer zweifachen Anschrift.

1 Das erste und einzige Mal, daß Julie de Lespinasse den Namen ihrer Rivalin ausschreibt. 2 Julie de Lespinasse setzte sich stets mit großem Nachdruck für die Karriere ihrer Freunde ein. 3 Marie-Jeanne Laboras de Mézières, Dame Riccoboni (1714–1792), Schriftstellerin.

138. An denselben

Montagabend, den 3. Juli 1775

Beim Eintreffen der Sonntagspost hatte ich gerade meinen buchgroßen Brief beendet, und ich will davon Ihnen gegenüber nichts abmildern, auch wenn Ihr Brief bei mir manches verändert hat, allerdings nichts an meiner Denkungsart, wohl aber daran, wie ich empfinde. Trotzdem war ich verwirrt, als ich las, Sie seien nur dem «Anschein» nach an mir schuldig geworden und daß mein Unglück Ihre «Nachsicht» begründe. Aber es sind Sie, der diese Worte ausspricht, und ich bin es, die an Ihrer Hartherzigkeit und Ungerechtigkeit vor Schmerz stirbt! Oh, mein Gott, wo die Kraft finden, deren ich bedarf? Meine Seele hat keinen Halt mehr, kann sich an nichts festklammern. Ich hasse Sie nicht, ich verbringe aber mein Leben damit, Sie zu verfluchen, zu leiden und die Existenz zu schmähen, an die Sie mich gefesselt haben.

Ach, warum habe ich Sie nur kennengelernt? Warum haben Sie mich so schuldig und auch so unglücklich gemacht? Und Sie sprechen auch noch mit aller Kühle aus, daß ich «unglücklich» sei! Nichts in Ihnen sagt Ihnen also, daß Sie es waren, der mir mein Unglück unabänderlich gemacht hat? Und Sie wagen es, das Verstummen aus schierer Verzweiflung, die Niedergeschlagenheit angesichts eines nahen Todes als eine «abscheuliche Laune» zu bezeichnen!

Ach, ich habe Sie mit soviel Hingabe geliebt, meine Seele war derart jedem anderen Interesse außer meiner Leidenschaft entrückt, daß es empörend ist, wenn Sie jene Bewegung, die mich von Ihnen entfernt, als eine Laune bezeichnen. Gebieten Sie noch nicht einmal über dieselbe Sprache des Gefühls, die mich belebt? Im nämlichen Augenblick, da Sie mich wieder zu sich ziehen wollen, verletzen Sie mein Herz, morden Ihre Worte meine Seele. Haben Sie Obacht darauf, daß Sie es dabei nicht nur an Zartgefühl fehlen lassen, sondern auch an Moral, wenn Sie über mich Klage führen, da ich unter Ihren Kränkungen leide. Wenn Sie mich verfolgen, so sagen Sie, dann geschehe das weder aus Verdruß noch aus Dankbarkeit, sondern entspringe lediglich dem zärtlichsten Empfinden. Ach, wenn das wahr wäre, schmachtete ich dann im tiefsten Unglück? Nein, Sie verstehen mich gänzlich falsch, glaube ich, denn ohne daß Sie mein Gefühl teilen, ohne daß Sie dasselbe Verlangen hegen, derart geliebt zu werden, wie ich liebe, so kann es Sie doch gar nicht viel kosten, wenn Sie darauf verzichten, der erste, der einzige Gegenstand einer lebhaften und leidenschaftlichen Seele zu sein, die, wenn schon nicht rege Zuneigung, so doch wenigstens Bewegung in Ihr Leben gebracht hat.

Ja, gerade der zerstreuteste und am meisten in Anspruch genommene Mensch verspürt dennoch die Leere, sobald er nicht mehr von einem Herzen geliebt wird, das stark genug ist, alle Leiden zu ertragen, und empfindsam genug, alles zu verzeihen. So großmütig oder so kalt, um Ihnen das Übel zu verzeihen, das mich martert, war ich doch nicht, jedoch besaß ich genügend Vernunft, um im Schweigen meine Ruhe zu suchen. Meine Seele war so krank, daß ich hoffte, das Verlangen nach Frieden würde mich ganz unmerklich in die Gleichgültigkeit hinübergleiten lassen. Ich hielt es nicht für unmöglich, daß, wenn ich aufhörte, Sie zu sehen und mit Ihnen zu verkehren, Sie auch schließlich die Macht verlören, die Sie besitzen, um meinen Verstand zu trüben und mein Herz zu verwirren. Guter Gott, was wollen Sie mit diesem zauberischen Einfluß bewirken? Ohne allen Zweifel das Unglück meines Lebens, und Ihnen, wenn Sie ein Ehrenmann wären, das Ihrige gänzlich verwirren: Man müßte eine gänzlich übersteigerte Eigenliebe besitzen, die ich nicht entfachen könnte, um ein Gefühl erwecken zu wollen, das man nicht zu teilen vermag.

Ihnen ist wohl bekannt, daß meine Seele keine Mäßigung kennt. Mich von neuem mit Ihnen befassen zu wollen hieße also, mich den Qualen der zur Hölle Verdammten zu überantworten. Sie wollten das Unmögliche, daß ich Sie bis zum Wahnsinn liebe, daß dabei aber meine Vernunft alle meine Regungen im Zaume hielte. Ist derlei in der Natur überhaupt vorstellbar? Nur die Gefühle, die man mit seinem Kopf erzeugt, können vollkommen sein, und Sie wissen nur zu gut, daß ich nicht zu heucheln vermag! Daß ich mir nichts anmaßen will! Selbst wenn es sich um mein Lebensglück handelte, wollte ich dies nicht einem Verhalten verdanken, das mir nicht durch Zärtlichkeit meines

Gefühls oder durch die Heftigkeit meiner Leidenschaft bestimmt worden ist! Sie wissen es, Sie sehen es, ich kann mich meines Geistes dem gegenüber nicht bedienen, den ich liebe.

Aber ich habe schon zuviel von mir gesprochen. Von Ihnen möchte ich alles erfahren, von dem ich schon so lange nichts gehört habe. Sie schulden mir Rechenschaft über Ihre Gedanken, Ihre Handlungen und Ihre Empfindungen. Ja, ich habe einen Anspruch darauf. Wie konnten Sie sich darüber ausschweigen, als Sie mir schrieben? Und Sie ließen mich auch noch wissen, daß «Ihr Herz und Ihr Geist übervoll sind»! Und wem wollen Sie das alles ausschütten? Gibt es irgend jemanden auf dieser Welt, der Sie besser verstünde als ich? Was Sie mir über den «Connétable» mitgeteilt haben, ängstigte mich von neuem, und ich habe dies dem Marschall de Duras[1] mitgeteilt, der mir erneut versicherte, daß er aufgeführt werde; daß Sie gegen Ende des Monats Urlaub erhielten und daß Sie im September nach Metz gingen, um dort Ihre Dienstzeit zu beenden. Er hat Sie das alles mit der letzten Post bereits wissen lassen, aber ich wiederhole es Ihnen meiner eigenen Befriedigung wegen.

Haben Sie also doch «meinen Eifer allzusehr überschätzt» oder was weiß ich sonst noch? Wie undankbar Sie doch sind! Wenn es um meine Ehre oder um mein Leben gegangen wäre, hätte ich mich nicht noch energischer dafür einsetzen können. Zum Wettbewerb sind fünfzehn «Eloges de Catinat» eingereicht worden, aber nur eine davon beunruhigt mich. Morgen soll ich sie zu lesen bekommen, und ich verspreche Ihnen, daß Sie mein Urteil darüber versiegelt zugesandt erhalten. Wir werden sehen, ob ich zum gleichen Urteil wie die Akademie kommen werde. Um ein gerechtes Urteil zu fällen, werde ich Haß und Liebe gänzlich außer acht lassen, und dann werden Sie sehen, ob ich Geist besitze. Haben Sie die Arbeit an den «Gracchen» wiederaufgenommen? Aber selbst wenn jeglicher Ehrgeiz in Ihnen erloschen sein sollte, sind Sie dennoch nicht voller Erwartung, daß dieses Werk erheblich zur Mehrung Ihres literarischen Ansehens beitragen würde?

Sagen Sie mir aber doch, warum Sie mich wissen ließen, Sie fühlten sich wie erloschen? Offenbart sich darin bereits die Macht des großen Vergessens, die auch schon bewirkte, daß der

Comte de Crillon in nichts anderem sein ganzes Glück findet als darin, der Ehemann von Mme. de Crillon zu sein? Das ist zweifelsohne eine bedeutende Errungenschaft, die ihn aber weder geistreicher, noch ausgelassener oder gar liebenswürdiger macht. Aber, was soll es! Er ist glücklich, aber um dieses Glück beneide ich ihn nicht. Ist es denn wahr, daß es in Libourne eine Frau gibt, die geistreich ist?[2]

M. de Vaines soll Ihnen alle Originalmanuskripte der Arbeiten, die Sie für M. Turgot angefertigt haben, zurücksenden. Glauben Sie nicht, daß ich das Memorandum für M. Dumouriez vergessen hätte. Ich habe es sofort abgesandt. Ich habe mit mehr Anteilnahme geschrieben, als ich an mich oder an mein Glück verwandt hätte. Ich habe auch darum gebeten, daß man mir nicht sofort antwortet, denn nur abschlägige Bescheide erfolgen prompt. Schließlich, *Monsieur,* habe ich gedacht, *ich wäre* einer Ihrer Freunde, und dieser Gedanke hat es mir gestattet, nichts auszulassen, was den Erfolg beeinträchtigte.

Wie lächerlich wären Sie doch, wenn Sie nicht gleichzeitig die liebenswürdigste Erscheinung auf der Welt wären! Ihr Brief ist eine sehr spaßige Mischung aus Vertrauen in meine Zuneigung und aus Mißtrauen, jemals von mir geliebt worden zu sein. Das ist ein sehr schöner, ein so vertrauensvoller Ton! Das erinnert mich an: «Philis, wohin ist die Zeit entschwunden ...?»[3] Ich weiß nicht, ob Sie mich lieben, aber Sie sind beinahe ebenso inkonsequent wie ich. Habe ich Sie dazu verleitet? Können Sie sich vorstellen, was Ihnen durch mein Schweigen alles entgangen ist? Und darunter verstehe ich keineswegs die Beweise meiner Zärtlichkeit, vielmehr wäre Ihre Neugier derart unterhalten und angeregt worden! Ich habe seit Ihrer Abreise so vieles gesehen, so vieles gehört. Stets sagte ich mir: Das alles wäre voller Leben und Interesse für mich, wenn ich es denn Ihnen mitteilen könnte, aber da ich nicht mit ihm plaudern darf, ist es auch nicht der Mühe wert, es in sich aufzunehmen. Tatsächlich habe ich mich ganz in mich zurückgezogen, wo ich eine recht schlechte Gesellschaft antraf: Gewissensbisse, Schmerzen, Haß, Dünkel, kurz alles, was einem das Leben gründlich verleiden kann.

Ich möchte, daß Sie mir mitteilen, mit welchem Brief Sie «begonnen» haben. Ich werde verzweifelt sein, wenn es dieser hier gewesen ist. Sie lesen immer nur den Schluß ganz so, als handele es sich um Zeitungen aus dem letzten Jahr. Und ich habe Sie verletzt, wie ich hoffe. Ich habe Sie empört, Sie gehaßt. Das ist wenigstens etwas. Aber die Torheit, die Schwäche haben zur Folge, daß sofort wieder ungeschehen gemacht wird, was ich Ihnen zuvor mit der ganzen Wahrheit meines Herzens gesagt habe.

Ach, da ist mir ein Wort entschlüpft, als ich Ihnen sagte, Sie würden am Wettbewerb teilnehmen, das ich jetzt sehr bedauere! Tatsächlich: Wie kann man jemanden «Freund» nennen, den man mehr als alles andere auf Erden «haßt»? Welche Erinnerungen haben mich dazu veranlaßt? Das alles ist nicht vorstellbar. Sollte dieser Haß das erste Glied jener Kette sein, die den Unglücklichen nicht einen Augenblick der Freiheit läßt, die mit ihr wider ihren Willen gefesselt sind? Sie haben bisweilen nicht genug Phantasie, um sich alles auszumalen, was jemand leidet, der einen Mann ernsthaft liebt, der es aber nur verdiente, von Frauen geliebt zu werden, deren Eitelkeit er schmeichelt, ohne jemals deren Seele zu besitzen. So eben liebt man, so muß man beschaffen sein, um als liebenswürdig zu gelten, aber ich vermag nicht zu sagen, wie man es bei soviel Liebreiz auf der einen wie der anderen Seite anstellt, daß man sich dennoch inmitten aller dieser Leute zu Tode langweilt.

Mein Freund, ja, mein meinem Herzen liebster Freund, lassen Sie uns einander nicht mehr Schmerz zufügen! Verzeihen wir einander! Wir beide haben Veranlassung genug, nachsichtig zu sein. Aber denken Sie daran, daß ich krank bin und sehr unglücklich. Wenn Sie wollen, daß ich lebe, helfen Sie mir, stützen Sie mich, lassen Sie mich die Schmerzen vergessen, die Sie mir zugefügt haben. Antworten Sie mir, schreiben Sie mir ein ganzes Buch. Adieu, adieu. Sind Sie nicht ganz erschöpft?

1 Vgl. Brief 133, Anm. 2. 2 Guiberts Légion Corse war in Libourne stationiert. – Hier blitzt einmal mehr Julie de Lespinasses stets wache Eifersucht auf. 3 Voltaire, Les Tu et les Vous, épitre à Mademoiselle de Livri, devenue Marquise de Gouvernet.

139. An denselben

Dienstag, den 4. Juli 1775

Ich bin sehr verstimmt, aber, mein Freund, warum verlangen Sie auch «Unmögliches» von mir? Geben Sie mir die Gelegenheit, Ihnen in dem Sinne nützlich sein zu können, wo Sie meinen, daß es gerechtfertigt ist, und ich werde Ihnen antworten, daß sich das regeln läßt, auch wenn ich mich gar nicht einmische. Sie brauchen nur zu reden. Wenn Sie wüßten, welche Anstrengungen es mich kostet, Ihnen etwas zu verheimlichen, das mich mit Freude erfüllte, wenn meine Seele dafür noch empfänglich wäre! Aber das ist eine Wohltat, ein Vergnügen, das mich in Gedanken befriedigt und das allem dem zugute kommt, das in mir noch ehrenhaft und empfänglich ist. Wenn Sie hier wären, mein Freund, dann vertraute ich Ihnen ein Geheimnis an, das ich hüten soll.

Man scheint sich in der Anziehung, die ich auf Sie ausübe, zu täuschen, denn als man mich über die Bedeutung des Geheimnisses in Kenntnis setzte, wurde sogleich hinzugesetzt: «Niemand darf davon etwas hören, auch Comte de Guibert nicht.» Ich habe über diese Bedingung gelacht und dann bemerkt: «Gilt Guibert also für jemand?» – «Gewiß doch, für Sie allemal.» Und wie Sie sehen, hatte man allen Grund dazu, denn es sind nur Sie, den ich unter allen anderen versichern kann, daß ich vor Kummer vergehe, nicht zu Ihnen sprechen zu können. Ich habe diese «Eloge de Catinat»[1] erhalten und werde sie jetzt lesen. Mein Gott, wie lax ist doch die Moral der Leidenschaften! Da sitze ich nun, das Vertrauen dankbar anerkennend, das mir der Autor erweist, und wünsche mir, daß sein Werk gut sei, aber nur bis zu dem Grad, der keinen Zweifel zwischen ihm und Ihnen aufkommen läßt. Ich werde ganz offen urteilen, mein Freund, auch wenn ich dabei nicht absolut der Wahrheit verpflichtet sein kann. Sie wissen ja nur zu gut, daß ich keinen geschulten Geschmack habe und sehr wenig vom sogenannten gesunden Menschenverstand besitze. Sie werden also mein Urteil so kritisch würdigen, wie es dieses verdient. Was sagen Sie zu diesem Schreiberguß? Hätten Sie nicht allen Grund, sich über dessen Übermaß eher zu beklagen als über dessen Dürftigkeit? Guten

Tag. Wenn ich morgen keinen Brief von Ihnen bekomme, wird auch kein Urteil ergehen.

1 Gemeint ist hier die Eloge von La Harpe.

140. An denselben

Donnerstag, den 6. Juli 1775

Ich habe gestern keine Nachricht von Ihnen erhalten, mein Freund. Sie sind es müde, mit mir zu reden, während ich viel zu spät erst des Schweigens überdrüssig wurde. Mit ein wenig mehr Mut wären so viele Schmerzen, so viele Anstrengungen vielleicht nicht vergebens gewesen. Mein Gott, sagen Sie mir, wenn Sie es wissen, auf welche Weise wird diese Qual ein Ende haben? Wird es der Haß, die Gleichgültigkeit oder der Tod sein, der mich von ihr erlöst? Ich möchte mit meiner Großzügigkeit nicht auf halbem Weg innehalten, mein Freund, weshalb ich mir einrede, Ihnen verziehen zu haben, und weshalb ich mit Ihnen jetzt ganz so plaudern werde, als wäre zwischen uns alles im besten Einvernehmen.

In wenigen Tagen wird allgemein bekannt sein, was ich Ihnen jetzt verrate: M. de Malesherbes[1] wird alle Geschäfte des Duc de la Vrillière[2] übernehmen. Dieser wird in wenigen Tagen seine Entlassung bekanntgeben. Er muß nur noch der Versammlung des Klerus einen Besuch abstatten, der ihm wenigstens zwanzigtausend Francs wert sein muß. M. de Malesherbes verläßt seinerseits die Cour des Aides,[3] und M. de Barentin[4] wird dort sein Nachfolger. Wenn Sie um die ganze Ehrenhaftigkeit und Einfachheit wüßten, die M. de Malesherbes bei der Übernahme seines neuen Amtes bewiesen hat, dann würden Sie sicherlich Ihre Wertschätzung, Achtung und Verehrung für diesen ausgezeichneten Mann verdoppeln.

Was den Wechsel anlangt, so seien Sie versichert, daß er gutgehen und daß es gut werden wird, denn es sind die Kenntnisse, welche die Tugend und die Liebe für das öffentliche Wohl anleiten. Niemals, nein niemals zuvor waren zwei tugendreichere, zwei selbstlosere und zwei tatkräftigere Menschen vereint und gleichzeitig von einem noch stärkeren, größeren und höheren

Interesse angefeuert als diese beiden. Sie werden es erleben, ihr Ministerium wird tiefe Spuren im Gedächtnis der Menschen hinterlassen. Alles, was ich Ihnen dazu sage, ist noch immer ein Geheimnis. Diese Entscheidung wird jedoch von der Öffentlichkeit mit großer Freude aufgenommen werden. Sicherlich wird es auch einige geben, die sich darüber ärgern werden, aber diese werden schweigen. Die Ränkesüchtigen werden sehr wenige Möglichkeiten haben, und das ist auch sehr gut so. Es beginnt jetzt eine schlechte Zeit für die Spitzbuben und die Höflinge! Offenbart sich in dieser Unterscheidung nicht ein beträchtliches Taktgefühl? Das nennt man Haarspalterei.

Aber jetzt merken Sie auf und zittern Sie, denn ich will mein Urteil über zwei «Eloges de Catinat» fällen, die, wie ich überzeugt bin, die beiden einzigen sein werden, mit denen sich die Akademie befassen wird. Die Verfasser der beiden Elogen sind M. de Guibert und M. de la Harpe. M. de Guibert ist der Autor eines exzellenten Werks über die Taktik und einer Tragödie. Beide Veröffentlichungen haben ihn als einen Mann voller Feingefühl und Geist bekannt gemacht, und sie verraten allenthalben ein hochgesinntes und kraftvolles Herz. Mit diesem Wissen und der vorgefaßten Meinung, die man für M. de Guibert hegen muß, habe ich seine «Eloge de Catinat» gelesen und beurteilt. Sie kennen M. de la Harpe besser als ich. Sie wissen, daß er ein ausgezeichneter Literat ist, der über sehr viel Geist und über noch mehr durch Bildung und Gerechtigkeitsempfinden veredelten Geschmack verfügt. Das muß ich ihm billigerweise schon vor der Lektüre seiner «Eloge de Catinat» zugestehen. Jetzt aber hören Sie, was der blinde, einfältige und gänzlich ungebildete Dünkel auszusprechen wagt, und sehen Sie, ob Sie deswegen erzürnt sind oder ob Sie sich dann entschließen, den Entscheid zurückzuweisen.

Die Eloge von M. de la Harpe ist in der ihm eigenen Leichtigkeit geschrieben, aber doch auch mit einer Genauigkeit, von der er gerne abgesehen hätte, wenn nicht M. de Guibert sein Mitbewerber gewesen wäre. Sein Stil ist ebenso flüssig wie erhaben. Diese zwei Vorzüge sind so selten zusammen anzutreffen, wenigstens in dieser Hinsicht, daß ich fast versucht bin zu sagen, seine Prosa wetteifert mit den Versen Racines. Dieses Werk stammt von einem Mann der Feder, der einen gerechten und klugen Geist, eine zarte, ehrenhafte und erhabene Seele besitzt. Es finden sich in der Schrift eine ganze Anzahl glücklicher Ausdrücke, anrührender Bemerkungen und großartiger Einfälle, die alle mit Klarheit und Vornehmheit ausgesprochen werden. Aber dennoch ist es nur das Werk eines herausragenden Schriftstellers, eines sehr geistreichen Menschen. Demgegenüber scheint mir die Schrift de Guiberts das Werk eines überlegenen Menschen zu sein, der mehr als nur Geist, der Genie besitzt.

Keiner von beiden ist Philosoph, der eine deshalb nicht, weil er nicht kühl genug denkt, der andere auch nicht, weil seine Überlegungen nicht tief genug sind. Aber die Seele von M. de Guibert beurteilt die Menschen und die Ereignisse mit soviel Erhabenheit und Feuer, daß man sich lieber davon hinreißen als von einem Philosophen belehren läßt. Der militärische Aspekt ist von M. de Guibert so vorzüglich abgehandelt, daß selbst die Unwissendsten sich im Stande wähnen, das Verdienst Catinats zu begreifen, wenn sie es gelesen haben. Dieser Aspekt bleibt bei M. de la Harpe eher dunkel, wirkt ermüdend und ist sehr langweilig. Wenn man M. de la Harpe liest, wird man angenehm unterhalten und bisweilen sogar gerührt. Man bekommt Achtung vor dem Können des Verfassers. Wenn ich dagegen M. de Guibert lese, fühle ich, wie sich meine Seele weitet, wie sie sich wappnet und neue Lebhaftigkeit und Kraft gewinnt. Mitunter freilich vergißt er jedes Maß. Sein Stil ist nicht immer von gebotener Klarheit und Korrektheit, bisweilen mangelt es ihm an Harmonie: Es finden sich bei ihm zu gewöhnliche oder allzu gesuchte Bilder.

Wenn man den Preis verliehe für die Kunst zu schreiben, für Redegewandtheit, Stil, für das am besten konzipierte Werk, dann müßte man, glaube ich, M. de la Harpe bekrönen. Aber verliehe man ihn dem seelischen Schwung, der Kraft und der mitreißenden Wirkung des Genies, dem Werk also, das nachhaltigsten Eindruck macht, dann müßte man M. de Guibert auszeichnen. Kennte ich beide Autoren nicht, würde ich mich mein Leben lang danach verzehren oder dies auch tief bedauern, nicht mit M. de Guibert im Austausch zu stehen, aber ob M. de la Harpe in Paris wohnhaft sei, danach würde ich mich noch nicht einmal erkundigen. Ich vergehe vor Ungeduld, mein Freund, zu erfahren, wie Sie meine Kritik aufnehmen. Aber ich verlange von Ihnen Ihr Ehrenwort, daß Sie dies niemanden wissen lassen, nicht einmal die Person, die Ihnen am liebsten ist. Ich möchte nicht noch einmal die Entrüstung oder «den Ruhm» erleben, die mir weiland mein Urteil über die beiden «Eloges de La Fontaine» eingetragen hat, das Sie im übrigen völlig zu Recht als fade und abgeschmackt bezeichneten. Sie werden jetzt dasselbe sagen, wenn Sie wollen, aber sagen Sie es niemandem außer mir.

Ich verfüge Ihnen gegenüber, mein Freund, weder über Eigenliebe noch Selbstüberschätzung. Es ist mir ganz recht, dumm zu sein und mich einfach gehen zu lassen. Aber vor den anderen, da geniere ich mich zwar auch nicht, – denn dazu habe ich schon längst keine Kraft mehr – aber da sage ich auch gar nichts. Ich bescheide mich mit der Feststellung: Das ist gut, das ist mittelmäßig oder schlecht, aber ich hüte mich davor, irgendwelche Begründungen abzugeben. Dies würde mich sicherlich ebenso langweilen wie meine Zuhörer. Und überhaupt, was kann einem daran gelegen sein, vor Leuten geistreich zu tun, die einem herzlich gleichgültig sind!

Ja, ich bin es, die gänzlich erloschen ist. Meine Seele wird noch immer von dem Unglück am Leben erhalten, aber sie ist ohne alle Wärme. Ich habe verloren, was mich anregte, erleuchtete und begeisterte. Mir bleiben nur noch Erinnerungen, die alle Dinge mit Trauerflor umgeben. O mein Freund, M. de Mora ist nicht mehr, und Sie haben mich daran gehindert, ihm zu folgen. Welches Verhängnis hat Ihnen nur jenes Interesse eingeflößt, das sich für mich so verderblich auswirkte?

Freitag, den 7. Juli (1775)

Ich habe ganz vergessen, Ihnen mitzuteilen, daß M. de Sartine[5] in den Conseil[6] eintreten wird. Das soll ihm zum Trost gereichen. Wie ich Ihnen schon sagte, war ich bis vor einigen Tagen von meinen Freunden umgeben. Aber seit zwei Tagen sind alle verschwunden. Die Inspektionen, die Regimenter, die Ländereien, die Bäder haben mir alle entführt. Allein der Botschafter[7] bleibt mir, und ich sehe ihn alle Tage, aber er ist mir zu ausgelassen und deshalb meiner Stimmung genau zuwider. Der gute

Condorcet ist zurück. Nach langen Unterhaltungen mit seinem lieben Onkel[8] ist man übereingekommen, daß der gute Condorcet sich verheiratet, sobald es ihn danach verlangt.[9] Eine solche Tyrannei ist unerträglich. Der Onkel hat ferner huldvoll zugestimmt, daß er «dem König vorgestellt wird» und daß er außerdem seinen Diener Trauerkleidung anlegen läßt, weil «der Älteste des Hauses gestorben ist». Nach diesen Vereinbarungen und Versprechungen hat er sich von seinem Onkel verabschiedet, der sich damit tröstet, einen Neffen zu haben, der Mitglied der Akademie ist, aber nur, weil ihm zu Ohren kam, dieser sei ein intimer Freund eines Ministers. Mein Gott, was für Dummheiten! Man müßte weinen, reizte es einen nicht zum Lachen.

Ich werde Ihnen gelegentlich einmal von einer ärgerlichen Sache berichten, mein Freund, auf die ich mich Ihretwegen eingelassen habe. Man hat eigentlich nichts weiter gesagt als das, was ich mir erlaubte, Ihnen vor rund einer Woche zu schreiben, aber das hat mich dann doch erzürnt. Ich habe einige Grobheiten, Beleidigungen von mir gegeben und mir deshalb Feinde gemacht. Aber, das stört mich nicht weiter, war es mir doch eine Befriedigung, und außerdem habe ich Sie auch in Schutz genommen. Es schien mir über alle Maßen ungerecht und dreist zu sein, derart über Sie zu urteilen. Ich möchte das alleinige Privileg besitzen, über Sie schlecht zu denken. Die anderen hingegen sollen so über Sie urteilen, wie ich Sie empfinde: edel, groß, erhaben und daß man niemals von Ihnen sagt: «Er ist liebenswürdig.» Was für ein albernes Lob! Es zerstört jedes wahre Verdienst. Er ist liebenswürdig, heißt, wenn man es in die Sprache der Weltmänner überträgt, soviel wie: Er ist frivol, von niedriger Gesinnung und ohne allen Charakter. Da haben Sie die liebenswürdigen Menschen dieses Landes. Aber wir werden schon noch besser werden, davon bin ich zutiefst überzeugt.

Adieu, mein Freund, Sie machen sich über mich lustig, weil ich vor Ihnen ein Geheimnis hüte, das alle Welt Ihnen bereits entdeckt hat, aber wenn Sie nicht völlig zum *Provinzler* geworden sind, dann werden Sie wissen, daß drei Tage bei einem derartigen Geheimnis von großer Bedeutung sein können. Abgesehen davon hatte ich Verschwiegenheit gelobt, und mit der Moral darf man nicht klügeln. Lassen Sie es mich wissen, sobald Sie genaue Nachrichten aus La Bretèche[10] haben und ob Sie damit zufrieden sind? Ist die Freundschaft immer noch ebenso zärtlich wie großzügig? Ich bin sehr neugierig. Gerne würde ich einen Brief von ... sehen. Aber neue Pflichten bringen es ohne Zweifel mit sich, daß Sie es an Vertrauen mangeln lassen. Nun gut, sei es drum, aber lassen Sie es wenigstens nicht an der Wahrhaftigkeit fehlen, und ich schwöre Ihnen, daß ich Sie dann niemals in diese zutiefst verletzende Notlage bringen werde.

Ich hoffe, morgen Post von Ihnen zu erhalten. Es wird sicherlich ein sehr trockener, sehr kühler Brief sein, der mir mißfallen wird, und alles in allem wird es mich dann vielleicht bitter reuen, zu Ihnen zurückgekehrt zu sein. Ich hätte Ihnen glauben sollen: «Sie waren nicht des Leidens wert, das Sie mir angetan haben.» Diese Worte entdeckten mir den Grund meiner Seele und tauchten eine zehnjährige Liaison in helles Licht. War es nicht Clarisse, die, als sie im Sterben lag, zu Belfort, dem Freund von Lovelace, ähnliches bemerkte, und ließ ihr nicht dieser Gedanke den Tod als tröstlich und notwendig erscheinen? Aber, leben Sie wohl: Richardson kannte die Menschen, die Liebe und die Leidenschaften. Mme. Riccoboni kennt nur die Eigenliebe, den Hochmut und gelegentlich die Empfindsamkeit. Aber das ist auch schon alles.

1 Chrétien-Guillaume de Lamoignon de Malesherbes (1721–1794) wurde am 16. Juli 1775 zum Ministre de la Maison du Roi ernannt. 2 Louis III. Phélypeaux, Comte de Saint-Florentin, dann Duc de la Vrillière (1705 bis 1777) wurde nach dem 16. Juli 1775 Secrétaire d'Etat pour les Affaires religieuses. 3 Oberster Finanzgerichtshof. 4 Charles-Louis-François de Paule de Barentin (1738–1819) war damals Avocat général am Parlement de Paris. 5 Vgl. Brief 18, Anm. 4. 6 Kronrat. 7 Gemeint ist der Marques de Caraccioli. Vgl. Brief 14, Anm. 4. 8 Jacques-Marie de Caritat de Condorcet (1703–1783), Bischof von Lisieux. 9 Dieses «Verlangen» überkam Condorcet aber erst 1787, als er Marie-Louise-Sophie de Grouchy (1764–1822) heiratete. 10 Landhaus von Mme. de Montsauge.

141. An denselben

Montag, den 10. Juli 1775

Ach, nur zu, brich mir doch mein Herz ganz!

Ich bin wirklich unglücklich! Ich habe keine Worte, ich bin außer mir! In welche Schande, mein Gott, bin ich geraten! Sie schreiben mit mehr Höflichkeit als Gefühl, wenn Sie mir mitteilen, es genüge Ihnen, ein weißes Blatt Papier zu empfangen. Und mein Unglück wollte es, daß, als Sie mir Ihren Wunsch übermittelten, ich gerade dabei war, Sie alles wissen zu lassen, was ich denke, was ich fühle. Ich leide, meine Seele ist völlig darnieder, empört gegen den, der sie verletzt hat. Oh, mein Freund, Sie wollen mich nicht verstehen, Sie antworten mir nur sehr unzulänglich, ich werde Sie mit um so größerer Kraft hassen, als ich mich Ihnen zuvor als schwach gezeigt habe. Hören Sie also auf, mich zu quälen, Sie treiben es zu arg und gleichzeitig auch zu wenig. Lassen Sie ein Gefühl erlöschen, das Sie nicht wollen, das Sie nicht zu erwidern vermögen.

Mein Gott, ohne Ihre verfluchte «Eloge de Catinat» wäre ich geheilt. Es wäre für mich bei dem ruchlosen Brief aus Courcelles geblieben, bei dessen bloßer Erinnerung ich noch immer vor Wut zittere. Ich hätte nichts mehr von Ihnen gehört, und zumindest in diesem tiefen Schweigen hätte ich die Kraft zur Heilung oder zum Sterben gefunden. Sie haben sich mit großer Schuld beladen, mein Freund, denn Sie haben mich mit aller Kälte in die Verzweiflung gestoßen. Nachdem Sie mir gesagt haben, Sie wüßten, daß ich leide, fügten Sie dem noch hinzu, Sie hätten Verlangen nach dem Landleben und daß diese Neigung für längere Zeit Sie beherrschen würde. Wissen Sie nicht, daß Sie mich damit betrüben, wenn Sie nur an sich denken? Lieber gehen Sie aufs Land, als mich zu sehen! Ist das wahr? Und wenn es zutrifft, warum sagen Sie es mir dann? Sie müssen mir doch alles verschweigen, was meine Seele empören könnte, ja, Sie müssen, denn glauben Sie nicht, daß es nur eine Art von Pflichten gibt, denen man allen genügt hat, wenn man bloß jenen nachgekommen ist, die das eigene Wohl und Wehe betreffen, und vielleicht auch noch denen, die üblicherweise einem von der Gesellschaft abverlangt werden. Ohne Zweifel ist das für diese groben und eitlen Seelen schon mehr als genug, die ihre Idee vom Glück lediglich mit Geld in Verbindung bringen können und die ihre Achtung nach der Einschätzung bemessen, die ihnen die Flachköpfe zollen, von denen sie umgeben sind. Es ist aber Ihr Gewissen, an das ich mich immer wieder wenden werde, und es ist das meinige, das über Sie urteilen wird, sobald meine Leidenschaft erloschen ist.

Sie tun mir weh, mein Freund. Ihre Briefe sind kalt, trübsinnig und selbstsüchtig. Sie haben kein einziges Wort gebraucht, das von Herzen käme. Aber warum hat sich dann mein Herz Ihnen ganz preisgegeben? Sagen Sie mir schließlich, warum ich Sie liebe, da ich doch so einleuchtende Gründe hätte, Sie nicht zu lieben, zumal ich Sie nicht wie die meisten Frauen aus dummer, alberner Eitelkeit oder aus Langeweile liebe. Der Himmel ist mein Zeuge, daß das, was mich am meisten verletzt, der Gedanke an *das Verbrechen* ist, ja, eben an das Verbrechen, das mich zu Ihnen hingezogen hat.

Was Leere und Langeweile anlangt, die kenne ich nicht. Meine Seele hätte gewiß noch ein Jahrhundert lang mit meiner Liebe und meinem verlorenen Geliebten zu tun, und außerdem wäre mein Leben erfüllt mit tausend Interessen, wenn ich nur wollte. Was mir bis zum Grunde meines Herzens vordringen will, wird von mir ständig abgewiesen, ohne Unterlaß verstoßen. Sie sehen also, es war ein ganz besonderes Unheil, daß ich zu jener Marter verurteilt wurde, die mich tötet. Und Sie, Sie geben den kühlen Zuschauer ab. Sie sind ganz daran gewöhnt, von mir kein Lebenszeichen mehr zu erhalten. Ein weißes Blatt Papier gibt Ihnen Antwort auf alles, was Sie von mir denken und fühlen, mein Freund! Und ich habe Ihnen ganze Bände geschrieben. Halten Sie mein Betragen gar für linkisch und töricht? Ich bin völlig verwirrt, aber ich will mich dennoch ein wenig an Ihnen rächen, indem ich Ihnen sage, daß in Ihrem letzten Brief, dem vom 1. Juli, auf den ich jetzt antworte, etwas steht, das einen ganz abscheulichen Geschmack verrät. Das wäre an sich nichts weiter als eine Geschmacklosigkeit, aber in diesem Falle ist es ein gröberer Fehler und nicht lediglich ein Verstoß gegen den guten Geschmack und den guten Ton. Ach, ich werde den Brief aufbewahren, und wenn Sie mich nicht hassen, sobald ich Sie damit ärgere, dann müssen Sie trotz allem ein ziemlich guter Junge sein.

Aber ja, Sie sind schon recht lieb, schon sehr gut. Ha, Sie sind aber auch sehr böse, sehr hart und sehr inkonsequent. Aber was das alles aufhebt und noch übertrifft, ist, daß Sie dennoch sehr liebenswürdig sind. Ich wage es nicht, diese Worte in alle meine Briefe zu schreiben, da es dann so aussehen könnte, als wollte ich sagen: ich bin verrückt, und Sie wären auch noch imstande, das zu glauben! Narren machen einem ja bekanntlich immer Spaß. Ich möchte Sie aber lieber verlegen machen, Sie tyrannisieren, ich möchte Sie für eine Stunde so leiden lassen, wie ich mein ganzes Leben leide.

Aber, da fällt mir ein, ich habe Ihnen noch gar nicht von dem Ring erzählt, den Sie mir bei Ihrer Abreise geschenkt haben. Er war das Symbol, das Emblem all dessen, was sich ereignete. Ich steckte ihn an meinen Finger, und zwei Stunden später war er zerbrochen. Das ist durchaus kein Scherz, vielmehr war mir dies ein sehr trübes Vorzeichen, und wenn der «Sancy»[1] mir gehörte und ich ihn verloren hätte, wäre ich sicherlich nicht so traurig gewesen. Kommen Sie, mein Freund, schenken Sie mir einen Ring, der so stark und unzerbrechlich wie meine Liebe ist. Der, den Sie mir gaben, glich allzusehr Ihrer Liebe, hielt er doch nichts aus.

Ich habe Ihren Brief dem guten Condorcet vorgelesen. Er ist ja so entgegenkommend, und dies genau so, wie es sich gehört. Sie liebten nur noch Ihre Studien, stand darin zu lesen und auch, Sie verachteten den Ruhm!? Wahrlich, wenn Sie traurig sind, geben Sie einen großen Philosophen ab. Aber im kommenden Winter werden Sie so glücklich, so reich, so fröhlich, so zerstreut sein! Dann wird von dieser tiefsinnigen Philosophie keine Rede mehr sein! Gewiß doch, Ihr Leben ist noch nicht so weit fortgeschritten, Ihr Kopf zumal ist noch ziemlich jung. Er muß noch von manchen Flausen gesäubert werden, die häufig Ihre Seele verwirren.

Ich bin recht unausstehlich, mein Freund, finden Sie nicht? Ich mäkele an Ihnen ohne Unterlaß, aber liebe Sie dennoch mehr als alle, die Sie nur loben. M. d'Alembert liebt Sie so, wie ich es gutheiße. Adieu. Schreiben Sie mir und zwar viel.

1 Berühmter Brillant.

142. An denselben

Dienstag, den 11. Juli 1775

Ich habe meinen Gegenstand auf zweierlei Weise traktiert, und da Ihnen sowohl dessen Subjekt wie dessen Objekt nicht völlig gleichgültig sind, sende ich Ihnen diese Skizze. Ich glaube nicht, daß diese zweite Kritik sehr von der ersten abweicht, aber es muß dennoch Unterschiede geben. Mein erstes Urteil habe ich nämlich nach der Lektüre von M. de la Harpe niedergeschrieben, aber dieses hier, nachdem ich Ihre Schrift gelesen habe. Urteilen Sie also selbst, ob ich ein richtiges Gefühl hatte oder ob ich mehr oder weniger dumm war. Schließlich, mein Freund, verwerfen Sie meine Kritik, aber behaupten Sie nicht, ich hätte mich nicht bis zu Ihrem Überdruß mit Ihnen befaßt.

M. de Malesherbes wird sein Amt erst Samstag oder Sonntag antreten. Er hat sich von der Einsamkeit des Landsitzes der Malesherbes verabschiedet, und ich kann mir nicht vorstellen, daß er dies tat, ohne daß sich ihm das Herz krampfte. Ein Ehrgeiziger hätte gewiß Mühe sich vorzustellen, daß es ein Opfer ist, Minister zu werden. Aber wenn Sie M. de Malesherbes kennten, würden Sie die Wahrheit meiner Worte einsehen.

Guten Tag, mein Freund, Ich werde diesen Brief auf die normale Post bringen lassen. Gestern habe ich Ihnen einen riesigen Brief geschrieben. Morgen werde ich von Ihnen vier Zeilen als Antwort darauf erhalten, die recht dürftig und vielleicht sehr grausam sind. Nun gut, wie immer sie ausfallen mögen, ich erwarte sie mit mehr Ungeduld, als Sie einem Vergnügen entgegenblicken. Ich habe just angeordnet, daß man mir meine Briefe zu Mme. de Geoffrin bringt. Bis zu dem Augenblick, da sie eintreffen, habe ich keinerlei Nerv für die Unterhaltung. Meine Augen und mein Herz haften an der Türe und an den Händen der Personen, die das Zimmer betreten. Gibt es eine andere Art und Weise, mein Freund, intensiv zu leben, als wenn man leidet? Mein Gott, ich kannte eine andere. Die Erinnerung daran ist eine Mischung aus Süße und Schmerz!

Ich habe nach La Bretèche geschrieben, aber Sie waren nicht dort. Können Sie es sich vorstellen, daß der Chevalier mich nicht nach Neuigkeiten von Ihnen gefragt hat? Das irritiert mich. Raten Sie, von welcher Frau gestern die Rede war und jemand sagte, – aber es lohnt sich wirklich nicht, auf Einzelheiten einzugehen –: «Eine Frau wie diese ist wie ein Klöppelkissen auf dem Stuhl.» Und das ist von einer verblüffenden Wahrheit.

Leben Sie also wohl. Es ist mir unmöglich, von Ihnen zu lassen. Zerreißen Sie nicht meine wichtigen Kritiken, und verlieren Sie sie auch nicht.

143. *An denselben*

Mittwochabend, den 12. Juli 1775

Kann es wirklich einen guten Grund dafür geben, daß Sie mir nicht mit dieser Post geantwortet haben? Sie mußten mir auf das, was ich über Ihre Eloge schrieb, antworten. Und dann mußten Sie... Ach nein, Sie müssen überhaupt nichts. Sie haben völlig recht daran getan, mir nicht zu antworten. Sie hätten mich nur verletzt, und ich wäre darüber nur traurig gewesen. Ich erinnere mich, Ihnen einmal gesagt zu haben, wären Sie auch der grausamste und ungerechteste Mann, machte ich mir dennoch niemals jene Regung zum Vorwurf, die mir von der schieren Verzweiflung abgepreßt wurde. Aber Sie hüllen sich in Schweigen, und indem Sie dieses wahren, zählen Sie darauf, einer niedergedrückten und von Kummer zerrissenen Seele zu helfen!

Läge die Schuld jedoch bei Ihnen, so wären Sie des Bedauerns nicht wert, dessen ich Sie versichere, wenn Sie aber nicht schuld daran sind, dann bitte ich Sie um Verzeihung, denn ich beleidigte Ihr Herz, wenn ich ihm unterstellte, es sei meinen Leiden gegenüber unempfindlich.

Ich muß auf den Samstag warten, weiß aber nicht, ob ich diesen Tag herbeisehnen soll, wird er vielleicht doch der wichtigste meines Lebens. Wenn er mir nur die eine Zuflucht läßt – gut! – dann vollenden Sie ein gräßliches Schicksal, und fast will es mir scheinen, als müßte ich Sie deswegen segnen. Ja, ich werde Sie aus diesem Grunde lieben, denn ich kann nicht mehr, ich will Sie nicht mehr hassen. Dieses abscheuliche Gefühl ist meiner

Seele zu fremd und zu gewalttätig. Ich dachte, ich müsse sterben, so sehr hat es meinen Körper verkrampft und erschüttert. Ich habe danach erst wieder zur Ruhe gefunden, nachdem ich eine Dosis Opium genommen hatte, die mich in einen Zustand der Ermattung versetzte, der dem Stumpfsinn glich.

Schon bald werde ich gar nicht mehr die körperliche Kraft besitzen, mein Freund, Sie zu lieben. Die Folge der heftigen Erschütterungen, die Sie meiner Seele zufügen, haben meinen Körper entkräftet und zugrunde gerichtet. Ach, wenn diese Leiden mir nur meinen Weg verkürzten! Aber es geht um so langsamer, wenn man jeden Augenblick einen Stoß versetzt bekommt! Ach, mein Gott, wie viele Stunden gilt es noch zu durchleben, bis es Samstag zwei Uhr ist! Ich werde alle Kraft, die mir noch bleibt, aufbieten, um mich über diese Zeitdauer hinwegzutäuschen. Ich habe mich für heute nach dem Mittagessen schon fünf- oder sechsfach zu lauter Sachen verpflichtet, von denen aber nicht eine einzige mich wirklich etwas angeht, aber ich werde so wenigstens immer mit Menschen zu tun haben, die mich ein bißchen lieben. Das stärkt mir meinen Mut. Morgen gehe ich nach Auteuil, am Freitag nach Passy, um die berühmte Sängerin zu hören, die im letzten Jahr hier war, eben die, von der man munkelte, sie habe eine so liebreizende Stimme und sei dabei aber steindumm. In ruhiger Stimmung könnte ich mich an diesem Vergnügen erbauen, aber für eine Seele, die leidet und liebt, gibt es für die im Leben noch irgendeinen Reiz?

Ich schreibe Ihnen vom Comte de Crillon aus, mein Freund, in dessen Haus ich mich seit zwei Tagen aufhalte. Ich bin hier ganz allein. Mme. de Crillon weilt auf dem Lande, und ihr Mann befindet sich in Metz, um dort vier Wochen einen für ihn grausamen Dienst zu tun, da er von seiner Frau getrennt ist. Vergebens habe ich dieses Zimmer, alle Winkel des Hauses durchsucht, sie haben alles Glück mitgenommen, keine Spur von ihm ist zurückgeblieben. Ich habe meine Nacht auf einem recht harten Lager verbracht mit der Folge, daß ich bis morgens um acht so gut wie kein Auge zugetan hatte. Ich fühle mich ganz zerschlagen, bin sehr traurig und gelangte zu der Einsicht: Wie verschieden sind doch am nämlichen Ort die Herzen!

Aber wenn das Unglück einen größeren Einfluß ausübt als das Vergnügen oder das Glück, wie würde ich Sie dann bedauern, wenn Sie in diesem Bett jene Gedanken und Gefühle hätten, die mich beschäftigten! Dieses Unglück würde auch Sie einholen, mein Freund, aber wie würden Sie es dann wieder loswerden?

Sie müssen unterdessen alle Schriftstücke erhalten haben, die Sie M. Turgot anvertraut hatten, von denen mir dieser voller Lob und Anerkennung für Sie gesprochen hat. Ich habe gestern morgen erneut mit ihm geplaudert, es war das erste Mal, seitdem er Generalkontrolleur geworden ist. Er kam zu mir gegen elf Uhr am Vormittag, und wir waren bis gegen ein Uhr allein. Ich versichere Sie zu wiederholtem Male: Es gibt keinen, aber auch wirklich keinen einzigen anderen, der sich selbstloser und leidenschaftlicher für das Gemeinwohl einsetzte. Ich werde Sie mit Einzelheiten verschonen, Ihnen lediglich sagen: Es bin ich, die das sagt, aber er ist es, der den Beweis dafür liefert. Aber glauben Sie nur nicht, daß ich die ganze Zeit damit zugebracht hätte, ihm sein Loblied zu singen. Nein, denn in Wahrheit ist er weitaus mehr wert als alle meine Lobreden. Ich habe ihm alles berichtet, was ich von Ihnen gehört hatte und was er wissen sollte. Ich habe es sicherlich nicht so gut gesagt, wie Sie dies getan hätten, aber ich fühlte mich dabei dennoch von Ihrem Geist beflügelt, ja selbst von Ihrem kritischen Verständnis, auch wenn es nicht das ist, das ich an Ihnen am meisten bewundere, denn häufig schießt es nach meinem Geschmack über sein Ziel hinaus. Aber was soll's! Ich habe mit der vertrauten Ungezwungenheit gesprochen, die mir bei Menschen, die ich schätze und liebe, eigen ist. Mit einem Wort, ich war ganz so bei mir, wie ich es sonst nur mit Ihnen bin. Und nachdem ich tausenderlei kleine Ungehörigkeiten geäußert hatte, habe ich bemerkt, daß allein die Tugend und die Einfachheit es vermögen, sich von der Gewohnheit zu lösen, um sich ganz bei sich zu fühlen. Und tatsächlich schien es mir so, als wäre seit jenen Tagen, da er zu mir kam, um mir seine metrischen Verse vorzutragen, keine Zeit vergangen.

Wenn ich nur wollte, könnte ich Ihnen auch noch ausführlicher über M. de Malesherbes berichten, das aber hieße denn doch, sich zu sehr aufzuplustern, und es ist schwierig, vor Eitelkeit zu platzen, wenn man vor lauter Traurigkeit stirbt.

Adieu, mein Freund, es will mir als nicht ganz ausgeschlossen erscheinen, daß dies ein Lebewohl für immer ist: Allein Gott und Sie wissen es.

144. *An denselben*

Samstagabend, den 15. Juli 1775

Ich lebe, mein Freund, ich werde weiter leben, Sie wiedersehen und, welches Schicksal mich auch erwarten mag, ich werde noch einen Moment der Freude haben, bevor ich sterbe. Das habe ich mir heute morgen noch nicht gesagt. Meine Seele war voller Furcht, ich stand in Erwartung meines Urteils, von dem ich glaubte, es werde verhängnisvoll für mich sein, das ich aber dennoch erleiden wollte. Ich mochte mich nicht mehr beschweren, ich konnte aber auch nicht länger leiden, und ich war mir deshalb gewiß, daß heute der letzte Tag meines Lebens angebrochen sei, sollten Sie mir nicht zu Hilfe eilen. Sie sind gekommen, mein Freund, Ihr Herz hat mich erhört, es hat mir geantwortet, und seither ist mir das Leben wieder erträglich.

Heute vormittag überwältigte mich ein Anfall von Verzweiflung. M. d'Alembert war darüber zutiefst erschrocken, und ich besaß nicht genug Geistesgegenwart, um ihn zu beruhigen. Seine Anteilnahme schnitt mir ins Herz. Sie beruhigte meine Seele und ließ mich in Tränen ausbrechen. Ich konnte nicht sprechen, aber, wie er mir erzählte, wiederholte ich zweimal die Worte: «Ich sterbe, gehen Sie.» Dies erschütterte ihn zutiefst. Er hat geweint, er wollte alle meine Freunde rufen, und er sagte: «Wie unglücklich bin ich, daß M. de Guibert nicht hier ist! Das ist der einzige, der Ihre Leiden zu lindern vermöchte. Seit seiner Abreise sind Sie Ihrem Unglück verfallen.» Ach, mein Freund, die Nennung Ihres Namens hat mich sofort wieder zur Vernunft gebracht. Ich sah ein, daß ich mich beruhigen müsse, um diesem ausgezeichneten Menschen wieder seine Ruhe und sein Leben zurückzugeben. Ich habe mich zusammengenommen, habe ihm gesagt, daß sich eine Nervenkrise mit meinem gewohnten Leiden gekreuzt habe, und tatsächlich waren mir ein Arm und eine Hand völlig verdreht und gelähmt. Ich bat um ein Beruhigungsmittel. Er hatte außerdem nach meinem Arzt geschickt. Um mich aus all dem zu befreien, nahm ich meine ganze Kraft und alle Vernunft zusammen, die mir noch geblieben waren, und schloß mich in meiner Stube ein, um den Postboten zu erwarten. Er kam: Ich sah zwei Briefe von Ihnen. Meine Hände zitterten so sehr, daß ich sie weder ergreifen, geschweige öffnen konnte. Zu meinem Glück war das erste Wort, das ich gewahrte: «Meine Freundin.» Mein Herz, meine Lippen drückte ich auf das Papier. Ich konnte nicht weiterlesen, ich unterschied lediglich einzelne Worte: «Sie geben mir das Leben wieder. Ich atme.» O, Sie mein Freund, Sie gaben es mir wieder! Ich würde gewiß sterben, liebten Sie mich nicht. Niemals, nein niemals habe ich ein ebenso zärtliches wie leidenschaftliches Gefühl gehabt.

Endlich las ich, habe ich zehn-, zwanzigmal die Worte in mich aufgenommen, die meinem Herzen Trost spendeten. Indem Sie sich mir nähern, mein Freund, fesseln Sie mich wieder ans Leben. Ja, ich spüre es, ich liebe Sie mehr als das Glück und die Freude. Ich werde ohne beide leben, ich werde Sie lieben. Und wenn das mir nicht mehr genügen sollte, dann wird es Zeit für mich zu sterben.

Ja, wir werden tugendhaft sein, das schwöre ich Ihnen, das gebe ich Ihnen zur Antwort. Ihr Glück, Ihre Pflicht sind mir heilig. Ich schauderte vor mir selber, wenn ich jemals in mir eine Regung entdeckte, die sie verletzte. Mein Gott, wenn ich einen einzigen Gedanken noch zu hegen vermöchte, der die Tugend beleidigte, dann würden Sie mich erzittern machen! Mein Denken erinnert Sie an die Idee des Verbrechens! Nein, nein, mein Freund, Sie sollen sich nichts vorzuwerfen haben. Ich allein werde alle Schuld tragen, ich werde von Gewissensbissen und Trauer verzehrt sein. Aber wenn Sie glücklich sind, werde ich Ihnen für immer alles verschweigen, was Ihnen einen Schimmer meines Unglücks geben könnte. Sie kennen die Leidenschaft, mein Freund, kennen Sie aber auch die Kraft, die sie einer Seele verleihen kann, die von ihr beherrscht wird? Nun gut, ich verspreche Ihnen, zu dieser Kraft noch all jene Energie hinzuzugesellen, die mir der Wille zur Tugend und die Verachtung des

Todes gewähren, damit für immer gewährleistet sei, daß Ihre Ruhe und Ihre Pflichten unangetastet bleiben.

Ich habe mir das alles gut überlegt. Wenn Sie mich lieben, dann werde ich die Kraft für das Martyrium besitzen, aber wenn ich an Ihnen zu zweifeln beginne, dann bleibt mir noch immer jene Kraft, die es braucht, um sich von einer unerträglichen Last zu befreien, und sie wird mir gewiß nicht mangeln, wenn ich sie nötig habe. Heute vormittag besaß ich sie. Sie glauben also, es gäbe keine Steigerung der Leidenschaft über das Maß hinaus, das ich Ihnen bereits bewiesen habe? Ach, ich antworte Ihnen darauf, daß Sie noch nicht alles wissen, daß Sie noch nicht alles gewärtigt haben und daß es vor allem keine Worte gibt, welche die Gewalt einer Leidenschaft auszudrücken vermögen, die sich nur von Tränen und Gewissensbissen nährt und die sich nur zwei Dinge zum Ziel gesetzt hat: Lieben oder Sterben. Davon finden Sie nichts in den Büchern, mein Freund. Und ich habe einst mit Ihnen gemeinsam einen Abend verbracht, der übertrieben erschiene, läse man seine Schilderung bei Prévost,[1] bei dem Mann von Welt also, der am besten über alles Bescheid wußte, was eine solche Leidenschaft an Wonnen und Qualen in sich trägt.

Ich habe immer noch nicht das Paket mit meinen Briefen erhalten. Ich werde nicht eher Ruhe geben, bis ich es in Händen halte. Ich kann mich der Angst nicht erwehren, daß Sie damit irgendeine Ungehörigkeit begangen haben. Sie sind immer so unbesonnen. Nun gut, ich wäre gewiß verloren, wenn M. de Vaines Kenntnis davon hätte, was dieses Paket enthält: Sie wären der Schuldige, ich hingegen die Unglückliche, aber ich glaube, ich würde Ihnen selbst dann keine Vorwürfe machen. Begreifen Sie, wie großmütig ich sein kann?

Es ist mir etwas zugestoßen, mein Freund, das mich früher um meine Fassung gebracht hätte. Mme. du Deffand hat mich zur Ausgeburt der Hölle gemacht. Sie hat mich in die ganze Klatscherei um Mme. Necker und Mme. Marchais[2] verwickelt. Gegenüber Mme. d'Anville hat sie mich bloßgestellt, und das auch noch in einer Weise, die entschieden alberner denn boshaft ist, weshalb es zu Erklärungen kommen muß. M. d'Angivillier spielt auch einen Part in diesem infernalischen Stück. Auch der Botschafter[3] ist daran nicht unbeteiligt. M. d'Alembert ist außer sich, aber ich, inmitten dieses ganzen Tumults, bin ruhig wie die Unschuld selbst und kalt wie die Gleichgültigkeit. Und als man mir wegen all dem gestern den Kopf waschen wollte, habe ich immer nur geantwortet: «Alles wird gut», und man bewunderte meine Kaltblütigkeit inmitten dieses Sturms.

Ach, mich beschäftigen ganz andere Dinge, die sich über meinem Haupte zu entladen drohten. Für mich gab es nichts Wichtiges auf der Welt als die Ankunft der Post aus Bordeaux. Guter Gott, ich würde es mit allen Teufeln aufnehmen, solange ich nur mit Ihnen zufrieden bin. Da haben Sie den Vorzug, den grausamen Vorzug, den das Unglück birgt. Es tötet all die kleinen Kümmernisse, die das Leben der Menschen von Welt beeinträchtigen. Ich weiß, daß ich mich auf ganz wunderbare Weise dieser Klatschgeschichte entwinden werde, weil ich der ganzen Sache weder Anteilnahme noch Interesse entgegenbringe. Ich mache mir lediglich den Vorwurf, daß ich Sie so lange damit aufgehalten habe, aber wären Sie hier, dann hätten Sie noch viel mehr darüber zu hören bekommen. Diese Auseinandersetzung hat nämlich längst den Prozeß von M. de Guines[4] in den Hintergrund gedrängt.

Der Chevalier[5] hat mir Nachrichten von Ihnen aus La Bretèche mitgebracht. Man[6] erhielt einen Brief von Ihnen mit der letzten Post, während der an mich gerichtete liegenblieb. Das ist nicht gerecht, denn wie gern auch immer sie Briefe von Ihnen erhält, so hätte sie sicherlich nicht soviel gelitten wie ich, wenn es denn der Brief an sie gewesen wäre und nicht der an mich, der sich verspätete. Aber warum war sie noch immer des Glaubens, daß der «Connétable» nicht aufgeführt wird? Das ist unbegreiflich.

Wenn ich einmal eines Tages recht erniedrigt werden will, mein Freund, dann werde ich Ihnen einen Verdacht mitteilen, den ich gegen Sie zu hegen wagte. Aber warum untergraben Sie auch mein Vertrauen? Es wäre mir so zärtlich zumute, wenn ich an Sie glauben könnte. Von Ihnen nämlich schlecht zu denken ist mir ganz und gar zuwider.

Sie sagen mir, daß Sie in Ihrem Herzen die falschen Anschuldigungen, die Schrecklichkeiten bewahren, die ich Ihnen gesagt habe. Aber, sagen Sie mir, was soll das? Ihnen ist doch nur zu gut bekannt, daß ich alles annulliert habe. Ich lebe, und ich liebe Sie. Das ist alles, was mir von meiner Verzweiflung und meinem Haß übriggeblieben ist. *Sie wollten Ihren Verstand zusammennehmen, um mir zu antworten?* Das haben Sie gar nicht nötig, und ich, ich bin so vernünftig, sobald sich meine tollen Anfälle gelegt haben, daß es schiere Verschwendung wäre, wenn Sie mir mit Ihrer Vernunft und Ihren Vernünfteleien aushelfen wollten. Indessen warte ich voller Ungeduld auf eben diese. Wieviel Zeit liegt doch zwischen Samstag und Mittwoch!

> Ach, wie langsam verrinnt doch den Unglücklichen die Stunde!

Gute Nacht, mein Freund. Ich werde diesen überlangen Brief dieser Tage erst beenden, denn die Post geht nicht vor Dienstag ab. Seit drei Stunden fühle ich mich krank. Ich war auf das Rad geflochten, Sie haben mich wieder genesen lassen.

1 Vgl. Brief 49, Anm. 35. 2 Mme. Marchais (1735–1808), eine Tochter des Generalsteuerpächters Benjamin de la Borde, war eine enge Freundin von M. d'Angivillier, den sie später auch heiratete. Ihr Salon war neben dem von Mme. d'Anville und Mme. Blondel der Treffpunkt der Anhänger wirtschaftlicher Reformen. 3 Gemeint ist der Marques de Caraccioli. Vgl. Brief 14, Anm. 4. 4 Adrien-Louis de Boumière, Duc de Guines (1725 bis 1806), Botschafter in London. Anspielung auf einen Prozeß, den dieser gegen seinen Sekretär Tort de la Sande angestrengt hatte, den er des Schmuggels und der Verschwendung öffentlicher Gelder verdächtigte. 5 Gemeint ist der Chevalier de Chastellux. Vgl. Brief 12, Anm. 2. 6 Gemeint ist Mme. de Montsauge.

145. An denselben

Sonntag, Mitternacht, den 16. Juli 1775

M. de Vaines hat mir Ihr Paket gebracht. Ermessen Sie selbst mein Unglück, daß ich bis zu dieser Stunde warten mußte, um endlich Ihre Antwort zu bekommen. Sie haben M. de Vaines geschrieben, was mich sehr gefreut hat. Mein Gott, wem gilt denn das erste, das einzige Interesse meines Lebens? Einem Inspektor, einem Spaziergang, einem wenig interessanten Besuch. Ach ja, das große Unglück rührt keineswegs daher, seine Ursache ist vielmehr, daß Ihr Glück nicht von mir abhängt. Aber wissen Sie wenigstens, wovon es abhängig ist? Haben Sie es herausgefunden? Die Pflichten, die Tugend, das sind die heiligen Gesetze, an die man sich halten muß. Aber liegt darin das Glück? Sollte dies die Freude sein?

Gute Nacht. Meine Seele und mein Körper sind ermattet. Ich bedarf der Ruhe, aber Sie, Ihr erstes Verlangen ist es, umgetrieben zu sein. Ach, Sie haben mich zu sehr leiden lassen. Ich kann nicht mehr.

146. An denselben

Montagabend, den 17. Juli 1775

Die große Affäre ist zur Mehrung meines *Ruhms* beigelegt worden. Man kam überein und faßte den einstimmigen Beschluß, daß Mme. du Deffand das böswilligste Geschöpf ist, das Gott oder der Teufel jemals erschaffen haben. Das Komitee oder das Gericht, dem die Angelegenheit unterbreitet worden war, setzte sich zusammen aus der Duchesse d'Anville, dem Botschafter, M. de Vaines und mir selber, und, wie Sie sich gut vorstellen können, ging das Ganze nicht ab, ohne daß der Botschafter dabei vor Lachen schier erstickte. Ich glaube freilich, er hat der Angelegenheit ebensoviel Teilnahme geschenkt, wie er für mich empfindet. Ich bin ihm deshalb sehr verpflichtet, aber er könnte nicht ablenken, wenn ich mit Ihnen im Streit bin.

Adieu, mein Freund, adieu. Sie tun mir weh. Sie quälen mich. Sie haben mir eine tiefe Wunde geschlagen. Aber ich liebe Sie, und dieses Gefühl wird mir Balsam und Gift sein, ganz so wie Sie es wollen. Aber, adieu.

147. An denselben, in Bordeaux

Montag, den 24. Juli 1775

Am liebsten möchte ich Sie überall suchen, mein Freund, und Ihnen an allen Orten begegnen, mit Ihnen unaufhörlich plaudern, Sie immer sehen und Ihnen zuhören. Ich habe Ihnen nach Bordeaux geschrieben, nach Montauban und heute wieder nach Bordeaux, und das alles vielleicht völlig vergebens: Denn, wenn sie am 1. (August) hier sein wollen, dann werden Sie am 26. und 27. (Juli) schon unterwegs sein. Um so besser, Sie werden meine Briefe nicht empfangen haben, aber ich werde Sie sehen, und ich habe alle Mühe zu glauben, daß mir diese Freude nur weh tun wird. Sie sind so zärtlich, so einfühlsam, so liebenswürdig, daß ich möglicherweise nur das empfinden werde.

Aber warum haben Sie mir mit der letzten Post keinen Brief geschickt? Darf einem jemals die Zeit mangeln, jemandem, der leidet, zu Hilfe zu kommen? Oh ja, ich leide, und zwar sehr. Meine Eingeweide tun ihr Bestes, um mich von den Leiden meiner Seele abzulenken. Gestern hatte ich eine Dysenterie mit schrecklichen Schmerzen. Den Vormittag habe ich in der Badewanne liegend zugebracht, was mir eine gewisse Beruhigung verschaffte. Kommen Sie, mein Freund. Aber dennoch werde ich Sie ja kaum zu Gesicht bekommen. Eine Frau, eine Geliebte, eine Tragödie und weitere Pflichten. Was bleibt da noch für eine unglückliche Kreatur, die nur noch am Leben ist, um zu lieben und zu leiden? Ja, ich spüre es, ich bin dazu verdammt, Sie solange zu lieben, wie ich noch atme. Wenn meine Kräfte vom Schmerz aufgezehrt sind, werde ich Sie dennoch mit Zärtlichkeit lieben. Und solange ich Leben in mir habe, meine Seele noch Kraft besitzt, werde ich Sie mit Leidenschaft lieben. Der letzte Atemzug, den ich tue, mein Freund, wird nochmals ein Ausdruck meiner Liebe sein.

Adieu. Wenn Sie diese Zeilen lesen, antworten Sie mir, und glauben Sie nur ja nicht, daß Sie früher hier einlangten als Ihr Brief. Hüten Sie sich davor, mein Freund, mich zu besuchen, wenn andere Gäste zugegen sind. Ich lasse Sie jetzt. Ich leide schreckliche Schmerzen. Adieu, adieu. Ich liebe Sie, und ich glaube nicht deswegen, weil ich Sie einmal geliebt habe.

148. An denselben

Dienstag, den 1. August 1775

Schicken Sie mir «Victoire»[1] mein Freund. Ich langweile mich zu Tode unter der eisernen Hand dieses Friseurs. Die Neugierde wird mir vielleicht Ablenkung verschaffen. Ich bin dabei, die Lektüre des «Catinat» zu beenden. Nie zuvor habe ich diese Schrift so gut verstanden, sie als so gut empfunden. Ich zweifele nicht daran, daß die Akademie ihren Wert erkennen wird. Was sich sonst um den Preis bewirbt, mag gut sein, bleibt aber weit hinter Ihrer Arbeit zurück. Sie machen mir angst für Leute, die ich kenne. Aber dennoch möchte ich diese nicht entmutigen.

Ach, Sie haben so gar nichts zu antworten gewußt, mein Freund? Bringen Sie mir aber wenigstens meine törichten Briefe mit. Sollte es nötig sein, werde ich Ihnen heute abend anhand dieses Textes den Kommentar dazu liefern. Ich werde Sie an diesem Vormittag sehen. Vielleicht sind Sie so liebenswürdig und kommen heute abend recht früh. Ich muß Ihnen zugeben, daß die Toten nicht solche Tage haben, aber auch, daß sie gestern nichts zu leiden hatten und sich wegen morgen nicht beklagen werden.

Guten Tag. Gestern äußerte ich Worte, die mein Blut zum Stillstand bringen. Ich sagte nämlich, mein Freund, daß ich mir Ihre Abreise ersehnte! Das ist genauso, als sagte ich: Ich wünschte, tot zu sein, aber das ist nur zu häufig wahr. Sie waren also in Verlegenheit, mir zu antworten? Lassen Sie es gut sein, ich kenne ein Geheimnis, das Sie aus Ihrer Verlegenheit befreit, das Sie mich lieben macht, ja, lieben, und zwar mit aller Inbrunst. Aber die ganz großen Mittel sollte man sich für so spät als möglich aufheben. Mein Buch, bitte sofort.

1 Nicht zu ermitteln.

149. *An denselben*

Samstag abend, August 1775

Ich bin so ans Leiden gewöhnt wie daran, nichts anderes als Schmerz zu empfinden, daß ich Zweifel daran hege, ob ich mich recht hätte freuen können, wenn Ihre «Eloge» von der Akademie preisgekrönt worden wäre. Es wäre mir dies nur als gerecht erschienen, und ich hätte mich allenfalls ein wenig darüber gefreut, daß Ihre Eigenliebe einen für Sie schmeichelhaften Triumph erfahren hätte. Aber ich gebe Ihnen zu, daß auch ich immer wieder – vielleicht allzu lebhaft – den Ekel empfinde, den Sie haben, wenn Sie sich den platten Formeln von Pedanten unterwerfen müssen, die zur Ermunterung und Belohnung von Schuljungen erfunden wurden.

Lediglich ein zweiter Preis wäre von schockierender Einfalt gewesen, aber zwei zweite Preise erscheinen mir wie eine unverschämte Beleidigung, und ich will es gar nicht wissen, mit welcher Begründung oder Spitzfindigkeit man das am Tag der öffentlichen Versammlung rechtfertigen wird. Wenn Voltaire sich am Wettbewerb beteiligt und man Ihnen den zweiten Preis gegeben hätte, dann wäre das ganz einfach gewesen. Aber hinter M. de la Harpe und an die Seite eines jungen Mannes von gerade zwanzig Jahren gestellt zu werden,[1] das empört mich in einer Weise, für die ich keine Worte finde, die ich aber auch nicht zu beherrschen vermag. Das verletzt meinen Stolz, das macht mich ungerecht, denn es tränkt meine Seele mit tiefem Haß auf den, der Ihnen vorgezogen worden ist.

Seien Sie zurückhaltender, wenn Sie dies vermögen. Solches Betragen wäre vornehm und großzügig, und vielleicht finden Sie in Ihren Talenten oder in dem Gefühl Ihrer Stärke etwas, das Sie über diesen zweiten Preis hinwegtröstet. Die Akademien des gesamten Universums können Sie gar nicht von dem Platz entfernen, auf den Sie die Natur gestellt hat. Ich weiß darum, ich sage es mir, aber ich spüre den Ekel, und bin ihm derart nahe, daß das Leid über mein Denken siegt... Ich muß Sie sehen und mich mit Ihnen darüber austauschen, welche Entscheidung Sie hinsichtlich der Drucklegung treffen wollen. Mein Rat wäre, Ihre Schrift öffentlich zu verbreiten, noch ehe die von M. de la Harpe bekannt sein kann, da diese ja erst am 25. (August) gelesen wird und folglich nicht vor dem 28. oder 30. (August) gedruckt vorliegen kann. Dieser Ratschlag ist nicht eine Frucht meines Nachdenkens, prüfen Sie aber dennoch, ob er mit Ihren Überlegungen im Einklang steht.

Ohne allen Zweifel haben Sie gegen den Anstand verstoßen, als Sie meinen Brief öffneten, aber ich habe nicht das Recht, streng zu sein. Was mir jedoch immer zu Gebote stehen wird, ist das sichere Empfinden, wenn Sie sich gegen die Freundschaft versündigt und Sie ihr einen Tort angetan haben, indem Sie nicht einer Bitte entsprachen, die ich Ihnen in der sicheren Erwartung antrug, daß sie mir erfüllt werde. Im übrigen sollten Sie weder neugierig noch begierig auf den Ausdruck meiner Gefühle sein. Dies war Ihnen so gut geläufig, aber Sie haben es aufs Grausamste zurückgewiesen, als Sie gleichzeitig die meisten Beweise dafür forderten, so daß ich in der Tat zu glauben gezwungen bin, daß die Wertschätzung, die Sie ihm augenblicklich beizumessen scheinen, nichts anderes ist als eine Folge Ihrer Ritterlichkeit. Vielleicht ist dies aber auch ein Mittel, um Ihr Gewissen zu beruhigen, das Ihnen sicherlich nachdrücklicher sagt als ich, daß Sie mein Unglück mißbraucht haben, indem Sie sich den Anschein gaben, es mir zu erleichtern.

Sie haben sich meines Schmerzes, meiner Leidenschaft, meines Lebens bedient, um damit eine Zeitspanne zu überbrücken, die Sie dazu nutzen wollten, Ihre Herzensbande, die Sie mit Mme. de M(ontsauge) verknüpften, zu lösen. Es ist ganz und gar unmöglich, daß weder Sie noch ich uns Illusionen über Ihr wahres Motiv machen können. Wie verletzend diese Wahrheit auch sein, wie tief sie mich auch herabdrücken mag, so haben Sie dennoch den Anstand, mich vor der äußersten Erniedrigung zu bewahren, die darin bestünde, daß ich der Gegenstand Ihres Mitleids würde. Das ist es nämlich, was Sie noch an mich bindet, aber ich versichere Sie, daß trotz der unwiderstehlichen Anziehung, die mich zu Ihnen drängt, dieser Gedanke alle Kräfte meiner Seele in Aufruhr versetzt.

Ja, gewiß, ich wurde von M. de Mora geliebt, mir galt die Leidenschaft der größten, der stärksten und anständigsten Seele, und Sie wollen mich verletzen?

Ach, überlassen Sie mich meinen Gewissensbissen, sie verzehren mich. Ich bin schuldig geworden, ich erleide meine Strafe, M. de Mora ist gerächt. Was wollen Sie noch mehr? Mich niederdrücken, mich mit der Last Ihres Mitleids vernichten? Ich aber sage Ihnen: Ich fühle mich nicht geschaffen für eine derartige Erniedrigung, Sie beschleunigen damit meinen Tod.

Ich kann nicht entwirren, ob ich auf dem Wege dahin aufgehalten werde durch das Gefühl, das noch immer in mir lebt, oder durch das Grauen, das ich bei dem Gedanken empfinde, ich könnte zwei Menschen unglücklich machen, die ihr Leben für mich hingäben. Mein Tod wird sie niederschmettern. Ich schmeichle mir keineswegs, ganz im Gegenteil möchte ich Sie lieber von mir losmachen, Sie von mir entfernen. Ich wäre dadurch freier, ich würde die Qual los, die mich tötet, und ich ersparte Ihnen die Ungelegenheit, eine Person zu treffen oder ihr aus dem Weg zu gehen, die Sie zu Tode getroffen haben, deren Todeskampf aber zu lange dauert.

Sie haben mir gesagt, daß Sie morgen vielleicht auf einen Sprung bei mir vorbeikämen. Ja, tatsächlich, alles, was Sie für mich tun, alles, was Sie mir zugestehen, geschieht auf einen Sprung. Das also ist die Tugend: Sie gewährt auch nur auf einen Sprung. Es gibt nur das Gefühl, das einen hält, aber in Wahrheit erwarte ich auch gar nicht mehr, und ich überlasse Sie auf Dauer der, die Sie besitzt.

Der Wahrheit und der Gerechtigkeit bin ich es schuldig, Ihnen zu sagen, daß die Herren Suard, Arnaud und d'Alembert sich die größte Mühe gegeben haben, Ihnen den zweiten Preis zu ersparen. Aber zehn Akademiker überstimmten sie, und diese hatten auch die Bräuche und Statuten der Akademie auf ihrer Seite. Sie haben aber auch den Beschluß gefaßt, am Tag der öffentlichen Sitzung von Ihrer großartigen Arbeit mit der größten Anerkennung zu sprechen. Drei Stimmen gaben im übrigen den Ausschlag, den zweiten Preis zu teilen.

So ist es. Ich möchte über die ganze Angelegenheit nicht mehr mit Ihnen reden.

1 Marc-René Sahuguet d'Amarzit, Abbé d'Espagnac (1752–1794).

150. An denselben

Elf Uhr, Montagabend, August 1775

«Der Geist ist immer der Geprellte des Herzens.»[1] Das ist ebenso wahr wie gerecht, wenn man es mit dem schwächsten, dem leichtsinnigsten und allen Eindrücken zugänglichen Menschen zu tun hat. Das sagte mir meine Erfahrung, aber mein Herz widersprach dem ganz leise und bemerkte: «Er wird zurückkommen.» Und alles, was in mir ist und fühlt, wiederholte: «Ich werde ihn wiedersehen.»

Ach, mein Freund, Sie verdienen wirklich nicht das, was ich litt. Sie sind wirklich nicht die Kämpfe wert, die ich bestehe. Sie verdienen das Opfer nicht, das ich Ihnen gebracht habe, weder das meines Lebens noch gar das meines Todes. Vor allem aber sind Sie nicht all der Wirren wert und würdig, der Verlegenheiten, der Hindernisse, die mich meiner Liebe zu Ihnen wegen in die schwierigste Lage meines Lebens gebracht haben. Ach, diese Liebe, diese Unentrinnbarkeit ist noch immer lebhaft und, wie ich mich auch entscheide, Trauer und Reue sind die Folgen. Mein Gott, mein Leben macht mich müde, es war zu erfüllt! Die Natur hat mich vereinzelt, ich war für die Unscheinbarkeit und die Ruhe geboren, aber ich würde eine Beute aller Leidenschaften. Ich habe an mir alles Unglück erfahren. Ach, wenn ich M. de Mora nicht geliebt hätte, wieviel Schlechtes bliebe mir dann über das Leben zu vermelden! Ich wollte Ihnen nur ein Wort sagen, mein Freund, aber wider meinen Willen habe ich mein Herz ausgeschüttet. Die Gewohnheit, geliebt zu werden, verwirrt mich immer noch. Ich wende mich Ihnen zu und eben nicht *ihm*. Ach nein, er ist es nicht, er erwartet mich nicht, kaum vermag ich zu antworten. Mein Gott, welche Erinnerungen! Sie erdrücken mich und treiben mich zur Verzweiflung.

Wollen Sie morgen, Dienstag, um Viertel nach ein Uhr, in die Gemäldeausstellung kommen? Es wird wohl Ihrer Ehre nicht abträglich sein, wenn ich Ihnen sage, daß Sie der einzige sein werden, der sich nicht pünktlich zum Stelldichein einfindet. Welcher Wahnsinn, Sie am Mittwoch an Stelle von Mme. de Geoffrin zum Essen beim Comte de Crillon zu bitten!

Ach, wenn Sie alles verächtlich machen, mein Freund, was ich gutheiße, alles, was ich liebe, sagen Sie mir doch, ob nicht auch Sie diese Art sich auszudrücken als sehr liebenswürdig empfinden: Jemand, der mich nach Neuigkeiten von M. de Saint-Chamans[2] fragte, sagte mir: «Sie wissen, wie sehr ich ihn liebe, mit Ihrem Herzen wie mit dem meinigen.» Das ist doch weitaus köstlicher als die Wendung von Mme. de Sevigné über die Brust ihrer Tochter.[3]

Sechs Briefe stehen mir zu, diesen eingerechnet. Ich brauche sechs Briefe, wenn Sie wollen, daß ich Ihnen morgen vier Worte sage. Ich beeile mich, Ihnen drei zu wiederholen, die Sie allzuoft hören: I. 1. S. ... aber weniger, ja, weniger, ich habe einen sicheren Beweis dafür:

«Wir lieben immer die, die uns bewundern ...»[4]

Ich bin heute abend wahrhaft geistreich, aber es ist der Esprit von La Rochefoucauld. Ja, Sie mögen M. d'Augiviller,[5] aber Sie müssen ihm sagen, daß er Mme. de Marchais zum Schweigen bringt, sobald sie nämlich verkündet, «die beiden ersten Akte des ‹Connétable› seien reiner Machiavellismus; daß der ‹Connétable› eine abscheuliche Rolle und die Adelaide lächerlich sei, denn mit achtzehn Jahren könne man noch gar nicht die Ahnung von vernünftigen politischen Grundsätzen, von Pflichten und Rechten haben».

Gute Nacht, liebenswürdiges, zärtliches, bescheidenes und charmantes Wesen. Ich möchte ganz allein um das Geheimnis Ihrer Eigenliebe wissen. Im Gegenzug werden Sie in das meines Herzens eingeweiht. Ach, kennen Sie es denn nicht? Was kümmert uns das übrige?

1 La Rochefoucauld, Maximes, 102. 2 Joseph-Louis, Vicomte de Saint-Chamans (geb. 1747), seit 1771 Colonel des Regiments de la Fère. 3 Anspielung auf die Bemerkung von Mme. de Sévigné: «J'ai mal à votre poitrine.» 4 La Rochefoucauld, Maximes, 294. Vgl. Brief 38, Anm. 1. 5 Vgl. Brief 51, Anm. 5.

151. *An Monsieur de Guibert, in Versailles*

Donnerstag früh, August 1775

Es kümmert Sie also nicht, ob man Ihnen schreibt, denn Sie lassen nicht verlauten, wie man Sie erreichen kann. Aber da ich sehr erfinderisch bin, zum mindesten in diesen Fragen, beauftragte ich einen Diener Turgots, Sie überall zu suchen und zu finden. Vergessen Sie nicht, mir zu sagen, wie viele Plätze die Loge hat, die Sie mir bestellen. Sie werden dieser Mitteilung auch eine Erklärung beifügen, wie man dorthin gelangt. Glauben Sie mir, wenn Sie wollen; sagen Sie sich, daß das Wahre nicht das Wahrscheinliche ist, aber es ist dennoch gewiß, daß ich heute für eine geraume Weile Ihre Frau gesehen habe. Ich habe bei ihr gestanden, habe mit ihr über Ihr Befinden, über Ihr Können, über alles, was uns so in den Sinn kam, gesprochen. Kurz, ich schmeichele mir, Sie werden hören, ich sei sehr liebenswürdig, aber Sie werden das nicht glauben wollen.

Aber wissen Sie, wer ich bin und woran Sie Ihr Denken gewöhnen müssen? Ich bin wahrhaftig die Schwester oder die Frau von «Grandisson.»[1] Ich fürchte mich bereits vor meiner eigenen Vollkommenheit. Ich glaube, ich bin wie ein Schwan: Sein Sterbegesang ist der vollkommenste. Das ist immerhin etwas, und Sie werden sagen: Sie ist allzu zeitig von uns gegangen, das ist schade!

Mich plagt ein Kummer, mein Freund. Einer meiner Freunde ist sehr leidend, sehr unglücklich. Ich verbrachte gestern abend zwei Stunden bei ihm, ich weinte mit ihm, und ich spürte, daß ich ihn etwas beruhigen und trösten konnte. Ach ja, es ist nur zu wahr: «Jeder Sterbliche ist mit seinem eigenen Schmerz geschlagen.»[2]

Ich werde Sie sehen, sobald Sie können. Das wird auf einen Sprung sein, in einem Nu, aber ich werde Ihnen dennoch für das dankbar sein, was Sie ermöglichen können. Ich werde mich niemals beklagen. Ich werde dieses brave Schaf sein. Eines, das nie fragen wird, ob Sie Briefe aus Bordeaux erhalten haben. Eines, das es nicht bedauern wird, wenn Sie den Brief vergessen haben, der unter all den anderen untergegangen ist, die Sie am Sonntag von überall her empfangen haben. Schließlich wird dieses Schaf auch ein bißchen dumm sein. Man wird es bis auf die Haut scheren, ohne daß es einen Laut von sich gibt, und bald wird man vergessen, daß es leidet und Opfer ist. Das wird dann ganz in Ordnung sein. Guten Tag. Sind Sie zufrieden? Ich schicke meinen Brief dem Chevalier (i. e. Chastellux), der ihn wahrscheinlich in seiner Tasche behalten wird.

Ist die «Eloge de Catinat» noch nicht erschienen? Ich habe mein Exemplar der ausgezeichnetsten unter den Frauen geschenkt.

1 Vgl. Brief 77, Anm. 2. 2 Französisches Sprichwort.

152. An denselben

Sonntag, acht Uhr, August 1775

Ich bin es, mein Freund. Ich muß Ihre Gedanken für eine Minute in Anspruch nehmen, aber Sie hätten mir dies kaum aus eigenem Antrieb gewährt. Wie viele Anfragen, wie viele Leute, die Sie sprechen wollen, die Sie erwarten! Ich möchte die Menge zerteilen und mich nicht mehr unter die Wartenden einreihen. Würden Sie mir Einlaß gewähren, mein Freund? Nein, Sie wissen nur zu gut, daß ich nicht wie alle Welt bin. Ich hasse, ich liebe Sie, ich beurteile Sie auf meine Weise. Ihre Erfolge, Ihre Fehler, Ihre Laster, Ihre Verbrechen, das alles ist mir nur zu gut bekannt, wird auch von niemandem sonst bemerkt, und doch liebe ich Sie weniger, als ich Sie einmal geliebt habe. Das bedauere ich gelegentlich. Häufiger aber bin ich darüber betrübt, Sie allzu sehr zu lieben. Ich möchte Sie morgen sehen, mein Freund. Das ist es, was ich Ihnen sagen wollte und auch, daß es Neuigkeiten von M. de Saint-Chamans gibt, die gar nicht gut sind, aber das ist alles viel weniger beunruhigend, als wenn man gar nichts über seinen Zustand wüßte. Ich möchte von Ihnen wissen, mein Freund, was Ihr Finger macht. Ich möchte wissen, ob ... Raten Sie, was, und antworten Sie.

Eine Loge für M. de Lavalette.[1] Und die «Eloge de Catinat»? Sie wünschen es also nicht, daß ich mir den «Connétable» ansehe?[2] Mein Gott, wie viele Freuden haben Sie ausgelöscht! In einer kleinen Weile werden wir so glücklich wie die Toten sein. So sei es.

«Passen Sie auf! Erinnern Sie sich![3]»

Ich wünschte mir, mein Freund, daß Sie einmal, allerdings zwischen Mitternacht und sieben Uhr morgens, an das unglücklichste Wesen auf Erden dächten, das an dem, den es liebt, verzweifelt.

1 Jean-François Joly de Fleury de La Valette (1718–1802), Conseiller d'Etat. 2 Guiberts «Le Connétable de Bourbon» erlebte seine Uraufführung am 26. August 1775. 3 Nicht zu ermitteln.

153. An denselben

Mittwoch, zehn Uhr, August 1775

Weder aus Hochmut noch aus Stolz weise ich Ihre Entschuldigung zurück. Es geschieht dies vielmehr aus dem wahrsten und zärtlichsten Empfinden heraus, das mir versichert, daß ich gar nicht fähig bin, Sie zu kränken. Bedenken Sie doch, daß, wenn ich je, was gänzlich unmöglich ist, dazu käme, Sie zu verachten, ich doch auch dazu gezwungen wäre, mich selber für immer zu verachten. Zählen Sie deshalb nicht so sehr auf Ihre Tugenden, nicht auf meine Gerechtigkeit, aber auf alle Arten von Liebe, welche die Menschen beseelen. Wenn ich Sie haßte, dann würde ich Sie gleichwohl immer noch schätzen. Kurz, alles verbietet es Ihnen, jemals meine Wertschätzung, die ich Ihnen gegenüber hege, zu bezweifeln. Gerade sie ist das stärkste aller meiner Gefühle, sie ist die Grundlage aller anderen, und es ist sie, die diesen, wenn nötig, eine Entschuldigung lieferte.

In dem Augenblicke, da Sie mich am tiefsten verwundeten, da ich Ihrer entsagte, flüchtete ich mich in diese Wertschätzung, denn unter allen Briefen, die ich Ihnen geschrieben habe, gibt es keinen, in dem ich mein Unglück, meine Fehler, meine Schwäche, mein Verbrechen mit größerer Ehrlichkeit und Wahrheit bekannt, eingestanden und mir zum Vorwurf gemacht hätte als in dem Brief, den Sie zitieren. Wenn dieser Brief kein aufrichtiges Bekenntnis meiner Wertschätzung und meines grenzenlosen Vertrauens zu Ihrer Redlichkeit gewesen ist, so diktieren Sie mir einen anderen, den ich mit meinem Blut unterzeichnen will. Sie haben mich nicht besucht, weil der Tag lediglich zwölf Stunden hat und weil diese alle mit Ihren Geschäften und Vergnügungen überfüllt sind, die Ihnen allemal lieber sein müssen als mein Unglück. Ich beanspruche nichts, ich fordere nichts, und ich sage mir ohne Unterlaß, daß die Quelle meines Glücks und meiner Freude für immer versiegt ist. Adieu.

Nein, ich werde mir den «Connétable» nicht anschauen. Ich habe für derlei Vergnügungen keinerlei Sinn mehr. Aber an Ihrem Erfolg werde ich den lebhaftesten Anteil nehmen, und das wird mir voll und ganz genügen.

154. An Monsieur le Comte de Guibert
Rue de Grammont

Samstag, zwei Uhr, den 26. August 1775

Tausend Mal soll Ihnen gedankt sein, mein Freund. Sie sind ein guter Junge, daß Sie sich bemüht haben, diese Loge für mich zu beschaffen. Ich habe die Eintrittskarten erst heute morgen gegen neun Uhr erhalten, und ich fürchte, daß Sie unterdessen durch das Eintreffen eines Boten belästigt wurden, denn die Damen waren in großer Unruhe, weil sie die Loge nicht bereits gestern um Mitternacht hatten.

Aber, mein Freund, Sie sind andererseits auch kein guter Junge mehr, sondern ein ziemlich böses und ungerechtes Geschöpf, wenn Sie mir schreiben, «daß ich es liebe, Ihnen Schmerz zu bereiten». Gütiger Gott, was für ein sonderbares Vergnügen wäre das! Wenn Sie unter «Schmerz bereiten» offen und ehrlich sein verstehen, dann wäre lieben und geliebt werden allerdings recht unnütz. Nichts wäre hassenswerter, als in enger Vertrautheit, wie in der Gesellschaft, immer eine Maske zu tragen. Um fünf Uhr, wenn der «Connétable» beginnt, mein Freund, werde ich es halten wie ich weiß nicht welcher Prophet, der seine Arme zum Himmel erhob, während Joshua in einer Schlacht kämpfte.[1] Ah, ja, meine Gedanken, mein Herz werden ganz bei Ihnen sein. Was macht es dann noch, wo sich meine

Person befindet! Ich werde auf einem Kanapée bei Mme. de Saint-Chamans liegen, die immer noch krank ist, die aber alle ihre Kinder in den «Connétable» geschickt hat.

Ich hoffe, mein Freund, Sie werden noch in dieser Nacht zurückkehren,[2] sei es, daß Sie mit Ruhm bedeckt sind, sei es, daß Sie durch einen mäßigen Erfolg enttäuscht wurden. Aber, wie auch immer es ausgehen mag, schwören Sie, daß Sie dann kein Stück mehr spielen lassen, zumindestens nicht dieses, das bekannt und von der Kritik gewürdigt worden ist und das, wenn es dann in Paris aufgeführt wird, nur noch verlieren kann. Aber ich weiß auch nicht, warum ich Ihnen das alles sage. Ich werde sicherlich zurückgewiesen werden, weil ich meinen Rat gegeben habe. Sie haben zwar die Güte, ihn anzuhören, aber Sie befolgen ihn niemals.

Nehmen Sie wenigstens eine von drei Essenseinladungen wahr? Morgen bei Mme. d'Anville, Montag beim Comte de Crillon, Dienstag bei M. de Vaines. Überlegen Sie es sich, mein Freund, ob Sie immer den Mut haben werden, sich meinen Vergnügen zu verweigern. Ich habe diese Nacht kein Auge zugetan. Ich leide sehr an meinem Verdauungsapparat, aber ich bin weniger unglücklich als an den zwei Tagen zuvor. Mein Gott, wie sehr litt mein Herz! Ich hatte einen Anfall von Verzweiflung, der sechzig Stunden währte. Während dieser Zeit habe ich niemanden vorgelassen, selbst den nicht, von dem ich mir sicher war, es würde ihm Freude machen, mich zu sehen. Ich liebe Sie, mein Freund, aber das ist mit so viel Wirren und so wenig Vertrauen verbunden, was zur Folge hat, daß dieses Gefühl in Wahrheit beinahe immer ein großes Übel ist, während ich es sonst immer als eine große Freude erlebt habe.

Guten Tag. Wenn Sie im Zenith Ihres Ruhms angelangt sind, lassen Sie es mich wissen. Und wenn Sie nicht zufrieden sind, müssen Sie es gleichfalls mir sagen, denn was Sie sind, ist mehr ich als ich selbst. Adieu.

1 Exodus XVII, 11 und 12. 2 Aus Versailles, wo «Le Connétable de Bourbon» uraufgeführt worden war.

155. An Monsieur de Guibert
Rue de Grammont

Samstag, elfeinhalb Uhr abends, den 26. August 1775

Wie in dem Stück «Barbe-Bleue»,[1] so frage ich mich: «Schwester Anna, siehst du niemanden kommen?» Auch M. d'Alembert ist noch nicht zurück. Ich will gar keine Einzelheiten wissen, aber vor dem Einschlafen möchte ich die Worte vernehmen: *Sie war in allen Himmeln. Das ist von vollkommener Schönheit. Einen größeren Erfolg hat es nie gegeben.* Sobald ich diese köstlichen Worte gehört habe, werde ich mit aller Wonne jene ausrufen, die der Heilige Simeon gebrauchte, als er den Heiland sah.[2] Ja, es wäre mir süß, süßer denn je, wenn ich mich dann noch in dieser Nacht zum ewigen Schlaf betten könnte.

Mein Gott, wie sehr ärgere ich mich! Man hatte mir angeboten, einen Eilboten zu senden, der mir mitgeteilt hätte: «Großer Erfolg» oder «Mäßige Aufnahme». Heute abend noch habe ich diese gütige Aufmerksamkeit abgelehnt. Ich hatte eine allzu kleinliche Seele, denn ich wollte mich nicht zu sehr verpflichten. Kurz, ich war dumm, und nun erleide ich die Strafe dafür. Aber ich fürchtete auch, eine derart heftige Anteilnahme verriete ein allzu tiefes Interesse. Indessen, ich bin nicht hingegangen, und mit Sicherheit hätte mehr Leidenschaft darin gelegen, sich dem auszusetzen, als darauf zu verzichten. Ich beurteile mich da richtig und bin in dieser Hinsicht auch ganz zufrieden mit mir, denn ich bin nicht wie Sie. Ich bin nämlich außerstande, mich selbst zu bewundern und mir gleichzeitig in meiner Tugendhaftigkeit zu gefallen. Aber für heute gilt es, Sie in Ihrem Ruhm zu bewundern.

Mein Gott, welches Glück und, wie der Botschafter sagt, welche Freude im Haus! Sie werden davon nie soviel haben, mein Freund, wie ich es Ihnen wünsche. Sie werden es außerdem nie mit soviel Freude verspüren, wie ich Ihnen dies vergönnte. Ah, da kommt M. d'Alembert. Guten Abend ... Der Erfolg hat alles in den Schatten gestellt, man applaudierte der bewußten Szene im 3. Akt, die mit zum Schönsten gehört, was es auf dem Theater zu sehen gibt. Dazu Lekain, Lekain![3] Ich bin erbarmungslos. Ihr Schmerz hat dem «Connétable» nicht geschadet, ich kann mich über Sie nicht mehr beklagen, ich verspüre nur noch dieses eine Übel. Aber, leben Sie wohl, mein Freund. Sie werden mich für verrückt halten, aber die erste Regung meines Herzens ist keineswegs, Sie zu sehen. Dieser Wunsch ist, daß Sie vielmehr alles gewahren, was Sie Ihr Glück genießen läßt, und das sind alle die Menschen, die dieses Glück mit Ihnen teilen.

Der gute Condorcet schickt mir einen Brief zurück, den ich Ihnen geschrieben hatte, und ich bin darüber sehr erleichtert. Ich war außer mir gewesen. Sehen Sie mich dieser Tage nicht. Freuen Sie sich, und blicken Sie nicht auf eine, die Sie nie hätte kennenlernen sollen. Ich bitte Sie, kommen Sie erst in der letzten Stunde vor Ihrer Abreise, ich bin ganz auf Abschiede eingestellt.

1 Erzählung von Claude Perrault (1613–1688), die in seinen «Histoires et Contes du Temps passé», Paris 1697 erstmals erschien. 2 Lukas II, 29ff. 3 Vgl. Brief 84, Anm. 1.

156. An Mlle. de Lespinasse, Paris

Paris, Samstag, sieben Uhr abends, den 9. September 1775

Lesen Sie das, ich bitte Sie, und antworten Sie. Um Mitternacht werde ich nicht mehr hier sein.

Ich reise ab und, da ich alles wohl überlegt habe, fahre ich, ohne Sie zu sehen. Der gestrige Abend hat mich belehrt, daß mein Anblick Ihnen lediglich schmerzlich und unangenehm war. Ich hatte mit einer zärtlicheren Aufnahme gerechnet. Ich nahte mich Ihnen mit meinen Qualen. Ich kam, um sie mit den Ihren zu vereinen. Ein Teil meiner Leiden war den Ihren auch gar nicht fremd. Sie verdankten sich Ihnen. Es war aber keineswegs das beleidigende und servile Gefühl des Mitleidens, das mich zu Ihnen führte. Es war dies vielmehr die lebhafteste und zärtlichste Anhänglichkeit. Sie haben mich zurückgestoßen, Sie waren spitz und ungerecht zu mir.

Ich erwartete heute morgen Nachrichten von Ihnen. Ich dachte mir, nachdem Sie mich gekränkt haben, würde Ihr Herz Reue empfinden und es hätte das Verlangen, sich mir zuzuwenden. Diese Hoffnung war keineswegs eine Regung der Eitelkeit.

Es war vielmehr ein Ausweis meines Vertrauens in Ihre zarte und gute Seele. Ich habe mich getäuscht. Es gilt also, auf das Glück zu verzichten oder zumindestens doch auf den Trost, den ich immer wieder hoffe, Ihnen zu spenden und von Ihnen zu empfangen. Sie haben all das in Gift und Galle verwandelt. Ah, glauben Sie etwa nicht, daß auch ich Qualen leide?

> «Jeder Mensch ist mit seinem ihm eigenen Schmerz geschlagen.»[1]

Ich leide Kummer, habe Gewissensbisse. Alles, was ich liebte, alles, was ich liebe, alles, was mich liebte, ist unglücklich. Das ist offensichtlich mein Schicksal, um mich her Unglück zu verbreiten. Lassen Sie mich leben, und ich werde es mit Gewißheit jener jungen Person mitteilen. Ich reise ab und nehme die tiefste Traurigkeit mit mir. In dieser Lage überkommt mich unablässig das Verlangen, Sie zu sehen. Aber ich würde Sie nur schlecht gewahren, Sie wären von anderen umgeben. Diese Begegnung bedeutete vielleicht einen schmerzhaften Stoß für Ihre Seele, der meinen würde sie dies ganz gewiß sein.

Ich reise. Ich schreibe Ihnen. Ich zögere nur, weil ich auf Ihre Antwort warte. Sagen Sie mir ein Wort, und wäre es auch nur, daß Sie schrieben: «Mein Freund». Es würde Sie vielleicht erleichtern, mich aber würde es mit Leben und Kraft erfüllen. Ihr Herz schien so welk, so ohne alle Leidenschaft gestern abend! Das meine ist bedrückt. Sagen Sie mir, daß Sie leben werden, daß Sie wollen, daß ich Sie immer noch liebe. Es wird sich alles entspannen, ich werde das Vergnügen haben, Tränen zu vergießen, und ich werde von einer großen Last befreit abreisen, von der Last Ihres Unglücks, von der Ihrer Feindschaft, von der Ihrer Gesundheit, deren gänzliche Zerstörung ich befürchte.

Ich werde Ihnen von unterwegs schreiben. Ich werde Ihnen aus Metz regelmäßig Nachricht zukommen lassen. Ich wünschte mir, Sie wiederzusehen, ich werde versuchen, diesen Augenblick schneller herbeizuführen. Welche Wohltaten, welche Tröstungen, meine Freundin, können Sie mir immer noch mit nur einem Wort spenden! Da haben Sie das Strumpfband, um das Sie mich baten, so wie Sie es sich wünschten. Und hier ist auch der «Connétable». Beides sei Ihnen nicht geliehen, sondern zum Geschenk gemacht. Wenn ich es Ihnen nicht längst schon zugedacht hätte, dann würde ich es jetzt tun. Adieu. Es ist acht Uhr abends. Ich habe meine Pferde erst für elf Uhr bestellt. Ich habe also noch Zeit, von Ihnen ein Wort zu erhalten.

1 Französisches Sprichwort.

157. An Monsieur de Guibert

Sonntag, den 17. September 1775

Ach nein, ich bin im Moment weder glücklich noch unglücklich genug, um Ihre Worte in Gift und Galle zu verwandeln. Das haben Sie bereits besorgt. Mit einem Wort ließen Sie meine Seele gefrieren und gleichermaßen auch das erstarren, was Sie für den Ausdruck eines liebenden Gefühls halten. Erinnern Sie sich an das Geheimnis, das Ihnen entschlüpft ist? Es gab mir den Schlüssel zu tausend Dingen, die mir zuvor unerklärlich waren. Es berichtigte ein falsches Urteil, zu dem ich auf Grund meiner Unkenntnis gelangt war. Ich glaubte, den Brief einer Siebzehnjährigen zu lesen, die einem Mann schrieb, der gerade vier Tage mit ihr verheiratet war, aber statt dessen lese ich den Brief einer jungen Frau an einen Mann, der sie seit zwei Jahren liebt. Seither ist alles, was sie ihm schreibt, nicht mehr als der natürliche Ausdruck einer tief empfundenen, offenbarten und seit langem geteilten Leidenschaft. Jenes nun offenbar gewordene Geheimnis machte mir auch den niederträchtigen Brief verständlich, den ich von Schloß Courcelles bekam, aber selbst wenn ich diesen jetzt verstehe, rechtfertigt dieses Geheimnis dennoch nicht eben jenes Schreiben, denn nichts auf der Welt kann eine solche Zumutung ins Recht setzen: Dieser Brief enthielt nicht ein einziges Wort, das nicht eine aufrichtige Seele empört und beleidigt hätte.

Mein Gott, und ich konnte mit Ihnen zusammensein, ich vermochte Ihnen zuzuhören und pflege noch immer Umgang mit Ihnen! Ha, bis wohin sinkt man hinab, nachdem man die ersten Gewissensbisse noch mißachten konnte! Ja, ich muß es mir immer wieder sagen, es mir wiederholen. Ich wurde von M. de

Mora geliebt, einer der reinsten, der stärksten Seelen, von dem vollkommensten Geschöpf, das es jemals gab. Dieser Gedanke stützt meine Seele, läßt mein Herz schlagen und verleiht mir den nötigen Stolz, damit ich nicht an Ihren Erniedrigungen und Zumutungen zu Grunde gehe. Ich habe auf Ihren Brief im Moment Ihrer Abreise nicht geantwortet? Gütiger Gott, was hätte ich auch darauf antworten können? Wenn ich jetzt den Wortschwall Ihrer Gefühligkeit lese, dann vernehmen Sie nun die Antwort meiner Vernunft. Er hat die nämlichen Worte für eine andere, aber vielleicht legt er in jene noch mehr Kraft und Wärme. Aber es gibt den Unterschied zwischen der anderen und mir, daß er alle Handlungen seines Lebens einrichtet, um ihr zu beweisen, daß er all das auch empfindet, was er ihr gegenüber beteuert. Aber mir gegenüber gibt es keine einzige Handlung, keine Regung, die nicht im Widerspruch und im Gegensatz stünden zu seinen Worten.

Nach dieser so berechtigten, so bitter begründeten Feststellung, sagen Sie mir also, was sollte ich Ihnen noch antworten? Ich appelliere an Ihr Gewissen. Glauben Sie allen Ernstes, daß ich mich darauf einlassen und mir für Sie die Meinung und das Gefühl bewahren könnte, die Sie sich von mir erwarten? Nun gut, ich kann Sie versichern, wenn Sie in mein Gewissen schauen könnten, sähen Sie nichts anderes als das Verbrechen, das Sie mich begehen ließen. Ich hatte keinen Gedanken, keine Regung, die nicht Ihre Wertschätzung hätten verdienen müssen, wenn man diese einer zubilligen kann, die Ihnen ein Opfer gebracht hat, das mehr wert ist als die Ehre.

Aber sagen Sie mir, warum erproben Sie an mir Ihre Moral und Ihre Tugend? Sie sind sich erst spät darüber klar geworden, aber wenn Sie sich der Aufgabe stellen, Sühne zu leisten für das Übel, das Sie mir angetan haben, dann sage ich Ihnen sogleich, daß Sie sich da in einem noch größeren Irrtum befinden. Damit Sie für dieses Betragen, dem Sie mit unerschöpflicher Geduld, mit Mut, Güte und Nachsicht genügen, belohnt werden, müßte soviel Tugend, sage ich, auch eine Wirkung haben. Diese Wirkung bestünde darin, daß sie hilft, tröstet, aber ich habe es Ihnen bereits hundertmal gesagt, daß Sie für mich nichts mehr tun können, außer, daß Sie mich leiden und mich den Augenblick, da ich mich Ihnen hingab, verabscheuen lassen. Verzichten Sie also auf Ihr Bestreben, mich zum Opfer Ihrer Moral zu machen, nachdem Sie mich zum Opfer Ihres Charakters und Ihrer Leidenschaften gemacht haben. Ich versichere Sie, daß es mir sehr fern liegt, Ihnen Vorwürfe zu machen, ich verzeihe Ihnen vielmehr aus ganzem Herzen, und das, was ich eben sagte, ist die Antwort auf Ihren Brief. In Ihrem Billet vom Samstag offenbarten Sie mir die Furcht, die Sie umtreibt, daß der Einfluß des Unglücks, den Sie für sich in Anspruch nehmen, sich nicht auch auf Ihre Frau auswirke. Was soll man dazu sagen? Daß diese Furcht allein schon genügt, um Sie vor diesem Einfluß zu schützen. Daß allein der Verzicht, den Sie sich ihretwegen hinsichtlich Ihrer Zeit, Ihren Zuneigungen und Ihrer Person auferlegten, dafür schon Garantie genug ist. Was soll ich dem noch hinzufügen? Daß ich es mir genauso wünsche. Und das, das ist alles, was man für jemanden vermag, mit dem man in keinerlei Verbindung mehr steht.

Leute, die Sie nicht zusammen mit Ihrer Frau gesehen haben und die nicht wie ich wissen, daß sie seit zwei Jahren eine Leidenschaft für Sie hegt, behaupten, Sie hätten die ehelichen Pflichten in solche der Leibeigenschaft überführt. Man sagt, nur Lakaien – und die vom Hofe inbegriffen – seien an bestimmte Stunden gebunden. So heißt es, daß der Glockenschlag elf ebenso streng gelte, wie dies die Regeln klösterlichen Lebens vorschrieben. Sie sehen selbst, daß das nur dummes Geschwätz ist, denn die Leute sind noch nicht in Ihr Geheimnis eingeweiht. Ich, die ich Bescheid weiß und die Ihnen das eigene Geheimnis verraten will... Aber nein, das ist genug für heute.

Ich bin sehr beunruhigt. Dem Vicomte de Saint-Chamans geht es immer schlechter. Man weiß nichts Genaues über seinen Zustand, was mich aber um so mehr erschreckt. Der Comte de Crillon war gestern ganz in Tränen aufgelöst. Seine Frau hat glücklich entbunden, aber das Kind liegt im Sterben. Er weint aber nicht des sterbenden Kindes, sondern des Kummers wegen, den seine Frau deshalb haben wird, wie auch der Qual wegen, die er leidet, um sie über den Zustand des Kindes zu täuschen. Leiden also auch glückliche Menschen Qualen? Ja, zumal Sie sagten, daß Sie an zahlreichen litten. Aber Sie bekennen auch, daß die Übung sie erträglicher macht, und ich glaube Ihnen das so, wie Sie es mir sagen. Um meine Gesundheit ist es schlimmer denn je bestellt. Ich hatte mehrere Fieberanfälle, aber ich habe mir geschworen, mich nicht von den Ärzten vergiften zu lassen. Adieu. Ich verlange weder Ihre Zuneigung, noch Ihre Moral oder Tugend. Sehen Sie selbst, welche Freiheit ich Ihnen lasse.

158. An denselben

Vier Uhr morgens, Samstag, den 23. September 1775

Wohlan, so ist es also wahr, man überlebt alles! Das Übermaß des Unglücks wird also dessen Heilmittel! Ach, mein Gott, der Augenblick ist gekommen, da ich Ihnen sagen kann, sagen muß: «Ich werde weiterleben, ohne Sie zu lieben», wobei ich ebenso wahrhaftig bin wie vor drei Monaten, als ich Ihnen sagte: «Sie lieben oder sterben.» Meine Leidenschaft hat alle Erschütterungen, alle Stadien einer schweren Krankheit durchgemacht. Zunächst litt ich hartnäckiges Fieber, bisweilen erhöht und bis zum Delirium gesteigert, und dann ließ dieses allmählich nach, wechselte sich mit Anfällen ab, die aber so heftig waren, so plötzlich kamen, daß das Leiden sich verschärft zu haben schien. Nachdem dieser Gefahrenzustand eine geraume Weile angedauert hatte, ließ das Fieber nach, erfolgten die Anfälle in immer größeren Abständen und wurden immer schwächer. In den einzelnen Intervallen gab es bereits fieberfreie Zustände der Ruhe, die der Gesundheit glichen oder die doch wenigstens Genesung verhießen. Nach einer gewissen Zeit war das Fieber dann ganz verschwunden, und seit einigen Tagen schließlich scheint es mir, als bliebe nur noch jene nervöse Schwäche, die stets allen schweren und langwierigen Krankheiten zu folgen pflegt.

Ich glaube, eine lange Genesungszeit vor mir zu haben, freilich nicht eine solcher Art, wie Sie M. de Saint-Lambert mit den Worten schildert:

«Oh, welche Freude hat die Seele an der Genesung![1]»

Nein, diesen Zustand der Freude wird meine Seele nicht mehr kennenlernen, aber sie wird erleichtert sein. Sie wird nicht mehr von Schmerzen geplagt werden, und das ist gut genug.

Befreit von dieser grausamen Qual, bleibt mir aber immer noch eine andere, ältere, schmerzlichere, tiefere und quälendere Wunde, und diese wird sich niemals schließen, aber sie wird auch nicht mehr durch dauernden Kummer und ewige Gewissensbisse gereizt und vergiftet werden. Ja, vielleicht wird sie endlich eine Linderung erfahren, und das ist das einzige wirksame Mittel gegen unheilbare Leiden.

Da haben Sie die wahrhaftige Geschichte und den ehrlichsten Bericht über den Zustand meiner Seele. Es ist darin kein Wort, kein Umstand, die nicht auf meine derzeitige Situation zuträfen. Ich habe Sie bis zum Verrücktwerden geliebt. Ich habe alle Stadien, alle Abstufungen des Unglücks und der Leidenschaft erfahren. Ich wollte sterben, ich glaubte zu sterben, ich wurde nur durch den Zauber am Leben erhalten, der einer Leidenschaft, ja selbst einer unglücklichen Leidenschaft anhaftet. Seither habe ich nachgedacht, habe ich lange Zeit geschwankt, habe ich immer noch gelitten. Mit einem Wort, ich weiß nicht, waren Sie es, war es Ihr Verhalten, war es die Notwendigkeit oder vielleicht auch das Übermaß meines Unglücks, ganz am Ende jedenfalls rang ich mich zu einer minder trüben Gestimmtheit durch. Ich blickte um mich, ich entdeckte Freunde, die mein Unglück und meine Narrheit noch nicht verscheucht hatten, ich erkannte, daß ich von Aufmerksamkeiten, von Güte und Zeichen der Anteilnahme umgeben war.

Mit soviel Hilfe und Zuspruch versehen, entdeckte ich ein viel lebhafteres, viel anregenderes Gefühl. Es ist so wahr, so zart, so sanft, daß es nicht ausbleiben konnte, daß in meiner Seele Frieden und Trost ihren Einzug hielten. Könnte ich denn je auf mehr und Besseres Anspruch erheben? Und nach dem schrecklichen Sturm, der seit drei Jahren auf mich einschlägt, bin ich da nun endlich in einen Hafen gelangt? Sehe ich nicht schon den Himmel offen?

Nein, glauben Sie nur nicht, ich übertriebe die Fortschritte meiner Genesung. Ich sehe mich so, wie ich bin, ich fühle mich ein wenig ruhiger, ich halte mich für Tröstungen für etwas empfänglicher. Aber ich mißtraue mir, meiner Neigung, meiner Schwäche, und deshalb wünsche ich mir aus tiefstem Herzen, daß Sie sich Ihren Vorlieben, Vergnügen, Neigungen und Leidenschaften für wen und was auch immer schrankenlos hingeben, vorausgesetzt jedoch, daß Sie davon wirklich ergriffen oder trunken sind, so daß es für Sie nie wieder ein Zurück oder eine Hinwendung zu mir geben kann, die nur beide uns vielleicht die Sinne raubten oder meine Seele verwirrten. Das ist es, was ich von Ihnen erwarte. Das ist die einzige Vergunst, die ich von Ihnen als Lohn für so viele Tränen, so viele Leiden und soviel Leidenschaft erlangen möchte.

Zweifellos wäre es mir leichter gefallen zu sterben, als mich von Ihnen zu trennen. Ein jäher Tod hätte meinem Charakter und meiner Leidenschaft durchaus entsprochen, aber die Marter, die Sie meiner Seele zufügten, hat ihr alle Kraft und Energie genommen. Und dann wähnte ich auch, geliebt zu werden, was einen allemal beruhigt. Wie aber soll man vom Leben lassen, solange man durch die zärtlichsten Gefühle an es gefesselt ist? Ich hätte in dem Augenblick sterben müssen, in dem ich jenen verlor, der mich liebte und den ich über alles in der Welt geliebt habe! Da haben Sie den einzigen Vorwurf, den ich mir Ihnen zu machen erlaube. Warum haben Sie mich zurückgehalten? Geschah dies, um mich zu einem langsameren und grausameren Tod zu verurteilen, als es der war, dem ich entgegenging? Möge es dem Himmel gefallen, daß ich aus meinem Gedächtnis die letzten Jahre auslöschen oder aus meinem Leben verbannen könnte! Diejenigen aber, die diesen vorausgingen, werden für immer der Reiz und die Qual meines Herzens sein.

Ach, sechs Jahre voller Freude und himmlischen Glücks sollten einem das Leben als ein derart großes Geschenk erscheinen lassen, daß man selbst im tiefsten Elend den Göttern dafür dankt! Wenn ich meinen Seelenfrieden wiederfände, wenn mein Herz wieder eine feste Orientierung hätte, dann könnten die wenigen Tage, die mir noch beschieden sind, vielleicht erträglich sein. Ich will versuchen, meinen Trost darin zu finden, was anderen Freude und Glück bedeutet. Ich werde aus Dankbarkeit den lieben, der es verdiente, mehr geliebt zu werden,[2] wenn ich auf die Wärme und die Lebhaftigkeit der mir von ihm bezeugten Freundschaft antwortete.

Seit drei Monaten muß ich mir den Vorwurf machen, daß ich mit Härte und Unhöflichkeit den Ausdruck der innigsten Zuneigung, der sich einem höchst aufrichtigen Gefühl verdankt, zurückgewiesen habe, obwohl es an eindeutigen Beweisen dafür nicht mangelte. Aber Sie wissen es ja selbst am besten, wie schwierig es ist, mir etwas zu beweisen! Ich versetze Sie damit ohne Zweifel in Erstaunen. Sie werden glauben, ich träume. Ich sage Ihnen aber kein Wort, von dem Sie vermuten könnten, ich verstieße damit gegen die Wahrheit oder die Wahrscheinlichkeit. Wohlan, das wird Ihnen beweisen, was Sie bereits gewärtigen konnten, aber vielleicht noch nie in einem derart ungewöhnlichen Fall: daß nämlich das Wahre sich bisweilen ganz unwahrscheinlich ausnimmt.

Seien Sie versichert, auch mir erscheint dies wenigstens so staunenswert zu sein wie Ihnen. Ich bin darüber verwirrt, daß es noch jemanden auf der Welt gibt, der sich seine Freude und sein Glück von einem Geschöpf erhoffen kann, das bei weitem das Unglücklichste und gleichzeitig auch dasjenige ist, das jegliche Zuneigung zurückweist. Sollte also das Übermaß an Unglück eine Anziehungskraft auf gewisse Seelen ausüben? Ja, ich weiß, man hat immer ein Verlangen danach, sich zu beklagen, Anteil zu nehmen, sich zu ermutigen und sich zu erregen und, wenn man sich mir annähert, teilt und übernimmt man diese Neigung, ohne daß ich dies wollte. Seit längerer Zeit schon ist mir aufgefallen, daß besagter Mensch sich niemals ohne innere Bewegung von mir verabschiedet, und er hat mir aufs Innigste bewiesen, daß es das Unglück, die Krankheit, und das Alter sind, die mir bei ihm Anmut, Jugend und Liebenswürdigkeit ersetzen. Glauben Sie, man könnte so eitel sein, um einen solchen Eindruck bei einem aufrichtigen und empfindsamen Mann zu machen? Ach nein, ich bin nicht eitel. Ich bin viel zu unglücklich, viel zu sehr verwundet, um für die Wonnen und Torheiten der Eitelkeit anfällig zu sein. Über alles das habe ich mich mit Ihnen noch nie unterhalten. Ich fürchtete, sobald ich darüber spräche, daß es ohne allzuviel Gehalt wäre. Ich wollte mich nicht einmal in meinen Gedanken damit befassen. In den ersten Tagen meiner Verzweiflung, als Sie sich gegen meine Ruhe und mein Leben ausgesprochen hatten, habe ich voller Abscheu alles von mir gewiesen, was mich von Ihnen ablenken wollte. Lieber wollte ich sterben, als mich von Ihnen trennen.

Ich hoffte, über den Beschluß, den Sie gegen mich verkündeten, zur Ruhe zu kommen. Ich glaubte, daß Ihre Gegenwart mir gut täte, daß Sie mir sagen würden, was ich hören müßte, ja, daß Sie mir helfen würden, den Schlag zu verwinden, mit dem Sie mich getroffen hatten.

Nichts von alledem ist mir widerfahren, aber ohne daß ich mich dazu verstieg, mich zu beklagen oder Ihnen daraus einen Vorwurf zu machen, wurde ich in der Ansicht zweifelsfrei bestätigt, daß Ihre Heirat unser Verhältnis für immer beenden mußte, daß es mir nur noch Abscheu und Qual einflößen und ich Ihnen zur Last fallen, wenn nicht gar hassenswert werden würde und daß in der Folge Sie wie ich zu der so peinigenden Ausübung der Tugend unsere Zuflucht nehmen müßten. Aber da glücklicherweise keine Verpflichtung uns bindet, wäre es schrecklich, wenn wir unsere Beziehung wie erzwungen fortsetzten. Im ersten Augenblick, da Sie mir den Dolch ins Herz stießen, glaubte ich, nicht mehr leben zu können, ohne Sie zu hassen. Aber diese entsetzliche Regung konnte in einem Herzen, das von Leidenschaft und Zärtlichkeit erfüllt ist, keinen Bestand haben. Seither habe ich alle Ängste, alle Regungen des Schmerzes erlitten und befinde mich jetzt in einem Zustand, den ich als Ruhe empfinde, der aber möglicherweise nichts anderes ist als Erschöpfung und völlige Mattigkeit. Aber wenigstens will ich mir künftig nicht mehr den Vorwurf zu machen haben, wieviel ich leide. Das ist, so glaube ich, ein großes Übel weniger.

Bis hierher bestätigte ich, was La Rochefoucauld sagte: «Der Verstand der meisten Frauen dient eher dazu, ihre Narrheit zu befestigen, als ihre Vernunft.»[3] Wie wahr ist das! Ich sterbe vor Scham, wenn ich daran denke, was ich einstens zu erwarten wagte. Ja, ich bin recht übersteigert oder vielmehr sehr verrückt gewesen, daß ich es nicht für ganz und gar unmöglich hielt, Ihnen ein und alles zu sein, und meine Verrücktheit verschaffte mir dafür Gründe, die sich hinlänglich plausibel ausnahmen, um meine Leidenschaft zu befriedigen. Sehen Sie selbst, ich bitte Sie darum, bis zu welchem Grad der Einbildung ich verführt worden bin! Ich schwöre Ihnen aber auch, daß es nicht Eigenliebe war, die mich in diesen Wahn trieb. Ganz im Gegenteil war es sie vielmehr, die mir dabei half, zur Wahrheit und zur Vernunft zurückzufinden. Sie ist es auch, die mich heute mit einer unnachsichtigeren Härte beurteilt, als Sie jemals hätten aufbringen können. Alles, was Sie mir verweigerten, alles das, was Sie nicht für mich waren, scheint mir jetzt nicht mehr als eine notwendige Folge der Billigkeit Ihres Geschmacks wie Ihrer Gerechtigkeit zu sein.

Glauben Sie deswegen aber bloß nicht, daß ich Sie in Ihrem Betragen mir gegenüber als gerecht, gut und anständig empfände. Es ist mein Verstand und nichts als mein Verstand, der sich heute ausspricht, und selbst wenn Sie mich als so schwach, so schuldbeladen, so verrückt angesehen haben, wie ich dies auch war, so rechtfertigt das dennoch nicht all das Leid, das Sie mir zugefügt haben, aber ich verzeihe es Ihnen aus ganzem Herzen. Vielleicht versöhnt man sich niemals mit tiefen Erniedrigungen, aber ich möchte hoffen, daß die Zeit deren Eindrücke verwischt. Möge Ihre Heirat Sie ebenso glücklich machen, wie sie mich unglücklich gemacht hat. Glauben Sie mir, so aufrichtig dieser Wunsch auch ist, weiter können Großzügigkeit und Güte nicht getrieben werden. – Ich habe auf einen Brief, den ich Ihnen vor einer Woche sandte, noch keine Antwort erhalten. Ich beklage mich deshalb nicht, ich zeige es Ihnen lediglich an, weil es mir gar nicht lieb wäre, wenn dieser Brief verlorengegangen wäre. Ehe Sie aufs Land fahren, möchte ich Sie auch bitten, mir die drei Briefe zurückzusenden, die ich Ihnen nach Metz geschrieben habe. Wenn Sie auch endlich den nach Bordeaux geschickten Brief erhalten haben, fügen Sie ihn doch bitte gütigst bei.

Ich habe Ihre Pillen noch nicht erhalten, weshalb ich Ihnen dafür auch nicht danken konnte. Es ist nur der Haß, der Honig zu Gift werden läßt, aber ich hege keinerlei Haßgefühle. Wenn wir jemals über das sprechen sollten, das zu vergessen weitaus besser wäre, dann werde ich Ihnen Aufschluß über meine letzte Tollheit geben, die ich am Donnerstag beging, als ich Ihnen schrieb. Ich werde Ihnen erklären, durch welche Art von Folterqual ich auf diesen Gipfel von Zärtlichkeit und Schwäche gelockt wurde. Wahrlich, man treibt mich in den Wahnsinn. Ich weiß nicht mehr, was mich untröstlicher macht, das Unglück, das Sie mir zufügen, oder das Glück, das man mir zu verschaffen sucht. Ich werde daran zugrunde gehen. Ich habe das Verlangen, mich in eine Einöde zu flüchten, um dort meine Ruhe zu finden.

Wie sehr ich Sie wegen der unerträglichen Länge dieses Briefes bedauere! Aber ich bin so krank, so niedergeschlagen, daß ich nicht die Kraft hatte, hier Ordnung zu schaffen oder das Überflüssige wegzulassen. Ich spüre, wie die anhaltenden Schmerzen das Herz ermatten und den Kopf auslaugen. Aber, wenn ich mir erlaubt habe, mich einmal so ausführlich zu äußern, dann geschah dies nur deshalb, um nie wieder darauf zurückzukommen. Es gibt Gegenstände, die man nicht nochmals erörtern möchte.

Wenn Sie in Paris wären, hätte ich mich wohl gehütet, Ihnen diesen Band zu schicken, denn Sie hätten ihn gar nicht gelesen. Ich besitze Beweise genug, daß Sie meine Briefe nicht lesen, und das war ganz einfach: Sie waren Ihnen nämlich an einen Ort nachgesandt worden, an dem Sie durch ganz andere Dinge gefesselt waren, als daß Sie noch irgendein Interesse für mich und meine Briefe übrig gehabt hätten. Daher will ich Ihnen versprechen, nie wieder so ungelegen zu kommen. Adieu, mein Freund. Es ist dies das letzte Mal, daß ich mir diese Anrede gestatte: Vergessen Sie, daß es mein Herz ist, das so spricht. Vergessen Sie mich! Vergessen Sie, was ich litt! Lassen Sie mir den Glauben, daß es ein Glück ist, geliebt zu werden, lassen Sie mir die Überzeugung, daß der Dank meiner Seele genügt! Schließlich, lassen Sie ab von mir, ich gehöre Ihnen nicht mehr. Adieu, adieu.

1 Les Saisons, Chant premier, 125. 2 Gemeint ist d'Alembert. 3 La Rochefoucauld, Maximes, 340.

159. An Mademoiselle de Lespinasse

Metz, Dienstagmorgen, September 1775

Ich muß mich wohl darauf gefaßt machen, von Ihnen keine Nachricht mehr zu erhalten. Ich schreibe Ihnen sogar ohne alle Hoffnung, daß Sie mir antworten. Aber auch das hält mich nicht ab. Ich werde Sie mit meiner Liebe verfolgen, auch wenn Sie mich wissen lassen, daß dies für Sie eine Marter ist. Da es meinetwegen und nicht Ihretwegen ist, daß ich Sie liebe, haben Sie nicht das Recht, mir einen Verzicht aufzuerlegen.

Dennoch setzen Sie alles ins Werk, dessen Sie fähig sind, um mich zu verletzen! Welch ein Brief, mit dem Sie mir am Samstagabend antworteten! War dies nur eine Antwort auf mein Schreiben? Sie scheinen es gar nicht gelesen zu haben. Sie geben sich den Anschein, als wären Ihnen meine Schmerzen gleichgültig, ja, daß Sie mir gar erleichtert werden würden, weil *man* sie mit mir teilt. Ich wiederhole es Ihnen, daß es Ihr Unglück war, das meine Seele bedrückte. Ich habe noch andere Ursachen, deretwegen ich leide, aber Sie waren diejenige, die ich am allerschmerzlichsten verspürte. Ich vermag nicht mehr an Sie zu denken, ohne zu zittern. Was ist dieses andere Unglück, das Sie befallen hat und über das Sie sich hartnäckig ausschweigen? Was hat es mit dem Kummer, der Unruhe, dem Zweifel und der Unsicherheit auf sich, die Sie am Atmen hindern? Sie fügen dem noch hinzu: Ich leide viel, aber ich mache... Was bedeuten diese drei Punkte? Ohne Zweifel «leiden». Aber wer leidet Ihretwegen, durch Sie? Ah, offensichtlich alle, die Sie lieben. Ich ganz gewiß, denn Sie vermögen es, alles, was Ihnen zugeneigt ist, in Bitternis leben zu lassen. Ihre Seele ist zum einen so lebhaft und hitzig, zum anderen aber auch so kalt und verdorrt, immer aber ist es schmerzhaft und schwierig mit ihr umzugehen, so daß man nicht mehr weiß, wie man es nun eigentlich anstellen soll.

Wahrlich, außer mir gibt es niemanden, der fähig wäre, dies auszuhalten. Sähen alle Ihre Freunde Sie aus der Nähe, aus der ich Sie sehe, wäre ich der einzige, der Sie noch liebte. Aber ich besitze nicht nur die Sanftmut eines Schafes, ich habe auch die Hitze, die Beherztheit, die Schmiegsamkeit und die unerschöpfliche Fähigkeit zum Mitleiden dessen, der liebt. Sie haben mir weder etwas zu dem Ring gesagt, noch über den «Connétable». Es hat den Anschein, als seien das Geschenke, die Sie zurückweisen. Ich bin gestern abend hier angekommen. Ich habe den Chevalier d'Aguesseau getroffen. Es war dies für mich ein Vergnügen, aber dennoch vermochte er es nicht, meiner Seele Linderung zu verschaffen. Ich habe ihn auch nicht in meine Geheimnisse eingeweiht. Wem sollte ich sie auch entdecken, mein Gott? Es brauchte eine ganz außergewöhnliche Seele, um sie zu glauben und nachzuempfinden. Nur Sie könnten meine Vertraute sein, spielten Sie nicht für mich noch eine größere Rolle.

Man ist hier mit Manövern und anderen militärischen Aufgaben befaßt, die mich beschäftigen, ohne meine Gedanken auszufüllen. Es ist jetzt sechs Uhr früh, und ich bin bereits vollständig angekleidet. Ich erwarte den Chevalier d'Aguesseau, der mich abholen wird. Diese Art von Leben wird mir guttun. Es beruhigt bisweilen meine Seele; sie war in Paris allzu erregt und ermattet; sie mußte zuviel Leid erleben. Tun Sie mir doch den Gefallen, wegen der Pension zu schreiben, die mir M. de Condorcet für einen jungen Mann beschaffen wollte, der mir empfohlen worden ist. Lassen Sie mich doch auch wissen, ob Sie mir bei M. de Malesherbes bei einer Anfrage von Nutzen sein können, die in seine Zuständigkeit fällt und an der ich größeren Anteil nehme. Das alles betrifft mich selbst also gar nicht.

Sie werden jetzt sagen, daß ich mich für viele Dinge interessiere, daß ich mich für alles interessiere, oder vielmehr für gar nichts. Der Grund ist, daß ich zu gut bin, ja, daß ich es vor allem werden möchte. Mit Wohltätigkeit und Wohlwollen möchte ich das Leben, das mir noch bleibt, hinbringen. Vielleicht gelingt es mir damit, das Unglück ungeschehen zu machen, für das ich verantwortlich bin. Wohlan, ich werde es auf andere Weise büßen: Ich werde es aber nicht tun, ohne dabei zu leiden.

Adieu, meine Freundin. Ich nenne Sie noch einmal mit dieser Anrede, bei der Sie vielleicht Abscheu empfinden. Ich habe für Sie Pillen in Verdun gekauft. Aber ich wette, daß Sie sie bitter finden werden.

Alle seine Wohltaten sind vergiftet.

160. An M. le Comte de Guibert

Samstagabend, den 24. September 1775

Ich möchte Ihre falsche Rechnung nicht umstoßen. Sie könnten möglicherweise wähnen, ich täte dies aus Laune, aus Absicht, vielleicht auch aus Übermut, aber nichts könnte dies entschuldigen. Die Vernunft ist gleich und gerecht, und es ist hohe Zeit, mich an sie zu halten. Geben Sie mir, ich bitte Sie, niemals Erklärungen über Taten, die selbst Gott nicht zu ändern vermöchte. Man muß sich mit den Folgen abfinden.

Sie sind verheiratet. Sie haben geliebt, Sie lieben oder Sie werden ein Wesen lieben, das schon seit längerem Sie mit seiner Lebendigkeit und der Kraft seiner Leidenschaft angezogen hat. Das ist ganz und gar normal, das entspricht der Natur, es ist gleichsam eine Notwendigkeit, und folglich müßte man gleichermaßen dumm, verrückt und unaufrichtig sein, wollte man Bedingungen, Einschränkungen stattgeben, die einerseits Ihr Glück trübten und die andererseits meine Marter fortdauern ließen. Alles ist für immer gesagt und, glauben Sie mir, wir ersparen uns besser weitere Einzelheiten. Wenn einmal das Band der Wahrheit gerissen ist, dann sollte man es nie wieder knüpfen wollen, derlei geht immer schlecht aus. Zu jeder Zeit, unter allen Umständen, habe ich Ihnen die Wahrheit gesagt. Derart wäre ich nie in Verwirrung, in Verlegenheit geraten. Seitdem ich lebe, habe ich mir nie vorwerfen müssen, irgend jemanden getäuscht zu haben. Zweifellos habe auch ich mich schuldig gemacht, aber ich kann dennoch für mich in Anspruch nehmen, daß mir die Wahrheit stets heilig gewesen ist, und, ich wiederhole es Ihnen, Sie wären noch glücklicher, als Sie es sind, wenn Sie dem nämlichen Prinzip die Treue gehalten hätten.

Romanhafte Gegebenheiten oder vielmehr solche, die sich in keinem Roman finden, vermögen nichts an dem Unglück und der Verzweiflung zu ändern, die ich zu leiden hatte, seitdem ich Sie kenne: Ohne Zweifel dagegen wird der Roman, den Sie jetzt begonnen haben, voller Vergnügen, Glück und allem dem sein, das Ihrer Glückseligkeit zustatten kommt. Ich wünsche Ihnen das von ganzem Herzen. Was mich betrifft, so dürfte ich allenfalls in einem der Romane von Prévost figurieren. Entscheiden

Sie, ob ich aus dem Roman «Astrée»[1] ausgeschlossen gehörte? Ich habe Ihnen einen ganzen Band geschrieben, und Sie werden sich deshalb von mir erholen müssen.

M. de Saint-Chamans geht es seit zwei Tagen sehr viel besser. Er dankt Ihnen vieltausendmal. M. d'Alembert ist sehr gerührt darüber, daß Sie seiner gedacht haben. Der Comte de Crillon ist wieder im siebten Himmel. Mutter und Kind geht es ganz vorzüglich. Mme. de Châtillon ist eingetroffen und verläßt soeben mein Zimmer. Ich hoffe, daß M. d'Anlezi in wenigen Tagen zurückkehren wird. Ich habe kein Fieber mehr.

1 Hirtenroman von Honoré d'Urfé (1568–1625).

161. An denselben

Dienstag mittag, September 1775

Das gleicht dem Wahnsinn, aber dennoch ist es die wohlbegründete Vernunft selbst, denn dies gehört zur Pflege meines Vergnügens. Mir fällt ein, daß ich Sie gebeten hatte, mir zu antworten und mir meine Briefe unter der Adresse von M. de Vaines zurückzusenden.

Tun Sie nur die Hälfte von allen dem, mein Freund. Schicken Sie mir meine Briefe unter seiner Anschrift und, um Gottes willen, vergessen Sie nicht einen doppelten Umschlag zu nehmen. Aber adressieren Sie an mich gerichtet Ihre Antwort, die aber wirklich auf meinen Brief eingehen muß, weshalb sie ziemlich lang sein dürfte. Ich werde Sie erst am Samstag, den 15. (September), empfangen, und mir kommt gerade in Erinnerung, daß M. de Vaines an diesem Samstag in Versailles weilen wird. Das wird mir das verspäten, auf das ich mit einiger Ungeduld warte, die mich fiebern läßt. Sie verstehen mich richtig, mein Freund, begehen Sie also keine Unüberlegtheit: Ihr Brief an mich, und meine Briefe und zwar *alle* meine Briefe an M. de Vaines. Ich fürchte, daß die Post bereits abgegangen ist. Ich werde meinen Brief einem Freund behändigen lassen, den ich auf dem Postamt habe.

162. An denselben

Freitag, vier Uhr, den 6. Oktober 1775

Ich habe nicht getan, mein Freund, worum Sie mich baten, ich bitte Sie dieserhalben um Nachsicht, aber es überstieg meine Kräfte, Ihnen einen Brief an den Ort zu senden, an dem Sie sich aufhielten. Dennoch bin ich nicht so ungerecht, Ihnen es nicht zu vergönnen, daß Sie dort sich aufhalten, und täten Sie dies auch aus Vergnügen und Neigung. Ich bin uneins mit mir, schwach und unglücklich, das ist alles. Erdulden Sie mich, so wie ich bin, und ich werde Sie dann bis zum Wahnsinn ganz so lieben, wie Sie sind.

Mein Gott, wie liebenswürdig von Ihnen, daß Sie mir dieses Briefchen vor Ihrer Abreise schickten! Es hat meine abgespannte Seele für einen Augenblick wiederbelebt. Ach, wie schwer fällt es mir doch, mein Freund, das Leben zu ertragen! Allein Ihre Gegenwart kann mir das Empfinden des Verlusts, den ich erlitten habe, erträglich machen. Alles andere gemahnt mich nur daran, daß es für mein Unglück weder Hilfe noch Trost gibt: Alle meine Freunde, alle ihre Aufmerksamkeiten, die sie mir angedeihen lassen, verschaffen mir das Empfinden, daß nichts bis ins Innerste meines Herzens vorzudringen vermag. Es war M. de Mora, es war die Liebe, die ich für ihn hegte, die mir das Leben lebenswert machten. Außer Ihnen und meiner Zuneigung zu Ihnen ist mir alles mit ihm erloschen. Die ganze Natur scheint mir abgestorben, ich will sie nicht wieder zum Leben erwecken, lieber würde ich mich stattdessen auslöschen. Was soll man mit einem derart schmerzerfüllten und auch lustlosen Leben anfangen?

Sie werden mir helfen, es zu ertragen, mein Freund, und das wird für einige Zeit Ihrer Güte und Aufrichtigkeit genügen. Sie werden sich sagen: Ich unterstütze, ich erleichtere das Unglück, ich trockne die Tränen einer Person, die nur durch mich am Leben gehalten wird. Aber, mein Freund, dieses tugendhafte Empfinden wird nicht gänzlich Ihre Seele zufriedenstellen. Ihre Glut, ihre Hitze und ihr Drang werden sich nicht darin erschöpfen, meine Leiden zu lindern. Es verlangt Sie, und dies auch völlig zu Recht, mir Glück und Freuden zu verschaffen, aber das wird unmöglich gelingen, und bald werden Sie erkalten und mich aufgeben. Ich spüre, ich ahne voraus, daß es so kommen wird, und diese Zukunft scheint mir schon ganz nahe zu sein. Warum sollte ich ihren Beginn noch abwarten? Wäre es nicht süß und leicht, ihr zuvorzukommen? Ach, lassen Sie mich endlich ganz sterben! Geben Sie sich keine Mühe mehr, eine Seele zu erwärmen, sie erneut zu entflammen, die von Freud und Leid längst verzehrt worden ist. Ich finde Sie so liebenswürdig, so sehr wert, geliebt zu werden, daß Sie mich jedesmal die Kraft und die Hitze, die ich verloren habe, vermissen lassen. Nein, ich bin es nicht, die Sie lieben müssen. Sie werden allzu oft spüren, daß Sie mir eine Gnade erweisen, und das wird Ihr Herz und Ihre Freude verdorren lassen. Sie müssen über eine junge und lebendige Seele gebieten, die voller Glut und Leidenschaft ist. Die meine vermag sich nicht mehr zu solchen Höhen aufzuschwingen. Was sie allenfalls noch belebt, ist Zärtlichkeit und Empfindsamkeit. Beide gelten Ihnen, gibt es doch keinen Augenblick, an dem ich nicht Süßigkeit daraus zöge, Ihnen dies zu beweisen, aber da es etwas Besseres und Größeres als dieses gibt, müssen Sie sich dies eingestehen und mich verlassen.

Der Chevalier de Chastellux hat sich dazu entschlossen, mein Freund, mir den Kopf zu verdrehen. Gestern hat er schon wieder den ganzen Abend bei mir verbracht. Er langte von Choisy her kommend gegen elf Uhr hier an und ist bei mir abgestiegen. Er betraf mich im Gespräch mit dem guten Condorcet und mit M. d'Anlezi. Ich war beinahe tot, als er eintrat, und ich war all die Zeit, die er bei mir war, nicht mehr am Leben. Er ist ein guter Mensch und mehr noch als das, weil er nämlich kein bißchen selbstbezogen ist, denn er fragte mich mehrmals, ob ich litte. Er verglich meinen Zustand vom Vortage mit meinem jetzigen, und er hatte keinerlei Zweifel, daß der Zauber, der mich am Vortage gestützt und belebt hatte, unterdessen gänzlich verschwunden war. Dieser Zauber wirkte ohne Zweifel anderswo, aber dieser Gedanke war für mich alles andere als tröstlich.

Ich bin sehr spät zu Bett gegangen. Ich habe kein Auge zugetan, und gegen sechs Uhr habe ich Opium genommen, allerdings nur eine ganz kleine Dosis, um derart das Verlangen zu mindern, das mich plagte, wenigstens hundert Gramm einzunehmen. In der Tat hat es mir die Lebhaftigkeit und das Quälende meines Schmerzes genommen. Ich leide, aber ich spüre gleichzeitig auch, daß ich Sie liebe. Ich hoffe, Sie am Sonntag vormittag zu sehen und daß ich vielleicht schon morgen deswegen von Ihnen Nachricht erhalte. Wenn das nicht der Fall sein sollte, dann wird es mir gestattet sein, zwei Gramm Opium mehr zu nehmen, und ich werde Ihrer harren, ohne mich zu beklagen und ohne Sie deswegen weniger zu lieben. Ich bin in einem Zustand einer derartig sanften Zärtlichkeit, mein Freund, einer so großen *Mäßigung,* daß es mich ängstigt. Letztere Tugend scheint mir für die Insassen der Vorhölle geschaffen zu sein, zu der ich meiner Überzeugung nach verdammt bin. Ich kannte nur bald das Klima der Hölle, bald das des Himmels. Es gibt kein Mittel mehr, meine Seele an eine andere Temperatur zu gewöhnen. Das will besagen, daß, wenn man das alleräußerste Unglück und das höchste Glück erlebt hat, einem nichts anderes mehr zu tun übrig bleibt, als – zu sterben. Tatsächlich ist es das, worauf ich hinaus will. Längst hätte ich es geschafft, wären nicht Sie gewesen, der mich davon abhielt.

Adieu. Ich liebe Sie von ganzem Herzen, aber das ist nicht genug, das ist nichts gemessen an dem, was Sie verdienten, wie an dem, zu dem Sie einen inspirieren müßten. Wenn ich von Ihnen Nachrichten habe, werde ich Ihnen dankbar sein, und dann schicke ich Ihnen auch meinen Brief, damit Sie ihn bei Ihrer Ankunft vorfinden.

M. d'Anlezi wird am Dienstag nach Auteuil zum Essen gehen. Er wird begeistert sein, Sie dahin mitzunehmen. Ich habe Ihnen nicht gesagt, daß ich auf den abgeschmacktesten, den törichtsten Brief geantwortet habe. Aber es bedeutet mir dies kaum etwas. Meine Antwort war wenigstens nachsichtig, aber meine Eigenliebe läßt sich auch nur sehr schwer befriedigen. Leben Sie also wohl.

Samstag, den 7. Oktober, nach dem Eintreffen der Post.

Nein, Sie irren sich nicht. Sie kennen mein Gefühl, Sie blicken in meine Seele, Sie wissen, was Sie mir bedeuten, Sie waren Zeuge ihrer Kämpfe, ihrer Gewissensqualen, Sie sehen ihren Schmerz. Ich lebe. Muß ich Ihnen nach all dem noch sagen, daß ich Sie liebe, daß ich Sie erwarte, daß alles, was mir an Tatkraft noch geblieben ist, darauf verwandt wird, Sie herbeizusehnen, ob Ihrer Abwesenheit zu bangen, zu glauben, daß ich sie nicht mehr länger ertragen kann? Und wenn sich meine Gedanken mit ein wenig Ruhe dabei verweilen können, dann nur deshalb, weil ich mir sage, daß ich vielleicht den Mut wiederfinden werde, den Ihre Anwesenheit mir nimmt, denn wie sonst die Kraft zum Sterben finden, wenn man den sieht, den man liebt!

Ihr Brief ist so liebenswürdig, mein Freund, wie Sie es sind, er ist voller Leben und Anteilnahme, deren ich so dringend bedarf. Ach, mein Gott, wie sehr habe ich in dieser Nacht gelitten! Ich kann nicht mehr, aber ich liebe Sie. Bringen Sie mir meinen Brief wieder mit, und verzeihen Sie mir. Von der Furcht gibt es keine Genesung.

163. An Monsieur de Guibert, in Fontainebleau

Samstagabend, den 15. Oktober 1775
Die Eine auf dem Lande, in Ousson.

Muß es denn sein, daß wir zwei sind, mein Freund? Sobald ich schweige, wissen Sie mir nichts zu sagen, haben Sie mir nichts zu sagen. Ach, mein Gott, wenn nicht immer jemand hinter Ihnen stünde, wenn man nicht immer über Ihre Schultern blickte und mitläse, wenn die Briefe von Ihnen nicht immer verschlampt würden, ohne daß Sie das wollten, dann schriebe ich Ihnen ganze Bände. Ich würde nicht auf Sie warten. Ich würde meine Seele ausschütten, ich brächte mein Leben damit hin, mich zu beklagen, Ihnen zu verzeihen und Sie zu lieben. Aber wie? Woher bloß soll ich die Kraft nehmen, um die Sie mich gebracht haben? Der Schlag, mit dem Sie mich getroffen haben, hat meine Seele verletzt und läßt meinen Körper zum Erliegen kommen; ich spüre es.

Ich will Sie weder erschrecken, noch Ihre Anteilnahme erregen, aber ich spüre, daß ich daran zugrunde gehe. Es gibt für mich keine Rettung mehr, denn selbst das Unmögliche angenommen, daß Sie wieder frei würden und Sie mir dann das wären, was ich mir ersehnte, so wäre es dennoch zu spät. Die

Grundlagen des Lebens sind angegriffen, und ich erkenne dies ohne Bedauern und ohne Erschrecken. Sie haben mich daran gehindert, mein Freund, meinem Leben ein Ende zu machen, aber dennoch lassen Sie mich sterben! Welcher Widerspruch! Aber, ich verzeihe Ihnen. Binnen kurzem wird alles gleich sein. Mein Gott, ich will Ihnen keinen Vorwurf machen. Könnten Sie in meine Seele blicken, würden Sie gewärtigen, wie weit entfernt von dem Gedanken sie ist, Sie zu kränken, Ihnen auch nur einen Augenblick Kummer in Ihrem Leben zu bereiten!

Nein, auf dem Höhepunkt meines Unglücks, da ich mich als Opfer meiner Liebe empfinde, mich aber gleichzeitig auch schuldig und unglücklich fühle, verspüre ich in meinem Herzen nichts anderes als das lebhafteste Verlangen, daß Sie glücklich sein mögen. Ihrem Wohl gilt noch immer der erste Gedanke eines Lebens, das mir entgleitet. Leben Sie wohl, mein Freund. Sie sehen es selbst, mir ist die Stimmung trübe geworden. Aber es gibt Umstände, Dinge, die mir nur noch Schmerz bereiten. Schreiben Sie mir: Lassen Sie mich wissen, was Sie treiben, teilen Sie mir mit, ob Sie zufrieden sind. Ob das, was Ihnen am Herzen lag, nach Ihren Wünschen geschehen ist. Schließlich, mein Freund, finden Sie, wenn möglich, ein wenig Zärtlichkeit, um einem tief verwundeten Herzen, das Ihnen dennoch ganz und gar gehört, einige Augenblicke der Freude zu schenken.

Ich werde Ihnen allabendlich schreiben, aber sobald Sie von Fontainebleau[1] aufbrechen, müssen Sie mir alle meine Briefe zurücksenden. Ach nein, nennen Sie das nicht Mißtrauen. Es ist vielmehr Tugend, es geschieht aus Sorge um Ihre Ruhe.

1 Der Hof weilte hier vom 9. Oktober bis zum 16. November.

164. An denselben

Vier Uhr, Montag, den 16. Oktober 1775

Ich schreibe Ihnen heute morgen, mein Freund, weil ich fürchte, am Abend nicht dazu zu kommen. Gestern plagte mich recht heftiges Fieber, und während dieser Nacht, gegen zwei Uhr, glaubte ich, an einem Hustenanfall zu sterben, der von

Erstickungserscheinungen gefolgt wurde, die mich dann wirklich dem Tod in die Arme zu treiben schienen. Das Entsetzen meiner Kammerfrau brachte mich auf den Gedanken, daß der Tod wirklich etwas Abstoßendes sein muß: Ihr Gesicht war ganz verzerrt und, als ich wieder sprechen konnte, wollte ich von ihr die Ursache ihrer Verwirrung erfahren. Sie vermochte nichts anderes herauszubringen als die Worte: «Ich glaubte, Sie würden sterben.» Ansonsten hat sie durchaus den Mut, meiner Leiden ansichtig zu sein. Ich liege noch zu Bett. Es ist aber nur noch, von meinen gewöhnlichen Leiden abgesehen, eine geringfügige Beklemmung zurückgeblieben.

Waren Sie nicht in Montigny,[1] oder gehen Sie da auch gar nicht hin? Hat Ihnen Mme. de Boufflers kein Stelldichein gewährt? Sie ist heute mit dem Abbé Morellet dorthin gefahren, und sie kommt am Donnerstag zurück. Der Erzbischof von Toulouse wird gegen Abend gleichfalls eintreffen. Jemand, der Mme. de Boufflers sehr gut kennt, sagte mir gestern: «Sie macht sich selbst zum Opfer ihrer Wertschätzung und, je mehr sie ihr nachstellt, desto gewisser verliert sie sie. Ich wette», fuhr dieser Mann fort, «daß sie alles unternehmen wird, um sich – nicht wie Candide in Venedig an der Tafel der Könige –, sondern an der Tafel der Minister in Montigny einzufinden.» Er äußerte das mir gegenüber als eine Vermutung, aber heute morgen erhielt ich von ihm die folgenden Zeilen: «Glauben Sie mir nun, daß ich die Menschen kenne? Gestern haben Sie sich über mich lustig gemacht. Nun gut, sie ist heute morgen abgefahren, und sie wird Leuten zur Last fallen, die sie kaum kennt. Eitelkeit über Eitelkeit.»

Wenn sie dies ins Werk gesetzt hat, um mit Ihnen zusammenzutreffen, hat sie richtig gehandelt. Sie muß den Mann zärtlich lieben, dem gegenüber sie sich einmal entschlossen hat, aufrichtig zu sein. Einmal ihre Maske fallen zu lassen wird für sie eine große Erleichterung sein. Wie kann man nur mit diesem stetigen Zwang leben? Ist es gar so, daß der Eitelkeit das Stärkste in der Natur eigentümlich ist?

Sagen Sie mir doch, mein Freund, wer wird Ihrer Meinung nach der nächste Kriegsminister sein? Nach allem, was man hört, wird es der Baron de Breteuil,[2] der sein Leben lang im diplomatischen Dienst stand. Das ist genauso wie im «Avare».[3] Haben Sie bereits genug gelesen, um Ihr großes Werk zu beginnen? Sie haben bislang nur eine Woche Zeit gehabt, aber Sie machen alles so schnell, daß Ihnen vielleicht acht Tage genügt haben, um das zu tun, was ein anderer nicht in acht Monaten bewältigt.[4]

Haben Sie M. Turgot gesehen? Die Arbeit, die Sie für ihn gemacht haben, kann ihm gerade jetzt von großem Nutzen sein. Sie werden ihm in Montigny begegnen. Ich wünschte mir, Sie sprächen mit ihm, und Sie würden dann bemerken, daß er allen denen turmhoch überlegen ist, die ihn mit Voreingenommenheit und blinder Leidenschaft beurteilen und die Sie bislang darin beeinflußt haben.

Vor einigen Tagen haben Sie mir geschrieben, zweifellos in der Absicht, mich in den Himmel zu versetzen: «Von hier aus, wo ich geliebt werde, wo ich beschäftigt bin, wo ich Ruhe habe etc., sage ich Ihnen, ich liebe Sie.» Ach, mein Freund, es ist allbekannt, daß man geliebt wird, wenn man jung ist, wenn man eine liebreizende Gestalt hat, wenn man gepflegt ist und das Benehmen eines Mannes hat, der gefallen will und vor allem, wenn man durch alle Handlungen zu erkennen gibt, daß man sich an nichts wirklich bindet! Und warum sollten Sie nicht geliebt werden? Es widerfährt dieses doch auch Gecken und Narren. M. de Bouzol wird von seiner Frau, die jung, schön und liebenswürdig ist, bewundert, aber, was mich verwirrt, ist, daß ihm dies nicht den Kopf verdreht. Er glaubt keineswegs, wie das der Comte de Crillon tut, daß er auserwählt worden sei. Er weiß nur zu gut, daß es 25 000 Livres Rente waren, die seine Ehe stifteten. Aber wissen Sie, was pikant, was sehr selten, außergewöhnlich und geradezu ein Wunder ist – auch wenn es da schon einige Beispiele gegeben hat wie Diane de Poitiers,[5] Mme. de Maintenon[6] oder Mlle. Clairon[7] – wenn man sagen kann: Ich werde geliebt, obwohl ich alt, traurig, krank und vom Unglück zerschmettert bin. Vor allem aber dann, wenn man sagen kann: Ich werde von einem liebenswürdigen und aufrichtigen Mann geliebt, der in den besten Jahren seines Lebens steht, wenn Männer ganz besonders wählerisch und schwierig sind und in denen sie das Recht zu haben glauben, alles verlangen zu dürfen und jeglichen Vorzug verdient zu haben.

Da haben Sie etwas, mein Freund, das es wirklich wert ist, gesagt zu werden, weil es etwas ganz Wunderbares ist. Aber vor Eitelkeit schier zu platzen, wenn man von seiner Frau geliebt wird, nur weil man liebenswürdig ist und ihr dies von morgens bis abends und von abends bis morgens eintrichtert und ihr damit den Beweis erbringen will, daß man sie leidenschaftlich liebt – ach, pfui, das ist allzu gewöhnlich! Der Comte de Crillon sagt es ebenso und handelt entsprechend. Aber, in Wahrheit, ich glaube nicht, daß es auch nur ein Wesen gibt, das versucht sein könnte, die Dritte im Bunde zu spielen, und das auch so einsam wäre, um das einzufordern, was von dieser großen Leidenschaft noch übrig bleibt.

Adieu, mein Freund. Ich weiß auch nicht, warum ich Sie mit all dem unterhalten habe. Wenn ich Fieber hätte, dann wäre es doch nicht genug für ein Delirium. Aber es macht mir Spaß, mit Ihnen zu schwatzen, und ich sage Ihnen alles, was mir so in den Sinn kommt. Schreiben Sie mir also, mich verlangt es nach Trost und Halt. Meine Seele und mein Körper sind in einem bemitleidenswerten Zustand. Sie sind viele Meilen entfernt, mein Freund: Das ist ziemlich weit weg, aber es wäre doch auch sehr nah, wenn ... Aber, leben Sie wohl.

1 In der Nähe von Fontainebleau gelegenes Schloß, das M. de Trudaine (vgl. Brief 53, Anm. 6) gehörte. Hier tagten die Minister, um über einen Nachfolger für den verstorbenen Kriegsminister, den Comte de Muy, zu beraten. 2 Louis-Auguste Le Tonnelier, Baron de Breteuil (1730–1807), französischer Botschafter an verschiedenen europäischen Höfen. – Es war aber der Comte de Saint-Germain, der am 25. Oktober auf Vorschlag von Maurepas zum Kriegsminister ernannt wurde. 3 Theaterstück von Molière. Hier spielt Julie de Lespinasse vermutlich auf den III. Akt, 5. Szene an, in der Meister Jacques für jede Aufgabe gut ist. 4 Anspielung darauf, daß Guibert seine Zeitgenossen durch sein Arbeitstempo verblüffte. 5 Protagonistin des Romans «La Princesse de Clèves» (1678) von Marie-Madeleine Pioche de la Vergne, Comtesse de La Fayette (1634–1693). 6 Vgl. Brief 42, Anm. 1. 7 Claire-Josèphe-Hippolyte Leris de La Tude, gen. Mlle. Clairon (1723–1803), berühmte Tragödin.

165. An denselben

Dienstag, vier Uhr, den 17. Oktober 1775

Ich habe auf den Briefträger gewartet. Ich rechnete mit einem Brief von Ihnen, aber Sie haben nicht geschrieben. Auf einem Brief gewahrte ich den Poststempel «Fontainebleau», ich atmete bereits erfreut auf, und dann bemerkte ich meinen Irrtum. Ach nein, dieser Brief war nicht von Ihnen! Mein Gott, wie toll und ungerecht und vor allem wie unglücklich bin ich doch! Wenn ich es doch nur vermöchte, mein Freund, Sie nicht zu lieben, wenn ich vielmehr einen lieben könnte, den ich nicht liebe, dann vielleicht wäre ich die Frist, die ich noch zu leben habe, nicht einer Marter unterworfen, die meinen Körper und meine Seele unablässig quält.

Dennoch geht es mir heute besser. Ich habe eine große Dosis Ipécacuanha[1] eingenommen, die mich zunächst todesmatt machte, aber die, wie es jetzt scheint, meinen Lungen Luft verschafft hat. Gestern habe ich kaum geatmet. Ich weiß nicht, mein Freund, warum ich zu Ihnen über meine Gesundheit spreche. Wenn ich Sie sehe, reden wir niemals darüber, aber immer dann leide ich auch nicht. Warum liebt man nicht wenigstens etwas ein Wesen, dem man soviel Gutes, aber vor allem auch Schlechtes angetan hat? Ach, warum liebt man? Oder warum liebt man nicht? Wer sind die Toren oder die eiskalten Herzen, die jemals eine Antwort darauf wüßten?

Der Chevalier de Chastellux würde es nicht daran fehlen lassen, uns darüber aufzuklären, aber er wird immer viel zufriedener damit sein, eine Beweisführung anzutreten, als ein Gefühl zu haben. Man ließ mich wissen, daß er dieser Tage gelegentlich der Aufführung eines Theaterstücks von M. de Savalette,[2] das heftig beklatscht wurde und das Mesdames de Gramont und de Beauveau sich nicht genug tun konnten zu loben, eines hatte, das ihn quälte. Der Chevalier war wegen dieser Reaktion sehr bestürzt, aber er verstand es nie, seine Unzufriedenheit zu verbergen. Mme. de Gléon[3] verhielt sich ähnlich, und beide spielten eine abscheuliche Rolle in der Gesellschaft, in der sie sich befanden. Ich teile Ihnen dies gleichsam als Beichtgeheimnis mit und nicht als eines der Komödie. Um ihrer Eigenliebe wieder etwas aufzuhelfen gibt man heute «Roméo et Juliette», gefolgt von «Agathe»[4]. Mme. de Beauveau hat ihre Abreise verschoben, um bei dem Erfolg zugegen zu sein und um ihn in die Wege zu leiten. Ich aber sterbe schier vor Angst, daß der «Roméo» den Erfolg der «Agathe» beeinträchtigt. Kennen Sie diesen «Roméo», mein Freund? Das ist kein schlechtes Stück, es ist auch nicht mittelmäßig, es ist noch nicht einmal langweilig, aber es ist ganz und gar ungeheuerlich, ja, es ist danach, einen in die Flucht zu jagen. Ich habe gehört, wie man der Comtesse de Boufflers versicherte, das Stück sei so schön wie eines von Corneille und noch besser als das englische Drama.[5] Ich war mit ihr bei der Uraufführung, aber ich hatte einen so gänzlich anderen Eindruck davon, daß ich mir wünschte, ohnmächtig zu werden, um aus diesem Theater zu entrinnen. Ohne Zweifel hatte ich unrecht, aber es ist mir unmöglich, kühl zu bleiben und mir etwas einzureden, das meinem Empfinden widerspricht.

Ich schicke diesen Brief an M. de Vaines. Zweifellos sind Sie mit ihm in Montigny. Haben die Orte, die Leute, die Dinge, der Liebreiz all dessen Ihnen die Freiheit gelassen, mein Freund, daran zu denken, mir über Nangis [6] zu schreiben? Sie sind am Sonntag in Fontainebleau angekommen. Wenn Sie mir am Montag in der Frühe geschrieben hätten, dann hielte ich heute einen Brief von Ihnen in Händen. Aber Sie wollten ja erst alles und alle auf einmal sehen, die Königin, M. de Duras, die Minister, Ihre Freunde, Ihre Bekannten und solche, die es gar nicht sind. Schließlich muß man alles sehen, hören und wissen. Es gilt, Geschäfte zu erledigen, bei denen man keine glückliche Hand hat, aber was tut's! Man hat viel gesehen, viel erlebt, aber am Ende des Tages ist man so schlau als wie zuvor. Aber ob dieser unterhaltenden Aktivität, die an ein Eichhörnchen gemahnt, ist man ganz befriedigt und sagt sich im stillen, in zehn Jahren werde man als ein bedeutender Kopf gelten und die Geschäfte werden dann auch besser laufen, allein, darin täuscht man sich, wie ich Sie versichere.

Mein Gott, wie köstlich war es doch, jemanden zu lieben, für ihn zu leben, der schon alles kannte, der sich über alles im klaren war, alles hinter sich hatte und der wie der Weise zu dem Schluß gekommen war, daß alles nur eitel ist! Allein zu lieben, das genügte seinem Herzen und seiner Seele. Ach, wie edel, wie groß war doch diese Seele! Niemals zuvor habe ich das Erlebnis gehabt, daß sich soviel Tugend mit solcher Leidenschaft verband. Ich gäbe das, was mir vom Leben noch bleibt, mein Freund, dafür hin, daß Sie ihn gekannt hätten.

Ich will Ihnen aber noch mehr Bewegung verschaffen. Ich bitte Sie, bei den Buchhändlern nach dem Buch «Dialogue entre un évêque et un curé, sur le mariage des protestants»[7] zu fragen. Man sagt, dieses Werk sei ausgezeichnet. Lesen Sie es, und schicken Sie es mir über M. de Vaines. Man findet es hier nämlich nicht. Legen Sie bitte der Broschüre aber keinen Brief bei, weil Sie die Sendung nicht siegeln können. Wissen Sie, was schlimm an Ihnen ist? Ihre Gleichgültigkeit gegenüber jeglichem Ungemach und selbst gegenüber jenen Unglücksfällen, die Sie durch Ihre Art zu leben verursachen. Sagen Sie dagegen, was immer Sie wollen, diese Sorglosigkeit grenzt an eine schlechte Moral. Adieu, mein Freund, ich liebe Sie, aber ich komme mir recht einfältig vor, und es scheint mir einigen Widerwillen zu bereiten, von einem so dummen Ding geliebt zu werden. Was meinen Sie? Ich glaube, wenn ich heute abend «Clarisse»[8] läse, dann entdeckte ich darin weder Liebe noch Leidenschaft. Mein Gott, kann man noch tiefer fallen?

Ich liebe Fontainebleau nicht, möglicherweise, weil Sie sich dort befinden. Wenn Sie die Wahl hätten, mein Freund, würden Sie es dann nicht lieber haben, wenn ich in Montigny wäre anstatt Mme. la Comtesse de Boufflers? Das ist ein Glück, das ich noch niemals genossen habe, auf dem Land mit dem zu weilen, den man am meisten von allen auf der Welt liebt.

1 Brechwurz, Gattung der Rubiazeen, von denen es rund 350 Arten in den Tropen und Subtropen gibt. 2 Vetter der Marquise de Gléon. Vgl. Brief 85, Anm. 6. 3 Vgl. Brief 85, Anm. 6. 4 Zwei Theaterstücke des Chevalier de Chastellux. Vgl. Brief 12, Anm. 2. 5 Gemeint ist Shakespeares «Romeo und Julia». 6 Nicht zu ermitteln. 7 Dieses 1775 anonym erschienene Werk wird von dem Bibliographen Barbier dem Abbé Louis Guidi zugeschrieben. 8 Roman von Christopher Marlowe (1563–1593).

166. An Mlle. de Lespinasse

Montigny, Mittwochabend, den 18. Oktober 1775

Ich habe heute morgen, nachdem ich Ihnen geschrieben hatte, meine Freundin, die Briefe Nummer zwei und drei erhalten, die Sie unter der Anschrift von M. d'Aguesseau an mich gesandt haben. Ich danke Ihnen dafür tausendmal. In dem Leidenszustand, in dem Sie sich befinden, mir mit dieser Pünktlichkeit zu schreiben! Sie werden mitgerissen, Sie geben dem Drang Ihres Herzens nach: das eben ist es, was mir Ihre Briefe um so wertvoller macht.

Meiner Liebe, nicht meiner Dankbarkeit wegen bin ich gerne bereit, meine Pflichten Ihnen gegenüber zu erfüllen. Aber kaum habe ich mich dem Vergnügen hingegeben, von Ihnen einen Brief in Händen zu haben, werde ich vom Kummer und Schmerz überwältigt. Was Sie mir mitteilen, ist ungeheuerlich. Ihre Briefe unterrichten mich über den immer schrecklicheren Verfall Ihrer Gesundheit, und mit welchen Worten Sie mir diesen schildern! Fast habe ich den Eindruck, als hätten Sie sie gesucht: «Mein Körper erliegt. Ich spüre es. Ich möchte Sie weder erschrecken noch Ihre Anteilnahme erregen, aber ich spüre, daß ich daran zugrunde gehe.» Und an anderer Stelle: «Es wäre zu spät. Die Grundlagen meines Lebens sind angegriffen, und ich erkenne dies ohne Bedauern oder Erschrecken.»[1]

Ah, möge es Gott gefallen, daß Sie diese Worte nur gewählt haben, um mich zu quälen! Möge es Gott gefallen, daß sie lediglich der Ausdruck Ihrer durch das Unglück und das Leiden übersteigerten Einbildungskraft sind! Ich wäre dann viel ruhiger. Ich sagte mir nämlich: Es gibt immer noch ein Heilmittel, meine Freundschaft wird Sie trösten, stützen können. Aber wenn Sie tatsächlich, wenn Sie wirklich sterben sollten, wenn das, was Ihnen noch vom Leben bleibt, nichts anderes wäre als eine langsame und schmerzerfüllte Agonie, wie schrecklich wäre das! Dieses allabendliche Fieber. Diese schlaflosen Nächte. Diese fürchterliche Zerschlagenheit, gegen die Sie Opium gebrauchen, worauf am folgenden Tag um so heftigere Krämpfe folgen. Dieses Ersticken, das Sie in der Nacht von Sonntag auf Montag erlebten, als Sie wähnten, der Tod hielte Sie bereits umfangen. Das Erschrecken Ihrer Kammerzofe. Ihre verzerrten

Gesichtszüge, die mir eine ungefähre Vorstellung von der grausigen Veränderung der Ihren gaben. Alles dies sind Bilder, mit denen Sie mein Denken beschäftigt haben.

Angesichts all dessen tun Sie sich keinen Zwang an. Verordnen Sie sich nicht auch noch die viel schrecklichere Marter, Ihre Leiden dem einzigen Wesen auf Erden zu verschweigen, das ein Recht darauf hat, sie in ihrem ganzen Ausmaß zu kennen. Lassen Sie das Gift, von dem Ihr Herz aufgezehrt wird, Tropfen für Tropfen in meines rinnen. Nie werde ich müde werden, Sie zu lieben, noch Ihnen zu antworten. Aber davon einmal abgesehen, was fordern Sie von mir, was kann ich für Sie tun?

Hüten Sie sich: Sie sind mir gegenüber immer hart am Rande der Grausamkeit und der Ungerechtigkeit. Ihr Inneres macht Sie blind, die Leidenschaft verwirrt Sie. Oft behandeln Sie mich hart und unredlich. Auch ich habe meine Leiden, meine Gewissensbisse, meine Kämpfe. Aber ich besitze den Großmut, diese Ihnen gegenüber zu verschweigen, und beim ersten Schrei, den Sie wider mich ausstoßen, bei dem ersten Gedanken daran, was Sie leiden und was Sie mir vor Augen führen, vergesse ich mich selbst und höre nur mehr auf meine Neigung.

Lassen Sie uns, für einen Augenblick wenigstens, über weniger traurige Gegenstände plaudern. Aber alles wird im Vergleich dazu ganz leer und kalt sein! Ich bin heute zum Mittagessen hierher gekommen. Ich werde hier übernachten und morgen zurückreisen. Nein, das war nicht das «Dîner de Venise»[2], denn diese Minister sind im Amt, aber ich, der ich zehn Meilen zurücklege, um mit entlassenen Ministern zu speisen, bedauere stets, den Weg gemacht zu haben, um mich denen zu nahen, die noch in Amt und Würden sind. Ihre Macht bedrückt mich. Und sofort will es mich bedünken, als hätten sie diese auch nur auf meine Kosten, als hätten sie sie mir entrissen. Es geht mir durch den Kopf, daß sie nichts Gutes, nichts Großes fertiggebracht haben und daß ich ...

Diese Erregung, die ich nur Ihnen anvertrauen kann, meine Freundin, entspringt keineswegs einer Aufwallung meines Ehrgeizes. Es ist dies noch nicht einmal eine Regung meines Stolzes – vollenden Sie, Luzifer – es ist vielmehr ein Gefühl meiner Stärke. Diese Leute da sind allesamt geistreich, aber das ist auch schon alles. Sie besitzen nicht die Liebe zum Ruhm. Sie haben bestenfalls passiv das Verlangen, Gutes zu tun. Sie tasten lediglich herum, sie kurieren nur an den Symptomen. Schließlich habe ich sie im Verdacht, daß sie an ihren Ämtern Geschmack gefunden haben. M. Turgot ist ein Mann, der lieber auf Systeme denn auf Pläne sich stützt. Er nimmt alle Ideen auf, aber er kann sich zu nichts entscheiden, vermag nichts zur Ausführung zu bringen. Sein Geist ähnelt einem Glas mit Facettenschliff, aber das Genie eines bedeutenden Ministers gleicht einem jener Brennspiegel, die Tausende von Strahlen einfangen und sie gebündelt mit massierter Feuerkraft auf die Gegenstände richten, denen sich ihre Aufmerksamkeit zuwendet.

Übrigens beurteile ich ihn heute nicht nach dem, was er gesagt hat, denn er hüllte sich ganz in Schweigen und war mit Geschäften befaßt. Aber fügen Sie dem noch hinzu, daß er für die Kaninchenjagd gekleidet war, mit einem grünen Anzug, wie man ihn auf dem Lande trägt, mit goldenen Borten. Damit macht er keine gute Figur. Er wirkte ziemlich gewöhnlich und beinahe wie ein Geldmann. Läßt sich ein schlechterer Eindruck vorstellen, den ein Generalkontrolleur auf einen machen könnte?

M. de Vaines, mit dem ich lange Zeit sprach, sagte mir, M. Turgot lese im Augenblick die Denkschrift, die ich ihm gegeben habe, und daß er mit dieser sehr zufrieden sei, daß er aber auch Schwierigkeiten vorhersehe, diese jedenfalls befürchte. Aber warum sagt er mir davon nichts? Ich würde sie ihm schon aus dem Weg räumen, diese angeblichen Schwierigkeiten, ich würde ihn begeistern, ihn dafür erwärmen, wenn dies möglich wäre. Kann man es denn fassen, daß er mir noch kein Wort gesagt hat? Ein einfaches Wort des Dankes, das er mir gegenüber gelegentlich fallen ließ, zählt für mich gar nichts. Er ist mir gegenüber von kalter Höflichkeit. Er sieht mich an, als ob er mit mir sprechen müsse, aber er kommt damit nicht zu Stuhle. Sollte er gar durchschaut haben, daß ich ihn durchschaue?

Ich bereite Ihnen Qual, meine Freundin. Sie werden sagen, daß ich vorurteilsbeladen, ja verärgert spreche. Eine Sache nimmt mich gegen ihn ein, ich will dies gar nicht leugnen: Das ist seine absolute Unfähigkeit, seine Freunde zu verpflichten. Was soll die Öffentlichkeit von einem Mann erwarten, der derart liebt? Die großen Männer, und darunter verstehe ich nur diejenigen, die wirklich Durchsetzungskraft besitzen, lieben und hassen. Sie haben, ohne Zweifel, Schwächen und Leidenschaften. Bisweilen handeln sie impulsiv und maßlos. Sie überschütten ihre Freunde. Aber die Masse des Menschengeschlechts, die sie glücklich machen, verzeiht ihnen die Schulden, die sie der Natur gegenüber zu begleichen haben. Glauben Sie mir, Ihre Leute ohne Leidenschaft, Hitze, Ihre vorgeblichen Tugendbolde sind nicht zum Regieren geschaffen.

Bedenken Sie doch einmal, wer dieser Marschall de Muy[3] war. Nur sein Tod versöhnt mich mit seinem Leben. Was M. de Malesherbes anbelangt, so war dieser bislang sehr offen, sehr liebenswürdig und vor allem von einer Einfachheit und Schlichtheit, frei von jeglicher Amtswürde und ledig aller Affären, Eigenschaften, die allesamt für ihn einnehmen. Er macht den Eindruck eines guten Bürgers auf dem Lande, aber von diesem Bürger hat er nur etwas in seinem Äußeren, in seiner Gewandung. Seine Konversation verfügt über alle Tonlagen, sie ist mal scherzhaft, mal ernst, mal gewählt, aber häufig instruktiv. Mein Gott, wie liebte ich es, den Kontakt mit ihm zu halten, wie bliebe ich ihm verbunden, selbst wenn er nicht mehr Minister wäre! Ich wette, es sind die in seiner Umgebung, die ihn dazu bestimmen, sein Amt zu lieben, daß er aber, tief in sich drinnen, dessen von Herzen überdrüssig ist. Bisweilen läßt er es durchscheinen, daß man ihn gegen seinen Willen zum Arzt gemacht hat.

In seinem Ministerium gibt es viele Mißbräuche, aber mit Ausnahme der «Lettres de Cachet»[4] und der Staatsgefängnisse, die ihm beide am Herzen lagen, hat er noch keine behoben. Es fehlt ihm am Durchsetzungsvermögen, und er fühlt sich zu schwach, um wirklich etwas von Grund auf zu reformieren. Ich kenne jemanden, dem er dies insgeheim eingestanden hat.

Noch ein Wort über die Minister, von denen dann nicht mehr die Rede sein soll. Der Baron de Breteuil wird nicht das Kriegsministerium bekommen. Er hatte einen Boten geschickt, der bereits wieder abgegangen ist. Dieser Vorgang hat das Gerücht ausgelöst, das umläuft. Der Botschafter von Neapel, der hier eintraf, um unser Abendessen mit seinem Witz zu bereichern, meinte, daß er sicher sei, daß es nicht ein «Homme de Robe»[5] werde, sondern ein gestandener General. Häufig wird M. de Vaux[6] genannt. Ist das nicht sehr günstig für mich, nachdem ich mich gerade mit ihm zerstritten habe? Ich hätte Minister werden sollen. Aber meiner Überzeugung nach wird es M. de Castries.[7] Er verfügt über eine große Anhängerschaft. M. de Schomberg[8] muß deshalb sehr aufgeregt sein. Der Erzbischof von Toulouse ist hier. Man hat mich wegen seiner Gesundheit in Unruhe versetzt, aber sein Anblick hat mich beruhigt. Er ist ausgelassen, was ein Beweis mehr ist. Meiner Meinung nach ist er ein ausgezeichneter Mann, der zum Regieren wie geschaffen ist.[9] Welches Verhängnis verhindert es nur, daß er seiner Berufung nicht genügen darf? Der Comte de Broglie und er, das sind im gesamten Königreich die beiden einzigen Männer, die ich wirklich für fähig halte.

Ich habe heute abend zwei Stunden in Gesellschaft von Mme. de Boufflers zugebracht. In meiner Gegenwart ist sie ständig damit beschäftigt, ihre Maske zu lüften und sich dahinter wieder zu verbergen. Ich habe ihr viel vom Unglück der Menschen erzählt, die von der Krankheit der Wertschätzung befallen waren, und ich habe sie mir viel von ihrem Unglück berichten lassen. Adieu, meine Freundin. Da haben Sie einen sehr langen Brief unter Ihren Augen. Die meinen schließen sich jetzt. Ich gehe zu Bett. Morgen zum Mittagessen bin ich zurück in Fontainebleau. Dort werde ich sicherlich Nachricht von Ihnen vorfinden. Ich habe noch mit keinem meiner Geschäfte begonnen, mit Ausnahme des einen, das mit M. de Malesherbes zu tun hat und von dem ich bereits berichtete. Nochmals adieu. Ich liebe Sie, und ich wünschte mir sehr, daß dieses Wort Ihnen Ihre Leiden erleichterte. Ich sage es Ihnen aus der Tiefe meines Herzens.

1 Vgl. Brief 163 vom 15. Oktober 1775. 2 Anspielung auf das Drama «Venice Preserved» (Uraufführung 1682) von Thomas Otway. Die Handlung dieses Dramas basiert auf Saint Reals «Histoire de la Conjuration du Marquis de Bemar». Otways Drama wurde in Frankreich häufig gegeben. 3 Vgl. Brief 58, Anm. 4. 4 Briefe unter königlichem Siegel, die den Empfänger ohne Gerichtsurteil ins Gefängnis oder ins Exil brachten. 5 Angehöriger des Amtsadels (Noblesse de Robe). 6 Noël de Jourda, Comte de Vaux (1705–1788), Maréchal de France. 7 Charles-Gabriel de la Croix, Marquis de Castries (1727–1801), Maréchal de France. 8 Vgl. Brief 51, Anm. 32. 9 Lomenie de Brienne wurde erst 1787 zum Minister ernannt, verlor dann aber rasch jegliche Reputation.

167. An M. de Guibert

Mittwochabend, den 18. Oktober 1775
Und der vierte Brief nach Fontainebleau

Endlich bin ich in Fontainebleau. Seit Samstag, den 15. (Oktober) erwarte ich Sie hier. Ich habe Ihnen alle Tage geschrieben: Zwei Briefe sind bei M. d'Aguesseau und einer bei M. de Vaines in Montigny, wo ich Sie wähnte. Wäre es auch nur, um sie ins Feuer zu werfen, mein Freund, lassen Sie sich die drei Briefe bitte geben. Geben Sie mir auch sogleich Bescheid, sobald Sie den Tag wissen, an dem Sie zurückkommen, damit ich mich darauf einstellen kann und Sie nicht mehr in Fontainebleau vermute, von wo Sie schon abgereist sind. Ich folge Ihnen gerne, möchte aber nicht hinter Ihnen zurückbleiben, denn Sie haben noch so vielen anderen Angelegenheiten zu genügen, daß es Ihnen gar nicht in den Sinn kommt, sich einmal umzuschauen.

Sie schreiben mir sehr knapp, mein Freund, aber Sie sind auch sehr liebenswürdig. Wenn Sie mir schon nicht das Empfinden meines Unglücks nehmen können, dann nehmen Sie mir doch häufig die Kraft, mich darüber zu beschweren. Mein Gott, wie köstlich wäre es gewesen, Ihnen den Trost meines Lebens zu verdanken und nichts anderes zu kennen, als das Vergnügen, das Sie mir bereiteten. Aber außer der Hoffnung darauf haben Sie alles zerstört. Ach, ich verdiente es nicht, geschont zu werden! Ich war schon so unglücklich, als Sie mich kennenlernten! Sie haben zuviel getan. Ich verdiene nicht die Zuwendung, die Sie mir schenkten. Sie hat mich in die Irre geleitet, ich habe mich kopfüber in einen Abgrund gestürzt, an den Sie mich geführt, in den Sie mich gestoßen haben. Und jetzt gibt es keine Möglichkeit mehr, mir Hilfe zu bringen, es gilt nur noch, mein schreckliches Geschick auf mich zu nehmen, Sie zu lieben und bald zu sterben.

Ach, mein Freund, ich möchte nicht länger auf Ihrer Seele lasten. Ich will sie nicht länger ermatten. Es zeugt von Feigheit und Grausamkeit, wenn man seine Leiden, für die es kein Heilmittel mehr gibt, teilt. Die Notwendigkeit zu leiden macht mich großmütig, mein Freund. Ihr Glück und Ihre Ruhe werden, wenn ich dies denn vermag, mein einziges Streben sein. Aber dafür mich verbürgen, das kann ich nicht. Der andauernde Schmerz macht einen so schwach! Und schließlich, wenn man auf das eigene Glück ein für allemal verzichtet hat, so wähnt man dennoch oft, dieser Zwang sei dumm oder töricht. Kurz und gut, ich werde tun, was ich vermag, und Sie werden sich mit etwas Moral und sehr viel Güte in die Strafe schicken, die auf das Übel folgt, das Sie mir angetan haben, und Sie werden denken, um Ihre Geduld und Ihren Mut zu stärken, ich sei im Gehen begriffen, Sie aber stünden am Beginn einer Laufbahn, die Ihnen alle Aussicht auf Glück und den Genuß mancher Freude eröffnet.

Ach, man ist sehr stark, wenn man sich anschickt, alle Gewissenspein zu ersticken und es einem nur noch übrig bleibt, eine unglückselige Kreatur zu bemitleiden, die sich nicht mehr über ihr Los beklagt und die längst soweit ist, in sich jegliches Verlangen und jede vage Hoffnung, die alle Unglücklichen am Leben erhalten, zu ersticken.

Ja, mein Freund, das ist nur zu wahr: Wenn ich mich recht prüfe, wenn ich mich von ganz nah betrachte, wenn ich mich frage, was ich will, was mir auf Erden überhaupt noch bleibt, dann finde ich als Antwort nur das, wonach sich ein erschöpfter Wanderer sehnt: eine letzte Ruhestätte. Und ich sehe die meine auf Saint-Sulpice.[1]

Aber, es ist mein Talent, immer vom Thema abzukommen! Wie spreche ich, welche Bilder stelle ich einem Manne vor Augen, der dem Vergnügen entsagt hat, der sich anschickt, tausenderlei Geschäften nachzugehen, der nicht weiß, wem er Gehör schenken soll. Einem Manne, an den die Königin, der König huldvoll und mit unendlicher Freundlichkeit das Wort richteten! Bedenke ich es recht, mein Freund, sollten Sie mir Gerechtigkeit widerfahren lassen, dann würden Sie gleichermaßen Verachtung und Erschrecken für mich empfinden.

Aber, um den Ton zu wechseln, will ich Ihnen sagen, daß während einer meiner langen Schlaflosigkeiten sich meine Gedanken der Comtesse de Boufflers zuwandten. Ich fragte mich, wie es zugehen mag, daß sie mit soviel Geist, Schönheit und Liebreiz im allgemeinen so wenig Wirkung und vor allem auch Eindruck erzielt. Ich glaube, die tiefere Ursache dafür entdeckt zu haben. Aber seien Sie nicht ungezogen und sagen Sie mir, daß ich nicht genug Verstand besitze, Ihnen meine Überlegungen verständlich zu machen. Hören Sie mir also zu: Stimmen Sie mit mir nicht darin überein, daß es in allem etwas Wahres gibt, das allseits als solches anerkannt ist? Es gibt dieses Wahre in der Malerei, das Wahre des Theaters, das Wahre des Gefühls, das Wahre in der Unterhaltung etc. etc. Nun gut, Mme. de Boufflers hat das Wahre des Nichts. Und das erklärt, warum sie ihr Leben hinbrachte, ohne selbst die Leute anzurühren, sie für sich einzunehmen, denen sie mit aller Macht gefallen wollte.

Wollen Sie auch die Kehrseite der Medaille sehen? Sie kennen eine Person, die während ihres ganzen Lebens jeglicher Annehmlichkeit ihrer Gestalt entraten mußte und die auch nicht den Liebreiz besaß, der gefällt, für sich einnimmt oder anrührt, aber dennoch hatte diese Person viel mehr Erfolg und wurde tausend Mal mehr geliebt, als sie Anspruch darauf hätte machen können. Wissen Sie das Wort dafür? Des Rätsels Lösung ist, daß sie immer und in allem dieses Wahre besaß und daß sie auch bei allem, was sie tat, dieses Wahre achtete. Despréaux hat dies ganz knapp gesagt, wofür ich so viele Worte brauchte:

> «Nichts ist schön als das Wahre, das Wahre allein ist liebenswert,
> Es muß überall herrschen, und selbst im Märchen.»[2]

Wenn Sie mich anfangs für etwas dumm hielten, mein Freund, dann habe ich mich Ihnen jetzt als langweilig geoffenbart. Ich weiß nicht, welches Mahl ich Ihnen bereiten soll: Nachdem ich Sie vor lauter Traurigkeit zu Tränen rührte, mache ich Sie jetzt vor Langeweile gähnen. In Wahrheit nennt sich das: Alles in einen Topf werfen, und ich habe mich derart mit Ihnen verausgabt, daß ich an niemanden sonst heute abend mehr schreiben werde, obwohl ich einigen Leuten in Fontainebleau noch Antwort schuldig bin, die ich nicht vor Langeweile zum Gähnen bringe. Aber das rührt daher, daß diese über einen großen Vorrat an Nachsicht verfügen, denn man muß nicht immer eitel sein, auch wenn sich darin reichlich Wahres findet.

Ach, mein Freund, von ganz erstrangiger Wahrheit aber ist, daß ich Sie mit soviel Leidenschaft liebe, ganz so, als hätten Sie meiner Ruhe und meiner Freude Ihr Glück zum Opfer dargebracht. Ja, mein Unglück scheint mir so niederschmetternd zu sein, daß Sie es sind, dem ich mein Glück hätte schulden mögen. Ich schreibe Ihnen morgen, Donnerstag, wieder, weil ich mir vorstelle, daß Sie erst am Samstag abreisen. Übt der Hof eine größere Anziehung auf Sie aus als...?

1 Vgl. Brief 5, Anm. 3. 2 Nicolas Boileau-Despréaux, Epitres, Bd. IX, V, S. 43.

168. An Mlle. de Lespinasse

Fontainebleau, Montag, 10 Uhr abends, Oktober 1775

Gerade bin ich hier angekommen, meine Freundin. Ich habe heute morgen vor meiner Abreise einen Brief von Ihnen erhalten. Er hätte mir Vergnügen machen sollen, stammt er doch von Ihrer Hand, und auch die Worte, die darin stehen, sind etwas zärtlicher, aber die Unruhe läßt keinen Raum für ein anderes Gefühl. Sie sind krank, Sie leiden, Sie sind derart abgespannt, daß Sie noch nicht einmal die Kraft fanden, mir mehr als vier Zeilen zu schreiben. Mein Gott, wie traurig, wie süß ist es, Sie zu lieben! Sie lassen einen aber auch keinen Moment zur Ruhe kommen. Sie könnten sicherlich eine ganze Anzahl von Seelen ermüden. Sie bedienen sich aber nur der Fähigkeiten der meinen. Ich habe niemanden gesehen. Ich weiß nichts. Ich gehe schlafen. Geben Sie mir Kunde von sich. Ich wohne bei dem Bademeister Gournai.

Welches Wort in meinem letzten Brief hat Sie verletzt? Ich werde es mit meinem Blut auslöschen. Denken Sie daran, meine Freundin, daß mein Sinnen und Trachten stets tausend Meilen davon entfernt ist, Sie verletzen zu wollen. Ich liebe Sie, und ich beweise es Ihnen. Sie trösten, Ihr Schicksal Ihnen zu erleichtern, das ist es, womit ich mich befasse.

Aber, was haben Sie? Woran leiden Sie?

Können Sie sich damit bescheiden, daß Sie mir nur so ganz ungefähr mitteilen, daß Sie krank sind? Stellen Sie sich etwa vor, daß mir dies genügt? Ich habe Anspruch auf mehr Einzelheiten als Ihr Arzt, denn Ihre Gesundheit ist nicht die seine.

Adieu.

169. An den Comte de Guibert

Donnerstagabend, den 19. Oktober 1775

Ihre Vorwürfe würden mich gewiß treffen, mein Freund, wäre ich ihnen nicht aus eigenem Entschluß zuvorgekommen. Ich habe mich gestern dessen beschuldigt und Ihnen gesagt, es sei grausam und feig, Sie an einem Unglück leiden zu lassen, für das es keine Abhilfe gibt. Man muß damit leben oder daran sterben. Vor allem aber sollte man schweigen. Sie haben eine recht lebhafte Seele, Sie kennen und wissen sehr gut um das Unglück und die Leidenschaft, um sich das Übermaß, wohin das eine wie das andere führen kann, vorzustellen. Ich verabscheue beide und schwöre allem ab. Lieber wäre ich tot, ehe ich Sie zu kränken vermöchte.

Ich ahnte vielleicht dieses neue Unglück, als ich aus dem Leben scheiden und vor Ihnen fliehen wollte. Ich spürte, daß nach dem schrecklichen Verlust, den ich erlitt, meine Seele sich nicht wieder in Ordnung bringen lassen würde. Tatsächlich durfte ich nicht mehr lieben, konnte ich nicht mehr lieben: Die Grundlage meines Lebens, der Gott, der mich stützte, der mich mit Leben begabte, war nicht mehr, ich blieb allein zurück. Ach, warum waren Sie dann da? Warum haben Sie sich mir genaht? In diesem Augenblick hatte ich weder Verlangen nach Trost noch nach Hilfe. Warum haben Sie mir Worte gesagt, die meine Seele gewohnt war nur mit Empfänglichkeit und Erregung zu vernehmen? Warum bedienten Sie sich der Sprache eines Mannes, der gewillt zu sein schien, für mich zu sterben? Schließlich, warum führten Sie den Verstand von jemandem in die Irre, der schon durch das Übermaß an erlittenem Unglück verwirrt war? Es war Ihre Aufgabe zu urteilen, die Dinge vorherzusehen. Ich vermochte nur zu weinen und zu sterben. Sie sehen die schrecklichen Folgen, die dieser Augenblick Ihres Vergessenseins hatte.

Ohne Zweifel konnten Sie in diesem Augenblick nicht erkennen, mit welchem Gift Sie meine Seele tränkten. Aber Sie wußten, daß Sie mich nicht heftig genug liebten, um Ihre größte Aufgabe darin zu sehen, mich zu trösten und meinem Leben Ruhe zu schenken. Eben darin aber liegt das Verbrechen! Das ist die Ursache und der Quell all dessen, was ich erleide! Indem meine Seele sich mit Schuld befleckte, hat sie alle Kraft eingebüßt. Ich habe Sie geliebt, und seither war ich zu nichts Erhabenem und Großartigem mehr imstande.

Ich richte über mein Betragen, mein Freund, und ich messe dem mehr Schuld als Ihnen zu. Als Sie mein Urteil gesprochen haben, mußte ich mich ihm beugen, mußte ich mich von Ihnen oder vom Leben losreißen. Es ist von einiger Niedrigkeit, sich von dem bemitleiden und helfen zu lassen, dessen Schläge einen treffen: Und das ist derart wahr, daß ich fortwährend in einem schrecklichen Kampf mit mir liege. Meine Seele empört sich gegen Ihr Tun, und mein Herz ist voller Zärtlichkeit für Sie. Sie sind liebenswürdig genug, um meine Anhänglichkeit zu rechtfertigen, aber Sie haben mich andererseits allzu tödlich verletzt, als daß ich mich nicht erniedrigt fühlte.

Ich habe es Ihnen oft gesagt, mein Freund: Meine Lage ist unmöglich. Da muß eine Katastrophe eintreten. Ich weiß nicht, ob es die Natur oder die Leidenschaft sein wird, von der sie ausgeht. Warten wir es ab, aber vor allem, lassen Sie uns schweigen, denn, wie Sie sagen, auch Sie leiden Schmerzen, haben Kummer. Sie verschweigen mir diese, denn Sie sind sich nur zu gewiß, daß ich deswegen litte. Sie haben also genug Güte, genug Takt, um meine Empfindlichkeit zu schonen, aber halten Sie mich wirklich für derart grausam, daß ich die Ihre erproben und beunruhigen wollte? Ach, mein Freund, wenn einen das Unglück gelegentlich allzu persönlich werden läßt, dann macht es einen andererseits aber auch sehr taktvoll. Den Unglücklichen eignet für gewöhnlich eine sehr leichte Hand. Sie fürchten sich davor, einen anderen zu verletzen, sind sie doch ständig durch ihren eigenen Schmerz gewarnt. Und Sie glauben allen Ernstes, daß ich, obwohl mir der Schmerz kaum noch die Kraft läßt, mich zu beklagen, Ausdrücke suche, Worte wähle, die Ihnen noch mehr Schmerz bereiten? Sie kennen mich nicht, denn wenn ich es vermöchte, Ihnen gegenüber innezuhalten, wenn ich nicht der ersten besten Regung folgte, dann würde ich ohne Zweifel alle Sorgfalt darauf verwenden, Ihnen keine Qualen zu bereiten. Aber bedenken Sie einmal, wie sehr ich Sie liebe! Ich glaube, Ihnen dies schon einmal bewiesen zu haben, als ich Ihnen sagte:

«Glaube mir, das Hymen ist für die einfältigen Seelen
geschaffen worden,
Für die Seelen, die sich der Untreue verschrieben haben.»[1]

Nun gut! Da haben Sie im wesentlichen alle meine Beschimpfungen. Das sind meine Hartherzigkeiten, meine Ungerechtigkeiten, meine Verbrechen schließlich, die ich Ihnen gegenüber beging. Ja, mein Freund, Hand aufs Herz, ich bin mir sehr gewiß, Sie werden ohne irgendeine sonderliche Anstrengung, großherzig zu sein, mir diese verzeihen. Aber, ich schwöre es Ihnen, ich werde fürderhin kein Verlangen mehr nach Ihrer Anständigkeit haben. Ich möchte meine Seele eben dahin bringen, daß sie es nicht mehr nach Ihrer Gnade verlangt.

Ich halte Ihre Art, die Menschen zu sehen und zu beurteilen, der meinigen für derart überlegen, daß ich mich nicht damit aufhalten will, Ihr Urteil über M. Turgot zu bestreiten. Ich betrübe mich zwar deswegen, aber ich verlange von Ihnen nur, daß Sie die so alte Gewohnheit ertragen, anders über ihn zu denken, ein Umstand, der mich an Ihrer Meinung immer noch zweifeln läßt. Was M. de Malesherbes anbelangt, so kenne ich nur seinen Geist und die Erhabenheit wie die Selbstlosigkeit seiner Seele. Ich kenne aber keineswegs seinen Charakter, und der ist es, der den Ausschlag gibt.

Ich verstehe ganz ausgezeichnet den Widerwillen, ja selbst die Abscheu, die man dabei empfindet, daß der blinde Zufall die Herrschaft, die Macht so weit von uns entfernt plaziert hat. Das alles empört einen, wenn sie nur als ein Mittel zum Haß dienen oder auch dafür, ganz nach Belieben einfältig zu sein. Aber wenn es das Verdienst, die Tugend oder die Talente sind, die einen so hoch über mich haben kommen lassen, dann segne ich den Himmel dafür und bin nur zu sehr bereit, den zu lieben, der die Macht hat und den Willen, das Gute zu tun.

Ich hätte also, mein Freund, in Montigny nicht gelitten, und ich hätte es gewiß nicht als Qual empfunden, mit dem König, der Königin, dem Kaiser etc. etc. zu speisen. Und überhaupt, Sie sind nicht gerecht: Diese Leute dort haben Ihnen doch nichts genommen. Die Natur hat Sie zu ihnen in eine solche Distanz hinsichtlich Ihres Alters gestellt, die sie in Ihrem Ehrgeiz bestärken müßte. Eines Tages werden Sie erkennen, was diese wert sind, und ohne Zweifel werden Sie es dann besser machen als jene. Sie arbeiten heute schon für Ihren Ruhm. Alles, was wir seit Colbert und Louvois[2] gesehen haben, hat sie groß werden lassen. Üben Sie sich also in Geduld.

1 Nicht zu ermitteln. 2 Jean-Baptist Colbert (1619–1683), Generalkontrolleur der Finanzen. Entschiedener Verfechter des Merkantilismus. – François-Michel Le Tellier, Marques de Louvois (1641–1691), Kriegsminister, der die Verwüstung der Pfalz und die Zerstörung des Heidelberger Schlosses durch Melac politisch zu verantworten hatte.

170. An denselben

Freitagmittag, den 20. Oktober 1775

Ich beeile mich, als ob Sie meine Stimme deshalb früher hören könnten. Sie sind verrückt, mein Freund: Sie haben bei M. de Vaines schlecht über M. Turgot gesprochen! Aber Sie taten dies meinetwegen, und es war mein Anliegen, das Sie in die Irre geführt hat. Und das hat Sie beinahe dazu gebracht, M. de Vaines zu sagen, daß er irrt! Mein Gott, was für ein Querkopf Sie sind! Aber welche Güte Sie haben! Wie liebenswürdig Sie doch sind! Aber Sie verstehen es völlig falsch, wenn Sie glauben, daß Armut oder Wohlbefinden, das aus einem Vermögen herrührt, irgend etwas für mein Glück vermöchten oder gar mein Unglück mehren könnten.

Es ist weder M. Turgot, noch M. de Vaines, der König oder sonst eine Macht auf Erden, die irgend etwas für mein Glück vermöchte, um meine Seele zu beruhigen, um die Gefühle zu verjagen, die mein Herz zerreißen, oder um Balsam in meine Adern zu träufeln.[1] Ach, dafür hätten Sie mich lieben müssen. Aber es fällt Ihnen viel leichter, um eine Unterstützung zu bitten, einen Minister mit Haß zu verfolgen, weil er den Anstand besitzt, sich nicht um mein Vermögen zu besorgen. Mein Freund,

> «weder das Gold, noch irgendeine Größe machen uns glücklich.»[2]

Das ist für gewisse Seelen von einer Wahrheit, wie ich sie gar nicht auszusprechen vermag. Ich habe noch niemals etwas Gleichwertiges, eine Entschädigung für das gefunden, was ich mir ersehnte: Die Leidenschaft ist absolut; die Geschmäcker unterwerfen sich den Umständen. Ich habe nie etwas anderes gewollt oder geliebt als nur eines, und ich war dabei um so unerschütterlicher, als man dies meinem Querkopf zutraute, und ich habe mein Verhalten bei den unterschiedlichsten Gelegenheiten nie bereut, als ich mich bereichern oder mein Ansehen hätte mehren können oder, um es zutreffender zu bezeichnen, ich mir hätte ein Ansehen der Art verschaffen können, wie es einem die Einfaltspinsel verleihen und aus dem die leeren Köpfe und Seelen ihre Nahrung ziehen.

Guten Tag, mein Freund. Ich erwarte M. de Saint-Chamans. Ich werde den Brief nach dem Eintreffen der Post fortsetzen. Ich hoffe, ja, ich bin überzeugt, daß ich einen Brief von Ihnen empfangen werde. Nachdem Sie gestern den ganzen Tag mit belanglosen Leuten zu tun gehabt haben, werden Sie sich, als Sie am Abend nach Hause kamen, sicherlich gesagt haben: Ich will der eine Freude bereiten, die mich liebt.

Freitag, vier Uhr, nach dem Eintreffen der Post

Es kam kein Brief von Ihnen! Wissen Sie, wie gerecht ich bin? Das läßt mich die Briefe aller anderen hassen, die eingetroffen sind. Wozu sollen sie mir auch nütze sein, wenn mein Herz und mein Denken nur um einen einzigen Punkt kreisen? Ich verstehe es sehr gut, wie Newton dreißig Jahre hintereinander mit demselben Problem beschäftigt war,[3] aber das Ziel, das er sich damit gesteckt hatte, läßt sich kaum mit jenem vergleichen, das ich mir gesetzt habe. Zu lieben, mein Freund, ist das höchste Gut. Geliebt werden von dem, den man selbst liebt, das bedeutet, noch glücklicher zu sein als selbst Gott. Sie sprechen von Luzifer, der sich einmal anmaßte, Gott gleich zu sein. Nun, ich habe es noch besser angestellt, denn es gab Zeiten in meinem Leben, da ich mit Gott nicht hätte tauschen mögen. Aber, mein Gott, wie tief bin ich gefallen!

Warum erhielt ich keinen Brief von Ihnen? Es wird dies wohl meine Schuld sein: M. de Vaines hat Ihnen den Brief, den ich an ihn adressierte, zu spät ausgehändigt. Ich wollte Ihnen überallhin folgen, aber Sie ließen es sich nicht angelegen sein, mich vorher jeweils davon zu unterrichten, wo Sie sich befinden.

Wenn man sich wirklich begegnen will, darf man sich nicht aufs Warten verlegen. Ich habe Ihren gestrigen Brief dreimal hintereinander gelesen, mein Freund. Was Sie darin über den Unterschied von Geist und Genie ausgeführt haben, ist ausgezeichnet und verrät eine sehr große Beredsamkeit. Der Vergleich bezeugt Genie. Aber ich glaube nicht wie Sie, daß es zum Regieren Leute braucht, die voller Leidenschaft sind. Sie müssen Charakter haben und gar keine Leidenschaft. Der Geist genügt, und dem ist vielleicht in einer Monarchie der Vorzug zu geben, wo alles seinen geregelten Gang gehen und in der das Glück aller vor dem Ruhm weniger rangieren muß. Deshalb bin ich überzeugt, daß ein französischer Minister weder Leidenschaft noch Genie braucht. Ich stimme mit Ihnen überein, daß es keinen fähigeren Mann gäbe, uns gut zu regieren, als den Erzbischof von Toulouse, und ich versichere Sie, daß es keine Seele gibt, die den Leidenschaften so unzugänglich wäre wie die seine.

Man muß ihn aber nicht nur wegen seiner Tatkraft loben. Er hat Charakter, zahlreiche Kenntnisse, ist von großer Rührigkeit, und er verfügt gleichzeitig über eine Leichtigkeit und Liebenswürdigkeit, die alle Schwierigkeiten aus dem Weg zu räumen vermögen. Das ist es, was ich Ihnen auf das versetze, was Sie über M. Turgot sagten. Er ähnelt mehr Lycurg, während der Erzbischof von Toulouse an den Kardinal Richelieu und an Colbert gemahnt, denn jener hätte weder die Kraft noch die Skrupellosigkeit des Kardinals.

Sie werden diesen Brief am Samstag empfangen, mein Freund, und zweifellos wird das der letzte sein, denn ich gehe davon aus, daß Sie an diesem Tag abreisen. Hier sind also meine Befehle: Verschnüren Sie alle meine Briefe in einem Paket, schreiben Sie meine Adresse darauf und überreichen Sie sie eigenhändig M. de Vaines, der Ihnen den Empfang dieses wertvollen Schatzes bestätigen soll. Danach reisen Sie ab, aber Sie werden mir mit diesem Paket keinen Brief senden, sondern diesen vielmehr auf die Post geben.

Ich möchte die genaue Stunde, den Augenblick wissen, da Sie von Fontainebleau aufbrechen werden. Ich habe ein Interesse daran: Oder sollte man das nicht haben, wenn man liebt? Ich habe Ihnen zwar zugesichert, daß ich mich nicht mehr beschweren werde, Sie nicht mehr mit der Last meiner Leiden beschweren will, aber Sie werden sich auch nur zu gut erinnern, daß ich mich nicht dazu verpflichtet habe, Ihnen gegenüber ein vollkommenes, ein gleichmäßiges Verhalten zu beobachten. Das wird vielleicht auch noch kommen. Die Gleichgültigkeit wird meinem Herzen nicht für immer unmöglich sein. Ich versichere Sie daher, daß ich Sie künftig nicht mehr an meinem Unglück leiden lassen werde. Aber verstehen Sie wohl, daß ich weder so mutig, noch so vernünftig sein werde, den Anschein zu erwecken, daß ich nicht mehr litte, wenn ich mich verletzt fühle.

Adieu, mein Freund. Mir ist zumute, als trennte ich mich für eine recht lange Zeit von Ihnen, und diese Trennung bereitet mir mehr Schmerzen, als wenn Sie hier wären und mir Lebewohl sagten. Nun gut, es gibt nur diesen einen Augenblick für mich, und ich lebe mit aller Kraft, die ich habe, diesen einen Moment. Aber heute verhält es sich damit ganz anders. Ich fühle mich traurig, mutlos, ich bin Ihrer beraubt, ich habe keinen Brief von Ihnen, und ich sehe morgen und weitere Tage vor mir. Ach, diese Zukunft wird sehr lang sein. Adieu, adieu.

1 Offensichtlich handelt es sich hier wieder einmal um eine Pension, die von den Freunden von Julie de Lespinasse für sie erwirkt werden sollte. 2 La Fontaine, Contes et Poèmes, Philémon et Baucis. 3 Anspielung auf Newtons Hartnäckigkeit, das Gesetz der Schwerkraft zu ergründen.

171. An denselben

Dienstag, den 24. Oktober 1775

Die Orakel sind verstummt, weil sie fürchteten, zu den Echos zu sprechen. Mein letzter Brief ist von Freitag nach dem Essen. Ich hatte angenommen, daß Sie Sonntag oder Montag abreisten, heute stelle ich mir vor, daß Sie das Erscheinen von M. de Saint-Germain[1] abwarten werden, der am Mittwoch oder Donnerstag eintreffen soll. Ich sehe schon, mein Freund, daß Sie im Begriff sind, einige Torheiten zu begehen und zu sagen. Glauben Sie mir, wenn es noch Zeit sein sollte, gebieten Sie sich Einhalt. Diese Wahl wäre sowieso geschehen, und wenn Sie nicht vom Haß und der Leidenschaft anderer mit fortgerissen worden wären, stimmten Sie ihr auch bei. Der Comte de Saint-Germain ist ein verdienter Mann ohne Protektion. Er ist ohne alle Intrige hochgekommen, und man muß annehmen, daß er nur bestrebt ist, das Beste zu tun. Wenn er Reformen, Änderungen plant, dann ist ihm das Vertrauen des Militärs gewiß, denn man weiß, daß er sich gut auskennt und über eine große Erfahrung verfügt. Niemand könnte besser als er die Arbeit, die Sie M. Turgot überreicht haben, in die Praxis umsetzen.[2]

Außerdem müssen Sie an sich, an Ihr Fortkommen denken. Er kann sich Ihrer Talente bedienen, er kann Ihnen ein Arbeitsfeld eröffnen. Sie sagen selbst, daß er bereits ein großes Interesse für Sie bezeugt hätte, warum also wollen Sie dem Glück den Rücken kehren? Wie wollen Sie sich Ihren Ehrgeiz befriedigen, wenn Sie allen, die Ihnen dabei von Nutzen sein können, Ihren Haß oder zumindestens die kalte Schulter zeigen? Ach, mein Gott, was sind Sie doch für ein Querkopf! Wie sehr bin ich darüber entrüstet, daß Sie sich just in diesem Augenblick in Fontainebleau aufhalten! Alles, was Sie sagen, wird wiederholt, wird mit Gift angereichert werden, und Sie werden sehr erstaunt sein, wenn dieser Mann Sie mit großer Kühle und Gleichgültigkeit empfängt.[3]

Lassen Sie es sich niemals angelegen sein, für die Herren de Broglie zu hassen, mein Freund. Die haben keinen Adjutanten nötig. Aber nehmen Sie doch zur Kenntnis, daß der eine Marschall von Frankreich ist und der andere alles hat, was man braucht: Daher können deren Worte, mit denen sie ihre Leidenschaft befriedigen, ihnen nicht mehr schaden. Aber Sie, Sie stehen erst am Anfang und sind von Neidern umgeben, was gleichbedeutend ist mit Feinden. Sehen Sie also endlich zu, daß, wenn Sie die Dinge erreichen wollen, Sie auch die Mittel wollen. Haben Sie wenigstens die Weisheit des Ehrgeizes.

Ich komme mir hier vor wie die Mutter des «Indiscret».[4] Ich bin zwar nicht so beredt wie diese, aber ich könnte gut und gerne wie jene zu Ihnen sprechen: «Was haben Sie darauf zu antworten?» Und Sie sprächen zu mir wie der «Indiscret«: «Kein einziges Wort, ich bin ganz Ihrer Meinung.»

Ich hasse den Charakter
eines jeden, der nicht zu schweigen vermag.

Ich habe Ihre Briefe von Freitag und Samstag erhalten. Sie sind sehr kurz, es steht wenig darin. Aber, mein Freund, ich beklage mich nicht. Sie haben so viele unterschiedliche Neigungen, die Ihnen so viele Sorgen bereiten, daß ich es mir gar nicht vorzustellen vermag, wie Sie dem genügen können. Alle Welt muß Ihnen dankbar, aber niemand soll glücklich sein. Aber wiederholen Sie mir nicht wieder, ich müsse mir Mühe geben, mich in Ihre Lage zu versetzen. Diese Worte, mein Freund, «mir Mühe geben müssen», sind ebenso hart wie absurd, wenn es sich um Gefühl oder Leidenschaft handelt. Sofern aber die Rede von Benehmen, Geschäften oder Interessen ist, kann man sich in der Tat Mühe geben, sich anzustrengen, zumal Handlungen, Maßregeln von Überlegung geleitet werden sollten. Und es ist Dummheit oder Leichtsinn, sich fortlaufend in einen Gegensatz zu den eigenen Plänen und Absichten zu setzen.

Aber ich, ich werde mir Mühe geben! Ich werde mich anstrengen! Und warum? Was mache ich mir zur Vorschrift? Was ist es denn, was ich will? Nein, nein, mein Freund, ich habe den Zweck meines Lebens verfehlt, es ist für mich ohne alles Interesse. Ich werde schweigen, ohne Zweifel, aber ohne daß ich mich dazu zwingen müßte. Das wird eintreten, nachdem ich soviel gesehen, alles beurteilt und vor allem, seitdem ich mein Ende nahe weiß. Das wird mich beruhigen, wenn es denn möglich ist, in diesem letzten Augenblick meiner Leiden. Man erträgt alles am Ende der Reise. Ich möchte nicht Ihr Leben mit Reue belasten. Ich möchte nicht einmal Ihnen ein Bedauern verursachen. Ich brauche keine Tränen, nachdem ich gestorben bin. Ich erwarte von Ihnen nicht mehr als die Nachsicht und die Güte, die man Kranken und Unglücklichen gegenüber bezeugt.

Adieu, mein Freund. Ich habe einen schrecklichen Tag verbracht. Ich bin am Husten fast gestorben. Ich habe etwas Fieber am Abend. Ich muß deshalb an M. de Vaines schreiben. Ich schicke ihm diesen Brief.

1 Claude-Louis, Comte de Saint-Germain (1707–1778) übernahm am 25.Oktober 1775 das Kriegsministerium. 2 Diese Prognose von Julie de Lespinasse erfüllte sich drei Tage später: Am 27.Oktober 1775 wurde Guibert Mitarbeiter des Comte de Saint-Germain. 3 Auch hier sah Julie de Lespinasse richtig voraus: Der Comte de Saint-Germain behandelte Guibert bei ihrem ersten Zusammentreffen mit großer Kühle. Vgl. Mémoires de Bachaumont, 8.Januar 1776, Bd.IX, S.7. 4 Komödie von Molière.

172. An denselben

Donnerstag, sechs Uhr abends, den 26. Oktober 1775

Sie werden morgen einen Brief erhalten. Ich empfing den Ihren. Es ist der erste, den ich einen Tag, nachdem er abgeschickt wurde, bekam. Für gewöhnlich ist es der dritte Tag. Aber, wie Sie schon sagten, man muß sich diesen Umständen beugen, denn Sie werden sie nicht ändern. Nur sollten auch Sie nichts Außergewöhnliches an dieser ewigen Ungewißheit finden, denn gerade bei Ihnen weiß man nie genau, was Sie tun und wo Sie sich gerade aufhalten. Ich habe Ihnen gestern, will sagen, Dienstagabend geschrieben und den Brief mit dem Kurier von M. Turgot geschickt. Ich bat M. de Vaines, Ihnen diesen Brief zustellen zu lassen, und es scheint, daß Sie ihn bereits erhalten haben, weil Sie mir schrieben.

Sie sagen mir, was mich zu hören verlangte. Fahren Sie nur fort in dieser löblichen Absicht. Mir will es scheinen, daß Anstand und Überlegung Sie in diesem Vorsatz bestärken müßten. Es ist gut, wenn Sie es denn tatsächlich können, nicht allzuviel Ehrgeiz zu zeigen, aber wenigstens sollte man sich nicht das Ansehen eines umtriebigen und unruhigen Mannes geben, der nichts zu ertragen vermag, was über ihm ist. Sie müssen ganz Sie selbst sein, mein Freund, und dann werden Sie ganz richtig handeln. Ich habe Sie mit den banalsten Ratschlägen überschüttet, die von gewöhnlichster Moral waren, aber bisweilen muß man Sie auf diese ausgetretenen Pfade zurückholen.

Guter Gott, sind Sie denn von Sinnen, sich beim Comte de Crillon nach mir zu erkundigen? Der wird nur einmal etwas von mir wissen: Er wird Kenntnis von meinem Tod haben. Alles weitere ist für ihn von soviel Belang, als ereignete es sich in China. Er weiß, daß er seine Frau liebt, er lebt im Hochgefühl, ein reicher Mann zu sein, und das sind, ich schwöre es Ihnen, die zwei Gegenstände, über die er redet und von denen er sich erst lösen wird, wenn er in das Ewige Leben eingetreten ist.

Nein, ich fühle mich gar nicht wohl, ich leide an einem Krampfhusten, der mir keinen Augenblick Ruhe läßt.

Ich antworte Ihnen nichts zu M. de Saint-Germain: Der Grund ist, daß ich schon alles gesagt habe. Was ich mir wünsche, mein

Freund, ist, daß Sie nichts unternehmen, das gegen Sie ausschlägt. Ganz gewiß hat dieser Mann Verdienste, und zwar sehr reiche. Er hat Sie geschätzt. Warum also wollen Sie, wie M. de Saint-Marc[1] dies so trefflich ausdrückte, «hundert Stockschläge Ihrem Stern versetzen»? Aber ist es wahr, daß Sie meine Liebe brauchen? Das beweist nun wirklich nicht, daß Sie empfänglich, sondern lediglich, daß Sie verfressen und unersättlich sind. Ich schicke Ihnen diesen Brief mit dem Kurier von M. Turgot. Lassen Sie doch nach einem Brief am morgigen Freitag gegen sechs Uhr bei M. de Vaines nachfragen. Aber, in Gottes Namen, schreiben Sie mir vor neun Uhr abends. Die Post geht um diese Stunde ab, und wenn Sie wüßten, wie traurig es ist, einen Brief zu erhalten, der drei Tage alt ist, wenn man doch nur 14 Meilen voneinander getrennt ist! Darin verrät sich soviel Gleichgültigkeit, soviel Nachlässigkeit.

Ich hatte heute morgen um 9 Uhr einen Brief, der gestern abend von der nämlichen Stunde datierte, und so ist es alle Tage. Sie haben gut reden, Sorglichkeit, Aufmerksamkeit beweisen schon etwas. Meine Wohnung ist voller Besucher, und darunter sind sogar zwei Personen, die ich sehr gerne mag.

1 Jean-Paul-André, Marquis de Saint-Marc (1728–1818), Schriftsteller.

173. An denselben

Mitternacht, Donnerstag, den 26. Oktober 1775

Unser Gespräch ist nicht für lange unterbrochen worden, aber dennoch werden Sie reichlich Zeit gehabt haben zu verschnaufen. Sie können sehr glücklich sein, wenn Ihnen das Atmen keine Beschwerden macht, denn mir ist das ganz und gar unmöglich, und ich kann Ihnen gar nicht sagen, welches Leiden mir das bereitet. Aber ich möchte von Ihnen sprechen, mein Freund. Ich glaube, Sie handeln nicht richtig, wenn Sie den Dienst bei M. de Saint-Germain sofort quittieren. In diesem ersten Stimmengewirr hat er nichts wahrgenommen, blieb keine sichtbare Spur zurück, und, ganz im Gegenteil, wenn Sie nach diesen ersten Augenblicken bei ihm bleiben, wird er sich Ihnen nähern, während Sie ihm sich in tausenderlei Dingen als nützlich erweisen können.

Dieser Mann ist wie aus allen Wolken gefallen, er wird Tausende von Fragen haben, aber er besitzt auch genug Erfahrung, um diese nicht so nebenher zu erledigen. Er hat Sie so jung kennengelernt,[1] Sie hätten sein Sohn sein können, aber man hat keine Bange davor, sich auf einen jungen Menschen einzulassen, den man schätzt. Nun, ich kann mich täuschen, aber ich halte diese erste Zeit für sehr wichtig für Sie. In zwei Wochen würde man ihm entdecken, daß Sie ein Anhänger der Broglie gewesen sind, daß Sie sofort zurückgekehrt seien, damit diesen Ihre Gegenwart in Fontainebleau nicht verdächtig wurde. Achten Sie darauf, mein Freund, daß sich Ihrem Verhalten nicht falsche Großmut oder Leichtfertigkeit nachsagen läßt. Ich sage Ihnen dies so, wie ich es sehe. Ich weiß nur zu gut, daß es einen Grad von Interesse gibt, der den Blick trübt, aber Sie sind sich immer noch viel näher, als ich es bin. Deshalb nehmen Sie sich vor sich selbst in acht.

Sie berichten mir nichts mehr von Ihren Angelegenheiten. Was hat das zu bedeuten? Sind sie erledigt, so wie Sie sich dies wünschten? Oder haben Sie ebensoviel Nachlässigkeit darauf verwandt wie der Maréchal de Duras[2] Leichtfertigkeit? Ja, gewiß, es geht nichts über vorzügliche Unterhändler!

M. de Vaines singt mir Ihr Loblied, aber er tut das auf ganz und gar aufrichtige Weise. Es ist seine gute Gesinnung, die sich in seinem Lob ausspricht. Ich teile Ihnen das mit, um Ihnen zu beweisen, daß Sie ihn an dem Tag nicht verletzt haben, als Sie mit ihm über mich sprachen. Allein, es wäre ich, die Sie jetzt beleidigten, wenn Sie dies nochmals täten. Die erste Regel, mein Freund, die es in einer Freundschaft zu achten gilt, lautet, unseren Freunden so zu dienen, wie sie dies von uns erwarten, und wären es auch die seltsamsten Menschen auf der Welt, so muß man doch das Feingefühl haben, sich ihrem Willen anzupassen, insofern dieser unmittelbar ihrer Eigenart entspringt. Das festgestellt, kann ich Ihnen über mich sagen, daß es meine Eigenart oder meine Unart ist, ganz wie Sie wollen, niemanden zu einem Dienst zu verpflichten. Mir genügt der gute Wille, wo andere mit Taten rechnen. Beschränken Sie also Ihre Tätigkeit darauf. Widmen Sie sich anderen Dingen, denn, ich sage es Ihnen nochmals, Sie würden mich verletzen, wenn Sie sich je wieder mit meinen Angelegenheiten beschäftigten.[3] Vergegenwärtigen Sie sich doch einmal, daß, wenn ich es nur gewollt hätte, ich nicht arm geblieben wäre. Deshalb dürfen Sie die Armut nicht als das größte meiner Übel ansehen. Glauben Sie mir, mein Freund, ich spreche immer die Wahrheit, und ich weiß nur zu gut, was ich will.

Sie haben mir nichts über das Theater berichtet, Sie verlieren auch kein Wort über das, was Sie tun. Sie haben keinerlei Verlangen, mit mir zu plaudern. Sie kennen nur den Drang, überall zugegen zu sein und alles zu sehen. Ich wünschte, Gott könnte Ihnen das Geschenk der Fähigkeit verleihen, die ihm eignet, nämlich allgegenwärtig zu sein. Was mich angeht, mich würde eine derartige Fähigkeit in Verzweiflung stürzen. Ich bin weit davon entfernt, mir zu wünschen, überall zu sein, denn viel lieber wäre es mir, ich wäre nirgendwo. Ach, mein Gott, ich hätte lieber die Einbildung, die Mme. de Muy hat, dann glaubte ich nämlich, das Glück wiedergefunden zu haben: Sie ist sich nämlich sicher, ihren verstorbenen Mann wiederzusehen. Welch ein Trost für ein unglückliches Herz!

Dieser Tage ist es vier Jahre her, daß ich täglich zwei Briefe aus Fontainebleau erhielt. Die Abwesenheit (Moras) währte zehn Tage, aber ich bekam zweiundzwanzig Briefe. Und das war, als er sich inmitten aller Zerstreuungen des Hoflebens bewegte, er den Gegenstand der allgemeinen Aufmerksamkeit bildete, er der Liebling der schönsten Frauen war, aber er nur eine Herzensaffäre, ein Vergnügen hatte: Er wollte in meinen Gedanken leben, er wollte mein Leben erfüllen. Und tatsächlich, ich entsinne mich, daß ich in diesen zehn Tagen nicht einmal das Haus verließ. Ich erwartete einen Brief oder schrieb einen. Ach, diese Erinnerungen bringen mich um! Und dennoch möchte ich das alles noch einmal leben, und sei dies auch nur um den Preis noch grausamerer Bedingungen, denn ich wünschte mir zu sehr, Sie niemals kennengelernt und mich statt dessen am 2. Juni 1774 vergiftet zu haben.[4] Himmel, wie viele Leiden hätte ich mir erspart! Wenn Sie mir auf den Grund meines Herzens blickten, mein Freund, wie sehr hätten Sie dann Anlaß, mich zu beklagen! Aber sagen Sie mir nur nicht, ich hätte Mut nötig, ja, den brauch ich, denn ich leide schreckliche Qualen. Sagen Sie mir, haben Sie regelmäßig Kunde von Mme. de M(ontsauge)? Haben Sie irgend etwas für den unternommen, an dem ihr Herz hängt? Sie sagen mir nichts. Aber Sie sind ja auch so beschäftigt. Hängt dies damit zusammen, daß Sie Ihre Arbeit über das Buch von M. de Mesnil-Durand[5] nicht unterbrechen wollen? M. de Saint-Germain wird möglicherweise mit einigen wenigen Sätzen auf ihn eingehen. Das erspart Ihnen viel Mühe. Wäre es aber dennoch eine Möglichkeit, Ihr Ansehen zu mehren, so würde ich dies Ihretwegen bedauern.

Der Chevalier de Chastellux wird ein Stück zur Aufführung bringen, das er gerade beendet hat. Er zeigte es noch niemandem. Das ist ihm mit «Agathe» gut ausgeschlagen, und ich wünschte, daß es ihm dieses Mal ebensogut gelingen wird. Was ist die Welt, der Wirbel der Gesellschaft? Sie spielen und geben Komödien, und sie haben immer wieder Szenen miteinander, die zum tränenreichen Genre gehören. Sie quälen sich vom Morgen bis zum Abend. Auf der einen Seite führt die Eigenliebe Klage, und auf der anderen Seite ist es die gänzlich übersteigerte Eitelkeit. Ich sterbe vor Angst, daß mit den Talenten, die beide für die Komödie und selbst für die Tragödie haben, sie einem Stück, das ohne jeden Eklat enden müßte, eine Szene hinzufügen, in der alles aufgelöst wird. Ach, wie unglücklich doch alle Welt ist!

Sie wissen nur zu gut, daß ich Ihnen nicht bis zum Tag Ihrer Abreise werde schreiben können, zumal ich nicht weiß, für wann Sie diese festgelegt haben. Ich möchte nämlich nicht, daß ein Brief nach Ihrem Aufbruch liegenbleibt. Adieu. Ich liebe Sie überall, wo ich bin, aber nicht überall dort, wo Sie sich aufhalten. Das ist meine Lösung, oder sterben.

1 Während des Siebenjährigen Krieges diente Guibert im Generalstab des Marschall de Broglie und zeichnete sich insbesondere in der Schlacht von Roßbach aus, bei welcher Gelegenheit der Comte de Saint-Germain auf den jungen Offizier aufmerksam wurde. 2 Es handelt sich hier vermutlich um die zweite Aufführung des «Connétable de Bourbon», bei deren Zustandekommen der Marschall Duras eine wenig glückliche Rolle spielte. 3 Erneute Anspielung auf die Bemühungen Guiberts, eine Pension für Julie de

Lespinasse zu erwirken. 4 An diesem Tag, dem 2. Juni 1774, erhielt Julie de Lespinasse die Nachricht vom Tod des Marques de Mora. 5 François-Jean de Graindorge D'Orgeville, Baron de Ménil-Durand (1729–1799), war einer der Verteidiger des «ordre profond», der tiefgestaffelten Schlachtordnung, während Guibert den «ordre mince» in seiner «Tactique» empfahl. Um die Vorstellungen Ménil-Durands zurückzuweisen, schrieb Guibert seine «Défense du Système de Guerre moderne», eine Arbeit, auf die Julie de Lespinasse hier anspielt.

174. *An Mlle. de Lespinasse*

Fontainebleau, Freitagabend, den 27. Oktober 1775

Es ist bereits zu spät, meine Freundin, als daß mein Brief noch abgehen könnte. Es ist dies ein verlorener Tag. Es ist so recht ein Tag, von dem Sie nicht das haben werden, was Sie gelegentlich tröstet, das aber zu erwarten Sie stets die Güte haben. Es ist alles mein Fehler gewesen. Ich wollte in «Blanche et Guiscard»[1] gehen, ein Stück, das ich weder gesehen noch gelesen habe. Ich wähnte, daß es zu guter Stunde vorbei sei. Aber ich habe mich getäuscht und leide deswegen genauso wie Sie. Ich erhielt Ihren Brief um sechs Uhr, als ich bei M. de Vaines vorbeiging, um ihn abzuholen.

Von wieviel Güte und Anteilnahme dieser Brief erfüllt ist, meine Freundin! Wie bringen Sie es nur fertig, inmitten Ihrer Leiden unablässig und mit dieser tiefgründenden Vernünftigkeit, die nur Menschen eigentümlich zu sein scheint, die nicht leiden, an mich zu denken? Sie haben mir ausgezeichnete Ratschläge gegeben. Ihr Geist kennt das Maß, das richtige Maß für alles. Ich hatte indessen von mir aus bereits damit begonnen, mich gut zu betragen. Ich habe nichts geäußert, was sich nicht gehörte oder unvernünftig gewesen wäre. Viele Leute wollten, daß ich über M. de Saint-Germain Auskunft gebe, und Sie wären ob meiner Antworten zufrieden gewesen. Ich habe aber noch mehr getan: Während eines Teils der letzten Nacht habe ich mich mit den Gedanken an das Gute beschäftigt, das dieser Mann bewirken könnte, indem ich mir vorstellte, was ich tun würde, wäre ich an seiner Stelle, und ich habe ihm, nachdem ich aufgestanden war, einen fünfzehnseitigen Brief geschrieben, dem ich eine der Denkschriften beifügte, die ich für M. Turgot angefertigt hatte. Allerdings beschränkte ich mich dabei nur auf das Wesentliche, um ihn auf die anderen Denkschriften, die er schon hat, hinzuweisen, von denen ich keine Abschriften besitze. Dieser Brief, meine Freundin, ist mir genauso gelungen, wie er sein sollte, leidenschaftlich und doch überlegt, reif und doch lebhaft. Ich habe ihn M. de Vaines zur Kenntnis gebracht, der vollständig zufrieden damit war, aber auch nur M. de Vaines, denn ich zähle nicht auf den Chevalier d'Aguesseau, und ich habe ihn heute abend auch noch M. Dubois, dem früheren Adjutanten von M. de Saint-Germain behändigt, auf dessen Urteil ich viel gebe und der ihn mir höchstselbst wieder zurückgeben wird.

Der Gipfel der Klugheit aber nach einem solchen Brief ist die Entscheidung, die ich treffe: diejenige nämlich abzuwarten, was kommt, und deshalb fortzugehen. Ich habe meine Anschrift auf dem Brief vermerkt. Er soll schon wissen, wo er mich findet, wenn es ihn danach verlangt, mich zu sehen. Indem ich aber abwesend bin, vermeide ich es auch, daß man mir irgendwelche Absichten unterstellt.

Es waren einige Hundert Dummköpfe anwesend, die Zeugen der zärtlichen Aufnahme wurden, die er mir heute morgen in seinen Gemächern und heute nachmittag bei M. de Vergennes[2] zuteil werden ließ: «Ausgezeichneter junger Mann», hat er mich mehrmals angeredet und mir seine Hand dabei gegeben. Und wie die einfältigen Leute, die mich dann umringten, sofort wissen wollten, woher ich ihn so gut kenne, wo ich ihm bereits begegnet sei, ob ich seine Ansichten in militärischen Angelegenheiten kenne etc. Denn, meine Freundin, Sie haben niemals soviel Niedrigkeit und Dummheit versammelt gefunden, wie Sie es hier seit vier Tagen erleben könnten. Die nämlichen Leute, die sich für einen anderen Minister hinter den Kulissen stark gemacht hatten, sagen jetzt: «Ah, das nennt sich eine treffliche Entscheidung! Das war der einzig Richtige!» Und man hat nicht das Recht, diese Leute unter die Erde zu bringen!

Ich breche morgen nachmittag nach dem Essen bei M. de Malesherbes, bei dem auch M. de Saint-Germain zugegen ist, auf, meine Freundin. Mich verlangt es danach, einen Ort aufzusuchen, wo ich Ruhe finde und wo ich arbeiten kann. Das sind jetzt insgesamt zwölf Tage, die ich hier in Nichtstun und in einer Erregung zugebracht habe, die mich umbringen. Ich habe so vieles zu erledigen, daß ich noch gar nicht abzusehen vermag, wie ich damit zu Rande kommen soll. Zunächst muß ich jedoch meine Gedanken über die Militärverfassung ordnen für den Fall, daß M. de Saint-Germain mich einstellen will. Dann muß ich auf M. de Mesnil-Durand antworten. Obwohl seine Vorstellungen mit der Amtsübernahme durch M. de Saint-Germain, dessen Auffassung der seinen absolut entgegengesetzt ist, einen tödlichen Schlag erlitten, sind sie doch nicht ganz gestorben. Im übrigen habe ich mit meiner Antwort bereits begonnen. Ich habe mich der Mühe unterzogen, ich weiß nicht, wie viele Bände ich deshalb schon gelesen habe, und ich muß jetzt die Früchte meiner Anstrengungen ernten.

Anschließend muß ich den «Connétable» überarbeiten. Ich plane große Veränderungen für den 4. und 5. Akt. Wie Sie ja wissen, wird er erneut aufgeführt werden. Das ist gegen Ihren Rat, aber es ist auch die Möglichkeit, damit fertig zu werden, wenn es die Königin danach verlangt, wie sie es bereits getan hat. Sie hat mir eine Freundlichkeit und Güte bezeugt, denen man nicht widerstehen kann. Fügen Sie dem noch die Hoffnung auf Pensionen hinzu, die sie mir gemacht hat, dann verleiht dies allem eine unendliche Verlockung, denn ich gestehe gerne, daß ich mich für Personen begeistere, die ich liebe:

> «Ich brüste mich nicht der pomphaften Anstrengung
> mit einem heitren Aug' die Unerbittlichkeit ihres
> Schicksals zu gewahren.»[3]

Wie Sie selbst sehen, habe ich also einiges zu tun. Meine Erholung, mein Vergnügen wird es sein, Ihnen zu schreiben, aber ich zweifele daran, daß Sie es mir noch mehren wollen, indem Sie mir schreiben. Sobald ich Fontainebleau verlassen habe, muß ich wohl auf Ihre Briefe verzichten. Ich muß mich sogar derer entledigen, die ich hier von Ihnen erhalten habe und die ich doch gar zu gerne an meinen Ruheort mitgenommen hätte. Ich werde sie alle zusammenpacken und sie M. de Vaines aushändigen, aber dieser hier wird nicht auf denselben Weg gebracht. Ist das nicht die wortwörtliche Befolgung Ihrer Befehle?

Aber wie seltsam ist doch die Art und Weise, mit der Sie lieben! Sie ist voller Mißtrauen, aber es gibt nur mich allein auf der Welt, der dadurch nicht verletzt werden kann. Sie sagen, um mich erneut zu verwunden, daß ich durch nichts verletzbar sei, daß ich mich allem entziehe, alles leichtnehme, alles unbekümmert sehe, was Sie in Ihrer Meinung rechtfertigt. Sie sprechen schlecht von mir, meine Freundin, Sie sagen etwas, wovon Sie selbst nicht überzeugt sind:

> «Phädra läßt mir im Grunde ihres Herzens mehr
> Gerechtigkeit widerfahren.»[4]

Während ich Ihre Briefe zusammenstelle, meine Freundin, und bevor ich sie aus den Händen gebe, werde ich sie nochmals lesen. Auf mehrere Dinge bin ich Ihnen noch eine Antwort schuldig geblieben. Die Erregung, die hierzulande herrscht, hindert einen daran, eine Unterhaltung fortzuführen, aber eben darin besteht das köstliche Vernügen, das man mit Ihnen hat. Das macht Ihren besonderen Zauber aus. Ich habe Ihnen beispielsweise nichts von meinen Geschäften berichtet. Ich habe mit Ihnen nicht über Mme. de M(ontsauge) gesprochen. Nun gut, hören Sie: Mme. de M(ontsauge) hat mir mehrmals geschrieben und, wie gewöhnlich, tat sie dies mit Verstand, Freundschaft und auf eine sehr zarte und freundliche Weise. Sie hat sich lebhaft für die Vorgänge der Ministerberufung interessiert. Und auch alles, was mir zu Vorteil oder Nachteil dabei gereichen könnte, ging ihr dabei durch den Kopf.

Ich dagegen habe mich ausgiebig mit dieser Angelegenheit von M. de Marnaval[5] befaßt – ich glaube, ich sprach Ihnen gegenüber bereits davon –, die ihn über alle Maßen beschäftigte. Es handelt sich dabei um diesen Pachtvertrag für Schmieden, den der Chevalier de Chastellux zu Gunsten eines gewissen Juveigneur, genannt M. de Lesseville[6] gebrochen hat, der ihm dafür 5000 Ecus an Zinsen zahlte, eine Summe, von der Sie mir sagten, daß sie für Mme. de Gléon[7] bestimmt sei. Ich habe Himmel und Hölle in Bewegung gesetzt. Ich bin M. de Vaines deswegen angegangen, aber ich habe nichts erreicht. Mein Trost ist, daß der Berry,[8] wo diese Schmieden liegen, dem Comte d'Artois[9] als Apanage verliehen wird, mit der Folge, daß die Pacht sowieso unterbrochen wird und sowohl dem Chevalier wie mir dann nur noch die Metallsplitter bleiben.

Sehen Sie selbst, meine Freundin, ob ich nicht bis zum Überdruß von jenem Privileg Gebrauch mache, das Sie mir einräumten, als Sie mich darum baten, Ihnen alles zu berichten, womit ich mich befasse. Erkennen Sie, wie teuer mir Ihre Meinung zu allen den Einzelheiten ist, die ich Ihnen schildere. Ich habe noch eine andere Sache am Hals, die einer meiner Freunde gegenüber M. de Malesherbes verfolgt. Das Geschäft ist bereits eingefädelt worden, und ich hoffe, es wird glücken. Schließlich habe ich noch eine ganz wichtige Angelegenheit mit dem Kriegsminister zu regeln, bei der ich auf die Unterstützung der Königin rechne. Es handelt sich dabei um das Versprechen, den ersten vakant werdenden Kommandoposten bei einer Legion zu übernehmen. Das verschiebe ich aber auf eine spätere Zeit.

Man muß M. de Saint-Germain sich erst einmal eingewöhnen lassen, und dann wird er mir sicherlich günstig gesonnen sein.

Ein weiteres Mal, meine Freundin, mißbrauche ich Ihre Güte.

Ich habe Ihnen von allem berichtet, was mich während meines hiesigen Aufenthalts beschäftigt hat. Es bleibt mir nurmehr, von Ihnen zu sprechen. Leiden Sie noch immer an Erstickungserscheinungen? Sie haben mir mitgeteilt, daß Sie beim Atmen Beschwerden haben, die möglicherweise mehr von Ihrem Inneren herrühren, als daß sie eine physische Ursache haben. Mein Gott, wie sehr hätte ich es mir gewünscht, wenigstens für 24 Stunden in Paris Station zu machen! Wie lange wird es noch dauern, bis ich dorthin zurückkehre! Glauben Sie meinem Sehnen und meinem Bedauern. Ich wäre gewiß gekommen, meine Freundin, aber mir stellten sich Schwierigkeiten in den Weg, die ich nicht zu überwinden vermochte. Ich wäre im Augenblick frei, allein man erwartet mich in Courcelles.[10] Man ist dort meinetwegen sehr beunruhigt. Ich hatte mein Kommen für Montag angesagt, aber durch einen unglaublichen Zufall ist ein Brief, den ich geschickt hatte, dort nicht eingetroffen.

Adieu. Wie, Sie werden mir nicht mehr schreiben? Mit Gier klammere ich mich an einen Hoffnungsschimmer, der mir eben dämmert. Ihre beiden letzten Briefe sind nach Ousson für den Fall adressiert, daß ich nicht mehr hier wäre. Warum schicken Sie nicht noch weitere dorthin? Aber diese Worte erschüttern mich: «Ich liebe Sie nicht überall dort, wo Sie sich aufhalten.» Ach, ich, meine Freundin, ich liebe Sie überall, wo ich auch sein mag, und daran werde ich niemals etwas ändern. «Blanche et Guiscard» hat mich sehr begeistert. In seinem Ton und seinen Gedanken ist das Stück zwar schwach, aber es hat mich dennoch berührt. Ich habe geweint. Die Lösung hat mich zittern lassen, und es findet sich darin ein Vers, den ich für vorzüglich halte:

«Wie lang die Nacht dem Schmerz erscheint, der wacht.»[11]

Dieser Satz, meine Freundin, hat mir auf schmerzlichste Weise einige Nächte meines wie Ihres Lebens in Erinnerung gerufen.

1 Tragödie in fünf Akten von Bernard-Joseph Saurin (1706–1781), die 1763 uraufgeführt worden war. 2 Charles Gravier, Comte de Vergennes (1717–1787), seit 1774 Außenminister. 3 Nicht zu ermitteln. 4 Racine, Phèdre, II. Akt, 3. Szene. 5 Nicht zu ermitteln. 6 Nicht zu ermitteln. 7 Vgl. Brief 165, Anm. 3. 8 Französische Provinz, deren Hauptstadt Bourges war. Umfaßte das Territorium der heutigen Départements Cher und Indre. 9 (1757–1836), Bruder Louis XVI. und Louis XVIII., dem er 1824 als Charles X. auf den französischen Thron nachfolgte. 10 Vgl. Brief 136, Anm. 1. 11 Nicht zu ermitteln.

175. An M. de Guibert

Oberst, bei Gournai, Bademeister in Fontainebleau

Freitag, den 27. Oktober 1775

Ich habe drei Schreiben aus Fontainebleau erhalten. Sie sind vom 26. (Oktober), aber M. de Saint-Germain war noch nicht eingetroffen. Sie haben mir am Mittwochmorgen versprochen, mein Freund, Sie würden mir am Abend schreiben, aber Sie haben seit diesem Augenblick meiner nicht mehr gedacht. Sagen Sie mir aber wenigstens, ob Sie durch M. de Vaines zwei Briefe erhalten haben sowie noch einen weiteren durch die Post. Der eine war vom Dienstag und die beiden anderen vom gestrigen Donnerstag.

Als ich alle diese Briefe aus Fontainebleau sah, war ich mir ziemlich sicher, daß kein einziger von Ihnen darunter sei. Mein Gott, wie ungerecht Sie mich machen! Meine erste Regung ist immer, diese Briefe aus Fontainebleau mit Widerwillen zu lesen, wenn Sie meine Hoffnung enttäuscht haben. Ach, nein, nein, man sollte Sie gar nicht lieben. Sie sind von einer Unruhe, von einer Flüchtigkeit, die es einem nicht gestatten, auf Sie zu rechnen. Ich kritisiere Sie nicht, aber ich verwünsche mich mit allem, was mir noch an Vernunft und Kraft geblieben ist.

Die Erzbischöfe von Aix und von Toulouse sind heute vormittag nach Fontainebleau abgegangen. Sie beurteilen den Zustand des letzteren, mein Freund, mit eben dem lebhaften Interesse, das der Comte de Crillon an den Tag legt, wenn er sich vernehmen läßt, daß es mir gut ginge. Er ist bei sehr schlechter Gesundheit, und ich bin darüber höchst beunruhigt. Er beobachtet die beste Diät, aber ich bin sehr besorgt, daß das nicht genügen wird, das Übel zu bekämpfen. Er ist heiter und ohne alle Beunruhigung. Er hängt wenig am Leben, obgleich er wohl noch nie erfahren hat, was Unglück ist.

Ich bewundere Ihre Urteilskraft, mein Freund, mit der Sie die Wahl der Minister kritisieren. Es war M. Turgot, der dies gemacht hat. Seitdem, nach reiflicher Überlegung, sind Sie darauf gekommen, daß das die beste Wahl gewesen sei, die man jemals hätte treffen können, aber jetzt ist es nicht mehr M. Turgot, es ist M. de Malesherbes. Alles, wie es Ihnen gefällt, aber Sie hätten einige Mühe gehabt, diesen beiden Köpfen zwei Willen einzuflößen. Es gibt nämlich nur einen, und das ist der, der stets bestrebt ist, das Beste zu tun. Ja, gewiß, ich liebe sie beide. Aber das ist nicht das richtige Wort. Ich verehre und schätze sie aus der Tiefe meines Herzens. Sie beide besaßen die Aufrichtigkeit, mich an der Freude teilhaben zu lassen, die sie ob der Wahl des Königs hatten. Ich halte aber nicht bloß aus Dankbarkeit zu M. Turgot. Selbst wenn er vergäße, daß es mich gibt, so wäre ich mir dennoch stets gewärtig, was er wert ist.

Das ist meine Antwort auf all das, was Sie mir aus Montigny schrieben. Aus Klugheit hielt ich an mich, Ihnen in der ersten Erregung zu schreiben. Sie haben mich verletzt, und ich habe geschwiegen. Ich weiß mir keine andere Wahl mehr. Ich weiß auch nicht, ob M. Nicole[1] dieses Mittel vergessen hat, den Frieden zu wahren. Er braucht gewiß noch ein anderes Mittel. Adieu, mein Freund. Sie haben mir nicht geschrieben, und doch rede ich mit Ihnen. Da liegen noch drei Briefe, aber dennoch beantworte ich keinen. Das ist noch schlimmer als im Evangelium, wo diejenigen, die als letzte kommen, den gleichen Lohn erhalten wie die, die die Bürde des ganzen Tages getragen haben.

Übrigens habe ich vergessen, Ihnen zu sagen, daß Mme. de Boufflers mir zweimal gesagt hat, daß sie Sie für «sehr glücklich» hält. Ich habe ihr darauf versetzt, daß ich daran nicht zweifele, aber daß Sie nicht ihre Urteilsschärfe besäßen. Mme. de Martinville ist in Martigny. Sie hat, mein Freund, möglicherweise eine jährliche Rente von 22000 Livres in Aussicht. Wenn Ihnen dies nicht allzu übertrieben vorkommt, dann möchte ich sagen, daß ich das Geld hasse, ja, daß ich es verabscheue, wenn ich daran denke, daß man um seinen Preis alles auf der Welt bekommen kann. Pfui.

1 Pierre Nicole (1623–1695), eines der führenden Häupter der Jansenisten. Julie de Lespinasse spielt hier auf seine Schrift über die «Moyens de conserver la Paix avec les Hommes» an.

176. An Mlle. de Lespinasse

Rue Saint-Dominique, vis-à-vis Belle-Chasse,
Faubourg Saint-Germain

Um zwei Uhr in der Frühe, Herbst 1775

Mit welchen Worten, meine Freundin, mit welchem Betragen kann ich für die Regungen Verzeihung erlangen, die mich fortgerissen haben? Sie klagen mich an, Sie verurteilen mich, Sie hassen mich, Sie sprechen mir jegliche Moral und Tugend ab! Ach, halten Sie mich wenigstens nicht bar jeglicher Empfindsamkeit. Meine Gedanken kreisen ständig um Sie, ich sterbe vor Reue und Gewissensbissen. Ich kann keinen Schlaf finden. Sie haben mich für meine Schwäche grausam bestraft, Sie haben mich die unglückselige Verwirrung meiner Vernunft gründlich büßen lassen.

Ich habe Sie versichert, daß ich Sie liebte, ich Sie wirklich und aufrichtig liebte. Alles Feuer, jegliche Unordnung der Leidenschaft war in meinem Herzen. Sie aber, Sie stießen mich zurück, indem Sie mir Haß und Verachtung bezeugten. Verdiente ich das? Hören Sie, hören Sie mich dieses eine Mal noch. Sie wissen es gut, wenn Sie es nur wollen, daß Sie mich zum Schweigen verpflichten. Wenn Sie mich nicht anhören wollen, werde ich mich in Schweigen hüllen, bis mir Rechtfertigung widerfährt. Und diese wird die von Venceslas sein:

> «Ich gehe, ich vergehe, die Liebe hat eine solche
> Herrschaft über mich.»[1]

Tatsächlich hat mich die Liebe noch nie derart trunken gemacht. Ihre Briefe, eben dieselben Briefe, die mich zu Sinnen bringen sollten, haben mir nur die Erinnerung an das Vergangene mit einem Mal wieder vor Augen gestellt, meine Hand, die in der Ihren lag, schließlich, was soll ich Ihnen noch sagen? Ich bin nicht mehr Herr meiner selbst... Dennoch habe ich mich beherrscht. Sie haben es bemerkt. In welchen Augenblicken habe ich mich losgerissen! Diese Anstrengungen, meine Freundin, diese Opfer, sind sie nicht Beweis für Liebe und Tugend? Ich hatte sie, ich habe sie noch immer.

Ich bin verzweifelt, Ihnen mißfallen zu haben. Ich vermag nicht zu sagen, ich sei verletzt. Man verwundet nur, wenn man verachtet oder wenn man kaltblütig den Plan faßt, jemanden zu verführen oder in Liebesglut zu versetzen, aber mir war diese Absicht sehr fern! Meine Seele war gänzlich unschuldig, völlig rein. Ich habe Ihre und meine Briefe wiedergelesen, um ganz in die Freundschaft einzudringen, zu der wir beide uns verurteilt haben, uns zu beschränken. Verzeihen Sie mir, meine Freundin. Ich wüte wider mich, morgen nach Versailles gehen zu müssen, aber ich bin gezwungen, dies wegen einer Angelegenheit zu tun, die den Chevalier d'Aguesseau betrifft. Ich werde meine Abreise verschieben, ich werde mich morgen Ihnen zu Füßen werfen und Ihre Gnade erflehen. Niemals habe ich sie mehr verdient. Niemals aber auch waren Sie mir so lieb.

Ich habe den Vorsatz, Versailles möglichst früh wieder zu verlassen, um Sie noch am Abend aufzusuchen. Geben Sie mir eine Nachricht, falls ich nicht gelegen komme. Schicken Sie diese an Mme. d'Anville. Lassen Sie mich nicht unter der schmerzhaften Last Ihres Hasses schmachten, der meine Kräfte übersteigt.

Sie werden diesen Brief morgen bei Ihrem Erwachen erhalten. Aber, ach, werden Sie geschlafen haben? Adieu.

1 Nicht zu ermitteln.

177. An M. de Guibert
Rue de Grammont

Montag, 11 Uhr, November 1775

Ich rechnete darauf, Sie zu sehen, ich hatte Verlangen, Sie zu sehen. Ich weiß nicht mehr, was ich Ihnen schreiben soll, ich fürchte mich davor, mit Ihnen zu plaudern. Meine Seele unterliegt der Folter. Alles verwirrt sich mir. Ich weiß nicht mehr, ob es das Verbrechen oder die Tugend ist, die das Unglück stiftet. Ich weiß auch nicht mehr, was schmerzlicher ist, Reue oder Sehnsucht. Kurz, ich versinke in allzu vielen Wirren und Übeln. Ich lebe, aber ich sage es Ihnen erneut, das, was mich am Leben erhält, ist nicht der Gedanke, daß ich geliebt werde. Dieses Wort ist mir gestern abend aus meinem Herzen gefallen, aber Ihr Zweifel veranlaßt mich dazu, ihm abzuschwören.

Wie Sie bemerken, entheben Sie mich all dem: Binnen der Viertelstunde, die Sie bei mir sind, gibt es für mich nur uns beide im ganzen Universum. Sie löschen Vergangenheit und Zukunft aus. Sie sind nicht mehr schuldig, und ich bin nicht mehr unglücklich. Sagen Sie mir, gibt es irgendein Gesetz, irgendeine Pflicht in der Natur, die soviel Macht ausübten? Sagen Sie es mir, und ich werde mich dem unterwerfen. Ja, ich glaube, die letzte Anstrengung der Tugend ist die zu lieben, indem man seine eigenen Interessen, sein Glück und seine Freude gänzlich hintanstellt. Ach, ich lobe mich nicht. Gibt es aber für eine von Gram gebeugte Seele noch irgendeine Rückzugsmöglichkeit in die Eigenliebe?

Ich möchte Ihnen aber nochmals sagen, daß Sie acht darauf haben sollen, was Sie von den Villeroi[1] sagen. Hüten Sie sich vor dem Gekeife, es ist noch Zeit dazu. Und dann möchte ich noch etwas zu Ihrem Kleiderbesatz sagen. Ich möchte, mein Freund, daß Ihr Rock von brauner, von dunkelbrauner Farbe sei mit silbernen Stickereien, mit nicht zu zahlreichen Pailletten, mit von Stickerei gesäumten Knopflöchern und mit einer gelben Weste ebenso wie das Futter des Rocks. Sie werden mich jetzt für verrückt halten, aber es ist das erste Mal, daß ich eine solche Phantasie habe. Folgen Sie mir, und Sie werden sich sehr liebenswürdig ausnehmen.

Ich weiß nicht, ob ich die Kraft habe, nach Tivoli[2] zu gehen. Diese unglückliche Mutter hat Verlangen, mich zu sehen. Indem ich mich mit ihr beschäftige, erleichtere ich mir meine Seele. Mein Gott, ist es nicht grausam, mit einer derart quälenden Ungeduld zu warten? Sie sind zu gütig, mein Freund, mir Nachrichten zu geben. Es werden die nämlichen sein, die ich schon von Mme. de Melet[3] und M. de Vaines erfahren habe. Morgen werden sie ganz entscheidend und vielleicht unheilvoll sein. Was Sie mir gestern sagten: *Wenn das Sie waren?* Ach, ich kenne kein Maß mehr, ich werde sterben, noch bevor ich ein solches Unglück erlebe. Daß ich Sie morgen noch sehe. Ich hoffe, daß Sie mir Neuigkeiten noch vor 11 Uhr bringen werden, denn sie entscheiden über meinen Tag.

Bitte schreiben Sie nach Bordeaux, um meine beiden Briefe zu reklamieren, aber vielleicht haben Sie sie heute bereits durch den Kurier aus Montauban erhalten. Sie werden sie mir morgen wiedergeben zusammen mit diesem hier. Was sind Sie doch leichtsinnig! Wie sehr Mißtrauen Ihnen gegenüber doch am Platze ist!

Ich gehe nicht nach Tivoli, statt dessen schreibe ich an M. Boutin.[4] Den Abend werde ich bei Mme. de Meulan[5] verbringen.

1 Gemeint sind damit vermutlich Gabriel-Louis de Neufville, Duc de Villeroi (1731–1794), Militär, sowie dessen Frau Jeanne-Louise-Constance d'Aumont de Villequier (1731–1816). 2 Eine damals berühmte Gartenlust, die der Receveur général de Finances, Charles-Robert Boutin (gest. 1794) um sein Haus in der Nähe der heutigen rue de Clichy angelegt hatte. Vgl. Vigée Lebrun, Souvenirs, Bd. II, S. 260. 3 Nicht zu ermitteln. 4 Vgl. Anm. 2. 5 Marguerite de Meulan d'Ablois, geb. de Saint-Chamans. – Ihr Mann, Charles-Jacques-Louis de Meulan d'Ablois, war Receveur général des Finances der Généralité de Paris und ein Freund von Condorcet.

178. An M. de Guibert

Dienstag, den 7. November 1775, zur Stunde der Post

Die vernünftigste Frau ist während zwei Drittel ihres Lebens verrückt oder kindisch, denn muß man es nicht kindisch oder toll nennen, wenn ich dem Verlangen nachgebe, Ihnen zu schreiben, obwohl ich mir sehr sicher bin, Ihnen diesen Brief nicht zu schicken? Allein, mein Freund, das heißt, mich mit Ihnen in einer konkreteren Weise zu befassen als nur in Gedanken, das heißt aber auch, etwas zu meiner Erleichterung zu tun und meine Seele wieder zu beleben, die völlig gelähmt war, seitdem sie sich nicht mehr mit Ihnen befaßte. Kurz, wenn es Ihnen auch nicht zugute kommt, so tue ich dennoch etwas für die Leidenschaft, die mein Leben tyrannisiert.

Ihre Zeilen vom Sonntag habe ich wohl zehnmal gelesen. Haben Sie das, was Sie mir da mitteilten, etwa für besonders herzlich, eindringlich oder für über jeden Zweifel erhaben gehalten? Ach, das wäre ein gewaltiger Irrtum, denn was Sie mir mitteilten, ist sehr kalt, und es hat den Eindruck, den es machen sollte, ganz und gar nicht gemacht. Ach was, Sie waren weder «beunruhigt» noch «verzweifelt». Sie waren bestenfalls ein wenig verärgert, als der Briefträger kam. Eine Viertelstunde später war alles schon wieder im Lot. Ach, mein Freund, in Ihnen ist keine Tiefe, ist nichts von Dauer! Es gibt Tage, da würde Sie selbst die Nachricht von meinem Tod nicht sonderlich beeindrucken. Aber sehen Sie selbst, wie gut ich Sie kenne, vielleicht gibt es sogar einen Augenblick, an dem Sie ob dieser Nachricht wirklich erschüttert wären.

Aber erinnern Sie sich, daß ich Ihnen vor langer Zeit zum ersten Mal gesagt habe, daß die Eindrücke, die man auf Sie macht, derart flüchtig sind, daß man sie kaum als Gefühl bezeichnen darf. Sie sind nur Vorlieben, Vergnügen, Aufgabe der Eigenliebe. Da haben Sie, was Sie sind und was Sie als Liebe bezeichnen, denn Sie besitzen weder jene Anteilnahme, deretwegen man sich ob der Leiden dessen, den man liebt, beunruhigt, noch jene Aufgeschlossenheit, die es einem zur Notwendigkeit bestimmt, alles das zu teilen, was den Freund begeistert. Sie verfügen weder über die Zärtlichkeit, eine kranke Seele zu trösten, noch haben Sie die Güte, die dem Schmerz vorbeugt. Ja, ich sage es Ihnen mit allem Nachdruck, indem Sie lieben, lieben Sie ganz und gar nicht.

Aber Sie sind vielleicht der Mann von Welt, mit dem man sich am leichtesten der Illusion über das erste und einzige Bestreben einer Frau hingeben kann, ganz in einer Leidenschaft aufzugehen. Sie sind so liebenswürdig, so lebhaft, Ihren Regungen eignet eine Spontaneität und die Glut der Leidenschaft. Im vertrauten Umgang mit Ihnen zeigen Sie sich so außergewöhnlich zartfühlend, so ungezwungen, so daß man schon sehr genau hinschauen muß, um festzustellen, daß dies Ihrem Charakter entspringt und keineswegs ein Ausfluß Ihres Fühlens ist. Und doch ist dies so wahr, daß, selbst wenn Sie sich ganz hinzugeben scheinen, Sie dennoch gänzlich unfähig wären, derjenigen ein wirkliches Opfer zu bringen, die Sie liebt, und dies gilt selbst für den Fall, daß der Seelenfrieden oder gar das Leben derjenigen, die Ihnen so ganz ergeben ist, auf dem Spiel stünde, selbst dann würden Sie auf keines Ihrer ehrgeizigen Vorhaben, auf Ihr ureigenes Glück verzichten. In diesen entscheidenden Momenten bleiben Sie mit sich und Ihrem Egoismus ganz allein, gilt er nun dem Richtigen oder dem Falschen.

Erinnern Sie sich noch, daß ich Ihnen in der ersten Zeit, da wir uns kannten, ohne daß ich Ihr Verhalten als Beweis hatte, verschiedentlich sagte, daß ich Sie für unendlich selbstbezogen hielte. Ich habe Sie damit erstaunt, und es fiel Ihnen damals sehr leicht, sich zu verteidigen. Heute jedoch liegen die Dinge anders, könnte ich Sie mit Beispielen und Beweisen überschütten und, um Ihnen jegliche Antwort von vorneherein abzuschneiden, könnte ich Ihnen versichern: Sie kannten die ganze Aufrichtigkeit meiner Leidenschaft. Sie wußten um die Heftigkeit meines Charakters, Sie hatten kaum einen Heiratsplan ausgeheckt, aus dem weder Ihr Ruhm noch Ihre Vermögensverhältnisse sonderliche Vorteile zogen, da wußten Sie, daß Sie mich mit der Ausführung dieses Vorhabens dazu verdammten, entweder mich auf der Stelle zu töten oder unter Schmerzen dahinzusiechen. Aber dennoch haben Sie diese Ehe geschlossen, und zwei Tage später besaßen Sie die Grausamkeit, mir einen so nichtswürdigen Brief zu schreiben, daß ein jeder, dem man diese Situation schilderte, dieses Schreiben zurückweisen würde, weil es ihm als nicht wahr, als geradezu unglaublich erschiene.

Ja, gestatten Sie mir also, daß ich Sie für den grausamsten und frivolsten aller Männer halte. Lassen Sie mich dessen gewiß sein, daß der Gipfel des Unglücks für eine lebhafte und leidenschaftliche Seele der ist, sich einem wie Ihnen auszuliefern. Ach, mein Gott, ist denn alles, was ich gelitten habe, was ich noch leide, nichts anderes als eine überaus schmerzhafte Sühne für meine Schwäche und meine Verfehlung? Sollen denn die wenigen Tage, die ich noch zu leben habe, mit noch mehr Zweifeln, Gewissensqualen und Schmerzen erfüllt sein?

Ja, mein Freund, Sie haben mich mitten ins Herz getroffen. Daran werde ich sterben, und zwar auf allergrausamste Weise, denn dieser Tod tritt nur langsam ein. Aber in den Zuckungen der Verzweiflung, unter denen sich mein Leben verzehrt, noch mit dem letzten Seufzer, der mir entfliehen wird, werde ich es Ihnen immer wieder sagen: Warum haben Sie mich M. de Moras wegen nicht sterben lassen? Ich hätte meiner Leidenschaft Genüge getan, ich hätte meine Verfehlung gebüßt. Wollten Sie mich mit einem Ausmaß von Unglück bekannt machen, das jenes noch übertraf, das mich bereits verschlang? Wie gut ist Ihnen das gelungen! Wie tief ist das Empfinden des Schmerzes, den Sie mir in die Seele senkten! Es gibt Augenblicke, Tage, an denen ich ganz und gar davon überzeugt bin, daß ich das Unglück erst kenne, seitdem ich Sie liebe.

Himmel, welch schreckliches Geschick! Die schändlichste Handlung meines Lebens verdeckt dieses bisweilen zur Gänze. Ja, mein Freund, das Empfinden meiner Schuld löscht oft sogar die Erinnerung an die leidenschaftliche Liebe aus, die mich acht Jahre lang beseelte. Ach, Sie kennen noch gar nicht das ganze Ausmaß an Unglück und Leidenschaft! Sie haben nicht das Herz begriffen, das Sie so ganz anfüllen. Ich gehöre nicht mehr mir selbst, sobald ich Sie sehe. Ihre Gegenwart betört alle meine Leiden. Abwechselnd liefern Sie mich dem Fieber aus oder nehmen es von mir. Sobald Sie mir unter die Augen treten, weiß ich kaum noch, ob ich gelitten habe.

Wenn ich Ihrer ansichtig werde, mein Freund, habe ich kein anderes Verlangen mehr, als von Ihnen geliebt zu werden. Der

Himmel ist dann in meinem Herzen. Ich habe kein Urteil mehr über Ihre Seele, ich vergesse, daß Sie der Schuldige sind, ich liebe Sie. Aber diese heftigen Erschütterungen sind zu stark für meinen Körper, was sich daran zeigt, daß ich ganz erschöpft bin, wenn Sie gegangen sind. Nicht eine Stunde war ich mit mir, ohne zu leiden. Das Leiden meiner Seele hat auf meinen Körper übergegriffen. Ich habe jeden Tag Fieber, und mein Arzt, der alles andere als der Fähigste unter den Menschen ist, versichert mir unablässig, daß ich von Kummer verzehrt werde, daß mein Herzschlag, meine Atmung einen lebhaften Schmerz verrieten, und er verläßt mich immer mit den Worten: «Für die Seele gibt es kein Heilmittel.»

Es gibt wirklich kein Heilmittel mehr für mich, aber ich will auch gar nicht mehr genesen, sondern nur noch meine Ruhe finden, einige Augenblicke des Friedens, um mich auf den vorzubereiten, den mir die Natur bald gewähren wird. Es ist nur noch dieser eine Gedanke, der mich beruhigt. Ich habe nicht mehr die Kraft zur Leidenschaft, meine Seele ermattet, quält mich, nichts vermag mich mehr zu stärken und zu stützen. Das Begehren und die Hoffnung sind in mir erstorben. Je schwächer ich werde, desto heftiger plagt mich nur noch ein Gedanke. Ohne Zweifel liebe ich Sie jetzt nicht mehr, als ich Sie geliebt habe, aber das bedeutet, daß ich nichts mehr liebe, daß mich meine Leiden unablässig auf mich selbst zurückwerfen. Es gibt für mich keine Zerstreuung, keine Ablenkung mehr.

Die langen, schlaflosen Nächte haben aus meinem Empfinden eine Art von Wahn werden lassen. Das ist mir geradezu zu einem Fixpunkt geworden, und es ist mir unverständlich, daß mir nicht schon wenigstens zwanzigmal Worte entschlüpft sind, die das Geheimnis meines Herzens und meiner Seele verraten. Bisweilen, wenn ich in Gesellschaft bin, überwältigen mich Tränen, und ich bin gezwungen, mich zurückzuziehen.

Ach, wenn ich Ihnen das ganze Ausmaß meiner Verlassenheit schildere, dann möchte ich Sie damit nicht rühren, denn ich bin überzeugt, daß Sie dieses hier gar nicht lesen. Außerdem, in dem Zustand, in dem ich mich befinde, was hätte ich da von Ihnen noch zu erwarten oder zu befürchten? Es genügt mir, Sie für anständig zu halten, um aller Ihrer Handlungen bis zum

Schluß ganz sicher zu sein. Es gibt Situationen, die auch eine verhärtete und unempfindliche Seele zu bezwingen vermögen. Alles, was in meiner Nähe ist, scheint für mich noch mehr eingenommen zu sein. Wenn man eine ewige Trennung sich nahen sieht, wird man zutraulich. Ich vermag gar nicht genug, die Aufmerksamkeit und die Zugeneigtheit meiner Freunde zu loben. Sie trösten mich nicht, aber gewiß ist, daß sie meinem Leben etwas Süße geben. Ich liebe sie, und ich würde sie gerne noch mehr lieben, aber gleichzeitig wünschte ich mir, daß sie nicht eine so gute Meinung von mir hätten.

Sie sind nämlich alle davon überzeugt, daß es der Tod von M. de Mora ist, der mich umbringt. Wenn sie wüßten, mein Freund, daß Sie es sind, daß es Ihre Heirat ist, die mir den tödlichen Schlag versetzt hat! Ach, welchen Schrecken hätten sie vor mir, wie abscheulich erschiene ich ihnen. Aber sie klagten mich sicherlich nicht lauter, nicht heftiger an als mein eigenes Gewissen! Adieu. Ich unterliege den vielen schmerzlichen Gedanken. Dennoch, nur wenn ich mein Herz ausschütte, spüre ich etwas Erleichterung.

179. An denselben

Mittwoch, den 8. November 1775

Meine Briefe gehen Ihnen ab, aber meine Gegenwart vermissen Sie keineswegs. Sie haben sich für fünf Tage in Paris aufgehalten, indem Sie mir wie auch sich selbst jeden Augenblick zum Vorwurf machten, den Sie hier verweilten. Sie waren zwei Wochen in Fontainebleau, und in dieser Zeit ist kaum ein Tag gewesen, an dem Sie nicht eine bequeme Gelegenheit gefunden hätten, hin- und herzufahren. Sie wußten, daß ich krank bin und auch, welchen Anteil Sie daran haben. Und dann schrieben Sie mir, und das sollte ich wohl mit Jubel und Dankbarkeit aufnehmen, daß, *wenn Sie nach Paris gekommen wären, ich der einzige Grund Ihrer Reise gewesen wäre.* Aber gekommen sind Sie dennoch nicht! Und dann wagten Sie auch noch zu sagen, wenn mich das nicht empfänglich mache, dann nur deshalb nicht, weil ich sehr schwierig und ungerecht geworden sei.

Ach, wie beschweren Sie mir mein Herz, sobald Sie mir beweisen wollen, daß es mit dem Ihren zufrieden sein müsse! Ich will mich ja niemals beklagen, aber Sie zwingen mich häufig dazu, laut zu schreien, so scharf und tief ist das Leid, das Sie mir zufügen. Ich kann mir gut und gerne sagen, daß ich niemals das Glück verdiene, nach dem ich mich sehne, aber dieses Mal bringt mein Herz meine Eigenliebe zum Schweigen: Es sagt mir nämlich, wenn ich jemals geliebt werden sollte, dann nur von dem, der soviel Liebeskraft besäße, um mich von M. de Mora abzulenken und um mich an das Leben zu fesseln, nachdem ich ihn verloren habe. Aber wird man je von dem geliebt, den man selbst liebt? Haben denn Billigkeit und Überlegung Zugang zu diesem ebenso unfreiwilligen wie unbedingten Gefühl?

Ach, wenn es doch nur möglich wäre, es dem Willen Untertan zu machen, wieviel Zeit wäre dann geblieben, in der Sie mir nichts mehr bedeuteten! Ja, ich sage *nichts,* denn, mein Freund, sollte ich Sie verletzen, so würde ich Ihnen gestehen, daß ich Sie viel zu nahe erlebt habe, um Sie mir noch als meinen Freund zu wünschen, wenn Sie nicht derjenige wären, den ich am meisten auf Erden liebe: Ihr Wort verletzt mich in vielerlei Hinsicht. Überdies erkenne ich Sie als unfähig, sich um jemanden zu kümmern, stetig zu sein und jene Anteilnahme zu beweisen, welche die Freundschaft erfordert. Aber erschrecken Sie nicht. Sie haben etwas, das für alles das entschädigt, das alles auf der Welt ausgleicht: Sie gefallen. Und Sie besitzen auch alle Eigenschaften und alle angenehmen Züge, die die Eitelkeit anzustacheln vermögen, Sie zu lieben und sich als einen Ihrer Freunde zu bezeichnen. Wen gibt es schon, der nicht geschmeichelt wäre, sich den Freund eines Mannes zu nennen, der über den Durchschnitt hinausragt, der Talent hat, Genie, und der ganz sicher, wie man so sagt, eine glänzende Zukunft hat?

Das veranlaßt diese ganze Familie, in die Sie eingetreten sind, sich zu Ihren Füßen zu werfen. Das ist der Grund, warum sie Ihrer Eigenliebe schmeichelt und Sie vom Morgen bis zum Abend herzt. Derart wurden Sie von ihr angelockt, ebenso wie Sie sich zum Untertan gemacht haben und wie Sie Ihrerseits für den Rest Ihres Lebens versklavt sein werden.

Ach, wenn Sie glücklich sind, dann ist es genug. Mehr Stärke, eine höhere Gesinnung und Philosophie werden dann vielleicht der Anlaß sein, daß Sie auch von einigen tugendhaften Menschen geschätzt und verehrt werden. Aber, was Ihren Ehrgeiz anbelangt, der Ihnen eigentümlich ist, dafür ist es bei weitem besser, Sie machen damit Eindruck auf die große Menge, zumal Ihre ganze Lebensart darauf zugeschnitten ist, von dieser Art von Erfolg zu zehren, der häufig eine hübsche Karriere ermöglicht, von der sich oft aber auch sagen läßt:

«Daß das Glück eben das verkauft, von dem man glaubt, es sei einem geschenkt.[1]»

1 Nicht zu ermitteln.

180. An denselben

Donnerstag, den 9. November 1775

Ich schreibe Ihnen alle Tage. Aber dieses Mal möchte ich wirklich mit Ihnen sprechen, denn ich werde Ihnen diesen Brief aushändigen. Sie wissen nur zu gut, was ich vor allem will: Ihnen die Wahrheit zu sagen, selbst auf die Gefahr hin, daß Sie für Unsinn halten, was ich sage.

Ich mißbillige die großen Änderungen, die Sie am «Connétable» vorgenommen haben, und dies sind meine Gründe: Ich bezweifele, ob diese Änderungen ausreichen, um Ihr Stück in die Form zu bringen, die es braucht, damit es allen Regeln genügt, die von den kunstsinnigen Menschen wie M. de Voltaire etc. etc. eingefordert werden. Zum weiteren: Die Rolle der Adelaïde muß grundsätzlich anders angelegt sein. Wenn der Tod notwendig wird, muß sie der Zulime[1] ähneln und nicht einer Römerin bei Corneille. Aber Sie haben genug Geist und Begabung, um einen starken und erhabenen Charakter in eine zarte und leidenschaftliche Seele umzuwandeln. Damit will ich mich deshalb nicht weiter aufhalten.

Aber bedenken Sie, wenn Sie dieses Stück derart verändern und umbauen, wird es ganz neu und mit größerer Strenge beurteilt werden als das erste Mal, und das ist auch nur billig. Das erste Mal haben Sie sich den Wünschen der Königin gebeugt.

Sie haben zuvor verkündet, daß Sie niemals daran gedacht hätten, das Stück im Blick auf eine Aufführung zu schreiben. Seither war Ihnen Nachsicht gewiß. Ihr Betragen verriet Bescheidenheit, und es war von keiner Autoreneitelkeit die Rede. Man war Ihnen dankbar für alle Schönheiten, die es in diesem Stück zahlreich gibt. Man lobte Ihr Talent, und selbst wenn man sich eine Kritik erlaubte, sei es am Inhalt, sei es an der Sprache Ihres Werks, so fügte man doch immer hinzu: «Es ist ja nicht für die Bühne geschrieben worden.»

Jetzt, mein Freund, haben Sie alle Grillen eines Autors, Sie haben alles umgeworfen. Jetzt sind Sie viel zu sehr verpflichtet, denn es ist ganz offensichtlich, daß Sie die Änderungen vorgenommen haben, um das Stück spielen zu lassen. Man wird nicht daran zweifeln, daß Sie die Königin veranlaßt haben, eine Neuinszenierung mit einigen Verbesserungen zu verlangen, von der Sie sich einen großen Erfolg versprechen. Werden Sie diesen Erfolg aber auch haben, selbst wenn man voraussetzt, daß Sie ihn verdienen? Können Sie sich denn nicht vorstellen, daß Ihnen die Aufnahme, die Sie bei M. de Saint-Germain fanden, daß das Wohlwollen, mit dem Sie die Königin auszeichnete, nicht den Neid geweckt haben?

Ich höre die Schlangen schon zischen, und um nichts in der Welt möchte ich bei dieser zweiten Aufführung zugegen sein, die ich stets aus ganzem Herzen mißbilligen werde. Aber, wenn Sie, wie Sie sagen, nun einmal unvermeidlich ist, so gilt es unbedingt den Schein zu wahren, und deshalb muß man das Stück genauso aufführen, wie es die Königin beim ersten Mal gesehen hat.

Was Ihnen allenfalls erlaubt wäre, ist, alle Zeit, die Sie haben, auf die Reinheit, auf die Eleganz und Erhabenheit des Stils zu verwenden. Alle Welt müßte sich beim Verlassen Ihres Stücks sagen: «Ich hatte nicht geglaubt, daß das Stück so gut geschrieben ist. Es gibt keine Nachlässigkeit, keinen Fehler. Er hat die Verse ganz wundervoll gemacht. Sein Stück wäre geradezu himmlisch, wenn er von Anfang an die Absicht gehabt hätte, es für das Theater zu machen. Man kann es den Besten zur Seite stellen. Es ist geschrieben, als stamme es von Voltaire. Er hat richtig daran getan, es ein weiteres Mal aufführen zu lassen, das Verdienst seines Stils ist einem bei der Premiere ganz entgangen.»

Das, mein Freund, möchte ich sagen hören. Stattdessen wird es eine schreckliche Aufnahme finden, und was auch immer es mit der Änderung auf sich hat, die Sie vornehmen, so sage ich Ihnen schon jetzt, sie wird die wirkliche Schönheit Ihres Werks zerstören. Es wird nicht die Rolle der Adelaïde sein, über die man urteilt, es werden vielmehr die hohen Ansprüche des Herrn Verfassers sein, der ja tatsächlich aufs neue vor sein Publikum tritt. Sie werden mich töten, mein Freund, wenn sich herausstellt, daß ich recht hatte. Aber Sie werden es doch machen, wie Sie es verstehen. Ich hingegen wasche meine Hände in Unschuld. Aber ich werde Ihnen nicht sagen, wie das alle diese Damen tun werden, die zwar zu loben, aber nicht zu empfinden wissen: «Wie schön ist das! Wie sehr das doch durch die Änderung gewonnen hat! Wie groß der Erfolg sein wird!» Ich dagegen wiederhole Ihnen hundertmal: Nein, es wird kein Erfolg, eben deshalb, weil es geändert worden ist!

Genug, ich werde schweigen, denn ich wette, daß Sie derlei gar nicht hören wollen. Sie haben gerackert, Sie sind deshalb ganz trunken von der Schönheit dessen, was Sie geschaffen haben. So, wie es vorher war, erscheint es Ihnen abscheulich. *Sie wollen das törichte Publikum mit aller Gewalt dazu zwingen, Ihnen Gerechtigkeit widerfahren zu lassen. Es gibt einen Grad von Talent, der allen Neid zerschmettert.* Nun gut. Seien Sie also ein Narr, wenn Sie wollen.

1 Tragödie von Voltaire.

181. An denselben

Donnerstag, 11 Uhr abends, den 9. November 1775

Ich habe Ihnen heute vormittag vier Seiten geschrieben, mein Freund, aber ich kann meinen Tag nicht beschließen, ohne Ihnen zu sagen, daß ich Sie liebe. Soeben war bei mir die Person, die mich auf dieser Welt am meisten liebt, aber das läßt mich nur um so besser empfinden, wie sehr ich Sie liebe. Wären

Sie nach drei Monaten Abwesenheit unangekündigt bei mir erschienen, so hätte ich vom Scheitel bis zur Sohle gezittert! Und kein Wort wüßte ich mehr von dem, was Sie gesagt hätten oder was ich gesprochen hätte!

Man muß lieben, mein Freund, um alles zu kennen, was die Natur an Reichtümern und Vergnügen den Menschen verliehen hat. Ohne Zweifel ist es süß, geliebt zu werden, aber ist das eine Antwort auf die Frage, wo ist das Glück? Denn die Zuneigung eines liebenswürdigen Menschen zu erkennen, zu schätzen, mit Aufrichtigkeit auf seine unwillentlichen Regungen zu reagieren, zu gewahren, wie sich Trauer und Unzufriedenheit in den Gesichtszügen desjenigen abwechseln, der vom Verlangen nach Ihrem Glück erfüllt ist, – wenn derlei schon die Selbstliebe irgendeiner einfältigen Frau schmeichelt, um wie vieles mehr betrübt es dann ein aufrichtiges und empfindendes Gemüt! Ich kann zu Ihnen, mein Freund, nur wie Pyrrhus zu Andromache sprechen:

«Ach, daß nur ein einziger Seufzer meines
Herzens Ihnen übermittelt,
Wenn er zu ihr mir entfleuchte und mit
sich trüge meine Freude.[1]»

Mein Gott, leiden Sie denn nie darunter, von mir keine Nachricht zu haben? Ist dies nicht die Ursache einer Leere in Ihrem Leben? Sind Sie denn derart beschäftigt oder gar trunken, daß Sie nicht abwechselnd das Verlangen verspüren, tätig oder tief erschöpft zu sein? Lebe ich nicht in Ihren Gedanken, wenn ich Ihnen fern bin? Ach, mein Freund, meine Fragen geben Ihnen nur einen ganz schwachen Eindruck dessen, was ich empfinde: Ich sterbe vor Traurigkeit.

Meine Freunde glauben, ich sei vom Leiden gezeichnet: Ich erfuhr heute abend die Güte von M. d'Anlezi und von M. de Schomberg. Hinsichtlich meines Brustleidens sprachen sie mir Mut zu, während mein Husten sie verschreckte. Aber, sie trösteten mich, die ausgezeichneten Menschen! Sie wissen nicht um alles, was ich leide. Aber ich verdiene es auch nicht, bedauert zu werden, noch nicht einmal von Ihnen, denn sehen Sie nur das ganze Ausmaß meiner Narrheit! Ich fühle, daß ich Sie weit über meine Kräfte hinaus liebe. Ich spüre, daß ich zu Grunde gehen werde, wenn ich nicht mehr mit Ihnen in Verbindung stehe. Dieser Mangel ist unter allen Martern die schlimmste Qual für mich. Ich zähle die Tage, die Stunden, die Minuten. Mein Kopf verwirrt sich unablässig, denn ich möchte das Unmögliche: Ich möchte von Ihnen Briefe an den Tagen erhalten, an denen der Postbote gar nicht kommt. Schließlich, was soll ich Ihnen sagen? Ich liebe Sie bis zum Wahnsinn und wie eine Wahnsinnige.

Nun gut, begreifen Sie mich nach all dem, wenn Sie können. Ich schicke Ihnen keine Briefe mehr. Ich werde Sie erschrecken, irritieren, und geschähe dies nicht anders als durch schiere Widersprüchlichkeit. Ja, es kommt noch ärger, denn, wenn auf Grund welchen Zufalls auch immer, Sie gezwungen sein würden, an dem Ort, wo Sie augenblicklich sind,[2] für sechs Monate, ein Jahr oder ein ganzes Leben zu bleiben, dann glaube ich Ihnen sagen zu können, daß Sie nie wieder etwas von mir zu hören bekämen.

Begreifen Sie vor diesem Hintergrund den Schrecken, den mir der verfluchte Brief einflößte, der von diesem Ort datiert ist und den ich mir noch fürchterlicher ausmalte als die Hölle, wie sie sich jemals der Heiligen Theresa und den anderen mystisch verzückten Köpfen darstellte. Keine nüchterne Überlegung auf der Welt vermag einen derart finsteren Eindruck auszulöschen. Mich überläuft immer noch ein Schauder, wenn ich mich an dieses Datum und an die wenigen Zeilen, die auf es folgten, erinnere.

Himmel, was ist aus Ihnen geworden? Haben Sie aufgehört, ein Mensch zu sein? Sind Sie ein Tiger?

Adieu. Diese Erinnerung läßt mein Herz ein wenig kälter werden.

Freitag, den 10. November, nach der Post

Nein, die Wirkungen der Leidenschaft oder der Vernunft – denn ich weiß nicht zu sagen, welche von beiden mich im Augenblick beherrscht – sind unglaublich! Nachdem ich auf den Postboten mit diesem Verlangen, dieser Erregung, die aus der Erwartung eine große Qual macht, gelauert hatte – mir ging es währenddessen richtig schlecht: mein Husten und meine Kopfschmerzen stellten sich fünf oder sechs Stunden früher als gewohnt ein – nun gut, nach diesem wüsten Zustand, der einen weder für Ablenkungen noch Linderungen empfänglich macht, kam der Postbote. Ich erhielt einige Briefe, aber von Ihnen war keiner darunter. Das bereitete mir eine heftige innere und äußere Erschütterung, aber dann, ich weiß nicht, wie es dazu kam, fühlte ich mich ganz ruhig. Es scheint mir, daß ich eine Art von Süße darüber empfinde, daß Sie noch kälter und gleichgültiger sind, als Sie mich absonderlich finden können.

Indem ich mir bewies, daß ich Ihnen nichts bedeute, glaube ich, wird es mir viel leichter sein, mich von Ihnen zu lösen. Mir wurde überdeutlich, daß Sie zu nichts anderem nutze sind, als mir alle Augenblicke meines Lebens mit Unglück zu vergällen, und daß alles, was mir die Kraft gibt, mich von Ihnen zu entfernen, mich zu trennen, mir zur größten Erleichterung ausschlägt, die ich empfinden kann. Ich wünsche es mir also geradezu, daß Sie, sei es durch eigenen Wunsch, sei es durch Zwang, an dem Ort festgehalten werden mögen, an dem Sie sich befinden. Ihre Abwesenheit hört auf, für mich ein Übel zu sein, sie verschafft mir vielmehr Ruhe.

Ich sehe Sie ganz trunken von den Lobreden und Schmeicheleien, mit denen man Sie tagtäglich einlullt. Derlei kommt Ihrer Eigenliebe vorzüglich zustatten, aber es wird Ihrer Bemühung abträglich sein, eine Antwort von M. de Saint-Germain zu erhalten, die gleichermaßen Ihre Eitelkeit wie Ihren Ehrgeiz befriedigte. Da haben Sie den Brief, den Sie erwarten, da haben Sie das Schreiben, nach dem es Ihre Seele verlangt.

1 Racine, Andromaque, I. Akt, 4. Szene. 2 Guibert weilte bei seinen Schwiegereltern in Courcelles.

182. An denselben

Montag, den 20. November 1775, drei Uhr nachmittags

Wie liebenwürdig Sie sind, mein Freund, und wie sehr Sie meine ungeheuerliche Verirrung und mein Unglück rechtfertigen! Ja, ich glaube, das, was ich litt, das, was ich erwarte, nichts hätte die Macht, mich zu hindern und mich davor zu schützen, daß ich mich in Sie verliebte, wenn ich Sie denn noch nicht liebte. Es gibt Dinge, die mich schicksalsgläubig machen. Es war mir bestimmt, für Sie noch einen Augenblick zu leben und dann daran zu sterben. Aber, mein Freund, ich habe Sie geliebt, ich beschwere mich nicht mehr.

Lassen Sie mich also meine Bestimmung erleiden, aber hüten Sie sich, mir mein Unglück noch zu mehren, indem Sie mich dazu anstiften, das Leben in dem Augenblick zu lieben, da ich es verlassen muß, da ich spüre, daß es mir entgleitet. Ach, mein Freund, lassen Sie mir aus Güte, aus Mitleid den Glauben daran, daß der Tod mich von einer drückenden Last befreit. Lassen Sie meine Gedanken verweilen, Ruhe finden bei diesem so sehr ersehnten, erwarteten Augenblick, den ich stets mit einer gewissen Freude sich nahen sehe, wenn ich des Beschlusses gedenke, den Sie am 1. Mai verkündeten.[1] Und doch, als Sie gestern bei mir waren, als ich Sie sah, da dachte ich mit Rührung daran, daß ich Ihnen bald auf immer Adieu sagen werde. Ich prüfte mich, ich wäre nur zu gerne nicht so krank gewesen, ich bedauerte es, nicht mehr hoffen zu dürfen. Schließlich, mein Freund, füllte die Zärtlichkeit, die ich für Sie empfinde, meine ganze Seele, und ich war nicht mehr imstande, jenen Wunsch zu fassen, der zum Ziel hatte, mich von Ihnen zu trennen. Angesichts dieser schrecklichen Verbindung ist der Tod ein Übel, ein sehr großes Übel!

Mein Gott, Sie werden niemals eine Vorstellung von der Qual, den Todesängsten haben, die ich in den letzten drei Wochen durchmachte. Es ist nicht der Verlust meiner Kräfte, nicht meine Magerkeit, es sind nicht die außerordentlichen Veränderungen, die mich mir fremd machen. Nein, was mir viel rätselhafter zu sein scheint, ist, daß mein Leben dieser Folter standhielt. Aber endlich waren Sie da. Ich betraf Sie wieder voller Güte, voller Feinfühligkeit. Sie haben meine Seele beruhigt, Sie haben mir Balsam in mein Blut geträufelt. Mein Leiden war letzte Nacht weniger schmerzhaft. Ich habe nicht geschlafen, ich hatte Fieber, ich hustete. Aber dennoch war ich nicht unglücklich, denn ich war mit Ihnen auf eine ganz zarte und einfühlsame Weise beschäftigt. Ich überlegte mir, was ich Ihnen schreiben solle, und ich wagte es nicht, auf eine Antwort von Ihnen zu hoffen, aber selbst das schien mir nicht ganz unmöglich.

Stellen Sie sich mein Glücksempfinden vor, das ich empfand, als jemand in mein Zimmer trat und sagte: «Von M. de Guibert.» Diese Worte, mein Freund, haben mir für den ganzen Tag Kraft gegeben. Ihren Brief in Händen fürchte ich das Fieber nicht mehr, hat das Heilmittel größere Gewalt über mich als das Leiden. Ich werde aus meinem Kopf den Gedanken verjagen, der mir immer wieder kommt: «Er ist am Samstag um 5 Uhr in Paris eingetroffen und er hat bis Sonntag 1 Uhr zugewartet, um zu erfahren, ob ich gestorben oder krank sei oder im tiefsten Unglück verharre.»

Ach, mein Freund, Sie haben also vergessen, daß ich Sie liebe, und Sie wußten auch nicht mehr, wie ich liebe, nämlich mit allen Fähigkeiten meiner Seele, meines Geistes, mit der Luft, die ich atme? Schließlich, ich liebe, wie ich lebe, und ich lebe nur deshalb, weil ich liebe.

Töten Sie mich, mein Freund, wenn Sie wollen, aber ich wiederhole Ihnen mit allem Nachdruck, daß diese Erzählung um wenigstens zehn Verse zu lang ist.[2] Und dann, täusche ich mich nicht, dieser Tod der Adelaïde erinnert mich doch sehr an jenen von Tancrède? Ich erkenne durchaus, daß sie nicht dieselben Worte sagen, aber haben Sie nicht auch diesen Eindruck?

Ich vergehe vor Neugierde zu erfahren, was Ihnen M. de Saint-Germain gesagt hat. Ich habe nochmals über seinen Brief nachgedacht. Er ist sehr gut, wirklich ganz ausgezeichnet. Und ich bin mir sicher, daß Sie mit seinem Verhalten Ihnen gegenüber sehr zufrieden sein werden. Denken Sie daran, mir den Entwurf des Briefes zu bringen, den Sie ihm geschrieben haben.

Wenn ich Sie nicht am Vormittag des morgigen Dienstags sehen sollte, schreiben Sie mir eine Zeile, denn ich habe keinen Zweifel, daß Sie diesen Abend wiederkommen. Wenn Sie mich aber am Morgen nicht besuchen und Sie mir auch Ihren Abend nicht einräumen können, so sollen Sie wissen, daß ich von vier bis einhalb sechs Uhr allein sein werde. Derart können Sie mich auf drei verschiedene Weisen ungestört sehen. Nehmen Sie also eine wahr, mein Freund, denn ich habe das dringende Verlangen, Sie zu sehen.

Guten Tag. Sie sehen, ich halte mich schadlos. Aber, guter Gott, ich habe stumm soviel gelitten! Glauben Sie, mein Freund, daß es irgendwo auf Erden jemanden gab oder gibt, der stärker noch von Ihren angenehmen Seiten beeindruckt wäre und der sich noch intensiver mit Ihnen beschäftigte? Können Sie sich vorstellen, daß es eine noch größere Zärtlichkeit und Leidenschaft geben könnte als jene, die mich beseelt? Das Klopfen meines Herzens, das Pochen meines Pulses, mein Atmen, alles das ist nichts anderes als die Folge meiner Leidenschaft. Sie ist noch deutlicher, noch ausgeprägter denn je. Nicht aber, daß sie stärker geworden wäre, nein, sie ist vielmehr dabei, zu verlöschen einer Flamme gleich, die noch einmal hell auflodert, bevor sie für immer verglimmt. Adieu, mein Freund, ich liebe Sie.

1 Am 1. Mai 1775 unterzeichnete Guibert seinen Ehevertrag. Die Hochzeit fand dann am 1. Juni 1775 statt. 2 Es geht einmal mehr um die überarbeitete Fassung des «Connétable de Bourbon».

183. An Mlle. de Lespinasse

Versailles, acht Uhr abends, 1775

Ich danke Ihnen, meine Freundin. Ich habe Ihren Brief erhalten, ihn gelesen und wieder gelesen. Das erste, was ich um 7 Uhr abends tat, war bei Touchet[1] vorbeizugehen, um mich zu erkundigen, ob der Brief angekommen sei. Er war da. Diese Handlungsweise beantwortet einen Teil der Vorwürfe, die Sie in Ihrem Schreiben erhoben haben. Davon abgesehen ist es sehr liebenswürdig, so daß es einem durchaus leicht fällt, Ihnen diese kleinen Fehler nachzusehen. In Ihrem Brief überwiegt eine Lieblichkeit, eine zärtliche Melancholie, die mir zu Herzen ging. Ja, meine Freundin, unsere Seelen berühren sich öfter, als Sie glauben, nur sage ich Ihnen dies nicht immer. Ich stelle mir vor, Sie wissen es, und ich täusche mich, denn Sie scheinen ohne Unterlaß daran zu zweifeln.

Ich war eine Stunde bei M. de Saint-Germain, die nicht gut verlaufen ist. Er wird weich, er gibt Einflüsterungen nach. Dieses Kabinett hat ihn schon verdorben. Wo also findet man einen Mann? Ich habe ihm bis zur Erschöpfung die Wahrheit dargelegt. Er hat mir für morgen einen neuen Termin gegeben. Ich werde ihm nochmals alles auseinandersetzen, und wenn ihm dies mißfällt, dann kehre ich zu meiner Karriere im Militärdienst zurück. Er hätte den Mut aufbringen und ins Elsaß zurückkehren müssen, dann wären Chevau-légers und die Gensdarmes nicht geblieben. Die Gardes du Corps hätten auch stärker reformiert werden müssen. Dann wäre alles besser geworden, weil er sich als der Meister erwiesen hätte. Er behandelt M. de Maurepas[2] voller Schonung. Nach dieser letzten Dummheit, was wollen Sie da noch erwarten? Adieu. Ich weiß nicht, was M. de Tingry[3] Ihnen sagen wird. Ich, ich soll ihn mit Nachsicht behandeln! Ich werde bei ihm vorbeigehen. Ich bin empört, Sie zu verlassen. Ich werde Ihnen morgen früh nochmals schreiben, denn ich fürchte, daß ich von hier nicht zeitig fortkomme.

Bedauern Sie mich. Dieses Leben ist mir ganz und gar zuwider. Noch so eine Sitzung wie die heutige, und ich werde mich langsam, aber sicher aus dem Staube machen. Ich möchte nicht an etwas mitarbeiten, das nur klein und schwach ist. M. de Saint-Germain hat genug Leute, die ihm bei derlei zur Hand gehen, ohne daß ich da auch noch mittun muß.

Guten Abend, meine Freundin.

1 Der Bademeister, bei dem Guibert in Versailles wohnte. 2 Jean-Frédéric Phélypeaux, Comte de Maurepas (1707–1781), Staatsminister. 3 Nicht zu ermitteln.

184. An M. de Guibert

Dienstag, 3 Uhr, den 21. November 1775

Liebstes, bestes, liebreizendes, ausgezeichnetes und geliebtestes aller Wesen! Es ist weder Ihr Fehler noch der meine, mein Freund, wenn Sie von mir keinen Brief in Versailles erhielten. Ich habe Ihre Zeilen heute morgen gegen 11 Uhr erhalten. Es war keine Zeit mehr, und da ich mir dachte, Sie gingen zunächst in Ihre Wohnung, ehe Sie zu mir kämen, möchte ich mich eilen, um Ihnen für Ihre so liebenswürdige und so überaus gütige Rücksicht zu danken.

Ihre Anteilnahme berührt mich so stark, daß ich ganz verzweifelt darüber bin, Sie nicht damit belohnen zu können, Ihnen zu sagen, daß ich mich besser fühle, aber daran ist kein

Gedanke. Ich habe mich gestern fast zu Tode gehustet. Diese Nacht litt ich an einem Fieber, das so heftig war, daß es meine Gedanken noch mehr durcheinanderwirbelte und verwirrte als jemals zuvor, und heute morgen gegen 11 Uhr kam mein Arzt, der feststellte, daß ich noch mehr Fieber hatte als für gewöhnlich um diese Zeit. Dieses Fieber rührt von einer inneren Entzündung her. Meine Brust und meine Gedärme sind noch heißer und aufgeregter als meine Seele.

Aber, mein Freund, ich liebe Sie, und wenn Sie mir antworten, werde ich die Kraft eines Märtyrers besitzen. Ich werde leiden, aber ich werde meinen Leiden den Vorzug vor allem Glück geben, das sich findet.

Ich erhielt einen kleinen, sehr liebenswürdigen Brief vom Erzbischof von Toulouse, aber er beunruhigt mich, auch wenn er sich keine Sorgen macht, wie er mich wenigstens wissen ließ: Er hat gestern Blut gespuckt. Bordeu[1] meinte, das rühre von der Kehle her. Aber ist das normal, Blut zu spucken, wenn man sich nur von Milch ernährt und man zweimal am Tag nur Eselsmilch trinkt? Ich habe Angst, daß das ein schlimmes Ende nimmt.

Mein Gott, wie fern ist Ihnen das, was ich liebe, woran ich Anteil nehme, ja selbst das, was mich beunruhigt! Ach, mein Freund, daß es Ihnen nur gut geht. Quälen Sie mich nicht. Machen Sie mich nicht unglücklich. Aber fallen Sie auch nicht in das andere Extrem und machen Sie mich nicht glauben, daß mein Leben Ihnen unverzichtbar sei. Sie müßten mich allzu sehr beklagen, denn ich spüre in mir das Verlangen zu sterben.

Guten Tag, mein Freund. Ich habe Ihnen gestern einen ganzen Band geschrieben. Ich bin sehr neugierig zu erfahren, ob Sie mit M. de Saint-Germain zufrieden sind. Ich hoffe, ich glaube es.

Kommen Sie, kommen Sie. Sie haben mehr Macht über mich als Logistile über Roland,[2] als das Opium über den Schmerz, und ich glaube allen Ernstes, daß Sie auch stärker als der Tod wären.

Alle Welt, alles, was irgend Geschmack und Geist besitzt, ist in La Chevrette.[3]

1 Théophile de Bordeu (1722–1776), bekannter Pariser Arzt. 2 In Ariosts «Orlando Furioso». 3 Vgl. Brief 18, Anm. 2.

185. An denselben

Freitag, elfeinhalb Uhr abends, November 1775

Kein M. de Guibert, aber auch kein Brief von ihm. Das ist recht öde. Ich liebe Sie, mein Freund, ohne allen Zweifel tausendmal mehr als Bérénice den Titus[1] geliebt hat, aber unglücklicherweise kann ich meine Zeit nicht so verwenden wie diese. Ich könnte nicht dauernd auf Sie warten, und doch wäre das nicht unangemessen.

Beispielsweise habe ich in der Hoffnung, Sie heute abend zu sehen, einen meiner Freunde hinauskomplimentiert. Solange ich auf Sie wartete, hat mich dies belastet, aber jetzt quält es mich, denn selbst die Freunde entfernen sich sehr schnell. Man hat so vielerlei zu erledigen und so zahlreiche Ablenkung, daß es schon einer großen Liebenswürdigkeit bedarf, wenn man seine Abende mir widmet.

Sie werden eine schlechte Meinung von mir haben: Ich wäre weder beunruhigt noch bekümmert, wenn ich den hinauskomplimentiert hätte, der mich liebt. Er hat, im Augenblick, jenen Grad von Zugeneigtheit, der verzeiht und der dafür sorgt, daß man eine Weigerung nicht für eine Abneigung ansieht. Aber M. d'Anlezi ist noch nicht soweit. Indem er zweimal sagt: «Man kann sie nicht mehr sehen», wird er sich dem wie einem Zwang unterwerfen. Was also soll ich tun, wenn er hier ist und ich Sie erwarte? Die Zahl drei hatte noch nicht einmal im Falle der Heiligen Dreieinigkeit den rechten Erfolg. Es ist entweder zuviel oder zuwenig. Das ist so zutreffend, daß die Moral davon lautet, Ihre Zweifel nicht mit mir zu teilen. Sie quälen meine Seele und machen meine Abende allzu einsam.

Wissen Sie, daß ich drei Stunden lang über den Gesundheitszustand von M. de Saint-Germain sehr beunruhigt war? Man sagte, er sei krank und man fürchte einen Blutsturz, und dieser Gedanke ließ mich zittern. Ist Frankreich also mit einem Fluch geschlagen, sagte ich mir? Und dann Sie, Ihre Interessen, all das bewegte mich, und ich schwieg. Gegen sieben Uhr kündigte man mir eine schöne Frau an. Sie setzte sich neben mich. «Haben Sie Neuigkeiten von M. de Saint-Germain»? – «Ja, in der Tat, ich erhielt welche heute morgen gegen sieben Uhr, und sie waren sehr gut. Aber ich habe Anweisung gegeben, daß man mir die Neuigkeiten von fünf Uhr bringen wird, die ich gegen acht Uhr haben werde.»

Meine schöne Freundin hat mich sofort beruhigt, und ich hatte kein Verlangen mehr, ihren Brief zu lesen, der, wie sie versprochen hatte, gegen acht Uhr hier eintraf. Er war vom Zimmer M. de Saint-Germains datiert und sein Inhalt so ermutigend, daß ich überzeugt bin, Sie werden mit ihm arbeiten können. Mein Gott, ich wünschte es, denn wenn man nicht selbst Minister ist, gibt es wirklich wenig, das einen für den Verlust von Freiheit entschädigte. Man bringt kaum dieses Opfer, es sei denn der Karriere oder der Liebe wegen, und wahrlich, das hat seinen guten Grund. Der Gedanke an eine Kette, sei diese auch aus Gold, empört meine Seele.

Guten Abend. Ich habe gelitten, ich kenne nur noch den Schmerz, aber dennoch sagen Sie, daß man das Leben lieben muß. Das scheint mir nicht sehr folgerichtig zu sein.

Samstag, elf Uhr vormittags

Ich habe Ihren Brief erhalten, mein Freund. Ich danke Ihnen, daß Sie mich nicht länger im Ungewissen ließen. Ich war dies immer noch hinsichtlich Ihrer Rückkehr, und das ist schon sehr viel, denn Sie sagten mir nur sehr ungefähr, daß Sie mich heute sehen werden. Alles in allem ist dieses Briefchen etwas kühl im Ton, aber es ist ein Zeichen Ihrer Güte und Aufmerksamkeit: Daher muß ich mich beglückwünschen.

Guten Tag, mein Freund. Ich sende Ihnen diesen Brief, damit sie ihn bei Ihrer Ankunft vorfinden, aber ich hoffe, wenn ich Sie heute abend nicht sehen sollte, daß ich morgen früh zu guter Stunde von Ihnen Nachricht erhalten werde. Schreiben Sie mir, wenn Sie aufgestanden oder noch bevor Sie zu Bett gegangen sind.

1 Anspielung auf Racines Tragödie «Bérénice».

186. An Mlle. de Lespinasse

Dienstagvormittag, 1775

Nun gut, meine Freundin, Sie sind wie immer dieselbe: Kaum daß ich Sie wiedergefunden habe, verliere ich Sie. Ich bin der Erste unter den Ehrgeizigen, oder vielmehr der Letzte. Denn Sie wissen nur zu genau, daß meiner Ansicht nach nichts einfältiger ist als ein Ehrgeiziger inmitten einer Menge. Ich entschuldige den Ehrgeiz nur, wenn er für sich genommen groß ist, aber der meine kann nicht dieser Art sein. Setzen Sie mich also mit dieser Anschuldigung nicht länger herab, sie führt nur zu einem falschen Ende.

Ich war Ihnen gestern sehr zugetan, als ich bei Ihnen war. Ich wäre dies sicherlich noch viel mehr gewesen, wenn ich mit Ihnen ganz nach meinem Belieben hätte plaudern können. Aber Sie waren ja von anderen Leuten umringt. So erbaute ich mich wenigstens an Ihrem Aussehen, das mir besser zu sein schien. Ich habe Sie wider meinen Willen verlassen. Ich hatte es eilig, nach Hause zurückzukehren, um zu arbeiten und vor allem, um Baron de Wimpffen[1] zu schreiben, den ich sehen muß, um mich mit ihm zu verbünden, damit wir gemeinsam den Comte de Saint-Germain an seinem Scheitern hindern. Er wird nämlich seines Amtes verlustig gehen, zumal er sich durch die einfältige Anordnung entehren wird, die er hinsichtlich der Carabiniers veröffentlichen will. Ich war über alles das, was mir bei diesem Essen zu Ohren kam, sehr bestürzt. Ach, meine Freundin, es wird wohl niemals ein *Mann* im Amt sein, und das Ministerium erstickt offenbar jeden, der das zu sein versprach.

Der Baron de Wimpffen ließ mir ausrichten, daß er diesen Vormittag käme. Da kommt er. Ich lasse Sie jetzt, ich werde Ihren kleinen Diener warten lassen.

Eben ist er (Wimpffen) gegangen. Er ist genauso empört wie ich. Ich habe dem Comte de Saint-Germain einen Brandbrief geschrieben. Niemals zuvor wird er die Wahrheit mit dieser Offenheit und Kraft vernommen haben. Der Baron hat mir versprochen, daß er ihm ebenfalls schreiben wird. Aber damit ist genug vom Minister gesprochen worden. Ich liebe Sie, meine

Freundin. Der Übergang ist unvermittelt, aber das entspricht dem Temperament meines Herzens. Ich wäre sehr betrübt, wenn ich Sie heute nicht sehe. Dieser verfluchte Besuch hat meine Absicht durchkreuzt. Ach, vergessen Sie doch einfach, daß ich Ihnen nahe sein werde. Ich werde mich morgen dafür schadlos halten.

Adieu, meine Freundin. Sagen Sie mir aber nicht, daß es zu spät sei. Die Liebe hat noch größere Wunder bewerkstelligt, und sie ersehnte sich diese keineswegs so lebhaft.

1 Baron Louis-François de Wimpffen-Bornebourg (1732–1800), Militär.

187. An M. de Guibert, Rue de Grammont

Mittwoch, sechs Uhr morgens, November 1775

Ich vermag nicht zu sagen: Mein erster Gedanke gilt Ihnen, denn ich habe noch nicht geschlafen. Aber meine Gedanken sind ganz von Ihnen erfüllt, und ich möchte Ihnen sagen, daß ich Sie liebe, bevor ein kurzer Schlummer mich des Vergnügens beraubt, dieses zu empfinden. Ich bin sehr traurig zu Bett gegangen, mein Freund. Ich habe lange Zeit auf Sie gewartet, und diese Hoffnung hat meine Seele belebt und ihr Halt gegeben. Aber als die Stunde des Hoffens verstrichen war, bin ich ziemlich tief gestürzt, denn mein Körper war völlig erschöpft. Es waren viele Besucher um mich herum, aber ich hätte auch in der Wüste nicht einsamer sein können. Ach, guter Gott, sagte ich mir jedesmal, wenn irgend jemand angemeldet wurde, den ich gar nicht erwartet hatte, alles, was man sich nicht erhofft, tritt ein, ist pünktlich und anhänglich. Es ist abscheulich, nur auf einen Punkt hin zu leben, nur einen Gegenstand, ein Verlangen, einen Gedanken zu haben.

Solche Belastung, mein Freund, ist sicherlich kein Mittel gegen das Fieber. Aber dennoch war es viel niedriger als in der Nacht zuvor. Ich hatte weder Durst noch Hitze noch gar eine Art von Delirium. Stellen Sie sich vor, daß es mir ganz unmöglich war, an Sie zu denken, mein Gefühl verließ mich wie alles andere, und diese Machtlosigkeit über meine Gedanken erhöhte meine Temperatur wie meine Erregung. Jetzt bin ich ruhig, ich leide, aber auf eine erträgliche Weise.

Sind Sie in Paris, mein Freund? Werde ich Sie heute morgen sehen? Mein Gott, ich wünsche Ihnen das beste, das größte Glück, jeglichen Erfolg. Aber, wie unglückselig ist die, die sich einem verbunden hat, den alles von ihr entfernt! Wenn M. de Saint-Germain Sie in Beschlag nimmt, dann werden Sie ohne Unterbrechung in Versailles sein. Die Proben Ihres Stücks zwingen Sie sowieso, ständig dort zu sein. Und dann noch eine Frau, eine Familie, Vorlieben und die Zerstreuung!

Ich beschwere mich über nichts, mein Freund, aber sagen Sie mir ganz aufrichtig, habe ich trotz all dem noch einen Platz in Ihrem Leben? Das, was Sie für mich tun könnten, kostete Sie sehr viel, und das, was Sie nicht für mich tun, unterwirft mich der Folter. Es wäre besser, es so zu halten wie die Frau des Paetus und zu sagen: «Ich weine nicht, aber ich sterbe.»[1] Ich weiß nicht, ob es mit meinem Fieber zusammenhängt, aber seit längerem ist mein Kopf ganz leer, und meine Tränen sind versiegt. Es kommen keine mehr. Nun entbehrt mein Schmerz auch diese Erleichterung.

Aber, mein Freund, von Ihnen möchte ich sprechen. Sie sind also sehr spät erst angekommen, denn sonst hätte ich sicherlich noch von Ihnen gehört, wenn Sie heute um fünf Uhr eingetroffen wären. Immerhin haben Sie zwei Briefe von mir erhalten, aber am Samstag würden Sie nicht wissen, ob ich nicht schon tot bin. Man hegt die Vorstellung, daß diese Art von Ungewißheit der Ruhe dienlich sei. Wissen Sie bereits, welche für Sie schlimme Entdeckung ich gemacht habe? Allein, um mich Ihnen nicht verhaßt zu machen, muß ich es Ihnen verbergen, was ich unter Ihrem Leichtsinn zu leiden habe. Ja, ich muß von der wenigen Kraft, die mir noch bleibt, alles darauf verwenden, um Ihnen das Leid, das Sie mir bereiten, zu verheimlichen.

Guten Tag, mein Freund. Es ist gar nicht geschickt von mir, Ihnen zu sagen, daß ich Ihnen zürnen müßte, denn dann würden Sie mich viel weniger gern besuchen. Was mich angeht, so versichere ich Sie, daß dies meiner Freude, Sie zu sehen, keinerlei Eintrag tut. Ach, Sie können mich ungestraft ermorden wollen, ja, bereits gemordet haben, Sie werden dennoch sehen, daß meine Schwäche keinerlei Raum läßt, dies Ihnen irgendwie nachzutragen. Ich liebe Sie.

1 Plinius, Epistolae, III, 16 und Martial, Epigramme, I, 14. In Corneilles Tragödie «Surena» heißt es: «Non, je ne pleure point, Madame, mais je meurs.» V. Akt, 5. Szene.

188. An Mlle. de Lespinasse

Mittwochvormittag, 1775 (Dezember)

Es verdrießt mich sehr, meine Freundin, aber ich werde heute nicht mit Ihnen speisen können. Ich habe gestern Mme. Geoffrin bereits abgesagt, und Ihnen sage ich jetzt nicht: Ich kann nicht, weil ich etwas erledigen, weil ich arbeiten muß... Der Grund ist vielmehr, daß ich mit Mme. de M(ontsauge) essen werde, die ich seit mehreren Tagen schon nicht gesehen habe und mit der ich erst einmal zu Mittag speiste, seitdem sie zurück ist. Ihre Gerechtigkeit wird mir verzeihen, zumal wenn sie bedenkt, wie sehr ich es bedauere, eine Gelegenheit, einige Stunden mit Ihnen zusammenzusein, ungenutzt verstreichen zu lassen, auch wenn es bei diesem Mittagessen mehr die anderen Gäste sind, die ich zu sehen bekomme, als Sie.

Dennoch hatte ich gestern, meine Freundin, inmitten dieser sieben oder acht Personen mein Vergnügen. Ich war Ihnen nahe, Sie waren sehr angeregt, sehr lebendig, sehr liebenswürdig. Das gab mir einige Illusionen hinsichtlich Ihrer Leiden, das ließ meine Seele aufatmen, weil in sie die Hoffnung einzog, Sie in diesem Zustand halten zu können. Aber kaum hatten sich meine Gedanken an diese Süßigkeit gewöhnt, haben Sie mich dessen wieder beraubt. Sie haben gestern abend erneut gelitten. Sie litten, da Sie mir schrieben.

Nach Ihrem Weggang bin ich noch zu M. de Vaines geeilt. Ich habe zwei Stunden mit ihm geplaudert. Wir haben uns alle Mühe gegeben, unsere Aufgabe gut zu machen. Die Unordnung in den anderen Abteilungen der Verwaltung legte uns Hindernisse sonder Zahl in den Weg. «Aber warum ist das so», sagte ich zu M. de Vaines, «weil Sie darin ertrinken, weil Sie keine Entscheidung treffen, sollen wir deshalb allesamt untergehen? Welche schreckliche Routine!»

Sie glauben also, M. de Saint-Germain hat mir nicht alles gesagt? Um so schlechter für ihn, wenn er mich täuscht. Seine Angelegenheiten werden einen schlimmen Verlauf nehmen, und er wird den Fehler, sein Vertrauen aufgespalten zu haben, teuer bezahlen. Urteilen Sie selbst nach Ihrem Gewissen und meinem Herzen. Ich werde ihm noch im Laufe dieser Woche eine umfassende Ausarbeitung des neuen Plans für die militärische Organisation vorlegen, und wenn ich die Einsicht gewinnen sollte, daß es ihm an Kraft mangelt, diesen Plan durchzusetzen, werde ich mich zurückziehen. Man muß nicht bei einer schlechten Arbeit mittun, und alles, was nicht wirklich im Großen gedacht und getan wird, ist in meinen Augen miserabel.

Der «Connétable» ist auf Samstag um acht Uhr verschoben worden,[1] und deshalb ist auch der Probenplan geändert. Die Namen, die Sie mir geschickt haben, werden rechtzeitig angeschlagen. Es war der Maréchal de Duras, der mich über diese Verschiebung des «Connétable» in Kenntnis setzte. Der Grund ist eine Ballettaufführung der «Médée», die großer Vorbereitungen bedarf, und der Jahrestag des Todestages des Dauphin.

Gleichzeitig ließ er mich wissen, daß er mir wegen der zahlreichen Anforderungen nur 15 Karten für das Orchester geben kann, statt der 23, die er mir versprochen hatte. Das hat mich sehr geärgert, hatte ich mich doch schon für diese Anzahl verpflichtet. Ganz verzweifelt aber werde ich sein, wenn M. de Tingry ebenfalls wortbrüchig werden sollte. Den sehe ich morgen, wenn ich nach Versailles fahre, worüber ich aber noch nicht ganz sicher bin, weil meine Arbeit möglicherweise noch nicht ganz fertig ist. Unter diesen Umständen werde ich Sie gewiß sehen, und zwar heute abend noch, wenn ich kann. Ihren vierten Band werde ich heute zurückfordern und diesen Ihnen zu Mme. Geoffrin senden. Hier haben Sie auch alle Ihre Briefe zusammengestellt, die sich seit acht Tagen in einer Brieftasche befinden, die niemals irgendwo herumlag. Flöße ich Ihnen damit nicht mehr Vertrauen zu mir ein?

Guten Tag, meine Freundin. Ich lasse Sie jetzt. Es könnte sein, daß ich bisweilen bei Ihnen um 11 Uhr abends eingeschlummert bin, aber das passiert mir noch viel häufiger anderswo. Für gewöhnlich bin ich nämlich um diese Stunde völlig erschöpft. Aber dann machen mich Ihre Briefe wieder ganz munter. Ich möchte immer Briefe von Ihnen bekommen, und nie lese ich sie nur ein einziges Mal.

1 Die zweite Aufführung des «Connétable de Bourbon» fand am 30. Dezember 1775 im Théâtre de la Cour in Versailles statt.

189. An M. le Comte de Guibert
Rue Grammont

Mittwoch, Mitternacht

Sie haben nicht auf mich gewartet, mein Freund? Sie hatten nicht die Zeit, an mich zu denken, und es wäre sehr linkisch und recht einfältig, wenn ich Ihnen deshalb Vorwürfe machte und Sie sich mir mit Entschuldigungen nahten:

«Man muß sich geliebt wähnen, um sich als untreu
zu empfinden.»[1]

Aber, um der Wahrheit die Ehre zu geben, trotz des Willens und des Verlangens, Ihnen zu schreiben, hätte ich es dennoch nicht vermocht. Von 4 Uhr an bis eben war ich keine Minute allein. Außerdem, was soll ich Ihnen sagen, mein Freund, zumal Sie es sich ausbedungen haben, daß ich von mir spreche? In zwei Worten vermag ich noch immer meinen physischen und moralischen Zustand zu schildern: *Ich leide, ich liebe.* Seit einiger Zeit ist das die Reihenfolge.

Ja, ich bin sehr leidend. Ich hatte Fieber, habe es noch und fürchte, daß die Nacht abscheulich werden wird. Ich vergehe bereits vor Durst, Brust und Eingeweide brennen. Das ist meine schreckliche Nacht. Mein Tag war dagegen recht erträglich. Ich hatte eine gute Gesellschaft bei mir, die Unterhaltung in meinem Zimmer war angeregt, so daß ich es Ihnen gewünscht hätte, dabeigewesen zu sein, denn für mich spielt es keine Rolle, ob es sich um mich her gut, mittelmäßig oder schlecht entwickelt, denn ich habe immer nur Verlangen nach Ihnen. Meine Seele bedarf Ihrer, wie meine Lungen atmen müssen.

Mein Gott, wie gerne würde ich dieses Begehren mäßigen oder gar gänzlich ersticken! Es ist bei weitem zu heftig für die Schwäche meines Körpers, und es ist es mir notwendiger denn je, daß ich mich damit abfinde, Sie weniger häufig zu sehen. Ach, mein Gott, alles trennt uns, mein Freund, aber alles zog mich zu einem Mann hin, der dreihundert Meilen von mir entfernt geboren worden war. Ach, er war beseelt von dem, das selbst das Unmögliche möglich macht. Ich beklage mich nicht, Sie gewähren mir ja genug. Man findet immer, daß man zu reich ist, wenn man im Begriff ist, umzuziehen oder alles zu verlieren.

Nun gut, mein Freund, haben Sie Ihre Vorhaben unter Dach und Fach? Haben Sie viel gearbeitet? Ich glaube nicht daran. Hier, das werden Sie getan haben: Sie haben zu Mittag gegessen, anschließend haben Sie geplaudert, um fünf Uhr sind Sie zum Temple[2] gegangen, wo Sie Ihre Änderungen am «Connétable» zum besten gegeben haben. Sie werden Sie dafür in den Himmel gehoben haben, und unter derart schmeichlerischer Rede vergehen die Stunden schnell. Sie werden kurz vor 9 Uhr wieder zu Hause gewesen sein, und es ist dann sehr angenehm, sich im Familienkreis aufzuhalten und sich bis 11 Uhr 30, bis Mitternacht bewundern zu lassen. An dieser Stelle besinne ich mich der Kunst des Malers von Agamemnon[3] und hülle mich in Schweigen... Guten Abend.

Ich weiß nicht, welche Stunde Sie mir für morgen in Aussicht stellen, auch wenn Sie mir versicherten, daß es der Abend sein würde. Aber durch Ihren Kopf gehen so viele Sachen, daß man Ihre Pläne nie mit Verpflichtungen verwechseln darf. Schließlich, mein Freund, werden Sie mir das gewähren, was Sie mir zugestehen können. Aber kommen Sie nur nicht gegen 4 Uhr. Ich habe nämlich jemandem gesagt, er solle um diese Stunde kommen, denn ich hatte mir bereits gedacht, daß es nicht just diese sein würde, die Sie sich auswählten.

Ich mache mir Vorwürfe, Sie so lange in Anspruch zu nehmen. Sie sind doch von Bittstellern umlagert wie ein Minister. Aber da diese immer alle Akten durcheinanderwerfen, die Sie erhalten haben, möchte ich Sie bitten, die vier Blätter, die Sie von mir bekamen, mir zurückzugeben.

Ich hätte mir niemals vorstellen können, mein Freund, daß Sie den Einfall hätten, auf den Briefen von M. de Saint-Germain Baumgruppen zu skizzieren.[4] Warum tun Sie derlei? Aber, wie der Botschafter sagt: «Das ist deshalb, weil wir alle rechte Lumpen sind!»

Gut, gut, (ohne daß ich aber Angst haben muß, daß Sie mir irgend etwas verbergen, denn wer bereits am Boden liegt, kann nicht mehr fallen), ich schicke meinen Brief an M. le Comte, aber ich versichere ihm gleichzeitig feierlich, daß ich kein bißchen Achtung für ihn hege.

1 Vgl. Brief 42. 2 D. h. zum Prince de Conti. 3 Timanthe, der, als er das Opfer der Iphigenie malte, darüber so erschüttert war, die Verzweiflung des Vaters wiederzugeben, der seine Tochter opferte, daß er dessen Gesichtszüge hinter einem Schleier verbarg. 4 Julie de Lespinasse spielt darauf an, daß Guibert auf eine unbeschriebene Seite ihres Briefes vom 27. Oktober 1775 eine Bleistiftskizze hingeworfen hatte, die einen Garten zeigte.

190. An M. de Guibert, Rue de Grammont

Mittwoch, elf Uhr abends

Ich habe viel nachgedacht. Wenn Sie nicht glücklich sind, sehr glücklich, dann kann es das Glück gar nicht geben, dann gibt es derlei auf der ganzen Welt nicht. Denn Sie sind wie dazu geschaffen, viel zu genießen und wenig zu leiden. Alles dient Ihnen, Ihre Fehler wie Ihre guten Eigenschaften, Ihre Empfänglichkeit wie Ihr Leichtsinn. Sie haben Vorlieben, aber keine Leidenschaft. Sie besitzen eine Seele, aber keinen Charakter. Mit einem Wort, es hat den Anschein, als habe es die Natur meisterlich verstanden, die einzelnen Elemente derart genau aufeinander abzustimmen, um Sie zum glücklichsten und liebenswürdigsten Menschen zu machen. Sie fragen sich, worauf ich hinauswill? Ach, wenn Sie nicht von selber dahinterkommen, so glauben Sie doch einfach, ich schwatze nur so dahin, und dann haben Sie von hundert Mal neunundneunzig Mal ganz richtig getroffen.

Ich rechnete kaum mit Ihnen für heute abend, mein Freund. Deshalb habe ich mich mit Mühe gegen 10 Uhr von hier zu

Hause losgerissen, um eine Stunde mit M. d'Anlezi bei M. de Saint-Chamans zu verbringen, dessen Zustand mich beunruhigte.

Wann werde ich Sie wiedersehen? Wie lange werde ich Sie sehen? Haben Sie wirklich die Stirn, mich drei Tage nicht zu sehen, ausgerechnet Sie, der Sie doch aller Welt so leicht zugänglich sind! Bedenken Sie, mein Freund, was drei Tage bezogen auf Ihr ganzes Leben bedeuten, angesichts jener Bande, die ewig dauern. Mein Leben ist dagegen sehr kurz, unser Band ist schon so dünn! Ach, mein Gott, fast glaube ich, es ist gerissen! Uns verbindet nichts, was solide, was fest gegründet wäre mit Ausnahme des Unglücks. Sie haben das Urteil unterzeichnet, dem Sie Ihre Freiheit und die Ruhe meines mir noch verbleibenden Lebens opferten.

Adieu. Sagen Sie sich, daß Sie mir nichts schuldig sind, zumal Sie mich verdammt haben. Seien Sie nur grausam, wenn Sie den Mut dazu haben, seien Sie tugendhaft, wenn Sie dies können. Schließlich geben Sie mir den Gnadenstoß, damit ich Sie weiterhin segne und Sie liebe.

Der Comte de Crillon möchte Ihnen am Freitag oder Samstag ein Mittagessen geben. Er ist bis morgen auf dem Lande.

Sagen Sie mir, ob gegenwärtig alle Ihre Wünsche, alle Ihre Vorlieben befriedigt sind, aber wem sollen jene Augenblicke gehören, die noch übrig bleiben? Ich bitte Sie nur darum, diese nicht zu verschleudern.

Meine Briefe, mein Freund.

Ich habe noch nicht die Papiere erhalten, die Mme. Geoffrin mit Ungeduld erwartet. Schicken Sie sie mir sofort, ich bitte Sie darum.

191. An M. le Comte de Guibert
Rue Grammont

Sonntag, sechs Uhr

Alles, was Sie wollen, aber nicht das Beiwort «ungerecht». Ich werde es nie für möglich halten, daß man eine Ungerechtigkeit begeht, indem man sich beklagt, nachdem man einen tödlichen Keulenschlag erhalten hat, ohne daß man freilich daran sofort gestorben wäre. Ebensowenig glaube ich, kann man es als ungerecht bezeichnen, wenn jemand sich gekränkt oder beschimpft fühlt, dem man, ohne daß die mindeste Veranlassung dazu vorläge, Einzelheiten und Tatsachen sagt, die für den verletzend sind, dem man sie entgegenschleudert und die zumindestens peinlich sein sollten für den, der sie ausspricht, wenn er, um nicht zu sagen zartfühlend, doch wenigstens anständig und rücksichtsvoll ist.

Behaupten Sie also mir gegenüber nicht mehr, ich sei ungerecht, weil das einfach nicht wahr ist. Sagen Sie, ich sei unglücklich, sagen Sie, daß ich lebe und daß ich an dem Leid zu Grunde gehen werde, das Sie mir zugefügt haben. Das ist die Wahrheit, und Sie werden feststellen, daß sie durch die Ereignisse bewiesen werden wird.

Was den Anlaß anbelangt, dessentwegen ich mich über das beklage, was mich bedrückt, so habe ich ihn nicht gesucht, denn ich habe mir schon längst den Vorsatz gefaßt, es Sie nicht spüren zu lassen, was mich kränkt. Dieses wäre der einzig noble und vernünftige Entschluß, aber das Übel ist unter bestimmten Umständen stärker als ich. Ich bin schwach, ich unterliege, und ich komme nicht wieder hoch. Schließlich, was soll ich Ihnen sagen? Ich klage Sie nicht an, aber ich rechtfertige mich auch nicht, denn, bei meiner Ehre, mein Gewissen macht mir keinerlei Vorhaltungen, wenigstens nicht, was Sie betrifft. Dennoch fühle ich mich sehr schuldig und sehe mich grausam bestraft.

Ich danke Ihnen für die Anteilnahme, die Sie mir beweisen. Ich huste zum Zerbersten, ich habe sehr gelitten, und ich fühle mich todesmatt nach all dem, was ich heute getan habe. Ein einziger Besucher wartet auf mich, der mir sagt, ich schriebe sehr lange und mein Brief sei sicherlich an jemanden gerichtet, dem dieses Schreiben weniger Freude machen wird, als ihm meine Unterhaltung bereitete. Das ist ohne Zweifel nur zu wahr, aber ich wollte Ihnen antworten, wiewohl mir hinlänglich bewiesen worden ist, daß Sie meine Briefe nie bis zum Ende lesen.

Adieu.

192. An denselben

Donnerstag, elf Uhr abends, Dezember 1775

Ich habe Sie nicht gesehen. Ich liebe Sie, mein Freund. Wann werde ich Sie sehen? Da haben Sie das Ergebnis der Vergangenheit, der Gegenwart und der Zukunft – wenn es eine Zukunft gibt. Ach, mein Freund, wie sehr habe ich gelitten, wie sehr leide ich! Meine Schmerzen sind unerträglich, aber ich spüre, daß ich Sie liebe.

Der Comte de Crillon hat von Versailles berichtet, M. de Saint-Germain hüte das Bett, weil er an starkem Rheumatismus leide. Wenn Sie ihn nicht besuchen müßten, würde es mir um Ihre Reise leid tun.

Adieu, mein Freund. Wenn es das letzte Lebewohl wäre, könnte ich es nicht mit mehr Zärtlichkeit und Wehmut aussprechen. Aber verzeihen Sie, denn Sie wollen ja nicht, daß ich zu Ihnen von meinen Leiden oder meinen Hoffnungen spreche.

193. An denselben

Freitagabend, Dezember 1775

Trifft es zu, daß heute abend die Entscheidung über das Schicksal des königlichen Haushalts bekanntgegeben wird? Sind Sie immer noch so zufrieden? Ist Ihr Eifer noch nicht erloschen? Haben Sie nichts von dem, was Sie erhofften und begehrten, aufzugeben? Schließlich, mein Freund, sind Sie zufrieden? Haben Sie endgültige Anordnungen für den «Connétable» getroffen? Haben Sie Ihre Logen, Ihre Karten? Bleibt es immer noch bei der Probe morgen früh? Werden Sie denn inmitten so zahlreicher Geschäfte auch einen Augenblick für mich erübrigen können?

Die Antwort auf diese Frage ist mir keineswegs die unwichtigste. Ich muß Sie sehen, meine Seele schmachtet danach. Das ist, so glaube ich, die Gemütsverfassung, die von den Gläubigen «Zeit der Trockenheit» genannt wird und denen dann nichts weniger mangelt als die Liebe Gottes, damit sie das alles ertragen können. Stellen Sie sich vor, mein Freund, daß das nachdrücklichste Erlebnis meines Tages ein köstliches Essen war, das ich von Reue und Vorwürfen gequält verließ, einerseits zu schwach und andererseits zu stark gewesen zu sein. Kennen Sie nicht die Freude am Essen, die bis zur Leidenschaft sich steigert? Nun gut, mir geht es so seit zwölf oder fünfzehn Tagen, und die Ärzte, die samt und sonders Dummköpfe oder Barbaren sind, vertreten die Ansicht, daß dies ein schlechtes Symptom für mein Brustleiden sei. Wenn ich nur meinen Husten zu lindern vermöchte, dann scherte ich mich nicht um ihre Prognosen.

Geistreiche Menschen waren bei diesem Essen nicht zugegen, mein Freund. Sie waren allesamt ebenso neugierig wie dumm. Selbst der Botschafter übte sich in der Rolle des Langweilers. Stellen Sie sich vor, was es bedeutet, wenn einem eine geschlagene Stunde lang italienische Verse vorgelesen werden. Aber auf alle Fälle, wenn sie mich angeödet haben, habe ich es ihnen mit Ungezogenheit gut zurückgegeben: Ich habe unablässig gehustet.

Gute Nacht, mein Freund. Ich erinnere mich, Sie zu lieben, aber ich spüre davon gar nichts.

Übrigens, ich muß mir allen Ernstes eine Wohnung suchen. Seit heute früh weiß ich, daß ich diese nicht behalten kann, selbst wenn ich wollte. Sehen Sie sich einmal in Ihrer Nähe um?

194. An Mlle. de Lespinasse

Freitag, 9 Uhr morgens, Dezember 1775

Ihr Brief von gestern abend hätte mich erleichtert, meine Freundin, wenn der Ton der Verzweiflung, der darin vorherrscht, mich nicht noch stärker beunruhigt hätte. Sie bekümmern mich, Sie erfüllen meine Seele mit dem peinlichsten und schmerzlichsten Gefühl, das es gibt. Ich liebe Sie, Ihr

Leben ist mir teuer, ja, es ist mir noch mehr als das, es ist mir eine Notwendigkeit, und all das beruhigt Sie nicht. Sie sterben, und Sie bringen mich um. Dieses himmlische Wesen, das Sie gestern vor vier Uhr besuchte, hat Ihnen also besser getan, als ich dies vermocht hätte? Ach, ich werde nicht eifersüchtig sein, denn die Erhaltung dessen, den man liebt, ist immer noch das höchste Gut, und man achtet sonst nichts mehr, wenn von ihm die Rede ist.

Ich wünschte, daß diese himmlische Person Sie interessierte, Sie anregte, Sie wieder an das Leben fesselte. Ich möchte, daß Sie leben. Das ist mein ganzes Verlangen. Ich werde also keineswegs verwirrt sein, wenn ich bemerken sollte, daß die Zärtlichkeit und die Ausdauer meiner Anhänglichkeit Ihnen nicht zum Trost und zur Freude gereichen.

Bedauern Sie mich: Ich werde heute nichts von dem tun, was ich vorhatte. Ich werde den Erzbischof von Toulouse aufsuchen und von dort nach Versailles fahren. M. de Saint-Germain schrieb mir gestern abend, daß ich kommen soll.

195. An M. le Comte de Guibert

Rue Grammont

Sonntag, sieben Uhr, Dezember 1775

Ja, Sie sollen einige Zeilen von mir haben, aber wirklich nur ein paar Zeilen. Ich habe zahlreichen Besuch. Sie, Sie machen Besuche, das alles ist von größter Wichtigkeit, das muß ich zugeben. Ach, wenn man liebte, wie banal wäre das dann! Aber alles ist gut, wenn alles schlecht ist.

Was die Wohnung anbelangt, muß ich mich bis Mittwoch vormittag entschieden haben. Aus diesem Grunde bleiben Ihrer Güte und Ihrer Umsicht nur diese Zeitspanne.

Ich werde morgen abend erst gegen 9 Uhr ausgehen, mein Nachtmahl nehme ich hier ein. Ich habe den Baron nicht gesehen. Stattdessen habe ich eineinhalb Stunden am Bett einer charmanten Kreatur zugebracht. Stellen Sie sich also bitte vor, welchen Reiz sie auf mich ausübt, denn unser Beisammensein hat mich nicht bedrückt. Sie müssen bemerkt haben, daß ich nicht lügen kann. Was die Wahrung des Geheimnisses von jemandem anbelangt, erschiene mir das anders ganz unmöglich. Ich weiß nur zu gut, es mangelt einem oft an Moral, aber es braucht schon Zerstreuung oder ein Interesse. Ansonsten hieße dies, etwas Unrechtes tun, ohne irgendeinen Gewinn davon zu haben. Gute Nacht. In der vergangenen Woche hätte ich dreimal mit Ihnen speisen können, aber Sie haben das nicht gewollt. Ich könnte Sie alle Tage sehen, denn der Botschafter und die Herren de Schomberg, d'Anlezi etc. etc. wohnen auch nicht weiter entfernt als Sie. Aber sie haben weder so viele Dinge zu besorgen, noch pflegen sie Umgang mit so vielen Leuten. Zum weiteren haben diese auch keine Ketten, die sie sich selbst gewählt haben, weshalb sie diese auch häufig abwerfen können. Aber sie haben recht, und Sie haben nicht unrecht. Mir ginge es nicht anders, wenn ich mich vergessen würde, Ihnen zu schreiben.

Denken Sie daran, alle Einladungslisten für die Wiederaufführung vom Dienstag zu schreiben. Setzen Sie Herrn und Frau Baron de Boeui[1] mit darauf.

Aber, mein Gott, befassen Sie sich nicht länger mit meiner Gesundheit! Diese Anteilnahme berührt mich zutiefst, aber ich fürchte, daß Sie dies leiden läßt.

1 Möglicherweise ist damit die bretonische Familie du Breil, Comte de Pontbriant gemeint.

196. An M. de Guibert

Rue de Grammont

Dienstag, 5 Uhr am Morgen, Dezember 1775

Ich kann nicht schlafen. Meine Eingeweide, mein Kopf, meine Seele, all das hält mich wach und quält mich auf seine Weise. Um mir meine Schmerzen zu lindern, möchte ich mit Ihnen plaudern.

Sie sehen es nur zu gut, mein Freund, daß ich zu nichts imstande bin, ich auch nicht mehr zu M. Boutin[1] zum Essen gehen kann. Ich habe Ihnen bereits sagen lassen, daß ich ihm geschrieben habe, um mich zu entschuldigen, und offen gesagt, ginge dies wirklich über meine Kräfte. Mit Ausnahme von Ihnen könnte ich niemandem zuhören, mit niemandem sprechen. Ich war derart verwirrt, mich erfüllt soviel Unruhe, daß ich mich nur mit dieser tiefbetrübten Familie wohlfühle. Ich leide und empfinde wie sie.

Mein Herz ist tränenschwer, mein Freund, aber diese vergieße ich nicht nur wegen eines M. de Saint-Chamans. Ach, Sie sind aber bei allem immer ganz nahe, was meine Seele belebt! Es sind Sie, immer nur Sie, auf welche Art und Weise ich auch immer ein schmerzliches Empfinden äußere. Meine Klagen, meine Ängste, meine Gewissensbisse, alles ist von Ihnen erfüllt, aber wie sollte es dies auch nicht sein? Ich lebe nur durch Sie und für Sie. Ach, mein Gott, Sie sagen, ich verweigerte, ich stieße alles zurück, was Sie für mich tun. Erklären Sie mir dann doch, was mich bindet, was mich ankettet an ein Leben voller Schmerzen, das ich in dem Augenblick hätte verlassen sollen, in dem ich den verlor, der mich den ganzen Wert meines Daseins erkennen, der mich mein Leben lieben ließ. Was war es denn, was mich damals zurückhielt? Wer ist es, der mich noch immer hindert, indem er mir mein Herz zerreißt?

Sie wissen es so gut wie ich, daß ich Sie liebe. Sie wissen, wenn ich Ihnen sage, ich hasse Sie, beweise ich Ihnen damit nur erneut, daß ich Sie liebe. Mein Schweigen, meine Kälte, meine Ungerechtigkeiten sind Ihnen doch allesamt ein Beweis, daß es auf Erden keine zärtlichere und heftigere Leidenschaft gibt als die meine. Mein Gott, wie habe ich sie bekämpft! Wie sie verabscheut! Aber sie ist stets mächtiger als mein Willen und meine Vernunft.

Lassen Sie sich rasch bei dem Essen bei M. Boutin entschuldigen, mein Freund. Sie wissen, er wohnt in der rue Richelieu in der Nähe der rue de Menars. Bewahren Sie sich dagegen Ihre gute Absicht, mit mir am morgigen Mittwoch zu Mme. de Geoffrin zu gehen. Ich hoffe, daß ich mich morgen dorthin begeben kann, wenn wir heute neue Nachrichten erhalten.

Als ich nach Hause kam, fand ich Ihren Brief aus Versailles vor. Er traf gegen Mitternacht hier ein. Ich habe Ihnen noch gar nicht gesagt, wie sehr ich von dieser mitleidigen Güte berührt war. Guten Tag, gute Nacht, mein Freund, denn ich werde jetzt meine Nachtruhe beginnen. Es ist zu süß, mit Ihnen vor dem Einschlafen zu plaudern. Aber, um Sie zu lieben, um noch eine Weile leiden zu können, bedarf ich dringend einigen Schlafes. Denn, wenn man lieben will, muß man leben, und es ist ganz und gar ausgemacht, daß ich nur lebe, um Sie zu lieben.

Adieu, Sie liebenswürdigstes und liebenswertestes aller Wesen. Das heißt verzeihen: Aber vergessen! Ach, mein Freund.

1 Vgl. Brief 177, Anm. 2.

197. An M. le Comte de Guibert
Rue de Grammont

Mitternacht, Dienstag, Dezember 1775

Ihr seid nur Eis, ihr glücklichen Menschen, ihr Leute von Welt! Eure Seelen sind den lebendigen, den tiefen Eindrücken verschlossen! Ich bin geneigt, dem Himmel für das Unglück, das mich heimsucht und an dem ich sterbe, zu danken, weil es mir diese zarte Empfänglichkeit und diese tiefe Leidenschaft gewährt, die mich all dem gegenüber aufgeschlossen macht, was leidet, allem, was den Schmerz kennt, das gequält wird von der Freude und dem Unglück zu lieben. Ja, mein Freund, Sie sind glücklicher als ich, aber ich habe mehr Freude als Sie.

Eben habe ich den letzten Band des «Paysan perverti»[1] beendet. Die letzte Seite, hat sie Sie nicht hingerissen? Haben Sie nicht den Wunsch verspürt, mit mir darüber zu reden? Sie mir vorzulesen? Eisseele! Das ist das Glück, das ist die Sprache des Himmels. Und der Tod von Manon, und ihre Leidenschaft, und ihre Gewissensbisse, und ihre Worte des Schmerzes und der Leidenschaft![2] Mein Gott, wir haben gestern den Abend gemeinsam verbracht, das Buch lag da, Sie hatten es gelesen, aber mir dennoch kein Wort gesagt!

Es gibt einen kleinen Winkel in Ihrer Seele, mein Freund, und einen großen Teil in Ihrem Betragen, die, ohne daß man töricht oder ungerecht wäre, zu einem Vergleich Anlaß geben könnten, der Ihnen gewiß nicht behagte. Ja, ja, es ist etwas von Edmond in Ihrem Verhalten. Sie ähneln ihm nicht geradezu von vorne betrachtet, aber doch ein wenig im Profil. Dieses Buch, mein Freund, dieses wahrhaft schlechte Buch, das jeglichen Geschmacks, Feingefühls, ja sogar des gesunden Menschenverstands ermangelt,[3] dieses Buch ist, wenn ich mich nicht völlig täusche, mit dem letzten Rest von Glut und Leidenschaft geschrieben, die Saint-Preux und Julie[4] beseelten. Es stehen ganz köstliche Worte darin. Wenn dies nicht die letzten Funken deines Genies sind, Jean-Jacques, wenn es die noch nicht gänzlich erloschene Glut deiner Leidenschaft, die deine Seele belebte, ist, dann lies dieses Werk, ich beschwöre dich, und dein Herz wird sich für den Autor erwärmen, der dieses Buch schlecht konzipiert und ausgeführt hat, der aber ganz gewiß fähig ist, ein besseres vorzulegen. Ich strafe Sie, mein Freund, falle Ihnen lästig, aber Sie werden sich wie gewöhnlich herauswinden, indem Sie es nicht lesen. Edmond hätte es sicherlich genausogut wie Sie gemacht, und er war weniger beschäftigt als Sie.

Hier haben Sie den Titel oder Entwurf eines Briefes, mein Freund, die ich dem Ganzen vorangestellt hätte, wäre ich Pierre, der Herausgeber,[5] gewesen:

«Edmond an Manon:

Wie kann man die nämlichen Gefühle unterschiedlichen Gegenständen zuwenden?
Die Gesellschaft ist ein gefährlicher Tummelplatz für einen jeden, der ein Herz wie Edmond hat!»

Sie werden mir mein Buch und die Briefe zurückschicken. Sie werden mir auch sagen, daß Sie mehr zerstreut als beschäftigt waren in der Zeit nach dem Essen: die Oper, die Besuche, die Pflichten, die Gebräuche, die Ausgelassenheit der Menschen von Welt, das Talent, das Genie, das Verlangen, sich Ansehen zu erwerben. Ach, der erstaunliche Gegensatz! Und welches schreckliche Unglück, von so nahe einen Menschen erlebt zu haben, der weitaus gefährlicher denn liebenswürdig ist!

Ich habe derart gehustet, mein Freund, daß alle um mich her entsetzt waren. Ich kann nicht mehr. In Wahrheit, Sie sind dazu verpflichtet, mich zu lieben, Sie haben dazu nur noch einen Augenblick Gelegenheit. Ich fühle es.

Eine Loge mit vier Plätzen für die Frauen. Drei Billets für das Parkett. Denken Sie darüber nach, aber verachten Sie nicht eine Sorge, die diejenige Ihnen verpflichtet, die Sie liebt. Ich werde nicht ausgehen. Ich habe Fieber, und ich huste ohne Unterlaß.

Mittwoch, halb neun Uhr.

1 Restif de la Bretonne, Le Paysan perverti ou les Dangers de la Ville, Paris 1776, 4 Bde. 2 Hier sieht Julie de Lespinasse natürlich die Parallele zu ihrem eigenen Lebensschicksal: Manon, die sich aus Verzweiflung über die Untreue von Edmond, ihrem Gatten, vergiftete, spricht zu ihm in ihren letzten Augenblicken: «Monsieur, vous ne tarderez pas à être débarrassé d'un objet odieux... – Manon, qu'avez vous fait? – Mon sort vous intéresse encore? – Je vais donc mourir heureuse! ...» Bd. I, S. 335. 3 Ganz ähnlich das Urteil von de La Harpe: «Dans ce roman, rien n'est digéré, rien n'est motivé, rien n'est bien écrit; et cependant, au milieu de ce chaos, on est étonné de trouver des morceaux qui prouvent de la sensibilité et de l'imagination.» La Harpe, Correspondance littéraire, I, S. 300. 4 Die beiden Protagonisten aus J. J. Rousseaus Roman «La nouvelle Héloise». 5 Pierre ist eine fiktive Person im «Paysan perverti», die als Herausgeber die Briefe von Manon, Edmond und anderen sammelte, aus denen der Roman komponiert ist.

198. An M. le Comte de Guibert,

Colonel bei M. Touchet, Bademeisterin in Versailles

Freitag, vier Uhr, Dezember 1775

Ich bin krank, mein Freund, sehr leidend. Aber ich bin auch verrückt. Seit zwei Tagen weiß ich nicht, was mit meiner Seele geschehen ist, wurde sie mir doch zu einer Wüstenei. Ich spüre in ihr weder ein Gefühl noch eine Leidenschaft, sondern nur noch stechende Gewissensbisse, tiefen Schmerz und das Erstaunen darüber, noch immer zu leben, die nämliche Empfindlichkeit und Verwirrung wie damals in den ersten Augenblicken, als der mitleidlose Tod mir den einzigen entriß, der mir das Leben lebenswert erscheinen ließ. Mein Gott, warum haben Sie mich daran gehindert, ihm nachzufolgen? Warum verurteilten Sie mich zu einem so langwierigen und schmerzvollen Sterben?

Das sind, mein Freund, die Gedanken, die mein Leben seit Dienstagabend beherrschen. Das hat mich noch kränker gemacht. Ich habe eine schlaflose Nacht verbracht, ich war nicht außer Haus speisen und, ich versichere Sie, der «Connétable» ist mir nur ganz selten in den Sinn gekommen, ja, ich glaube sogar, hätten Sie mir nicht geschrieben, dann besäße ich auch gar nicht die Kraft, Ihnen zu zeigen, wie traurig und erschöpft ich bin.

Ach, mein Gott, nein, ich werde nicht nach Versailles kommen. Zum einen bin ich viel zu krank, und dann werde ich mich während der Vorstellung[1] fühlen, als sei ich aufs Rad geflochten. Ihre Belange sind meinem Herzen näher als selbst Ihnen. Überdies, wenn das Stück, wie ich dies hoffe, einen großen Erfolg haben wird, so möchte ich erst recht nicht meine Seele aufregen. Sie ist zu erschöpft. Sie braucht nur noch Ruhe und Frieden. Überdies gestehe ich Ihnen, daß es weder nach meinem Geschmack noch nach meinem Herzen ist, daß man Sie für einen Theaterdichter hält. Da müßten Sie schon Voltaire und Racine übertreffen, damit ich Ihnen dies nachsehen könnte. Lediglich das wahrhaft große Talent bezwingt alles und verleiht einem neuen Ruhm. Schließlich habe ich Ihnen gesagt, daß Sie sich seit einem Jahr zu betragen scheinen, als wollten Sie nur die leiden lassen, die Sie liebt, und wahrlich, sie bedenkt doch nur Ihr ureigenstes Interesse.

Schon dreimal hat man mich um ein Logenbillett gebeten. Das ist mir im höchsten Maße lästig. Ich habe mir geschworen, mich nie wieder in die Vergnügungen anderer Leute einzumischen. Dem gilt das Hauptaugenmerk aller dieser Menschen, aber ich bin weit entfernt davon, mich zerstreuen zu wollen, sondern spüre nur den Tod in meiner Seele.

Sie haben mir meine Briefe nicht zurückgegeben. Ich bin mir aber sehr gewiß, ließe ich sie bei Ihnen einfordern, so bekäme ich sie.

Sie waren sehr gehetzt am Mittwoch. Überhaupt ist Ihnen die Bewegung wesentlich wichtiger als das Handeln. Das scheint eine sehr feinsinnige Unterscheidung zu sein, aber denken Sie darüber nach, und Sie werden erkennen, wie richtig das beobachtet ist.

Ich danke Ihnen für die Fürsorge, mein Freund, mit der Sie sich um meine neue Wohnung kümmern. Mein Gott, wie gern hätte ich eine Bleibe auf dem Kirchhof von Saint-Sulpice! Ach, wie schrecklich ist es, das Unglück dem aufzuhalsen, den ich liebe! Das sind aber nicht Sie, den ich damit meine. Sie sollten am Sonntag zur Comtesse d'Anville zum Essen kommen. Ich erwarte Nachrichten von Ihnen heute abend, und ich schmeichele mir mit der Erwartung, daß das Logenbillett Ihrem Schreiben beigefügt ist. Entschuldigen Sie mein Freund, daß ich Sie behellige, Sie ablenke und vor allem, daß ich nicht die Kraft habe, Ihnen zu verheimlichen, was ich leide.

Zwölf Sous, zurückgezahlt vor 9 Uhr, Freitag.

1 Gemeint ist damit die zweite Aufführung des «Connétable de Bourbon».

199. An denselben

Freitag, zehn Uhr abends, Dezember 1775

Ich habe mir ein Vergnügen bereitet! Niemals, ich versichere Sie, hätten Sie es M. de la Harpe besser oder gar deutlicher geben können.[1] Ich habe ihn so behandelt, wie er es verdient. Es waren fünf oder sechs Zeugen zugegen, die völlig verwirrt waren und in einem Schweigen verharrten, das, weit davon entfernt, mich einzuschüchtern, mir im Gegenteil noch mehr Kraft gegeben hat.

Ich werde Ihnen die Einzelheiten berichten, mein Freund. Halten Sie sich für eindrucksvoll gerächt. Niemals zuvor ist Gerechtigkeit so energisch geübt worden. Der gute Condorcet, M. de Saint-Chamans werden dies nötigenfalls bestätigen. Was Sie dem aber hinzufügen könnten, würde den Schaden für M. de la Harpe nur mindern. Wir werden noch darüber sprechen, aber beruhigen Sie sich, Sie sind gerächt, und derjenige, der gestraft wurde, grämt sich bis in die Tiefen seiner Seele.

Ich habe ganz vergessen, Ihnen zu sagen, Sie sollten rechtzeitig daran denken, sich die Loge zu sichern, um die ich Sie gebeten habe. Außerdem möchte ich noch vier Parkettplätze unter der Bedingung, daß man zu ihnen durch das Theater gelangt. Bitte vergessen Sie das nicht. Ich hatte Sie um den «Mercure (de

France)» gebeten, weil ich hoffte, Sie würden dahinter den Wunsch erkennen, Sie möchten mir vor der Abreise noch einmal schreiben, aber Sie haben mich nicht verstanden, und was hätten Sie mir im übrigen auch zu sagen gewußt? Selbst als Sie sich heute in meinem Zimmer aufhielten, waren Sie dennoch nicht zugegen. Über jeden Beliebigen, der bei mir eintrat, waren Sie entzückt, und das raubte mir die Kraft, Sie bei mir zurückzuhalten. Waren es Ihre Geschäfte, mein Freund, oder wo sonst waren Ihre Gefühle, die Sie so unbedingt der entzogen, die Sie am meisten auf Erden liebt? Sie behandeln Mme. de M(ontsauge) gewiß besser, und das ist wahrlich auch mein Verlangen: Es gibt nur mich, die Ihretwegen leiden darf, weil nur ich es bin, die Sie genug liebt, um Sie für immer zu lieben.

Ich habe seit gestern nur einmal gehustet, mein Freund, und das grenzt fast an ein Wunder. Seit dem Propheten Elias, der das Kind der Sulamit wieder zum Leben erweckte, indem er seine Hände in die ihren legte, seine Augen auf ihre Augen richtete, seinen Mund auf ihren Mund preßte und sich so klein wie diese machte, habe ich nichts derart Wunderbares gewärtigt wie das Aufhören meines Hustens. Ich weiß nicht, wohin sich die Reizung meiner Brust verflüchtigt hat. Auch wenn es keine Propheten mehr gibt, so gibt es dennoch Wunder, und das genügt auch vollauf.

Sie werden sich gewiß entsinnen, daß Sie versprochen haben, mir nach dem Besuch bei M. de Saint-Germain zu schreiben, aber haben Sie auch die Umsicht, die es braucht, damit der Brief abgeht und mich erreicht?

Ich habe heute eine neue Bekanntschaft gemacht, mein Freund, und zwar mit der liebenswürdigsten Frau, der ich während meines ganzen Lebens begegnet bin. Sollte ich nochmals geboren werden und man ließe mir die Wahl meiner Gestalt, meines Gesichts, meiner Stimme und schließlich meines ganzen Wesens, dann würde ich ohne zu zögern und ohne weiter über das nachzudenken, was man, seitdem es Frauen gibt, gerühmt, gelobt und gefabelt hat, sagen: Gebt mir das Äußere und den Liebreiz dieser Frau, aber unter der Bedingung, daß ihr damit nichts genommen wird, denn so ist die Zuneigung, die sie einem einflößt. Ja, ich fühle mich zu ihr hingezogen und, wenn Sie es wünschte, würde ich sie die wenigen Augenblicke, die mir noch bleiben, bis zum Wahnsinn lieben. Aber, sie wird vernünftigerweise wohl Besseres zu tun haben.

Wenn diese Frau die Ihre wäre, mein Freund, dann wäre ich gestorben oder ich hätte sie bewundert, denn sie ist einfach, bescheiden und natürlich. Ich habe sie zum ersten Mal heute nach Tisch gesehen, aber es schien mir, als hätte ich sie schon immer gekannt, so angenehm war es, mit ihr zu plaudern. Wir waren fast alleine, und wir fühlten uns wohl. Als ich ihr zuhörte und sie dabei musterte, sagte ich mir: Ach, warum ist das nicht Mme. de Châtillon! Aber da sehen Sie, wie töricht ich bin, und Sie werden jetzt gewiß voreingenommen sein gegen das, was die Natur an derart Liebenswürdigem und Verführerischem geschaffen hat. Ich hüte mich auch wohl, sie Ihnen mit Namen zu nennen. Ich möchte, daß Sie sie wiederkennen, sobald Sie ihr bei mir begegnen.

Sie werden nicht die Zeit haben, mein Freund, mich anzuhören, daß ich Sie liebe, und ich besitze die Dummheit, Ihnen von einer Regung zu berichten, die Ihnen mißfallen wird, weil Sie mich für überspannt halten werden. Ach, kennen die Kranken und die Unglücklichen irgendein Maß? Aber, machen Sie es mir nicht zum Vorwurf, daß ich in mir einen Funken des Feuers entdeckt habe, das mich einstens belebte! Es war ja gerade mein lebhaftes Empfinden für die Vorzüge anderer Menschen, das diese glauben ließ, ich sei liebenswürdig. Seit langer Zeit trage ich nur noch die Wehmut des Todes in die Gesellschaft. Es gibt außer Ihnen niemanden mehr, der mich noch empfinden ließe, daß ich lebe, sei es durch die Schmerzen, die er mir zufügt, sei es durch die Freude, die er mir bereitet. Ich habe etwas Fieber, aber ich fühle mich viel besser. Gute Nacht.

Die Freude, die mir diese Frau bereitete, hat mich aber nicht daran gehindert, mir vorzustellen, Sie seien heute nach dem Essen ganz in meiner Nähe gewesen. Wenn ich Sie gewesen wäre, dann hätte ich Sie heute ganz gewiß sehen wollen, aber welcher Unterschied!

1 De La Harpes Abneigung gegen Guibert ist in seinen Schriften vielfach dokumentiert. Die Szene, die Julie de Lespinasse überliefert, ist aber sonst in der Memoirenliteratur der Zeit nirgendwo überliefert.

200. *An denselben*

Mittwoch nach Mitternacht, Dezember 1775

Sie wollen von mir Neuigkeiten hören, mein lieber Edmond?[1] Aber ist es sicher, daß es mein Brief ist, den Sie erwarten? Sind Sie wirklich einer von den Glücklichen, der von einem sehr lebhaften, sehr deutlichen Gefühl geleitet, sein Denken und Trachten nur auf einen einzigen Gegenstand zu richten vermag? Natürlich, ohne mir dies anzumaßen noch es gar zu verdienen, müßte ich den Vorzug haben, weil es mir doch scheint, daß die Aufmerksamkeit wieder geweckt wird, wenn es gilt, Abschied zu nehmen. Die Pflege zeigt keinerlei Wirkung mehr. Das ist die Ursache dafür, daß beinahe ausnahmslos alle Sterbenden geliebt und beweint werden. Ganz gewiß aber ist es bei den Lebenden und den Toten nicht dasselbe.

Wie auch immer es sei, mein Freund, Sie wünschen, daß ich Ihnen schreibe, und so greife ich eben zur Feder. Das heißt aber wahrlich, einen Gewaltakt zu fordern. Ich bin völlig erschöpft, sowohl durch die schreckliche Ermattung eines Hustens, der dreißig Stunden anhielt, wie durch die Wirkung von drei oder vier Gramm Opium. Nachdem ich eine solche Dosis genommen hatte, fühlte ich mich in einer Weise beruhigt, als sei damit das Haupt der Medusa kalmiert worden: Ich war versteinert, ohne alle Regung. Alle meine Fähigkeiten versagten mir ihren Dienst. Was ich gewahrte, erschien mir wie durch eine Laterna magica[2] gesehen, und das ist derart zutreffend, daß es mir während zweier Stunden nach dem Essen heute unmöglich gewesen ist, die Namen zu den Gesichtern um mich her zu finden. Das ist ein ganz eigenartiger Zustand, mitten im Leben tot zu sein! Ich kann mich durchaus entsinnen, daß ich litt. Ich war mir auch bewußt, daß Sie es waren, der mir dieses Weh angetan hatte. Aber, mein Freund, ich empfand gleichzeitig einen Grad von Güte, der noch den dieses guten Schafes übertraf. Ich wußte nicht mehr, daß es böse Menschen gibt, und daß die Guten dazu da sind, um zu dulden oder sich zu opfern. Noch viel weniger wußte ich, daß es anständige Menschen gibt, die andere knechten und die jene töten, die sie lieben. All das hatte ich vergessen. Ist das Opium folglich also nicht mehr wert als die Vernunft?

Ich fühle mich derart erschöpft, mein Freund, mein Geist und meine Kräfte sind dermaßen ermattet, daß es mir scheint, als hinge mein Leben allein nur noch von Ihrer Gegenwart ab. Ja, ich bin davon überzeugt, hätten Sie Ihre Reise nur um einen Monat verlängert, so wäre mein Leben erloschen. Warum sind Sie zurückgekommen? Oder warum haben Sie nicht genug Güte und Mitleid, eine Abwesenheit geschickt zu verlängern, die einen Kampf, der mich erschöpft und der mein Leben zu einer lang andauernden Agonie macht, beendete?

Ja, mein lieber Edmond, ich verspüre noch immer alle die Qualen, all den Ekel, all die Schmerzen, die mit einem tiefen Gefühl und einer unmöglichen Situation verbunden sind, und ich fühle in jedem Augenblick, daß mein Herz für Freude unempfänglich geworden ist.

Ja, ich erwarte Sie, mein Freund, ich begehre Sie, mein Herz, meine Gedanken sind allerorts bei Ihnen, – dann kommen Sie, und mein Herz ist oft kalt, die körperlichen Schmerzen überwältigen mich. Ich möchte ganz bei Ihnen sein, aber sie sind stärker als Sie und ich. Ach, wie schrecklich ist der Verfall des Körpers!

Ich hoffe, mein Freund, daß Sie meinen Brief lesen, weshalb ich Ihnen zeitig, sehr zeitig sage, daß Sie an die Türe der Comédie française am Sonntag für die Wiederholung anschreiben lassen: Madame Le Droit,[3] und ihr eine Loge reservieren lassen. Sie schreiben bitte auch den Namen des Abbé Mileau[4] auf. Und dann denken Sie an meine Loge und an meine drei Billetts für das Parkett. Der Wichtigtuer hatte völlig recht: Dieser «Connétable» macht mich sterbensmüde, aber ich werde dem Himmel dankbar sein, wenn Ihre Leute angekommen sind. Mein Gott, wie viele schöne Stellen gibt es doch in der Rolle der Adelaïde! Welch schreckliche Nacht hat mir ihr Tod beschert! Aber alle Leute werden danach wie gewöhnlich zu Abend speisen! Die dummen Leute, die nichts als Geist haben, aber wie furchtbar sind erst die, die gar keinen haben!

Wann werde ich von Ihnen einen Brief bekommen, mein Freund? Wann erfahre ich Ihre Rückkehr? Sie werden mich im Bette liegend antreffen. Man wird mich so lange zur Ader lassen, bis es kein Opium mehr in meinem Blut gibt.

Habe ich Ihnen harte Wahrheiten gesagt? Sie haben völlig recht gehabt, sich nicht zu ärgern, aber Sie tun unrecht, mir nichts zu glauben, und ich schwöre Ihnen, daß ich nicht aus Anmaßung darüber erzürnt bin. Ich finde, daß Sie zuviel darauf geben, eine ganze Anzahl von gewöhnlichen, kleinlichen Dingen gut zu machen, die Sie einerseits mit dem Müßiggang der Leute von Welt in Berührung bringen, die andererseits aber während einer gewissen Zeit einen Schleier darüber breiten, was Sie wert sind. Wenn der Riese auf dem Jahrmarkt das Verhalten des Zwerges hätte, dann hätte man laut gelacht, man hätte ihn sich angeschaut, sich abgewandt und dann gesagt: «Aber ist das wirklich der Riese? Indem er sich zum Pygmäen machte, wurde er lächerlich. Aber dennoch muß man ihm zubilligen, daß dieser Schwachsinn ihn weder seine Größe noch seine Kraft gekostet hat.»

Als Nutzanwendung, mein lieber Edmond, werde ich Ihnen aber nicht wie die reizende Mme. Parangon[5] Predigten über die Theologie und die Unsterblichkeit halten. Ich bin ob Ihrer Religion sehr zufrieden. Ich bekenne mich zum nämlichen Glauben: Sie sind mein Apostel und mein Gott. Aber ich wünschte mir, daß mein Freund, der den anderen Menschen in so vieler Hinsicht weit überlegen ist, sich nicht verpflichtet glaubte, zu Dummheiten und Nichtigkeiten seine Zuflucht nehmen zu müssen, die nur das Verdienst der Mittelmäßigkeit ausmachen, die aber für den wahren Verdienst und das wahre Talent lediglich einen sehr schäbigen Schmuck abgeben.

Glauben Sie aber nur nicht, ich irrte: Sie haben mir meine Briefe noch nicht zurückgesandt, ganz einfach deshalb, weil Sie nicht wissen, wo Sie sie finden sollen. Welche Nachlässigkeit! Welcher Leichtsinn! Ich versichere Sie, in gewisser Hinsicht sind Sie jünger als Ihr Alter, und daran wird sich auch in sechzig Jahren nichts geändert haben.

Adieu und guten Tag, mein Freund, denn es ist bereits Vormittag.

1 Julie de Lespinasse identifiziert hier Guibert mit der Hauptfigur im «Paysan perverti». 2 Die von Athanasius Kircher 1646 erfundene «Zauberlaterne» zeigt die von ihr abgebildeten Gegenstände auf dem Kopf stehend. 3 Nicht zu ermitteln. 4 Nicht zu ermitteln. 5 Gestalt aus dem «Paysan perverti».

201. *An denselben*

Donnerstag, elf Uhr abends, Dezember 1775

«Nun gut, mein Vater!» Sie töten mich. Gestern waren Sie weniger grausam. Ach, lassen Sie mich gesunden oder sterben. Rechtfertigen Sie sich nicht. Nein, mein Freund, nur wenn Sie selber tot wären oder wenn Sie jemanden das Leben hätten retten können, nur dann gäbe es eine Entschuldigung. Ach, mein Gott, ich sterbe. Meine Seele ist außer sich. Sie haben sie heute morgen über die Maßen aufgeregt, und Sie verlassen mich! Ich sehe es voraus, mein Freund, daß Sie mich eines Tages noch dazu zwingen werden, Ihnen einen großen Kummer zu bereiten. Ach, vielleicht wird Ihnen das dann eine Erleichterung sein. Ach, wieviel Kraft mir dieser Gedanke verleiht! Aber, mein Freund, wenn ich Sie von mir erlöse, wer befreit Sie dann von Ihren Gewissensbissen?

Ich habe Mme. de Saint-Chamans heute abend verpaßt, ich hatte meine Freunde fortgeschickt. Morgen werde ich mich zwischen Mittag und zwei Uhr einschließen. Es geht um eine Verabredung, die ich seit zwei Wochen getroffen habe. Gute Nacht. Schlafen Sie gut, und haben Sie dabei genausoviel Vergnügen, wie Sie mir an Qual und Angst bereitet haben! Nein, ich weiß wirklich nicht, warum man nicht an der Kraft seiner Gedanken stirbt!

Kommen Sie morgen vormittag nicht.

202. *An denselben*

Freitag, Dezember 1775

Was soll ich Ihnen nun tatsächlich sagen? Wäre es das, was ich denke, dann verletzte ich Sie, und ich wäre darob betrübt. Ich kann aber nicht anders, als die Wahrheit sagen. Also muß ich schweigen. Mme. de M(ontsauge) würde sich beschweren, ich aber bleibe stumm. Das muß Ihnen doch angenehmer sein.

Sie sind nicht glücklich. Sie sind beunruhigt, aufgeregt. Seitdem ich nicht mehr darauf hoffe, irgend etwas für Ihr Glück und für Ihre Ruhe tun zu können, ist Ihre Stimmung für mich nur noch eine Qual, die meine Seele ermattet. Weit davon entfernt, mich ob meines Unglücks zu trösten, fügen Sie dem noch weitere Qualen hinzu. Sie lenken mich ab von meinem Schmerz, indem Sie mir einen noch viel spitzigeren zufügen, und Sie tun das auf eine Art, die ich verabscheue, weil die Eigenliebe sich immer darein mischt und indem sie die Empfänglichkeit reizt, sie nur erschöpft.

Ich werde nicht in weit größere Erklärungen eintreten: Sie sind sowieso zu nichts nütze. Ich werde es Ihnen vielmehr bei anderer Gelegenheit sagen. Ich verdamme mich mehr als Sie. Ich hätte Sie kennen müssen, und ich hätte auch dem Gift, das binnen vierundzwanzig Stunden tötet, den Vorzug vor jenem geben sollen, das Sie mir anboten und das das Leben durch Kummer, Reue und Gewissensbisse verzehrt.

Wenn Sie erst morgen dazu kommen, diesen Brief zu lesen, sollten Sie erst am Montag nach Versailles gehen. Ich glaube, für die Geschäfte, die Sie dort zu erledigen haben, genügt es auch vollauf, wenn Sie erst am Montag fahren und nicht schon am Sonntag.

Indessen, wie Sie wollen.

203. An denselben

Dienstag, elf Uhr abends, Dezember 1775

Seitdem ich von Ihnen geschieden bin, mein Freund, habe ich viel Gesellschaft gehabt, wurde ausführlich über das geredet, was augenblicklich das Hauptthema ist. Ich habe gut zugehört, weil es ausnahmslos Leute waren, die von dem etwas verstanden, über das sie sich austauschten. Ich habe daraus den Schluß gezogen, daß diese törichte, diese unglückselige Art von Menschen sehr schwierig zu lenken ist, zumal wenn man sie bessern und glücklicher machen will. Aber, und das ist die letzte Einsicht, ich habe auch erkannt, daß M. de Saint-Germain Ihnen nicht alles sagt, und ich wünsche, daß er Ihr Geheimnis ebenso gut wahrt wie das anderer. Ich sage Ihnen das nicht von ungefähr.

Ich wünschte mir sehr, Sie kämen morgen zum Essen zu mir, aber ich wage es nicht, Sie deswegen zu drängen. Zum einen, weil mir das lieber ist, was Ihnen zupaß kommt, als was mir Vergnügen macht. Das ist freilich nicht unbedingt wahr, aber es verhält sich mit den Äußerungen des Gefühls ebenso wie mit Geistesblitzen und Wortspielen, die man niemals zu genau unter die Lupe nehmen darf.

Da entsinne ich mich nun, daß ich ein «zum einen« in der Luft habe hängen lassen, das ein «zum anderen» erforderlich macht. Also: Wenn ich Sie nicht bedränge, dann geschieht dies deshalb, weil ich, wenn Sie von selbst kommen, entzückt wäre und mir überdies eine Absage ersparte. Man muß Acht auf sich haben, wenn es einem so schlecht geht wie mir. Wenn Sie wüßten, wie sehr ich gehustet habe! Und welche liebenswürdige Person mich getröstet, versorgt und, um die Wahrheit zu sagen, mich auch für sich bis zu dem Grad eingenommen hat, daß ich etwas von meinem Leiden abgelenkt wurde. Ja, nach Ihnen, aber wirklich mit weitem Abstand zu Ihnen, ist sie die Person, die mir am meisten auf der Welt zusagt. Verstehen Sie wohl, daß ich nicht sagte, die ich liebe, noch die mich interessiert. Ich spreche lediglich von der Vorliebe und der Anziehung. Ich war eine Stunde mit ihr allein. Sie weiß von dem zu erzählen, was sie gelesen hat, aber sie braucht gar nicht diese Quelle, denn sie empfindet und denkt ganz selbständig.

Ich speise am Donnerstag im Haus La Rochefoucauld, mein Freund. Es wäre mir sehr angenehm, wenn Sie mich begleiteten, aber Versailles... Bevor Sie dorthin abgehen, sollten Sie auf der Liste der Comédie française die Namen einschreiben lassen, die ich diesem Brief beifüge. Und, wenn Ihnen dies möglich sein sollte, schicken Sie mir doch von Versailles das Billett für die Loge und die drei Karten für das Parkett. Ich verstehe nur zu gut, daß diese Hartnäckigkeit, diese Bedeutung, die ich einer so geringfügigen Sache beimesse, Sie in Zorn und Verachtung treibt. Ihr Fehler ist es, mein Freund, daß Sie diese Hartnäckigkeit weder an große noch an kleine Sachen wenden.

Sie schulden mir noch die Rückgabe von zehn Briefen vor Ihrer Abreise. Wenn ich sie nicht erhalte, wenn meine Bitte unerhört bleibt, dann muß ich zur Drohung meine Zuflucht nehmen und Ihnen ankündigen, daß ich Ihnen von heute an einen ganzen Monat lang keine Zeile schreiben werde. Aber, mein Gott, ich ahne schon, was Sie sich aus meinen Drohungen und Bescheiden machen! Wenn Sie mich nicht für das verschlagenste Geschöpf halten, dann müssen Sie mich als das schwächste und am meisten liebende erkennen.

Gute Nacht, mein Freund. Um mit Ihnen plaudern zu können, habe ich jemanden abgewiesen, der nicht so schlief wie Sie, den ich nicht so langweilte wie Sie, aber der auch nicht meine Aufmerksamkeit zu fesseln vermochte, weil ich mich mit Ihnen unterreden wollte.

Dennoch liebe ich es ganz und gar nicht, Ihnen hier in Paris zu schreiben. Sie sind stets so beschäftigt, Sie antworten so selten und so schlecht, Sie sind so wenig bei mir, sobald ich bei Ihnen bin, mit einem Wort, Sie sind so vollkommen der, der man sein muß, um zu gefallen, nicht aber, um geliebt zu werden, daß ich fast vor Lust vergehe, mich diesem Regime zu unterwerfen. Das ist das letzte Hilfsmittel, das ich besitze, um meine Seele zu heilen und um das Leiden meiner Brust und meiner Eingeweide mir zu erleichtern. Ich leide an beiden sehr in diesem Augenblick.

Lassen Sie mir den vierten Band zurücksenden.

204. An M. le Comte de Guibert

Colonel bei Touchet, Bademeisterin in Versailles

Zwölf Sous bezahlt um 10 Uhr, Freitag.

Donnerstag, 11 Uhr abends, Dezember 1775

Wie traurig ich auch war, ich habe mich dennoch sehr gefreut, von Ihnen um 5 Uhr nachmittags Antwort auf einen Brief zu erhalten, den ich Ihnen um 5 Uhr in der Frühe geschrieben hatte. Das ist es, was einen die großen Städte lieben läßt und Paris vor allen anderen. An bequemlichen und nützlichen Einrichtungen wurde nichts vergessen.

Sie haben mir nicht gesagt, wohin ich schreiben soll, weshalb dieser Brief das Risiko läuft, verlorenzugehen oder fehlgeleitet zu werden. Aber M. Touchet weiß sicherlich, daß Sie für gewöhnlich in der rue de Grammont wohnen.

Sie gaben mir wirklich einen vorzüglichen Rat, mein Freund, und gleichgültig, ob er Ihnen von Ihrer Einfühlsamkeit diktiert oder Ihnen vom Überdruß an meinen Leiden eingegeben wurde, sagten Sie jedenfalls, ich hätte nichts Besseres zu tun, als ihn zu erproben. Sie behandeln meinen Husten, meine Magerkeit, meinen zerstörten Magen, meine Schlaflosigkeit, den Aufruhr meiner Eingeweide, kurz meine völlige Zerstörung, als gäben Sie Ratschläge für die Einbildungen all der schönen Damen, die ihre Federn ordnen, ihre Haare in Pagodenform frisieren, auf hohen Absätzen einherschreiten, in einem Wort, für alle ihre Dummheiten. Sie schlagen mir vor, mich zu heilen, ganz so, als rieten Sie diesen, ihren Putz zu ändern.

Sie sind sehr jung, mein Freund, das wird mir dadurch bewiesen – denn ich kann nicht sagen, daß Sie sehr kalt und sehr teilnahmslos seien – daß Sie nämlich nicht bemerken, daß ich vom Tode gezeichnet bin und daß es bei mir nur noch die Frage ist, ob er etwas früher oder ein wenig später eintritt. Glauben Sie mir, daß weder meine Willenskraft noch irgend etwas in der Natur die Stärke hat, mich vor diesem Ende zu bewahren. Nein, auch nicht die Wiederauferstehung von M. de Mora, die meiner Seele die größte aller Wohltaten wäre, könnte mein Schicksal wenden. Ach, wenn dieses Wunder wirklich einträte, wie schrecklich wäre mir erst dann der Tod! Er kannte mich doch nur, als ich voller Drang, voller Verlangen und Freude am Leben war.

Aber, mein Freund, ich klage mich an, ich mache es mir selber zum Vorwurf, daß ich allzu schwach, zu erschöpft bin. Meine Leiden, mein Unglück lasten auf Ihrer Seele. Ich möchte nicht mehr, daß Sie wissen, was ich leide. Wenn ich Ihnen dies nicht mehr sage, dann wird Ihre Empfänglichkeit nicht mehr auf schmerzhafte Weise geprüft, und Sie werden des guten Glaubens sein, ich hätte Ihren Rat befolgt. Sie werden mein Aussehen besser finden, und, was noch viel wichtiger ist, Sie werden mich viel weniger lästig finden. Also, ich werde es machen wie «Sosie»,[1] indem ich mir mit der Vernunft Mut mache. Ich kann Ihnen nicht versprechen, daß ich es bis zur Ausgelassenheit schaffe, das ginge dann doch weit über meine Kräfte. Ich habe heute weniger gehustet und, wenn meine Nacht einen ähnlich ruhigen Verlauf nimmt, werde ich den Aderlaß als letztes Mittel der Erleichterung verschieben.

Nein, der Comte de Crillon ist nicht schlecht auf Sie zu sprechen. Er hat mir ganz freimütig gesagt, daß er es auch wie Sie gemacht hätte, aber wenn Sie wieder alles ganz ins Lot bringen wollen, speisen Sie dort am Sonntag, Sie gäben mir damit im übrigen auch die Kraft, mich aus dem Haus zu begeben.

Ach, ich bin sehr verärgert darüber, daß man schon schwach zu werden beginnt. Man muß doch stark sein in dem Augenblick, in dem man alle Macht in Händen hält. Wenn man sich scheut, ist alles verloren. Sie wollen also alle Dummköpfe und Bösewichter vernichten? Dieser Ehrgeiz, mein Freund, ist weniger spektakulär als der von Alexander, aber er ist genauso riesig.

Es gibt also wirklich keinerlei Ähnlichkeit zwischen dem Comte de Guibert und Edmond? Wie wäre es mir doch angenehm, Sie in der Gestalt des Gonsalvo zu erkennen! Oh, mein lieber Gonsalvo, die Herrschaft über die Welt, die Schätze von Peru vermöchten nicht, Ihre Seele zu versuchen, wenn dies auch nur eine Viertelstunde die Ruhe derjenigen gekostet hätte, die Sie liebten!

Adieu, adieu, mein Freund. Sie sind so gehetzt, mit Geschäften überhäuft, daß es rücksichtslos wäre, Sie davon zurückzuhalten.

Wie gern wüßte ich nur, ob Sie morgen zurückkommen! Wie gerne würde ich Sie sehen! Wie gerne hätte ich ... das Unmögliche.

1 Bei Molière, Amphitryon, I. Akt, 24. Szene lautet die Stelle, auf die Julie de Lespinasse anspielt: «Faisons-nous du cœur par raison.»

205. *An denselben*

Dienstag, 6 Uhr abends, Januar 1776

Ich möchte nicht, mein Freund, daß in den wenigen Tagen, die mir noch zum Leben bleiben, Sie auch nur einen einzigen verbrächten ohne die Erinnerung daran, daß Sie bis zum Wahnsinn von dem unglücklichsten aller Wesen geliebt werden. Ja, mein Freund, ich liebe Sie. Ich wünsche mir, daß diese traurige Wahrheit Sie verfolgt, daß sie Ihr Glück stört. Ich möchte, daß das

Gift, das mein Leben mir vergällt, das es aufzehrt und es ohne Zweifel bald endigen wird, in Ihrer Seele diese schmerzhafte Empfänglichkeit verbreitet, die Sie wenigstens instand setzen wird, diejenige zu beklagen, die Sie mit aller Zärtlichkeit und Leidenschaft geliebt hat. Adieu, mein Freund, lieben Sie mich nicht, denn derlei wäre Ihrer Pflicht und Ihrem Willen zuwider, aber dulden Sie es, daß ich Sie liebe und daß ich Ihnen dies hundert, tausend Mal wiederhole, aber niemals mit dem Ausdruck, der dem entspricht, was ich fühle.

Kommen Sie morgen zu Mme. Geoffrin zum Mittagessen, mein Freund. Ich habe nur noch eine kurze Frist zu leben, so daß nichts von dem, was Sie für mich tun, irgendeine Folge für Ihre Zukunft haben könnte. Mein Gott, die Zukunft! Wie bedauere ich die, die auf sie warten, wenn sie Sie lieben!

Aber, adieu. Ich habe zahlreiche Besucher bei mir. Wie schmerzhaft ist es doch, in der Gesellschaft zu leben, wenn einen nur ein Gedanke beherrscht!

206. *An Mlle. de Lespinasse*

Neun Uhr abends, Januar 1776

Was für eine Antwort, meine Freundin! Ich fand sie vor, als ich nach Hause kam, und ich zitterte. Der Zustand, in dem ich Sie verließ, verknüpft sich mit so vielen Schrecken, und beide Eindrücke schmettern mich zu Boden. Sie hatten die Blässe des Todes. In Gottes Namen, aus Erbarmen, wenn Sie mich jemals geliebt haben, leben Sie, nehmen Sie nicht diese zweite Tablette. Ich würde Sie nicht überleben. Ich, Ihr Henker! Ach, tötet man, was man liebt, was man lieben muß?

Sie haben mir Worte gesagt, die mich erschütterten. «Diese unbekannte Kälte», die Sie in Ihrem Herzen verspüren ... Mein Gott, Phädra äußert sich genauso.

Zwei Worte, ich flehe Sie an. Ich atme nicht mehr. Ach, meine Freundin, Sie wollen also, daß ich mit blutigen Tränen den Anblick von gestern abend beweine!

207. *An den Comte de Guibert*

Mittwoch mittag, Januar 1776

Ich verstehe nicht, was das bedeuten soll. Über den Hauswirt sagen Sie: «Ich bin noch nie einem so Schwierigen begegnet.» Wieso? Warum? Ich begreife es nicht. Aber da Sie sich nun einmal die Mühe machen wollen, diesen Mietvertrag aufzusetzen,[1] habe ich nur den einen Wunsch, daß es nicht am Freitag geschieht. Dieser Tag, dieser Name lassen mich immer noch erschaudern.[2] Wenn es Ihnen nichts ausmacht, nehmen Sie doch den Samstag; oder vielmehr, ich werde den Mietvertrag nur am Samstag unterschreiben. Sehen Sie mir diese Verdrießlichkeiten bitte nach.

Nein, ich werde Ihnen keine Briefe mehr schreiben. Ich werde Sie nicht mehr bedrängen, mir Ihre Zeit zu opfern. Anscheinend will ich damit die Natur bezwingen, wenn ich unser Zusammenkommen betreibe. Wegen der Beschaffenheit der Dinge, der Umstände, wegen unserer Vorlieben, unseres Altersunterschieds sind wir zu weit auseinander, um zusammenzukommen. Wir müssen uns also dem unterwerfen, was noch mehr Kraft hat als der Wille und selbst die Zuneigung: der Notwendigkeit. Sie sind verheiratet. Ihre erste Pflicht, Ihre erste Sorge wie Ihr größtes Vergnügen finden sich eben dort. Folgen Sie dem, aber denken Sie auch daran, daß eine empfindsame Seele kaum ihr Genüge an dem finden wird, was Sie davon vielleicht abzweigen können. Jede Teilung ist schmählich, und es kann tugendhaft sein, nachzugeben, ja selbst ganz zu verzichten. Lassen Sie mir diesen traurigen Trost. Lassen Sie mich in jenem Frieden sterben, den Anstand und gemäßigte Gefühle zu verleihen vermögen.

Die Entkräftung und Erschöpfung meines ganzen Körpers lassen mich die Krämpfe der Leidenschaft meiden. Ich möchte ruhen, ich möchte atmen, und ich möchte ausprobieren, was wahre Gefühle und zärtlichste Freundschaft zum Trost einer seit Jahren von Schmerz und Unglück völlig erschöpften Kreatur vermögen.[3]

Überlassen Sie mich all dem. Sie reißen mich weg von allem, was mich noch trösten und erleichtern kann. Sie fügen mir wirkliches Leid zu, und Sie berauben mich aller Wohltaten. Lassen Sie mich also, und widmen Sie sich ganz Ihren Neigungen, Ihren Pflichten und Ihrem Ehrgeiz. Da haben Sie sowieso genug, um Ihr Leben auszufüllen.

Nein, kommen Sie nicht heute abend. Sie finden anderswo mehr Erholung und ein viel aufregenderes Vergnügen als jenes, das Sie bei mir erleben könnten. Übrigens, ich bin gestern abend auch zu Hause geblieben. Ich konnte nicht, ich vermag nicht zwei Tage verstreichen zu lassen, ohne Mme. de Saint-Chamans zu sehen, die krank darniederliegt. Morgen, wenn Sie wollen, werde ich Sie empfangen. Ich speise beim Botschafter, und abends gehe ich nicht aus dem Haus. Heute besuche ich Mme. Geoffrin. Guten Tag. Von allen, die ich kenne, von allen, die ich liebe, sind Sie derjenige, den ich am wenigsten sehe. Ich beschwere mich nicht darüber, ich sage mir vielmehr, daß es anders gar nicht möglich ist, und ich wende meine Gedanken rasch von dem ab, was ich sowieso nicht ändern kann.

Ich bitte Sie um meine Briefe. Ich habe einen besonderen Grund, sie dieser Tage zu haben.

Hier ist Ihr Buch.

1 Der Mietvertrag, von dem hier die Rede ist, betraf die neue Wohnung von Julie de Lespinasse in der rue de Grammont, die einem Sieur Bergez gehörte. Der Mietvertrag wurde von Julie de Lespinasse am 14. Januar 1776 unterschrieben. Da sie aber bereits zu krank war, zog sie nicht in diese neue Wohnung ein, die fast genau gegenüber der von Guibert lag, der hier in einem Haus wohnte, das seinem Schwiegervater gehörte. Julie de Lespinasse starb in ihrer alten Wohnung, in der man ihr bis zu ihrem Ende das Wohnrecht von Monat zu Monat verlängerte. 2 Der Todestag des Marques de Mora fiel auf einen Freitag. 3 Anspielung auf die wahrhaft selbstlose Fürsorge, die d'Alembert Julie de Lespinasse angedeihen ließ.

208. *An M. le Comte de Guibert*

Rue de Grammont

Donnerstag, 11 Uhr abends, Januar 1776

Guten Abend, mein Freund. Wie ist Ihr geistiges und körperliches Befinden? Ich hoffe, der Comte de Saint-Germain war Ihr Seelenarzt, aber ich bin Ihres Halses und Ihrer Gedärme wegen in Unruhe. Was mich angeht, so habe ich mich, ja das ist das treffende Wort, zum Botschafter hingeschleppt. Während der ganzen Nacht hatte ich Fieber. Mein Husten hätte die 24 Personen, die beim Botschafter waren, taub machen können. Als ich heimkam, hatte ich so heftige Krämpfe, daß ich von meinem Abendessen nichts bei mir behielt. Ich erbrach mich unter Ängsten, die ich nicht zu schildern vermag. Dieser Anfall hat mein Fieber ausgelöst, das sehr viel heftiger war als das vom Vortage. So lautet wenigstens das Urteil meiner beiden Ärzte, d'Anlezi und La Rochefoucauld, die mich soeben verließen. Ich glaube es ihnen gerne, denn ich weiß auch ohne sie, daß ich Fieber habe.

M. d'Alembert wird Ihnen, mein Freund, diesen Brief überbringen. Er wird auch diesen so überaus schwierigen Herrn besuchen.[1] Ich bin von der vielen Mühe, die Sie sich wegen dieser Sache machen, völlig verwirrt. Ich bitte Sie gleichwohl, mich so lange nicht im Stich zu lassen, bis Sie mich aus den Augen verloren haben, will sagen, bis ich den Mietvertrag unterschrieben habe. Lassen Sie alle Bedingungen und Klauseln darin aufnehmen, die ich mir ausbedungen habe, und wachen Sie mit allergrößter Sorgfalt über die Ausführung des Ganzen.

Wenn alle diese Einzelheiten geregelt sind, werde ich nicht wie jener Mann, der seinen abwesenden Freund mit allerlei Bitten und Aufträgen überschüttete, hinzufügen: «Mein lieber Freund, bitte tun Sie alles mit der Genauigkeit und Aufmerksamkeit, die ich von Ihnen erwarte, *denn ich interessiere mich stark für das, was für mich von Belang ist.*» Auf Ehre und Gewissen, ich habe weder in mir noch für mich ein erstrangiges Interesse. Wenn man geliebt hat, wenn man den verlor, der uns liebte, welches Interesse kann man dann überhaupt noch an sich haben? Mein Gott, ich habe überhaupt nur noch ein Verlangen im Leben, den Wunsch, meinem Leiden zu entrinnen, und folglich auch das Begehren, von dem einzigen Übel befreit zu sein, das auf den Unglücklichen lastet: das Leben.

Ich habe Sie gestern schlecht behandelt, mein Freund, als ich über Sie zu Ihnen sprach, als ich Ihnen zeigte, wie sehr ich mir die Verleumdungen und Verdächtigungen zu Herzen nehme, deren Gegenstand Sie sind. Ich habe Ihnen weh getan, indem ich Ihnen bewies, daß Sie sich des höchsten aller Güter erfreuen könnten, wenn Sie nur geruht hätten, es zu würdigen, das nämlich, daß Sie auf das Vollkommenste von einer empfindsamen und leidenschaftlichen Seele geliebt werden. Ich bin darüber sehr betrübt, aber nur Ihretwegen, denn zu mir und meinem eigenen Glück stehe ich in großer Distanz. Aber ebenso tief betrübt es mich, Sie so empfindlich gegenüber der Meinung anderer zu sehen, nachdem Sie eben diesen auf eine derart offensichtliche Weise Ihre Verachtung gezeigt haben. Seien Sie heute so stark, wie Sie es einst waren, dann würden Sie jetzt davon einen besseren Gebrauch machen.

Adieu. Es gibt Ereignisse, die ich gerne aus meiner Erinnerung löschte, die ich aus meinem Leben tilgte. Und das wäre alles das, was ich für Sie getan, und alles das, was Sie gegen mich unternommen haben. Sie sagten mir, allerdings mit mehr Aufrichtigkeit als Sensibilität, daß, indem ich den Mietvertrag unterschrieb, ich den «Vertrag Ihres Glückes» unterzeichnete.[2] Derjenige, mein Freund, der am 1. Mai mein Todesurteil unterschreiben konnte,[3] sollte bei mir kein Glück mehr finden. Wenn er Charakter und Tugend besessen hätte, dann hätte er nach dieser Zumutung nicht mehr mein Leben aufrecht erhalten. Und ich, wenn ich die Aufrichtigkeit der Stärke besäße und auch die Würde, die das Unglück einer furchtlosen Seele verleiht, ich hätte ihn mit Abscheu zurückgewiesen und verstoßen. Meine Seele empört sich, und es schüttelt mich vom Scheitel bis zur Sohle angesichts dieser ungeheuerlichen Erniedrigung, in die Sie mich gestürzt haben. Machen Sie sich nur nicht die Mühe, mich morgen vormittag zu besuchen.

Bitte, geben Sie mir meine Briefe zurück. Ist das denn zuviel verlangt? Ich möchte nur der Schande entrinnen und Ihnen Ihre Ruhe sichern.

1 Gemeint ist der neue Vermieter, der Sieur Bergez. 2 Anspielung darauf, daß die neue Wohnung von Julie de Lespinasse der von Guibert fast vis-à-vis lag. 3 Das Datum, an dem Guibert seinen Ehevertrag unterschrieb.

209. *An denselben*

Freitag, Januar 1776

Sie sind sehr liebenswürdig, mein Freund. Sobald ich Sie sehe, verstehe ich Sie, empfinde ich ganz so wie Sie. Aber, sobald ich mir allein überlassen bin, kenne ich nur noch das Gefühl des Schmerzes, der Reue und der Trauer. Alles, was eine Seele peinigen kann, ohne sie zu erlösen, – das ist die Marter, zu der Sie mich verdammt haben.

Wenn ich von Ihnen höre, werde ich Ihnen sehr dankbar sein.

Aber, so reisen Sie doch ab, Sie kommen immer zu spät an: «Der pfälzische Gesandte.»

210. *An denselben*

Montag, um Mitternacht, Januar 1776

Es ist nur ganz ausnahmsweise so, mein Freund, daß ich Ihnen nicht unendlich zur Last falle. Dieser Gedanke ist wirklich tröstlich, wenn man dem schreibt, den man liebt. Ach ja, wenn ich am Leben bliebe, dann müßte ich mich von Ihnen lösen. Sie sind ja schon allzusehr ein Staatsmann. Sie vereinen in sich alle Nachteile eines Ministers. Sie haben keine Zeit mehr, um in die Gesellschaft zu gehen, und selbst in den Augenblicken, die Sie der Pflege Ihrer Freundschaft widmen, selbst in intimen Stunden, kann man Ihrer Aufmerksamkeit nicht gewiß sein, denn diese ist mit den Geschäften befaßt, die Ihnen durch den Kopf gehen.

Diese Bemerkung ist keine Kritik. Ihre Talente, Ihr Geist müssen in der Tat Ihr Leben ausfüllen, Sie sind bei weitem zu tatendurstig, aber nicht empfindsam genug, um sich mit einem gewöhnlichen Leben zu bescheiden. Sie müssen unbedingt eine Rolle spielen, nicht bloß die eines Zuschauers.

Mein Gott, welcher Irrtum! Ich habe mein Leben lang den Ehrgeiz und die Ehrgeizlinge verachtet. Diese Einstellung war in mir so wahrhaftig und so tief gegründet, daß Sie mich vor der Verführung durch einen liebenswürdigen Mann bewahrte, der mich im übrigen sehr angezogen hat. Allein, seine Vorliebe für Geschäfte, dieser Zwang zum Handeln, verrieten mir eine sehr gefühllose Seele und eine große Eitelkeit. Ich werde Sie gewiß nicht zurückhalten, mein Freund, aber ich versichere Sie, daß Sie nicht mehr Vergnügen haben werden als jenes, das die Ehrgeizigen erfahren können. Ohne Zweifel glauben Sie, Ihr Streben nach dem Guten treibe Sie an. Aber täuschen Sie sich da nicht: Es ist Ihr ganz persönliches Interesse, ihr Wille, nicht in der Masse zu bleiben. Wenn man es gewählter ausdrücken möchte, dann ist es meinetwegen ein edler Stolz und das Gefühl, daß Sie mit Kräften begabt sind, die es Ihnen gestatten, leichterdings allen Menschen voranzuschreiten. Eine solche Karriere aber hat meist eine andere im Gefolge. Man wird gehaßt, verleumdet. Zunächst bereitet das einige Qual, aber dann schert man sich keinen Deut mehr um den Haß ebensowenig wie um die Liebe, man steht über der öffentlichen Meinung, und das heißt dann, man sei stark geworden.

Nun gut, sei es wie es sei, Sie sind ehrgeizig, weil Ihre Natur Sie dazu bestimmt, und sicherlich werden Sie das mit allem, was Ihnen zu Gebote steht, unterstützen. Aber ich, wissen Sie, was ich mir davon erhoffe? Ich werde wohl kaum mehr Zeugin Ihres Ruhms sein. Vielmehr werde ich noch ein wenig daran leiden, daß Sie den Weg eingeschlagen haben, um dorthin zu gelangen, aber ich fühle mich andererseits so gut im Gange, daß ich mir sicher bin, mein Weg wird viel eher zurückgelegt sein als der Ihre, aber ich verspreche Ihnen, wenn ich an meinem Ziel angelangt bin, werde ich nicht den Kopf wenden, sondern den Göttern dafür danken.

Aber, mein Freund, haben wir uns gestern wieder versöhnt? Es schien mir, als sei ich tausende Meilen von Ihnen entfernt. Das hat mich sehr unglücklich gemacht. Ihr Name war in meinem Herzen, ich glaubte, ich würde Freude haben, aber ich sah nur einen vielbeschäftigten und ungeduldigen Mann von mir scheiden. Mein Gott, und Sie sagen mir, daß Sie mich lieben! Vergessen Sie diese Worte, sprechen Sie sie nie wieder aus, Sie verursachen mir eine zu große Empfänglichkeit und machen mir deshalb mein Unglück um so spürbarer.

Gute Nacht, mein Freund. Ich werde Sie morgen nicht sehen, das ahne ich. Heute war es die Arbeit, morgen wird es Ihre Frau sein, und dann die Geschäfte, Versailles... Gewiß haben Sie immer einen Grund, aber dieser Grund läßt mich unter Krämpfen sterben, zu welchen Maßnahmen ich auch meine Zuflucht nehme, um mich zu betäuben. Nicht wahr, Sie haben keine Zeit mehr, mir darauf eine Antwort zu geben?

Ach, mein Gott, warum sind Sie es und kein anderer? Doch dafür ist es nun zu spät. Das macht mir angst vor dem Tod, der mir schon auf den Fersen folgt.

211. *An denselben*

Samstagvormittag, Januar 1776

Ich erstarre zu Eis, ich zittere, ich sterbe vor Kälte, ich bin schweißgebadet. Sie hauchen dem Teil von mir, der am ärgsten krank ist, noch Leben ein. Mein Herz ist kalt, verkrampft und schmerzt, und ich könnte von mir sagen wie die Irre von Bedlam: «Er leidet derart, daß er daran krepiert.»[1]

Es kommt mir vor, mein Freund, als sei seit gestern vormittag ein ganzes Jahrhundert verstrichen, und ich fürchte, ich werde den heutigen Abend nicht mehr erleben. Ich werde Sie sehen, also werden meine Leiden mir gemildert. Mein Gott, ich habe nicht mehr genug Kraft für meine Seele, sie tötet mich!

Guten Tag, mein Freund, ich liebe Sie mehr und inniger, als Sie jemals geliebt worden sind. Ja, ich habe gehustet, ich habe gelitten, aber ich werde Sie sehen. Sie werden den ganzen Tag bis zum Abend zu tun haben, aber ich, ich habe nur einen einzigen Gedanken, der sich mir immer wieder aufdrängt:

Wie langsam verrinnt den Unglücklichen die Zeit.

Überlegen Sie sich, mein Freund, ob Sie mir morgen oder am Montag beim Comte de Crillon speisen wollen. Bestimmen Sie den Tag. Ich bevorzugte den Montag, aber Ihr Wille wird mich bestimmen.

1 Bedlam war die große Londoner Irrenanstalt.

212. *An denselben*

Samstag, ein Uhr, Januar 1776

Ach, wenn Sie noch ein wenig Güte haben, bedauern Sie mich. Ich weiß Ihnen nichts mehr, ich kann Ihnen nicht mehr antworten, mein Körper und meine Seele sind gebrochen.

Mein Mietvertrag, lösen Sie ihn auf, hören Sie auf, mich an Sie zu binden, alles, wie es Ihnen gefällt. Es ist mir dies mehr als gleichgültig. Mein Gott, ich kenne mich nicht mehr.

213. *An denselben*

Einhalbzehn Uhr, Januar 1776

Ich weiß wohl, Sie schreiben verführerische Briefe, aber Sie bringen mir dennoch den Tod. Mir ist kalt, so kalt, daß mein Fiebermesser 20 Grad unter dem von Réaumur anzeigt. Diese konzentrierte Kälte, dieser Zustand einer dauernd währenden Marter stürzen mich in eine Mutlosigkeit, die so allumfassend ist, daß ich nicht einmal mehr die Kraft habe, mir einen besseren Zustand zu wünschen. Was sollte ich mir aber auch wünschen? Das, was mir an Gefühlen noch bleibt, ist nicht besser als das, was ich jetzt erleide. Ach, man muß damit aufhören, daß man sich vernichtet. Ich stoße weder Ihr Mitleiden noch Ihre Großzügigkeit zurück. Es dünkt mich, Ihnen weh zu tun, wenn ich mich dem verweigerte. Sie müssen sich die Illusion aufrecht erhalten, daß Sie mir Erleichterung verschaffen können. Man empfände diese Regung selbst gegenüber seinem Feind, den man zu Boden gestreckt hat!

Ich habe zahlreichen Besuch bei mir. Vor vier Uhr war die Person da, die ich erwartete.

214. *An denselben*

Eine halbe Stunde nach Mitternacht, Januar 1776

Ich bin erst in diesem Augenblick allein. Deshalb konnte ich Ihren Diener nicht warten lassen. Ich bin so traurig, so tief im Elend, daß, so viele Gründe ich auch hätte, Ihnen nicht zu glauben, ich keineswegs daran zweifele, daß auch Sie leiden und daß Ihre Frau krank ist. Sie scheint mir eine sehr anfällige Gesundheit zu haben. Das wird ihr um so mehr Aufmerksamkeit sichern.

Ich habe M. d'Alembert gebeten, sich bei Ihnen nach Neuigkeiten zu erkundigen, weil ich fürchtete, nicht die Zeit zu einem Brief an Sie zu finden. Er wird mir berichten, ob Sie nach Versailles gehen. Ich glaube, es wäre dies sehr unklug, aber ich kann dazu nichts sagen, Sie werden schon tun, was angezeigt ist.

Mein Gott, es ist zu spät, um Sie mit meinen Leiden zu behelligen. Vergessen Sie ihre Ursache, beunruhigen Sie sich nicht wegen der Folgen. Alles, um das ich Sie bitte, steht in Ihrer Macht, und es wird für Sie leichter zu erfüllen sein, als wenn Sie für mich diese großen Gelegenheiten suchen und diese großen Gefahren laufen müssen. Nein, ich schulde Ihnen nichts mehr außer der Hilfe, die Sie mir durch Ihren Leichtsinn genommen haben.

215. An denselben

Elf Uhr abends, Januar 1776

Eben in diesem Augenblick erhalte ich Ihren Brief. Er hat beim Portier gelegen, und ich weiß nicht, seit wann. Ich bin in jeder Hinsicht unglücklich. Was mir Freude macht, ist sehr selten geworden, und was mir wohl tut, kommt so spät!

Ich habe heute mein Bett nicht verlassen. Ich habe auch niemanden gesehen. Gestern begab ich mich mit einem schrecklichen Fieber und fürchterlichen Kopfschmerzen zur Ruhe. Heute morgen litt ich noch viel mehr, und auch das Fieber war heftig. Meine Seele ist voller Trauer, aber auch ohne alle Regung. Ich würde am liebsten morgen nicht mehr aufwachen, aber ich habe auch nicht die Entschlossenheit, die einen die Schwelle zum Jenseits überschreiten läßt. Ich liebe Sie, und dennoch habe ich mich heute wohl zwanzigmal dabei ertappt, mir zu wünschen, Sie möchten mir soviel Leides zufügen, damit ich mich endlich entschließen könnte, mich von dem Kummer und den Gewissensbissen frei zu machen, die mich verzehren. Ich sterbe Stück für Stück, und Sie lassen mich die Krämpfe und Ängste der Agonie durchleben.

Tenon[1] ist doch ein gescheiter Mensch! Heute früh sagte er zu mir, nachdem er den Puls gefühlt hatte: «Ihnen ist etwas widerfahren. Sie haben Kummer gehabt. Ihr Körper befindet sich seit gestern früh in Aufruhr. Ihr Leiden kommt nicht von Ihnen, es hat seine Ursache außerhalb von Ihnen. Und ich sehe mit Betrübnis», fügte er hinzu, «daß die Ärzte und die Medizin hier nichts oder beinahe nichts vermögen, um Ihnen Ihr Leiden zu erleichtern. Das Opium, das ich Ihnen für Ihre inneren Organe verschreiben werde, müßte man für Ihre Seele gebrauchen.»

Sehen Sie, mein Freund, soviel Macht hat das Unglück! Es rührt sogar einen Mann, der dem Leiden mit Gleichmut begegnen sollte. Aber Sie, ich wünschte, daß Sie sich abwendeten, ich verlange, daß Sie mich ganz aufgeben. Ich wünschte mir nur zwei Tage, an denen sich meine Gedanken Ihnen nicht zuwendeten. Ich würde mich nicht beklagen, ich segnete Sie, ich würde Sie lieben, und Sie würden das Schlechte wieder gutmachen, ja, ich wage zu sagen, das Verbrechen, das Sie begingen, als Sie mich vom Tode zurückhielten. Ja, das ist eine Grausamkeit, eine Unglückliche so lange lebend aufs Rad geflochten zu lassen. Es wäre edel und gut, ihr den Gnadenstoß zu geben.

Hüten Sie sich wohl, Ihre Arbeit im Stich zu lassen, um mich zu sehen. Geben Sie mir Nachricht von sich, und seien Sie versichert, daß von allen, die Sie lieben, niemand weniger verlangt und sich zu wünschen erlaubt als ich. Ihre Freunde, Ihr Glück und selbst Ihre Vergnügungen gehen mir weit vor, und dessen versichere ich Sie aus dem tiefsten Grunde meines Herzens.

1 Vgl. Brief 115, Anm. 1.

216. *An M. le Comte de Guibert*
Rue de Grammont

Mittwoch, vier Uhr, Februar 1776

Ich, mein Freund, bin ganz und gar unglücklich. Sie leiden, und ich bin des zärtlichsten Trostes meines Lebens beraubt, Sie zu sehen. Und wenn Ihr Fuß wieder geheilt ist, müssen Sie abreisen.

Aber welche Narrheit, nicht sofort den besten Chirurgen zu konsultieren! Mit einiger Pflege wären Sie gewiß in vier Tagen wiederhergestellt. Aber wenigstens überstürzen Sie jetzt nichts mit Gewalt, wofür Sie einen Monat Zeit brauchen.

Ich habe heute zweimal Milch zu mir genommen. Sie läuft einfach durch, aber ich bewahre mir ihren Geschmack den ganzen Tag. Das ist sehr unangenehm und beweist alles andere als eine ausgezeichnete Verdauung.

Ach, mein Gott, auch ich würde gerne an diesem Boulevard wohnen,[1] selbst auf die Gefahr hin, daß mich der Straßenlärm ertauben ließe. Aber ich darf gar nicht daran denken, mich dorthin schaffen zu lassen, zumal es mir schon zu beschwerlich ist, mich von meinem Bett in den Lehnstuhl zu begeben.

Sie machen sich keine Vorstellung vom dem geschwächten Zustand, in dem ich mich befinde. Es kostet mich unendliche Anstrengung, Ihnen zu schreiben. Die Ohren klingeln, als wäre ich kurz davor, in Ohnmacht zu sinken. Guten Tag, mein Freund.

1 Die rue de Grammont, an der Julie de Lespinasses neue Wohnung lag, war sehr belebt.

217. *An denselben*

Sonntag, sehr spät, Februar 1776

Sehen Sie, ich wußte es! Zwar war ein gewisser Zweifel da, weil ich Sie gebeten hatte, nicht zu kommen. Aber der Augenblick hat Sie verführt, und ich freue mich darüber. Sie werden Ihren Spaß gehabt haben, ich habe mich nicht gelangweilt, und ich hatte auch nicht den Verdruß, Ihrer zu harren. Derlei merke ich nur an, aber ich beschwere mich nicht.

Ich habe gerade jemanden gesehen, der zwei Tage abwesend war. Sie lieben mich gewiß, mein Freund, aber Sie haben mir heute vormittag nicht eine der Fragen gestellt, mit denen ich gerade überschüttet wurde. Ob ich Fieber hatte? Ob ich besser geschlafen habe? Wie viele Hustenanfälle mich in den letzten vierundzwanzig Stunden geplagt haben? Und so weiter, und so weiter, und jede dieser Fragen heischte eine Antwort.

Erklären Sie mir doch, mein Freund, wenn Sie dazu imstande sind, wie man sich für Sie das geringste Gefühl der Zuneigung bewahren kann, wenn man sich doch gewiß, wirklich vollkommen gewiß ist, daß das, was Sie Ihre Zuneigung nennen, bar jeglicher Anteilnahme, Rücksicht, Aufmerksamkeit und Freundschaft ist, kurz all dessen entbehrt, was auf eine empfängliche und anhängliche Seele antwortet?

Ja, ich glaube, wenn Sie die Zeit hätten und bisweilen an all das dächten, was man Ihnen zuwendet, wie auch an das Wenige, das Sie zugestehen, dann müßten Sie entweder großes Mitleid oder eine große Verachtung für die empfinden, die Ihnen auf den Leim gegangen sind. Was mich angeht, wie Sie sehen, ich gehöre nicht dazu, aber um mich ist es noch viel schlechter bestellt. Ich könnte Ihnen nämlich in allen Augenblicken sagen:

Konnten Sie mich nicht blenden, so vermochten Sie
mich doch zu verführen.

Welcher Fluch, mein Gott!

Haben Sie Nachrichten von M. de Saint-Germain? M. d'Anlezi traf heute abend von Versailles kommend ein, wo er gehört hatte, daß er das Bett hüten müsse. Walte Gott, daß er lebe, und zwar ebensowohl für Sie wie für Frankreich!

Nun gut, wer hat Sie heute abend mit Beschlag belegt, ist es Mme. de M(ontsauge) oder Mme. His[1] oder die Arbeit? Man muß schon sehr glücklich geboren worden sein, um stets die Wahl zu haben. Was mich anbelangt, so gestehe ich, daß ich keine derartige Vorstellung vom Glück habe, und sollte ich noch einmal leben, dann hätte ich nach solchem Glück auch kein Verlangen. Es ist dies nämlich viel mehr dazu geeignet, die Eitelkeit zu befriedigen als die Empfindsamkeit. Aber alle Welt hat ihre guten Gründe, und Sie haben davon mehr als ein anderer, denn Sie sind sehr zufrieden, und ich beglückwünsche Sie dazu aus ganzem Herzen.

Was werden Sie morgen machen, mein Freund? Keineswegs das, wie es recht und billig ist, das, was Sie sich angeblich vorgenommen haben, sondern vielmehr das, was der Erst- oder Letztbesten behagt, und das ist auch ganz in Ordnung, denn genau zwischen den beiden ist mein Platz. Wie sehr werde ich dem Himmel danken, wenn ich mich noch vor meinem Tod aus diesem Trio exilieren könnte! Sie würden sie vor Lachen vergehen lassen, sagten Sie ihnen nur die Wahrheit. Ich, alt, häßlich, übelgelaunt, dem Tode geweiht, zusammen mit denen, die zu den liebenswürdigsten und reizvollsten Geschöpfen in diesem Lande zählen! Sie haben einen verdorbenen Geschmack, mein Freund. Das bekümmert mich um Ihretwillen, denn ich, ich werde abtreten, Sie aber werden verdorben bleiben.

Ich hatte eine sehr zarte, sehr zu Herzen gehende Freude: Ich umarmte M. de Saint-Chamans. Es geht ihm besser, aber er ist noch nicht vollständig genesen, und sein schlechter Zustand macht ihn traurig, denn er hängt sehr am Leben.

Das Tauwetter kam mir sehr zustatten. Mein Zimmer war den

ganzen Tag mit Besuchern überfüllt. Das war mir aber weder Freude noch Lust. Ich bin ganz schweigsam gewesen und habe weniger gehustet. Ich verdanke Mme. de Durtal[2] einen Sirup, der mir gestern und heute als ein Beruhigungsmittel gute Dienste geleistet hat. Seit drei Monaten nehme ich Opium, aber jetzt hat man mich dazu gebracht, es abzusetzen.

Gute Nacht. Sie sehen, wie ich dazu verleitet werde, mit Ihnen zu plaudern, während ich besser in meinem Bett liegen sollte. Das heißt nicht auf Ihren Wunsch antworten, mich heute vormittag so rasch zu verlassen!

1 Mme. His war eine Cousine Guiberts. 2 Witwe von Armand-Alexandre-Roger de la Rochefoucauld, Comte de Durtal.

218. An Mlle. de Lespinasse

Montag, zehn Uhr vormittags, Februar 1776

So beleidigen Sie meine Zuneigung zu Ihnen über jedes Maß hinaus. Sie sei jeglicher Aufmerksamkeit, Anteilnahme und Rücksicht bar und das nur deshalb, weil ich Sie nicht nach dem Vorbild aller Gleichgültigkeit mit Fragen über Ihren Husten, Ihren Appetit und Ihren Schlaf behelligt habe.

Mein Gott, warum kennen Sie mich nicht besser? Was man für die richtige Lebensart hält, ist nun so gar nicht meine Sache, aber wie man richtig liebt, was immer Sie dazu sagen, so habe ich nicht die Unterweisung dieses so wohlerzogenen, so honigsüßen und doch so kalten Mannes nötig, den Sie in den letzten beiden Tagen um sich hatten und der Ihnen gestern alle Anzeichen einer heftigen Leidenschaft geoffenbart hat.

Ich habe meinen gestrigen Abend weder mit Mme. de M(ontsauge) noch mit Mme. His verbracht. Ich war zu Hause, um bis Mitternacht zu arbeiten, und ich war derart in diese Arbeit verkrochen und ging in ihr auf, daß, als ich klingelte, ich des Glaubens war, es sei erst zehn Uhr. Mein Sekretär war längst beim Abendessen, und mich machten Kopfschmerzen schier verrückt.

Ich arbeite auch jetzt wieder, und dann werde ich ausgehen. Ich werde den Erzbischof von Toulouse aufsuchen, den ich seit fünf oder sechs Tagen nicht mehr gesehen habe. Schließlich, was ich am genauesten weiß, wessen ich mir ganz und gar sicher bin ist, daß ich den Abend mit Ihnen verbringen werde. Ich habe gestern abend keine Nachrichten mehr von M. de Saint-Germain erhalten. Der Baron de Wimpffen schrieb mir am Morgen, daß es ihm recht gut gehe. Er hat kein Fieber mehr. Das ist die Hauptsache.

Adieu, meine Freundin. Ich lasse Sie. Ich muß. Ich liebe Sie mit meinem ganzen Herzen.

219. *An den Comte de Guibert*

Dienstag, 11 Uhr, Februar 1776

Sie sind zärtlich, Sie sind gemäßigt. Ich war ganz entzückt über die Art und Weise, mit der Sie diesen Widerspruch aufgenommen haben. Aber, mein Freund, Sie machen es sich zu leicht, viel zu leicht, und ich vergehe vor Angst, daß Sie diese kleine Abhandlung lesen, die wirklich voller Schönheit, Kraft und hohen Sinnes steckt. Aber, wenn sich derlei herumspricht, wenn man M. de Muy wiederholt, was Sie angeblich gesagt, aber in Wahrheit gar nicht geäußert haben, wird er Ihnen das gewiß übelnehmen. Er wird der Überzeugung sein, daß Sie ihn unter Anklage stellen und verurteilen wollen. Wenn er anständig ist, wird Ihnen dies nicht schaden. Aber es wird Ihnen auch nicht von Nutzen sein, sondern sein Wohlwollen für Ihren Herrn Vater wird sich möglicherweise abkühlen. Schließlich, mein Freund, muß man sich zur Klugheit durchringen, wenn man selber nicht stark ist. Man soll das nicht ein einziges Mal vorlesen, was man mehrere Male mit Vergnügen hören würde.

Sie müssen mir ein Opfer bringen, mein Freund, aber dann nicht das sagen, was Lullius[1] zu seinem Beichtvater bemerkte: «Colas hat eine Abschrift.» Ich brauche das vollständige Opfer, und es wird mir so heilig sein wie der «Connétable» und der «Catinat».

Ich habe Sie noch nicht wiedergesehen. Mein Gott, haben denn Ihre Besuche Sie nicht für die Freude und den Trost entschädigt, die Sie mir damit in meine Seele senkten? Ich brauchte alles das. Ich bin traurig, niedergeschlagen, ich leide und habe heute stärkeres Fieber, denn mich plagten noch heftigere Schmerzen. Ich war gestern abend sehr leidend, mein Freund, mein Körper und meine Seele wanden sich in Krämpfen, aber Sie waren da! Welche Wonne verbindet sich mit dem Unglück, das Sie mir zufügen?

Gute Nacht. Lassen Sie mich wissen, ob ich Sie sehe. Denken Sie daran, daß Sie mir versprochen haben, mit mir gemeinsam bei der vortrefflichen Frau[2] zu speisen, die nur noch am Leben hängt wegen des Guten, das sie erfährt durch «Verzeihen» und durch «Geben». Ja, ich liebe sie aus ganzem Herzen. Es bedünkt mich, als beweise mir dies, daß ich immer noch die Tugend schätze. Wir wollen sie beide lieben, mein Freund. Sie wird zu Ihrem Glück beitragen, mich in meinem Leiden unterstützen.

Adieu.

Halt, hier ist noch ein Brief von M. de Vaines. Sehen Sie selbst, ob er nicht der anständigsten und dankbarsten einer ist.

1 Raimundus Lullius (1235–1315), spanischer Philosoph und Alchimist.
2 Gemeint ist Mme. de Geoffrin.

220. *An denselben*

Freitag, Februar 1776

Ach, mein Gott, Sie irren sich, nicht ich bin Ihnen vonnöten! Aber egal, wenn Sie dies so wollen, werde ich Sie erwarten und den Abend mit Ihnen verbringen. Ehrlich gesagt heißt das aber, Ihnen meine Ruhe zu opfern. Das tut mir leid, zumal es nichts zu Ihrem Vergnügen beiträgt. Es gibt zwei Dinge in der Welt, die keine Mittelmäßigkeit vertragen, aber Sie haben mich auf dieses Maß, das ich verachte und für das ich nicht geschaffen bin, gebracht.

Oh Himmel, warum habe ich Sie nur kennengelernt? Ich hätte die Reue nicht erfahren und lebte überdies auch längst nicht mehr. Aber sehen Sie, womit Sie mein Leben und meine Seele erfüllen! Ich mache Ihnen keinerlei Vorwürfe, denn ich bin mir sehr sicher, daß es Ihnen nicht gegeben ist, das Glück einer empfindsamen Seele zu sein, aber ich bekunde Ihnen mein lebhaftes Bedauern, das mir der schreckliche Fehltritt, zu dem ich mich habe hinreißen lassen, bereitet.

Geben Sie mir den Brief von Mme. de Boufflers und den meinigen wieder zurück.

M. de Vaines wird heute abend nicht kommen. Er war gestern bis 11 Uhr hier. Er hat mich gebeten, Sie an den kommenden Montag zu erinnern, weil er nämlich nicht wußte, wo Sie wohnen. Guten Tag. Bis heute abend also, aber kommen Sie nicht zu spät, das wäre sehr liebenswürdig. Bringen Sie mir dieses Memorandum von M. de Voyer.[1]

1 Marie-René de Voyer de Paulmy, Marquis de Voyer (1722–1782).

221. *An denselben*

Dienstag, Februar 1776

Ich habe M. de La Rochefoucauld weggeschickt, um Ihnen zu antworten. Ihre Güte, diese lebhafte Anteilnahme berühren mich zutiefst. Aber, mein Freund, wenn die Zuneigung, die Sie zu mir verspüren, Ihnen mühevoll oder schmerzhaft ist, dann muß ich mir wünschen, daß sie erkalte, denn es wäre schrecklich für mich, Sie leiden zu lassen! Ach, wir müssen alle beide das nämliche bedauern. Der Tag, an dem wir uns begegneten, war ein rechter Unglückstag. Daß ich nicht am nächsten Morgen tot war!

Mein Tag war voller Schmerzen, und dabei war, was außergewöhnlich ist, eine Abgespanntheit, wie ich es nicht für möglich hielt, daß sie sich mit der Heftigkeit des Leidens vertrüge.

Welches schmerzliche Vergnügen empfand ich, als ich Mme. Geoffrin wiedersah![1] Sie hat mir Schmerz bereitet. Ich wähnte ihr Ende näher als das meine. Noch nie vermochte ich meine Tränen zu beherrschen, sie überwältigten mich vor ihr. Ich war verzweifelt. Ach, die Bande meiner Freundschaft sind sehr stark, sie haben unmittelbar in meinem Herzen ihren Ursprung. Es scheint, als dürfte ich nur noch einen Schmerz und ein Bedauern haben, und dennoch finde ich oft meine

Seele voller lebhafter Anteilnahme und Liebe, die mich zerreißen.

Mein Gott, wenn Sie fortfahren, sich mit einem schlechten Befinden liebevoll zu befassen, so werden Sie mir dessen Dauer noch gänzlich unerträglich machen! Ich kenne Sie nur zu gut, mein Freund. Mein Sterben wird Sie sehr leiden machen, aber mein Tod wird Ihnen eine Erleichterung sein. Der rasche Wechsel Ihrer Einfälle gibt mir die Kunde, daß Sie für immer von großen Unglücksfällen geschützt sein werden. Ach, mein Gott, um so besser, ich segne den Himmel für Sie.

Aber morgen ist Ihr Donnerstag. Halten Sie ihm die Treue. Ich weiß nicht, was ich sage. Morgen ist ja erst Mittwoch. Kommen Sie also, mein Freund, wenn Sie den Mut und die Güte besitzen, denn beider braucht es, wenn man den Anblick des Schmerzes und der Mutlosigkeit ertragen will.

Gute Nacht. Ich gehe jetzt zu Bett, das ich nicht mehr verlassen sollte.

1 Mme. Geoffrin erkrankte zu Beginn des Jahres 1776 schwer. Im Februar war sie jedoch wiederhergestellt und überlebte ihre Freundin Julie de Lespinasse um 17 Monate. Sie starb am 6. Oktober 1777.

222. *An Mlle. de Lespinasse*
Rue Saint-Dominique, Paris

10 Uhr vormittags, Februar 1776

Was war das gestern für ein Abend, meine Freundin? Ich verlangte keinen Preis; mein Herz war mir Lohn. Aber mußten Sie mich mit Vorwürfen überschütten? Mußten Sie mir denn wirklich nur harte und traurige Dinge mitteilen? Unter anderem die Einzelheiten Ihres Testaments, Ihres Todes oder die Öffnung Ihres Schädels, all das soll mir gleichgültig sein! Ich bin kindisch, einfältig, ich bin wie alle Leute von Welt, nur weil ich Sie wissen ließ, daß mich alle diese Gedanken vor Schreck starr machen. Nun gut, dem füge ich heute noch hinzu, daß Sie keinerlei Feinfühligkeit besitzen und, dies aber ganz gewiß, keinerlei Art von Zuneigung für mich hegen, wenn Sie derart die Verzweiflung in mein Herz senken.

Aber, das tun Sie ja gar nicht, behaupten Sie und sind sich dabei Ihrer Sache ganz sicher. Alle meine Kümmernisse seien doch nur flüchtig. Selbst meine Tränen beweisen Ihnen gar nichts. Ich habe sie oft vergossen. Ich vergösse sie so leicht, sagen Sie! Wenig fehlt noch, damit sie sich zu der Behauptung versteigen, sie seien falsch. Aber das beweist mir nur: Meine Gegenwart verstört Sie, anstatt Sie zu erleichtern. Wenn ich nicht gekommen wäre, dann hätten Sie gewiß M. le Vicomte de La Rochefoucauld bei sich behalten, der «geistreich ist, dieser Mensch, der soviel davon besitzt, der über alle Maßen gut ist, außergewöhnlich gut».

Ich mache mir den Vorwurf, Sie gestern daran gehindert zu haben, sich an allen seinen Eigenschaften und Tugenden zu erbauen. Ich, ich besitze keine einzige, ich nahe mich Ihnen mit Gift und der geheimen Absicht, Ihre Leiden zu verschlimmern und mir daraus einen Triumph zu machen. Und dann Ihre Briefe. Und alles das Bittere und Haßerfüllte, das Sie mir noch dazu gesagt haben.

Geben Sie es doch zu, der tiefere Grund Ihres Denkens und Handelns ist, mich zu hassen. Sie erkennen in mir nur noch Ihren Verfolger und Henker. Großer Gott! Was mich hingegen anbelangt, die Sorge, die ich Ihnen angedeihen lasse, ist nicht bestimmt von Güte, von Mitleiden. Es sind lediglich die Zuneigung, die Anteilnahme und die Liebe, die mich mit sich reißen. Wie gerne würde ich Ihnen diese Fürsorge mit tausendmal größerem Eifer und größerer Freude zuwenden, wenn Sie sich gesund fühlten und wenn Sie niemals meinetwegen gelitten hätten!

Mein Diener wird diesen Brief bei Ihnen abgeben. Ich gehe jetzt aus, um meine Staatsräte und andere Leute zu sehen, die mit der Ecole militaire und den Invaliden befaßt sind.[1] Ich werde gegen Mittag wieder zu Hause sein, um mich umzukleiden und zu M. de Trudaine zum Essen zu gehen. Tun Sie mir wenigstens die Liebe, mir zu antworten und mich wissen zu lassen, wie es Ihnen geht. Nachdem ich die wohlerwogene Entscheidung getroffen habe, von der ich Sie jetzt in Kenntnis setze, daß ich Ihnen nämlich nicht mehr die Briefe zurückgeben werde, die Sie mir geschrieben haben, werde ich mich wohl damit bescheiden müssen, von Ihnen lediglich ein Bulletin zu erhalten. Aber ich gebe einem solchen Bulletin, und sei es auch von der Art, wie man es an die Vorübergehenden verteilt, den Vorzug vor Briefen, in denen das Mißtrauen allen Zauber vergiftet und die Sie mit Ihren Augen und Ihren Gedanken so lange verfolgen, bis ich sie Ihnen wiedergegeben habe.

1 Guibert bemühte sich darum, seinem Vater den Posten eines Gouverneurs der Invaliden zu verschaffen.

223. *An M. le Comte de Guibert*
Rue de Grammont

Mitternacht, März 1776

Ich muß Ihnen schreiben! Aber in Wahrheit ist es so, als wollte man mir damit sagen: Ich muß auf den Mond steigen. Ich gebe Ihnen nach, mein Freund, allein ich bedauere lediglich, daß ich dies nicht allein auf Ihre Bitte hin tue. Indem man mir dieses «Ja» entriß, hat man mich in Tränen gestürzt, aber Sie werden mir das nachsehen. Ich komme indes nicht mehr darauf zurück. Warum aber nur diese Versessenheit auf mein Leben? Alle versetzen mir darauf, daß noch niemand jemals so geliebt hätte wie ich. Ach du guter Gott, dieses Verdienst wurde mit dreißigjährigen Leiden bezahlt und schließlich noch mit dem Tod als Zugabe! Ich weiß nicht, ob das unseren Frauen mit den Federn Mut machen wird.

Ich werde Bordeu[1] morgen um 4 Uhr sehen, denn das ist der Dolch an meiner Kehle. Kommen Sie also nicht um diese Stunde.

Werden Sie auf den Ball gehen? Es war am nämlichen Tag vor zwei Jahren und unter Umständen, die, wenngleich sie nicht so traurig, dennoch kaum weniger aufschlußreich waren, daß Sie, nachdem Sie von mir gegangen waren, zum Opernball eilten. Ja, ich erinnere mich noch gut, denn Sie haben an diesem Abend Tränen vergossen... Welch glückliche Umtriebigkeit! Ich wünsche sie Ihnen noch immer. Das bewiese mir überdies, daß sich Ihre Eingeweide beruhigten. Ich habe Feuer und Rasiermesser in den meinen.

Ich habe alle gesehen, die zu meinem Kreis gehören. Sie waren von drei bis halb elf Uhr hier, und ich habe sie dann zum Gehen veranlaßt. Ich begebe mich jetzt zu Bett, denn ich mußte heute früh aufstehen. Gute Nacht. Sie sind sehr liebenswürdig, und ohne tiefere Erfahrung wäre es völlig unmöglich, nicht von Ihnen bezaubert zu sein. Soviel sorgliche Umsicht, soviel Glut, ein so guter Ton und die leidenschaftlichen Worte, aber das alles, mein Gott, wird für wen eingesetzt? Für ein Wesen, das der Tod schließlich erhört hat und der über es täglich wacht! Warum also wollen Sie mich wie den Holzfäller inkonsequent machen?[2]

Ach, es fehlt nichts mehr, um mein schreckliches Schicksal zu vollenden, als mich das bedauern zu lassen, das ich mir nicht mehr bewahren oder erhalten kann!

Adieu, mein Freund, geben Sie mir Nachricht.

1 Theophile de Bordeu (1722–1776), leitender Arzt der Medizinischen Fakultät von Paris und Freund d'Alemberts. 2 Anspielung auf: «N'approche pas, o mort! O mort! retire toi.» La Fontaine, Fables, I, 15.

224. *An Mlle. de Lespinasse*

Winter 1776

Meine Freundin, wenn ich Sie noch immer so anreden darf, niemals hat Ihr Zustand in meiner Seele so schmerzhafte und so tiefe Spuren hinterlassen. Er verfolgt mich, er beherrscht mein Denken und läßt es vor Schauder erstarren. Ich habe mit Ihnen gesprochen, ich warf mich vor Ihnen auf die Knie und versicherte Sie, daß ich Sie liebe, aber Sie haben sich wie tot gestellt. Sie haben mir kein einziges Zeichen Ihrer Empfindlichkeit gegeben. Sie leben und Sie existieren gar nicht mehr. Welch schreckliche Verbindung!

Ich entsinne mich mit Schaudern, daß ich sagen hörte, es gäbe Agonien, die einen in eine sehr ähnliche Situation versetzen. Ihr Siechtum ist fürchterlich, es beschleunigt sich mit jedem Tag. Aber Ihre Magerkeit, Ihre Blässe haben mich nicht so sehr angegriffen wie die schreckliche Empfindungslosigkeit, in die ich Sie gestürzt sehe.

Aber urteilen Sie, meine Freundin, ob mein Erschrecken groß ist, es verschluckt alles, was mich selbst betrifft. Es ist deutlich, daß Sie mich nicht mehr lieben. Unter anderen Umständen wäre dieser Gedanke mir eine der grausamsten Martern. Aber Sie sterben, und Sie wollen auch sterben. Das ist es, was mich niederdrückt und das mir kein anderes Empfinden mehr läßt. Was, meine Freundin, Sie wollen sterben, und Sie wollen auch, daß das mein Werk ist! Sie planen mein Leben mit diesen unerträglichen Gewissensbissen zu vergiften! Diese Last werde ich nicht tragen können.

Sie haben es gestern nicht geglaubt, daß ich mich zwei Tage in Versailles aufgehalten habe. Fragen Sie doch den Baron de Wimpffen, sobald Sie ihn sehen. Es ist furchtbar, daß Ihnen mein Wort nicht mehr genügt. Ich muß mir zwar vorwerfen, daß ich es Ihnen gegenüber mit der Wahrheit gelegentlich nicht ganz ernstgenommen habe, aber, wenn dies der Fall war, litt ich stets unter meinen Lügen. Sie hätten bemerken können, daß die Lüge mir fremd war, weshalb ich mich ihrer nur aus Feingefühl oder aus Not bediente.

Ich habe Sie während dreier Tage nicht gesehen. Darob habe ich mehr gelitten als Sie, denn Sie stellen sich wie tot gegenüber allem, das von mir kommt, aber ich bin immer noch am Leben. Ich hatte gehofft, jeden Abend von Versailles herüberzukommen. Noch vorgestern abend hatte ich meine Rückkehr derart geplant, daß ich gegen neun Uhr bei Ihnen hätte sein können. Es herrschte ein fürchterliches Wetter. Tausend kleine Zwischenfälle, tausend Verzögerungen durch meinen Kutscher, und ich langte in Paris erst gegen halb elf Uhr an. Auch hatte ich noch jemanden mitgenommen, den ich erst noch zu Hause absetzen mußte.

Sie urteilen stets über mich mit einer unerhörten Härte. Sie wollen niemals glauben, daß meine Arbeit und mein stetes Hinund Her einen Teil meines Lebens beanspruchen. Ich würde Ihnen gerne den anderen Teil schenken! Sie sind die, die mich am meisten bewegt und mich interessiert. Ich liebe Sie, aber ich muß zusehen, wie Sie sterben. Im Namen dieses Gefühls, das meine Seele beherrscht, das niemals aufhörte, sie zu beherrschen, seitdem ich Sie kenne, flehe ich Sie an, diesen barbarischen Entschluß aufzuheben.

Nein, ich zähle weder auf diesen zärtlichen Freund, der Ihnen so leidenschaftliche Briefe schreibt, noch auf diese himmlische Gestalt, die Sie so rasch zu lieben begonnen, noch auf die Saint-Chamans oder gar auf alle Ihre Freunde. Ich zähle auf mich, auf diese Anziehungskraft, die Sie mir vom ersten Augenblick an verbunden und die Ihnen bereits einmal das Leben gerettet hat. Daß diese Sie noch einmal retten möge! Wie glücklich machte mich das! Wie sehr werde ich Sie lieben! Es gibt ein Ausmaß von Liebe, das die Macht hat, die man Gott zuschreibt, die sterben lassen, aber auch wieder zum Leben erwecken kann. Ich habe allzusehr, ohne dies jedoch zu wollen, von dem schrecklichen Recht Gebrauch gemacht, das mir diese Liebe über Ihre Tage verliehen hat. Gewähren Sie mir jetzt die Möglichkeit ins Spiel zu bringen, was die Liebe an Zärtlichstem aufzuweisen hat, die Fähigkeit nämlich, jemanden dem Leben zurückzugeben, den das Unglück darauf hat verzichten lassen. Die größten Wunder der Natur geschehen im Herzen der Menschen. Leben Sie, und dann hielte ich mich für noch mächtiger als der Himmel, aber, was mir noch viel lieber wäre, ich hätte die Überzeugung, derjenige zu sein, der am meisten von allen, die leben oder jemals gelebt haben, geliebt wird.

Antworten Sie mir, meine Freundin, das wird Sie erleichtern. Das wird Ihre Seele entspannen. Und mit diesen Gefühlen werde ich mich jetzt in die Arbeit stürzen, werde ich zum Erzbischof von Toulouse eilen und von diesem zu M. Joly de Fleury.[1] Es gibt keinen anderen Ort, an dem ich mich verweilen möchte. Es ist der, an dem Sie leben. Diesen Gedanken, wollen Sie ihn mir lassen?

1 Vgl. Brief 152, Anm. 1.

225. *An den Comte de Guibert*

Mittwoch, elf Uhr, März 1776

Warum unterstellen Sie mir, ich sei von einem schrecklichen Gefühl durchherrscht? Sehen Sie es doch genauer: Hätte ich denn wirklich die Kraft, selbst wenn ich die Neigung dazu besäße? Und dann bedürfte es auch noch ebenso vieler Unredlichkeit wie Taktlosigkeit, um derartiger Rachsucht den Vortritt zu lassen, zumal, wenn man wie ich, an einem Punkt angelangt ist, an dem ich weder Verlangen nach Abwehr oder gar nach Rache verspüre. Ich sterbe, mein Freund. Damit wird allem Genüge getan, damit erfüllt sich alles.

Aber wissen Sie, was Sie mit dem schrecklichen Gefühl, das Sie mir unterstellen, beginnen sollten? Nutzen Sie es zur Beruhigung Ihres Empfindens, das durch die Gefahr, in der ich schwebe, wieder angefacht wurde. Sie müssen sich abkühlen, sich abhärten, Sie müssen von einem Wesen flüchten, das nur noch Trauer und Schrecken um sich verbreitet. Schließlich müssen Sie sich in eine Gestimmtheit versetzen, die Sie, wenn das Ereignis eintritt, keinerlei Leid erfahren läßt.

Das ist es, was Ihnen meine Großherzigkeit und meine Fürsorge für Ihre Ruhe raten läßt, und dieser Rat kommt mir aus tiefstem Herzensgrund. Setzen Sie mir nicht moralische Gründe dagegen, mein Freund, denn man schuldet dem nichts mehr, der bereits auf alles verzichtet hat. Jeder Vertrag, jedes Band, alles ist zerrissen. Sie werden es sehen! Meine Seele ist jeglichem Trost unzugänglich. Kaum wage ich, mir einige wenige Augenblicke der Erleichterung meiner körperlichen Leiden zu versprechen. Ich halte sie für ebenso unheilbar wie die meiner Seele.

Ich habe der Freundschaft nachgegeben, als ich Bordeu kommen ließ. Binnen kurzem wird dieselbe Freundschaft ob der nutzlosen Hilfe vor Schmerz aufstöhnen. Gute Nacht. Ich leide sehr. Ich wünschte mir inständig, daß Sie nicht dasselbe von sich sagen können.

Würde es Ihnen viel Mühe machen, die fünfzehn bis achtzehn Briefe zusammenzustellen, die Sie von mir erhalten haben? Der Gedanke, daß man darüber verfügen könnte, sucht mich häufig heim und ist mir sehr schmerzlich, selbst wenn einen die Meinung anderer in meinem Zustand nicht mehr sonderlich aufregt. Denken Sie daran, daß morgen Ihr Donnerstag ist. Sie haben sonst die Güte, ihn zu vergessen. Ich muß mich daran erinnern...

226. *An Mlle. de Lespinasse*

(März 1776)

Ich habe Ihnen soeben geschrieben, meine Freundin. Unsere Briefe haben sich unterwegs gekreuzt. Das geschieht häufiger, als Sie glauben, es ist dies das Los meiner Gedanken. Unaufhörlich eilen sie den Ihren voraus. Die einen sind durchtränkt von Verzweiflung, die anderen von Erschrecken erfüllt. Gestern haben Sie meine Seele auf fürchterliche Weise gequält. Ihre Tränen, Ihre erloschenen und doch so ausdrucksvollen Blicke werden mich noch lange verfolgen. Sie haben mich kaum angesehen, sonst hätten Sie bemerkt, daß ich beinahe genauso aufgewühlt war wie Sie. Ich litt an Ihrem Leid, und ich weinte über Ihre Tränen. Ach ja, es ist ja heute dieser Donnerstag! Ich hatte ihn ganz vergessen. Ich hatte wirklich nicht daran gedacht, daß heute zahlreiche Gäste sich zum Abendessen bei meiner Schwiegermutter einfinden, nur um mich zu sehen. Ich antworte Ihnen immer so, als wären wir beide allein auf der Welt. Tatsächlich, in dem Zustand, in dem Sie sich befinden, sehe ich, fühle ich niemand anderen als Sie. Ach, wie man den doch doppelt liebt, den man zu verlieren fürchtet!

Es dient weder meinem Vergnügen noch meinem Ehrgeiz, wenn ich nach Versailles fahre. Es ist mein Wunsch, Gutes zu tun, der mich dorthin treibt. Es ist mein Gewissen, meine Dankbarkeit für einen alten Mann, der mir seine Freundschaft bezeugt hat und dem ich neue Kräfte spenden will. Welchen Ehrgeiz kann man auch schon haben, wenn man in Frankreich lebt, wenn man die dreißig schon überschritten hat, wenn man noch nichts geworden ist und wenn man sieht, was aus dem besten Kopf mit sechzig wurde!

Ich habe in diesem Augenblick nur ein Empfinden, meine Freundin, nur einen Gedanken, nur einen Wunsch: Sie sollen leben, und meine Liebe möge Ihnen die Leiden Ihres Lebens mildern. Wenn ich daran denke, daß Sie sterben und daß dies meinetwegen geschieht, so verschwinden alle Moral, alle Pflichten und Neigungen, die nichts mit Ihnen zu tun haben. Ich sehe nur noch Sie, um Ihnen dies noch einmal zu versichern, vor meinen Augen, und das Verlangen, das mich erfüllt, ist, daß Sie leben.

Hier haben Sie Ihr blaues Buch. Ich glaube, Sie haben alles, was ich auf meiner Reise aufgeschrieben habe mit Ausnahme von zwei kleinen Heften, die ich nicht finden kann. Was Ihre Briefe anbelangt, so werde ich Ihnen diese heute bringen.

Adieu. Sie haben es mich nicht wissen lassen, ob Sie mit Fieber zu Bett gegangen sind.

227. *An M. de Guibert*

Freitag, halb elf Uhr, März 1776

Um acht Uhr, als ich Ihren Brief erhielt, konnte ich weder lesen noch schreiben oder diktieren. Ich hatte einen heftigen Hustenanfall und Schmerzen, so daß ich erst eine Stunde später imstande war, Ihren Brief zu öffnen.

Heute morgen waren meine Schmerzen derart heftig, daß eine Entzündung drohte. Ich habe alles versucht, um mir Linderung zu verschaffen, und während dieser Krise mußte ich, wie Sie gewiß verstehen werden, meine Türe verschlossen halten.

Der Erzbischof von Aix und zwei weitere Personen waren lange vor Ihnen gekommen. Ach, guter Gott, aus welchem anderen Grund sollte ich Sie nicht vorlassen? Weil Sie gestern nicht gekommen sind? Nein, solche Gefühle und Gedanken hat man nur, wenn man sich geliebt weiß, und vor allem, wenn man sich eine Freude erhofft. Aber in meinem Zustand gibt es davon nichts mehr. Ich schmachte nur noch nach Erleichterung.

Ich habe M. d'Anlezi fortgeschickt. Er war bei mir. Ich hatte keine Kraft mehr. Er fand mein Fieber sehr heftig, und er verstand es auch sehr gut, daß ich mein Bett jeder Unterhaltung vorzog.

Gute Nacht, also. Ich gehe schlafen. Kommen Sie nicht morgen vormittag, meine Tür wird nämlich bis vier Uhr ausnahmslos für jedermann verschlossen sein. Ich bin nicht mehr Herrin meiner Leiden, sie haben vollständig Besitz von mir ergriffen, und ich ergebe mich ihnen. Glauben Sie aber nur nicht, ich hätte kein Verlangen, Sie zu sehen. Aber ich sterbe vor Bedauern ob der traurigen Umstände, unter denen Sie Ihren Abend hier zubringen, während Sie anderswo von allen Arten des Vergnügens umgeben sind. Keine Opfer meinetwegen, mein Freund. Die Kranken weisen diese Anstrengungen zurück. Sie nützen ihnen auch so wenig.

228. *An Mlle. de Lespinasse*
Rue Saint-Dominique, Paris

(Winter 1776)

Ja, ich war gestern abend, als ich bei Ihnen war, ganz nah jenem Zustand der Seele und des Geistes, in dem sich die Engländer befinden, wenn der Lebensüberdruß sie dazu anstiftet, es zu verlassen.

Ich kam von Versailles, wo ich für drei Tage weilte, und ich erlebte dort, wie dieser unglückliche Minister der Last seiner Arbeit erlag, körperlich, aber mehr noch moralisch erschöpft und verbraucht von den Widerständen, die er auszustehen hat. Er sagte mir, als er mir die Hand gab, mit einem Seufzer, der aus der Tiefe seiner Seele kam, daß er alles hinwerfen würde, wenn er nicht entschlossen wäre, zuvor noch das Gute zu tun, das ihm möglich sei auszuführen, wie seine Verpflichtungen gegenüber einigen Leuten zu erfüllen. Aber die Anzahl dieser Personen ist nicht groß, denn er hat in seinem Inneren Verrätereien und Schurkenstreiche erfahren müssen. Das ist es vor allem, was seine Seele noch immer verletzt.

Ich komme auf mich zu sprechen, denn auch ich habe tausend Dinge, die sich mir widersetzen und mir Mühe machen. Die Pensionen, die ich meinen Schwestern in Aussicht stellte, werde ich wohl kaum bekommen. Ein intriganter Mensch hätte sie gewiß schon zehnmal erhalten. Mein Vater leidet Kummer und hat Schwierigkeiten in seiner Familie, er ist davon noch niedergedrückt. Wenn ich dieses Regiment annehme, muß ich dort wenigstens sechs Monate zubringen, und die Ausgaben, die ich mir damit aufbürdete, kämen mir im Augenblick gar nicht gelegen. Außerdem wäre ich damit weder in der Weise beschäftigt, noch hätte ich das zu tun, was mir wirklich zusagt. Müßte ich schon für sechs Monate von Paris fern sein, dann würde ich in dieser Zeit lieber reisen, mich bilden oder Dinge sehen, die ich noch nicht gesehen habe.

Auf der anderen Seite, wenn ich dieses Angebot nicht annehme und M. de Saint-Germain scheiterte, wäre ich ohne eine besoldete Anstellung, und sein Nachfolger im Amt ist vielleicht mein Feind. Ich kann dies fast mit Sicherheit sagen, wenn es M. de Castries[1] sein sollte, denn die Schikanen, die man mir seinetwegen machte, werden nicht vergessen sein. Bei den Kleingeistern sitzt die Rachsucht tief. Das ist die einzige Empfindung, der sie die Treue halten. Man hat mir wegen den Coigny,[2] wegen Mme. de Brionne[3] noch ganz andere Schikanen bereitet. Man sagt, ich sei der Sprengmeister, der Brandstifter im Kabinett von M. de Saint-Germain. Ich habe mich jetzt entschlossen, nichts mehr voranzutreiben, keinen Ratschlag mehr zu geben. Man muß schlecht beraten sein, um Leuten in Dingen einen Rat zu geben, die stärker sind als diese. Man muß sein Talent für den Fall aufsparen, daß man es jemals für sich selbst verwenden kann. Mein Gott, was einen das Leben doch lehrt! Aber dann, wenn man alles weiß, kann man nichts mehr ausrichten, man ist verbraucht, man hat nur noch das Grab vor sich.

Wenn ich mich an meine Freunde wende – und damit meine ich nicht Sie, denn Sie bedeuten mir mehr als diese und, wie es nur folgerichtig ist, bereiten Sie mir auch mehr Kummer – finde ich auch niemanden, der mir Trost spendete. Der Chevalier d'Aguesseau ist kreuzunglücklich. Er ist unglücklich wegen seiner Schwester, die er zärtlich liebt, die aber gerade ihre einzige Tochter verloren hat. Unglücklich ob seiner Karriere, denn deren Aussichten wurden durch die Neuorganisation der Gardes du Corps sehr geschmälert. Unglücklich auch wegen seiner Gesundheit, denn er ist immer leidend, und ich kann ihm auch nicht dieses Kommando verschaffen, das ich mit soviel Vergnügen ausgeschlagen habe, weil ich damit rechnete, es ihm mit eben diesem Vergnügen zukommen lassen zu können. Dieses Kommando wird mir von einer Kreatur von M. de Maurepas weggeschnappt werden, von diesem M. Dromol, der ein ganz einfältiger Kerl, ein hinterhältiger Possenreißer aus Pont-Chartrain ist. Mme. de M(ontsauge) läßt sich operieren. Sie bangt um ihr Vermögen. Gestern hörte ich, daß über die Posten entschieden worden ist.

Zu anderer Zeit hätte ich Ihnen all dieses Leid geklagt, und Sie hätten es mir erleichtert. Jetzt aber sind Sie selbst niedergedrückt. Sie leiden, Sie sterben. Ihr Herz ist mir verschlossen, es erhört mich nicht mehr, es stößt mich zurück, es hält mich für den Urheber, den einzigen Verursacher seiner Leiden.

Gestern abend bin ich bei Ihnen gewesen. Sie waren die erste, die ich sehen wollte. Sie erfüllten all mein Denken. Sie haben mich kaum angesehen. Mit Ihren ersten Worten verlangten Sie von mir Auskunft über diese Verabschiedung. Ich hatte das nicht vergessen! Es genügte, daß es Sie interessierte. Aber Sie hätten mir wenigstens ein Wort über mich sagen können.

Sie haben über Ihre Gesundheit gesprochen, aber Sie taten dies mit dem Nachdruck der Verzweiflung, als wollten Sie mich damit niederdrücken. Es schien so, als wollten Sie mir sagen: «Ja, ich leide, und Sie sind mein Henker. Ich sterbe, und das geschieht deshalb, damit ich Sie nicht mehr sehen muß...» Ein Übermaß an Traurigkeit hat meine Seele verschlungen. Ich bin fortgegangen und langte bei mir an; aber mein Zustand war unverändert. Ich bin immer noch traurig.

Ich werde unterbrochen.

Ich gehe zum Duc de Liancourt speisen. Es ist jetzt zwei Uhr. Ich habe lediglich die Zeit, Ihnen diesen Brief zu schicken. Ich werde Sie unmittelbar nach dem Essen aufsuchen.

1 Vgl. Brief 166, Anm. 6. 2 Marie-François-Henri de Franquetot, Duc de Coigny (1739–1821), Maréchal de France, sowie dessen Bruder Auguste-Gabriel de Franquetot, gen. Comte de Coigny (1740-1817), Militär. 3 Louise-Julie-Constance de Rohan-Montauban, Comtesse de Brionne.

229. *An den Comte de Guibert*

Freitag, sechs Uhr abends, März 1776

Ja, ich verstehe schon Ihre Großmut. Sie möchten, ein anderer soll mich wieder ans Leben fesseln oder mich zumindestens doch dem Tod entreißen, zu dem Sie mich verdammt haben.

Wie dankbar muß ich Ihnen sein! Der Haß könnte nicht besser für mein Glück und meine Ruhe gesorgt haben. Hätte es der Himmel doch nur gefügt, daß Sie auf diese so ungehörigen und aller Schicklichkeit widersprechenden Annäherungen einst mit Haß reagiert hätten. Diese Gefühlsregung wäre für mich weniger unheilvoll gewesen als jene, die Sie anstiftete, mir das Leben zu retten!

Doch darüber wollte ich gar nicht zu Ihnen sprechen. Ich wollte Ihnen vielmehr dafür danken, daß Sie mir über sich Nachricht gaben und von mir Neuigkeiten erfragten. Sie sind schlechter denn je, aber immer noch zu gut.

230. *An Mlle. de Lespinasse*

Versailles, sechs Uhr abends, (Winter 1776)

Sie haben es richtig vorhergesehen, meine Freundin, ich weiß noch nicht, zu welcher Stunde ich von hier aufbrechen kann. Der Comte de Saint-Germain hat heute Arzenei genommen, und als ich ihn vor dem Essen sah, war er ganz in sich zusammengesackt. Er ließ mir sagen, daß er hoffe, mir heute abend eine Stunde zu gewähren. Darauf warte ich jetzt und langweile mich.

Ach, sollte ich mich jemals im Alter von sechzig Jahren in meinem Garten verweilen und ein König schickte zu mir, sein Minister zu werden, dann antwortete ich seinem Boten hoffentlich, ohne meinen Spaten aus der Hand zu geben! Es gibt nur ein Alter für die Tätigkeit und die Arbeitslast, die dieser Platz einem abfordert. Aber wie mißlich ist es andererseits, die besten Jahre seines Lebens zu verschwenden, um für die dumme und undankbare Öffentlichkeit zu arbeiten! Ja, wäre man weise, dann verweigerte man sich dem in der Jugend, weil man es vorzöge, zu lieben und zu leben; im Alter, weil man ans Sterben denken müßte. Das sind die Gedanken, in die mich der Zustand von M. de Saint-Germain und die Langeweile, die ich durchlebe, stürzen.

Aber Sie, meine Freundin, Sie werden auf mich hoffen, mich erwarten. Wie gut sind Sie! Wie oft füge ich Ihnen Leiden zu! Und Sie glauben dennoch, daß ich dafür kein Gefühl hätte? Ihre schlechte Gesundheit verfolgt mich. Sie wirkten gestern abend auf mich ganz erloschen. Es geht zu Ende. Ich sehe, daß Sie sich entschieden haben. Sie wollen nichts mehr vom Leben wissen, selbst wenn es Ihnen das Glück bringen sollte. Ich beklage Sie, ich liebe Sie völlig vergebens. Adieu. Wenn ich in Paris vor elf Uhr eintreffe, werden Sie mich noch sehen, wenn nicht, dann erst morgen. Aber vielleicht finde ich einen Brief von Ihnen vor, wenn ich zu Hause ankomme. Mein Gott, wie sehr gefiele mir diese Art von Großmut! Sie ginge mir direkt zu Herzen. Ihr Ziel wäre damit nicht verfehlt. Das meiner Gedanken aber ist es, denn ich vermag Sie nie davon zu überzeugen, daß Sie mir lieb sind. Adieu, meine Freundin.

231. *An den Comte de Guibert*

Freitag, zehn Uhr abends, April 1776

Die Freundschaft wirkt Wunder. Hier haben Sie den Umstand: M. de Saint-Chamans hat um Urlaub gebeten. Wenn er nicht bewilligt wird und er nach Monaco[1] gehen muß, dann ist er ein verlorener Mann. In ihm steckt die schreckliche Erfahrung der vergangenen beiden Jahre. Ich will Ihnen damit aber nicht sagen: Betreiben Sie seine Beurlaubung, weil es möglicherweise nicht das ist, was getan werden muß. Aber sprechen Sie von seinem schlechten Gesundheitszustand, reden Sie von der Gefahr, die er damit zum einen läuft, weil er nicht die Heilmittel gebraucht, die man ihm verschreibt, und zum weiteren, weil er sich einem Klima aussetzt, das für ihn tödlich ist. Schließlich, mein Freund, machen Sie sich für sein Leben stark, und das bedeutet, daß Sie von dem, was mir noch zu erdulden bleibt, einen der tiefsten Schmerzen abwenden, den ich noch zu empfinden vermag. Sagen Sie dem Baron,[2] daß er sich Ihren Argumenten anschließt, um diesem unglückseligen jungen Menschen die Wirkung der Meeresluft vorzuenthalten. Er kann das bezeugen.

Ich erwarte von Ihnen Nachrichten, denn Sie haben mir diese versprochen. Außerdem glaube ich, daß es sehr angemessen und natürlich ist, mit der zu sprechen, die Ihnen ihr Leben geweiht hat. Jemandem indes, der im Begriffe steht, es zu verlieren, hat man nicht mehr viel mitzuteilen.

Ich kann nicht mehr, und das ist nur zu wahr. Gute Nacht.

1 In Monaco war das Regiment de la Fère stationiert, dessen Oberst der Vicomte de Saint-Chamans war. 2 Vermutlich: Paul-Henri Dietrich, Comte d'Holbach (1723–1789), Philosoph.

232. *An Mlle. de Lespinasse*

Versailles

Die Arbeit ist für diesen Abend getan, meine Freundin, sie dauerte bis zehn Uhr. Ich habe den Comte de Saint-Germain nicht mehr sehen können, aber er ließ mir sagen, daß meine Angelegenheit entschieden sei, daß ich ein Regiment erhielte, aber daß ich nur ja nicht darüber reden solle. Ich kann mir vorstellen, daß der Marquis de Crillon auch eines bekommen hat. Er stand nämlich auf der Liste. Aber, was soll mir dieses Regiment? Das ist nichts anderes als eine Pfründe ohne Einnahmen. Meine Seele ist beherrscht von einem Gedanken, der sie erfüllt und verfolgt. Dieser Gedanke gilt Ihrer Gesundheit, von der ich seit drei Tagen nichts gehört habe.

Ich bin gezwungen, heute noch hier zu bleiben, um den Comte de Saint-Germain zu treffen und um die Wahl meines Stellvertreters, des Oberstleutnants und des Majors zu überwachen, die man mir geben wird. Ich werde, wenn irgend möglich, in einigen Stunden zurück sein. Schreiben Sie mir doch bitte oder lassen Sie einige Zeilen zu mir schicken. Ich habe Verlangen danach. Ich werde kommen, oder ich werde zu Ihnen schicken lassen wie an jenem gewissen Abend um Mitternacht, als mich die Unruhe ganz aufgezehrt hatte.

Ihr Zustand hat sich seither sehr verschlechtert, und meine Befürchtungen sind beträchtlich. Bordeu sagt indessen immer, wenn Ihre Seele sich entspannte, wenn sie aufhörte zu leiden, dann würden Sie auch gesunden. Ach, meine Freundin, ist es denn möglich, daß der, der Sie liebt, der, der Sie immer geliebt hat, keine Macht mehr über Sie besitzt!

233. An M. le Comte de Guibert

Rue de Grammont (Anschrift von der Hand d'Alemberts)

Mittwoch, April 1776

Gestern war ich dem Nichts nahe. Ich war derart erschöpft, daß mein Zustand dem Tod glich, aber unglücklicherweise trat dieser nicht ein.

Um sechs Uhr dachte ich, Sie wären vielleicht in meiner Nähe, möglicherweise aber auch im Geiste sehr fern, denn in ein und demselben Zimmer besteht häufig eine große Distanz untereinander. Kommen Sie nicht erst um zehn Uhr abends, mein Freund. Erscheinen Sie ruhig in Ihrem Reisemantel, in Ihren Stulpenstiefeln, kurz mit allem angetan, was Sie davor bewahrt, vor Kälte zu vergehen.

Wissen Sie, was mich ein wenig unempfindlich Ihnen gegenüber macht? Das ist der gute Condorcet, der jede Woche zu Fuß nach Nogent geht[1] und der mir sagte, daß diese Fußmärsche ihn nicht wenig gestärkt hätten. Folgerichtig macht er sich heute abend wieder auf seinen Gang von vier Meilen. Aber dennoch finde ich, daß die rue de Grammont ziemlich weitab liegt. Sie sollten mit einer Kutsche kommen und diese dann wegschicken.

M. de Saint-Chamans geht es nicht schlechter, das ist auch schon alles, aber sein Zustand macht mir für die Zukunft große Sorgen. Sie sind ein guter und sehr liebenswürdiger Mensch, weil Sie sich meiner Zuneigung annehmen wollen. M. de Vaines hat mir gestern allerlei über Sie erzählt. Guten Tag, mein Freund. Ich bin nicht allein, das schneidet mir das Wort ab. Bis heute abend, mein Freund. Lassen Sie sich von keiner anderen Regung verleiten.

Bitte, bringen Sie mir heute abend den Bericht über Ihre Reise nach Preußen und Wien mit. Ja, ich möchte diesen genauso, wie er ist. Wenn Sie ihn mir verweigern, sind wir geschiedene Leute.

1 Nogent-sur-Marne in ca. 8 Kilometer Entfernung von der damaligen Pariser Stadtgrenze. Condorcet wohnte damals in der rue Louis-le-Grand, gegenüber der rue d'Antin.

234. *An Mlle. de Lespinasse*

(Winter 1776)

Ich spüre es, ich sehe es, ich habe nichts mehr von Ihnen zu gewärtigen, meine Freundin. Die Verzweiflung wie das Verlangen zu sterben wohnen in Ihrer Seele. Sie haben sich von allem gelöst. Kein Wort der Zärtlichkeit oder der Güte, das Sie an mich gerichtet hätten, habe ich seit mehr als drei Wochen aus Ihrem Munde vernommen. Aber es ist eher noch Ihr Wille als Ihre Abgespanntheit, der mich zu dieser Qual verdammt.

Gestern noch sagten Sie mir, Sie wünschten mir nur Gutes und fügten dem noch hinzu: «Ebensoviel, wie Sie mir Übles angetan haben.» Welch ein Wunsch! Die Rache der Hölle könnte keine grausamere Formel finden! Aber ich, ich liebe Sie mehr denn je. Ich klammere mich mit ausgelassener Freude an die Hoffnung, die Bordeu erweckte. Ich höre nicht auf, an Sie zu denken, ich fahre fort, Ihnen zu schreiben, ich werde die Schwelle Ihrer Türe mit Küssen bedecken. Ich würde vor Schmerz vergehen, wenn Sie sie mir wiesen. Meine Freundin, ja, Sie sind immer noch meine Freundin, das, was Sie mich seit drei Wochen leiden lassen, dürfte genug sein, damit ich meine Fehler gebüßt habe, wenn Sie nur auf den Grund meiner Seele zu blicken vermöchten. Sie ist zerrissen vom Schmerz und von Reue.

Ich gehe ab nach Versailles. Ich werde Sie sehen, ich werde bei Ihnen vorbeikommen, wenigstens dann, wenn ich nicht nach elf Uhr zurückkomme. Ich muß M. de Montbarrey[1] einige Papiere aushändigen und auch noch eine Ausarbeitung, die sich darauf stützt, mit ihm machen. Seit gestern habe ich keine Neuigkeiten von M. de Saint-Germain. Ich bin kein guter Prophet. In einem anderen Moment wäre das für mich eine große Last, aber ich spüre nur noch Sie und das, was mit Ihnen in Zusammenhang steht.

1 Alexandre-Marie-Léonor de Saint-Mauris, Prince de Montbarrey (1732 bis 1796), Staatssekretär im Kriegsministerium.

235. *An den Comte de Guibert*

Zehn Uhr abends, Montag, April 1776

Sie haben mich sehr schwach, sehr unglücklich angetroffen, mein Freund. Gewöhnlich bannt Ihre Gegenwart meine Schmerzen und lenkt meine Tränen ab. Heute jedoch wurde ich überwältigt, und ich vermag nicht zu sagen, ob meine Seele oder mein Körper mir mehr Leid verursachte. Dieser Zustand ist derart ausgeprägt, daß ich soeben die Tröstungen der Freundschaft zurückgewiesen und es vorgezogen habe, allein zu sein, Ihnen zu schreiben, mich schlafen zu legen, und verzichtet habe auf die Erleichterung und das traurige Glück, zu beklagen und meinen Schmerz von anderen teilen zu lassen.

Ich entsinne mich soeben, daß Sie mir gesagt haben, Sie blieben die Dienstage und Donnerstage am liebsten bei sich zu Hause. Ihre Güte hat Sie dies vergessen lassen, aber ich gebe Ihnen Ihre Worte zurück. Niemals habe ich es mir weniger gewünscht, mein Freund, daß Sie mir Opfer brächten. Ach, so sehen Sie doch, ob ich überhaupt noch imstande bin, mich an irgend etwas zu erfreuen! Ich schreie Ihnen doch nur entgegen: Reißen Sie mir meine Wunde nicht auf. Das ist es, womit sich alle meine Wünsche bescheiden. Es will mir scheinen, wenn Sie mir dies nicht verargen, als seien Ihre Fahrten nach Versailles nicht mehr ganz so zahlreich. Wenn ich Sie morgen sehe, mein Freund, bringen Sie mir doch die noch fehlenden Teile Ihres Reisetagebuchs, meine Briefe und mein blaues Heft mit. Wenn Sie dies alles aber gerade zur Hand haben sollten, geben Sie es meinem Laufburschen.

Haben Sie meinen Brief dem Eigentümer meines Hauses gegeben, mein Freund? Mein Gott, ich bedauere oft die Mühe, die ich Ihnen dieser Wohnung wegen gemacht habe! Adieu. Ich habe, um ehrlich zu sein, nicht mehr die Kraft, meine Feder zu halten. Alle meine Fähigkeiten werden von meinem Leiden beansprucht. Ich bin mit meinem Leben jetzt da angelangt, wo es beinahe ebenso schmerzhaft ist, zu sterben wie zu leben! Ich habe große Angst vor den Schmerzen! Die Leiden meiner Seele haben alle meine Kräfte aufgebraucht.

Stützen Sie mich, mein Freund, aber leiden Sie nicht, denn das würde mir das schlimmste Übel sein.

Ich wiederhole es Ihnen in guter, in ehrlicher Weise: Entziehen Sie sich am morgigen Abend nicht Ihrer Familie.

Morgen ist erst Dienstag.

236. *An denselben*

Mai 1776

Ohne alles Maß, ganz so, wie Sie sind! Zweimal in einer Nacht einen Boten schicken! Ach, der beste und leichtsinnigste aller Männer! Ja, beruhigen Sie sich, ich flehe Sie an. Sie beschleunigen meine Leiden. Die Ihren bereiten mir Übelkeit, große Übelkeit.

Ich nehme gerade als Heilmittel Kalbsgekröse, aber es hat noch nicht angeschlagen. Ich liege im Bett und denke häufig mit Schmerz daran, was Sie leiden. Kommen Sie nicht vor Mittag, ich bin viel zu sehr mit Einzelheiten hinsichtlich meiner Gesundheit befaßt. Adieu.

237. *An Mlle. de Lespinasse*

Neun Uhr abends

Aus Barmherzigkeit, aus Liebe, lesen Sie, lesen Sie.

Ich bin seit fünf Uhr unterwegs und komme eben erst nach Hause. Ich verbrachte just die vier tödlichsten und langweiligsten Stunden mit M. Sabourain,[1] den aufzusuchen mich der Comte de Saint-Germain gebeten hatte, und zwei weitere Stunden mit M. Joly de Fleury, um mit ihm das Gesetz die Ecole militaire betreffend zu erörtern, zu diskutieren und zu verabschieden. Niemals zuvor hatte ich soviel Geduld und Scharfsinn nötig, um alle Schwierigkeiten und Kautelen dieser Beamtenwirtschaft zu überwinden. Ich weiß nicht, ob meine Fähigkeiten dazu ausreichten. Sie waren nämlich unablässig von den Gedanken an Sie erregt und verwirrt. Ich vergehe vor Verlangen, zu mir nach Hause zu kommen, wo ich hoffe, Nachrichten von Ihnen vorzufinden, oder um mich zu Ihnen zu begeben.

Endlich bin ich zu Hause. Man hat mir Ihren Brief gegeben. Sie bitten mich, ihn zu lesen. Grausames Wesen! Ich habe ihn gelesen und dreimal seine Lektüre wiederholt, ich habe ihn mit meinen Tränen genetzt. Ihr letzter Wille! ... Dieses Wort läßt mich erschauern. Wohlan, der Brief trägt tatsächlich den Eindruck des Todes. Es sind die Züge der Agonie... Ich Unglücklicher, was habe ich Ihnen getan? Sie stürzen mich in Verzweiflung.

Nein, es ist nicht das Mitleid, es ist nicht die Moral, die mich Sie beschwören lassen zu leben. Es ist dies mein Eigennutz, es geschieht, weil Sie mir teuer sind, weil ich Sie brauche, um selber leben zu können. Ich liebe Sie, meine Freundin, ich liebe Sie! Diese Worte kommen vom Grunde meines Herzens, wären Sie zugegen, würden sie von meinem Schluchzen unterbrochen.

Ich lese Ihren Brief erneut. Er überhäuft mich mit Vorwürfen. Ich bin aber dennoch nicht so schuldbeladen, wie Sie dies glauben. Ich habe Sie immer geliebt. Ich habe Sie von dem ersten Augenblick, da ich Sie sah, geliebt. Sie sind alles, was mich anzieht, alles, was mich am meisten ans Leben fesselt. Ja, (ich muß dies sagen, denn wenn ich ganz tief in mein Herz schaue, erkenne ich, daß dies mein allergeheimster Gedanke ist) wenn ich zwischen Ihrem Tod und dem Verlust von allem, was mir lieb und teuer ist, zu wählen hätte, ich würde nicht zögern. Sterben Sie jetzt, Grausame, sterben Sie und überschütten Sie mich mit Vorwürfen, daß ich es sei, der Sie tötet. Ich habe nicht die Kraft, noch mehr zu sagen. Ich zergehe vor Tränen...

Ich muß meinen Kopf wieder ordnen. Es gilt, noch eine wichtige Arbeit zu beenden, die ich morgen dem Comte de Saint-Germain geben muß. Ein Sekretär ist zugegen, der darauf wartet, daß ich sie ihm diktiere. Was soll ich ihm nur sagen? Daß ich Sie liebe, aber daß Sie sterben werden? ... Ja, das ist es, was mein Denken erfüllt.

Antworten Sie mir, lassen Sie mich wissen, ob Ihre Seele noch für eine gewisse Empfindsamkeit empfänglich ist. Antworten Sie mir. Ich leide mehr als Sie. Ich bin weder trunken noch betäubt durch den Genuß von Opium. Ich bin im Besitz aller meiner Sinne; meine Gesundheit, all meine Kraft und meine Fähigkeiten arbeiten zusammen, um mir Unruhe und Schmerz zu bereiten. Antworten Sie mir mit einem Wort.

Ich werde Ihnen morgen vormittag schreiben, und ich werde Sie, zu welcher Stunde auch immer, aufsuchen, sobald ich aus Versailles zurück bin. Ja, um welche Stunde auch immer. Leben Sie also wohl. Ach, Ihr Herz versteht mich nicht mehr. Es ist erstarrt. Ich bitte Sie nur um ein Wort, ein einziges Wort.

1 Nicht zu ermitteln.

238. An den Comte de Guibert

Sonntag, vier Uhr, Mai 1776

Sie sind zu gut, zu liebenswürdig, mein Freund. Sie möchten mir wieder Leben einhauchen, ein Herz, das endlich unter der Last und der Härte des Schmerzes erliegt, stützen. Ich spüre den ganzen Wert dessen, was Sie mir anbieten, aber ich verdiene es nicht.

Es gab einmal eine Zeit, da, wenn ich von Ihnen geliebt worden, mir nichts mehr zu wünschen übrig geblieben wäre. Ach, vielleicht hätte dies meine Reue verstummen lassen oder mir wenigstens meine Bitternis versüßt! Ich wünschte mir zu leben. Heute jedoch will ich nur noch sterben. Es gibt keine Entschädigung, keinen süßen Trost für den Verlust, den ich erlitten habe. Ich hätte ihn (i. e. Mora) nicht überleben dürfen. Das, mein Freund, ist das einzige Empfinden von Bitterkeit, das ich in meinem Herzen gegen Sie zu entdecken vermag. Aber, mein Gott, wie viele Tränen hat dieses unheilschwangere Gefühl, das Sie in jenem Augenblick zu mir trieb, wieviel Schmerz und schließlich mein Leben gekostet...!

Ich würde gerne Ihr weiteres Schicksal kennen. Ich wünschte Ihnen sehr, daß Sie darin glücklich werden, denn Ihrem Charakter und Ihrer Empfindsamkeit nach werden Sie niemals sehr unglücklich sein. Ich habe Ihren Brief um ein Uhr erhalten. Ich litt glühendes Fieber. Ich kann Ihnen gar nicht sagen, wieviel Mühe und Zeit ich brauchte, Ihr Schreiben zu lesen. Ich wollte dessen Lektüre aber auch nicht auf heute verschieben, und dieser Vorsatz hat mich beinahe in einen Fieberwahn gestürzt.

Ich erhoffe von Ihnen Nachrichten heute abend.

Adieu, mein Freund. Sollte ich jemals ins Leben zurückkehren, dann würde ich es liebend gern noch einmal daran wenden, Sie zu lieben, aber dazu ist keine Zeit mehr.

239. *An Mlle. de Lespinasse*

1776

Daß ich mich beruhige und Sie sterben...! Ihr Tag war schrecklich, und Ihre Nacht wird fürchterlich. Die meine wird auch von schmerzensreicher Schlaflosigkeit gekennzeichnet sein. Ich habe furchtbares Kopfweh und ein Reißen in den Eingeweiden. Ich werde mich zu Bett legen. Ach, welch düstere Gedanken werden mich da heimsuchen. Aus Mitleid, aus Liebe, meine Freundin, meine unglückliche Freundin, stoßen Sie nicht meine Verzweiflung zurück.

Konsultieren Sie einen Arzt. Nehmen Sie Milch, denn Sie haben eine Ahnung, daß Sie dies erleichtern kann. Ich werde zu Ihnen schicken. Ich möchte wissen, wie es Ihnen geht. Es wird halb zwölf oder Mitternacht sein, bis Ihre Antwort eintrifft. Ich werde noch wach und vielleicht in Tränen aufgelöst sein, denn wenn ich allein bin, kann ich sie nicht mehr unterdrücken.

Ich werde morgen noch vor Mittag bei Ihnen sein. Ach, meine Freundin, sähen Sie doch auf den Grund meines Herzens, es würde Sie anrühren. Sie könnten sich dann nicht entschließen zu sterben.

Adieu.

240. *An den Comte de Guibert*

Dienstag, vier Uhr, Mai 1776

Ich liebe Sie, mein Freund. Das ist das einzige Beruhigungsmittel, das meinen Schmerz stillt. Es hängt nur von Ihnen ab, dieses Mittel in Gift zu verwandeln, und unter allen Giften wird dies das rascheste und heftigste sein.

Ach, es fällt mir so schwer zu leben, daß ich beinahe versucht bin, Ihr Mitleid und Ihre Großherzigkeit zu erflehen, mir diese Hilfe zu gewähren. Sie beendete eine schmerzerfüllte Agonie, die auf Ihrer Seele lasten wird.

Ach, mein Freund, eilen Sie, damit ich Ihnen meinen letzten Frieden zu danken habe. Aus Edelmut, seien Sie ein einziges Mal grausam! Ich vergehe, adieu.

Julie de Lespinasse starb am 23. Mai 1776.

Julie de Lespinasse

An einem Sommernachmittage des Jahres 1811 kehrte Madame de Staël mit einigen Freunden in einer Kutsche von einem Ausflug in das Tal von Chambéry zurück. Die Unterhaltung plätscherte so dahin, bis einer der Mitreisenden das Wort auf ein zweibändiges Werk brachte, das im Spätjahr 1809 in Paris erschienen war. Mit einem Mal wurde das Gespräch lebhaft, und insbesondere Mme. de Staël nahm sich des Gegenstands mit besonderer Leidenschaft an. Unterdessen entlud sich ein heftiger Gewitterregen, von dem jedoch niemand in der Kutsche sonderlich Notiz nahm, so sehr waren alle von dem Thema gefesselt. Das Werk, das die Gemüter derart beschäftigte, hatte den vergleichsweise nichtssagenden Titel: «Lettres de Mademoiselle de Lespinasse, écrites depuis l'année 1773 jusqu'a l'année 1779» und war in Paris bei Léopold Collin, Libraire, rue Gît-le-Cœur, No. 4 erschienen.

Diese Anekdote gibt eine gewisse Vorstellung von der großen inneren Bewegung, mit der die Briefe einer Frau aufgenommen wurden, die bei ihrer Veröffentlichung schon dreißig Jahre tot und deren Namen und Grab bei den später Geborenen längst vergessen waren. Wieviel war auch in jenen dreißig Jahren geschehen! Die Revolution hatte die Lebenswelt der Julie de Lespinasse, das Ancien Régime, hinweggefegt, und das napoleonische Kaiserreich hatte seinerseits die Erinnerung an die Revolution nach Kräften zu tilgen versucht. Nicht jedoch, daß Julie de Lespinasse zu ihren Lebzeiten eine Unbekannte gewesen wäre. Als Freundin von d'Alembert, mit dem sie lange eine Josephs-Ehe führte und ihre Wohnung teilte, hatte sie, die völlig mittellos war, keinen klingenden Namen besaß, auch alles andere als eine Schönheit war, es dennoch verstanden, allein mittels ihres Esprits sich einen Salon zu schaffen, der zu den gesuchtesten im damaligen Paris zählte, dem es an solchen *Bureaux d'Esprit* wahrlich nicht mangelte. Allein, dieser Ruhm und Ruf, den sich Julie de Lespinasse damit erwarb, fand zwar in der Briefliteratur und den Memoiren der Zeitgenossen seinen Niederschlag, aber es war dennoch ein rasch verblassender Glanz, der ihren Namen umgab.

Dies änderte sich mit einem Mal, als 1809 ihre Briefe an den Comte de Guibert erschienen, die sie in einem ganz anderen Licht, nicht in dem der liebenswürdigen und geistreichen Person, als welche sie bislang bekannt war, zeigten, sondern als eine Frau voller aufopferungswilliger Liebe, die an ihrer Leidenschaft, von der bis dahin niemand etwas gewußt oder geahnt hatte, litt und zugrunde gegangen war. Diese Liebesbriefe sind ein Monument der Leidenschaft, der Liebesfreude wie der Liebesqual. Dies mag zum einen das Aufsehen erklären, das sie bei ihrer Veröffentlichung erregten, die von der Witwe des Comte de Guibert und dem wegen seiner Rolle während des Terreur berüchtigten Bertrand Barrère de Vieuzac besorgt worden ist. Zum anderen empörte sich natürlich die gute Gesellschaft, in der nicht wenige lebten, die Julie de Lespinasse noch gekannt hatten, wegen der Indiskretionen dieser Veröffentlichung, die der Moral und dem Schamgefühl einen Tort zufügten und vermeintlich das Andenken einer Frau entehrten, die sich bislang allgemeiner Wertschätzung erfreute. Dieser Empörung jedoch ungeachtet stürzte man sich auf die Lektüre der Briefe, die wegen ihrer Authentizität alles, was die zeitgenössischen Romane an Liebesleidenschaft zu bieten hatten, in den Schatten stellten.

Einer späteren Zeit lag derartiges Interesse ziemlich fern, aber dennoch haben sich die Briefe der Julie de Lespinasse ihrer literarischen Qualität wie auch wegen der Intensität leidenschaftlichen Fühlens und Wollens, das sich in ihnen ausspricht, wie nur wenige andere Zeugnisse dieses Genres in ihrer Bedeutung und Schätzung erhalten. Ein weiterer Grund dürfte der Umstand sein, daß sie einen Einblick in das Gefühlsleben des «Galanten Jahrhunderts» geben.

Das Leben der Julie de Lespinasse glich im übrigen von seinem Beginn an einem Roman. «Eines Tages», so schrieb sie am 25. August 1774 an den Comte de Guibert, «mein Freund, werde ich Ihnen von Dingen erzählen, wie man sie weder in den

Romanen von Prévost noch von Richardson liest. Meine Lebensgeschichte besteht aus so verhängnisvollen, schrecklichen Umständen, daß sie mir geradezu den Nachweis dafür liefert, daß das Wahre oft nicht das Wahrscheinliche ist. (...) An einem Winterabend, wenn wir in trüber Stimmung und so recht zum Grübeln aufgelegt sind, dann werde ich Ihnen mit einem Bericht die Zeit vertreiben, der Sie mit Spannung erfüllte, läsen Sie ihn in einem Buch, in jedem Fall aber wird er Sie in großes Entsetzen über das Menschengeschlecht stürzen. Wie grausam doch die Menschen sein können! Verglichen mit ihnen sind die Tiger harmlose Wesen. Das Natürlichste wäre gewesen, wenn ich mich ganz dem Haß verschrieben hätte. Ich habe meiner Bestimmung aber nur schlecht genügt: Ich habe zu viel geliebt und zu wenig gehaßt. Mein Gott, mein Freund, ich bin einhundert Jahre alt. Dieses Leben, das so gleichmäßig, so monoton erscheint, war allen Unglücksfällen, allen schmutzigen Leidenschaften ausgesetzt, von denen ehrlose Menschen beseelt sind.»

Julie de Lespinasse wurde am 9. November 1732 in Lyon geboren. Ihre Mutter, Julie-Claude-Hilaire d'Albon, Comtesse d'Yvetot, heiratete 1711 im Alter von 16 Jahren ihren Vetter Claude d'Albon, Comte de Saint-Marcel. Dieser Ehe, die sich zunächst ganz glücklich anließ, obwohl sie eine reine Vernunftheirat war – Julie d'Albon galt als eine der reichsten Alleinerbinnen der Provinz, während ihr Mann der letzte männliche Erbe des verarmten Zweiges der Comtes de Saint-Marcel war – entsprossen drei Mädchen, von denen allerdings nur eines überlebte und, 1724 schließlich, der lang ersehnte Stammhalter. Danach ging die Ehe auseinander, und während der Comte, der an dieser Trennung wohl der schuldige Teil war, sich in die Stadt Roanne zurückzog, blieb Julie d'Albon mit ihren Kindern in Lyon. Zum Zeitpunkt der Trennung war die Comtesse d'Albon gerade dreißig Jahre alt und bis auf eine etwas zu lang geratene Nase von angenehmem Äußeren und freundlichem Wesen, kurz, es dauerte nicht lange bis sie die Leere ihres Herzens mit einer Liaison überbrückte, die sie mit ihrem Vetter Gaspard de Vichy, einem Bruder der bekannten Freundin Voltaires, der Madame du Deffand, einging. Aus dieser illegitimen Verbindung gingen zwei weitere Kinder hervor: Zunächst ein Junge, der 1731 geboren und auf den Namen Hilaire getauft wurde, und zwanzig Monate später, am 9. November 1732, ein Mädchen, das den Namen Julie erhielt. Sein Nachname de Lespinasse stammt von einem Landgut, das der Comtesse d'Albon gehörte. Sieben Jahre nach der Geburt von Julie heiratete ihr leiblicher Vater Gaspard de Vichy die vierundzwanzigjährige Marie-Camille-Diane, die einzige überlebende legitime Tochter seiner Geliebten, der Comtesse d'Albon, die Stiefschwester von Julie de Lespinasse.

Da die Comtesse de Vichy Julie in ihr Haus genommen hatte, wuchs sie hier gemeinsam mit den Kindern ihres leiblichen Vaters auf, der gleichzeitig auch ihr Schwager war. In dieser Zeit faßte sie eine tiefe Zuneigung zu ihrem Halbbruder Abel, der erst im Jahre 1769 mit Entsetzen erfuhr, daß Julie sowohl seine Schwester wie seine Tante war.

Aber damit haben sich die romanhaften Bezüge der Herkunft von Julie de Lespinasse, auf die sie selbst in ihrem Schreiben an den Comte de Guibert anspielte, noch keineswegs erschöpft. So versuchte ihre Mutter beispielsweise vergebens, ihr die Rechte eines legitimen Kindes zu verschaffen. Gegen diese Absicht setzte sich die Familie mit allen Mitteln zur Wehr, fürchtete sie doch das Offenbarwerden einer Schande, die ängstlich verborgen wurde und die dies auch bis zum Beginn dieses Jahrhunderts blieb, bis der Comte de Ségur in seiner Biographie von Julie de Lespinasse aufgrund umfangreicher archivalischer Studien deren Herkunft zweifelsfrei nachweisen konnte. Aus den nämlichen Rücksichten auf den guten Ruf ihrer Familie konnte die Comtesse d'Albon ihrer Tochter Julie auch nur ein bescheidenes Legat aussetzen, das sich auf eine Jahresrente von 300 Livres belief. Eine freie Zuwendung in beträchtlicher Höhe, die dieses Legat nach dem Willen der Mutter ergänzen sollte, wurde von Julie indes abgelehnt, die damit schon früh die Vornehmheit ihres Charakters bewies. Unmittelbar nach dem Tod ihrer Mutter 1748 übereignete sie diese Geldsumme ihrem Halbbruder Abel. Damit war Julie in materieller Hinsicht ganz auf die Gnade ihrer Familie angewiesen, die stetig in der Furcht lebte, sie könnte ihre Rechte auf das Familienerbe bei Gericht erstreiten, zumal sie auch keinerlei Miene machte, in ein Kloster zu gehen, wie dies in Fällen wie dem ihren damals die Regel war.

Im Alter von 16 Jahren kam Julie dann in das Haus ihres Vaters und Schwagers auf dem Domänenbesitz Champrond, der in der Nähe des Dorfes Ligny-en-Brionnais im südlichen Mâconnais gelegen war, wo sie ihre Halbgeschwister erziehen half. Hier erfuhr sie wohl auch die Wahrheit über ihr eigenes Herkommen. Allein das Leben in diesem Haus muß für Julie alles andere als angenehm gewesen sein, denn sicherlich herrschte auch hier das Mißtrauen vor, daß Julie, die sich stets mit Stolz zu ihrer Abkunft aus dem Hause d'Albon bekannte, versucht sein könnte, daraus Ansprüche abzuleiten und einzuklagen und so das ganze Gespinst von Lügen und vertuschter Schuld zu zerreißen. Möglich auch, daß es zu heftigen Szenen kam, in denen der leidenschaftliche Charakter Julies entflammte. Später jedenfalls bezeichnete sie ihre Verwandten nur als «barbarische Verfolger», ein Wort, das der Phantasie viel Raum läßt.

Aus dieser für Julie höchst mißlichen Situation wurde sie von ihrer Tante, der Schwester ihres Vaters, der Marquise du Deffand befreit, die ihr gelegentlich eines Besuchs in Champrond begegnete, spontan Gefallen an der jungen Frau fand und sie im April 1754 zu sich nach Paris kommen ließ. In einem späteren Brief schilderte Mme. du Deffand den Eindruck ihrer ersten Begegnung mit Julie de Lespinasse: «Ich bemerkte, daß sie sehr traurig war und daß sie oft Tränen in den Augen hatte.» Möglicherweise war es eben diese schweigende Melancholie, die ihre Sympathie für Julie weckte und sie den Plan fassen ließ, ihre Nichte zu sich zu nehmen.

Julies Persönlichkeit muß damals schon jene Merkmale gehabt haben, die später an ihr bemerkt wurden. In seiner «Eloge d'Eliza», die ihr Portrait darstellt, schildert sie der Comte de Guibert wie folgt: «Sie war alles andere als schön, aber ihre Häßlichkeit hatte auf den ersten Blick nichts Abstoßendes. Beim zweiten hatte man sich schon daran gewöhnt, aber, sobald sie sprach, hatte man sie bereits ganz vergessen.» Gewiß lernte Guibert Julie de Lespinasse erst kennen, als diese bereits 38 Jahre alt war und ihre Gesichtszüge von Blatternnarben entstellt waren, aber dennoch wird man kaum sagen können, daß sie im

Alter von zwanzig Jahren durch Schönheit aufgefallen wäre. Das bemerkenswerteste an ihr war eine Fülle brauner Haare, die ihren etwas klein geratenen Kopf umflossen, der auf einem verhältnismäßig großen und sehr schlanken Körper saß. In ihrem ovalen Gesicht fiel eine Stupsnase auf, die in einem etwas seltsamen Kontrast zu ihrem zu groß geratenen Mund stand. Was die Betrachter an ihrem Äußeren aber vor allem in Bann schlug, waren ihre großen, schwarzen, tiefblickenden Augen, die von einer rätselhaften Expressivität waren. Was zum weiteren für sie einnahm, waren ihre distinguierte Haltung, ihre Gestik, die Desinvolture ihres ganzen Gebarens, die in einem markanten Kontrast zu ihrer stets einfachen, um nicht zu sagen, ärmlichen Kleidung stand.

Was alle aber, die ihr begegneten, am meisten faszinierte, war die Beweglichkeit ihrer Gesichtszüge, in denen sich wie in einem Spiegel ihre inneren Regungen abbildeten. «Ich habe», schrieb Guibert von ihr in seinem «Éloge d'Eliza», «Gesichter gesehen, die vom Geist, von der Leidenschaft, vom Vergnügen oder vom Schmerz gezeichnet waren. Aber wie viele Nuancen waren mir noch unbekannt, ehe ich sie kannte!» Damit erzwang sich Julie de Lespinasse nach dem Urteil ihrer Zeitgenossen selbst die Aufmerksamkeit des Gleichgültigsten, wurde sie, ohne daß sie dies wollte, der Mittelpunkt jeder Gesellschaft, in der sie sich aufhielt. «Mir sind gänzlich apathische Gemüter untergekommen», schreibt Guibert, «die sie elektrisierte, ich habe mittelmäßige Geister erlebt, die durch den Umgang mit ihr zu brillieren begannen ... Sie begaben den Marmor mit Gefühl, sagte ich ihr einmal, und Sie regen selbst die tote Materie zum Denken an.»

Ihre stets wache Empfänglichkeit, die bisweilen bis zur Exaltation sich zu steigern vermochte, verband sich bei Julie aber mit den genau gegenteiligen Phänomenen, mit einem hohen Maß an Vernunft und praktischem Sinn, die auf ihr stürmisches Herz außer in Zeiten größter Seelenkrisen stets einen mäßigenden Einfluß ausübten. Aber es waren eben diese erstaunlichen Gegensätze zwischen heftiger Gefühlsaufwallung und kühler Vorausschau, zwischen rückhaltloser Begeisterung für etwas und zurückhaltender Schicklichkeit, kurz zwischen einer Spontaneität des Herzens und einem leidenschaftslos reflektierenden

Verstand, die die große Originalität von Julie de Lespinasse ausmachten, ihrem Wesen eine einzigartige Prägung verliehen.

Was all diesem aber gewissermaßen den Fond gab, war ihre Natürlichkeit, ihre absolute Wahrhaftigkeit. Das galt aber nicht nur für das, *was* sie sagte, ihr Unvermögen zumal, wie sie es selbst eingestand, jene, die sie schätzte, zu belügen oder zu betrügen, sondern vor allem auch dafür, *wie* sie es sagte. Ihr großer Förderer in den ersten Pariser Jahren, der Präsident Hénault, beschrieb diese Harmonie zwischen ihrem inneren Selbst und ihrem äußerlichen Gebaren einmal mit den Worten: «Gleichviel ob sie von ihrem Herzen oder von ihrem Geist angeregt war, ihre Bewegungen, ihre Gesichtszüge, ja sogar ihre Stimme waren in vollkommener Übereinstimmung mit dem, was sie sagte.»

Alle diese bestechenden Eigenschaften hatten indes auch ihre Kehrseite. Sie ließ sich ebenso rasch für jemanden einnehmen oder für etwas begeistern, wie sie andererseits Menschen und Dinge aus einem völlig unbegründeten Vorurteil heraus ablehnen konnte. Ihre ganz außergewöhnliche Sensibilität machte sie bisweilen übertrieben verletzlich und leicht kränkbar, und ihre Phantasie hatte die Tendenz, alles zu übersteigern, zu übertreiben. Vor allem aber wenn sie liebte, gab sie sich rückhaltlos preis, verlangte aber im Gegenzug auch von ihren Freunden unendlich viel, weshalb nicht wenige ihre Zuneigung bisweilen als eine geradezu gewalttätige Zumutung empfanden.

In ihrer Leidenschaft schließlich, die sich bisweilen bis zu Hysterie und Raserei steigern konnte, verlor sie jegliches Maß, konnte sie sich zu den ärgsten Anschuldigungen und Ungerechtigkeiten versteigen, verwandelte sie sich in eine rasende Mänade, deren Rachsucht durch kein Opfer zu befriedigen war. Aber bei all dem war sie es selber, die am meisten darunter litt, zumal ihr Schmerz ebenso unergründlich war wie ihre geradezu krankhafte Leidenschaft zu leiden, ihre Lust an den eigenen Seelenqualen, von der nicht wenige ihrer Briefe an den Comte de Guibert wortreich Mitteilung machen.

Als Julie de Lespinasse im April 1754 bei Mme. du Deffand, die im Pariser Couvent de Saint-Joseph wohnte, anlangte, betrat sie zum ersten Mal die Welt, die von nun an ihre Bühne sein sollte. Die *Maison des Filles de Saint-Joseph de la Providence,* im heutigen VII. Arrondissement gelegen, war eines jener aristokratischen Klöster, die im *Ancien Régime* mancherlei gesellschaftlichen oder erzieherischen Aufgaben dienten. In ihnen fanden unverheiratete Töchter aus Adelshäusern eine Zuflucht, sie fungierten als Internate oder boten jungen Witwen aus besseren Häusern, die auf eine Wende des Schicksals warteten, eine zumindest zeitweilige Heimstatt. Schließlich fanden auch ältere Frauen von Stand hier eine Wohnung, die es ihnen gestattete, am Getriebe der Welt Anteil zu nehmen, ohne daß sie irgendeiner klösterlichen Zucht unterlagen. Zu diesen gehörte Mme. du Deffand, die nach einem bewegten Leben hier einen Hafen gefunden hatte und in ihren Räumen einen der bedeutendsten Salons von Paris unterhielt.

Die fast erblindete Mme. du Deffand, deren einstige Schönheit nur noch Legende war, aber deren scharfe Zunge noch immer den Pariser Klatsch bereicherte, lebte hier nach ihrem eigenen Rhythmus. Sie stand regelmäßig erst am späten Nachmittag auf, um dann den ganzen Abend und große Teile der Nacht in einem tiefen Sessel, der berühmten «Tonne» sitzend zu verbringen. In diesem Raum, ihrem Schlafzimmer, dessen Einrichtung ein Kupferstich von Cochin mit dem Titel «Les Chats d'Angora de Madame du Deffand» zeigte, versammelten sich auch die Gäste ihres Salons, die auf einigen Stühlen, die um den «Tonneau» gruppiert waren, Platz fanden. Außerdem gewahrte man an der einen Wand ein kleines Bücherregal, einen Eckschrank, der mit allerlei Porzellanen vollgestellt war, und im Hintergrund einen Alkoven, in dem ein Bett stand. Außer diesem Gemach gab es noch ein kleines Speisezimmer, einen Vorplatz und eine kleine Kammer, in der Mlle. Devreux hauste, die ergebene Kammerzofe, und noch ein weiteres Gelaß, in dem Wiart untergebracht war, der als Faktotum, Sekretär und gelegentlich auch als Vorleser diente. Als Julie de Lespinasse in diesen Haushalt eintrat, wurde ihr zunächst ein Zimmer irgendwo in dem verwinkelten Kloster angewiesen, von dem aus sie aber nach kurzer Zeit in eine Kammer übersiedelte, die genau ein Stockwerk über der kleinen Wohnung von Mme. du Deffand gelegen war.

Nach dem Landleben, das Julie bislang gewohnt war, müssen die eigenartigen Gewohnheiten, die den Tagesablauf oder richtiger, die Nächte im Hause von Mme. du Deffand beherrschten, für sie eine große, aber auch faszinierende Umstellung dargestellt haben. Häufig nämlich saß Mme. du Deffand die ganze Nacht in ihrem «Tonneau», ihre zwei Katzen auf dem Schoß, die aber bald durch Tonton, einen ebenso bissigen wie verkläfften Hund ersetzt wurden, von dem Horace Walpole, einer der Habitués im Salon der Mme. du Deffand sagte, man sollte ihn jeden Tag nach 5 Uhr nachmittags in der Bastille einsperren ... Eine Stunde später, gegen 6 Uhr nämlich, setzte der Reigen der Freunde und Besucher ein, die Mme. du Deffand ihre Aufwartung machten und die bis spät in die Nacht bei ihr saßen, um zu plaudern. Gelegentlich aber kam es auch vor, daß Mme. du Deffand gegen Abend ihr Haus verließ, um beispielsweise die Oper zu besuchen. Bei diesen Gelegenheiten setzte sie aber alles daran, so spät als möglich wieder zu sich zurückzukehren. War die Oper aus, machte sie noch Besuche bei einigen ihrer intimen Freundinnen und Freunde, bei der Duchesse de La Vallière, der Maréchale de Luxembourg oder beim Président Hénault. Konnte man sich auf diesen Visiten schicklicherweise nicht länger verweilen, machte sie stets ihrem kleinen Kreis von Begleitern den Vorschlag, eine nächtliche Kutschfahrt durch Paris zu unternehmen, denn, so ihre Begründung, es sei «bei weitem noch zu früh, sich zur Ruhe zu begeben». Dieser Hang zur Nachtschwärmerei war für Horace Walpole, der zeit seines Aufenthalts in Paris ihr Gesellschaft leistete, stets ein Anlaß zur Klage wie der Bewunderung für «die herkulische Schwäche» seiner siebzigjährigen Freundin.

Der Höhepunkt dieser nächtlichen Vergnügungen war für Mme. du Deffand aber ohne Zweifel das Souper, das sie als «einen der vier Lebenszwecke des Menschen» zu bezeichnen pflegte, wobei sie hinzusetzte, daß ihr die weiteren drei entfallen seien. Von gelegentlichen Essen in der Stadt abgesehen, speiste sie bei sich in einem immer gleichen Kreis von drei oder vier Personen. Lediglich einmal in der Woche, an den Samstagen, veranstaltete sie ein großes Diner mit vielen Gästen, die auch immer zahlreich erschienen, obwohl stadtbekannt war, daß dessen Qualität viel zu wünschen übrigließ.

Und es war in diesem Kreis von erlauchten Geistern, den Mme. du Deffand um sich scharte und zu dem außer den bereits genannten Persönlichkeiten d'Alembert, Loménie de Brienne und Turgot gehörten, um nur die wichtigsten aufzuzählen, in dem Julie de Lespinasse, wie sie später einmal von sich bekannte, ihre «Erziehung» erfuhr, ihr Geist und Witz geschult wurden. Julie fügte sich in diese neuen, ihr noch gänzlich unvertrauten Umstände mit einer Leichtigkeit und Geschmeidigkeit, die sie ihrer raschen Auffassungsgabe und ihrer stets wachen Intelligenz verdankte, eine Fähigkeit, die ihr d'Alembert einmal mit den Worten bescheinigte: «Sie bewegten sich vom ersten Tag an in den glänzendsten und schwierigsten Gesellschaften mit einer Freiheit und auch einer Gelassenheit, als wenn Sie Ihr ganzes Leben darin zugebracht hätten. Sie haben die hier geltenden Spielregeln erahnt, noch bevor Sie sie kannten, was eine Verstandesschärfe und eine Feinheit des Takts voraussetzt, die alles andere als verbreitet sind. Mit einem Wort: Sie haben die Sprache, die von denen gepflogen wird, die man als die ‹gute Gesellschaft› bezeichnet, vorausgeahnt.» Aber auch diese Begabung hatte ihre Schattenseite, die d'Alembert mit milder Kritik tadelte: «Aber da Sie sehr gut um diesen Vorzug Bescheid wissen, und da dies bei Ihnen keineswegs ein gewöhnlicher Vorzug ist, begehen Sie möglicherweise den Fehler, ihm bei anderen eine zu große Bedeutung zuzumessen. Man muß schon ganz außerordentliche Qualitäten besitzen, damit Sie einem anderen diesen Mangel nachsehen, aber in dieser Hinsicht, die nun wirklich nicht sehr bedeutend ist, sind Sie für gewöhnlich von einer Unnachsichtigkeit, die an Pedanterie grenzt.»

Den größten Einfluß auf die intellektuelle Erziehung von Julie de Lespinasse dürfte aber gleichwohl Mme. du Deffand gehabt haben, wie sie dies im übrigen selbst in einem alles andere als schmeichlerischen Portrait der Marquise bekennt. Ihr verdankte Julie vor allem die Entwicklung zweier Eigenschaften, die sie unter allen Umständen bewahrte und über alles stellte: Aufrichtigkeit und gesunden Menschenverstand. Dahinzu gesellte sich bei Julie wie bei Mme. du Deffand die markante Vorliebe für einen einfachen Ton, eine unprätentiöse Sprache und Genauigkeit im Urteilen. Auch hinsichtlich ihres literarischen oder musikalischen Geschmacks war Mme. du Deffand stilbildend: Wie diese nämlich gab auch Julie den Klassikern den Vorzug vor allen neuen Talenten, denen sie mit Mißtrauen begegnete. Und beide hegten ein gleichermaßen großes Desinteresse gegenüber jeglichem Naturgefühl, das doch eine der großen Modetorheiten ihrer Zeitgenossen war. Statt dessen galt beider ganze Aufmerksamkeit der Analyse der menschlichen Seele, während sie Fragen der Ästhetik, des schönen Scheins, der Farben und Formen gänzlich unsensibel gegenüberstanden.

Bei soviel Übereinstimmung und Ähnlichkeit in den Ansichten zwischen zwei Menschen, die auf engstem Raum zusammenleben und die dennoch fast durch ein Lebensalter voneinander getrennt sind, läßt es sich unschwer voraussehen, daß es irgendwann einmal zum Bruch kommen muß. Das Verhältnis von Mme. du Deffand und Julie de Lespinasse macht da keine Ausnahme. Und der Anlaß dazu war, daß die «Lehrerin» die für sie schmerzliche Entdeckung machen mußte, daß ihre «Schülerin» ihr in der Gunst ihrer Freunde den Rang abzulaufen begann. Dies galt im besonderen für Jean d'Alembert, der wie Julie de Lespinasse von unehelicher Geburt und ebenso arm wie diese war und nur kraft seiner Begabung und seiner Talente seinen Weg gemacht hatte. D'Alembert, der zu den engsten Freunden Mme. du Deffands zählte und der von ihr protegiert worden war, entwickelte rasch eine große Leidenschaft für Julie de Lespinasse. Auch wenn diese nie die Schranken der Freundschaft überschritt, so konnte dies dennoch nicht der Aufmerksamkeit Mme. du Deffands entgehen, blieb ihr doch kaum verborgen, welchen großen Einfluß ihre «Schülerin» nach und nach nicht nur auf die Gefühle, sondern auch auf den Geschmack, die Ideen und Handlungen d'Alemberts ausübte. Das verletzte sie zutiefst, wurde damit doch ihre Eigenliebe beleidigt, die sich vor allem auf ihre intellektuelle Herrschaft über Geist und Gedanken ihrer Freunde gründete.

In dem Maße, in dem Mme. du Deffand erkennen mußte, daß d'Alembert ihrem Einfluß entglitt, in dem Maße ließ sie den Zorn und die Enttäuschung, die deshalb in ihr wuchsen, an Julie de Lespinasse aus, die sie auf allerlei Weise zu schikanieren begann. Sie ließ sie ihre Abhängigkeit spüren und versäumte auch sonst keine Gelegenheit, dieser ihre Armut und die ganze Unmöglichkeit ihrer Situation vor Augen zu stellen. Allerdings war sie dabei so klug oder raffiniert, dies nicht mit verletzenden Worten zu tun, sondern sich dabei ganz auf jene Boshaftigkeit zu beschränken, die sich in einer Betonung oder der stimmlichen Färbung verbirgt und die gleichwohl die unschuldigsten Bemerkungen vergiften kann. Den Eindruck, den diese fortwährenden Nadelstiche auf eine empfindliche, nervöse und leicht beeindruckbare Seele machten, läßt sich unschwer ausmalen. Julie begann mehr und mehr das Joch zu empfinden, das ihr durch die seltsame Lebensweise von Mme. du Deffand auferlegt war, die sie beispielsweise dazu zwang, nächtelang an ihrem Bett zu sitzen und ihr vorzulesen bis sie endlich eingeschlafen war, eine Aufgabe, die sie anfangs freudig auf sich genommen hatte, als sie sich geliebt und geschätzt wähnen konnte, die ihr aber jetzt immer unerträglicher wurde.

Mit Sicherheit war d'Alembert der Vertraute dieser mannigfachen Bedrückungen, die Julie de Lespinasse mit stetig größer werdendem Widerwillen ertrug, ein Umstand, der nicht wenig dazu beigetragen haben dürfte, daß seine freundschaftlichen Gefühle für Mme. du Deffand von ihm wichen und einer großen Kälte ihr gegenüber Platz machten, was wiederum dieser nicht verborgen bleiben konnte, die dieses Erlebnis dann Julie vergalt. Kurz, es gehört wenig Phantasie dazu, sich auszumalen, wie sehr diese sich auf engstem Raum überkreuzenden Eifersüchteleien die Atmosphäre vergifteten und das Herannahen einer großen Explosion immer wahrscheinlicher machten. Diese ereignete sich Mitte April 1764.

Die ebenso seltsame wie stets strikt beobachtete Gewohnheit der Hausherrin, ihre Freunde nicht vor 6 Uhr nachmittags zu empfangen, brachte diese nach und nach auf den Gedanken, sich ein oder zwei Stunden früher und einen Stock höher bei Julie de Lespinasse einzufinden, ein Brauch, über den alle strengstes Stillschweigen bewahrten. An besagtem Apriltag des Jahres 1764 entdeckte Mme. du Deffand aus Zufall oder auf Grund einer Indiskretion – es gilt gleichviel – dieses ihr so lange verborgen gebliebene Treiben, das Julie de Lespinasse zum Mittelpunkt hatte. Ihre Wut und Empörung kannten nun keine

Grenzen mehr, konnte sie doch darin nichts anderes erkennen als Verrat und arglistige Täuschung sowie den ungeheuerlichen Versuch, sämtliche ihrer Freunde ihrem Einfluß abspenstig zu machen. Auf der Stelle kam es zwischen den beiden Frauen zu einem lautstarken Eklat, dessen Echo aus den Memoiren der Zeitgenossen vielfältig widerhallt. Während die eine ihre Wohltaten herausstrich und von Undankbarkeit, Perfidie und Verrat sprach, antwortete die derart Beschuldigte mit dem Gegenvorwurf, daß sie sich schon seit langem gehaßt und verachtet fühle, daß man nichts auslasse, um sie unter der Last des tagtäglich geübten Despotismus zu vernichten. Kurz, keine der beiden Frauen ersparte der anderen auch nur irgend etwas, und alle Vorwürfe und Verdächtigungen, die beide seit langem in ihren Herzen aufgestaut hatten, traten nun ungehindert über ihre Lippen. Mit dieser Auseinandersetzung war der Bruch eingetreten, der wenig später mit dem Auszug von Julie de Lespinasse aus dem *Couvent de Saint-Joseph* besiegelt wurde.

Was für Mme. du Deffand bei dieser Trennung aber besonders schmerzlich sein mußte, war der Umstand, daß fast alle ihre Freunde die Partei von Julie de Lespinasse ergriffen, was zur Folge hatte, daß sie diese bis über deren frühen Tod hinaus mit ihrem Haß verfolgte. Julie ihrerseits dürfte aber auch kaum ohne Rankühe gehandelt haben, als sie sich in der Rue Saint-Dominique, kaum hundert Meter vom *Couvent de Saint-Joseph* entfernt, eine Wohnung nahm, wo sie in der Folgezeit ihre «boutique de bel esprit», wie ein Zeitgenosse bemerkte, eröffnete. In dem kleinen Haus, das sich genau an der Ecke der Rue Saint-Dominique und der Rue de Bellechasse vis-à-vis dem gleichnamigen Kloster befand, mietete Julie de Lespinasse das zweite und dritte Stockwerk. Die Jahresmiete belief sich auf 950 Livres zuzüglich 42 Livres, die für den Hausmeister bezahlt werden mußten. Diese Summe stellte keine allzu große Belastung für ihr Jahresbudget dar, das sich im Augenblick ihrer Trennung von Mme. du Deffand auf eine Jahresrente von 3592 Livres belief. Davon entfielen 300 Livres auf die Familie d'Albon, 692 Livres auf den Duc d'Orléans, während ihr der Löwenanteil von 2600 Livres aus der königlichen Schatulle zufloß. Da sich auch bei größter Bescheidenheit mit einem solchen Einkommen nicht leben ließ, sprangen ihr vermögende Gönner wie Mme. de Geoffrin und der Bankier de Laborde bei, so daß Julie in den Besitz eines zwar bescheidenen, aber alles in allem auskömmlichen Jahresverdiensts von 8592 Livres kam, der es ihr immerhin gestattete, vier Bedienstete zu beschäftigen: eine Kammerfrau, eine Magd, eine Köchin und einen Knecht.

In der Rue Saint-Dominique bezog Julie de Lespinasse die zweite Etage, die sie ohne übertriebenen Luxus, aber dennoch geschmackvoll und bequem einrichtete. Von einem engen Vorplatz aus betrat man einen kleinen, mit hellem Holz getäfelten Salon, der mit zahlreichen Fauteuils, Ottomanen und anderen üppig gepolsterten Sitzmöbeln vollgestopft war. An den Wänden entlang standen da und dort Kommoden, ein Sekretär aus Rosenholz, ein Zylinderbureau, eine Marmorbüste von Voltaire sowie eine von d'Alembert. Auf dem Kaminsims stand eine Pendule von Masson. Neben dem Salon war das Schlafzimmer, das mit rotem Damast ausgeschlagen war. Ein großes Bett war in einem Alkoven aufgestellt, der sich durch Vorhänge gegen das Zimmer hin abteilen ließ. Auf derselben Etage befand sich außerdem noch ein Badezimmer, in dem eine kupferne Badewanne stand, die derart mit einem Brett zugedeckt war, daß nur Kopf und Schultern der darin sitzenden Person herausragten, sowie eine Mägdekammer. Im dritten Stock schließlich waren die Küche, die Wohnung der Kammerfrau sowie einige kleinere Räume, die zunächst ungenutzt blieben.

Kaum war Julie de Lespinasse in ihre neue Wohnung umgezogen, wurde sie von einem schrecklichen Unglück heimgesucht: Die schwarzen Blattern, an denen sie, gerade 32jährig, erkrankte, zerstörten die letzten Reste ihres jugendlichen Schmelzes und trübten ihr Augenlicht. Ihr Freund d'Alembert, der nicht von ihrem Krankenlager gewichen war, wurde von demselben Übel befallen, und Julie pflegte ihn mit Hingabe. Kaum war er wiederhergestellt, machte sie ihm den Vorschlag, bei ihr zu wohnen. Er bezog die leeren Kammern in der dritten Etage im Herbst 1765, für die er eine Jahresmiete von 400 Livres bezahlte. Damit begann jene seltsame Josephs-Ehe, über die man sich zumindestens anfangs in Paris das Maul zerrissen haben muß. Von David Hume, der just zu dieser Zeit in der französischen Kapitale anlangte, ist jedenfalls ein Kommentar überliefert, mit dem er nur ausgesprochen haben konnte, was andere hinter vorgehaltener Hand bemerkten: «Ich habe Mademoiselle de Lespinasse gesehen, die Maîtresse von d'Alembert, die wirklich eine der intelligentesten Frauen von Paris ist.» Während Julie de Lespinasse derlei Verdächtigungen ziemlich unberührt ließen, trug der arme d'Alembert, der sie seit langem schon auf seine schüchterne Weise liebte und verehrte, ohne sich ihr jedoch je zu offenbaren, daran um so schwerer, wie seine verärgerte Reaktion auf einen Brief Voltaires beweist, dem er unter dem 3. März 1766 unter anderem schrieb: «Ach, mein Gott, was sollte ich mit einer Frau und Kindern beginnen! Die Person, mit der man mich verheiratet, ist, um der Wahrheit die Ehre zu geben, ihres Charakters wegen sehr achtenswert und wegen der Freundlichkeit und Annehmlichkeit ihres Umgangs wie dazu geschaffen, einen Mann glücklich zu machen. Allein, sie ist eines weit besseren Haushalts würdig als des meinen, und uns verbindet weder Ehe noch Liebe, sondern vielmehr gegenseitige Schätzung und alle Annehmlichkeit einer Freundschaft. Ich wohne augenblicklich in demselben Haus wie sie, in dem es im übrigen noch zwei andere Mieter gibt. Das ist alles, was das Gerücht nährt, das umläuft.»

Aber unbeschadet dieser Unschuld, die ihr Zusammenleben kennzeichnete und das auch bald selbst von so sittenstrengen Frauen wie Mme. de Staël oder Mme. Geoffrin akzeptiert wurde, standen die beiden miteinander auf sehr vertrautem Fuß. In alle Angelegenheiten, selbst die persönlichsten, die Julie betrafen, war d'Alembert eingeweiht, der sie dabei nicht ohne Eifersucht beriet. Er war es auch, der ihre Einnahmen und Ausgaben kontrollierte. Beinahe immer, jedenfalls in den ersten Jahren ihres gemeinsamen Lebens, machten sie auch zusammen ihre Besuche, und sobald Julie eines ihrer häufigen Augenleiden hatte, war es d'Alembert, dem sie ihre Briefe diktierte.

Der gemeinsame Haushalt, den sie mit d'Alembert führte, war für Julie de Lespinasse aber auch die entscheidende Voraussetzung dafür, daß sie ihren vermutlich schon seit längerem gehegten Plan, einen eigenen Salon einzurichten, rasch verwirklichen konnte. Ein Salon im richtigen Verständnis des Wortes meinte aber nicht ein mehr oder minder großes Durcheinander mehr oder minder illustrer Gäste, die sich mehr oder weniger zufällig an einem bestimmten Wochentag einfanden, sondern im Gegenteil eine weniger in sozialer, denn vielmehr kultureller Hinsicht homogene Gruppe. Standes- oder Rangunterschiede spielten in dieser «aufgeklärten» Gesellschaft, aus der sich das Salonpublikum des *Ancien Régime* rekrutierte, sowieso keine Rolle mehr. Was hier zählte, waren allein Esprit, Intellektualität und Berühmtheit. Zum weiteren mußte ein Salon, der als ein solcher gelten sollte, seine eigene, unverwechselbare Physiognomie aufweisen, eine gleichsam moralische Geschlossenheit ganz unbeschadet der höchst unterschiedlichen Personen und Temperamente, die ihn frequentierten.

Allein, der Wunsch, einen eigenen Salon zu gründen, war noch aus einem anderen Grund zu dieser Zeit, in der es zahlreiche und sehr erfolgreiche Zirkel dieser Art bereits gab, wegen der schieren Konkurrenz ein sehr ehrgeiziges Vorhaben. Den ersten Salon im damaligen Paris unterhielt sicherlich Mme. Geoffrin, die mütterliche Freundin von Julie de Lespinasse, die in ihrer Wohnung in der Rue Saint-Honoré nach den Worten des Abbé Delille «ganz Europa in einem dreifachen Kreis um ihren Sessel versammelte». Aber auch die Marquise du Deffand, die seit ihrem Bruch mit Julie zu deren Erzfeindin geworden war, wahrte sich ihren Ruhm und Ruf, im *Couvent de Saint-Joseph* dem geistreichsten Personenkreis zu präsidieren. Außerdem gab es noch den Salon von Mme. Necker, in deren luxuriösem Haus in der Rue de Cléry man sich zu ernsten Diskussionen einzufinden pflegte, bei denen alle großen Probleme der Gegenwart und der Zukunft erörtert und insbesondere auch jene Ideen und Theorien entwickelt wurden, die dann im Zuge der Revolution zur Verwirklichung drängten.

Angesichts dieser drei weit über ihre Zeit hinaus bekannten Zirkel noch einen weiteren schaffen zu wollen, war zumal für eine Frau ohne Vermögen, die ihren Gästen wegen ihrer Armut weder ein Essen noch eine sonstige Bewirtung bieten konnte, sondern diesen allein, wie der Baron Grimm einmal mit mildem Spott bemerkte, die Gelegenheit bot, «zu verdauen», ein höchst gewagtes Unternehmen. Daß es dennoch gelang, verdankte Julie de Lespinasse zum einen d'Alembert, der eine bekannte und gesuchte Persönlichkeit war, und zum anderen dem Umstand, daß viele der Freunde und Salongenossen von Mme. du Deffand ihr auch nach ihrem Auszug aus dem *Couvent Saint-Joseph* die Treue hielten.

Bereits nach wenigen Monaten wurde es zum Ritual, sich allabendlich zwischen 6 und 10 Uhr bei Julie de Lespinasse einzufinden. Hofleute, Schriftsteller, Adelige, Männer der Kirche, Botschafter, Fremde von Distinktion, Damen der Gesellschaft und die Häupter wie die Zuträger der Enzyklopädie, des Monumentalwerks der Aufklärung, erklommen scharenweise die enge Stiege, die zu dem kleinen Salon von Julie de Lespinasse führte, und vergaßen hier unter den angeregten Gesprächen und Diskussionen ganz die anderen gesellschaftlichen Verlockungen, mit denen Paris prunkte. Auch wenn d'Alembert für den raschen Erfolg des neuen Salons unverzichtbar war – genügte er doch auch vorzüglich jener Funktion, die der Schweizer Aufklärer Victor von Bonstetten 1770 wie folgt beschrieb: «Der Zwang, dem man sich jeden Tag erneut gegenübersieht, ein Urteil über das abzugeben, was gerade erschienen ist, macht es jedem Haus geradezu zur Pflicht, einen Schöngeist, das heißt einen Mann aufbieten zu können, der über all das zu urteilen versteht, was sich gerade anbietet» –, so war dennoch Julie de Lespinasse der eigentliche Mittelpunkt, der alle und jeden in seinen Bann schlug.

Ein weiteres Geheimnis ihres Erfolgs war, daß sich Julie de Lespinasse darauf verstand, wie der Baron Grimm in seiner «Correspondance littéraire» einmal bemerkte, «die unterschiedlichsten Geister bei sich zu versammeln, gelegentlich sogar solche, die sich spinnefeind waren, ohne daß sie dies die geringste Anstrengung zu kosten schien. Mit einem Wort, sie hielt die Unterhaltung in Gang, belebte diese und gab ihr, ganz wie sie dies wollte, eine neue Richtung. Es gab kein Thema, von dem man den Eindruck hatte, es behage ihr nicht, und von dem sie nicht verstanden hätte, es auch den anderen schmackhaft zu machen. (...) Ihr Genie war allgegenwärtig, und fast mochte es den Anschein haben, als orientiere beständig eine verborgene, liebenswürdige Macht alle je besonderen Interessen auf ein gemeinsames Zentrum.»

Diese Bemerkung des Baron Grimm, die den besonderen Esprit von Julie de Lespinasse als Unterhalterin von hohen Graden hervorhebt, wird im übrigen durch den Comte de Guibert bestätigt, der in seiner «Eloge d'Eliza», ihrem postumen Portrait, dazu bemerkte: «Ihre Unterhaltung unterschritt oder überschritt in ihrem Niveau niemals dasjenige dessen, mit dem sie sprach. Sie schien im Besitz des Geheimnisses aller Charaktere, des Maßes wie der Nuancierung aller Geister zu sein.» Und in einer Gesellschaft, die sich nicht zuletzt dadurch auszeichnete, daß sich ihre Angehörigen am liebsten mit sich selbst beschäftigten die vorzüglich nur über ihre Angelegenheiten und Interessen sprechen wollten, wie Victor von Bonstetten einmal grimmig bemerkte, begriff Julie de Lespinasse sehr schnell, daß es das sicherste Mittel sei, sich die Herzen der anderen zu erobern, wenn man nicht von sich selber, sondern nur von den Belangen des anderen sprach. «Sie war», wie Guibert ihr nachrühmte, «die Seele jeder Konversation, aber sie machte sich niemals zu deren Gegenstand.» Dies galt selbst für den Verkehr mit ihren allerengsten Freunden. Diese Selbstverleugnung dürfte Julie de Lespinasse indes weniger Kraft gekostet haben, als man vermuten möchte, denn ihr war nur zu sehr bewußt, daß sie, indem sie die Talente und Qualitäten anderer in ein helles Licht rückte, von dessen Widerschein profitierte, eine Wirkung, die sie einmal ohne alle Umschweife einbekannte, als sie schrieb: «Das ist das so überaus lebhafte Gefühl des Angesprochenseins bei den anderen, das diesen den Glauben verschafft, ich sei liebenswürdig.»

Diese Anteilnahme, die sie unterschiedslos allem und jedem in ihrer Umgebung entgegenzubringen verstand, die Leichtigkeit, mit der sie sich in die Seele und die Gedanken eines anderen versetzen konnte, entsprachen ohne Zweifel ihrem unstillbaren Verlangen, zu gefallen, geschätzt und geliebt zu werden, ein Wunsch, der sich ohne psychologische Spitzfindigkeit mit ihrem Herkommen und ihrer bisherigen Lebensgeschichte erklären läßt. Zustatten kam ihr bei dieser Neigung aber auch ihre rasche Auffassungsgabe, ihre stets wache Intelligenz wie ihr Interesse an zahllosen Gegenständen, das durch keine Vorlieben oder Vorbehalte eingeschränkt war und das sie gleichermaßen allen menschlichen Aktivitäten, Äußerungen, Ideen und Werken gegenüber aufgeschlossen sein ließ, wovon ihr Briefwechsel mit dem Comte de Guibert vielfältig Zeugnis gibt. Das alles vermag unschwer eine Vorstellung davon zu vermitteln, welche beneidenswerte, herzliche Leichtigkeit im Umgang mit anderen sich daraus ergab, und ein wie hohes Maß an Ungezwungenheit in ihrem Salon herrschte, beides Umstände, die den großen sozialen Erfolg, den Julie de Lespinasse allen Widrigkeiten zum Trotz genoß, zu einem Gutteil erklären. Ja, die Urteile der Zeitgenossen zusammenfassend, kann man geradezu zu dem Schluß kommen, daß Mme. Geoffrin gefürchtet, Mme. du Deffand bewundert, Mme. Necker geachtet, aber Julie de Lespinasse vor allem geliebt wurde, weshalb selbst der gravitätische La Harpe sich in seiner «Correspondance littéraire» zu der Bemerkung verstand: «Sie (i. e. Julie de Lespinasse) flößte einem soviel Vertrauen ein, daß es niemanden gab, der nicht bereit gewesen wäre, nachdem er sie erst seit vierzehn Tagen kannte, ihr seine ganze Lebensgeschichte zu erzählen. Auch hat noch nie jemand so viele Freunde gehabt, und jeder einzelne unter ihnen wurde so geliebt, als wenn er der einzige wäre.»

Julie de Lespinasse war gewiß ein Genie der Freundschaft. Und Freundschaft war, wie sie von sich einmal in einem Brief an Condorcet vom Oktober 1773 bekannte, «ihr einziges Vergnügen», das ihr Kraft und Trost spende. Das mag erklären, daß ihr Freundeskreis so gut wie die gesamte Plejade der *Esprits fins* umfaßte, die sich in der zweiten Hälfte des 18. Jahrhunderts in Paris tummelten. Allerdings wäre es jetzt müßig, diese alle aufzuzählen, zumal von den meisten in ihrer Korrespondenz mit dem Comte de Guibert die Rede ist. Ein gleiches gilt für die Interessen, die sie im besonderen mit einzelnen unter ihnen verband, für die Protektion, die sie manchen gewährte, oder auch für die Rolle, die sie in den intellektuellen, literarischen oder sogar politischen Diskussionen der Zeit spielte. Ausgenommen davon sei lediglich ein Interesse, ihre Leidenschaft für eine Person, die außer dem Comte de Guibert in ihren letzten Lebensjahren eine ganz außerordentliche Rolle spielte und auf die sie in ihrer Korrespondenz immer wieder in Andeutungen zu sprechen kommt: der Marques de Mora.

Julie de Lespinasse, die mit so vielen eine bisweilen enge und herzliche Freundschaft verband, kannte in ihrem Leben nur zwei Leidenschaften, zwei Liebesverhältnisse, in die sie beide aufs Tragischste verstrickt war und von denen das eine durch den Tod des Geliebten, das andere durch ihren Tod endete. Damit beginnen wir ein Kapitel ihres Lebens zu schildern, das den meisten ihrer Freunde und selbst den allerengsten unter diesen entweder gänzlich unbekannt oder dessen großes Geheimnis ihnen bestenfalls bruchstückhaft vertraut war. Und dieses Geheimnis ist das einer Frau, die von Liebe und Leidenschaft verzückt und besessen ist, für die diese geradezu eine fixe Idee darstellten, bis sie von ihnen zerstört, vernichtet wurde, nachdem sie durch die Hölle quälender Eifersucht, der Angst und der Gewissensbisse gegangen war. Es ist dies ein Geheimnis, das erst dreißig Jahre nach ihrem Tod gelüftet wurde, als man ihre Briefe an den Comte de Guibert veröffentlichte, die, wie man damals bemerkte, Zeugnis geben «vom heftigsten Schlagen eines Herzens» im ganzen 18. Jahrhundert.

Allein dieser Briefe wegen, die zu den bewegendsten, zu den erschütterndsten Dokumenten gehören, die je von der Freude und der Qual, vom Hoffen und Bangen der Liebe handelten, wird Julie de Lespinasse dem Gedächtnis der Menschen unverlierbar sein und bleiben. Vor allem aber von ihrem langen, bisweilen die Grenzen zum Wahnsinn streifenden Leiden an der Liebe geben diese Briefe ein erschütterndes Zeugnis. In der Radikalität ihrer Selbstentblößung, in der auf keine Schonung bedachten Rücksichtslosigkeit weder dem Partner noch sich selbst gegenüber stehen diese Schreiben in einem markanten Widerspruch zu anderen aus dem «galanten Zeitalter» überlieferten «intimen» Korrespondenzen. Die Briefe von Mme. de Tencin, der Mutter d'Alemberts, oder die von Mme. de Graffigny, um nur zwei der bekannteren Beispiele zu nennen, wurden bereits in dem Bewußtsein ihrer späteren Veröffentlichung geschrieben. Dem entsprach, daß die Epistolographie des 18. Jahrhunderts eine Fortsetzung der im Salon gepflegten Konversation war, daß also auch für die Intimität eines privaten Briefwechsels im wesentlichen die nämlichen Regeln galten, die auch das bisweilen libertine Miteinander in der Gesellschaft bestimmten. Mit anderen Worten: Der Ton, in dem diese Schreiben gehalten sind, ist gewiß der einer zärtlichen Freundschaft, einer leicht larmoyanten Gefühligkeit, die bisweilen von einer gewissen Melancholie grundiert ist. Ausbrüche wahrer Leidenschaft oder tiefster Verzweiflung, wie sie den Briefen der Julie de Lespinasse eigentümlich sind, wird man aber selbst andeutungsweise hier kaum finden.

Seinen tieferen Grund hat dies aber zunächst nicht so sehr in der außergewöhnlichen Persönlichkeit von Julie de Lespinasse, als vielmehr in einem grundsätzlichen Wandel des Empfindens und Fühlens, der rund vierzig Jahre vor Ausbruch der Französischen Revolution einsetzte und als dessen Auslöser gemeinhin Jean-Jacques Rousseaus Briefroman «La Nouvelle Héloise» sowie die Romane «Clarissa Harlowe» und «Sir Charles Grandisson» des englischen Schriftstellers Samuel Richardson gelten, die beide früh ins Französische übertragen wurden. Diese Romane, die das Credo von Liebe und Leidenschaft verkündeten, gaben durch ihr Beispiel den Anstoß zu einer rasch um sich greifenden Mode übersteigerter Gefühligkeit. Mit einem Mal war es nun schicklich, zu seufzen oder Tränen zu vergießen, kurz, die Bewegungen seines Inneren nach außen zu kehren und sich dessen nicht mehr zu schämen. Davon waren gewiß viele aufrichtig ergriffen, aber bei den wenigsten rührte diese Ergriffenheit an die Essenz ihres Lebens. Zu diesen wenigen gehörte aber sicherlich Julie de Lespinasse.

Ihrem ganzen Wesen nach war sie dazu geschaffen, sich, kaum daß sie von der Leidenschaft und der Liebe gekostet hatte, beiden ebenso hemmungslos wie ohne Aussicht auf Rettung auszuliefern. Julie de Lespinasse war verliebt in die Liebe, und dies sicherlich weitaus heftiger als die beiden Männer, die sie mit dieser Empfindung inspirierte. Die Liebe wurde für sie mit einem Mal zum Mittelpunkt und Zweck ihrer gesamten Existenz. Das ist das große Thema ihrer Briefe, das in diesen immer wieder umkreist und variiert wird. Und häufig bekennt sie aber auch gleichzeitig, wie sehr sie dabei von den romanhaften Vorbildern beeinflußt ist. So schreibt sie beispielsweise in einem Brief vom 14. Januar 1774 an einen ihrer Konfidenten, den Comte de Crillon: «Sie werden mich für verrückt erachten, aber lesen Sie einen der Briefe von Clarissa oder eine Seite von Jean-Jacques, und ich sage Ihnen, daß Sie meine Sprache vernehmen werden. Aber nicht, daß ich der Überzeugung wäre, ich spräche deren Sprache, sondern daß ich mir gewiß bin, in demselben Land zu leben und daß meine Seele eins ist mit dem schmerzerfüllten Herz von Clarissa.»

Diese Überidentifikation mit Romanfiguren – das spätere Werther-Fieber wie die übersteigerte Begeisterung für Byron liefern dafür zahlreiche, bekanntere Belege – ist eine nicht zu unterschätzende Gefahr für das eigene Selbst. Erheblich gesteigert wird diese Gefahr aber noch dann, wenn die übermenschlichen Ideale, die von diesen Romanfiguren verkörpert werden, in die Wirklichkeit des eigenen Gefühlslebens und Erlebens übertragen werden. Eben das aber bestimmte in der letzten Phase ihres Lebens Schicksal und Ende der Julie de Lespinasse: Das ist das ganze Geheimnis ihres Unglücks, dem erst ihr Tod ein Ende setzte. Mit anderen Worten: Es war niemand anderes als sie selbst, die die Urheberin, die Hauptverantwortliche für alle jene Leiden war, über die sie sich so wortreich in ihren Briefen beklagt und deren sie einen anderen beschuldigt, von dem sie ohne Unterlaß behauptet, daß sie ihn bis zum schieren Wahnsinn liebe, und der doch kaum einen anderen Makel aufweist als den, ein Mann aus Fleisch und Blut zu sein und nicht der strahlende Protagonist eines Romans.

Wenn also der Marques de Mora, und von diesem ist hier zunächst die Rede, keineswegs der «vollkommene Geliebte», das «himmlische Wesen», war, wie sie ihn immer wieder dem anderen, dem Comte de Guibert gegenüber apostrophiert und sie sich selbst auch dessen Bild so bis zu ihrem Tode malt, dann muß man ihr aber dennoch zugestehen, daß viele seiner Züge wie auch sein Schicksal es nahelegen mochten, ihn mit einer solchen Romanfigur zu verwechseln: Seine häufige Abwesenheit, seine Krankheit wie sein früher Tod in der Ferne trugen entscheidend dazu bei, sein Ansehen bei Julie zu übersteigern, seine ganze Person zu idealisieren, zumal er derjenige war, der in ihrem Herzen die große, die von allem Anfang an hoffnungslose und damit zum Scheitern bestimmte Liebe entfacht hatte.

José y Gonzaga Marques de Mora wurde am 19. April 1744 in Saragossa als ältester Sohn des spanischen Diplomaten Joaquin Atanasio Conde de Fuentès und seiner Frau Maria Luisa Gonzaga y Caracciolo Duquesa de Solferino geboren. Bereits im Alter von nur zwölf Jahren wurde der Marques de Mora mit Maria Ignacia del Pilar, einer Tochter des Conde de Aranda, der damals Botschafter Spaniens in Portugal war, verheiratet. Diese Ehe wurde jedoch erst vier Jahre später, am 6. April 1760, in Madrid förmlich geschlossen und vollzogen. Nach dem Tod seiner Frau, sie starb am 25. August 1764 im Kindbett, nachdem sie einem gesunden Knaben das Leben geschenkt hatte, übersiedelte der Marques de Mora nach Paris, wo der Vater des erst zwanzigjährigen Witwers den Posten des spanischen Botschafters bekleidete. Die Botschaft war im Hôtel Soyecourt in der Rue de l'Université untergebracht, wo de Mora sich im zweiten Stock einlogierte.

Der Umstand, daß die Beziehungen zwischen Spanien und Frankreich damals denkbar freundschaftlicher Natur waren, wie auch, daß der junge Marques de Mora von einnehmendem Äußeren und angenehmem Wesen war, brachten es mit sich, daß er rasch Zugang zur Pariser Gesellschaft fand und bald eine allseits bekannte und geschätzte Erscheinung in den unterschiedlichsten Zirkeln wurde. Von daher war es gewissermaßen unvermeidlich, daß er auch eines Tages Julie de Lespinasse begegnete, ein Ereignis, das sich Ende des Jahres 1766 zugetragen haben muß. In einem Brief vom 19. Dezember 1766, den sie an den Baron d'Holbach richtete, schildert Julie de Lespinasse diese Begegnung: «Ich möchte zu Ihnen über das sprechen, was mich im Augenblick bewegt, über eine neue Bekanntschaft, die all mein Sinnen und Trachten erfüllt, und von der ich Ihnen sagte, daß sie auch mein Herz beherrschte, wenn Sie nicht leugnen würden, daß ich eines besitze.» Dann entwirft sie ein Bild dieses jungen Spaniers, in dem sich der tiefe Eindruck widerspiegelt, den er bei ihrer ersten Unterhaltung auf sie gemacht hat. «Sein ganzes Wesen ist gütig und gewinnend, und er flößt einem Vertrauen und Freundschaft ein ... Er ist von sanftem und geselligem Charakter, und ohne daß er langweilig wäre, eignet ihm eine angenehme Wärme ohne jedoch hitzig zu sein, ein fester, gerechter Sinn voller Eigenschaften und Kenntnisse. Und er besitzt ein Herz, ach, welches Herz! ... Alle seine spontanen Regungen künden von seiner Tugendhaftigkeit, in allem, was er sagt, verrät sie sich, und alle seine Handlungen sind ihr verpflichtet.»

In diesem höchst lyrischen Stil, in dem sich ihre ganze Begeisterung verrät, rühmt sie auch seine Bescheidenheit, seine Selbstlosigkeit, seine Natürlichkeit, seine Aufrichtigkeit und Ernsthaftigkeit, kurz, Julie de Lespinasse gibt unzweifelhaft zu erkennen, daß sie einem Mann begegnet ist, der sie erobert hat. «Man blickt ihm stets bis auf den Grund seiner Seele. Und er schätzt die Menschen derart, die er liebt oder wenigstens liebt er sie so sehr, daß man glauben möchte, daß die Gabe, die er damit beweist, deren Vermögen ebenso wie sein eigenes übersteigt. Mit einem Wort: Dieser Mann verkörpert für mich die Vorstellung, die ich von der Vollkommenheit habe!»

In diesen begeisterten Worten zeigt sich unmißverständlich die ganze romanhafte Imagination, von der Julie de Lespinasse beseelt war: Das ideale Wesen, der ihr aus der Romanwelt geläufige Protagonist, jene strahlende Fabelgestalt, hier war sie ihr leibhaftig begegnet, hatte sie eine Gestalt und einen Namen, war sie der Marques de Mora. Er war derjenige, der ihr schon immer, seit ihrer Jugend, seit je vorgeschwebt hatte, ein Mann ohne jeden Fehl und Tadel, ihr Traum. Aber auch, wenn sie sich und ihrem Briefpartner zunächst nur eingestand, daß diese Erscheinung nur ihre Sinne betört habe, aber noch keineswegs ihr Herz, dann läßt sie gleichwohl erkennen, daß es damit keine Weile mehr haben wird. «Ach, wenn Sie wüßten, wie sehr diese ehrenhafte Seele die meine anrührte!» Dennoch weigert sie sich, ihre Verliebtheit einzubekennen, und verbirgt dies hinter einer Ausrede, die allzu durchsichtig ist, um zu überzeugen: «Wenn es sich nicht um einen Mann handelte, sagte ich Ihnen nicht mehr, denn glauben Sie nur nicht, daß aus dieser Freundschaft Liebe wird.»

Man wird Julie de Lespinasse sicherlich zubilligen können, daß sie in diesem Sturm der Gefühle, die ihr bis dahin allenfalls aus ihrer Lektüre bekannt waren, selber die klare Sicht verlor und nicht mehr zwischen Gefühlen der Freundschaft und denen der Liebe, mit der sie noch keinerlei Erfahrung hatte, zu unterscheiden vermochte. Außerdem, wir wissen es, neigte sie stets dazu, ihren Empfindungen einen übersteigernden Ausdruck zu verleihen. Schließlich aber, und das war das Entscheidende, um nicht zu sagen das Fatale an dieser Begegnung, daß sie zu kurz war, um der Ernüchterung oder der Bestätigung einer tieferen Einsicht Raum und Zeit zu lassen: Vierzehn Tage, nachdem Julie de Lespinasse in diesem Brief dem Baron d'Holbach von ihrem Erlebnis berichtet hatte, mußte der Marques de Mora einer dringlichen Familienangelegenheit wegen nach Spanien abreisen.

Die Verwirrung der Gefühle, von der Julie de Lespinasse seinetwegen heimgesucht wurde, scheint diesen jedoch nicht geplagt zu haben. Zwar verweigerte er sich hartnäckig den Vorstellungen seiner Eltern, die ihn mit einer entfernten Cousine zu verheiraten suchten, aber Julie de Lespinasse spielte dabei keinerlei Rolle. Und daß er sich trotz mancherlei Vergnügungen, denen er sich in Madrid hingab – er begann in Literatur, Malerei und als Schauspieler zu dilettieren –, stets nach Paris zurücksehnte, hatte auch nichts mit ihr zu tun, sondern allein damit, daß ihm dort das Leben bunter und abwechslungsreicher zu sein dünkte. Diese Sehnsucht erfüllte sich ihm dann Ende Oktober 1767, als er wieder sein Quartier im zweiten Stock der spanischen Botschaft in der Rue de l'Université aufschlug.

Den Marques de Mora streiften damals bereits die ersten Schatten der Krankheit, der er bald darauf erliegen sollte. Sie war wohl vor allem der tiefere Grund für die großen Veränderungen, die in den zehn Monaten seiner Abwesenheit aus dem jungen, unternehmungslustigen und allen Vergnügungen gegenüber neugierigen Mann eine von leichter Melancholie umwitterte, aber eben deswegen möglicherweise um so interessantere Erscheinung gemacht hatten, einen Mann, der dem Leben, wie seine Briefe aus dieser Zeit verraten, keinen rechten Geschmack mehr abgewinnen konnte. Zufall oder Fügung, es gilt gleichviel, wollten es, daß Julie de Lespinasse zur nämlichen Zeit, wie einem ihrer Briefe vom 3. Januar 1768 zu entnehmen ist, der vermutlich an den Baron d'Holbach adressiert war, sich in einer ganz ähnlichen Stimmung befand. «Als ich jung war, lieferte ich mich besinnungslos meiner Empfindsamkeit aus. Ich dachte, das Leben zu verlieren. Dies hat mich um meine Gesundheit gebracht. Ich bin jetzt in eine viel angenehmere Lage, zu einem ruhigeren Befinden gekommen. Und ich habe erkannt, daß das Leben keineswegs unerträglich ist, daß man sich betäuben, amüsieren muß, wenn man dies kann und sich an nichts mit Entschiedenheit binden. Da haben Sie, mein lieber Baron, das Geheimnis meines Lebens, und da haben Sie auch, was Sie ein zerstreutes Herz nennen. Aber glauben Sie wirklich, daß es nur für die Zerstreuung geschaffen ist? Glauben Sie wirklich, auch wenn meine Vernunft mir dieses Betragen vorgeschrieben hat, sich eben diesem meine Seele stets unterwerfen wird? ... Oh, wenn Sie wüßten, was es mich gekostet hat, dann zweifelten Sie nicht länger daran, daß die Briefe der Heloise mich so sehr angerührt haben, daß ich davon krank wurde!»

Dieses Geständnis gestattet einen tiefen Blick in die damalige Gemütsverfassung von Julie de Lespinasse, die Mitteilung macht von den Ängsten und den Zweifeln einer Seele, die mancherlei versuchte, um ihren geheimen Wünschen und Sehnsüchten eine andere Richtung zu geben, die sich in den Vergnügungen der Konversation, den Ablenkungen der Lektüre und sonstigen Beschäftigungen verlor und die, nachdem sie von allem gekostet hatte, nichts als Abscheu und Abneigung verspürte und deren Verlangen, zu lieben, sich hinzugeben, sich zu opfern und zu leiden, darüber immer größer und unwiderstehlicher geworden war. Und nur ein einziges Mittel schien ihr geeignet, diesem Übel zu begegnen: die Liebe. Die Liebe, wie sie in den Romanen Rousseaus und Richardsons geschildert wird, die sie immer wieder zur Hand nimmt, die Liebe, die für eine Frau wie sie, die im Zeichen der Aufklärung allen spirituellen Tröstungen der Kirche mißtraute oder mit Unglauben begegnete, gewissermaßen eine Ersatzreligion darstellte.

Zwischen zwei Menschen, die sich in einer derart ähnlichen Gemütsverfassung gegenübertreten, kann es nicht lange ausbleiben, daß ihr Verständnis füreinander in eine Zuneigung einmündet, die das Gefühl bloßer Freundschaft rasch übersteigt. Nicht anders war es bei Julie de Lespinasse und dem Marques de Mora, als sie sich wiedersahen. Aber auch dieser Zeit eines gemeinsamen, aber allem Anschein nach völlig unschuldigen Glücks, die sie später immer als ihre glücklichste bezeichnete, war keine lange Dauer beschieden, denn bereits Ende Mai 1768 mußte sich de Mora erneut nach Madrid begeben. Kaum dort angekommen, schmiedete er sofort wieder Pläne, nach Paris zurückzukehren. Diese ließen sich aber erst im darauffolgenden Jahr realisieren, als er den Auftrag erhielt, seine Schwester nach Frankreich zu begleiten. Das Wiedersehen der beiden Liebenden nach dieser erneuten Trennung hatte, wie nicht anders zu erwarten, eine Steigerung der Gefühle, die beide füreinander hegten, zur Folge. Gerade weil ihr Verhältnis aber auch jetzt ein platonisches blieb, zeigte Julie de Lespinasse ihre Gefühle für den Marques de Mora ganz offen, was sofort dem Gerücht Nahrung gab, die beiden wollten sich ehelich verbinden. Wahrscheinlich war dies sogar die erklärte Absicht des Marques de Mora, gegen die aber Julie allerlei Bedenken gehabt haben muß, wohl weil sie von der, wie sich bald zeigen sollte, durchaus richtigen Annahme ausging, daß die altadelige Familie eines spanischen Botschafters zwar eine Freundschaft, niemals aber eine Heirat ihres Erben mit einer erheblich älteren Frau zweifelhafter Herkunft dulden würde.

Kaum, daß diese von den Liebenden im Überschwang erörterten Heiratspläne ruchbar geworden waren, wurde der Marques de Mora auf Betreiben seines Vaters erneut nach Spanien zu seinem Regiment in der Absicht zurückbeordert, dieser Verbindung ein Ende zu setzen. Bereits zwei Monate nach seiner Rückkehr gelang es dem Marques de Mora jedoch, seine Entlassung durchzusetzen, um wieder nach Paris eilen zu können. Dieser Vorsatz wurde indes durch einen Blutsturz, den er kurz vor seiner Abreise erlitt, durchkreuzt. Auf dringliches Anraten seiner Ärzte begab er sich deshalb zu einem längeren Kuraufenthalt in das trockene Klima von Valencia. Diese neuerliche Verwicklung stürzte Julie de Lespinasse in tiefe Verzweiflung, die durch den regen Briefwechsel, den die beiden Liebenden unterhielten, nur noch gesteigert wurde. Wenn zweimal in der Woche die Post aus Spanien in Paris eintraf, dann erlitt Julie de Lespinasse regelmäßig einen heftigen Fieberanfall, der sich bis zu Krämpfen steigern konnte.

Die Briefe, die sich die beiden täglich schrieben, sind verlorengegangen, so daß man nur mutmaßen kann, mit welchen Ausdrücken der Leidenschaft die Trennung überbrückt wurde. Von den Briefen des Marques de Mora jedenfalls ist nur soviel bekannt, daß Julie einige Abschnitte daraus ihrem Freund Suard in Abschrift zur Kenntnis brachte, zu denen sie in ihrem Begleitschreiben bemerkte: «Ich habe Bedenken, Ihnen diese Briefe zu zeigen. Ich beweise Ihnen damit nur, wie sensibel er ist, aber gleichzeitig tue ich damit auch seinem Esprit unrecht. Er ist ein Fremder, er schreibt mir stets schnell und nachlässig. Aber, glauben Sie mir dennoch, er besitzt ebensoviel Geist wie Seele, und genauso habe ich ihn schon eingeschätzt, noch bevor ich ihn liebte.» Wesentlich leichter ist es dagegen, sich den Ton wie den Inhalt der Briefe von Julie de Lespinasse vorzustellen, die sie in dieser Zeit an den Marques de Mora schrieb. In seiner «Eloge d'Eliza» charakterisierte der Comte de Guibert diese Briefe Julies sehr anschaulich: «Ihnen eignete alle Bewegung und Wärme ihrer Konversation, bezeugte ein Mann, der Fragmente dieser Korrespondenz gelesen hatte. Sie machten ihre Abwesenheit völlig vergessen, ja sie ersetzten sie in dem Moment, da man sie erhielt, vollkommen.»

Der mehrmonatige Aufenthalt in Valencia besserte das Befinden des Marques de Mora derart, daß dieser entgegen dem Rat seiner Ärzte wieder den Entschluß faßte, im Sommer 1771 nach Paris zurückzukehren. War es früher das Vergnügen gewesen, das ihn hierher lockte, so war es diesmal nur das Verlangen, Julie wiederzusehen. «Inmitten der Zerstreuungen des Hofes», schrieb Julie de Lespinasse damals in einem Brief an einen Vertrauten, «wo er im Mittelpunkt aller Aufmerksamkeit stand, sich der Aufmerksamkeit der schönsten Damen erfreute, hatte er dennoch nur ein Vergnügen: Er wollte nur in meinen Gedanken sein, er wollte mir mein Leben ausfüllen.» Und als der Marques de Mora im Oktober dieses Jahres auf Einladung Louis XV. für zehn Tage in Fontainebleau weilte, schrieb er ihr jeden Morgen und Abend einen Brief, und Julie, die während dieser Zeit nicht ihr Haus verließ, hielt es ganz ebenso. Allerdings war, wie man hinzufügen muß, ein derart reger Briefverkehr zwischen zwei Liebenden damals eine Regel, die von der Mode diktiert wurde.

Horace Walpole, der zu dieser Zeit in Paris weilte, berichtet in einem Brief vom 12. September 1771: «Man kannte hier Leute, die sich viermal am Tag Briefe schrieben. Ich erfuhr beispielsweise von einem Paar, das niemals voneinander getrennt war, aber, da sie sich beide heftig liebten, sahen sie sich gezwungen, einander Briefe zu schreiben, weshalb sie einen Paravent zwischen sich aufstellten, hinter dem er seiner Frau auf der einen Seite Briefe schrieb, während sie ihm von der anderen Seite ihre Antworten hinüberwarf.»

Aber dem Glück der beiden war auch diesmal nur eine kurze Dauer beschieden. Das anstrengende Gesellschaftsleben in Paris, das hier herrschende feuchte Klima, die dauernde emotionale Erregung, alles das wirkte zusammen, um die Genesungsfortschritte, die der Marques de Mora während seines Aufenthalts in Valencia gemacht hatte, rasch wieder zunichte zu machen. Schon nach wenigen Monaten verschlechterte sich sein Zustand rapide, und Anfang Juni 1772 erlitt er einen Blutsturz, der drei Tage währte und während dessen Dauer sein Leben ständig in Gefahr war. Auf Anraten seiner Ärzte wurde deshalb beschlossen, daß er sich Anfang August 1772 in den Kurort Bagnères in den Pyrenäen begeben sollte, eine Aussicht, die Julie de Lespinasse wieder der Verzweiflung nahe brachte: «M. de Mora hat den gestrigen Abend nach dem Essen bei mir zugebracht», schrieb sie in einem Brief vom 14. Juni 1772. «Es ging ihm sehr gut, aber die Zukunft flößt mir Angst ein: Dreihundert Meilen liegen zwischen uns, und eine tödliche Krankheit! Dieser Gedanke überfordert meinen Mut. Es ist schrecklich, daß eine Liebe mehr dem Leben Unglück bringt! Dennoch eignet diesem Gefühl soviel Liebreiz, daß man niemals aufhören möchte zu lieben.»

Der Marques de Mora litt zur selben Zeit an einem ganz ähnlichen Kummer, wie seinem Brief vom 1. Juli 1772 an Condorcet zu entnehmen ist: «Meine Gesundheit ist wieder ganz hergestellt, und mein Zustand ist ganz derselbe wie vor diesem letzten Anfall. Ich bin sogar überzeugt, daß meine derzeitige Lebensführung besser anschlägt als jene, die ich zuvor beobachtet habe, und ich hoffe deshalb auf eine noch nachdrücklichere Wirkung...» Allerdings, so fügt er weiter unten hinzu, ist es nur zu wahr, daß «der Name Pyrenäen, den ich in Ihrem Brief lese, mich erzittern läßt, sehe ich doch den grausamen Monat September so nahe vor mir! ... Ich könnte mich nie dazu verstehen, wäre ich mir nicht meiner Rückkehr sicher, mit der sich dann alle meine Wünsche erfüllen und alle meine Hoffnungen wahr werden.»

Die «Wünsche» und «Hoffnungen», von denen der Marques de Mora in diesem Brief spricht, bezogen sich ganz offensichtlich auf seine Absicht, Julie de Lespinasse zu heiraten. Jedenfalls hegte er den Plan, nach dem Ende seines Kuraufenthalts nach Madrid zu eilen, um dort seine Eltern von diesem Projekt zu überzeugen. In diesem Sinne muß er sich auch gegenüber Julie geäußert haben, denn sie schrieb in einem ihrer ersten Briefe, den sie an den Comte de Guibert richtete, am 21. Juni 1773: «Wahrhaftig: Sie stellen mir eine seltsame Frage: ‹Hat er (i. e. de Mora) triftigere Gründe für seine Abwesenheit?› Ja, aber gewiß hat er diese. Er hat einen so stichhaltigen Grund, daß, wenn er damit erfolgreich sein sollte, es nicht hinreichen würde, daß ich mein Leben opferte, um die Schuld abzutragen. Alle Umstände, alle Begebenheiten, alle ideellen und wirklichen Gründe sprechen gegen mich, aber dennoch ist er mir so wichtig, daß ich mir keinerlei Zweifel an seiner Rückkehr gestatte.»

Es sollte ganz anders kommen, als sich dies die beiden Liebenden erhofften, und über diesen Ausgang war mit Gewißheit nur einer erleichtert, der Comte d'Albon, Julies Stiefbruder, dem fern auf seinem Schloß bei Forez auch das Gerücht von der geplanten Heirat zu Ohren gekommen war. Sofort plagte ihn wieder die Furcht, daß Julie de Lespinasse bei dieser Gelegenheit den Namen ihrer Mutter und ihren Anteil am Erbe beanspruchen würde ... Allein, Julie dachte keinen Augenblick daran, ihren Namen oder ihr Erbe einzufordern, und man muß ihr dies glauben, wenn sie später den toten Marques de Mora als Zeugen dafür anruft, daß «kein niedriges Interessenkalkül» die Leidenschaft befleckt habe, die sie sechs Jahre lang gehegt. «Was hätte er von mir denken müssen, wenn ich ihm auch nur für einen Augenblick so vielen anderen Frauen geglichen hätte? Wer ist der, der ihm dann noch für die Reinheit meiner Gefühle hätte garantieren können? ... Sei es, daß mich mein Taktgefühl an meine Armut band, sei es, daß ich mein Leben sich dem Ende zuzuneigen spürte, ich hätte niemals an meine Zukunft gedacht, ich versichere mit Nachdruck, daß mir kein einziges Mal der Wunsch entschlüpft ist, mein Geschick geändert zu sehen.»

Am 7. August 1772, als der Marques de Mora die Kutsche bestieg, die ihn nach Bagnères bringen sollte, nahm Julie de Lespinasse, ohne daß sie dies ahnte oder gar wußte, Abschied für immer von dem Mann, von dem sie bis zu ihrem letzten Seufzer immer wieder beteuern sollte, er sei ihr ganzes, ihr einziges Glück gewesen.

Am 21. Juni 1772 veranstaltete der Bankier, Schriftsteller und Kupferstecher Watelet auf seinem unter den Zeitgenossen berühmten Landsitz Moulin-Joli bei Bezons an der Seine ein ländliches Fest, zu dem der im englischen Stil angelegte große Park den prächtigen Rahmen gab, den man sich als eine bukolische *Féerie à la Watteau* vorstellen mag. Zu den Geladenen gehörte auch Julie de Lespinasse, die, ob der Rekonvaleszenz des Marques de Mora erleichtert, diese Gelegenheit gewiß gerne wahrnahm, wieder einmal am Leben Anteil zu nehmen. Dies war, wie sich zeigen sollte, ein ebenso verständlicher wie schicksalsträchtiger Entschluß, denn hier begegnete Julie de Lespinasse zum ersten Mal jenem Mann, dem sie trotz der Gefühle, die sie an den Marques de Mora fesselten, verfallen sollte: Jacques-Antoine-Hippolyte Comte de Guibert.

Der am 11. November 1743 geborene Comte de Guibert, der damals also in seinem 29. Lebensjahr stand, hatte bereits eine glänzende Karriere hinter sich und eine vielversprechende Zukunft noch vor sich. Seit zwölf Jahren stand er im Militärdienst, hatte sich während des Siebenjährigen Krieges und während der Kampagne in Korsika verschiedentlich ausgezeichnet und war inzwischen zum Obersten avanciert. Außerdem war er der Autor eines Buches, des «Essai général de tactique», das seit seinem Erscheinen im Jahr 1770 seinen Verfasser in ganz Europa berühmt gemacht hatte. Dieses in zwei Teile gegliederte Werk enthält zum einen eine Bestandsaufnahme aller damals gebräuchlichen Methoden der Kriegsführung und beschreibt eine Fülle von Reformen und neuen Ideen zur Verbesserung von Strategie und Taktik beim kriegsmäßigen Einsatz von Truppen und Artillerie. Vor allem von seinen gefechtstaktischen Ratschlägen zum Gebrauch der Artillerie profitierte dann später einer, der Guiberts «Essai» stets mit sich führte und der seinen frühen militärischen Ruhm vor allem der Befolgung dieser Ratschläge verdankte: Napoleon. Was die Gemüter an diesem an sich nur für die militärische Fachwelt geschriebenen Werk aber vor allem erregte, war der «Discours préliminaire», in dem Guibert in leidenschaftlichen Worten den europäischen Monarchien im allgemeinen und der französischen im besonderen ihren baldigen Niedergang vorhersagte, in dem er sich vehement gegen den Absolutismus aussprach und in seiner Forderung nach einer grundsätzlichen Reform des gesamten Staatswesens bereits jene Doktrinen entwickelte, die zwanzig Jahre später von der Konstituante ins Werk gesetzt werden sollten.

Nicht nur die Gedanken, die in diesem Buch vorgetragen wurden, waren neu, es war dies auch die Sprache, die ganz von einem glühenden Patriotismus durchherrscht war. Das sofort ausgesprochene Verbot dieses zunächst in den Niederlanden anonym erschienenen Werkes tat dessen Erfolg keinerlei Abbruch: Im Gegenteil, die Pariser Kolporteure hatten alle Mühe, die große Nachfrage zu befriedigen, und als es dann Anfang 1773 offiziell in Frankreich und unter dem Namen seines Autors verlegt werden durfte, mußte es immer wieder in kurzen Abständen neu aufgelegt werden. Und alle Welt konnte sich im Lob nicht genug tun. Voltaire pries das Buch als «genial», und selbst «der Hof und die große Welt schmeichelten sich», wie La Harpe in seiner «Correspondance littéraire» schreibt, «einen Oberst der ganzen Literatur (der Aufklärung) entgegenzustellen». Seine glühendsten Verehrer hatte der Verfasser des «Essai de tactique», der zum coffee-table book *avant la lettre* in allen Boudoirs avancierte, aber vor allem in der schönen Damenwelt, und in einem berühmten Salon wurde eines Abends allen Ernstes die Frage erörtert, «ob es wünschenswerter sei», wie ebenfalls von La Harpe überliefert, «die Mutter, die Schwester oder die Geliebte von M. de Guibert zu sein».

Wie sich leicht ausmalen läßt, wandte sich die Bewunderung, die man für dieses Buch hegte, auch bald seinem Autor zu.

Und dies geschah nirgendwo rascher als in Paris, dessen Gesellschaft förmlich nach neuen Idolen und Attraktionen gierte. Dieses unstillbare Verlangen hatte zuvor schon manchem zu jähem Ruhm in den Salons verholfen, der meist jedoch ebenso schnell wieder verlosch, wie er erblüht war, aber das Ansehen, das Guibert genoß, überstrahlte sie nicht nur alle, sondern ihm war auch eine wesentlich längere Dauer beschieden. «Er marschiert auf allen Wegen zum Ruhm», ließ sich aus dem fernen Potsdam der greise Friedrich II. vernehmen, und aus Ferney sekundierte ihm Voltaire mit der ebenso häufig weitererzählten Bemerkung: «Ich vermag nicht zu sagen, ob er ein Corneille oder ein Turenne wird, aber er scheint mir zum Großen berufen, was auch immer er anpackt.» Und Julie de Lespinasse wagte nicht sonderlich viel, als sie ihm ganz am Anfang ihrer Freundschaft in ihrem Brief vom 23. Mai 1773 versicherte: «Es gibt Lebensläufe, Namen, die für die Geschichte, die Nachwelt bestimmt sind. Der Ihre wird eines Tages Bewunderung erwecken.»

Im Lichte dieser Zeugnisse will es fast scheinen, als seien nur noch Bonaparte nach seiner Rückkehr aus Ägypten in den Pariser Salons ebenso große Erwartungen entgegengebracht worden wie dem Comte de Guibert damals, als er die Bekanntschaft von Julie de Lespinasse machte. Von heute aus gesehen, scheint diese Begeisterung völlig unverständlich zu sein, weshalb sich die Vermutung aufdrängt, sie sei vor allem auf die äußere Erscheinung des Comte und deren Wirkung gegründet gewesen. Sein Aussehen kann es allerdings nicht gewesen sein, denn diesem widmete selbst Julie de Lespinasse eher nüchterne Worte in ihrem «Premier Portrait du Comte de Guibert»: «Seine Gestalt ist schön, ohne jedoch bemerkenswert zu sein. Seine Gesichtszüge sind regelmäßig, zeigen aber kaum eine Bewegung. Seiner Physiognomie eignet gleichermaßen etwas Angenehmes wie Düsteres. Seine Haltung ist nachlässig. Sein Lachen dagegen ganz natürlich, ist es doch noch ganz das der ersten Jugend.» Auch die Portraits, die wir von ihm besitzen, zeigen uns keineswegs einen schönen Mann, sondern vielmehr einen, dessen Gesichtszüge noch am ehesten Kraft und Energie verraten, Eigenschaften, auf die sein großer Mund, seine allzu ausgeprägten Kinnbacken sowie sein mächtiger, stiernackiger Hals hindeuten. Kurz, der Comte de Guibert war eine Erscheinung, an der nichts auf den ersten Blick faszinierte, der also kaum die Verkörperung eines Romanhelden darstellen konnte.

Das Geheimnis seiner Faszination dürfte also vor allem in seiner Beredsamkeit zu vermuten sein, die nach dem Zeugnis vieler Zeitgenossen außerordentlich gewesen sein muß. In ihrer «Notice sur Guibert composée au lendemain de sa Mort» schreibt Mme. de Staël: «Seine Seele gehörte einem, sobald er sprach. ... Seine Redeweise war die abwechslungsreichste, die bewegteste und die anregendste, die ich jemals vernahm. ... In Gesellschaft oder mit ihm allein, ganz gleich in welcher Stimmung er oder man selbst war, kam sein Geist dennoch nie zum Stillstand. Und diesen vermittelte er einem ganz unfehlbar.» Ebenso enthusiastisch wie ihre etwas exaltierte Tochter äußerte sich auch die zu mehr Gelassenheit neigende Mme. Necker über ihn: «Weitaus glücklicher ausgestattet als selbst die Glücklichsten in diesem Genre, bewunderte man an ihm die ebenso wunderbaren wie ihm ganz und gar eigentümlichen Fähigkeiten, die noch kein Mann vor ihm je besessen ...»

Zu dieser natürlichen Rednergabe gesellten sich noch ein enormes Gedächtnis, über dessen Leistungsfähigkeit man sich geradezu Wunderdinge erzählte, sowie eine enorme Arbeitskraft, die es ihm gestattete, gleichzeitig an verschiedenen Projekten zu arbeiten, ohne daß er darüber jedoch den Vergnügungen und mannigfachen Verlockungen des gesellschaftlichen Müßiggangs entsagen mußte. Und schließlich war es sein Erfolg, der, wie man so sagt, das beste Parfüm ist und das zumal auf Frauen geradezu unwiderstehlich wirkt. Auch wenn der Comte de Guibert nicht geradezu als ein Don Juan gelten kann, so war er dennoch ein *homme à femmes* mit jener Leidenschaft, der eine Prise Verachtung für das schöne Geschlecht beigemischt ist, die die Unwiderstehlichkeit eines Verführers eher vergrößert denn verringert. In ihrem «Second Portrait de Guibert» hat Julie de Lespinasse dies sehr genau geschildert: «Die Leichtfertigkeit, ich könnte sogar sagen die Härte, mit der er die Frauen behandelt, rührt daher, daß er sich ihretwegen wenig Umstände macht Er sieht sie folgendermaßen: Sie sind kokett, eitel, schwach, falsch und geschwätzig. Diejenigen, die er mit mehr Wohlwollen betrachtet, gelten ihm als schwärmerisch. Und selbst wenn er bei irgendwelchen einige gute Eigenschaften anerkennen muß, ist er dennoch davon überzeugt, diese deswegen nicht schätzen zu müssen, weil er der Ansicht ist, daß diese deswegen nur weniger Fehler und keineswegs mehr Tugenden aufzuweisen haben.»

Nein, als Julie de Lespinasse diesem Mann am 21. Juni 1772 begegnete, dessen Ruhm und Ruf ihr schon damals wohlbekannt sein mußten, war dies für sie keineswegs ein *coup de foudre*, war sie doch ganz erfüllt von ihrer Liebe zum Marques de Mora, in der sich für sie ihr Lebenstraum erfüllte. Und auf diesen Tag genau, ein Jahr später unter dem Datum des 21. Juni 1773 schreibt sie dem Comte de Guibert: «Bei meiner Ehre, ich bin überzeugt, er war das Unglück meines Lebens, dieser eine Tag, den ich, ein Jahr ist es nun her, in Moulin-Joli verbrachte. Das Verlangen, eine neue Verbindung einzugehen, lag mir damals sehr fern, waren doch mein Herz und mein Leben derart übervoll, daß mir nichts abwegiger gewesen wäre als das Verlangen nach neuen Herzensangelegenheiten. Sie jedoch wollten sich einmal mehr beweisen, welche Macht Sie über eine ehrbare und gefühlvolle Person ausüben können...»

Damals jedoch schon, nach jener ersten Begegnung, war der Stachel der Faszination, die für sie vom Comte de Guibert ausging, in sie gesenkt, wie ihr Brief vom 24. Juni 1772 beweist, in dem sie Condorcet von ihrer neuen Bekanntschaft berichtet: «Ich wurde mit M. de Guibert bekannt. Er gefällt mir außerordentlich. Seine Seele spricht sich aus in allem, was er sagt. Er besitzt Kraft und Größe. Er läßt sich niemandem vergleichen.» Unmittelbar danach verschaffte sie sich seinen «Essai de tactique», und dessen Lektüre flößte ihr eine solche Bewunderung ein, daß sie seinem Autor ihre Glückwünsche übermittelte. Der dankte ihr dafür mit einem Besuch, und diese zweite Unterhaltung verstärkte nur noch den vorteilhaften Eindruck, den sie schon bei ihrer ersten Begegnung mit Guibert erhalten hatte. «Ich habe M. de Guibert bei mir zu Besuch gehabt», schrieb sie im Juli 1772 an Condorcet. «Er gefällt mir weiterhin unendlich gut.»

Auch wenn der erste Brief, der erhalten ist und den Julie de Lespinasse an den Comte de Guibert schrieb, vom 13. Mai 1773 datiert ist, so ist dennoch davon auszugehen, daß beide unmittelbar nach der Abreise des Marques de Mora am 7. August 1772 in einen regelmäßigen, wenngleich zunächst strikt freundschaftlichen Verkehr eintraten. Das weitere Drama ihrer Beziehung, das an jenem strahlenden Sommertag des Jahres 1772 begann, ist in ihren Briefen, die, soweit sie überliefert wurden, hier erstmals vollständig in deutscher Übersetzung vorgelegt werden, ausgebreitet. Dem soll hier auch nicht durch weitere Andeutungen oder Ausführungen vorgegriffen werden. Auch ein Urteil soll nicht gefällt werden. Wer könnte es sich auch anmaßen, über einen Menschen rechten zu wollen, der viel gelitten, viel gefehlt, viel geliebt, aber auch viel gelebt hat?

München, im Herbst 1996 *Johannes Willms*

Bibliographie

Lettres de Mademoiselle de Lespinasse, écrites depuis l'année 1773 jusqu'à l'année 1776, suivies de deux chapitres dans le genre du Voyage sentimental de Sterne par le même auteur, Paris 1809, 2 Bände (unvollständige Erstausgabe)

Julie de Lespinasse, Lettres suivies de ses autres œuvres et de lettres de Mme. du Deffand, de Turgot, de Bernardin de Saint-Pierre. Revues sur les éditions originales augmentées des variantes, de nombreuses notes, d'un appendice comprenant les écrits de d'Alembert, de Guibert, de Voltaire, de Frédéric II, sur Mlle. de Lespinasse, d'un index et précédées d'une Notice biographique et littéraire par Eugène Asse, Paris 1887. (Reprint: Genève 1971)

Correspondance entre Mademoiselle de Lespinasse et le Comte de Guibert. Publiée pour la première fois d'après le texte original par le Comte de Villeneuve-Guibert, Paris 1905. (Definitive französische Ausgabe dieses Briefwechsels, auf der die vorliegende Übersetzung beruht.)

Mademoiselle de Lespinasse et la Marquise du Deffand, suivi de documents inédits sur Mademoiselle de Lespinasse, publiés et annotés ... par Eugène Asse, Paris 1877

Lettres inédites de Mademoiselle de Lespinasse à Condorcet, à d'Alembert, à Guibert, au comte de Crillon, publiées avec des lettres de ses amis, des documents nouveaux et d'une étude par M. Charles Henry, Paris 1887

Nouvelles lettres de Mademoiselle de Lespinasse, suivies du portrait de M. de Mora (recte: de Guibert) et d'autres opuscules inédits de l'auteur, Paris 1820. (Die in dieser Ausgabe abgedruckten Briefe sind ausnahmslos Fälschungen.)

Briefe der Lespinasse. Deutsch herausgegeben von Johanne Caroline Wilhelmine Spazier, geb. Mayer, 2 Bändchen, Leipzig 1810

Die Liebesbriefe der Julie von Lespinasse (1773–1776), deutsch von Arthur Schurig. Mit einer Einleitung von Wilhelm Weigand, München und Leipzig 1908. (Eine keineswegs vollständige und bisweilen sehr freie Übertragung auf Grundlage der Briefedition des Comte Villeneuve-Guibert.)

Die Liebesbriefe der Julie de Lespinasse (1773–1776), übertragen und eingeleitet von Arthur Schurig, Dresden 1920. (Textgleich, aber mit einer neuen Einleitung.)

BUCHANZEIGE

BIBLIOTHEK DES 18. JAHRHUNDERTS

Daniel Defoe

Glück und Unglück der berühmten Moll Flanders

Beschrieben nach ihren eigenen Erinnerungen
Aus dem Englischen übertragen von Martha Erler.
Mit 24 Zeichnungen von Heinz Zander
und einem Nachwort von Helmut Findeisen.
1991. 450 Seiten. Leinen

Andrea van Dülmen (Hrsg.)

Frauenleben im 18. Jahrhundert

1992. 436 Seiten mit fünf Abbildungen. Leinen

Benjamin Franklin

Autobiographie

Mit einem Nachwort von Klaus Harpprecht.
Zweite, überarbeitete Auflage. 1997. 279 Seiten
mit 12 Abbildungen nach zeitgenössischen Vorlagen. Leinen

Johann Wolfgang Goethe

Maximen und Reflexionen

Mit einem Nachwort von Walther Killy
und Anmerkungen von Irmtraut Schmid.
1989. 342 Seiten. Leinen

Hérault de Séchelles

Theorie des Ehrgeizes

Mit einem Anhang:
Gedanken über Vortragskunst *und* Reflexionen und Anekdoten
Übersetzt und mit einem Nachwort von Henning Ritter.
1997. 128 Seiten mit einer Abbildung als Frontispiz. Leinen

Julie de Lespinasse

Briefe einer Leidenschaft

1773–1776

Übersetzt und herausgegeben von Johannes Willms.
1997. 540 Seiten mit einer Abbildung als Frontispiz. Leinen

VERLAG C.H.BECK MÜNCHEN